Unterwegs in die Welt von morgen

Unterwegs in die Welt von morgen

Utopische Geschichten
und Science-fiction-Romane

Verlag Das Beste
Stuttgart · Zürich · Wien

Die Texte in diesem Buch
erscheinen mit Genehmigung der Verleger

136

Printed in Germany
ISBN 3 87070 467 5

D. Rottermund 1993

BIS ANS ENDE ALLER HOFFNUNG

von Detlev P. Adler

Es war dunkel. Nur einzelne rauchdurchzogene Lichtbahnen durchschnitten den Raum. Leise erklang elektronische Musik.

Genußvoll zog der blonde Junge den Rauch durch Mund und Nase ein. Er lag auf einer alten Matratze und sah versonnen den blaugrauen Wolken nach, die sich träge ihren Weg an den morschen, verfaulten Holzlatten suchten, aus denen die Wände der kleinen Baracke bestanden.

Peter Hansson fühlte sich gut. Die Musik, der aromatische, süßliche Rauch und die verwirrend bunten Lichtstrahlen wirkten auf ihn ein. Er fühlte sich leicht, aller Sorgen enthoben. Es war ein sehr schönes Gefühl. Und noch konnte er nicht an den Zustand denken, der nach dieser Euphorie kommen mußte und der unweigerlich immer wieder kam. Höchstens eine halbe Stunde würde es dauern, ehe ihn dieses Gefühl der Leere und der Übelkeit, die gar keine war, überkommen würde. Dieses Gefühl, das er so sehr fürchtete und doch immer wieder in Kauf nahm, wenn er dafür eine oder zwei Stunden voller Zufriedenheit und Glück erleben durfte. Noch aber war es nicht soweit.

Seine Gedanken schweiften ab, irgendwohin, wo es warm war, wo immer die Sonne schien, in ein Land mit immergrünen Bäumen und Menschen, die ruhig und zufrieden leben konnten. Irgendwann und irgendwo hatte er schon einmal davon gelesen – das mußte aber schon sehr lange her sein. Früher vielleicht, vor acht oder zehn Jahren, als es noch eine Menge Bücher und Zeitungen gegeben hatte. Außer wissenschaftlichen Büchern und einer Tageszeitung, dem *Weltecho,* gab es schon lange nichts mehr zu lesen.

Die Stille, die plötzlich in dem Raum herrschte, riß ihn aus seinen Gedanken. Während er noch langsam in die Wirklichkeit zurückfand, breitete sich in ihm bereits das Gefühl aus, das er so sehr fürchtete.

Sein Magen schien rebellieren zu wollen, und während er sich umsah, erschien ihm alles plötzlich so schmutzig, unvollkommen und verdreckt. Der Rauch, der noch immer im Zimmer stand, stank fürchterlich. Die Wirkung der Paradieszigarette hatte nachgelassen. Hansson hätte sich gerne noch eine angesteckt, aber seine Monatsration war schon fast erschöpft und mußte noch fünf Tage halten, ehe er sich wieder neue holen konnte.

Er stand auf und gab dem Fensterflügel einen Tritt, daß er krachend aufsprang. Die kühle Herbstluft drang langsam in das Zimmer und trieb den zähen Rauch hinaus.

Peter Hansson rieb sich die Augen. Unentschlossen stand er vor dem offenen Fenster und starrte in die grauverschwommene Landschaft. Ganz in der Nähe wurde ein neuer Hochhauskomplex errichtet, und es konnte nicht mehr allzu lange dauern, bis auch seine kleine verfallene Holzhütte den Baumaschinen zum Opfer fiele.

Peter Hansson war siebzehn Jahre alt, schmächtig, mit länglichem Gesicht. Die blonden Haare fielen ihm lang und strähnig auf die Schultern. Er konnte sich nicht daran erinnern, jemals schlechter ausgesehen zu haben. Seine Jeans waren abgewetzt und an mehreren Stellen notdürftig geflickt.

Sein Herz klopfte heftig. Das war immer so, wenn er schnell aufstand, nachdem er längere Zeit gelegen hatte.

Morgen wurde er achtzehn, und dann mußte er endgültig für sich selbst sorgen. Bis jetzt hatte er immer noch Geld für das Notwendigste von seinen Eltern bekommen. Ab und zu hatte ihn auch seine Mutter besucht, aber in letzter Zeit immer seltener. Sie hatte inzwischen wieder geheiratet und hielt es für klüger, ihre Zeit ihrem Mann zu widmen.

Von morgen an würde er sich sein Geld selbst verdienen müssen. Ob er das konnte, hing in der Hauptsache von seinem Intelligenzquotienten ab, der morgen bei einem Test der Sektorenverwaltung ermittelt werden würde.

PETER HANSSON schwitzte. Er saß allein in dem kahlen weißen Raum. Vor ihm, auf einem steril wirkenden Plastiktisch, lag ein Stapel Papier, bedruckt mit Fragen. Es handelte sich um Rechenaufgaben, Intelligenzfragen und allgemeines Wissen.

Drei Stunden saß er nun schon vor dem Tisch, der für ihn viel zu niedrig war, so daß er langsam Rückenschmerzen bekam. Hansson nahm das Blatt Nummer 35 und las sich die Frage zum x-ten Male durch: „Warum ist die Europäische Zentralregierung das beste System, um das Wohlergehen aller Bürger zu sichern?"

Er hatte sich das in Ruhe überlegt. Sicher, er konnte das schreiben, was er Tag für Tag im *Weltecho* las, das er sich immer aus den Papierkörben holte. Aber er konnte sich nicht dazu überwinden. Ihm kam das schäbige Bild seiner Holzbaracke in den Sinn. In der Zeitung waren immer nur Bilder von schönen neuen Häusern, in denen man mit allem Komfort wohnen konnte, wenn man sich nur ein wenig anstrengte.

Warum zum Teufel wohnte er nicht in einer solchen Wohnung? Hatte er sich etwa nicht angestrengt, hatte er nicht täglich Bücher gelesen, die ihm vom staatlichen Bildungsinstitut zugeschickt wurden, hatte er nicht immer alle Fragen richtig beantwortet?

Und trotzdem wohnte er in einem solchen Loch, nur mit dem Notwendigsten versehen.

Wie sollte er schreiben, die Regierung sei sozial, wenn er als Freikind nach diesem Test vielleicht keine Arbeit mehr fände?

Er hatte gelesen, daß die EZR, die Europäische Zentralregierung, alles täte, um den Menschen das Leben zu erleichtern. So traf die EZR die Auswahl, daß nur die Besten, das heißt diejenigen mit den höchsten Intelligenzquotienten, in höhere Positionen vorrücken und so zum Wohle aller arbeiten durften.

Allerdings, das mußte Hansson zugeben, hatte er noch nie jemanden kennengelernt, der nach dem IQ-Test in eine sogenannte höhere Position gekommen wäre. Wahrscheinlich kannte er nicht die richtigen Leute.

Auch so große Probleme wie das der Überbevölkerung wurden von der EZR auf geniale Weise geregelt. Gerade letzte Woche hatte Hansson gelesen, daß im Westeuropäischen Gesamtstaat nur Eltern, die vom Partnerschaftscomputer zusammengebracht worden waren, Kinder zeugen durften.

Lag der IQ eines der beiden Elternteile unter 120, so mußten für jedes Kind zwanzig Prozent des gemeinsamen Einkommens als „Kindersteuer" entrichtet werden. Mittel zur Verhütung ungewollter Schwangerschaften wurden gratis von den Sektorenverwaltungen ausgegeben. Hansson hatte gelernt, daß dies eine vorzügliche Regelung war. So wurde erstens die Zahl der Geburten in Grenzen gehalten, und zweitens wurden fast nur noch Kinder von Eltern mit einem IQ über 120 gezeugt, was auf Dauer natürlich zu einer intelligenteren Bevölkerung führen mußte.

Alle diese Gedanken schossen Hansson durch den Kopf, während er krampfhaft überlegte, was er schreiben sollte. Was geschah, wenn er diesen Test nicht bestand?

Niemals würde er Kinder zeugen dürfen, weil er sie nicht ernähren konnte. Es würde gerade zum Leben reichen, nicht aber für ein Kind, wenn er überhaupt Arbeit bekam . . .

Hansson legte plötzlich den Kugelschreiber weg, ordnete die Blätter, heftete sie zusammen, schmiß sie in den Schlitz hinter seinem Tisch und verließ den Raum.

Er hatte nichts auf das Blatt mit der Frage Nummer 35 geschrieben.

Draußen auf dem Gang sagte ihm die Frau von der Anmeldung, er solle sich noch ein wenig setzen und auf sein Ergebnis warten.

Nach zehn Minuten grölte eine ölige Stimme aus den Lautsprechern auf den Gang. „Herr Hansson!"

Hansson stand auf und öffnete die Tür, in deren Mitte bereits die Farbe abblätterte. Hinter dem Schreibtisch saß ein dicker Mann mit Vollglatze. Aus winzigen zusammengekniffenen Augen betrachtete er Hansson.

„Nun, ich will es kurz machen. Nach vierunddreißig Fragen liegt Ihr IQ bei 132, ein hervorragender Wert. Es fehlt allerdings die letzte Frage. Sie wurden ja ausdrücklich darauf hingewiesen, daß das Testergebnis nur Anwendung finden kann, wenn alle Fragen beantwortet sind. Haben Sie die letzte Frage nicht verstanden?"

Hansson schüttelte wortlos den Kopf.

„Warum haben Sie dann nichts geschrieben?"

„Ich hielt es für besser, diese Frage nicht zu beantworten."

Der Dicke sah Hansson scharf an. Er spielte mit dem Kugelschreiber. „Nun, wenn Sie nicht wollen, kann ich auch nichts tun. Sehen Sie, Sie sind jung, das Leben liegt noch vor Ihnen, wie man so schön sagt. Und es ist ein herrliches Leben, das können Sie mir glauben. Jetzt sagen Sie mir die Vorteile unseres Regierungssystems, und ich vergesse die ganze Sache."

„Ich kann nicht", antwortete Hansson ruhig. „Ich habe es mir lange überlegt und kann nicht sagen, daß mir unsere Regierung irgendwelche Vorteile bringt."

Der Dicke zuckte mit den Schultern. „Dann eben nicht, Hansson! Ich mache Sie allerdings darauf aufmerksam, daß Sie den Test nicht wiederholen können . . . falls Sie es sich doch noch anders überlegen sollten. Sie können jetzt gehen!"

Hansson stand auf und war schon an der Tür, als der Dicke noch sagte: „Und noch etwas, Hansson. Sie sind anscheinend jemand von den Leuten, die gegen unsere Regierung eingestellt sind. Also hoffen Sie nicht, in Zukunft noch etwas von dieser Regierung zu bekommen."

Wortlos verließ Hansson das Zimmer. Dieser Fettwanst und die gesamte Regierung konnten ihm gestohlen bleiben. Die Frau in der Anmeldung sah ihm verwundert nach.

In Gedanken versunken, stieg Hansson die Treppe des Verwaltungsgebäudes hinab. Als er auf die Straße trat, schlug ihm der kalte Wind ins Gesicht. Es regnete. Hansson beschloß, zu Fuß zu gehen. Er hatte zwar noch Geld, um sich ein Kabinentaxi leisten zu können, aber es war ihm bewußt, daß er in Zukunft wohl noch sparsamer mit seinem Geld umgehen mußte. Hoffentlich bekam er wenigstens ab und zu noch etwas von seiner Mutter . . .

Es war nicht ungefährlich, zu Fuß zu gehen in der Dämmerung oder nachts. Leicht konnte man einer der zahllosen Banden in die Hände fallen, die sich auf den Straßen herumtrieben und vor lauter Langeweile einzelnen Personen Eisenstangen über den Kopf schlugen, nur um ein paar Paradieszigaretten oder etwas Geld zu bekommen.

Meistens bestanden diese Banden aus jungen Leuten, die einen IQ von weniger als 120 und somit kaum Aussicht hatten, eine Arbeitsstelle zu finden. Würde er selbst auch einmal so enden?

Würde er nur noch leben, um Paradieszigaretten zu rauchen und ab und zu billigen Fusel zu trinken, der die Wirklichkeit für ein paar Stunden auslöschte?

Hansson kam an einem alten Fabrikgebäude vorbei, das vom letzten Krieg übriggeblieben war. Er brach sich eine Latte aus einem Fensterkreuz des zertrümmerten Vorbaus und ging weiter. Zumindest war er nicht mehr ganz wehrlos.

Der letzte Krieg . . . es mußte schon eine ganze Weile her sein. Soviel Hansson aus seinen Büchern erfahren hatte, war es um das Jahr zweitausend gewesen. Zwischen dem Osten und dem Westen hatte es damals einen kurzen, aber wirkungsvollen Krieg gegeben, aus dem der Osten als Sieger hervorgegangen war. Kurz darauf mußte dann der Westeuropäische Gesamtstaat gegründet worden sein. Mehr wußte Hansson nicht, und es interessierte ihn auch nicht weiter. Er lebte jetzt und hatte andere Sorgen.

Der Regen war inzwischen stärker geworden, und Hansson begann zu laufen. Als er das Baugelände erreichte, blieb ihm der nasse gelbbraune Schlamm an den Schuhen hängen. Er fluchte vor sich hin, schmiß die Holzlatte gegen den Bauzaun und betrat seine Hütte.

Angenehme Wärme schlug ihm entgegen. Der kleine Ofen heizte ganz ordentlich, und Brennstoff besorgte Hansson sich aus den alten Kriegsruinen.

Wenn er nach Hause kam, mußte er immer damit rechnen, daß sich bereits irgend jemand anderes bei ihm breitgemacht hatte. Aber das kam in letzter Zeit zum Glück recht selten vor. Zudem vermutete wahrscheinlich niemand, daß es hier drinnen noch etwas zu holen gab, solange er die Hütte von außen sah.

Hansson ließ sich auf die Matratze fallen und zündete sich eine Paradieszigarette an.

Was sollte er jetzt tun? Arbeit würde er ganz gewiß nicht finden. Sicher, es wurden auch Leute gebraucht, die nicht ganz so intelligent waren; aber erstens gab es für die nur sehr wenige Jobs, und zweitens konnte sich Hansson gut vorstellen, daß die Sektorenverwaltung dafür sorgte, daß er keine Stelle bekam.

Er ging zum Kühlschrank, wenn man das klapprige Gestell noch so nennen konnte, und holte sich eine Flasche Synth-Bier heraus. Auf dem unteren Rost lag eine Scheibe Dauerfleisch. Da er Hunger hatte, nahm er sie ebenfalls heraus und warf sie in die Pfanne, die schon seit Tagen kalt und fettig auf dem Spirituskocher stand.

Es klopfte. Erst leise, dann etwas kräftiger. An Hanssons Tür hatte es noch nie geklopft. Seine Mutter kam immer gleich herein, der Sicherheitsdienst bei seinen Kontrollgängen ebenso. Und die jugendlichen Banden meldeten ihre Besuche genausowenig vorher an. Und seit er einem von ihnen einmal den Arm gebrochen hatte, ließen sie sich nicht mehr blicken.

Wer konnte also etwas von ihm wollen?

Etwas unsicher öffnete er. Die Plastikscharniere der Tür waren schon derartig ausgeleiert, daß der untere Türrand am Boden schleifte und ein markerschütterndes Kreischen verursachte.

Draußen in der Dunkelheit konnte er nur schemenhafte Umrisse erkennen.

„Kann ich einen Moment hereinkommen?" fragte eine helle Stimme.

Verwirrt nickte er. Als die Gestalt in das schummrige Licht der Hütte kam, sah Hansson, daß es eine junge Frau, fast noch ein Mädchen war. Er schätzte sie auf siebzehn Jahre.

„Herrlich warm hier!" sagte sie und sah sich um. Hansson schloß die Tür.

„Kann ich dir helfen?" fragte er instinktiv, denn sie machte den Eindruck, als könnte sie tatsächlich Hilfe brauchen.

„Nein", sagte sie leise und schüttelte den Kopf.

Sie hatte einen schäbigen Mantel an, der ihr mindestens drei Nummern zu groß war. Ihr langes blondes Haar fiel ihr naß und strähnig auf die Schultern.

„Ich möchte mich nur ein wenig aufwärmen, wenn es dir recht ist, dann gehe ich wieder."

„Wohin willst du bei diesem Wetter gehen?"

Sie antwortete nicht.

Hansson zuckte mit den Schultern und bot ihr einen Platz an. „Ich werde uns erst einmal etwas zu essen machen", erklärte er, während er den Spirituskocher anzündete. „Du hast doch bestimmt Hunger. Es gibt fast niemanden, der heutzutage keinen Hunger hat!"

„Mach dir keine Umstände meinetwegen!" wehrte sie ab.

„Ich war sowieso gerade dabei, etwas zu essen zu machen." Wie zum Beweis hob er die Pfanne mit dem Fleischstück, das allerdings nicht den Eindruck machte, als könnten zwei davon satt werden.

„Ich heiße übrigens Peter, Peter Hansson", stellte er sich vor.

„Sybille", sagte sie, während sie es sich auf der Matratze bequem machte, „Sybille Carsten."

Kurz darauf brachte Hansson das Fleisch, das durch das Braten nochmals um die Hälfte geschrumpft war. Er teilte es sorgfältig, legte ein Stück getrocknetes Maisbrot dazu und füllte zwei Pappbecher mit Synth-Bier. Er fragte sich, wovon er eigentlich die nächste Zeit leben sollte.

Schweigend aßen sie. Er hatte nun Gelegenheit, sich die nächtliche Besucherin näher anzusehen. Der schummrige Schein der mit einem ölverschmierten Lappen verhängten Glühbirne warf lange Schatten auf das Gesicht. Das einzige, was er genau erkennen konnte, war ihr weichgeschnittener Mund, der langsam und bedächtig die Fleischstückchen verzehrte. Die Augen lagen im Dunkel.

„Wie lange bist du schon unterwegs?" fragte er kauend.

„Fast zwei Wochen", antwortete sie verwundert. „Wieso nimmst du an, ich sei schon länger unterwegs?"

„Na ja, man sieht es." Er nahm einen kräftigen Schluck Synth-Bier. „Und vorher?"

„Habe ich bei meinen Eltern gewohnt. Aber seit mein Vater eine andere Frau hat, lebt meine Mutter allein und kann mich kaum mehr ernähren. Ich bin dann einfach abgehauen. Du weißt schon . . . ich möchte meiner Mutter auch nicht auf der Tasche liegen."

Hansson nickte. „Hast du noch Verbindung zu deiner Mutter?"

„Letzte Woche habe ich mit ihr über Videophon gesprochen. Sie möchte, daß ich wieder nach Hause komme." Sie machte eine kleine Pause und sah Hansson an. „Ich möchte aber nicht, daß wir beide verhungern", sagte sie schließlich. Es klang resigniert.

„Hast du schon Arbeit gesucht?"

„Schon oft genug", antwortete sie. „Man bekommt aber nichts. Ich bin achtzehn und habe noch keinen IQ-Test gemacht, und da ist es sowieso aussichtslos. Irgendwie werde ich mich schon durchschlagen."

„Warum hast du noch keinen Test gemacht?"

„Ich hätte ihn wahrscheinlich doch nicht bestanden. Ich habe das ganze letzte Jahr nichts gelernt."

„Du hast nichts verpaßt, der Test ist sowieso mies. Du mußt lediglich ein Loblied auf unseren Staat singen. Wenn du das einigermaßen geschickt anstellst, kann dir gar nichts passieren."

Sie sah ihn nachdenklich an. „Das mag schon sein, aber ich kann das nicht. Sieh mich doch an! Du hast es selbst vorhin angedeutet! Meine Kleider alt und dreckig, keine Aussicht auf Arbeit und nichts zu essen. Und da soll ich ein Loblied singen?" Die letzten Worte waren ziemlich laut.

„Tröste dich, ich werde auch bald an der Luft sitzen."

Er erzählte ihr von dem Test und seinem Ausgang. Es tat ihm gut, mit jemandem darüber sprechen zu können, warum er den Test nicht bestanden hatte. Und gleichzeitig wurde ihm auch bewußt, daß er außer diesem Mädchen wohl kaum jemanden fände, der ihm zuhörte.

„Und was willst du jetzt tun?" fragte sie, nachdem er geendet hatte.

„In zwei Wochen wird dieser Schuppen voraussichtlich abgerissen werden, dann sitze ich auf der Straße, genau wie du. Ich werde versuchen herauszukommen. Irgendwohin, wo ich in Ruhe arbeiten kann und wo es wärmer ist."

„Und wie willst du das anstellen?" fragte sie ungläubig.

„Ich werde es schon schaffen, verlaß dich drauf. Ich habe gehört, im Süden soll es ziemlich leicht sein, über die Grenze zu kommen. Und dann nichts wie weg!"

„Wohin?"

Er hob die Schultern. Er wußte selbst nicht, was eigentlich hinter der Grenze lag. Man hörte hier in den Sektoren so gut wie nichts davon. Es gab jedenfalls keinen Menschen, der jemals dort gewesen war. Zumindest kannte Hansson niemanden.

„Wollen wir nicht von etwas anderem reden? Ich habe noch nie Besuch gehabt, abgesehen von meiner Mutter. Es wäre schade, den ganzen Abend mit Problemen kaputtzureden. Willst du Musik hören?"

„Was hast du denn?" fragte sie, während sie umständlich eine Zigarette aus der Manteltasche zog. Sie war völlig durchweicht.

„Nimm eine von meinen!" sagte Hansson und warf ihr eine grünlich fluoreszierende Packung hin.

Aus dem kleinen Lautsprecher, der mit einer Schnur an der Tür befestigt war, erklang leise elektronische Musik.

Sybille rümpfte die Nase. „Schrecklich . . ."

„Aber es gibt keine andere", sagte Hansson.

„Natürlich gibt es andere, nur heute gibt es keine andere. Musik, die von richtigen Instrumenten gespielt wird, nicht von Computern."

„Habe ich noch nie gehört", sagte Hansson verstört.

„Schade", lächelte Sybille. „Meine Mutter hat mir solche Lieder noch beigebracht. Soll ich dir eins vorspielen?"

Ohne seine Antwort abzuwarten, zog sie aus ihrem Gepäck ein

Gebilde hervor, das Hansson noch nie gesehen hatte. Es war ziemlich groß, bestand aus Holz, und über die Vorderseite waren feine Metalldrähte gespannt.

„Was ist das?“ fragte er.

„Eine Gitarre, die habe ich auch von meiner Mutter bekommen.“

Sybille sah ihn fröhlich an und zupfte ein paarmal an den Drähten. Ein paar Töne klangen weich durch den Raum.

„Ich weiß gar nicht, warum ich mir die Mühe mache, das Ding die ganze Zeit mit mir rumzuschleppen, aber wahrscheinlich hänge ich zu sehr daran.“

Hansson stand immer noch da und starrte die Gitarre an. Er konnte sich nicht vorstellen, daß auf so etwas Musik gemacht werden konnte.

„Kannst du etwas spielen?“ fragte er schließlich.

Sie nickte. „Habe ich dir ja vorhin schon angeboten. Es ist ein sehr altes Lied“, sagte sie fast schulmeisterlich, „noch aus dem vorigen Jahrtausend.“

„Aber es ist dein Lieblingslied“, sagte Hansson.

„Woher weißt du das?“

„Ich kann es mir denken.“

Sie schlug ein paar Akkorde an. Hansson lehnte sich an die Wand zurück und lauschte. Er hatte so etwas noch nie gehört, und irgendwie faszinierte ihn dieses Mädchen, wie es so dasaß und leise und verträumt zu singen begann. Es war ein langsames, sehr melodiöses Lied.

Die letzten Töne von „Bridge Over Troubled Water“ waren verklungen, Stille lag wieder im Raum.

„Hat es dir gefallen?“

„Ja, ich habe so etwas noch nie gehört, aber es war sehr schön.“

Er machte eine kleine Pause.

„Warum ist es eigentlich dein Lieblingslied?“

„Ich finde es einfach menschlich, ganz anders als die Zeit, in der wir leben.“

„Du glaubst, es gibt keine Menschlichkeit mehr?“

Sybille schüttelte den Kopf. „Ich weiß nicht, hier und da bestimmt noch, aber niemand zeigt sie, es wäre doch ein Zeichen von Schwäche.“

„Solange es Menschen gibt, wird es auch stets Menschlichkeit geben. Nur haben eben die meisten zuviel mit sich selbst zu tun."

Sybille legte die Gitarre beiseite. Sie stand auf und nahm ihren Mantel. „Dann werde ich mal wieder gehen, Peter. Vielen Dank für das Essen."

„Wohin willst du?"

„Ich weiß noch nicht, irgendwie werde ich schon durchkommen."

Sie zog sich an, packte die Gitarre weg und ging auf die Tür zu. Sie drehte sich noch einmal um. „Vielen Dank für alles!"

„Bleib doch hier!" rief Hansson plötzlich. Er war aufgestanden und stand hinter ihr im Türrahmen.

„Warum?" fragte sie leise.

„Warum nicht?"

Er half ihr wieder aus dem Mantel und schloß die Tür ab. Sie drehte sich langsam zu ihm um.

„Ich freue mich", sagte sie.

Hansson sah ihr zum ersten Mal in die Augen. Sie waren dunkelbraun. Es waren Augen, wie sie Hansson noch nie gesehen hatte. Sie sah ihn an. Traurig? Freudig? Er konnte es nicht sagen. Er wußte nur, daß er diesen Augen vertrauen konnte.

„Du bist sehr schön", sagte er schließlich und war im selben Moment erschrocken darüber, wie dumm die Worte geklungen hatten.

Ein Lächeln spielte um ihren Mund. Lachte sie ihn aus?

Er nahm sie in die Arme. Warum konnte er plötzlich nichts mehr sagen? Warum konnte er ihr nicht einfach sagen, daß sie ihm sehr gefiel, ja, daß er sie liebte? Aber wie konnte er von Liebe reden, wenn er sie erst eine Stunde kannte? Er hatte plötzlich schreckliche Angst, etwas Falsches zu sagen.

„Hast du schon einmal ein Mädchen gehabt?" fragte sie.

Er schüttelte den Kopf. „Nein, und du, hast du schon einen Jungen gehabt?"

„Würde es dich stören?"

„Ich glaube nicht", sagte er zögernd.

Sie lachte. „Du bist unheimlich nett, ich habe auch noch niemanden gehabt." Sie schmiegte sich an ihn.

Ihre Lippen trafen sich, zunächst etwas zögernd, flüchtig, als ob niemand den Anfang machen wollte, doch dann wurde der Druck fester, leidenschaftlicher.

Er spürte ihre warmen, weichen Lippen auf seinen Lippen, ihren Körper in seinen Armen und wußte plötzlich selbst nicht mehr, was mit ihm geschah. Wie einfach alles war, wie selbstverständlich, ohne daß er etwas dazu tun mußte oder etwas dagegen tun konnte.

„Ich hab dich lieb", flüsterte er, als könnte man ihn hören.

„Ich liebe dich auch", sagte sie und drückte sich ganz fest an ihn.

Sie küßten sich lange. Dann löste sich Sybille aus seiner Umarmung. „Ich bin müde, sollten wir nicht besser schlafen gehen?"

Er lächelte.

„Da gibt es gar nichts zu grinsen", sagte sie gespielt streng. „Ich werde jetzt in meinen Schlafsack kriechen und du auf deine Matratze."

„Ja, was hast du denn gedacht?"

„Man kann ja nie wissen", sagte sie scherzhaft.

Er schaltete das Licht aus, tappte im Dunkeln zu ihrem Schlafsack und küßte sie.

„Du bist das netteste Mädchen der Welt, Sybille."

„Und du bist der netteste Junge", sagte sie, „ganz ehrlich!"

Der Regen hatte inzwischen aufgehört. Die frische Nachtluft, die durch einen Fensterspalt hereinstrich, ließ beide bald einschlafen.

ZWEI WOCHEN später war es soweit. Nachdem Hansson mehrmals versucht hatte, Arbeit zu bekommen, und erwartungsgemäß überall abgewiesen worden war, hatten sie sich entschlossen, nach Süden zu ziehen. Sie wußten nicht, was sie dort erwartete, aber sie wagten es.

Es war ein eiskalter Wintermorgen, eine dünne Schneeschicht bedeckte den steinhart gefrorenen Boden, als Hansson und Sybille die kleine Holzbaracke verließen. Sie hätten gern noch gewartet, bis es wärmer geworden war, doch die riesige Planiermaschine stand schon wenige Meter vor der Hütte, und jemand von der Baugesellschaft hatte ihnen klargemacht, daß die Hütte nicht mehr lange stehen würde.

Es war ihnen also nichts anderes übriggeblieben, als das Notwendigste zusammenzupacken: Lebensmittel, die für einen Monat reichten, ein paar Päckchen Zigaretten, die noch von der letzten Monatsration übriggeblieben waren.

Sybille hatte darauf bestanden, ihre Gitarre mitzunehmen.

Bereits fünf Kilometer vom Baugelände entfernt begann dichter Wald. Im Schutz der Bäume war wenigstens der eisige Wind verbannt, der Ohren und Nase schmerzen ließ.

Ihre Ausrüstung war sicherlich nicht ideal für diese Witterung, aber immerhin trugen sie feste Schuhe und einigermaßen warme Kleidung.

„Ich halte es für das beste", sagte Hansson und rieb sich die Ohren warm, „wenn wir erst mal nach einem Quartier Ausschau halten, wo wir bleiben, bis es wärmer wird."

Sybille sah unter der Kapuze ihres Mantels hervor.

„Wir sollten aber so weit wie möglich fortkommen, es könnte ja sein, daß man uns sucht."

„Bei dem Wetter?" fragte Hansson.

„Wer weiß, ich traue denen alles zu."

„Also gut, aber allzulange dürfen wir jetzt nicht mehr warten."

Schweigend setzten sie ihren Weg fort.

Nach den ersten drei Tagen hatten sie etwa achtzig Kilometer zurückgelegt. Die eisigen Nächte hatten sie auf einem notdürftigen Lager aus Zweigen in ihren Schlafsäcken verbracht. Sie waren beide ziemlich erschöpft, und besonders Sybille litt unter der Kälte.

Waren die letzten Tage noch schön gewesen und hatten die Sonnenstrahlen wenigstens am Tag die Luft ein wenig erwärmt, so hatte sich am Nachmittag der Himmel ständig verdunkelt, und gegen Abend fing es an zu schneien. Erst wenige dicke Flocken, dann wurde der Schneefall immer stärker und verdichtete sich schließlich zu einer fast undurchdringlichen weißen Wand. Das Laufen wurde immer schwieriger, und die Kleidung war schon dick mit Schnee bedeckt. Sie hatten es längst aufgegeben, den Schnee abzuklopfen.

„Lange halte ich das nicht mehr durch", stöhnte Sybille, die sich trotz allem sehr gut gehalten hatte.

Peter Hansson bewunderte das Mädchen. Er selbst war schon am Aufgeben gewesen, als sie es war, die ihn zum Weitergehen ermuntert hatte.

Hansson brauchte gar keine Antwort mehr zu geben. Durch die dichte Schneewand sah er einen kleinen dunklen Umriß. Als sie näher kamen, erkannten sie, daß es sich um eine Jägerhütte oder etwas Ähnliches handeln mußte.

Vorsichtig öffnete Hansson die Tür. Das Innere der Hütte war völlig leer, und eine dicke Staubschicht auf den Fensterbrettern ließ die Vermutung zu, daß in letzter Zeit auch niemand dagewesen war.

Hansson schüttelte sich den Schnee vom Mantel und sah sich um. „Ich kann es einfach nicht glauben. Wenn diese Hütte wirklich leer steht, sind wir fürs erste gerettet. Hier können wir bleiben, bis es wieder wärmer wird."

Sybille lachte. „Na, dann wollen wir es uns hier gemütlich machen!" Sie warf ihren Karton in die Ecke. „Am besten sammle ich ein bißchen Holz, damit wir erst mal heizen können", sagte sie.

Hansson sah an die Decke. „Hier ist nirgends ein Abzug. Aber wir werden das schon hinkriegen."

Er nahm das kleine Beil, das er bei den Vorräten stecken hatte, ging hinaus in die Kälte und kletterte die Hüttenwand hinauf. Er rutschte öfter aus, fand aber immer wieder in den Ritzen zwischen den Baumstämmen Halt.

Als er schließlich auf dem Dach war, fegte er mit der Hand den Schnee weg und begann dann an einer Ecke des Daches ein Loch in die Decke zu schlagen. Es war eine schwierige Arbeit, denn auch das Holz war gefroren.

Nach einer Stunde hatte er es geschafft. Er hackte aus dem Erdreich noch ein paar Steine heraus, um eine Unterlage für die Feuerstelle zu haben.

Nachdem sie mit viel Geduld den ersten Holzhaufen zum Brennen gebracht hatten, ruhten sie sich aus und aßen ein Stück von dem Trockenfleisch.

„Wir werden bald wieder etwas zu essen brauchen", gab Hansson zu bedenken, während er genußvoll auf dem Fleisch herumkaute.

„Darüber können wir uns morgen Gedanken machen, Peter", sagte Sybille und schloß die Augen. Sie saß schon in ihrem Schlafsack, denn noch hatte die Wärme des Feuers die eisige Kälte nicht ganz vertrieben.

Hansson fühlte sich ausgepumpt. Er hatte seine letzten Kraftreserven dazu benötigt, den Rauchabzug in die Decke zu schlagen.

Während sich draußen der Schneesturm noch verstärkte und eisig durch die Ritzen der Baumhütte fegte, breitete sich langsam wohlige Wärme im Innern der Hütte aus.

Eine bleierne Müdigkeit schloß Hansson die Augen. Gnädig hüllte die Dunkelheit der Erschöpfung die beiden ein.

ES WAR Frühling geworden. Man konnte es sehen. Die Bäume erwachten zu neuem Leben, Vögel flogen durch die Äste, und der laue Wind trug köstlichen Blütenduft mit sich.

Peter Hansson und Sybille hatten den langen, harten Winter schon fast vergessen. Vorbei war die Zeit, da sie oft tagelang nichts zu essen gehabt hatten. Vorbei die ewige Kälte, die ihnen durch den ganzen Körper gefahren war und die sich auch nie ganz vertreiben ließ.

Die Sonne schien wieder warm und weckte neue Lebensgeister. Sie marschierten jetzt schon sechs Wochen in Richtung Süden, und Hansson meinte, die Hälfte müsse geschafft sein. Wie sie allerdings über die Grenze kommen sollten, wußten beide nicht. Sie hatten sie noch nie gesehen. Man erzählte sich, diese Grenze sei unüberwindbar.

Manchmal bereute es Hansson, daß sie sich auf den Weg gemacht hatten. Was hatten sie davon? Waren sie jetzt etwa besser dran?

Er dachte zurück an seine alte Hütte, auf deren Platz bestimmt schon das Fundament eines neuen Hochhauses gelegt war. Eine schöne Zeit war es nicht gewesen. Aber würde es in Zukunft besser werden? Würden sie jemals die Grenze überwinden können, eine Grenze, von der sie nichts wußten, von der niemand ahnte, wen sie eigentlich von was trennte?

Der Boden unter Hanssons Füßen war weich und feucht, so daß es ihm vorkam, als liefe er auf einem Teppich. Er mußte mal wieder etwas zu essen besorgen. Zu diesem Zweck hatte er sich aus einem Weidenstrauch Pfeil und Bogen geschnitzt und ging damit auf die Jagd. Er kam sich fast lächerlich vor, wenn er sich mit seinem Jagdgerät anpirschte. Da lebte er nun im Jahr 2048 und ging mit einem Gerät auf die Jagd, das vor Jahrhunderten benutzt worden war. Aber für seine Zwecke war es genau das richtige.

Ein leises Geräusch im Unterholz ließ ihn zusammenfahren. Vorsichtig nahm er den Bogen von der Schulter und legte einen Pfeil auf die Sehne. Das Rascheln wurde etwas lauter, und plötzlich schoß ein dunkler Schatten aus dem Gebüsch.

Hansson hatte nicht gerade große Übung im Bogenschießen, er hatte sich aber im Lauf des Winters eine gewisse Sicherheit im Umgang mit dem Gerät angeeignet. Blitzschnell spannte er den Bogen, verfolgte den Lauf des Hasen mit der Pfeilspitze, gab etwas vor und ließ ihn dann von der Sehne schnellen. Ein leises Zischen war zu hören. Er hatte getroffen. Hansson hatte im Moment des Abschusses selbst nicht an den Erfolg geglaubt, aber er sah, wie der Hase zuckend am Boden lag. Bis Hansson bei ihm war, war der Hase schon tot. Er bückte sich, nahm das tote Tier an den Hinterläufen, zog den blutigen Pfeil aus dem Körper und ließ das noch warme Bündel Fleisch über den Rücken gleiten.

Hatte dieser Hase ein schöneres Leben gehabt als er? War er nicht völlig frei gewesen? Hansson war früher eingesperrt gewesen, er war verpflegt worden, wenn auch nur mit dem Notwendigsten, damit er am Leben blieb. Wer jedoch frei war, war auf sich gestellt und allen Gefahren ausgesetzt. Hansson war jetzt frei. Er mußte für sich selbst und für Sybille sorgen. Er zweifelte plötzlich nicht mehr daran, daß er richtig gehandelt hatte.

Hansson ging etwas schneller. Er wollte Sybille nicht zu lange warten lassen. Er hatte sie an einer Waldlichtung zurückgelassen, wo sie die heutige Nacht verbringen wollten.

Der Wald lichtete sich bereits, und Hansson war noch ein paar hundert Meter vom Lagerplatz entfernt, als ihm Schreie ans Ohr drangen. Es mußte Sybille sein.

Er hatte sie noch nie so schreien gehört, doch es konnte niemand anderes sein. Er fing an zu laufen, zu rennen. Was konnte geschehen sein? Er verlor seinen Bogen und den Hasen, während er auf die Lichtung zujagte.

Im ersten Moment versperrte ihm ein dichter Busch die Sicht, doch was er dann sah, machte von einem Augenblick zum anderen ein Energiebündel aus ihm.

Er stürzte sich mit einem Schrei auf einen der Uniformierten, der sich an Sybille zu schaffen machte. Er packte ihn an der Schulter, riß ihn herum und schlug ihm die Faust ins Gesicht. Der Mann, der gut einen Kopf größer als Hansson und doppelt so breit war, fiel um wie ein gefällter Baum. Hansson sah Sybille auf dem Boden liegen, die zerrissenen Kleider auf dem feuchten Waldboden verstreut, und auch den zweiten Uniformierten, der die ganze Zeit über regungslos das Geschehen verfolgt hatte. Wahrscheinlich hatten beide nicht damit gerechnet, gestört zu werden. Doch jetzt kam auch in den zweiten Mann wieder Leben. Er griff zum Gürtel, um seine Lähmungspistole zu ziehen. Aber Hansson war schneller. Er wirbelte herum, war mit einem Satz bei dem Polizisten und hieb ihm die Faust in die Magengrube, so daß der Mann stöhnend zusammenbrach.

Einen Moment lang blieb Hansson stehen und schnappte nach Luft. Dann hörte er Sybilles Schrei und fuhr herum. Er sah gerade noch einen Stiefel auf sich zukommen, dann wurde ihm schwarz vor den Augen. Er fiel um, konnte aber im Fallen noch sein Messer ziehen.

Der Uniformierte stürzte auf ihn, und Hansson konnte die weit aufgerissenen Augen seines Gegenübers sehen. Der Mann versuchte ihn am Hals zu erwischen, doch plötzlich ließ er ihn los, seine Bewegungen wurden schwächer, und Hansson fühlte etwas Warmes an seiner Hand.

Er wälzte den Körper zur Seite und sah auf sein blutiges Messer, seine Hand, an der es rot und warm herunterlief.

„Du Schwein, du verdammtes Schwein!“ preßte Hansson zwischen den Zähnen hervor.

Er sah sich um. Der zweite Uniformierte war nicht mehr da.

„Er ist tot“, sagte Sybille, und in ihrer Stimme lag weder Trauer noch Mitleid. Es klang eher wie eine Erlösung.

Dann wurde sie von einem heftigen Weinkrampf geschüttelt.

Hansson stand auf und drückte sie an sich. „Es ist vorbei, Sybille.“

Er strich ihr über das zerzauste Haar, dann nahm er sie auf die Arme und trug sie hinüber zur Decke, die sie vorhin für das Essen ausgebreitet hatte.

„Es war . . .“, schluchzte sie. „Es war schrecklich.“

Er nickte. „Sag jetzt nichts, ruh dich erst mal aus.“

Hansson ging zu ihrem Gepäck und holte den Schlafsack. „Komm, schlüpf da rein!“ sagte er leise und half ihr. Außer einem Fetzen ihrer Bluse hatte sie nichts mehr an. Als sie in ihrem Schlafsack lag, ging Hansson zu dem toten Polizisten, zog ihn hinter sich her und ließ ihn dann etwas entfernt im dichten Gebüsch liegen. Er ging zurück und besah sich seine Hände. Er sah das Blut, das inzwischen geronnen war.

Erst jetzt wurde ihm langsam klar, was eigentlich geschehen war. Von dem Augenblick an, da er Sybille am Boden hatte liegen sehen, den Uniformierten über ihr, war alles automatisch geschehen.

Jetzt war es vorbei, und Hansson wurde klar, daß er einen Menschen getötet hatte. Er hätte so etwas nie für möglich gehalten. Und sicherlich wäre er dem Uniformierten auch hoffnungslos unterlegen gewesen, wenn er sich in normalem Zustand befunden hätte.

Er blickte Sybille an, die aufgehört hatte zu weinen. „Sybille", fragte er, „wo kamen diese Schweine her?"

Sie zuckte mit den Achseln. „Ich weiß nicht. Sie waren plötzlich da und haben gefragt, was ich hier mache und warum ich hier bin. Ich habe ihnen gesagt, ich sei mit dir hier und daß man unsere Hütte abgerissen hätte und wir jetzt ein neues Zuhause suchten. Und plötzlich . . ."

Sie verzog wieder das Gesicht und fing erneut an zu weinen.

„Hast du unsere Namen genannt, Sybille?" fragte Hansson aufgeregt.

Sie schüttelte den Kopf. „Nein, danach haben sie auch gar nicht gefragt. Ich glaube, sie waren vom Sicherheitsdienst. Der eine sagte, sie seien zufällig in dieser Gegend."

„Das ist ja großartig!" schrie Hansson. „Vom Sicherheitsdienst – die Diener zur Bewahrung der Staatsordnung. Wenn es nicht so traurig wäre, könnte man es für einen Witz halten." Er schüttelte resigniert den Kopf.

Für ein paar Momente lag Schweigen in der Luft. Nur ab und zu zwitscherte ein Vogel, und die Bäume rauschten leise im Wind. Der eine, der entkommen war, mußte ja seinem Vorgesetzten erklären, wo der zweite abgeblieben war. Und daß er bei der Schilderung des Vorfalls nicht bei der Wahrheit bliebe, war klar.

Man würde bald kommen und ihn abholen wollen. Wegen Mordes an einem Beamten des Staatssicherheitsdienstes. Und daß er bei einem eventuellen Prozeß keine Chance hätte, war ebenfalls klar. Er mußte fliehen. Mit Sybille, und zwar so schnell wie möglich.

„Wir müssen hier weg, Sybille. Sie werden wiederkommen, aber diesmal nicht nur zu zweit."

„Aber er hat doch . . . du hast doch in Notwehr gehandelt."

„Bei einem Beamten des Sicherheitsdienstes gibt es keine Notwehr, nicht in diesem Staat."

Sie nickte. „Am besten, ich packe gleich alles zusammen, dann können wir los."

Während Sybille packte, suchte Hansson seinen Bogen und die Pfeile. Den Hasen zerlegte er gleich. So hatten sie zumindest für die nächsten zwei Tage etwas zu essen.

Eine Stunde später brachen sie bereits wieder auf. Langsam wurde ihnen klar, daß es in diesem Land wohl niemals mehr eine Heimat für sie geben konnte.

Während die Sonne langsam hinter den Bäumen verschwand, gingen sie weiter nach Süden, einer ungewissen Zukunft entgegen.

DIE SOMMERSONNE stand heiß am Himmel. Der Fahrer des weißen Sportwagens, der die Küstenstraße von Marseille nach Cannes entlangfuhr, hatte das Verdeck seines Wagens zurückgeklappt.

Das Autoradio spielte flotte Musik, und der Fahrtwind ließ Claus Ludor wenig von der sommerlichen Hitze spüren.

Tief unter ihm lag das Mittelmeer. Es war ruhig, nur einzelne kleine Schaumkrönchen zeugten davon, daß ein wenig Wind wehte. Weiter draußen kreuzten einige Segeljachten auf der azurblauen Fläche.

Doch Claus Ludor achtete nicht darauf. Er war tief in Gedanken versunken. Vor seinen Augen liefen immer wieder die zahllosen Versuche ab, die er seit mindestens drei Jahren gemacht hatte. Noch bis gestern war alles wie üblich verlaufen. Ein Versuch hatte sich an den nächsten gereiht, ohne daß man zu einem positiven Ergebnis gekommen wäre. Doch als Ludor heute früh in seinem Versuchslabor in Marseille einem Affen die chemische Substanz eingespritzt hatte, war es gelungen. Es war ihm gelungen, was bisher noch niemand geschafft hatte. Nach endlosen Versuchen hatte er endlich die richtige Substanz gefunden.

Als er sicher war, daß die Chemikalie bei dem Affen genauso wirkte, wie er es sich vorgestellt hatte, hinterließ er Professor

Levèvre eine kurze Nachricht, wo er zu finden sei, und fuhr dann nach Hause.

Dr. Claus Ludor, Diplomchemiker und Doktor der Psychologie, fünfunddreißig Jahre alt, freute sich auf sein Zuhause, auf seine Familie und auf einen Tag Ruhe, bevor die Hetze mit der Auswertung der letzten Versuche beginnen würde.

Er trat das Gaspedal durch, und mit einem Satz schoß der Wagen voran. Die Straße war leer, und so dauerte es keine halbe Stunde, bis Ludor vor dem schmiedeeisernen Tor stand, das er über Funk vom Wagen aus öffnete.

Er fuhr wenige Meter durch einen parkähnlichen Garten und hielt schließlich direkt vor dem Wohngebäude. Es war ein weitläufiger schneeweißer Bungalow. Die dunklen runden Fensterbogen strahlten Behaglichkeit und Luxus aus.

Ludor war zu Hause angelangt. Er nahm die Aufzeichnungen, die neben ihm im Wagen lagen, und stieg aus. Er war etwa einsfünfundachtzig groß, schlank und hatte kurzgeschnittenes dunkelbraunes Haar.

Ludor schloß die schwere Eichenholztür auf, warf die Aufzeichnungen auf den Couchtisch und ging eilig durch das modern eingerichtete Wohnzimmer hinaus auf die Terrasse.

Auch hinter der Villa war ein großflächiger Rasen angelegt, an den Seiten von einer Reihe Zwergpalmen gegen die glühende Mittagshitze geschützt. Durch den Rasen schlängelte sich ein Weg, der an einer blühenden Hecke endete, hinter der ein spärlich bewachsener Abhang direkt hinunter zum Meer führte.

In der Mitte des Gartens, wo die Palmen keinen Schatten mehr spenden konnten, war ein Swimming-pool in den Rasen eingelassen.

Das war Ludors Besitz. Auch das gut einen Kilometer lange Strandstück war sein Eigentum. Von der oberen Terrasse der Villa aus konnte man den Privatsteg sehen, an dem eine weiße Jacht ankerte.

Die *Seagull* war ein Geschenk der Regierung an Ludor, als er vor drei Jahren ein besonders schnellwirkendes und dabei völlig unschädliches Schmerzmittel entwickelt hatte, das seither das bekannteste Schmerzmittel überhaupt war. Und das, obwohl es eigentlich nur ein Nebenprodukt der ersten Versuche war, an denen er bis gestern nacht gearbeitet hatte.

Aber seit jenem Zeitpunkt gehörte Ludor zu dem Kreis von Wissenschaftlern, die in Regierungsdiensten auf Lebzeiten standen und somit einen Lebensstandard erreichten, der in keinem Verhältnis stand zu dem anderer Bewohner dieses Staates.

Ludor war noch nicht richtig zur Terrassentür draußen, als auch schon ein kleines Mädchen mit langen blonden Haaren auf ihn zugerannt kam.

„Tag, Daddy!" rief sie und drückte sich an ihn. Ludor nahm sie hoch, wirbelte sie herum und sah in das lachende Gesicht seiner Tochter.

„Tag, mein Schatz!" sagte er. „Wo ist die Mami?"

„Die ist unten am Wasser", kam die prompte Antwort. Beatrice machte sich los und rannte an den Jasminhecken vorbei zum Meer.

Ludor folgte ihr den flachen Abhang hinunter. Schon von weitem sah er Monique. Sie ließ sich auf der Luftmatratze in der Nähe des Strandes treiben und sonnte sich. Anscheinend hatte sie ihn auch entdeckt, denn sie winkte und paddelte zum Strand.

Bis Ludor unten war, war sie schon aus dem Wasser gestiegen und trocknete sich ab. Sie war braun gebrannt und trug einen türkisfarbenen Bikini, der ihre Figur noch vollendeter erscheinen ließ, als sie es ohnehin schon war.

Ludor umarmte sie und sog tief den Geruch ihrer feuchten und nach Salzwasser duftenden Haut ein. Die langen braunen Haare fielen ihr naß über die gebräunten Schultern.

„Du hast ja schon wieder so lange gearbeitet, und wenn . . ."

„Und endlich habe ich es geschafft, Liebling", unterbrach er sie.

„Was?" Ein freudiger Aufschrei entfuhr ihr. „Du hast es tatsächlich geschafft?"

„Ja, im Moment sieht es zumindest so aus", bestätigte er. „Ich hoffe, daß ich wenigstens bis Montag Ruhe habe."

„Komm, ich mache dir erst mal was zu essen!"

„Das ist eine gute Idee, die gestrige Nacht war verdammt lang, und ich habe einen Mordshunger."

Zusammen gingen sie ins Haus zurück.

Am Nachmittag fuhr Ludor zu Dr. Thien, seinem Freund und Partner. Er kannte Thien schon seit seiner Studienzeit im staatlichen Labor von Marseille.

Thien war ein völlig anderer Typ als er. Ludor liebte den Luxus, Thien dagegen fühlte sich in seinem kleinen Landhaus am wohlsten. Er lebte zusammen mit seiner Frau etwa drei Kilometer im Landesinnern, keine zehn Minuten von Ludors Luxusvilla entfernt.

Er und Ludor waren ein eingespieltes Team. Während Ludor bei seinen Forschungen den Schwerpunkt auf die psychische Wirkung legte, stand bei Thien die physische Wirkung im Vordergrund.

Und jetzt hatten sie zusammen etwas gefunden, was sie nur noch enger aneinander binden würde. Sie hatten es geschafft. Ludor, der berechnende Chemiker und Psychologe, und Thien, der Mediziner.

Natürlich wußte Thien schon Bescheid, denn Ludor hatte ihn heute morgen um fünf Uhr früh aus dem Bett geläutet, um ihm die freudige Nachricht mitzuteilen.

Und so sahen sie sich auch nur zufrieden an, als Ludor das Haus betrat.

Sie setzten sich wortlos, und Thien schenkte für jeden einen Whisky aus der Kristallkaraffe ein, die auf dem gläsernen Beistelltisch stand.

„Auf unseren Erfolg!“ sagte Thien und hob das Glas.

„Auf unsere Zusammenarbeit, Rolf!“ stimmte Ludor zu, und sie ließen den zwölf Jahre alten Whisky langsam die Kehle hinunterrinnen.

Ludor lehnte sich gemütlich zurück und sah Thien an. „Ich sähe gern Levèvres Gesicht, wenn er den Zettel findet“, sagte er.

Thien war ein kleiner, dicklicher Mann, der einen recht ruhigen Eindruck machte. Doch seine kleinen grauen Augen ließen die ungewöhnliche Intelligenz ahnen, die sich dahinter verbarg.

Ludor kannte seinen Freund. Auch wenn er ruhig aussah, konnte er eine Energie entwickeln, die man ihm niemals zutraute. Wenn Thien ein Ziel verfolgte, konnte er Himmel und Hölle in Bewegung setzen.

„Ich wundere mich nur, daß Levèvre noch nicht angerufen hat, da er uns doch die ganze Zeit so gedrängt hat“, sagte Thien schließlich.

„Wahrscheinlich ist er noch gar nicht im Labor gewesen. Man kann es ihm ja auch nicht verdenken, es ist Samstag.“

„Hoffentlich“, gab Thien zu bedenken, „dann haben wir wenigstens noch etwas Ruhe. Ellen würde sich auch freuen, wenn wir uns öfter sähen.“

„Was hältst du davon, wenn wir zur Feier des Tages heute abend einmal wieder so richtig gemütlich essen gehen?“

„Ausgezeichnet, könnte direkt von mir stammen!“ sagte Thien. „Und wo?“

Ludor schlug das *Château de la Chèvre d'Or* vor.

„Ich werde Ellen Bescheid sagen“, sagte Thien lächelnd.

„Wann können wir euch abholen?“ fragte Ludor.

„Ellen wird bis sechs zurück sein. Also schlage ich sieben Uhr vor.“

„Hat sie wieder mal Wochenenddienst?“ fragte Ludor.

„Ja“, seufzte Thien. „Aber was soll ich tun? Sie will die Stelle einfach nicht aufgeben, dann muß ich sie eben lassen.“ Es klang etwas resigniert. Ludor wußte, daß Thien durch den Schichtdienst seiner Frau und durch seine eigene Arbeit Ellen in den letzten Wochen kaum zu Gesicht bekommen hatte.

Aber das sollte jetzt besser werden.

VIERHUNDERTDREISSIG Meter hoch über dem Mittelmeer, wie ein Adlerhorst im Felsen, lag Eze-Village. Es war nach Ludors Ansicht das romantischste Dorf der Welt. Abgeschieden von der übrigen Welt, mit kleinen Gassen, engen Torbögen aus grauem Stein und hervorragenden Restaurants, lag es inmitten von Palmen und Kakteen.

Ludor parkte seinen Wagen vor dem Château de la Chèvre d'Or, einem Hotel der Spitzenklasse. Es gab nicht viele Hotels, die Ludor kannte. Eze-Village war einer der Orte, wo sich die Privilegierten trafen. Nur diese konnten es sich auch leisten, solche Hotels zu besuchen.

Hier, im Chèvre d'Or, hatten sich Monique und er kennengelernt. Das Hotel hatte nur sechs Zimmer, doch von jedem genoß man eine Aussicht, die ihresgleichen suchte.

Das Chèvre d'Or war ein sehr altes Hotel; es hatte schon den Zweiten und den Dritten Weltkrieg überstanden und thronte im Glanz seiner Patina, majestätisch und beeindruckend, hoch über dem Meer.

In Eze-Village herrschte ein Klima, dem selbst der europäische

Winter nicht beikam. Hier wuchsen Kakteen wie anderswo Gras. Orangen und Zitronen gab es im Überfluß, himmlische Terrassen mit Blick auf das Mittelmeer, Sonnenuntergänge von einmaliger Schönheit, kurz: eine makellose Komposition von Himmel, Steinen, Meer und Sonne.

Man dinierte im Freien. Die Terrasse war mit Weinreben bewachsen, und das Licht der sinkenden Sonne ließ den Wein in den Gläsern goldrot funkeln.

Die Luft kühlte langsam ab, und bald lag auch das Wasser des Swimmingpools still und verlassen da. Ein Bediensteter des Hotels zündete Lampions rund um den Pool an.

„Es ist einfach herrlich hier", sagte Monique. Sie lehnte sich zurück, nippte an ihrem Glas und sah verträumt hinunter auf das blutrote Meer.

Ellen Thien nickte. „Ja, wirklich, es ist großartig. Man sollte viel öfter herkommen. Zum Glück sind ja unsere Männer jetzt endlich fertig."

Ihr Mann grinste. „So schnell auch wieder nicht; die Hauptarbeit beginnt erst noch. Ich schätze, Professor Levèvre wird uns nicht zur Ruhe kommen lassen. Wir werden eine endlose Reihe von praktischen Versuchen vor uns haben."

„Und wenn wir damit fertig sind, wird es wieder etwas Neues geben", warf Ludor ein. „Wozu, glaubst du, werden sie es verwenden?"

Thien zog die Brauen hoch. „Schwer zu sagen, ich schätze, vor allem, um psychisch Kranken zu helfen. Wenn man kein Gefühl mehr hat, kann man auch nichts mehr fühlen."

„Im Moment verraten sie uns wieder Staatsgeheimnisse", wisperte Ellen Monique zu.

„Was werden wohl die gegnerischen Geheimdienste dafür geben?" fragte Monique lachend und schob den Träger ihres Kleides über die Schultern.

„Aber, aber!" sagte Ludor streng. „Ich dachte, hier seien nur Vertrauenspersonen anwesend!"

Er sah Ellen an. Sie war sehr schön. Ein ganz anderer Typ als Monique. Während seine Frau immer sonnengebräunt war und somit recht sportlich aussah, war Ellen eher blaß. Man sah ihr manchmal den anstrengenden Krankenhausdienst an. Aber dies tat ihrer Schönheit keinerlei Abbruch. Sie hatte blonde kurzgeschnittene Haare und blaue Augen, in denen die Liebe der ganzen Welt zu liegen schien.

„Vielleicht verraten wir doch etwas", sagte Monique und schmunzelte.

„An wen wollt ihr denn etwas verraten?" fragte Thien.

„Oh, irgend jemand wird sich sicherlich dafür interessieren."

Ludor und Thien blickten sich an. Sie hatten selbst schon oft über dieses Thema gesprochen. Wer konnte sich dafür interessieren? Sicher, sie arbeiteten unter strengster Geheimhaltung, aber sie wußten nicht, wen sie eigentlich zu fürchten hatten. Es hieß immer nur, es gäbe gewisse Personenkreise, die sich für die Ergebnisse interessierten. Wer diese Leute sein sollten, wußte niemand. Bisher hatte auch weder Ludor noch Thien von einem Spionagefall gehört. Aber sie wußten ja auch nicht, welches Land hinter dem Meer lag, von wem es regiert wurde. Genausowenig, wie sie wußten, was sich hinter der großen grauen Mauer verbarg, die sich etwa zwanzig Kilometer im Landesinnern durch das ganze Land zog.

„Na ja, was soll's?" lenkte Ludor ab. „Wir werden sehen, was aus unserem Mittel wird. Auf jeden Fall dürften wir in nächster Zeit genügend Arbeit haben."

Sie wollten gerade bezahlen und gehen, als Ludor Professor Levèvre am steinernen Eingangsbogen stehen sah.

Etwas verwirrt ging er zu ihm hinüber und reichte ihm die Hand. „Guten Abend, Professor!"

„Guten Abend, Claus! Wundern Sie sich bitte nicht, daß ich hier bin. Es ist kein Zufall. Ich möchte, daß Sie und Thien so bald wie möglich nach Marseille kommen und weiterarbeiten. Wir müssen die Versuchsreihe starten, damit wir schnellstens konkrete Ergebnisse vorzeigen können."

„Ich sah mich eigentlich schon einen Tag lang am Strand liegen und faulenzen", sagte Ludor etwas ärgerlich. Er winkte Thien herbei.

„Tut mir leid", sagte Levèvre und zuckte mit den Schultern, „aber es geht nicht anders. Wir müssen weiterarbeiten. Wenn wir fertig sind, das verspreche ich Ihnen, haben Sie drei Monate frei."

„Sollen wir also gleich mitkommen?" fragte Thien.

Levèvre nickte. „Ja, aber ich sehe, Sie haben Ihre Gattinnen dabei. Ich halte es für das beste, Sie fahren sie nach Hause und kommen dann nach Marseille. In zwei Stunden fangen wir an."

An Levèvres Tonfall war eindeutig zu erkennen, daß es nichts mehr zu diskutieren gab.

„Okay, Professor, wir kommen", sagte Ludor und lächelte, so gut er konnte.

„Alles klar, meine Herren, bis nachher!"

Deprimiert gingen sie an den Tisch zurück und zahlten.

„Wir müssen wieder arbeiten, tut mit leid, Monique", versuchte Ludor zu erklären.

Sie hob den Kopf. „Manchmal wünsche ich mir, du wärst kein Wissenschaftler."

„Dann würden wir wahrscheinlich auch nicht so leben können, Monique", entgegnete Ludor, während er überlegte, wo er dann wohl wohnen würde. Vielleicht jenseits der großen Mauer?

Sie standen auf und gingen zu Ludors Wagen.

Mit kreischenden Reifen fegte Ludor die Bergstraße hinunter.

Zuerst setzten sie Ellen, dann Monique ab und fuhren dann auf der Küstenstraße nach Marseille.

Die Straße war leer wie immer. Es gab ohnehin nur wenige, die hier lebten und sich einen Wagen leisten konnten. Es war eine Straße für Privilegierte.

Thien hatte es sich im Ledersitz bequem gemacht und dachte nach. „Woher mag Levèvre gewußt haben, daß wir in Eze waren?"

„Ich weiß nicht", sagte Ludor.

„Glaubst du, wir werden heimlich abgehört?"

Ludor sah ihn an. Thien erkannte sofort, daß auch ihm dieser Gedankengang nicht ganz absurd erschien.

„Ich weiß nicht", sagte Ludor langsam. „Gedacht habe ich auch schon daran. Wenn man es sich ganz genau überlegt, kann es eigentlich gar nicht anders sein. Schließlich wußte niemand, wo wir heute abend sind."

Thien schloß die Augen. Er durfte gar nicht daran denken. Wenn er wirklich abgehört wurde, war es eigentlich verwunderlich, daß er noch das war, was er war. Er hatte nämlich schon oft mit Ellen über Dinge gesprochen, die nicht beredet werden durften. Und dann die ganz privaten Sachen, die Sorgen und Probleme und überhaupt alles, was er so mit Ellen redete.

Thien war entschlossen, dieses Problem mit Levèvre zu besprechen. Dann wüßte er sicherlich mehr.

Harry, der Schimpanse, saß allein in seinem Käfig. Schon seit zwei Tagen hatte er nichts mehr zu fressen bekommen. Wenn sein Pfleger auch nur in die Nähe des Käfigs kam, fing Harry fürchterlich zu schreien an.

Professor Levèvre beobachtete das Tier schon seit geraumer Zeit. „Wenn wir ihm jetzt das Serum injizieren, müßte er eigentlich ruhig werden, nicht wahr?"

Ludor nickte. „Ich hoffe es. Gestern hat es jedenfalls geklappt."

Ludor zog eine Ampulle auf die Spritze und ging auf Harry zu.

Er schrie gottserbärmlich, als Ludor ihm das Serum in sein Hinterteil injizierte.

„Und wie wirkt das Zeug?" fragte Levèvre, während er aufmerksam den Affen beobachtete.

„Es ist nicht einfach zu erklären, Professor", antwortete Ludor. „Man kann vereinfacht sagen, daß es lähmend auf die Großhirnrinde wirkt. Dort sitzen ja die Zentren des Empfindens, des Wollens und des Handelns. Aber es wirkt nicht generell auf alle Zentren."

Levèvre machte eine Handbewegung. Harry war plötzlich still geworden.

„Wie lange braucht es eigentlich, bis es voll zur Wirkung kommt?"

„Es müßte jetzt eigentlich schon soweit sein", antwortete Thien, der bisher still dagestanden hatte.

„Geben Sie etwas Eßbares her!" rief Levèvre dem Pfleger zu.

„Für Sie, Herr Professor?" fragte der Mann.

Levèvre verzog das Gesicht. „Für den Affen natürlich, oder sind Sie vielleicht mein Pfleger?"

Der Mann murmelte etwas und gab Harry zwei geschälte Bananen. Er gab sie ihm nicht in die Hand, sondern legte sie nur vor ihn hin.

Es geschah nichts. Harry stierte auf die Bananen, aber er bewegte sich nicht vom Fleck.

Auf ein Zeichen von Levèvre gab ihm der Pfleger eine Banane in die Hand. Doch auch danach blieb Harry regungslos.

„Großartig, meine Herren!" sagte Levèvre. „Es scheint tatsächlich zu klappen. Der Schimpanse hat keinen eigenen Willen mehr. Er empfindet zwar noch Hunger, kann aber nichts tun, um diesen Hunger zu stillen."

„Ja", sagte Ludor gedehnt, „so könnte man es vereinfacht ausdrücken. Es klappt tatsächlich besser, als wir dachten. Das Serum wirkt hauptsächlich auf das Wollen. Er empfindet zwar noch Hunger, will aber dieses Bedürfnis nicht mehr befriedigen."

„Er ist praktisch handlungsunfähig!" rief Levèvre laut.

Thien nickte.

„Okay, ich bin mit Ihrer Arbeit zufrieden, aber wie, glauben Sie, wirkt das Serum auf Menschen?"

„Wir nehmen an", sagte Ludor, „daß es ähnlich wirkt. Wir haben es ja schließlich entwickelt, um psychisch Kranken zu helfen."

Levèvre sah ihn lächelnd an. „Sie haben das Serum für die Regierung entwickelt. Und sonst nichts."

Der letzte Satz klang eisig.

Thien sagte nichts mehr. Er hatte plötzlich ein ungutes Gefühl. Während der ganzen Zeit, in der er mit Ludor an diesem Serum gearbeitet hatte, hatte er sich eigentlich wenig Gedanken darüber gemacht, was später aus ihrer Erfindung würde. Aber jetzt waren plötzlich gewisse Zweifel da, Zweifel, ob die Droge auch wirklich richtig angewendet würde.

„Ich darf Ihnen also nochmals gratulieren, meine Herren", meinte Levèvre, „ich bin sehr zufrieden mit Ihrer Arbeit. Bis morgen möchte ich die genaue Zusammensetzung des Präparats sowie eine detaillierte Aufstellung sämtlicher Versuche auf dem Schreibtisch haben. Nächste Woche werden wir dann die Versuchsreihe fortsetzen."

Er reichte beiden die Hand.

Als Levèvre gegangen war, atmete Thien erleichtert auf.

„Glaubst du, daß wir alles richtig gemacht haben, Claus?" fragte er unsicher.

„Was meinst du damit?"

„Ich meine, ob es überhaupt richtig war, das Mittel zu erfinden."

„Rolf, wir machen hier unsere Arbeit wie jeder andere. Wir haben dafür ein Leben, wie man es sich nur wünschen kann. Was wollen wir noch mehr?"

„Sicher, wir haben ein schönes Leben", stimmte ihm Thien zu, „aber ich frage mich manchmal, ob es richtig ist, etwas zu erfinden, was vielleicht das Schicksal von anderen Menschen nachhaltig beeinflußt. Wir haben praktisch ein Mittel erfunden, das Menschen zu willenlosen Puppen machen kann. Und ich muß dir sagen, Claus, daß mir bei diesem Gedanken keineswegs wohl ist."

„Das hätten wir uns vorher überlegen müssen, Rolf."

„Sicher, das ist ja das Schlimme. Als wir mit der Arbeit anfingen, hat es uns interessiert, ob wir so etwas fertigbringen. Aber wir haben es nicht erfunden, um uns irgendwelche Vorteile zu verschaffen oder jemandem zu schaden, sondern nur, um uns selbst zu bestätigen. Um uns zu bestätigen, was für große Wissenschaftler wir sind." Er machte eine kleine Pause. „Weißt du, Claus, manchmal hasse ich mich selbst. Wir wollen uns doch nur immer selbst bestätigen, ohne auch nur einen Moment an die anderen zu denken."

Ludor nickte nachdenklich. „Sicher hast du recht. Aber wir sind nun einmal Wissenschaftler und können daran auch bestimmt nichts ändern. Und außerdem ist mir das Hemd immer noch näher als die Hose." Er sah auf die Uhr. Es war schon kurz nach zwei.

„Ich glaube, ich haue mich jetzt aufs Ohr, morgen gibt es eine Menge zu tun."

Thien zog die Augenbrauen hoch. „Morgen? Ich denke, die Versuche werden erst nächste Woche fortgesetzt."

Ludor lachte. „Ich meinte, zu Hause gibt es viel zu tun. Ich muß meine Jacht mal wieder gründlich überholen."

„Diese Sorgen habe ich nicht." Thien schmunzelte. „Das soll aber nicht heißen, daß ihr uns nicht mal wieder zu einer kleinen Bootsfahrt einladen könnt."

„Vielleicht klappt es nächste Woche, nach den Versuchen. Ich sage dir auf jeden Fall Bescheid."

„Fein", antwortete Thien. „Ellen wird sich freuen." Er zog seinen Kittel aus. „Ich werde mich auch hinlegen. Wenn du nichts dagegen hast, fahre ich dann morgen mit dir zurück."

„Geht in Ordnung", sagte Ludor und verließ das Laboratorium, um in sein Privatzimmer zu gehen. Er duschte noch ausgiebig und legte sich dann auf seine Pneumoliege.

Es ist schon seltsam, dachte er, eigentlich könnte ich ja zufrieden sein mit dem, was ich erreicht habe, aber irgendwo hat Rolf schon recht. Man sollte sich mehr überlegen, für wen man eigentlich forscht. Andererseits, ich hätte das alles nicht, was ich jetzt habe. Kein eigenes Haus, keine Jacht, keinen Luxus.

Unzufrieden mit sich und der Welt, aber erschöpft, schlief er schließlich ein.

AUSGERUHT wachte Ludor auf.

Er zog sich an, tippte ein kleines Frühstück mit Kaffee, Brötchen und Ei in den Computer und rasierte sich.

Nach drei Minuten kam das fertige Frühstück aus dem Automaten. Der Kaffeegeruch machte ihn richtig munter. Ludor pfiff leise vor sich hin und freute sich auf die freie Woche, die vor ihm lag.

Als er gefrühstückt hatte, ging er auf den Gang hinaus, um Thien in seinem Zimmer abzuholen. Sie mußten zusammen erst noch die Unterlagen für Levèvre zusammenstellen.

Thiens Zimmer befand sich genau gegenüber.

Ludor klopfte an. Es rührte sich nichts. Normalerweise war Thien immer schon früher wach als er.

Ludor sah auf seine Uhr. Es war bereits halb zehn. „Alter Langschläfer!“ murmelte er und drückte langsam die Türklinke nieder.

Thiens Bett war unberührt. Und auch von ihm selbst war nichts zu sehen.

Ludor kratzte sich nachdenklich die Stirn. Thien hatte doch gestern ausdrücklich gesagt, er wolle mit ihm fahren!

Er suchte das Zimmer nach einer Nachricht ab. Vielleicht war er mit jemand anderem gefahren. Aber auch das schlug sich Ludor schnell aus dem Kopf. Gestern war Sonntag, und außer ihnen niemand im Labor. Das Labor! Vielleicht war er da.

Ludor lief in Richtung der Versuchsräume. Doch auch hier war von Thien keine Spur. Für Ludor war das unerklärlich. Er beschloß, zunächst einmal nach Hause zu fahren.

Miller, der alte Portier, saß auf seinem Holzstuhl und las eine alte Ausgabe des *Weltechos*. Als Ludor vorbeikam, sah Miller kurz auf und grüßte. Auch Miller hatte Thien nicht gesehen.

Zu Hause versuchte Ludor sofort, Rolf Thien zu erreichen. Er drückte die Nummer in das Videophon, und Sekunden später erschien das Gesicht von Ellen auf dem Bildschirm. Sie wirkte müde und abgespannt.

„Hallo“, meldete sie sich, als sie Ludor erkannt hatte. „Ist Rolf noch bei dir?“

Ludor atmete tief durch. Dort war er also auch nicht.

„Nein, Ellen, Rolf ist nicht hier. Ich wollte ihn heute morgen aus seinem Zimmer holen, aber er war nicht da. Ich dachte zuerst, er sei mit jemand anders gefahren, aber . . .“

„Er ist bisher noch nicht hiergewesen, Claus“, unterbrach ihn Ellen.

„Ich möchte nur wissen, wo er steckt, er kann sich doch nicht einfach in Luft aufgelöst haben!“

„Wenn er hier auftaucht, melde ich mich gleich. Ich muß jetzt erst wieder ins Krankenhaus!“ Ihre Stimme zitterte.

Nachdem Ellen die Verbindung unterbrochen hatte, saß sie einige Zeit regungslos da. Was war los mit Rolf? Warum war er plötzlich verschwunden?

Sie schaute auf die Uhr. Es war Zeit. Nachdenklich verließ sie das Haus und bestellte sich ein Kabinentaxi.

War Rolf vielleicht unvorsichtig geworden? Hatte er zuviel gesagt?

VOR HENRY BELLER, dem obersten Sektorenverwalter, lag die neueste Ausgabe des *Weltechos*, der einzigen legalen Zeitung, abgesehen von einigen wissenschaftlichen Blättern.

Ihm gefiel der Artikel, der von der heimtückischen Ermordung des Beamten des Staatlichen Sicherheitsdienstes berichtete.

> Wie uns gestern vom Sicherheitsdienst gemeldet wurde, fiel bereits vor drei Monaten, am 23. März 2048, einer der erfahrensten Beamten dieser Dienststelle einem heimtückischen Verbrechen zum Opfer. Laut Aussage eines zweiten Beamten, der sich in letzter Sekunde vor dem bis an die Zähne bewaffneten Mörder retten konnte, wurde sein Kollege und persönlicher Freund durch mehrere Messerstiche in die Brust grausam umgebracht. Der überlebende Beamte gab außerdem an, daß die Tat ohne jedes Motiv geschehen sei. Er und sein Kollege hätten sich auf einem planmäßigen Kontrollgang durch die Waldgebiete befunden und dort eine Frau vorgefunden. Der Kollege Keram habe vorschriftsmäßig die Ausweispapiere der Frau sehen wollen, als plötzlich ein Mann in Lederkleidung auf ihn zugestürmt sei und ihn dann brutal ermordet habe. Er selbst sei niedergeschlagen worden, und nur seiner schnellen Reaktion habe er es zu verdanken, daß er noch am Leben sei.

Soweit die Aussage des Beamten. Hiermit ist nun wieder einmal der Beweis erbracht, was solche subversiven Elemente wie jener Peter Hansson (der Name des Mörders; d. Red.) in unserer Gesellschaft bewirken können. Solche staatsgefährdenden Objekte müssen aus unserer Gesellschaft entfernt werden. Wir bitten jeden verantwortungsbewußten Bürger unseres Staates um Mithilfe bei der Aufklärung dieses abscheulichen Verbrechens. Wir bitten ferner, besonders auf Freikinder zu achten, auf Personen, die in nicht legalisierten Ehen zusammenwohnen, und ebenso auf andere Personen, die die Sicherheit unseres Staates und damit jedes ordentlichen Bürgers gefährden. Wir bitten Sie, liebe Leser, um Ihre Mithilfe. Eine trauernde Witwe und drei Kinder klagen an.

Mit Genugtuung legte Beller die Zeitung beiseite. Bestimmt würden sich jetzt wieder die Anzeigen häufen, Anzeigen, die einigen dieser „Wilden", wie Beller sie zu nennen pflegte, ein paar Jahre Strafarbeit einbrächten. Und je mehr Strafarbeiter er brächte, desto zufriedener wäre 518, sein unmittelbarer Vorgesetzter und oberster Gesamtsektorenverwalter.

Daß der Bericht jetzt erst erschien, war von Beller sorgfältig geplant worden. Es ging ihm ja nicht um diesen Hansson, es ging ihm einzig und allein um die Wirkung des Berichtes auf die Bevölkerung. Zu der Zeit, als der Mord geschah, hatte Beller genügend Strafarbeiter, und es wäre unmöglich gewesen, noch weitere aufzunehmen. Außerdem glaubte Beller die Geschichte des Sicherheitsbeamten sowieso nicht. Zu vieles war ihm unklar. Bestimmt hatte Hansson einen Grund gehabt, Keram umzubringen. Aber wen interessierte das? Sollte Hansson jetzt, nach drei Monaten, doch noch gefaßt werden, würde man ihn zu lebenslanger Strafarbeit verurteilen.

Auch heute nachmittag hatte Beller einen Termin bei einer solchen Verhandlung. Es ging um einen Schriftsteller, der ständig aufwiegelndes Zeug schrieb und mit seinen Flugblättern Unruhe in der Bevölkerung stiftete. Natürlich griff er auch die Verwaltung an.

Sicherlich war die Angelegenheit schnell behoben. Beller schätzte die Strafe auf fünf Jahre Arbeitslager in den schottischen Mooren.

Wo kämen wir hin, dachte Beller, wenn jeder seine Meinung rausposaunen könnte, wie er wollte? Das würde nur die einfachen Leute beunruhigen, und manche begännen womöglich, darüber nachzudenken, nachzudenken über sich selbst, ihr Leben, über die Verwaltung und anderes. Und Nachdenken war immer gefährlich. Schließlich waren vor zehn Jahren nicht umsonst alle Bücher aus dem Verkehr gezogen worden. Wozu war schließlich das Videogerät da? Was ging die Leute das an, was man vielleicht vor hundert Jahren geschrieben hatte? Das Übel mußte gleich mit der Wurzel ausgerissen werden.

URTEIL vom 28. Juni 2048 in Sachen Franz Kleras:

> Der Angeklagte wird für schuldig befunden, die Bevölkerung durch Anfertigung und Veröffentlichung von Hetzparolen aufgewiegelt zu haben. Die Anfertigung staatsgefährdender Schriften und der dadurch begangene Betrug an den Bürgern des Westeuropäischen Gesamtstaates sind damit erwiesen. Im Namen des Volkes wird das folgende Urteil verkündet:
>
> Dem Angeklagten werden die bürgerlichen Ehrenrechte auf Lebenszeit aberkannt, er wird zu vier Jahren Strafarbeit im schottischen Hochland verurteilt. In Anbetracht der finanziellen Verhältnisse des Angeklagten wird er zusätzlich zu einem weiteren Jahr Strafarbeit verurteilt, wodurch die Prozeßkosten als abgegolten anerkannt werden.

Franz Kleras durfte über vier Jahre im schottischen Hochland arbeiten. Er durfte Torf stechen, jeden Tag acht Stunden, sechs Tage in der Woche. Er durfte der Gesellschaft dienen und die Ernährung der Bevölkerung sicherstellen. Sonntags durfte er in den Baracken bleiben, während andere in die Kirche gingen, um sich neue Kraft und Hoffnung für die nächsten sechs Tage zu holen.

Franz Kleras durfte noch mehr. Er durfte an seine Frau schreiben, nur kamen seine Briefe niemals an, weil man vermutete, daß auch diese wieder aufrührerische Parolen enthalten könnten. Der Leiter der Strafkolonie pflegte sich seine Zigaretten immer mit beschriebenem Briefpapier anzuzünden. Als Kleras nach zwei Jahren immer noch keine Nachricht von seiner Frau hatte, hörte er auf zu schreiben.

Franz Kleras durfte jeden Tag an der frischen Luft sein, sich den kalten Wind um die Ohren pfeifen lassen, im Regen stehen oder von diesigem Nebel umgeben sein. Ebenfalls stand ihm täglich ein Moorbad zu, was sich mit seiner Tätigkeit als Torfstecher glänzend verband.

Und wie gesagt, er durfte es jeden Tag. Ob sich Kleras nun wohl fühlte oder nicht, ob er Fieber hatte oder Kreuzschmerzen. Er durfte es jeden Tag.

Er durfte auch seine Meinung sagen, ganz öffentlich. Als er den Aufseher einmal „stinkendes Schwein“ nannte, durfte er sogar eine Woche lang fünfzehn Stunden täglich arbeiten. Franz Kleras arbeitete zum Wohl des Staates, den er so oft verleumdet hatte.

Einen Tag bevor er laut Urteil entlassen werden sollte, verschwand Kleras im Moor, niemand sah ihn je wieder.

Am Abend jedoch war Hochstimmung im Lager. Der Aufseher hatte den anderen mitgeteilt, Kleras sei schon einen Tag früher entlassen worden und befinde sich bereits auf dem Heimweg.

Und manche freuten sich, denn sie hatten auch nur noch ein paar Wochen bis zur Entlassung.

DUNKEL hingen die Wolken über dem Tal. Es regnete leicht. In der Ferne erhob sich eine große graue Mauer. In breiten dunklen Streifen rann der Regen daran herab.

Geduckt liefen zwei Gestalten aus dem Schutz des Blätterdickichts in Richtung der Mauer. Während sie jede nur mögliche Deckung ausnutzten, gelang es ihnen, bis auf etwa hundert Meter an die Mauer heranzukommen.

Keuchend blieben sie sitzen. In der Erdmulde hatte sich das Regenwasser gesammelt, und Peter Hansson spürte die Nässe in den Schuhen.

Er sah Sybille an. Da saß sie, mit nassen, schmutzigen Haaren, verdreckt von oben bis unten, genau wie er selbst.

Die letzten zwei Wochen hatten sie kaum etwas gegessen und nur wenig geschlafen. Sie waren auf der Flucht. Auf der Flucht vor dem Staat. Sie hatten zwar noch niemanden zu Gesicht bekommen, aber sie konnten sich denken, daß man sie suchte.

„Glaubst du, daß wir es schaffen?“ fragte Sybille und kaute auf ein paar Nüssen herum, die sie unterwegs gesammelt hatten.

Hansson zuckte mit den Schultern. „In ein paar Stunden werden wir es wissen.“ Er strich ihr übers Haar. Dann wanderte sein Blick an der Mauer entlang. Sie war gut vier Meter hoch, und Hansson wußte nicht, ob sie zusätzlich mit Minengürteln und Selbstschußanlagen gesichert war. Aber sie mußten es schaffen. Es gab kein Zurück. Und das war gut so.

Denn sie waren beide so erschöpft, daß sie am liebsten aufgegeben hätten. Aber die Angst verfolgte sie und trieb sie immer weiter an.

Hansson überprüfte noch einmal seine Kleidung. Er durfte nirgends hängenbleiben. Vorsichtig schlich er sich an die Mauer heran, immer auf den Boden achtend, falls irgendwo ein Draht gespannt war.

Sybille war zurückgeblieben. Er hatte es mit ihr oft genug durchgesprochen. Es durfte einfach nichts schiefgehen.

Je näher die Mauer kam, um so heißer wurde ihm. Er rechnete ständig damit, einen lauten Knall zu hören und zu wissen, es wäre aus. Aber nichts geschah. Entweder war die Mauer gar nicht so gut gesichert, wie er angenommen hatte, oder er hatte bisher einfach unverschämtes Glück gehabt.

Endlich hatte er es geschafft. Er lag direkt am Fuß der Mauer. Er konnte sie riechen. Den kalten, leicht muffigen Geruch von nassen Steinen. Hoch ragte sie über ihm auf. Hansson ergriff das Seil, das er aus Pflanzenfasern geflochten hatte. Am einen Ende war ein Greifhaken befestigt, der sich auf der anderen Seite der Mauer verfangen sollte. Hansson hoffte inständig, daß er auch halten würde.

Er sah sich noch einmal um, dann richtete er sich auf. Er holte Schwung und ließ den Haken los. Nichts. Ein zweiter Versuch. Der Haken verschwand mit einem leisen Klirren hinter der Mauer. Vorsichtig zog er am Seil. Es gab nach, und der Haken kam wieder herunter. Er versuchte es noch einmal. Wieder verschwand der Haken. Diesmal hielt das Seil. Hansson arbeitete sich langsam hoch. Er sah sich ständig um, doch es war nichts Außergewöhnliches zu entdecken. Als er sich ungefähr zwei Meter über dem Boden befand, konnte er Sybille sehen, die noch immer regungslos in der Mulde saß. Er gab ihr ein Zeichen. Dann setzte er seinen Weg fort. Er hatte Mühe, an den glatten, glitschigen Steinen Halt zu finden.

Nach Atem ringend, hing er fünf Minuten später über dem Rand der Mauer und blickte auf die andere Seite. Auch hier war nichts zu sehen. In weiter Ferne konnte er einen dunklen Punkt erkennen: ein Wachhaus.

Sybille war inzwischen unten angekommen und hatte das Seil umfaßt. Hansson zog sie herauf. Es war eine mühsame Arbeit, da

D. Rottermund 1993

er selbst nicht genügend Halt fand. Aber Sybille arbeitete mit. Atemlos ließ sie sich neben ihm auf die Mauerkante fallen.

„Ich dachte schon, ich schaffe es nicht mehr", keuchte sie.

„Wir müssen uns beeilen, Sybille", sagte Hansson schnell. „Solange wir hier oben sind, kann uns jeder sehen."

Er holte das Seil ein, verankerte den Greifhaken in einem Mauervorsprung und ließ es dann auf die andere Seite hinunterfallen. „Ich gehe jetzt runter. Komm bitte erst, wenn ich dir ein Zeichen gebe!"

Langsam und vorsichtig ließ er sich an dem Seil hinab. Dann stand er auf der Erde. Hinter der Mauer. Zum ersten Mal stand er auf einem Boden, der nicht zu diesem Staat gehören konnte. Denn wozu hätte man sonst eine solche Mauer gebaut?

Vor ihm lag ein weites, mit Gras und niedrigen Büschen bewachsenes Land. Er gab Sybille ein Zeichen, und auch sie kam ohne größere Schwierigkeiten herunter.

Sie sahen sich an. Jetzt hatten sie eine Etappe ihres Ziels erreicht. Als nächstes wollten sie zur Küste und von dort aus ihren Weg fortsetzen.

Sie waren etwa zehn Minuten von der Mauer entfernt, als plötzlich der Boden unter ihnen aufzubrechen schien. Es tat einen fürchterlichen Schlag, und Hansson fühlte einen dumpfen Schmerz im Kopf. Er sah Leuchtzeichen am Himmel, und sein letzter Gedanke war: Es hat doch nicht geklappt. Dann wurde es dunkel um ihn.

Drei Wochen waren vergangen, seit Thien verschwunden war. Und es gab immer noch kein Zeichen von ihm.

Auch Ellen, seine Frau, hatte nichts von ihm gehört.

Claus Ludor hatte inzwischen notgedrungen allein an dem Projekt weitergearbeitet. Trotz des Fehlens von Rolf war er gut vorangekommen.

Auch an diesem Abend hatte er wieder einige entscheidende Versuche unternommen. Es schien, als hätte er jetzt die Wirkung des Mittels auf die verschiedenen Gehirnzentren voll unter Kontrolle.

Zufrieden und in Gedanken versunken wollte Ludor gerade das Gebäude verlassen, als ihm einfiel, daß er Levèvre versprochen hatte, eine Nachricht zu hinterlassen. Da Levèvre schon am

Nachmittag gegangen war, wollte er die Nachricht auf dessen Schreibtisch legen.

Er ging noch einmal hinauf in die Laborräume. Von Levèvres Schreibtisch nahm er einen Zettel und wollte gerade eine Kurzfassung der neuesten Ergebnisse aufschreiben, als ihm ein Stück Papier auffiel, das halb unter einem dicken wissenschaftlichen Buch lag.

Normalerweise war Ludor nicht neugierig, aber irgendwie interessierte es ihn plötzlich, was dort stand.

Er zog den Zettel unter dem Buch hervor. Es war ein Fernschreiben. Er überflog es zuerst, dann las er es genauer und schließlich noch einmal Wort für Wort.

> – achtung – stop – dr. thien, rolf, pk 070907-t-6985724 – liquidieren – stop – unauffällig – stop – erwarte sofortige ausführung und vollzugsmeldung – stop – gez. 518 – stop –

Thien war seit drei Wochen verschwunden, und das Fernschreiben war drei Wochen alt. Plötzlich fiel es Ludor wie Schuppen von den Augen. Rolf Thien war liquidiert worden.

Ludor begriff das Ganze noch nicht. Es war zu ungeheuerlich, als daß er es sofort begreifen konnte. Wer war 518?

Er legte das Fernschreiben wieder unter das Buch, wie er es vorgefunden hatte, und wollte gerade gehen, als sein Blick auf die Tür fiel.

Dort stand Professor Levèvre, stumm und regungslos wie ein Mahnmal. Er sagte nichts, sah Ludor nur an.

Ludor war klar, daß Levèvre gesehen haben mußte, wie er das Fernschreiben wieder unter das Buch gesteckt hatte. Er sah ein, daß es wenig Zweck hätte zu leugnen.

Levèvre kam auf ihn zu. „Nun, Claus, haben Sie es gelesen?“ fragte er kalt.

Ludor nickte stumm.

„Sie werden sicherlich wissen wollen, was das alles zu bedeuten hat. Stimmt's?“

„Ja“, sagte Ludor leise. Er wußte nicht, wie er sich verhalten sollte.

„Ich glaube kaum, daß Sie alles verstehen können, denn auch ich verstehe nicht alles, was hier geschieht, obwohl ich etwas länger mit diesen Sachen zu tun habe als Sie. Ich weiß nur, daß ich meine Befehle bekomme, die ich auszuführen habe, und sonst gar nichts. Meine Befehle bekomme ich, wie Sie gesehen haben, aus dem Fernschreiber von 518, und der bekommt sie auch wieder von jemandem. Ich weiß nicht, wer 518 ist und wo er ist, aber ich weiß, daß ich das, was ich aus dem Fernschreiber bekomme, auszuführen habe. Egal, was es auch sei."

„Bin ich auch bald an der Reihe?" fragte Ludor sarkastisch.

„Nein, Ludor, Sie nicht. Warum auch? Wir brauchen Sie ja noch, und zudem haben Sie sich ja noch nicht so viele unnütze Gedanken über unseren Staat gemacht. Sie haben bisher immer Ihre Arbeit getan, und das ist – das können Sie mir ruhig glauben – die beste Lebensversicherung, die es gibt."

Er kam näher. „Sehen Sie, Claus", fuhr er fort, „es mag Sie verwundern, daß ich so offen zu Ihnen spreche, aber Sie haben nun einmal dieses Fernschreiben gelesen. Daran ist nichts mehr zu ändern. Und Sie sind ein hervorragender Wissenschaftler, den unser Staat braucht. Außerdem habe ich heute morgen Ihre Beförderung bekommen, damit sind Sie nicht nur der neue Leiter dieses Labors, sondern gleichzeitig Sicherheitsstufe drei. Das bedeutet, daß in Zukunft Sie solche Nachrichten bekommen werden."

Ludor sah ihn ungläubig an. „Was heißt Sicherheitsstufe drei?"

„Ich sagte Ihnen ja bereits am Anfang, daß es etwas schwer verständlich ist. Es war für mich genauso. Zum Beispiel kann ich Ihnen jetzt auch sagen, daß jeder mit Abhöranlagen überwacht wird, Tag und Nacht. Selbstverständlich nur stichprobenweise. Auch hier im Labor wird abgehört. Die Kontrollen werden allerdings immer spärlicher, je höher die Sicherheitsstufe ist." Levèvre räusperte sich. „Jetzt haben Sie vielleicht auch für Thiens Tod eine Erklärung. Er mußte sterben, weil er sich immer öfter gegen unseren Staat aussprach, und er war unbrauchbar geworden. Wie man sieht, kommen Sie ja auch allein recht gut zurecht."

„Das heißt, wenn ich irgendwann einmal keine richtige Arbeit mehr abliefere, werde ich auch verschwinden."

Levèvre schüttelte den Kopf. „Nein, Claus, so einfach dürfen Sie das nicht sehen. Erstens fehlt Ihnen Voraussetzung Nummer eins, nämlich die Staatsuntreue, und zweitens sind Sie jetzt Sicherheitsstufe drei und gehören damit zum Kreis derjenigen, die sich schon allerhand zuschulden kommen lassen müssen, ehe etwas unternommen wird."

Ludor wunderte sich über die Ruhe, die Levèvre ausstrahlte. „Sehen Sie, es kann ohne weiteres sein, daß auch dieses Gespräch abgehört wird. Aber es ist höchst unwahrscheinlich. Und selbst wenn es geschieht, schadet es auch nichts, weil ich Ihnen dies alles erzählen darf. Und Gedanken über unseren Staat darf ich mir auch machen. Hauptsache, ich verhalte mich letztlich loyal."

„Haben Sie eigentlich keine Skrupel, einfach einen Mann umbringen zu lassen, nur weil dies ein Fetzen Papier von Ihnen verlangt?"

„Nein, Claus. Denn auch ich lebe nur einmal. Sicher, es ist nicht richtig, und in meinem Innersten verurteile ich meine eigene Handlungsweise, doch mein Leben ist mir wichtiger. Genau wie Sie lebe ich recht luxuriös, habe eine hübsche Frau und kaum Sorgen. Soll ich das alles aufs Spiel setzen? Ich kann nun einmal nichts dafür, daß ich in einer solchen Zeit lebe. Waren Sie schon einmal in den Sektoren, wo neunzig Prozent unserer Bevölkerung leben? Waren Sie schon einmal dort, in diesem Elend, diesem Schmutz? Wo jeder verrecken kann, wenn er will oder muß?"

Ludor schwieg erschüttert.

„Wissen Sie eigentlich, wie unsere Bevölkerung im Zaum gehalten wird?" fragte Levèvre aufgebracht.

Ludor schüttelte den Kopf.

„Jeder Bürger bekommt monatlich eine bestimmte Menge Paradieszigaretten, die ein leichtes Rauschgift enthalten. Nach ein paar Packungen sind die meisten abhängig. Jedes Jahr werden die Rationen drastisch gekürzt, und es kommt zu Ausfallerscheinungen. Diejenigen, die noch Zigaretten haben, werden wegen dieses Besitzes ermordet. Die, die keine mehr haben, werden halb wahnsinnig oder begehen Selbstmord, weil sie den Schmutz und Dreck um sich herum nicht mehr ertragen können. Nach einer Woche werden die Leichen abgeholt und gezählt. Beträgt die Anzahl zwanzig Prozent mehr als die Zahl der geschätzten Geburten, ist alles in Ordnung! Beträgt sie aber weniger, wird die Aktion nach ein paar Wochen wiederholt. So macht man bei uns Bevölkerungspolitik."

Ludor hatte sich inzwischen gesetzt. Es war zuviel für ihn. Was hatte er eigentlich bisher gedacht? In welcher Scheinwelt hatte er gelebt? Konnte das alles wahr sein, was Levèvre ihm da erzählte, oder träumte er? Nein, es war kein Traum, es war die Wirklichkeit. Auch ihm kam es vor, als sähe er plötzlich den ganzen Schmutz, in dem er jahrelang gelebt hatte.

„Wer veranlaßt das alles, Professor?" fragte er, ohne eigentlich eine Antwort zu erwarten.

„Ich habe Ihnen schon gesagt, daß ich das auch nicht weiß", antwortete Levèvre. „Ich bekomme meine Anweisungen von 518, und wenn ich Glück habe, werde ich selbst bald 518 sein. Mehr kann ich Ihnen auch nicht sagen. Vielleicht bin ich in ein paar Wochen klüger . . ." Er drehte sich um. „Wir haben genug geredet. Da Sie ja so gut vorangekommen sind, werden wir morgen gleich den ersten Versuch machen. Ich sehe Sie morgen um neun im Labor, Claus. Gute Nacht, und . . . denken Sie nicht soviel darüber nach. Es ist besser so."

Dann war Levèvre wieder verschwunden. Genauso unauffällig, wie er gekommen war.

Es hätte tatsächlich ein Traum sein können, wenn auf dem Schreibtisch vor Ludor nicht immer noch das Fernschreiben gelegen hätte. Er ging die Treppen hinunter, wortlos an dem Portier vorbei und stieg in seinen Wagen.

Er griff sich an den Kopf, als wollte er alles vertreiben, was er gehört und gesehen hatte. Doch es gelang ihm nicht. Immer wieder sah er das Fernschreiben vor sich, hörte er die Worte von Levèvre . . .

Einsam und innerlich ausgebrannt fuhr er in die Nacht.

BRÜTEND lag die heiße Mittagssonne über dem Sektor 43.

Die Arbeiter, die an dem neuen Hochhaus bauten, das dort in den Himmel wuchs, wo noch ein paar Monate zuvor eine zerfallene Holzhütte gestanden hatte, lagen schwitzend und matt im Schatten.

Von diesem Platz aus hatten Peter Hansson und Sybille ihren Weg nach Süden begonnen.

Die Stimmung der Arbeiter war trotz des kräftelähmenden Wetters nicht schlecht. Schon seit zwei Wochen gab es wieder ausreichende Portionen an Paradieszigaretten, und auch das Synth-Bier war überall zu haben.

An manchen abgelegenen Plätzen erinnerten eingeschlagene Fensterscheiben an den Wahn, der noch vor weniger als einem Monat hier geherrscht hatte.

Auch einer der Vorarbeiter, Stefan Borodin, ein stämmiger Mittdreißiger, erinnerte sich mit Schrecken an diese Zeit. Er selbst war nur mit Mühe einer Bande von Totschlägern entkommen, die sich anscheinend zusammengetan hatten, um wehrlosen Spaziergängern die letzten Zigaretten aus der Tasche zu ziehen und sie anschließend umzubringen.

Stefan Borodin wohnte selbst in einem der vielen Hochhäuser im Sektor 43. Er hatte zwei Kinder, die beide legal waren, also aus einer vom Staat genehmigten Ehe stammten.

Borodin hatte vor einem Jahr seine Frau verlassen und einen Antrag auf Neuerteilung gestellt. Er war in der letzten Zeit nicht mehr gut mit seiner Frau ausgekommen. Und da ja jede Ehe automatisch nach fünf Jahren geschieden wurde, wenn nicht beide Partner ausdrücklich darauf bestanden zusammenzubleiben, waren Borodin und seine Frau in Frieden auseinandergegangen.

Borodins Kinder waren in einer staatlichen Erziehungsanstalt untergebracht und genossen die beste Ausbildung. Alle Kinder wurden im Alter zwischen drei und vier Jahren in solche Erziehungsanstalten gesteckt. Denn nur so konnte eine einwandfreie Ausbildung zu einem vollwertigen Mitglied der Gesellschaft erfolgen. Ausnahmen wurden in den Sektoren so gut wie nie gemacht. Die einzigen Kinder, die nicht so erzogen wurden, waren die Freikinder. Sie stammten aus nicht legalisierten Ehen und hatten so gut wie keine Chance auf einen Arbeitsplatz. Man ließ ihnen zwar durch Fernausbildung einiges Wissen zukommen, aber den wenigsten gelang der Sprung in die Gesellschaft.

Stefan Borodin war zum Glück nicht so abhängig von den Paradieszigaretten wie viele seiner Kollegen. Er wußte selbst nicht, warum, aber er verbrauchte nur gut die Hälfte seiner Ration, die anderen schenkte er her oder sparte sie für schlechtere Zeiten. Er las gern und stöberte mit Vorliebe auf alten Dachböden herum, in der Hoffnung, hier und da noch etwas zu entdecken. Er sprach davon zu niemandem, denn das Lesen alter Bücher, die noch nicht unter staatlicher Aufsicht herausgegeben worden waren, war strengstens untersagt.

Er beobachtete seine Kollegen, die dösend im Staub lagen. Er saß da, starrte sie an, dann auf den Boden, er sah in den Himmel, in die Sonne, die glühend auf ihn herunterbrannte. Vor seinen Augen tanzten schwarze Punkte.

Wie hatte es wohl früher hier ausgesehen? Hatte es schon immer die Hochhäuser gegeben, staubige Straßen, Gestank von toten Hunden und Katzen oder vom Kot der grauschwarzen Tauben? Riesige Müllkippen und alte Autowracks, schleimige Abwassergruben und graubraune Flüsse, die von der Industrie verpestet waren?

In Borodins Kopf wirbelte alles durcheinander. Was war plötzlich mit ihm los? Warum sah er alles so negativ?

Bisher hatte er fünfunddreißig Jahre gelebt, ohne daß ihm etwas sonderlich aufgefallen wäre. War es das, was er in den alten Büchern las?

Der Nachmittag war eine Qual für Borodin. Er schuftete, ohne an seine Arbeit zu denken. Ständig wirbelten ihm Gedanken durch den Kopf, Gedanken an eine Welt, wie sie früher vielleicht einmal gewesen war.

Unentschlossen steckte er sich eine der Paradieszigaretten an. Bald verspürte er die entspannende und wohltuende Wirkung. Die Arbeit ging ihm wieder leichter von der Hand.

Erst nach Arbeitsschluß, als die Wirkung nachließ, begannen sich seine Gedanken neu zu formen. Gedanken an die alten Bücher, an die schrecklichen Wochen, die hinter ihm lagen, an herumliegende Leichen, die von der Müllabfuhr eingesammelt wurden.

Während er durch die überfüllten staubigen Straßen schlenderte, fiel ihm plötzlich ein, woher er die Bilder hatte, die sich in seinem Kopf breitmachten. Bilder von klarem Wasser, von wilden Tieren und frischer Luft. Es war ein uraltes Buch gewesen . . .

Als die Indianer noch ein Volk waren, das träumte und glaubte, sein Land und seine Bestimmung seien unteilbar . . .

Der große Häuptling in Washington sendet Nachricht, daß er unser Land zu kaufen wünscht.

Wie kann man den Himmel kaufen und verkaufen – oder die Wärme der Erde? Diese Vorstellung ist uns fremd. Wenn wir die Frische der Luft und das Glitzern des Wassers nicht besitzen – wie könnt ihr sie von uns kaufen?

Jeder Teil der Erde ist meinem Volk heilig, jede glitzernde Tannennadel, jeder sandige Strand, jeder Nebel in den dunklen Wäldern. Jede Lichtung, jedes summende Insekt ist heilig in den Gedanken und Erfahrungen meines Volkes. Der Saft, der in den Bäumen steigt, trägt die Erinnerung des roten Mannes.

Die Toten der Weißen vergessen das Land ihrer Geburt, wenn sie fortgehen, um unter den Sternen zu wandeln. Unsere Toten vergessen diese wunderbare Erde nie – denn sie ist die Mutter des roten Mannes.

Wir sind ein Teil der Erde, und sie ist ein Teil von uns. Die duftenden Blumen sind unsere Schwestern, die Hirsche, das Pferd, der große Adler – sie sind unsere Brüder. Die felsigen Höhen, die saftigen Wiesen, die Körperwärme des Pferdes – und des Menschen –, sie alle gehören zur gleichen Familie.

Wenn also der große Häuptling in Washington verlangt, daß wir unser Land verkaufen – so verlangt er viel von uns.

Denn bald werdet ihr das Land überfluten, wie Flüsse hinabstürzen nach einem unerwarteten Regen. Mein Volk ist wie eine ebbende Gezeit – aber ohne Wiederkehr.

Glänzendes Wasser, das sich in Bächen und Flüssen bewegt, ist nicht nur Wasser, sondern das Blut unserer Vorfahren. Wenn wir euch unser Land verkaufen, so müßt ihr wissen, daß es heilig ist, und eure Kinder lehren, daß es heilig ist und daß jede flüchtige Spiegelung im klaren Wasser der Seen von Ereignissen und Überlieferungen aus dem Leben meines Volkes erzählt.

Das Murmeln des Wassers ist die Stimme unserer Vorväter.

Die Flüsse sind unsere Brüder – sie stillen unseren Durst. Die Flüsse tragen auch unsere Kanus und nähren unsere Kinder. Wenn wir euch das Land verkaufen, so müßt ihr euch daran erinnern und eure Kinder lehren: Die Flüsse sind eure Brüder – ihr müßt den Flüssen Güte geben so wie jedem anderen Bruder auch.

Der rote Mann zog sich immer zurück vor dem eindringenden weißen Mann – so wie der Frühnebel in den Bergen der Morgensonne weicht. Aber die Asche unserer Väter ist uns heilig. Wir wissen, daß der weiße Mann unsere Art nicht versteht. Die Erde ist sein Bruder nicht, sondern Feind, und wenn er sie erobert hat, schreitet er weiter. Er läßt die Gräber seiner Väter zurück – und kümmert sich nicht.

Er stiehlt die Erde von seinen Kindern – und kümmert sich nicht.

Er behandelt seine Mutter, die Erde, und seinen Bruder, den Himmel, wie Dinge zum Kaufen und Plündern.

Sein Hunger wird die Erde verschlingen und nichts zurücklassen als eine Wüste.

Es gibt keine Stille in den Städten der Weißen. Das Geklapper scheint unsere Ohren zu beleidigen. Was gibt es schon im Leben, wenn man nicht den einsamen Schrei des Ziegenmelkers hören kann oder das Gestreite der Frösche am Teich bei Nacht?

Ich bin ein roter Mann und verstehe das nicht. Der Indianer mag das sanfte Geräusch des Windes, der über die Teichfläche streicht, und den Geruch des Windes, gereinigt vom Mittagsregen oder schwer vom Duft der Kiefern.

Die Luft ist kostbar für den roten Mann – denn alle Dinge teilen den gleichen Atem, das Tier, der Baum, der Mensch.

Der weiße Mann scheint die Luft, die er atmet, nicht zu bemerken; wie ein Mann, der seit vielen Tagen stirbt, ist er abgestumpft gegen Gestank.

Aber wenn wir euch unser Land verkaufen, dürft ihr nicht vergessen, daß die Luft kostbar ist. Der Wind gab unseren Vätern den ersten Atem und empfängt den letzten. Und wenn wir euch unser Land verkaufen, so müßt ihr es als ein besonderes und geweihtes schätzen, als einen Ort, wo auch der weiße Mann spürt, daß der Wind süß duftet von den Wiesenblumen.

Der weiße Mann muß auch die Tiere behandeln wie seine Brüder. Denn was ist ein Mensch ohne die Tiere? Wären alle Tiere fort, so stürbe der Mensch an der großen Einsamkeit des Geistes. Was immer den Tieren geschieht, geschieht bald auch den Menschen.

Lehrt eure Kinder: Die Erde ist eure Mutter. Wenn Menschen auf die Erde spucken, bespeien sie sich selbst.

Denn das wissen wir – die Erde gehört nicht den Menschen, der Mensch gehört der Erde. Alle Dinge sind miteinander verbunden. Was die Erde befällt, befällt bald auch den Menschen.

Der Mensch schuf nicht das Gewebe des Lebens, er ist darin nur eine Faser. Was immer ihr dem Gewebe antut, tut ihr euch selbst an.

Mein Volk fragt: Was will denn der weiße Mann kaufen?

Wie kann man den Himmel oder die Wärme der Erde kaufen oder die Schnelligkeit des Gabelbocks? Könnt ihr denn mit der

Erde tun, was ihr wollt? Nur weil der rote Mann ein Stück Papier unterzeichnet und es dem weißen Manne gibt?

Wenn wir die Frische der Luft und das Glitzern des Wassers nicht besitzen, wie könnt ihr sie von uns kaufen?

Könnt ihr die Bisons zurückkaufen, wenn der letzte getötet ist?

Warum soll ich trauern um den Untergang meines Volkes? Völker bestehen aus Menschen – nichts anderem. Menschen kommen und gehen wie die Wellen des Meeres. Eines wissen wir, was der weiße Mann vielleicht nie entdecken wird: Unser Gott ist derselbe. Ihr denkt vielleicht, daß ihr ihn besitzt – so wie ihr unser Land zu besitzen trachtet –, aber das könnt ihr nicht. Er ist der Gott der Menschen – aller Menschen.

Auch die weißen Männer werden vergehen, eher vielleicht als andere Stämme. Fahret fort, euer Bett zu verseuchen, und eines Tages werdet ihr im eigenen Abfall ersticken. Aber in eurem Untergang werdet ihr strahlen, angefeuert von der Stärke Gottes, der euch in dieses Land brachte und euch dazu bestimmte, über den roten Mann zu herrschen. Diese Bestimmung ist uns ein Rätsel.

Wenn alle Bisons geschlachtet sind, die wilden Pferde gezähmt, die heimlichen Winkel des Waldes schwer vom Geruch des Menschen und der Anblick reifer Hügel geschändet von rostigen Drähten, dann bedeutet dies das Ende des Lebens und den Beginn des Überlebens.

Gott gab euch die Herrschaft über die Tiere, die Wälder und das Wasser. Vielleicht könnten wir das alles verstehen, wenn wir wüßten, wovon ihr träumt – welche Hoffnungen ihr euren Kindern an langen Winterabenden schildert, so daß sie sich nach einem Morgen sehnen.

Selbst der weiße Mann kann seiner Bestimmung nicht entgehen. Vielleicht sind wir doch Brüder. Wir werden sehen . . .

BORODIN war inzwischen zu Hause angekommen. Noch immer in Gedanken versunken, schloß er die Wohnungstür auf. Sein Blick fiel zuerst auf den hölzernen Tisch, der in der Mitte des Zimmers stand. Es lag ein Brief darauf. Bestimmt hatte ihn der Hausverwalter hingelegt. Er öffnete ihn. Es war die Genehmigung zu einer neuen Heirat. Elly, seine derzeitige Freundin, hatte die besten Voraussetzungen, seine Frau zu werden. Nicht nur die psychologischen Übereinstimmungsmerkmale waren gegeben, auch vom genetischen Standpunkt aus war alles in Ordnung.

Befriedigt legte Borodin das Schreiben beiseite. Elly mußte bald kommen. Sie arbeitete in der Zentralregistratur der Sektorenverwaltung, einem riesigen steingrauen Gebäude außerhalb des Stadtzentrums.

Während Borodin sich umzog, fiel sein Blick auch auf die kleine Kiste, in der er unter Wäschestücken und allerhand Kleinkram seine Bücher verbarg, die er gesammelt hatte. Der Deckel war nicht zugeklappt.

Hatte er den Deckel offengelassen? Normalerweise tat er so etwas nicht.

Der Klang der Türglocke ließ ihn herumfahren. Er sah auf die Uhr. Elly konnte es noch nicht sein. Sie hatte erst in fünf Minuten Schluß.

Borodin öffnete. Er hatte ein ungutes Gefühl.

Vor der Tür standen drei Männer, die unschwer als Beamte des Staatlichen Sicherheitsdienstes zu erkennen waren. „Sie sind Stefan Borodin?" Er nickte. „Ja, warum?"

„Zu Fragen haben Sie später Zeit. Bitte ziehen Sie sich fertig an, und kommen Sie mit!"

Borodins Gehirn arbeitete fieberhaft. Es hatte im Augenblick keinen Wert, weitere Fragen zu stellen. Er hätte sowieso keine Antwort bekommen. Mit dem Sicherheitsdienst war nicht zu spaßen.

Er zog sich fertig an und folgte dann den drei Uniformierten.

Im Treppenhaus begegneten sie noch ein paar Nachbarn, die gerade von der Arbeit nach Hause kamen. Keiner sagte einen Ton, sie blickten Borodin nicht einmal an. Niemand wollte ihn kennen. Es war, als habe er noch nie hier gewohnt.

Warum sprach man nicht mehr mit ihm? Sollte das Ganze doch mit seinen Büchern zu tun haben? Ihm fiel ein, daß er gar nicht nachgesehen hatte, ob überhaupt noch alle Bücher vorhanden waren.

In dem bekannten rot-schwarzen Wagen des SSD wurde er in die Sektorenverwaltung gebracht.

Sie stiegen gerade aus, als Borodin Elly aus dem Gebäude kommen sah. Er winkte ihr und rief ihren Namen.

Sie sah ihn kurz an, dann drehte sie sich um. Also kannte auch Elly ihn nicht mehr.

Langsam keimte in Borodin ein Verdacht, der zu schrecklich war, um ihn weiterzudenken.

Er konnte sich dunkel daran erinnern, daß er Elly einmal erzählt hatte, was er in der Kiste aufbewahrte. Aber sie hatte sich nie dafür interessiert und ihm nur geraten, mit niemandem darüber zu sprechen. Und das hatte Borodin auch getan. War er wegen der Bücher verhaftet worden? Dann mußte Elly ihn verraten haben.

Seine frühere Frau konnte es nicht gewesen sein, denn sie selbst hatte oft in den Büchern gelesen, und sie hatten sich beim Auseinandergehen geschworen, nie davon zu erzählen. Er hätte auf Sigrid hören sollen.

Was mochte sie wohl jetzt tun? Ob sie schon wieder einen Mann gefunden hatte? Eigentlich tat es ihm manchmal leid, daß sie sich getrennt hatten. Gab es nicht in jeder Gemeinschaft Reibereien?

„Setzen Sie sich endlich, oder wollen Sie noch länger in der Gegend rumstehen?"

Borodin war aus seinen Gedanken geholt worden. Er setzte sich. Ihm gegenüber saß ein kleiner, glatzköpfiger Mensch mit Brille.

Das Zimmer war weiß gestrichen, und es lag der muffige Geruch von alten Akten in der Luft.

„Ihr Name ist Stefan Borodin?" fragte der Glatzköpfige.

Borodin nickte.

Der Mann sah ihn scharf an, dann blätterte er in einem Stoß Papieren, der vor ihm auf dem Schreibtisch lag. „Nun, Borodin, dann wollen wir gleich zur Sache kommen!" Er zog aus einer Schreibtischschublade ein Buch hervor.

Borodin zuckte zusammen. Es war das Buch, das er erst vor kurzem gelesen hatte.

„Haben Sie etwas dazu zu sagen?"

Borodin zuckte mit den Schultern. Er wußte, daß Leugnen keinen Zweck hatte. „Es gehört mir, ich habe es gefunden."

„Fein, dann wäre ja alles geklärt. Wie Sie sich sicherlich denken können, war es nicht das einzige Buch, das wir bei Ihnen gefunden haben. Sie wissen auch, daß das Lesen von staatlich nicht genehmigten Büchern verboten ist."

Borodin gab darauf keine Antwort. Er sah an dem Glatzkopf

vorbei durch das Fenster, das einen kleinen Ausschnitt des gegenüberliegenden Gebäudes freigab. Es schien ihm, als sei die Luft trübe.

„Ich fürchte, Sie begreifen nicht ganz, in welcher Situation Sie sich befinden!" fuhr ihn der Glatzkopf an. „Sie haben offen zugegeben, solche aufrührerischen Bücher gelesen zu haben. Das bedeutet mindestens zehn Jahre Zwangsarbeit."

Langsam hob Borodin den Kopf und sah sein Gegenüber an. „Ich weiß, und ich kann daran nichts ändern. Ich lese nun einmal, dazu habe ich es ja gelernt."

„Was Sie lesen, ist Sache des Staates, Borodin! Er entscheidet, was für Sie gut ist!"

„Wenn Sie meinen . . .", sagte Borodin ruhig.

Der Glatzkopf bekam einen roten Kopf.

„Können Sie mir vielleicht sagen, woher Sie diese Information haben, ich meine, daß ich solche Bücher lese?"

„Das würde auch nichts mehr ändern."

„Für mich schon", entgegnete Borodin.

Er hatte verstanden. Sein Verdacht hatte sich bestätigt. Es mußte Elly gewesen sein.

„Ich . . .", fing Borodin an.

„Ja?"

„Ich möchte nur sagen, daß ich mich unschuldig fühle."

„Sagen Sie es ruhig, Borodin!" meinte der Glatzkopf und fing schallend an zu lachen. „Sie glauben wohl, ich klopfe Ihnen jetzt auf die Schulter und lasse Sie laufen?"

„Das erstere können Sie getrost sein lassen", entgegnete Borodin ruhig.

„Ich sehe, Sie sind durch diese Bücher schon grundlegend verdorben. Um zu verhindern, daß Sie noch andere ordentliche und arbeitsame Mitglieder unserer Gesellschaft anstecken, werde ich Sie aus dem Verkehr ziehen müssen. Ich werde Sie am besten in ein Arbeitslager stecken. Vielleicht haben Sie dort genügend Zeit, wieder zur Vernunft zu kommen."

Borodin stand auf. Er lächelte. „Wissen Sie, vielleicht mag es für Sie verwunderlich klingen, aber Sie tun mir leid. Sie haben wohl noch nie solche Bücher gelesen. Und wenn . . . dann haben Sie sie bestimmt nicht verstanden. Sie kennen nur Ihre Anweisungen, sonst nichts. Ansonsten laufen Sie unter staatlicher

Aufsicht herum, mit einem Balken vor dem Kopf. Und das schlimmste daran ist, daß Sie sich wahrscheinlich auch noch großartig dabei vorkommen. Wenn Sie wüßten, wie blind und dumm Sie eigentlich sind, würden Sie sich selbst zu Zwangsarbeit verurteilen."

Borodin atmete tief durch. Es hatte ihm wohlgetan. Endlich hatte er einmal das gesagt, was er dachte.

Der Glatzkopf schnappte nach Luft. Sein Mund stand weit offen wie das Maul eines erstickenden Fisches.

Er sah aus, als würde er jeden Moment platzen. „Raus!" schrie er. „Führen Sie dieses . . . dieses staatsgefährdende Subjekt aus meinem Zimmer, und werfen Sie es in das dreckigste Loch, das wir haben!"

„Da werden Sie sicherlich nicht lange suchen müssen."

Als Antwort erhielt Borodin einen Schlag gegen das Kinn. Zwei Beamte packten ihn und schleiften ihn hinaus.

Die Zelle, in die man ihn steckte, war tatsächlich ein Dreckloch. Es stank grauenerregend.

Borodin setzte sich auf einen verschimmelten Holzhocker. Er blickte zu dem kleinen Luftloch hinaus, durch das dünn ein Lichtstrahl fiel.

Würde er hier jemals wieder herauskommen?

GELBROT ging die Sonne über dem Mittelmeer auf.

Es war sechs Uhr morgens, und die Straßen Marseilles waren noch leer, als Ludor seinen Wagen vor dem staatlichen Labor abstellte.

In den Versuchsräumen erwartete ihn bereits Professor Levèvre. Ludor erwiderte seinen Gruß und setzte sich. Man merkte beiden nichts an von dem, was sich noch vor weniger als vierundzwanzig Stunden an diesem Platz abgespielt hatte.

„Nun, Claus", begann Levèvre, „heute werden wir sehen, wie Ihr Mittel wirkt."

„Haben Sie einen Patienten?" fragte Ludor teilnahmslos.

Levèvre nickte eifrig. „Ja, einen ganz jungen sogar. Wir werden sehen, wie er reagiert."

Einen Augenblick später öffnete sich die Tür, und ein Sicherheitsbeamter kam herein. An seiner Seite stand ein vielleicht zwanzig Jahre alter Mann mit strohblondem Haar.

„Das ist Herr Hansson, er hat sich freiwillig zu dem Versuch gemeldet“, erklärte Levèvre.

Ludor musterte den Jungen. Er wirkte intelligent und sah auch keineswegs krank aus, höchstens ein wenig erschöpft.

„Wissen Sie, was das für ein Versuch ist, der Sie erwartet?“ fragte Ludor den Jungen.

Der junge Mann schüttelte den Kopf. „Nein, ich habe keine Ahnung. Aber ich dachte mir, es ist immer noch besser, sich für einen Versuch zur Verfügung zu stellen, als in einem Straflager zu verrecken.“

Ludor sah ihn erstaunt und gleichzeitig erschrocken an. Sein Blick schweifte zu Levèvre hinüber, der ihm auswich.

Ludor wandte sich an den Sicherheitsbeamten. „Würden Sie uns bitte einen Augenblick allein lassen?“

Der Beamte nickte und führte den Jungen wieder hinaus.

„Stimmt das, was der Junge gesagt hat?“ fragte Ludor scharf.

Levèvre räusperte sich. „Ich wollte zwar im Moment nicht darauf zurückkommen, aber jetzt zwingen Sie mich dazu. Sie erinnern sich doch bestimmt an unser Gespräch von gestern abend. Was unser Staat braucht, sind gehorsame Bürger. Dies gilt für mich genauso wie für Sie und für alle anderen. Dieser Hansson hat einen Sicherheitsbeamten umgebracht und ist anschließend mit seiner Freundin über die Grenze seines Sektors geflüchtet. Natürlich wurden sie erwischt. Die armen Teufel wußten nicht, daß auch hinter der Sektorengrenze noch die gleiche Regierung das Sagen hat.“ Er machte eine kleine Pause. „Dieser Hansson ist aber kein gewöhnlicher Mörder. Er hat da eine Geschichte geschildert, die wir ihm sogar glauben. Nur zugeben dürfen wir es nicht.“

„Natürlich nicht“, unterbrach ihn Ludor.

„Deswegen“, fuhr Levèvre unbeirrt fort, „werden wir ihn auch nicht in ein Straflager stecken, sondern geben ihm die Chance, wieder ein gutes und vollwertiges Mitglied unserer Gesellschaft zu werden.“

„Sie wollen also einen gesunden und geistig völlig intakten Menschen unter den Einfluß einer Droge stellen?“ fragte Ludor.

„Warum nicht?“ entgegnete Levèvre. „Er mag zwar für Sie gesund erscheinen. Aber für die Regierung ist er krank. Er wird immer wieder versuchen, gegen diesen Staat zu revoltieren. Und das müssen wir unterbinden. Am sichersten wäre natürlich ein

Straflager. Aber durch Ihre Erfindung geben wir vielleicht Hunderten oder Tausenden solcher Menschen die Gelegenheit, für diesen Staat wieder tragbar zu werden."

„Vielleicht sollte man – wenn es so viele Menschen gibt, die etwas gegen den Staat haben – am Staat etwas ändern", sagte Ludor schroff. „Oder glauben Sie, daß diese Menschen für nichts und wieder nichts ihr Leben aufs Spiel setzen, nur um von hier wegzukommen?"

„Ich habe Ihnen schon einmal gesagt, Sie sollen nicht soviel über unsere Regierung nachdenken, Claus!" Levèvres Ton war warnend.

„Ich habe meine Erfindung also gemacht, damit Leute wie dieser junge Mann, der nur eine eigene Meinung hat und aus diesem Land heraus möchte, zu willenlosen Sklaven gemacht werden?"

Levèvre stand auf und ging auf Ludor zu. „Claus, nehmen Sie es nicht so schwer. Ich kann verstehen, daß für Sie seit gestern eine Welt zusammengebrochen ist . . . aber wir leben nun einmal in diesem Staat, und dieser Staat verlangt das von uns. Wissen Sie, wie es anderswo aussieht?"

„Wie halten Sie das aus, Professor?" fragte Ludor verzweifelt. „Mit welchem Recht verlangt der Staat das von uns?"

Levèvre rieb sich das Kinn. „Ich würde sagen, mit dem Recht des Stärkeren."

„Ich weiß nicht, was ich von Ihnen halten soll. Auf der einen Seite kann man mit Ihnen ganz vernünftig reden, auf der anderen Seite bringen Sie einen Menschen um, nur weil es ein Fernschreiben von Ihnen verlangt."

„Das ist genau das, worauf es ankommt. Unbedingte Loyalität gegenüber dem Staat. Nur so können Sie nach oben kommen. Und nur wenn Sie oben sind, können Sie ein Leben führen, wie es Ihnen gefällt."

„Auf Kosten von anderen", sagte Ludor bitter.

„Claus, ich habe Ihnen schon einmal gesagt, daß ich mein eigenes Leben liebe. Mehr als alles andere. Denn ich habe nur eines. Und genau deshalb handle ich so."

Er ging ein wenig im Labor umher; dann wandte er sich wieder an Ludor. „Und ich halte es für das beste, wenn Sie meinen Rat befolgen. Am besten, wir fangen jetzt gleich mit den Versuchen an."

„Nein!" Ludor schüttelte den Kopf. Das „Nein" hatte derart entschlossen geklungen, daß Levèvre unwillkürlich zusammenzuckte.

„Wie meinen Sie das?"

„So, wie ich es sage, Professor. Ich werde diesen Versuch nicht durchführen. Zumindest jetzt nicht."

„Gut, Claus, warten wir bis morgen. Meine Tage hier sind sowieso gezählt. Sie haben als Leiter des Labors natürlich das Recht zu bestimmen, wann die Versuche gemacht werden. Aber vergessen Sie nicht, auch Ihnen können Befehle erteilt werden von 518, und 518 . . . das werde ich sein. Ich habe lange Geduld gehabt mit Ihnen, Sie sind ein hervorragender Wissenschaftler. Aber irgendwann wird es einmal ein schlimmes Ende nehmen. Nehmen Sie sich in acht, Claus!"

Ludor stand wortlos auf und ging hinaus. Auf dem Flur steckte er sich eine Zigarette an. Gierig zog er den würzigen Rauch ein. Seine Hände zitterten.

Hatte sich denn plötzlich alles gegen ihn verschworen? Seit er wußte, daß Rolf umgekommen war, war ihm, als steckte er in einem Haufen Dreck, aus dem er nicht mehr herauskam.

Er hatte sich fest vorgenommen, den Versuch nicht auszuführen, unter gar keinen Umständen. Er wollte nicht, daß irgend jemand durch seine Erfindung einen Nachteil erlitt.

Ludor nahm noch einen Zug, dann trat er die halb gerauchte Zigarette aus.

Er brauchte jetzt erst einmal Zeit, Zeit, um alles Neue und Schreckliche zu verdauen, das er in den letzten Tagen erfahren hatte.

ER FUHR auf dem schnellsten Weg nach Hause. Als er das Wohnzimmer betrat, saß Monique weinend auf der Couch.

„Monique, um Gottes willen, was ist denn?"

Ohne ihn anzusehen, gab sie ihm ein Blatt, das vor ihr lag. Ludor nahm es und las:

> Im Interesse Ihrer Tochter Beatrice, geb. am 5. 5. 2036, wird hiermit angeordnet, daß Beatrice Ludor mit sofortiger Wirkung in eine staatliche Erziehungsanstalt eingewiesen wird. Nur durch diese Maßnahme ist gewährleistet, daß aus Ihrem Kind ein vollwertiger und rechtschaffener Bürger unseres Staates wird.
>
> gez. Roberts, SSD

Ludor ließ den Brief sinken. Er sah Monique an, die immer noch weinte. Privatlehrer waren also nicht gut genug. Beatrice in eine staatliche Erziehungsanstalt!

Plötzlich hieb er mit der Faust auf den Glastisch, so daß die Zimmerleuchte, die am Rand gestanden hatte, herunterfiel. „Was wollt ihr denn noch, ihr Schweine?" brüllte er. „Langt es euch nicht, daß ihr Thien umgebracht habt? Müßt ihr jetzt auch noch mein Kind haben?"

Monique hatte aufgehört zu weinen. So hatte sie Claus noch nie erlebt. Und sie hatte sich auch nicht vorstellen können, daß es bei ihm jemals zu einem solchen Gefühlsausbruch kommen könnte.

Ludor sah an Moniques ängstlichem, teils verwundertem Gesichtsausdruck, daß sie ihn nicht verstand. Da er ihr von Thiens Ermordung noch nichts erzählt hatte, konnte sie es auch nicht verstehen.

„Ja, Monique, Rolf ist umgebracht worden. Er hatte sich zu viele Gedanken gemacht. Und außerdem kann ich die Versuche nun auch ohne ihn weiterführen. Man hat ihn ganz offiziell umbringen lassen. Ich habe es dir bisher noch nicht gesagt, weil ich selbst nicht wußte, was ich davon halten soll . . . und weil wir abgehört werden." Den letzten Teil des Satzes hatte er etwas lauter gesagt. „Ja, wir werden seit Jahren vom SSD abgehört, alles, was in diesem Hause geschieht, ist öffentlich bekannt."

Er drehte sich um und schrie in den Raum: „Hört nur zu, ihr Schweine, ihr gottserbärmlichen Schweine!"

Genauso plötzlich, wie er gekommen war, war der Wutanfall wieder vorbei. Ein Gefühl der Leere breitete sich in Ludor aus. Er fühlte seine Ohnmacht gegenüber dem SSD. Irgendwie tat es ihm schon leid, daß er sich so offensichtlich und lautstark gegen den SSD geäußert hatte. Damit hatte er sich selbst einige Wege verbaut . . .

„Was tun wir jetzt?" fragte Monique.

Ludor hob nur die Schultern. Dann gab er ihr ein Zeichen, mit ihm zu kommen.

Sie gingen gemeinsam hinunter ans Meer, das heute flach wie ein Spiegel vor ihnen lag.

„Ich hoffe, daß wir hier nicht abgehört werden." Er sah zu seiner Jacht hinüber, die majestätisch am Steg lag. „Wärst du damit einverstanden, wenn wir hier alles aufgeben würden, Monique, aufgeben für unsere Freiheit?"

„Wie meinst du das?" fragte Monique erstaunt.

„Ich meine, wir sollten einfach mit unserer Jacht verschwinden. Weit fort, wo uns niemand findet."

„Weißt du, wo wir sicher sind?"

„Nein", sagte Ludor zögernd, „das ist es eben. Ich weiß auch nicht, was uns jenseits des Meeres erwartet. Aber ich hoffe immer noch, daß sich irgendwo auf diesem Planeten ein Stückchen Land finden läßt, auf dem Menschen in Freiheit leben können."

„Und du meinst, das kann uns gelingen, trotz deines Wutausbruchs vorhin?"

„Irgendwie werden wir es schon schaffen, Monique", sagte Ludor überzeugt. Er nahm sie in die Arme und küßte sie. „Ich lasse mir meine Tochter nicht wegnehmen, nicht von diesem Staat!"

„Wir müssen sehr vorsichtig sein, Claus. Damit es dir nicht wie Rolf ergeht."

„Ohne mich können sie die Versuche nicht fortführen. Das wird uns genügend Zeit bringen. Außerdem bin ich ja jetzt Leiter des Labors. Ich glaube schon, daß ich da einiges machen kann." Er sah sie lächelnd an. „Glaub mir, es wird gutgehen! Vielleicht haben wir auch Glück gehabt, und unsere Wohnung wurde gerade nicht bewacht. Schließlich können sie ja nicht alle Wohnungen zur gleichen Zeit abhören."

„Hoffen wir es!" meinte Monique mit einem Seufzer.

Sie konnten nicht wissen, daß Ludors Wohnung gerade in dieser Woche nicht auf der Überwachungsliste stand.

Am nächsten Morgen fuhr Ludor wieder nach Marseille. Er hatte überlegt, was wohl besser durchzuführen sei: entweder gleich abzufahren oder die ganze Sache ruhig und kühl zu planen.

Die erste Möglichkeit wäre zweifellos die sicherste gewesen, jedoch nicht die beste. Ludor setzte hauptsächlich darauf, daß sein Wutausbruch nicht abgehört worden war.

Dann standen ihm noch alle Wege offen.

Im Labor empfing ihn Levèvre freundlich. Ludor atmete auf.

„Guten Morgen, Claus. Wie ich sehe, haben Sie es sich nun doch anders überlegt." Er holte ein Fernschreiben aus einer der

Schreibtischschubladen. „Hier ist Ihre offizielle Ernennung zum Leiter dieses Labors!"

Ludors Miene hellte sich auf. „Ich glaube, ich war gestern etwas zu aufgebracht, Professor. Es war alles etwas viel." Es gelang Ludor nur schwer, diese Worte glaubhaft über die Lippen zu bringen. „Und was tun Sie jetzt, Professor?" fragte er dann.

„Ich werde woanders hingehen. Vielleicht erhalten Sie Ihre Befehle künftig von mir . . . aber das habe ich ja schon gesagt."

Ludor fühlte, daß der richtige Moment gekommen war. Anscheinend war er gestern tatsächlich nicht abgehört worden. Und jetzt, als Leiter des Labors, konnte er sich allerhand Freiheiten herausnehmen. In Ludors Kopf reifte bereits ein Plan, während ihn Levèvre in seinen neuen Tätigkeitsbereich einführte. Das meiste wußte er ohnehin schon.

„Ihre Befehle kommen alle aus diesem Fernschreiber; ansonsten brauchen Sie sich um keine Anordnungen zu kümmern." Er deutete auf den Fernschreiber, fast ehrfurchtsvoll. „So, und jetzt lasse ich Sie allein, ich werde noch heute vormittag verschwinden, und Sie werden mich wahrscheinlich nie mehr sehen." Er reichte Ludor die Hand.

„Vielen Dank noch einmal, Professor . . . für alles", sagte Ludor lächelnd.

„Ist schon gut, Claus. Sie werden sich schon einleben."

Als Levèvre gegangen war, machte es sich Ludor hinter dem Mahagonischreibtisch bequem. Jetzt gehörte auch er zu den Leuten, die Befehle gaben. Das Labor war ihm unterstellt. Aber wer steckte hinter 518? Und wer steckte hinter diesem ganzen System?

Warum hatte man ihm ausgerechnet eine solch verantwortungsvolle Position übergeben, wenn man gleichzeitig forderte, daß seine Tochter in eine Erziehungsanstalt kommen sollte?

Er schaltete das Videophon ein und drückte die Nummer des Bildungsministeriums in der zentralen Sektorenverwaltung.

Ein hübsches Mädchen erschien auf dem Bildschirm. „Bildungsministerium, Sie wünschen bitte?" flötete sie.

„Kann ich Herrn Roberts sprechen, vom SSD?" fragte Ludor.

„Sofort, ich verbinde!" sagte sie schnell, und der Bildschirm wurde dunkel.

Sekunden später erschien ein kantiges Gesicht auf dem Bildschirm.

Die schwarzen Haare waren streng nach hinten gekämmt, und die dunklen, fast schwarzen Augen sahen Ludor scharf an. Der etwa vierzigjährige Mann meldete sich mit einer tiefen Stimme.

„Herr Roberts, Sie haben angeordnet, daß meine Tochter in eine staatliche Erziehungsanstalt kommen soll. Ich hätte gern gewußt, warum das so plötzlich geschieht."

„Moment, Herr Ludor, ich hole mir die Akte." Wenig später meldete er sich wieder. „Wie ich den Unterlagen entnehme, gehören Sie seit kurzem zu einem Kreis der ausgewählten Leute. Nun, wenn ich das einmal erklären darf: Auch meine Kinder sind in staatlichen Erziehungsheimen. Und wissen Sie, warum? Weil ich keine Zeit mehr für sie habe. Mein Beruf und meine Stellung lassen das nicht mehr zu. Und genauso wird es Ihnen ergehen, wenn Sie erst einmal voll drin sind."

Ludor versuchte, ein möglichst freundliches Gesicht zu machen. Es fiel ihm auch gar nicht so schwer, denn er fühlte sich unheimlich erleichtert. Das war es also gewesen! Er war froh, daß er sich gegenüber Levèvre so zurückhaltend geäußert hatte. Er hätte sich sonst alles kaputtgemacht. Eigentlich konnte jetzt seinem Plan nicht mehr viel im Weg stehen.

„Ja, es wird wohl das beste sein. Hauptsache, meine Tochter bekommt eine gute Ausbildung", sagte Ludor freundlich. „Ich hätte nur noch eine Bitte. Ich bringe Beatrice persönlich vorbei. Ich hätte sie nur noch gern zwei Wochen bei mir, damit ich sie darauf vorbereiten kann. Sie ist ein sehr sensibles Kind, und eine plötzliche Trennung von ihrer Mutter wäre bestimmt ein Schock für sie."

Roberts lächelte. „Aber selbstverständlich, Herr Ludor. Sicher haben Sie einen maschinell geschriebenen Einweisungsbeleg bekommen. Das war natürlich ein Versehen. Persönlichkeiten wie Sie können selbstverständlich entscheiden, ob und wann ihr Kind in ein Erziehungsheim kommen soll. Die Formulierungen auf den Einweisungsformularen sind mehr für die gewöhnlichen Leute geschrieben. Ich darf mich also bei Ihnen entschuldigen."

„Ich verstehe das durchaus, Herr Roberts. Nun ist ja alles geklärt. Ich werde meine Tochter so bald wie möglich vorbeibringen. Es geht nichts über eine geordnete Erziehung."

„Ganz recht", stimmte ihm Roberts zu, „es freut mich, daß Sie mit mir einer Meinung sind."

Ludor verabschiedete sich und unterbrach die Verbindung. Er hätte einen Luftsprung machen können. Seinem Plan stand nun nichts mehr im Weg. Er konnte alles in Ruhe vorbereiten. Die Welt sah schon wieder etwas besser aus. Und dieser schleimige Roberts würde seine Tochter niemals zu Gesicht bekommen. In zwei Wochen waren sie fort, irgendwo, wo es keine staatlichen Erziehungsanstalten gab. Kurz schlich sich in Ludors Gedanken die Vorstellung, daß die Macht des Staates vielleicht überall auf diesem Planeten galt, doch dann verscheuchte er diesen Alptraum. Das konnte und durfte nicht sein.

Ellen würde wahrscheinlich auch mitkommen wollen. Und dann dieser junge Mann . . . er mußte sich einmal mit ihm unterhalten, ungestört und unbelauscht.

Heute mittag wäre eine gute Zeit dafür.

ES WAR kurz nach Mittag, als Ludor die kleine Zelle betrat, in der der junge Mann einsaß. Von den feuchten Backsteinwänden bröckelten Stückchen ab, der ganze Raum war muffig und kühl.

Der junge Mann sah ihn gleichgültig an.

„Sie sind Hansson?" fragte Ludor.

Der junge Mann nickte. „Ja, warum?" fragte er herausfordernd.

„Kommen Sie bitte mit!" forderte ihn Ludor auf und wandte sich wieder zur Tür. Der Posten, der draußen wartete, wollte gerade etwas sagen, als ihm Ludor das Wort abschnitt. „Ich werde mit dem Gefangenen draußen reden, wir sind in einer halben Stunde zurück."

Verwundert gab der Posten den Weg frei. Er sah den beiden nach. „Ziemlich seltsam, der neue Chef", murmelte er. Es war drückend heiß im Vorgarten des Labors.

Ludor ging mit Hansson zu einer Bank, die unter den Bäumen stand.

„Wieso haben Sie mich hierhergebracht? Soll das ein Versuch werden?"

Ludor schüttelte den Kopf. „Nein, kein Versuch, zumindest nicht in dem Sinn, wie Sie vielleicht glauben. Ich kann jetzt nicht viel erklären, warum und wieso, aber glauben Sie mir: Ich stehe auf einer anderen Seite als Levèvre."

Hansson sah ihn verständnislos an.

„Ich kann mir schon vorstellen, daß Sie mir nicht glauben", fuhr

Ludor fort, „aber wir haben, wie gesagt, wenig Zeit für Erklärungen. Ich hoffe, daß wir hier nicht abgehört werden. Ich möchte Sie hier herausbringen, ohne Versuche. Wir werden irgendwohin fahren, wo wir so leben können, wie wir möchten."

Hansson glaubte, nicht richtig zu hören. Träumte er, oder saß er einem Spinner gegenüber, oder wollte man ihn in eine Falle locken?

Als hätte Ludor Hanssons Gedanken erraten, sagte er: „Es ist bestimmt kein Trick, ich habe diesen Staat genauso satt wie Sie, das können Sie mir glauben. Ich hole Sie in genau einer Woche hier raus. Bis dahin verhalten Sie sich ganz normal. Ich werde Sie ab und zu besuchen, um angeblich meine Versuchsvorbereitungen zu machen."

Hansson nickte automatisch. Er verstand so gut wie gar nichts. Vielleicht war aber doch etwas Wahres dran. Dieser Ludor hatte ihn eigentlich schon beim ersten Zusammentreffen überrascht.

„Und Sie haben keine Angst, einem Mörder zur Flucht zu verhelfen?" fragte Hansson kühl.

„Nein! Ich habe mir Ihre Akten angesehen, da steht auch Ihre Aussage drin. Und die klingt weitaus glaubwürdiger als die des Beamten."

„Was ist mit Sybille?"

„Ihre Freundin?" fragte Ludor.

„Ja. Wenn ich tatsächlich gehe, dann nur mit ihr."

„Ich kann Ihnen nichts versprechen, aber ich werde versuchen, Ihre Freundin auch noch zu finden!"

„Ich gehe nur mit ihr."

„Sie sind ein verdammter Dickkopf, Hansson. Ich glaube, Sie schätzen Ihre Lage etwas falsch ein. Wenn ich einen Versuch mit Ihnen mache, sind Sie willenlos für immer."

Hansson zuckte mit den Schultern. „Na und? Vielleicht ist es das beste, willenlos zu sein, wenn man in diesem Staat leben muß. Und wenn ich mir überlege, daß Sybille vielleicht auch in einem solchen Dreckloch sitzt, will ich lieber verrecken, als sie zurückzulassen."

Ludor stand auf. „Ich sehe, Sie sind in Ordnung. Sie gefallen mir. Ich werde mich um Sybille kümmern, und sobald ich sie gefunden habe, gebe ich Ihnen Nachricht."

Sie gingen wieder zurück, und Hansson blieb in der Zelle.

Wie mochte es Sybille jetzt gehen? Hatte sie denn nicht schon genug mitgemacht? Und jetzt steckte sie in einer Zelle, ohne Hoffnung und allein.

Und was hatte es mit dem Angebot von Ludor auf sich? Hansson konnte es sich einfach nicht vorstellen, daß es hier einen Menschen gab, der so dachte wie er.

Und dann ausgerechnet noch Ludor, der neue Leiter des Labors! Hansson hatte es von dem Posten erfahren.

Er schüttelte den Kopf. Er mußte abwarten bis nächste Woche.

Dann würde er mehr wissen.

SEIT Ludors Aufstieg zum Leiter des staatlichen Labors waren genau acht Tage vergangen.

Er und Monique hatten sich schon gründlich auf die Flucht vorbereitet. Ellen war ebenfalls eingeweiht worden, auch über die Hintergründe von Rolfs Tod. Seitdem war Ellen öfter bei ihnen zu Besuch. Sie fühlte sich nicht mehr richtig wohl in ihrem Haus.

Während Ludor seiner Arbeit nachging oder zumindest den Schein wahrte, besorgte Monique Vorräte an Lebensmitteln und Medikamenten.

An seinen freien Abenden überholte Ludor die Jacht und baute einen stärkeren Motor ein.

Auch Ellen hatte bereits das Notwendigste zusammengesucht, und sie war es auch, die an eine gründliche ärztliche Untersuchung für alle gedacht hatte.

Zufrieden lehnte Ludor an seinem Schreibtisch. Vor ihm lag eine alte detaillierte Seekarte mit den wichtigsten Daten über Riffe, Untiefen und Sandbänke. Er hatte sie von Ellen, die sie unter Rolfs Sachen gefunden hatte.

Ludor hatte noch keine Ahnung, wo sie eigentlich hinwollten. Das schwerste Stück würde wahrscheinlich die Straße von Gibraltar werden. Nicht etwa wegen der Witterung. Um diese Jahreszeit gab es dort so gut wie nie rauhe See. Ludor machte sich weit größere Sorgen um die Bewachung der Meerenge. Er wußte nichts Genaues davon, hatte aber schon einmal gehört, daß es dort kein Durchkommen gäbe. Auch die offiziellen Seekarten endeten an diesem Punkt. Der andere Weg, über den Sueskanal, war aber bestimmt noch besser bewacht. Da hätten sie sich gleich beim SSD melden können.

Ludor legte die Karte wieder beiseite. Er mußte sich noch um die Freundin von Hansson kümmern. Er hatte inzwischen herausbekommen, daß Sybille innerhalb des Sektors 56 in einem Frauengefängnis untergebracht war. Gestern hatte er bereits dem zuständigen Leiter ein Fernschreiben übersandt, daß Sybille so bald wie möglich zu Versuchszwecken in das staatliche Labor von Marseille überführt werden sollte.

Ludor war nahe daran, noch ein zweites Fernschreiben nachzuschicken, als der Fernschreiber zu rattern begann. Es kam von dem betreffenden Sektorengefängnis.

> betr.: carsten, sybille, derzeit in haft, gemäß ihrer anfrage teilen wir ihnen mit, daß besagte person noch heute in begleitung zweier ssd-beamter ankommt.
>
> wir hoffen, ihnen hiermit gedient zu haben –

Es ist schon gut, wenn man einigen Einfluß hat, dachte Ludor. Anscheinend fragte niemand danach, warum er sich ausgerechnet für Sybille Carsten interessierte.

Er machte sich einen Kaffee, zündete sich eine Zigarette an, ohne jegliche Zusätze, und ging in seinem Büro auf und ab. Er mußte sich eingestehen, daß er nervös war. Zuviel konnte noch schiefgehen.

Ludor sah zu dem großen Fenster hinaus, das zum Meer hin lag.

Es war ein herrlicher Sommertag. Vereinzelt trieben Segelboote auf der silbernen Fläche des Meeres.

Das Videophon summte. Es war der Portier.

„Herr Ludor, hier sind zwei Beamte des SSD. Können sie heraufkommen?"

„Natürlich", sagte Ludor erwartungsvoll.

Zwei Minuten später standen zwei stämmige SSD-Beamte vor ihm, von denen einer blöder aussah als der andere.

Und zwischen ihnen ein zierliches Mädchen, blaß, übernächtigt und verstört. Die blonden Haare waren zerzaust.

„Setzen Sie sich!" sagte Ludor schroff und wies auf einen Holzstuhl. Er hatte absichtlich einen scharfen Ton angeschlagen. „Sie können dann wieder gehen, meine Herren", wandte er sich an die SSD-Leute.

„Würden Sie bitte noch die Überweisungspapiere unterschreiben?"

„Selbstverständlich, Sie sollen schließlich keinen Ärger haben, Ordnung muß sein. Nicht wahr, meine Herren?"

Ludor unterschrieb, daß er die Gefangene übergeben bekommen hatte. Zufrieden verließen die beiden Beamten den Raum.

Ein paar Augenblicke herrschte vollkommene Stille in dem Raum. Sie sahen sich an. Der Blick des Mädchens war ängstlich.

„Sie wissen, warum ich Sie geholt habe?"

„Nein", sagte sie leise.

Ludor stand auf und schaute wieder aus dem Fenster. „Sie hatten einen Freund bei sich, als Sie verhaftet wurden."

Er drehte sich um.

Sybille Carsten sah ihn fragend an.

Was würde er ihr jetzt sagen? Hatte man Peter getötet? Was war mit ihm geschehen? Seit dem schrecklichen Schlag, der beide erfaßt hatte, wußte Sybille nichts mehr. Sie war erst wieder im Gefängnis aufgewacht.

Plötzlich fing sie an zu weinen. Sie ertrug das alles einfach nicht mehr.

Die Qualen beim Verhör, die lästigen Beamten, die sich einen Spaß daraus gemacht hatten, ihr in die Bluse zu greifen und dreckige Witze zu machen. Die endlosen Tage im Gefängnis, wo sie mit Mörderinnen zusammenlebte.

„Was ist mit Peter passiert?" fragte sie schließlich unter Tränen.

„Sie brauchen sich keine Sorgen zu machen. Es geht ihm gut."

Sybille atmete auf. Seltsamerweise glaubte sie diesem Mann. Er strahlte Vertrauen aus.

„Ich werde jetzt einen Versuch mit Ihnen machen, deshalb sind Sie hier. Dazu werde ich Sie in einen anderen Raum bringen", sagte Ludor ruhig.

Ohne Sybilles Antwort abzuwarten, gab er ihr einen Wink, ihm zu folgen.

Auch das war etwas, was für Sybille neu war.

Bisher waren immer zwei Wachen um sie herum gewesen. Hier wurde sie fast wie ein Gast behandelt. Hatte dieser Mann keine Angst, sie könnte fliehen? Vielleicht wußte er, daß sie im Moment gar nicht an Flucht dachte. Sie mußte erst wissen, was mit Peter geschehen war.

Sie folgte Ludor hinaus auf den Gang. Sie kamen an verschiedenen Zimmern vorbei, bis sie schließlich im Vorgarten des Labors standen.

Ludor hatte sich schon überlegt, ob er es wagen könnte, auch Hansson aus seiner Zelle zu holen. Es war zur Zeit ziemlich ruhig im Labor. Wer sollte jetzt in den Vorgarten kommen?

„Bitte setzen Sie sich hier auf die Bank und warten Sie. Ich bin gleich wieder da", sagte Ludor und war wieder im Eingang des Labors verschwunden.

Ludor telefonierte vom Portiershäuschen aus mit dem Zellenaufseher. Wenige Augenblicke später stand Hansson vor ihm.

„Da sind Sie ja, Hansson!" sagte Ludor. „Heute werden wir den ersten Versuch machen."

Er sprach so laut, daß es jeder hören mußte, der in der Nähe stand. „Am besten, Sie kommen erst einmal mit mir nach draußen."

Hansson durchschaute das alles noch nicht.

Doch in dem Moment, da er die heiße Mittagssonne auf dem Gesicht spürte, sah er auch die Bank, auf der er sich wenige Tage zuvor mit Ludor unterhalten hatte. Aber er sah nicht nur die Bank. Wer da saß, das konnte nur . . . ja, es war Sybille!

Hansson durchfuhr es siedendheiß. Er sah Ludor kurz an. Ein flüchtiger Blick genügte, um ihm mitzuteilen, daß er ihm vertraute.

Hansson rannte los. Es waren nur wenige Meter bis zur Bank. Er rannte auf Sybille zu und umarmte sie.

„Sybille! Sybille, du bist da!"

„Peter, ich habe ja solche Angst um dich gehabt!"

Er schüttelte den Kopf. „Wäre nicht nötig gewesen. Wie du siehst, lebe ich noch. Wie es dir geht, ist viel wichtiger."

Sybille weinte. Vor Freude. „Es ist alles wieder gut", schluchzte sie.

Inzwischen war auch Ludor gekommen. „Nicht so auffällig . . . dies ist ein Versuch. Wenn jemand etwas anderes vermutet, komme ich in Teufels Küche . . . und nicht nur ich!"

Hansson sah ihn an. „Danke! Ich kann im Moment leider nicht mehr tun, aber glauben Sie mir, das vergessen wir Ihnen nie."

„Ist schon gut", wehrte Ludor ab. „Ihr wißt ja jetzt, daß alles glattgeht. In zehn Minuten hole ich euch wieder ab. In der Zeit können Sie Sybille alles erklären."

Er drehte sich um. „Übrigens, in sieben Tagen geht es los!“ Dann verschwand er.

Hansson erklärte Sybille alles.

Eine halbe Stunde später saßen sie beide wieder in ihren Zellen, getrennt.

Aber auch Sybille war nun im Labor, und Ludor war fest entschlossen, sie nicht mehr herzugeben. Denn noch einmal würde das bestimmt nicht klappen.

Bisher war alles gutgegangen, fast zu gut. Alle waren ärztlich untersucht worden, die Jacht befand sich in bestem Zustand und war mit modernstem elektronischem Gerät ausgerüstet. Benzin mußte Ludor noch besorgen, doch das war kein Problem für ihn. Ein paar tausend Liter mehr oder weniger in den Labortanks würden sicherlich kaum auffallen.

Sogar das Wetter spielte mit. Es war sonnig und warm, und es schien so, als würde die Wetterlage noch ein paar Wochen so bleiben. Das Abenteuer sollte bald beginnen.

In den nächsten Tagen überschlugen sich die Ereignisse.

Zunächst bekam Ludor die Nachricht, daß noch ein weiteres Versuchsobjekt, ein gewisser Stefan Borodin, auf dem Weg nach Marseille sei. Doch schon wenige Stunden später kam ein Anruf, daß der Gefangene Borodin auf dem Transport ausgebrochen und geflüchtet sei.

In diesem Augenblick ahnte Ludor noch nicht, daß er noch einmal von Borodin hören sollte.

Doch auch ein Fernschreiben traf ein. Es stammte von 518. Man erkundigte sich, wie es mit den Versuchen voranginge.

Ludor schrieb ohne Zögern zurück, die Versuche machten gute Fortschritte und er glaube, nächste Woche die ersten Ergebnisse präsentieren zu können.

Er hoffte, daß ihm noch genügend Zeit blieb, seine Vorbereitungen abzuschließen.

UNGEFÄHR zur gleichen Zeit, als Ludor in Marseille zum erstenmal den Namen Borodin hörte, lag ein Mann etwa hundert Kilometer entfernt in einer Bodenmulde und ruhte sich aus. Seit vier Stunden war er nun schon unterwegs, und es hatte sich noch kein Verfolger gezeigt.

Der Transport nach Marseille war die günstigste Gelegenheit

gewesen zu entfliehen. Es waren nur zwei Bewacher bei ihm gewesen, und bei Borodins Kräften war es ein Kinderspiel, die SSD-Beamten zu überwältigen. Natürlich war es ihm klar, daß sich die beiden früher oder später befreien würden. Doch diese Zeit mußte ihm reichen, um unterzutauchen.

Und wie es im Moment aussah, hatte ihm die Zeit gereicht.

Er musterte seine Umgebung.

Vor ihm, auf der Spitze eines Abhangs, stand eine kleine Villa, vielleicht war sie unbewohnt. Es war niemand zu sehen. Borodin überlegte, ob er ein solches Risiko eingehen sollte.

Seine Müdigkeit und sein Magen sagten ihm, daß er es tun sollte, doch sein Verstand riet ihm ab.

Borodin schlich sich dennoch an. Etwa fünfzig Meter vor der Villa konnte er in das Innere des Hauses blicken. Es regte sich nichts.

Obwohl sein Verstand ihn immer noch warnte, siegten die körperlichen Bedürfnisse. Er legte die letzten fünfzig Meter schnell zurück und stand schließlich vor der Terrassentür. Vorsichtig drehte er an dem Verschlußknopf. Die Tür war geschlossen. Doch Borodin gab nicht auf.

Er ging langsam und vorsichtig am Haus entlang. Er sah ein offenstehendes Fenster. Es wäre auch ein Wunder gewesen, wenn bei diesem Wetter alles verrammelt gewesen wäre.

Borodin öffnete das Fenster weiter, sah hinein und schwang sich schließlich über das Fensterbrett.

Er stand in einem mittelgroßen Zimmer, das gut, aber nicht luxuriös eingerichtet war.

Nachdem er eine Weile ruhig dagestanden und gelauscht hatte, ging er weiter.

In der Küche plünderte er den Kühlschrank. Es tat gut, endlich wieder etwas Vernünftiges zu essen. Es waren vor allem Lebensmittel, die er zu Hause nur selten bekommen hatte.

Man merkte sofort, daß man sich hier nicht mehr im Sektor befand.

Borodin räumte gerade wieder auf, als er hörte, wie die Eingangstür aufgeschlossen wurde. Was sollte er tun?

Die Zeit reichte bestimmt nicht mehr aus, alles so herzurichten, wie er es vorgefunden hatte.

Er räumte hastig alles zur Seite und verbarg sich schließlich hinter einem Vorhang, der im Wohnzimmer von der Decke bis zum Boden hinunter reichte.

Er hörte Schritte näher kommen, dann war Stille. Borodin wagte es nicht, hinter dem Vorhang vorzuschauen, man hätte ihn unweigerlich gesehen.

Ausgerechnet sein erster Einbruch mußte gleich schiefgehen!

Plötzlich wurde mit einem Ruck der Vorhang weggerissen, und er stand ohne Deckung im Zimmer.

Ellen Thien war müde. Sie hatte den halben Tag und auch die Nacht zuvor in der Klinik gearbeitet. Sie freute sich auf ihr Bett. Da sie wußte, daß sie nur im Dunkeln schlafen konnte, war sie sofort ins Wohnzimmer gegangen, um die Vorhänge zurückzuziehen. Seit Rolf verschwunden war, schlief sie nur noch im Wohnzimmer. Sie fühlte sich dort nicht so allein.

Im ersten Augenblick war Ellen bestimmt genauso überrascht wie der stämmige Mann, der plötzlich im Zimmer stand. Sie sahen sich beide einen Moment lang an. Keiner bewegte sich.

Es war, als wäre der Vorhang immer noch zwischen ihnen. Keiner schien glauben zu wollen, daß er den anderen wirklich sah und akzeptieren mußte.

„Was wollen Sie hier?" fragte Ellen schließlich und merkte, daß ihre Stimme zitterte.

Borodin sagte nichts. Was sollte er auch sagen? Er wußte nicht, mit wem er es zu tun hatte. Es war jedoch anzunehmen, daß es sich um die Frau eines höhergestellten Beamten handelte. Hier wohnten keine Leute wie er. Wer sich eine solche Villa leisten konnte, der hatte schon einigen Einfluß.

„Sie . . . sind hier eingebrochen?" fragte Ellen überflüssigerweise.

Borodin nickte. Eigentlich hatte er sich einen Einbruch immer anders vorgestellt. Warum tat er nichts? Warum überwältigte er die Frau nicht einfach? Er merkte, daß er Angst hatte, Angst, wieder geschnappt zu werden.

Diesmal würde er nicht so glimpflich davonkommen.

Er wunderte sich auch, daß die Frau nichts unternahm. Warum stürmte sie nicht an das Videogerät, warum schrie sie nicht um Hilfe? Warum versuchte sie nicht einfach wegzulaufen?

Statt dessen stand sie da und starrte ihn an, als käme er von einem anderen Stern.

Ellen Thien überlegte. Was sollte sie tun? Einfach weglaufen konnte sie nicht mehr, der Fremde hätte sie sofort eingeholt.

„Also, was wollen Sie?“ fragte sie schon etwas sicherer. „Wollen Sie Geld oder Schmuck?“

„Nein“, sagte Borodin wahrheitsgemäß. „Ich habe nur etwas gegessen, und ich würde es Ihnen auch gern bezahlen, wenn ich Geld hätte.“

„Gehen Sie eigentlich immer in fremde Häuser, um zu essen?“

„Nur wenn ich auf der Flucht bin“, antwortete Borodin und konnte sich ein Lächeln nicht verkneifen. Er ging langsam auf sie zu.

„Bleiben Sie stehen!“ Ellen hatte die Hände erhoben. Sie hatte plötzlich Angst bekommen.

Borodin blieb sofort stehen. Er wollte nicht, daß sich die Frau vor ihm fürchtete. Vielleicht hatte er doch noch eine Chance, unbemerkt zu entfliehen. Er würde sie fesseln müssen, um genügend Vorsprung zu gewinnen.

„Vor wem sind Sie auf der Flucht?“

„Ich bin aus dem Gefängnis ausgebrochen“, sagte Borodin.

Erst jetzt fiel Ellen auf, daß er eine Art Uniform trug, ein braunes Hemd und eine beige Hose, und auf beiden stand eine Nummer. War er ein Mörder?

Sie überlegte fieberhaft. War er ein kaltblütiger Verbrecher, würde er bestimmt nicht zögern, sie umzubringen, wenn sie ihm Schwierigkeiten machte. Aber andererseits hätte er das ja gleich machen können. Warum standen sie sich eigentlich gegenüber und unterhielten sich?

„Weswegen waren Sie im Gefängnis?“ fragte sie.

„Ich habe zuviel gelesen“, antwortete Borodin.

„Was haben Sie?“ Ellen glaubte sich verhört zu haben.

„Ich las Bücher, gegen die einige Leute etwas einzuwenden haben“, fuhr Borodin ruhig fort.

„Und deswegen waren Sie im Gefängnis?“ fragte Ellen ungläubig.

Sie konnte sich nicht vorstellen, daß ein Mann, breit wie ein Schrank, wegen des Lesens verbotener Bücher ins Gefängnis kam. Allerdings, das mußte sie zugeben, sein Benehmen, seine Sprache und alles, was sie empfand, wenn sie ihn musterte, deuteten nicht darauf hin, daß hier ein ungehobelter Klotz stand, der sein Gehirn in den Fäusten und Armmuskeln zu tragen schien.

„Und was schlagen Sie vor? Was sollen wir nun tun?"

Borodin zuckte mit den Schultern. „Am leichtesten wäre es, wenn Sie mich einfach gehen ließen. Aber das kann ich mir kaum vorstellen."

„Und warum nicht?" fragte Ellen herausfordernd. „Soll ich etwa versuchen, Sie festzuhalten?"

„Wenn ich jetzt einfach verschwinde, werden Sie den Sicherheitsdienst alarmieren. Ich brauche aber einen Vorsprung."

„Ich werde den SSD nicht anrufen, darauf können Sie sich verlassen", sagte Ellen bestimmt.

„Das glaube ich nicht – warum sollten Sie es nicht tun?"

„Ich tue es nicht, weil ich nichts mit dem SSD zu tun haben möchte."

Sie zögerte. „Warum erzähle ich Ihnen das eigentlich?"

Borodin ging zum Fenster. „Ich kann mir nicht vorstellen, daß Sie mich einfach gehen lassen, als wäre nichts geschehen. Wann kommt Ihr Mann?" setzte er plötzlich hinzu.

Ellen seufzte leicht. Sie hatte auf einmal das dringende Bedürfnis, diesem Mann zu erzählen, was mit Rolf geschehen war.

„Sie wissen zu wenig von mir, sonst könnten Sie das verstehen. Im übrigen glaube ich das, was Sie mir erzählt haben. Ich glaube nicht, daß Sie noch so ruhig hier stünden, wenn Sie ein wirklicher Verbrecher wären."

„Ich bin aber einer", antwortete Borodin.

„Für mich nicht. Sie können gehen . . . ich wünsche Ihnen viel Glück. Sie werden es brauchen können."

Borodin wußte nicht, wie er sich verhalten sollte. Wenn er ging und der SSD war hinter ihm her, hatte er kaum eine Chance unterzutauchen.

Ellen Thien sah ihn an. „Vielleicht ist es dumm von mir", sagte sie, „aber ich mache Ihnen einen Vorschlag. In ein paar Tagen verschwinde ich sowieso von hier. Sie können hier wohnen, wenn Sie möchten. Suchen wird Sie hier bestimmt niemand."

Jetzt war die Reihe an Borodin, verdutzt zu schauen. Konnte es so etwas geben? Jetzt wurde er auch noch aufgefordert hierzubleiben! Das mußte ein Trick sein!

„Ich kann nicht", wehrte Borodin ab.

„Sie glauben mir nicht?"

Borodin schüttelte den Kopf. „Versetzen Sie sich bitte einmal in meine Lage. Würden Sie das glauben?"

„Nein, wahrscheinlich nicht", gab Ellen zu. „Von mir aus tun Sie, was Sie wollen, bleiben Sie hier, oder verschwinden Sie. Es ist mir egal. Außerdem kann ich sowieso nichts dagegen unternehmen."

„Und was ist mit Ihrem Mann?"

„Ich habe keinen Mann mehr", sagte Ellen bitter.

Eine Weile herrschte absolute Stille. Borodin sah sie an.

Sie war hübsch, hatte eine tadellose Figur. Sie sah nicht so aus, als ob sie jemanden hereinlegen würde. Doch auch Teufel konnten Engelsgesichter haben.

Ellen Thien schien seine Gedanken erraten zu haben. „Hören Sie zu. Ich bin müde. Ich habe seit über dreißig Stunden nicht mehr geschlafen. Und wenn Sie es genau wissen wollen: Mein Mann wurde vom SSD ermordet, weil er sich zu viele Gedanken über unseren Staat machte. Und in ein paar Tagen haue ich ab, irgendwohin, wo ich meine Ruhe habe."

Ellen war sich bewußt, daß sie mit diesen Äußerungen viel aufs Spiel setzte, aber wenn dieser Mann wirklich nur wegen des Lesens verbotener Bücher verhaftet worden war, konnte ihr keine Gefahr drohen. Wenn nicht, hatte sie eben Pech gehabt. Aber das war auch egal. Seit Rolf tot war, lebte sie sowieso nur noch vor sich hin.

„Wie wollen Sie von hier fortkommen?" fragte Borodin.

„Mit einem Schiff, aber erwarten Sie nicht, daß ich Ihnen noch mehr Einzelheiten erzähle. Wenn Sie wirklich derjenige sind, für den Sie sich ausgeben, werden Sie sicher nichts dagegen haben, wenn ich jemanden anrufe, der Ihnen vielleicht helfen kann."

Sie ging zum Videophon und drückte Ludors Privatnummer.

Borodin unternahm nichts. Was sollte er auch tun? Er vertraute dieser Frau.

Der Bildschirm erhellte sich; Ludors Gesicht erschien.

„Hallo, Ellen, wie geht's?" fragte er gut gelaunt.

„Ganz gut, ich habe Besuch!"

„Wer ist denn der Glückliche?" fragte Ludor erstaunt. Seit Rolfs Tod hatte er ständig versucht, Ellen etwas aufzumuntern, jedoch ohne Erfolg.

Sie wandte sich um. „Schreiben Sie bitte Ihren Namen auf!" forderte sie Borodin auf.

Ellen ging wieder zum Videophon und hielt den Zettel vor die Kamera.

Ludor las den Namen und zuckte zusammen. Er wußte Bescheid.

„Alles klar, Ellen, ich nehme an, du wolltest mir nur mitteilen, daß es dir jetzt wieder etwas besser geht. Bei mir ist alles in Ordnung. Ich komme heute abend einmal bei dir vorbei."

Damit unterbrach er die Verbindung. Ellen hatte sehr umsichtig gehandelt. Die Tonkanäle konnten jederzeit abgehört werden, nicht aber die Bildkanäle. Und daß zur Zeit Thiens Haus noch überwacht wurde, war höchst unwahrscheinlich.

Auch Ellen wußte, daß Claus verstanden hatte.

„Es ist alles in Ordnung. Sie können hierbleiben, Herr Borodin. Hier sind Sie immer noch am sichersten. Was mich angeht, so gehe ich jetzt schlafen."

Borodin stand nur da und sagte nichts. Es war zuviel für ihn. Konnte ein Mensch so viel Glück haben wie er?

Er nickte nur und ging dann in die Küche. Er mußte alles erst einmal überdenken.

Ellen schlief sofort ein. Borodin sah noch einmal nach ihr. Es war schon seltsam. Da stand er nun in einem fremden Haus, in das er eingebrochen war, und die Besitzerin legte sich in aller Ruhe schlafen. Doch auch Borodin fühlte Müdigkeit in den Knochen. Er legte sich auf die Couch in der Küche.

Hoffentlich geht alles gut! dachte er noch, dann war auch er eingeschlafen.

NACHDEM Ludor Ellens Anruf bekommen hatte, sprach er erst einmal mit Monique.

„Ausgerechnet bei Ellen muß dieser Borodin Unterschlupf suchen! Das kompliziert die Sache."

„Du glaubst, er könnte uns Schwierigkeiten machen?" fragte Monique.

Ludor schüttelte den Kopf. „Das weniger. Aber er kennt unseren Plan. Wenn er dann geschnappt wird, kann es gefährlich für uns werden."

„Und wie willst du verhindern, daß er etwas verrät?"

Er sah sie an und lächelte plötzlich. „Wir nehmen ihn mit", sagte er und tat so, als sei dies das Natürlichste der Welt.

„Du spinnst ja!" Monique winkte ab. „So langsam wird unsere Fahrt zu einem Gesellschaftsausflug. Wir sind dann zu siebt!"

„Reichen die Vorräte?"

„Wenn wir sechs Erwachsene und Beatrice rechnen, dürften sie vier Wochen gut reichen."

„Ich hoffe auch, daß wir nicht länger als vier Wochen unterwegs sind."

„Und wegen dieses Borodin machst du dir sonst keine Sorgen?"

„Nein, was ich aus seinen Unterlagen erfahren habe, reicht mir. Er paßt sogar irgendwie zu uns. Und außerdem . . . es kann nicht schaden, einen starken Mann mehr an Bord zu haben . . ."

ENDLICH war der Tag gekommen. Nachdem Ludor am Morgen wie gewöhnlich im Labor gearbeitet hatte, holte er mittags Ellen und Borodin ab und fuhr mit ihnen zu sich nach Hause.

Ellen und Borodin hatten die letzten Tage tatsächlich wie gute Bekannte verbracht, zumindest versicherte Ellen das. Doch Ludor konnte sich des Eindrucks nicht erwehren, als sei schon etwas mehr als nur eine Bekanntschaft daraus geworden.

Aber wenn er ehrlich war, mußte er zugeben, daß ihm dies im Moment herzlich egal war. Borodin machte einen guten Eindruck, und außerdem gab es andere Probleme.

Er checkte noch einmal die Anlage der *Seagull* durch und machte sich dann wieder auf den Weg ins Labor.

Er arbeitete bis kurz vor sieben. Die letzten Mitarbeiter des Labors waren bereits gegangen. Ludor war jetzt allein, abgesehen von dem Portier und dem Posten bei den Gefangenen.

Er sah noch einmal seinen Schreibtisch durch, sammelte sämtliche Unterlagen über seine Versuche, ging dann in die Laborräume und zerstörte alle Substanzen, die er in jahrelanger Arbeit mit Rolf entwickelt hatte. Die Unterlagen zerriß er und warf sie anschließend in die automatische Müllverbrennungsanlage des Labors. In wenigen Sekunden war die Arbeit von Jahren zerstört. Doch das störte Ludor wenig. Er mußte an Rolf denken und dessen völlig unsinnigen und brutalen Tod. Rolf wäre mit seinem Handeln bestimmt einverstanden gewesen.

Nachdem er sicher war, daß nirgends mehr auch nur eine Spur

von seinen Versuchen zurückgeblieben war, fuhr er mit dem Fahrstuhl zu den Zellen.

Der Zellenaufseher, der rauchend einen Groschenroman las, sah nur schläfrig auf, als Ludor ihm sagte, er brauche die Gefangenen für einen Versuch, den er heute nacht machen wolle. Der Posten legte den Roman mit dem Titel „SSD-Agent Miller gegen die Freikinder" beiseite und öffnete unter Murren die Zellen.

Er ließ sich noch von Ludor den Übergabezettel unterschreiben, dann klemmte er sich wieder auf seinen Stuhl und las interessiert weiter.

Zufrieden ging Ludor mit Hansson und Sybille zum Fahrstuhl.

Sie fuhren wortlos in den Keller. Ludor benutzte den Hinterausgang des Labors, zu dem er einen Schlüssel hatte. So konnten sie auch nicht vom Portier gesehen werden.

Seinen Wagen hatte Ludor schon seit drei Tagen immer außer Sichtweite des Portiers geparkt, so daß es auch heute nicht aufgefallen war.

Heute mittag, kurz nachdem der Nachtportier seinen Dienst angetreten hatte, hatte ihn Ludor angerufen und mitgeteilt, daß er heute nacht arbeiten müsse und auf keinen Fall gestört werden dürfe.

Es war die Nacht von Samstag auf Sonntag, und so konnte Ludor ziemlich sicher sein, daß seine Flucht erst am Montagmorgen entdeckt werden würde.

„Und bis dahin sind wir schon weit fort", dachte Ludor laut, als er die Küstenstraße entlangjagte.

Zum letzten Mal.

Es dämmerte bereits, als die *Seagull* ablegte. Das Meer war ruhig, jedoch war der Wind stark genug, daß sie Segel setzen konnten.

Ludor hatte die Rolle des Kapitäns übernommen, nicht zuletzt deshalb, weil die anderen, mit Ausnahme von Monique, vom Segeln keine Ahnung hatten. Aber Hansson und Borodin lernten schnell.

Gegen zwölf Uhr nachts gab es das erste Essen an Bord: deftigen Bohneneintopf.

Borodin übernahm die erste Wache. Eigentlich war es so gut wie unnötig, denn schlafen konnte in dieser Nacht sowieso niemand. Sie saßen an Deck, unterhielten sich und versuchten mehr über die anderen zu erfahren.

Erst als bereits die Morgendämmerung die See erleuchtete, legte sich Monique schlafen. Nicht lange danach folgten auch Sybille und Ellen.

Von Borodin hörte man nur ein leises Schnarchen. Er hatte es sich an Deck bequem gemacht. Hansson stand neben Ludor am Steuer.

„Wenn mich nicht alles täuscht, wird es noch Probleme mit der Schlafordnung geben“, sagte Ludor und sah auf die unendliche Fläche des Meeres. Steuerbord war im Morgendunst noch schemenhaft die dunkle französische Küste auszumachen.

Hansson nickte. „Es gibt ja nur einen Schlafraum. Der würde zwar für uns alle reichen, aber ich glaube, auf die Dauer hält das niemand aus.“

Ludor lächelte. „Es ist schon seltsam. Da befindet man sich auf der Flucht, hat alles aufgegeben und ist voller Hoffnung, bald irgendwo in Freiheit leben zu können . . . und wir wälzen solche absurden Probleme!“

„Wieso absurd?“ fragte Hansson. „Solange das Wetter gut ist, mag es ja gehen. Aber wenn wir einmal alle unter Deck schlafen müssen, vielleicht mehrere Tage, wird es ganz schön eng werden.“

„Sicher, Peter, aber ich finde, unsere Sache hat es verdient, daß man auch etwas dafür auf sich nimmt. Schließlich werden wir ja keine Ewigkeit unterwegs sein!“

„Das mag sein“, stimmte ihm Hansson bei, „aber ich finde, wir sollten doch einen Wachplan aufstellen. Er sollte auch die Zeiten regeln, in der die einzelnen in die Kajüte können.“

„Um dort ungestört zu sein?“ fragte Ludor.

„Ja, warum nicht? Vielleicht bringen wir dann die Zeit etwas besser rum.“

Innerlich mußte er Hansson recht geben. Auch ihm wäre es lieb gewesen, einmal mit Monique ungestört zu sein. „Also gut, dann arbeiten wir zusammen einen Plan aus, der alles regeln wird.“

„Fein“, sagte Hansson.

„Morgen werden wir die Straße von Gibraltar passieren.“ Damit brachte Ludor das Gespräch auf ein anderes Thema.

„Du glaubst, wir schaffen es, ohne entdeckt zu werden?“

„Wir müssen es schaffen, Peter, es gibt keine andere Möglichkeit mehr."

Er korrigierte den Kurs. Wenn sie die Geschwindigkeit beibehielten, würden sie kurz nach Mitternacht die Meerenge passieren.

NACHMITTAGS hatte sich Ludor etwas schlafen gelegt. Jetzt stand er wieder frisch am Ruder.

Borodin hatte den Dieselmotor abgestellt. Die *Seagull* lag auf der Höhe von Gibraltar. Die See war rauher geworden. Kleine weiße Schaumkronen tanzten auf den Wellen. Der Himmel war leicht bewölkt.

In Ludors Gesicht spiegelte sich die Anspannung. Es konnte gutgehen, wenn in den nächsten zwei Stunden der Mond nicht mehr hinter den Wolken hervorkam.

Zur Zeit war es stockdunkel. Man konnte das Land nicht erkennen. Die gesamte Mannschaft befand sich an Deck. Fast lautlos schwebte die *Seagull* über das Wasser.

„In zwei Stunden haben wir es geschafft", sagte Hansson und blickte auf die Wolken, die zwar relativ dicht waren, aber keineswegs auf schlechtes Wetter schließen ließen.

Borodin warf ihm einen strengen Blick zu. „So etwas soll man nie sagen, bevor es wirklich geschafft ist!"

Monique hatte Beatrice ins Bett gebracht und kümmerte sich mit Ellen um das Abendessen. Heute sollte es Steaks geben. Allerdings erst nach Tarifa, dem letzten Kontrollposten des Europäischen Gesamtstaates.

Es geschah nicht das geringste. Gegen drei Uhr nachts verließ die *Seagull* das Mittelmeer. Sie hatten Tarifa hinter sich gelassen. Die See war noch etwas stürmischer geworden, der Atlantik begrüßte die Neuankömmlinge.

Die Bewölkung hatte sich zum größten Teil verzogen, und man sah die Sterne. Ludor vergewisserte sich, ob der Kurs stimmte, dann schaltete er auf automatische Steuerung um und ging in die Kombüse, um den Sekt zu holen.

Als er wieder hinaufkam, wurde er schon erwartet. „Wir haben es geschafft!" sagte er und ließ den Korken knallen. Sie prosteten sich zu.

„Auf die *Seagull!*" sagte Hansson.

„Auf uns alle und unsere Zukunft!“ sagte Borodin und gab Ellen einen Kuß.

„Wann feiert ihr Verlobung?“ fragte Ludor lächelnd.

„Haben wir schon getan, Herr Kapitän. Und wenn wir schon dabei sind . . .“ Borodin sah Ellen an. Sie nickte ihm zu. „. . . und wenn wir schon dabei sind, möchten wir dich in deiner Eigenschaft als Kapitän bitten, uns morgen zu trauen.“

„Fein!“ rief Sybille und klatschte in die Hände. „Da gibt's ja was zu feiern!“

„Ich habe noch nie jemanden getraut“, warf Ludor ein.

„Das macht nichts, wir haben auch noch nie auf See geheiratet.“

Sie feierten noch bis zum Morgengrauen.

Dann übernahm Hansson mit Sybille die Wache.

Ellen und Monique machten es sich in der Kombüse bequem, während Borodin und Ludor an Deck schliefen.

„Morgen muß aber endlich der Wachplan ausgearbeitet werden“, murmelte Ludor verschlafen. Er warf sich noch ein paarmal in seiner Hängematte hin und her, dann war auch er eingeschlafen.

BEREITS der nächste Morgen hielt eine Überraschung bereit. Es regnete in Strömen.

Borodin und Ludor hatten bereits seit dem frühen Morgen nicht mehr weitergeschlafen.

Völlig durchnäßt waren sie in die Kombüse hinuntergegangen, wo Monique und Ellen noch ruhig schliefen.

„Ein Hundewetter!“ schimpfte Borodin, während er sein klitschnasses Hemd auszog.

Ellen wachte auf und rieb sich verschlafen die Augen. „Seid ihr ins Wasser gefallen?“ fragte sie gähnend.

„So könnte man es auch nennen!“ keifte Ludor. Er hatte eine mörderisch schlechte Laune an diesem Morgen.

Der Tag wurde unendlich lang.

Ludor traute Ellen und Borodin, danach wurde etwas gefeiert. Aber irgendwie wollte die rechte Stimmung nicht aufkommen. Es schien, als wären alle zu erschöpft, etwas zu unternehmen.

Sie waren jetzt bereits den dritten Tag auf See, und langsam machte es sich bemerkbar, daß die *Seagull* für sieben Leute zu klein war. Doch der Gedanke an das Zurückliegende stiftete wieder Frieden.

Ludor arbeitete zusammen mit den anderen einen Wach- und Schlafplan aus, der zwar nicht allen Wünschen gerecht werden konnte, aber doch eine gewisse Zufriedenheit verbreitete.

Gegen Abend, Ludor hatte Borodin am Ruder abgelöst, hörte es auf zu regnen. Gleichzeitig begann die See schwerer zu werden.

Die Wellen kamen unregelmäßiger und stärker. Auch der Wind hatte aufgefrischt. Der Horizont hatte sich schwarz verfärbt.

„Sieht ja ziemlich bedrohlich aus", sagte Ellen, als sie heraufkam. Sie hatte eine enge weiße Seemannshose an und trug ein gelbes T-Shirt.

Seltsam! dachte Ludor. So habe ich Ellen noch gar nicht gesehen. Er hatte zwar schon immer gewußt, daß sie hübsch war, aber seit sie unterwegs waren, hatte sie auch etwas Farbe bekommen. Man sah ihr den Krankenhausdienst nicht mehr an. Wäre er nicht schon vergeben gewesen . . .

Ein heftiger Schlag am Ruder ließ ihn aus seinen Gedanken hochschrecken.

Die *Seagull* schwankte.

Als die ersten Regentropfen auf das Deck niederprasselten, machte Ellen die Luken dicht und vertäute alles, was sich lose an Deck befand und nicht mehr in die Kombüse paßte.

Ludor leinte sich an. Der Wind wurde böig.

Monique kam bleich an Deck. Ihr war schlecht geworden.

„Mir geht es auch nicht viel besser", sagte Ludor und schickte sie wieder in die Kombüse. Er konnte sich jetzt nicht um sie kümmern.

Er machte eine Handbewegung zu Borodin. Die Wogen zerrten am Ruder, und er hatte die Befürchtung, daß er es nicht mehr lange allein halten konnte.

Eine riesige Woge erwischte die *Seagull* von der Seite.

Zischend schoß das Wasser übers Deck. Ludor war froh, daß er sich am Hauptmast angeseilt hatte.

Das Meer wurde von Sekunde zu Sekunde aufgewühlter.

„Alles unten bleiben!" schrie Ludor über Deck.

Borodin war inzwischen bei ihm und seilte sich ebenfalls an. „Was meinst du – schaffen wir es?" fragte er.

Ludor zuckte mit den Schultern. „Jeder fragt mich, ob wir irgend etwas schaffen! Woher soll ich das wissen?"

„Wir sollten besser noch das restliche Zeug runterholen!" schrie Borodin gegen das Getöse des Sturms an und deutete auf das Großsegel, das prall gespannt im Wind lag.

„Ja, ich bleibe hier und versuche den Kurs zu halten", keuchte Ludor.

Borodin kämpfte sich vor. Er hatte gerade den Mast erreicht, als eine fürchterliche Welle die *Seagull* in Schräglage brachte.

Borodin wurde quer über das Deck geschleudert und landete an der Reling. Das war sein Glück. Er wäre sonst unweigerlich über Bord gegangen.

Er rappelte sich wieder auf und erreichte schließlich noch einmal den Mast, an dem das Großsegel hing.

„Wenn ich das Zeug nicht bald runterkriege, reißt es uns den Mast ab!" schrie er.

Keuchend holte er die Takelage ein.

Dann kroch er wieder zu Ludor, der am Ruder stand wie eine eiserne Statue.

Sie hielten zu zweit das Ruder fest. Die *Seagull* hob und senkte sich in den Wellen.

Es war ein Inferno. Die Wellen schäumten die Bordwände hoch und schlugen über dem Deck zusammen.

Die Fock knatterte im Sturm. Eine mächtige Bö riß drei Segeltaschen auf einmal aus.

„Wenigstens bekommen wir die Brecher von vorn", sagte Ludor.

Er sah Borodin an. Dieser blutete an der Stirn.

Borodin fuhr sich mit der Hand über die Stirn und sah das Blut am Handrücken.

„Ist halb so schlimm, ich spüre nichts", sagte er trocken.

Sie kämpften weiter gegen die See und gegen den Sturm. Noch wußte niemand, wer Sieger bleiben würde.

Es dauerte die ganze Nacht.

Dann plötzlich, als wäre alles nur ein böser Traum gewesen, war alles wieder ruhig. Die Wolkenwand löste sich auf, und die aufgehende Morgensonne färbte das Meer blutrot.

Die hölzernen Planken der *Seagull* dampften vom Regenwasser.

Die gesamte Besatzung war wieder an Deck. Sogar die kleine Beatrice, die nur fragte, wer denn am Haus gerüttelt habe.

Sie mußten alle lachen. Es war ein befreiendes Lachen. Es war, als wären erst mit dem Sturm der Druck und die Angst von der Flucht genommen worden. Sie fühlten sich frei, stark und unabhängig.

Borodin zog die Segel wieder hoch, und die *Seagull* durchschnitt in rascher Fahrt die Wellen.

„Es ist kaum zu glauben", sagte er, „erst Weltuntergang und jetzt alles wieder in bester Ordnung!"

DAS UNWETTER hatte die gesamte Besatzung ziemlich mitgenommen.

Trotz seiner kleinen Verletzung, die Ellen liebevoll versorgt hatte, übernahm Borodin am Abend wieder die erste Wache. Bis auf ihn und Ellen waren alle in die Kombüse gegangen.

Ellen stand am Ruder.

„Soll ich nicht lieber . . .?" fragte Borodin leise.

Ellen schüttelte den Kopf. „Nein, du hast schon genug getan. Außerdem bist du verletzt. Versuch noch ein wenig zu schlafen. Ich wecke dich nachher."

„Wenn du meinst!" sagte er lächelnd und fuhr ihr zärtlich durchs Haar.

Sie sah ihn an. „So sieht also unsere Hochzeitsnacht aus. Das hätte ich mir auch nicht träumen lassen."

„Ab Mitternacht haben wir die ganze Kombüse für uns", sagte Borodin. Er kam auf sie zu.

„Du, Ellen?"

„Ja?"

„Ich liebe dich. Mehr kann ich einfach nicht sagen."

„Ich weiß . . ."

„Manchmal denke ich, ich hätte dich vielleicht überrumpelt, als ich zu Claus sagte, er solle uns trauen."

„Warum?" fragte sie.

„Na ja, ich meine, das mit deinem Mann ist . . ."

Ein Schatten von Traurigkeit überflog ihr Gesicht. „Das hat damit gar nichts zu tun. Ich habe Rolf geliebt und werde ihn auch immer lieben. Aber ich glaube, er würde nicht von mir verlangen, daß ich mich für den Rest meines Lebens in Trauer zurückziehe.

Es mag vielleicht etwas hart klingen, aber das Leben geht weiter. Und ich fühle, mein weiteres Leben bist du, Stefan."

Er umarmte sie.

„Du kannst dir gar nicht vorstellen, wie ich dich liebe!"

„O doch!" erwiderte sie. „Ich habe dich mindestens genauso lieb. Geh jetzt ein wenig schlafen, es wird dir guttun", sagte sie und gab ihm einen langen Kuß.

Borodin ging langsam zur Hängematte, die zwischen dem Hauptmast und der Kombüsentür aufgespannt war.

Er legte sich hinein und sah zum Himmel hinauf.

Es war klar, und die Sterne standen klein und glitzernd am Firmament. Die *Seagull* segelte einsam durch die unendliche Weite des Ozeans. Trotz der Anstrengungen, die hinter ihm lagen, konnte Borodin nicht schlafen.

Es war ein zu schönes Gefühl, wieder lieben zu können und von jemandem geliebt zu werden. Er war glücklich. Obwohl sie so klein waren, hatte er sich den Sternen noch nie näher gefühlt als in diesem Moment. Konnte er noch mehr verlangen?

Es war wärmer geworden: noch nachts mindestens zwanzig Grad.

Er atmete schwer durch. Es war, als entledige er sich aller Lasten, die ihn bisher bedrückt hatten. Er wußte noch genau, wie er als Kind immer den Winter gehaßt hatte, wie sehr er die ersten Strahlen der Frühjahrssonne herbeigesehnt hatte, den Duft der ersten Blüten und das Zwitschern der Vögel.

Auch später noch, als er schon einen Beruf ausübte, hatte es immer wieder Momente gegeben, in denen er einfach alles hingeschmissen und in den blauen Himmel geschaut hatte.

Nur der blaue Himmel war seltener geworden. Er war von Jahr zu Jahr trüber geworden und immer öfter dunstig und verhangen.

Ein einzelner Stern leuchtete besonders hell. Und plötzlich befiel Borodin das Gefühl von Einsamkeit und Verlassenheit. Er kam sich unendlich klein und unbedeutend vor. Was war er denn schon im Vergleich zu einem solchen Stern? War diese Welt, auf der er lebte, die einzige? Oder gab es vielleicht noch Tausende anderer Planeten, die auch bewohnt waren wie die Erde? Wie würden die Geschöpfe dort wohl leben?

Diese Sterne, diese Tausende von Sonnen, wie viele waren wohl schon erloschen, während nur noch ihr Licht zur Erde kam?

Und wie viele mochten wohl gerade im Entstehen sein, deren Licht erst in Millionen von Jahren die Erde erreichen würde?

Es war ein unheimliches Gefühl. Wie winzig war doch der Mensch gegenüber dem All, gegenüber der unendlichen Kraft der Natur! Und doch kam er sich immer so großartig vor.

Was war denn schon die Erde? Nichts anderes als ein Staubkorn, von dessen Sorte es noch Milliarden gab. Es war irgendwie bedrückend, solche Größen und Dimensionen zu erkennen. Seine ganzen Probleme kamen ihm plötzlich so unwichtig vor, daß er darüber lächeln mußte.

Vielleicht sah irgendwo im All, auf irgendeinem Planeten auch ein Lebewesen zu den Sternen, vielleicht sah es auch den Stern, um den sich die Erde drehte. Und vielleicht hatte es denselben Gedanken wie er.

„Glaubst du an Gott?" hatte ihn Elly einmal gefragt, und er hatte mit Nein geantwortet. Er glaubte nicht an Gott, zumindest nicht an den Gott, wie er jeden Sonntag von den Kirchen verkündet wurde.

Sicher, es hatte schon Situationen in seinem Leben gegeben, in denen er zu einer höheren Macht gebetet hatte, von der er annahm, daß sie ihm vielleicht helfen konnte. Aber wo sollte Gott sein? Ein alter Mann mit einem weißen Bart war er bestimmt nicht.

Doch wenn es wirklich einen Gott gab, wie er immer gepredigt wurde, war er entweder ein Trottel oder ein Verbrecher. Ein Trottel, falls er gar nicht so allmächtig war, wie es ihm immer angedichtet wurde, sondern auch er den Dingen seinen Lauf lassen mußte, und ein Verbrecher, falls er alle Verbrechen, Folterungen, Morde, Kriege und Unglücke zuließ, ohne etwas dagegen zu unternehmen. Wo war denn der Gott der Liebe? Hätte es Gott zugelassen, daß nur wegen der Ankunft seines Sohnes Hunderte von unschuldigen Kindern abgeschlachtet wurden? Konnte Gott so grausam sein? Wenn ja, konnte es Borodin nur recht sein, wenn er nicht an ihn glaubte.

Andererseits fragte er sich auch oft, wer denn wohl das ganze All, die Welt, die Erde geschaffen hatte, wie alles entstanden war. Wo war die Welt zu Ende? Was kam danach? Niemals bekäme er wohl Antworten auf diese Fragen. Vielleicht waren die Menschen auch gar nicht in der Lage, diese Antworten zu verkraften. Vielleicht waren sie zu primitiv.

AUCH Ellen hatte es sich ein wenig bequemer gemacht. Sie hatte die Automatiksteuerung eingestellt und saß neben dem Ruder. Der leichte Wind blähte die Segel, die grauweiß im Licht des Mondes standen.

Es war still auf der *Seagull*.

Man hörte nur das leise Plätschern der Wellen am Bug, und ab und zu schnellte ein fliegender Fisch aus dem Meer, um sich dann wieder mit einem leisen Klatschen auf der Wasseroberfläche zu verabschieden.

Ellen ließ noch einmal die Ereignisse der letzten Wochen vor sich ablaufen. Hätte Rolf noch gelebt, er hätte diese Reise bestimmt mitgemacht. Nur – wenn Rolf noch lebte, hätte bestimmt niemand daran gedacht zu fliehen. Schließlich hatten sie alle nicht schlecht gelebt.

Und jetzt? Sie waren auf der Flucht, hatten alles aufgegeben. Sie wußten nicht, was sie erwartete.

Seltsamerweise mußte sie gerade jetzt an ihren Vater denken. Er war Industrieller gewesen. Und an Thomas. Ja, Thomas, den sie schon als kleines Kind gekannt hatte. Auch er hatte reiche Eltern gehabt, doch sein einziges Ziel war es gewesen, Leute darauf aufmerksam zu machen, daß sie vom Staat unterdrückt wurden. Sie hatte oft lange Gespräche mit ihm geführt.

Als ihr Vater herausbekam, daß sie ein Verhältnis mit einem solchen „Subjekt" hatte, wie Vater Thomas immer zu nennen pflegte, zögerte er keinen Moment, sich von seiner Tochter loszusprechen.

Er hatte damals schreckliche Angst um seine Stellung. Da er aber sofort alle Verbindungen zu seiner Tochter abgebrochen hatte, blieb er auch weiterhin Direktor des staatlichen Maschinenkonzerns.

Ellen war damals von ihrem Vater sehr enttäuscht gewesen und hatte sich fest vorgenommen, mit Thomas zusammenzuleben. Doch ein Jahr später war Thomas plötzlich verschwunden. Sie hörte niemals wieder etwas von ihm.

Dann lernte sie im Krankenhaus den Praktikanten Rolf Thien kennen. Er war es, der ihr Sicherheit und Geborgenheit gegeben hatte, das, was sie vermißt hatte, seit ihr Vater nichts mehr von ihr wissen wollte.

Sie heirateten kurz darauf. Es war weniger eine Liebesheirat als eine Vernunftehe. Trotzdem war ihre Liebe in den fünf Jahren, in denen sie zusammengelebt hatten, immer mehr gewachsen.

Und jetzt? Sie begann mit dem dritten Mann in ihrem Leben einen neuen Abschnitt. Sie wunderte sich immer noch, daß sie sich so schnell in Stefan verliebt hatte. Bereits damals, als Thomas verschwunden war, wollte sie sich nie mehr Hals über Kopf in jemanden verlieben.

Menschen waren seltsame Geschöpfe. Da verliebte man sich und versicherte sich gegenseitig, daß man nie einen anderen lieben würde, und plötzlich schien alles vergessen zu sein. Das Leben ging weiter, die Wunden vernarbten, und sie vernarbten um so schneller, je mehr man sich treiben ließ.

Unten in der Kombüse war es stickig. Man merkte, daß die *Seagull* wärmere Gefilde erreichte.

Während Ludor und Monique schliefen, lag Peter Hansson immer noch wach. Sybille hatte sich neben ihn gekuschelt und schlief.

Hansson beugte sich über sie und roch an ihrem Haar. Es hing noch der Duft von Regenwasser und salziger Luft darin.

Hansson war zufrieden. Was wäre wohl aus ihnen geworden, wenn Claus sie nicht herausgeholt hätte? Hansson durfte das gar nicht zu Ende denken. Sie wären durch Ludors Droge wahrscheinlich zu hirnlosen Idioten geworden, und Sybille und er hätten den Rest des Lebens im Gefängnis verbracht.

Wie war es wohl früher gewesen? Früher, als man noch seine Meinung sagen konnte, als es noch ordentliche Gerichte gab? Es mußte eine herrliche Zeit gewesen sein!

Hansson fragte sich manchmal, wie es wohl dazu gekommen war, daß ein derartiges Regime aufgebaut werden konnte. Sicher, nach dem Dritten Weltkrieg war es bestimmt leicht gewesen, die Macht an sich zu reißen, wenn man genügend Beziehungen gehabt hatte. Aber warum hatte sich niemand dagegen gewehrt? Er mußte das einmal mit Stefan bereden, der wußte bestimmt mehr davon. Denn wo sonst konnte so etwas stehen, wenn nicht in alten Büchern? In Büchern, die geschrieben wurden zu einer Zeit, als jeder noch schreiben konnte, was er wollte, ohne Angst haben zu müssen, dafür ins Gefängnis zu wandern.

Er betrachtete Sybille. Sie waren glücklich und zufrieden. Sie liebten sich. Und es wurde nie langweilig mit ihr. Sie hatte immer etwas zu reden, während der ganzen Reise. Es war eigentlich seltsam, daß er sich mit Sybille so gut verstand. Während sie immer etwas zu erzählen hatte, war er meistens schweigsam. Er mochte es einfach nicht, nur etwas zu sagen, damit etwas gesagt wurde. Manche legten ihm das vielleicht falsch aus, aber daran konnte er nichts ändern. Er war allein aufgewachsen und konnte es daher nicht verstehen, daß Leute immerzu redeten. Und er wußte, daß Sybille ihn verstand. Das war die Hauptsache.

Am Montagmorgen erfuhr der Leiter des Staatlichen Sicherheitsdienstes von der Flucht Claus Ludors.

Man hatte zunächst angenommen, die Gefangenen seien mit Ludor als Geisel entflohen, doch als man Ludors Wohnung durchsuchte, stellte man fest, daß die Flucht lange vorbereitet gewesen war.

Stan Roberts sammelte die Nachrichten, die Ludors Flucht betrafen. Zunächst war es für ihn ein Schock, daß ein Mann wie Ludor in einer solchen Position überhaupt fliehen konnte. Und dann auch noch mit Verbrechern wie diesem Hansson – das war zuviel für Roberts' Fassungsvermögen.

Am späten Montagmittag kam die Nachricht, daß Ellen Thien sowie ein gewisser Borodin, dessen Spur zu Thiens Haus geführt hatte, ebenfalls verschwunden waren.

Stöhnend ließ sich Roberts in seinen Sessel am Schreibtisch zurückfallen. Wer trug die Verantwortung für das Ganze? Er!

Er hätte sich selbst ohrfeigen können, daß er die Reparaturen an den Überwachungsanlagen nicht schneller vorangetrieben hatte. Schließlich war dieser Ludor nach dem Tod von Thien schon etwas verdächtig geworden. So konnte sich Roberts auch nicht erklären, weshalb man ausgerechnet diesen Ludor zum Leiter des Staatlichen Labors ernannt hatte. Aber was sollte man gegen die Entscheidung von 518 unternehmen?

Jetzt mußte er wohl oder übel die Flucht weitermelden. Schon heute morgen hatte er eine kurze Nachricht durchgegeben, daß Ludor verschwunden sei.

Roberts kramte einen Zettel hervor und überlegte, wie er den Vorfall schildern konnte, ohne seine eigene Person in den Schatten zu stellen.

Zur gleichen Zeit saß 518 am Schreibtisch und grübelte. Schon heute morgen hatte er einigermaßen klargesehen. Eigentlich war es für ihn nicht überraschend, daß Ludor flüchtig war, wenn er es ihm in letzter Konsequenz auch nicht zugetraut hatte.

Er mußte zugeben, daß dies wohl ein Fehler gewesen war.

Jetzt hatte man nicht nur einen der besten Wissenschaftler verloren, nein, auch die gesamte Arbeit von Jahren war zerstört. Was würde wohl 51 dazu sagen, wenn er davon hörte?

518 mußte zugeben, daß dies kein gelungener Einstand war. Schlimm genug, daß ein wichtiger Mann innerhalb der ersten Tage seiner Amtszeit verschwand. Aber noch dazu hatte er, 518, diesen Mann zum Leiter des Labors gemacht, zumindest indirekt.

518 entschloß sich, rasch zu handeln. Nach den letzten Berichten aus Marseille, die nicht nur von Roberts, wie dieser glaubte, sondern auch von anderen Stabsstellen kamen, war Ludor mit seiner Jacht geflohen.

518 konnte sich noch gut an die schönen Abende erinnern, die er zusammen mit Claus und seiner Frau und auch mit Thien verbracht hatte. Aber dennoch hatte sein Vorgänger richtig gehandelt, als er Thien ausschalten ließ. Er hätte dasselbe mit Ludor tun sollen.

Der Fernschreiber sprang an.

> betr.: flucht ludor
> flüchtiger ludor befindet sich mit weiteren fünf personen sowie seiner tochter an bord seiner jacht seagull. sueskanal geschlossen. flüchtende segeln daher in richtung atlantik. schlage überwachung aus gebiet 4 vor, ludor muß am leben bleiben. mfg roberts

Wenig später empfing auch 51 dieses Telex. Er gab die Angelegenheit gleich weiter an den obersten Leiter des Gebietes 4, an 40. Hierzu bediente er sich ebenfalls des Fernschreibers, obwohl er dies auch persönlich hätte machen können. Denn 51 und 40 wohnten in ein und demselben Ort, nämlich in der „Stadt“. 40 würde das Telex an 4 weitergeben, und damit war einer der zehn Allmächtigen informiert. Noch niemand hatte diese zehn zu Gesicht bekommen.

Wenige Stunden später war bereits der Einsatzbefehl für eine Spezialtruppe im Gebiet 4 draußen. Das System hatte sich wieder einmal bewährt.

51 erhielt die Vollzugsmeldung. Zufrieden verließ er sein Büro

und fuhr hinunter in den Pflanzengarten. Der Duft von Orchideen hing in der Luft. Riesige Palmen überwucherten die Bürogebäude.

Ja, er hatte einen langen Weg zurückgelegt, um hier zu leben. Einen Weg, der auf der willenlosen Ausführung von Befehlen basierte, auf eigenen Entscheidungen, die oft grausam waren. Oftmals hatte er sich gefragt, ob es jemals eine Entschuldigung dafür geben würde. Doch wenn er sich dann sein Reich ansah, dann wußte er, was die Entschuldigung war. Wer konnte schon von einem verlangen, freiwillig auf diesen Luxus zu verzichten?

Doch obwohl 51 von sich behaupten konnte, viel zu wissen, wußte er noch lange nicht alles. Sonst wäre er vielleicht weniger zufrieden gewesen.

ALS NACH drei endlos scheinenden Wochen eines Morgens der Schrei „Land!" über Deck ertönte, konnte es zuerst niemand glauben. Auch Ludor, der ihn selbst ausgestoßen hatte, starrte immer noch zweifelnd auf den dunklen Punkt am Horizont.

Noch war es nur ein kleiner Punkt, aber er wurde zusehends größer. Es bestand kein Zweifel. Seit sie das letztemal Land gesehen hatten, die Kanarischen Inseln, waren drei Wochen vergangen, drei unendliche Wochen auf dem Atlantik, der mit seinen wechselhaften Launen an den Nerven der gesamten Besatzung gezerrt hatte.

Minute um Minute schien der Punkt größer zu werden, der sich am Horizont aus dem Meer hob. Inzwischen waren alle an Deck gekommen und schauten gebannt auf das kleine Stückchen Land, das sie alle mit Hoffnung erfüllte.

Bereits eine Stunde später konnte man die ersten undeutlichen Umrisse wahrnehmen. Sehr groß war diese Insel jedenfalls nicht.

Es war bald Mittag, und die Sonne stand steil am blauen Himmel, als die *Seagull* endlich in eine kleine stille Bucht einfuhr.

Der weiße Bug teilte plätschernd das türkisblaue, klare Wasser. Etwa dreihundert Meter von dem weißen Sandstrand entfernt, an dem sich hohe Palmen erhoben, die sich majestätisch im Wind auf und ab bewegten, ankerte die *Seagull*. Das Wasser war zu seicht geworden, und es bestand Gefahr, daß die Jacht auf Grund lief.

Nachdem an Bord alles klargemacht worden war, sprang Hansson als erster ins Wasser.

Es war so warm, daß er kaum eine Abkühlung verspürte. Er schwamm, bis er Grund unter den Füßen hatte, und watete dann bis zum Strand. Die anderen folgten ihm nacheinander.

Ludor ließ eine Handvoll des feinen weißen Sandes durch die Hände rieseln, als müßte er fühlen, daß sein Traum in Erfüllung gegangen war.

Borodin war der erste, der sich wieder faßte und die Stille unterbrach. „Ich glaube, ich werde mich mal ein wenig umsehen", sagte er mit einer Selbstverständlichkeit, als hätte er sein ganzes Leben nichts anderes getan, als fremde Inseln zu entdecken.

Ludor nickte. „Stefan hat recht, wir müssen die Lage erkunden. Wie es im Moment aussieht, scheint die Insel unbewohnt zu sein."

„Und wir bringen die Ausrüstung in Sicherheit", sagte Ellen.

„Ich würde lieber noch etwas warten und das ganze Zeug auf dem Schiff lassen. Wir wissen nicht, wer oder was uns hier erwartet . . . und wenn wir wieder schnell verschwinden müssen, ist es besser, wenn noch alles an Bord ist."

Hansson war sich keineswegs so sicher, daß die Insel unbewohnt war. Es deutete zwar nichts darauf hin, daß jemals ein Mensch seinen Fuß auf dieses Eiland gesetzt hatte, aber irgendwie hatte Hansson ein ungutes Gefühl.

Ellen nickte. „Na gut, wenn du glaubst, wir könnten Schwierigkeiten bekommen . . . Ich gehe jetzt erst mal baden."

Ludor und Borodin drangen tief in den Urwald vor. Obwohl sie dicke Segeltuchhemden anhatten, stachen die Mücken durch den Stoff.

„Wir hätten Insektenspray mitnehmen sollen", meinte Borodin, während er fluchend einen der Plagegeister zerquetschte.

„Daran werden wir uns gewöhnen müssen", entgegnete Ludor lächelnd, „die Freiheit hat eben ihren Preis."

Sie gingen weiter. Über ihnen schloß sich der Wald. Dichtes Gestrüpp und Schlingpflanzen machten ihnen zu schaffen, und sie kamen nur langsam voran.

„Dort vorn können wir am Strand entlanggehen", sagte Ludor und deutete auf eine Stelle, wo sich das Dickicht zu lichten begann.

Kaum hatten sie die feuchte Schwüle des Waldes verlassen, schlug ihnen die frische Seeluft entgegen. Ludor schätzte die Temperatur auf ungefähr 28 Grad.

Vor ihnen lag der Sandstrand. Mindestens drei Kilometer lang, dann verschwand er hinter einem Felsen.

„Scheint doch nicht so klein zu sein, wie wir angenommen haben", meinte Borodin. „Ich glaube, es ist besser, wenn wir erst morgen weitergehen." Borodin sah zur Sonne, die sich bereits langsam zu neigen begann. „Es wird bald dunkel werden, und ich weiß nicht, ob wir dann den Weg noch finden."

Als sie wieder an die Stelle kamen, wo die *Seagull* ankerte, saßen Hansson und die Mädchen bereits an einem Feuer.

„Ihr scheint wirklich hundertprozentig davon überzeugt zu sein, daß wir hier allein sind", sagte Borodin mürrisch und warf einen Blick auf die Feuerstelle.

Hansson, der gerade ein Stück Konservenfleisch kaute, mußte ihm innerlich recht geben. Auch er hatte zunächst gezögert, ein Feuer zu entfachen, aber etwas Warmes am Abend war nicht zu verachten.

„Streitet euch nicht!" beschwichtigte Ludor. „Ich glaube auch nicht, daß außer uns noch jemand da ist, aber wir werden morgen die Insel trotzdem systematisch erkunden. Erst dann können wir uns in Ruhe niederlassen."

Er setzte sich zu den anderen und schnitt sich auch eine Scheibe von dem Fleisch ab. „Ausgezeichnet", sagte er kauend.

„Wo sollen wir eigentlich übernachten?" fragte schließlich Monique und stellte damit eine Frage in den Raum, an die anscheinend noch niemand gedacht hatte.

„Am besten, wir verbringen die Nacht noch einmal auf dem Schiff", schlug Borodin vor. „Ehe wir nicht unsere Ausrüstung an Land haben, können wir auch nicht an Land schlafen."

„Es ist doch warm genug", warf Sybille ein, die sich schon darauf gefreut hatte, endlich wieder einmal ohne die ewige Schaukelei schlafen zu können.

„Sicher, aber was ist mit dem ganzen Ungeziefer und dem anderen Getier, das es hier noch gibt?" antwortete Borodin. „Wir können uns keinen Unfall erlauben, auch keine kleine Vergiftung durch einen Skorpionstich oder etwas Ähnliches. Obwohl", fügte er hinzu, „wir doch eine Krankenschwester dabeihaben."

Ellen sah ihn an. „Von wegen! Ich habe keine Lust, hier ständig jemanden zu versorgen. Und außerdem sollten wir nicht schon in den nächsten Tagen unsere ganzen Medikamente aufbrauchen."

„In Ordnung!" wehrte Sybille ab. „Ihr habt gewonnen. Nachdem ihr mir so eindringlich die Schönheiten der Insel klargemacht habt, werde ich doch noch eine Nacht auf unserer guten *Seagull* verbringen."

Sie blieben noch eine Weile sitzen, bis das Feuer erloschen war, dann wateten alle, bis auf Hansson und Sybille, zur *Seagull* hinaus.

„Wir kommen später nach", sagte Hansson.

Er setzte sich neben Sybille, die auf einem angetriebenen Baumstumpf saß und über das Meer sah.

„Was denkst du gerade?" fragte er.

Sie zuckte mit den Schultern.

„An alles mögliche." Sie drehte sich um. „Glaubst du, daß wir es hier lange aushalten werden?"

„Wie meinst du das?"

Sie schaute ihn an. „Ich meine, ob wir sechs es lange zusammen aushalten werden auf dieser Insel?"

„Du meinst, es gibt Streit?"

„Kann schon sein, im Prinzip ist die Insel ja nichts anderes als ein größeres Schiff. Weißt du, Claus ist zwar ein netter Mensch, schließlich verdanken wir ihm, daß wir hier sind. Aber er denkt, daß er uns deswegen rumkommandieren kann."

„Würdest du anders handeln, Sybille?" fragte Hansson ernst.

„Wahrscheinlich nicht, aber ich würde zumindest damit rechnen, daß es schiefgehen kann."

„Vielleicht sollten wir mit Claus darüber sprechen."

„Ich halte es für besser. Die anderen haben auch schon Andeutungen gemacht, daß sie sich nicht mehr so viel von Claus sagen lassen wollen. Ich meine, solange wir auf dem Boot waren . . . in Ordnung, schließlich hat niemand von uns einen blassen Schimmer gehabt von Navigation oder sonst etwas . . . aber jetzt, an Land, sollte doch jeder selbst bestimmen, was er machen will."

„Du hast recht, Sybille, aber du darfst Claus auch nicht unrecht tun . . . ich werde auf jeden Fall mit ihm sprechen." Er legte seinen Arm um sie.

Es war sehr still. Die einzigen Laute, die ihnen ans Ohr drangen, waren das Zirpen einiger Heuschrecken und das monotone Rauschen des Meeres, das außerhalb der Bucht gegen die Felsen schlug.

Jetzt waren sie da. Das Ziel, auf das sie seit Wochen hingearbeitet hatten und wovon sie gestern noch geträumt hatten, war erreicht. Doch Hansson mußte sich auch eingestehen, daß damit auch ein Teil seines Enthusiasmus verschwunden war.

Sie mußten jetzt hier leben, Monate, Jahre, vielleicht ihr ganzes Leben lang. Es würde bestimmt nicht leicht werden.

„Bist du auch so müde wie ich?" fragte Sybille und gähnte.

Er nickte. „Es war ein anstrengender Tag, und morgen werden wir noch mehr zu tun haben."

Sie standen auf und wateten durch das immer noch warme Wasser hinüber zur *Seagull*, die leicht auf der vom Mondlicht silbernen Fläche des Meeres schaukelte.

Borodin saß vorn am Bug und döste.

Als Hansson und Sybille die Strickleiter hochstiegen, murrte er etwas im Schlaf. Dann war es wieder ruhig.

RUHIG saß der alte Mann vor seiner Hütte. Das weiße Haar fiel ihm bis auf die Schultern. Die Haut war braun und rissig. Sie hatte den Charakter von Leder. Die eisblauen Augen starrten gedankenverloren in die Ferne. Sie waren alt, aber dennoch lebendig.

Er sah über das Meer, das jetzt still unter ihm lag. Der Mond hatte es in eine silberne Fläche verwandelt.

Schon oft hatte er von diesem Platz aus die Sonne auf- und untergehen sehen. Mehr als vierzig Jahre lang. Vierzig Jahre auf dieser Insel, die er kannte wie die ausgefranste Tasche seiner verschlissenen Hose. Es war seine Insel. Vierzig Jahre voller Glück, aber auch voller Einsamkeit.

Oft schon waren Menschen gekommen, weil sie auf der Flucht waren, oder auch nur, weil sie etwas erleben wollten. Aber alle waren wieder verschwunden.

Auch heute waren wieder Neue angekommen. Er hatte sie seit heute morgen beobachtet. Nachdem mittags schon zwei auf Erkundung gegangen waren, würden sie morgen bestimmt über die ganze Insel streifen.

Vielleicht würden sie ihn morgen finden, und dann würde er ihnen das sagen, was er allen gesagt hatte, die ihn in seinem

Versteck aufgestöbert hatten: daß man auf dieser Insel leben konnte, wenn man es wirklich wollte – es durfte keine Zweifel geben. Denn das war der Fehler der meisten, die kamen. Sie waren sich nicht sicher, ob sie wirklich bleiben wollten.

Auch der Alte hatte diese Zeit einmal durchgemacht. Es war eher ein Zufall gewesen, damals vor vierzig Jahren . . .

Der Alte merkte, daß er plötzlich müde wurde. Es war heute ein anstrengender Tag für ihn gewesen.

Den ganzen Mittag hatte er die Fremden beobachtet, ihren ersten Kampf mit den Insekten und den Gegebenheiten der Insel.

Sie interessierten ihn. Und, das war das wichtigste, sie machten keinen schlechten Eindruck auf ihn. Er entschloß sich, ihnen morgen ein Zeichen zu hinterlassen, damit sie ihn fänden.

Manchmal hatte er ganz gern Leute um sich. Es kam allerdings höchstens alle zwei Jahre einmal vor, daß jemand hier an Land ging. War ihm jemand sympathisch, dann gab er ihm ein Zeichen. Wenn nicht, blieb er in seinem Versteck. Bisher hatte noch niemand seine Behausung entdeckt, wenn er es nicht gewollt hatte.

Müde ging er in seine Hütte und legte sich auf das alte Holzbett, das er auch mal wieder reparieren mußte. „Wofür?" murmelte er leise. „Solange ich noch lebe, wird es mich schon aushalten."

Du redest ja wieder mit dir selbst, alter Simpel, dachte er. Es wird wirklich Zeit, daß mal wieder Leute kommen.

Die kühle Nachtluft strich durch den Dschungel und trieb ein wenig von der Schwüle aus den fetten grünen Blättern.

Leise drangen das Rauschen des Meeres und das leise Knarren der alten Palmen zu Redsmith herauf. Es war ein Lied, das er gegen nichts auf der Welt eingetauscht hätte.

Er war stolz auf sich. Eigentlich konnte er von sich behaupten, daß er etwas von seinem Leben gehabt hatte. Und das konnten bestimmt die wenigsten.

ES WAR drückend heiß. Brennend stach die Sonne vom wolkenlosen Himmel. Die drei Gestalten, die sich mühsam ihren Weg durch verwachsene Sträucher und Schlingpflanzen bahnten, fluchten abwechselnd vor sich hin.

Bereits seit dem frühen Morgen waren sie nun schon unterwegs und hatten außer ein paar kreischenden Affen und lästigen Insekten nichts Besonderes entdeckt.

„Wie wäre es mit einer Pause?" fragte Hansson und wischte sich mit dem Handrücken über die schweißnasse Stirn.

„Nichts dagegen einzuwenden", antwortete Ludor und ließ sich gleichzeitig auf einem entwurzelten Baumstamm nieder.

„Vorschlag angenommen", bemerkte Borodin sarkastisch und sah Ludor von der Seite an. Auch ihm war aufgefallen, daß Ludor das Steuer anscheinend nicht mehr aus der Hand geben wollte.

Hansson sagte nichts mehr. Er trank einen Schluck Wasser aus der Feldflasche. Es schmeckte abgestanden und bitter. „Hoffentlich finden wir bald Wasser, sonst sieht es schlecht aus." Er reichte die Flasche weiter.

„Das kocht ja gleich", sagte Borodin und verzerrte das Gesicht, als er den ersten Schluck genommen hatte.

„Eigentlich müßten wir das andere Ende der Insel bald erreicht haben", sagte Ludor mehr zweifelnd als davon überzeugt.

Borodin nickte. „Ja, und Wasser haben wir trotzdem nicht gefunden. Das macht mir Sorgen."

„Eigentlich hätten wir ja auch mit der *Seagull* erst einmal um die ganze Insel herumsegeln können, dann wüßten wir wenigstens, wie groß sie ist."

„Sicher", stimmte Ludor zu. „Aber der Weg hier durch wäre uns trotzdem nicht erspart geblieben." Er seufzte. „Wenn es kein Wasser auf der Insel gibt, können wir sowieso gleich wieder die Koffer packen. Denn Regen scheint es hier auch nicht viel zu geben."

Hansson blickte zum Himmel, der keineswegs nach Regen aussah. „Hier gibt es eine Menge Gewächse, und es müßte mit dem Teufel zugehen, wenn es hier nicht auch regnen würde", entgegnete er.

„Wir werden sehen", sagte Borodin und schraubte die Feldflasche wieder zu.

Er stand auf, zog sein Buschmesser und bahnte sich erneut einen Weg durch das Dickicht.

Hätte er gewußt, daß nur wenige Meter davon entfernt ein bequemer Trampelpfad entlangführte . . .

NACHDEM die Männer am frühen Morgen aufgebrochen waren, hatten sich Sybille, Monique und Ellen darangemacht, die *Seagull* zu entrümpeln.

Das ganze Zeug, das ihnen zwar während der langen Wochen

auf See gute Dienste geleistet hatte, aber nun unnötig geworden war, warfen sie auf einen Haufen und vergruben es später ein wenig vom Strand entfernt.

Am frühen Mittag waren sie damit fertig.

Sybille fühlte sich nicht besonders wohl. Die Hitze machte ihr zu schaffen. Sie legte sich in den Schatten einer Palme und döste vor sich hin.

Die Sonne hatte bereits ihre volle Kraft entfaltet. Sie stand hoch am Himmel und ließ den feinen Sandstrand in grellem Weiß leuchten. Vom dichten Wald, der gleich dahinter begann, wehte der schwere Duft von Hibiskus und Oleander herüber.

Ellen und Monique zogen sich aus. Das türkisblaue Wasser schwappte zärtlich einladend an den Strand. Nackt ließen sie sich in das kristallklare, angenehm warme Wasser fallen.

„Glaubst du, daß es hier Haie gibt?" fragte Monique prustend.

Ellen schwamm zu ihr hin. „Ich glaube nicht, es ist viel zu flach hier."

Sie schwammen etwa zweihundert Meter hinaus. Noch immer war der Grund zu sehen. Weiße Korallen wuchsen bis kurz unter die Wasseroberfläche.

Ellen tauchte hinab. Glucksend schlossen sich über ihr die Wellen. Es war herrlich. Zwischen den Korallen schwammen kleine bunte Fische, die sie neugierig beschnupperten. Seesterne lagen dekorativ auf dem weißen Sand am Grund.

Nach Luft schnappend, kam sie wieder hoch. Sie schüttelte sich das Salzwasser aus den Haaren.

„Es ist einfach herrlich!" rief sie zu Monique hinüber, die schon langsam wieder zurückschwamm.

Ellen legte sich auf den Rücken und blinzelte in die Sonne. Man konnte sich einfach nicht vorstellen, daß es auf der Erde noch ein solches Paradies gab. Man konnte tun und lassen, was man wollte. Sie bereute es jedenfalls nicht, mitgefahren zu sein. Allein schon wegen Stefan.

Plötzlich spürte sie etwas Rauhes am Rücken. Im ersten Moment war sie erschrocken, doch dann sah sie, daß es nur eine Sandbank war. „Ich bin gestrandet!" rief sie, noch immer auf dem Rücken liegend. So konnte sie auch nicht den dunklen Schatten unter der Wasseroberfläche sehen, der sich auf Monique zu bewegte.

Ellen versuchte, Halt zu finden, und setzte sich schließlich auf die Sandbank, die etwa zehn Zentimeter unter der Wasseroberfläche endete.

Ihr Blick fiel auf Monique, und plötzlich sah sie auch die Dreiecksflosse aus dem Wasser ragen, die nur noch ein paar Meter von Monique entfernt war.

Ellen stieß einen schrillen Schrei aus.

Doch selbst wenn Monique ihn gehört hätte, wäre er zu spät gekommen.

Ellen hörte, wie Monique aufschrie, dann war sie plötzlich verschwunden.

Noch einmal ragte ihr Kopf kurz aus dem Wasser, und Ellen meinte, ihr schreckensbleiches Gesicht sehen zu können. Dann war alles ruhig. Der Hai hatte sie mit auf das Meer hinausgezogen.

Ellen starrte noch immer auf den Fleck, wo noch vor wenigen Minuten sie selbst geschwommen war.

Sie war wie gelähmt. Es war alles so schnell gegangen, und sie hatte nichts dagegen tun können.

Erst jetzt sah sie Sybille, die anscheinend durch Moniques Schrei wach geworden war und regungslos am Strand stand.

Ellen fröstelte plötzlich, obwohl das Wasser mindestens achtundzwanzig Grad haben mußte.

In panischer Angst warf sie sich ins Wasser und schwamm so schnell wie möglich auf den Strand zu.

Sie sah sich nicht um, ob der Hai vielleicht wieder zurückkommen könnte. Sie kannte nur ein Ziel: so bald wie möglich den sicheren Strand zu erreichen.

Völlig außer Atem ließ sie sich auf den heißen Sand fallen.

„Was tun wir jetzt?“ fragte Sybille.

Ellen sagte gar nichts. Zu tief saß noch der Schock in ihr.

Sybille, die immer wieder auf die Stelle hinausstarrte, an der Monique verschwunden war, weinte hemmungslos.

Es schien ihr, als sei das Meer an dieser Stelle rot gefärbt.

Die Palmen bogen sich leicht im Wind, und das Meer sang sein eintöniges, schönes Lied.

Das Paradies zeigte sich wieder einmal von seiner besten Seite.

Etwa zur gleichen Zeit entdeckte Hansson eine Feuerstelle. Ohne Zweifel war sie frisch. Das Holz glühte noch an manchen Stellen. Sie befanden sich jetzt etwa fünf Kilometer im Innern der Insel.

„Was tun wir jetzt?“ fragte Hansson, nachdem er sich erhoben hatte.

„Vorsichtig weitergehen“, schlug Borodin vor. „Zumindest wissen wir jetzt, daß wir nicht allein auf der Insel sind. Es könnten Eingeborene sein.“

Wenige Meter von der Feuerstelle entfernt entdeckte Ludor kurz darauf einen Trampelpfad.

Sie folgten ihm. Hansson hatte sein Buschmesser, das er sich aus einem alten Küchenmesser geschliffen hatte, ständig in Bereitschaft, als erwarte er jeden Augenblick einen Angriff.

Ein schriller Schrei ließ sie herumfahren. Erleichtert atmeten sie auf, als sie sahen, daß sie anscheinend nur einen Affen in seiner Mittagsruhe gestört hatten.

Plötzlich teilte sich vor ihnen das Gebüsch, und ein alter weißhaariger Mann stand vor ihnen.

Er sah sie freundlich an. Dennoch hielt Hansson sein Messer bereit.

„Sie können es ruhig wegstecken. Wie Sie sehen, bin ich allein, und auch meine körperliche Verfassung dürfte mit der Ihren wohl nicht mehr mithalten können“, sagte der Alte ruhig und deutete auf Hanssons Messer.

Etwas verdutzt nahm Hansson das Messer herunter und steckte es in seinen Gürtel.

Der Alte sprach ihre Sprache. Wer war er?

„Gestatten Sie mir, daß ich mich vorstelle: Thomas Redsmith.“

„Ich heiße Peter Hansson“, sagte Peter etwas verwirrt. „Und das sind meine Freunde Claus Ludor und Stefan Borodin.“

Der Alte reichte jedem die Hand. „Darf ich Sie zu mir einladen? Mein Haus liegt nur wenige Meter von hier entfernt.“

Hansson sah Ludor an. Der nickte nur.

Es war schon sonderbar. Man verließ sich schon automatisch auf Ludors Meinung. Sie hatte etwas Absolutes.

„Gern“, sagte Hansson schließlich.

Der Alte ging voraus, und tatsächlich waren sie schon nach wenigen Augenblicken vor einer Holzhütte angekommen.

Stabil gebaut und hervorragend getarnt. Wer den Weg nicht kannte, fand diese Hütte niemals.

Im Innern der Blockhütte war es angenehm kühl. Der Alte servierte ihnen ein erfrischendes, wahrscheinlich aus hiesigen Früchten gepreßtes Getränk.

Sie nahmen Platz an einem stabilen hölzernen Tisch. Ludor ergriff schließlich das Wort.

„Herr Redsmith . . .", begann er.

„Nennen Sie mich bitte Thomas", unterbrach ihn Redsmith sofort.

„Gut, Thomas, ich möchte nicht unhöflich erscheinen, aber es würde uns brennend interessieren, wie Sie auf diese Insel gekommen sind und was Sie hier tun."

Der Alte nahm einen Schluck aus dem Trinkbecher, der aus einer Kokosnußschale gemacht war.

„Ich bin schon sehr lange auf dieser Insel, über vierzig Jahre. Und sie waren bestimmt nicht immer leicht. Ich kann mir schon denken, weshalb ihr hier seid . . ." Er zögerte. „Und deshalb werde ich euch meine Geschichte erzählen." Er goß noch einmal die Becher voll, lehnte sich gemütlich zurück und begann dann sich zu erinnern: an seine Kindheit, seine Jugend, sein bisheriges Leben . . .

THOMAS REDSMITH war ein stiller Junge. Seit frühester Kindheit konnte er Stunden damit verbringen, irgendwelche Dinge zu zeichnen, seine Mitmenschen zu beobachten und ihre charakteristischen Züge festzuhalten.

Er hatte eine relativ glückliche Kindheit. Seine verständnisvollen Eltern ermöglichten ihm eine gute Ausbildung. Er machte sein Abitur und dann eine Lehre. Eigentlich wollte er lieber Maler oder Designer werden. Aber man hatte ihm allgemein abgeraten. Es wäre doch wohl etwas zu unsicher, sich sein Brot als Künstler zu verdienen.

Also absolvierte Thomas Redsmith eine Kaufmannslehre. Seine Freizeit verbrachte er in erster Linie mit Malen. Auf die Dauer war es jedoch für ihn mehr als unbefriedigend, jeden Morgen, Tag für Tag, ins Büro zu gehen, für irgendwelche Hohlköpfe stumpfsinnige Arbeiten zu verrichten und eigentlich am Leben vorbeizuleben.

Er konnte sich nicht vorstellen, sein ganzes Leben auf diese Weise zu verbringen.

Schon früh, noch in seiner Lehrzeit, spielte er mit dem Gedanken, alles aufzugeben und einfach fortzugehen.

Er haßte den Winter, den kalten Regen, die graue Welt, die jeglichen Frohsinn vertrieb. Zu dieser Zeit lebte er nur nach der Maxime: Lebe immer so, als wäre dieser Tag dein letzter.

Aber es war nicht nur das Wetter, das ihn ärgerte. Es gab damals auch eine Entwicklung, die ihn zutiefst beunruhigte. Es war die Zeit, als das Land, in dem er lebte, immer öfter von politischen Attentaten heimgesucht wurde. Nun, lange ließ sich das der Staat nicht gefallen. Man schuf neue Gesetze, die solche Straftaten in Zukunft verhindern sollten.

Zunächst spürte man noch nichts davon. Man konnte sich frei bewegen. Doch wurden bereits auf den Flughäfen Leibesvisitationen durchgeführt, hier und da standen schwerbewaffnete Polizisten herum.

Aber selbst das war nicht sonderlich beunruhigend. Doch als man dann immer öfter auf der Straße angehalten wurde und seinen Ausweis zeigen mußte, während ein anderer Polizist die Maschinenpistole auf einen richtete, begann die Sache auffällig zu werden.

Redsmith erinnerte sich noch genau an den Tag, als er mit seiner damaligen Freundin im Bett lag und plötzlich die Zimmertür aufflog. Ein Dreimanntrupp schwerbewaffneter Polizisten forderte ihn auf, sofort mit auf das Präsidium zu kommen. Man hätte den Verdacht, er stecke mit Terroristen unter einer Decke.

Noch während Redsmith sich einigermaßen überrascht anzog, durchstöberten zwei der Polizisten seine Wohnung, während der dritte ihn und seine Freundin mit der Maschinenpistole bedrohte.

Die ganze Sache stellte sich später als Irrtum heraus. Doch Redsmith hatte das unangenehme Gefühl, daß er hier nicht mehr lange leben konnte.

Das schlimmste an der Sache aber war, daß anscheinend niemand etwas von dieser Entwicklung zu bemerken schien. Im Gegenteil, die meisten waren noch für eine Verschärfung der Gesetze.

Wagte man es, sich über die Kontrollen der Polizisten zu beschweren, wurde man gleich als Sympathisant der Terroristen abgestempelt. Sicherlich waren manche Maßnahmen einzusehen. Als die Tätigkeit der Terroristen langsam abnahm, behielt man indessen alle Kontrollen bei. Im Gegenteil, es wurde sogar noch schlimmer.

Es war eine schleichende Entwicklung. Und genau das war das schlimmste daran.

Hätte man alle Maßnahmen von heute auf morgen eingeführt, hätte es bestimmt einige Menschen gegeben, die sich dagegen gewehrt hätten. Es fing aber ganz harmlos an: Unter dem Deckmantel, daß man gegen Terroristen vorgehen müsse, wurden Gesetze erlassen, die ganz und gar nicht mehr in eine freiheitlich-demokratische Grundordnung paßten.

Durch die ebenfalls immer perfekter werdende Technik bei der Datenerfassung war bald jedermann irgendwo gespeichert.

Gewiß brachten die Computer eine erhebliche Erleichterung für die Abwicklung der verschiedenen Aufgaben. Doch ein Computer, der zum Beispiel die Daten einer Person im Krankenhaus speicherte, unterschied sich in nichts von einem Computer, der die gleiche Arbeit bei einer Privatfirma oder bei einer Polizeibehörde machte.

Diese Erfahrung mußte Redsmith machen, als er sich eines Tages bei einer Firma um eine Stelle bewarb.

Obwohl Redsmith genau wußte, daß er weder in seiner Bewerbung noch in irgendwelchen persönlichen Gesprächen mit dem Personalleiter Angaben darüber gemacht hatte, mußte er erfahren, daß der Personalchef des Unternehmens sowohl über seine Leistungen bei der alten Firma als auch über seinen Gesundheitszustand bestens unterrichtet war (er hatte sich zwei Monate zuvor in einem Krankenhaus einer leichten Operation wegen Rückenschmerzen unterzogen).

Doch nicht genug damit, daß der freundliche Herr, dem Thomas Redsmith in der Personalabteilung gegenübersaß, das wußte, er wußte noch viel mehr.

Er wußte zum Beispiel, daß Redsmith in einer sogenannten wilden Ehe lebte (vom Computer der Städtischen Wohnungsbaugesellschaft, die Privatwohnungen vermietete), daß er bereits zweimal bei Rot über die Ampel gefahren war (vom Computer des Ordnungsamtes) und somit keinerlei Aussichten mehr hatte, einen Firmenwagen gestellt zu bekommen, und er wußte schließlich auch, daß Redsmith seine Steuern nicht immer pünktlich gezahlt hatte.

Redsmith hätte den Job zwar trotz allem bekommen können, aber nach diesen Erfahrungen verzichtete er darauf, dort tätig zu werden. Er kündigte bei seiner alten Firma, hob sein gesamtes Geld ab, setzte sich ins nächste Flugzeug und flog nach Mexiko.

Hier lebte er einige Jahre ruhig und zufrieden vor sich hin, arbeitete als Einkäufer für eine amerikanische Firma und verdiente genügend Geld, um sich einiges leisten zu können.

Doch es dauerte nicht allzu lange, bis sich die Entwicklung, vor der er aus seinem Heimatland geflohen war, auch bis nach Mexiko fortsetzte.

Redsmith blieb noch eine Weile, verbrachte die Wochenenden am Strand von Acapulco, flirtete mit den schönsten Mädchen und genoß das Leben.

Nebenher verdiente er sich noch einiges mit der Malerei, und an seinem dreißigsten Geburtstag entschloß er sich, freischaffender Künstler zu werden.

Eigentlich hatte er jetzt das Leben, das er sich schon immer gewünscht hatte. Er konnte schlafen, solange er wollte, hatte Erfolg, es war fast immer herrliches Wetter, und er konnte arbeiten, wenn er Lust dazu hatte, und nicht, wenn es ihm andere vorschrieben.

Doch wie gesagt, die verhängnisvolle Entwicklung nahm ihren Lauf. Nach und nach wurden auch in Mexiko und parallel dazu auf der gesamten Erde die zivilisierten Teile immer mehr überwacht. Es gab kaum noch Staaten, die nicht von der Polizei und einem mächtigen Beamtenapparat beherrscht wurden.

Und dann kam der Tag, an dem der Präsident der Vereinigten Staaten von Amerika bei einem Staatsbesuch in Moskau erschossen wurde. Da die Umstände ziemlich mysteriös waren, gab es Krieg.

An dem Morgen, an dem Redsmith durch Zufall davon im Radio hörte, beschloß er, Mexiko zu verlassen.

Gleich nach dem Frühstück ging er zum Hafen hinunter, kaufte einem Bootsreeder eine nagelneue Jacht ab, besorgte sich eine komplette Ausrüstung und verschwand noch am selben Tag. Er hatte wieder einmal alle Zelte hinter sich abgebrochen.

Er segelte durch den Panamakanal und landete schließlich nach knapp einer Woche auf einer kleinen Insel, irgendwo zwischen Kuba und Venezuela, die noch unbewohnt war, aber eine Süßwasserquelle hatte.

Sie gehörte zu der Inselgruppe der Kleinen Antillen.

Redsmith hatte volle zwei Monate damit zu tun, sich eine geeignete Blockhütte zu bauen. Schließlich mußte er sich auch noch um die Nahrungsbeschaffung kümmern.

Zum Glück blieb die Gegend vom Krieg weitgehend verschont. Ab und zu konnte er sogar auf die nächstgrößere Insel fahren, um sich dort mit dem Notwendigsten zu versorgen.

Der Krieg dauerte nicht lange. Innerhalb kurzer Zeit waren fast alle Industrieanlagen zerstört. Da es niemand wagte, reine Wohngegenden anzugreifen, beschränkte sich der Krieg mit einigen Ausnahmen auf die Zerstörung von Sachgütern.

Eine Firma, die ihren Hauptsitz in Mexiko hatte, blieb allerdings verschont. Es war die ICC, International Computer Company.

Bereits in den letzten Kriegstagen wurde dort schon wieder neu produziert. Um einen schnelleren Aufbau vorantreiben zu können, wurden Daten von Personen gesammelt und neu aufgenommen (um alles schneller zu ordnen, hieß es damals) und zentralisiert.

Jeder Erdteil wurde mit einer Nummer versehen und nach dem gleichen Ordnungssystem aufgegliedert.

Der Computer spuckte die Daten aus, wer zu was am besten zu gebrauchen war, und nach diesen Gesichtspunkten wurden die vielen offenen Stellen besetzt.

Damit es nicht zu Ausschreitungen kommen konnte, wurde jeder Erdteil in Hunderte von Sektoren unterteilt, die sich über das gesamte Festland zogen. Nur an den Küsten gab es sogenannte freie Gebiete. Dort lebten die höhergestellten Persönlichkeiten, deren Treue zum System man nicht in Zweifel zog. Alle anderen wurden unter strenger Bewachung in die Sektoren gepfercht.

Nach und nach spielte sich das System ein.

Die Länderverwalter sowie die Gebietsverwalter wurden zentralisiert und in einem riesigen Areal untergebracht, das sich in Mexiko befand.

Von alldem bekam Redsmith herzlich wenig mit. Er merkte nur, wenn er mal wieder an Land kam, daß er immer öfter kontrolliert wurde und daß man ihm immer den freundlichen Rat gab, möglichst bald wieder zu verschwinden.

Also versorgte er sich von da an nur noch zweimal jährlich mit Lebensmitteln und fuhr immer gleich wieder zurück auf seine Insel.

Zwei Jahre später war er aus reiner Neugier doch noch einmal weiter ins Innere des Landes gefahren, wurde aber von der riesigen grauen Sektorenmauer abgehalten, noch weiter vorzudringen.

Als er wieder auf der Insel war, sah er ein, daß er von jetzt an wohl etwas vorsichtiger sein mußte. Man würde ihn sonst ohne langes Zögern in einen der Sektoren stecken.

Er verbarg sein Boot in einer kleinen Bucht, die von allen Seiten zugewachsen war und die vom Meer aus kein Boot erreichen konnte, weil sie durch ein gefährliches Riff geschützt war.

Bisher hatte ihn noch niemand entdeckt, und das war schon sehr beruhigend für den alten Redsmith.

NACHDEM der Alte geendet hatte, herrschte eine Weile tiefes Schweigen. Die drei Männer der *Seagull* sahen sich an. Jeder von ihnen konnte sich denken, was die anderen bewegte.

Sie alle hatten gehofft, daß sie mit ihrer Flucht dem Machtbereich entflohen waren, doch das stellte sich jetzt als Trugbild heraus. Sie konnten gar nicht fliehen, weil das System überall war.

„Die ganze Erde wird also beherrscht", sagte Ludor nachdenklich. Er hatte den Kopf gesenkt.

Der Alte legte eine Hand auf Ludors Schulter. „Ihr habt geglaubt, durch eure Flucht könntet ihr allem entrinnen?"

Borodin starrte ihn an. „Woher wissen Sie, daß wir geflohen sind?"

„Man merkt es. Wärt ihr nur auf einem Abenteuerausflug, hätte euch meine Geschichte vielleicht auch interessiert, aber bestimmt nicht so bedrückt."

Hansson nickte. „Sie haben recht. Wir haben alle einen recht abenteuerlichen Weg hinter uns."

Der Alte lächelte verstehend. „Jetzt wollt ihr hierbleiben?"

Hansson hob die Schultern. „Keine Ahnung, aber wahrscheinlich wird uns gar nichts anderes übrigbleiben."

„Ihr seid hier relativ sicher", sagte der Alte, „und außerdem habe ich euch . . . ihr müßt entschuldigen, schon seit geraumer

Zeit beobachtet. Es wäre schon besser, wenn ihr euer Boot verstecken könntet."

„Wird die Insel kontrolliert?" fragte Ludor.

„Nicht sehr oft, es sind nur oberflächliche Kontrollen."

„Und wo sollen wir unser Boot verstecken?" fragte Ludor. „Es ist schließlich nicht so einfach, so ein Ding unsichtbar zu machen." Man merkte ihm deutlich an, daß er enttäuscht war.

„In der Bucht, wo ich mein Boot versteckt habe. Dort ist auch eures sicher."

„Wie groß ist eigentlich die Insel?" wollte Borodin wissen.

Der Alte hob abwehrend die Hand. „Ich kann es euch nicht genau sagen, aber zur Zeit befindet ihr euch ungefähr in der Mitte. Sie ist fast kreisrund. Ich schätze den Durchmesser auf zehn Kilometer."

Borodin nahm einen Schluck aus der Kokosnuß.

„Dann würde ich sagen, je früher die *Seagull* in Sicherheit gebracht ist, desto besser sind unsere Chancen, nicht gleich entdeckt zu werden. Und auch unser Lager werden wir nicht wie geplant an der Küste, sondern weiter im Landesinnern aufschlagen."

Ludor wandte sich wieder an den Alten. „Werden Sie uns dabei helfen, Thomas?"

Der Alte lächelte und nickte. „Mit guten Ratschlägen gerne, nur wenn es um harte Arbeit geht, werde ich euch nicht mehr helfen können."

„So war das auch gar nicht gemeint", sagte Ludor.

Er erhob sich und sah sich noch einmal in der Hütte um. Erst jetzt sah er, daß die Wände mit Ölbildern behängt waren. Es waren Gemälde von Sonnenuntergängen, von Segelbooten und kleine Landschaftsimpressionen. Doch eines hatten alle Bilder gemeinsam: Sie strahlten einen Freiheitswillen aus, man glaubte förmlich das Leben zu spüren, die Freude am freien Leben und an einer herrlichen Welt.

Der Alte räumte kurz die Hütte auf. „Am besten, ich gehe gleich mit euch. Dann können wir zusammen mit eurem Boot um die Insel fahren, und ich kann euch durch das Riff lotsen."

„Haben Sie alle diese Bilder gemalt?" fragte Ludor und deutete auf die Wände.

„Ja, warum? Gefallen sie Ihnen?"

„Ja, sehr sogar. Nach diesen Bildern zu urteilen, müssen Sie ein glücklicher Mensch sein."

„Sind Sie keiner?" fragte der Alte, während er die leeren Trinkgefäße zur Seite räumte.

„Ich weiß nicht. Bis vor kurzem hätte ich noch geschworen, ich sei der glücklichste Mensch auf Erden. Doch jetzt sieht das Ganze wieder etwas anders aus."

„Wissen Sie, Claus, solche Anwandlungen gewöhnt man sich im Lauf der Zeit ab. Wenn man weiß, daß man nur noch ein paar Jahre zu leben hat, dankt man für jeden Tag, an dem man in die Sonne blicken, die Wärme spüren, den frischen Wind riechen und die Vögel hören kann. Sie können mir glauben, das Leben ist schön, nur leider viel zu kurz. Die meisten Menschen merken das allerdings viel zu spät."

Nachdenklich starrte ihn der Alte an. Dann plötzlich, als wollte er wieder in die Wirklichkeit zurückkehren, schüttelte er den Kopf. „Machen Sie sich nichts draus! Alte Männer reden manchmal wirres Zeug."

„Ich finde, das war keineswegs wirr, im Gegenteil. Sie haben wahrscheinlich recht."

Schweigend brachen sie auf und marschierten zusammen in Richtung Strand.

Der Weg, den Redsmith nahm, war nicht nur viel bequemer, er war auch wesentlich kürzer. Nur knapp anderthalb Stunden später waren sie an ihrem provisorischen Lagerplatz.

ALS ERSTES sahen sie Ellen. Borodin sah schon von weitem, daß etwas nicht stimmte. Als Ellen näher gekommen war, bemerkte Borodin, daß sie ein regelrecht verquollenes Gesicht hatte. Obwohl es noch ziemlich warm war, trug sie Bluse und Shorts.

Borodin wollte gerade etwas sagen, als Ellen ihm zuvorkam. „Stefan, ich muß dich sofort sprechen!"

Er folgte ihr.

Ellen zog ihn von den anderen weg. Sie hatte sich noch nicht einmal gewundert, daß sie einen alten Mann mitgebracht hatten.

Kaum standen sie etwas abseits, ließ sich Ellen in seine Arme fallen und begann zu weinen.

„Um Gottes willen, was ist los, Ellen?" fragte Borodin.

„Es ist . . . es ist schrecklich, Stefan!“ schluchzte sie, ohne ihn anzusehen.

„Was ist schrecklich?“ fragte Borodin ahnungslos.

„Monique, wir sind geschwommen . . . und dann . . .“

„Was war dann?“

„Sie ist tot, Stefan, zerrissen von einem Hai!“

Sie konnte nicht mehr. Borodin fing sie auf.

Er selbst spürte eine leichte Schwäche in den Knien. Was hatte Ellen da eben gesagt? Monique von einem Hai zerrissen? Noch ehe er weiterdenken konnte, sah er, wie Hansson und Ludor angerannt kamen. Sie hatten gesehen, wie Ellen zusammengebrochen war.

„Was ist denn los?“ fragte Ludor und sah Borodin an.

Borodin wußte nicht, was er sagen sollte. Was ihm Ellen berichtet hatte, war zu schrecklich, als daß er es Ludor einfach sagen konnte.

Hansson sah sich inzwischen nach Sybille um. Sie stand verlassen unter einer Palme und befand sich in einem ähnlichen Zustand wie Ellen.

Hansson kam auf sie zu und bemerkte, wie sie zitterte. „Was ist denn eigentlich passiert? Erst kippt Ellen um, dann stehst du auch noch da, als wäre der Himmel zusammengebrochen.“

„So etwas Ähnliches“, sagte Sybille leise.

Hansson sah sich um. Nirgends konnte er Monique entdecken.

Auch Ludor sah sich nach seiner Frau um. „Wo ist Monique?“ fragte er.

Borodin wagte nicht, ihn anzusehen.

Ludor begann umherzugehen. Er sah auf die Decke, auf der Monique immer lag. Sie lag verlassen im Schatten einer Palme.

Er stürzte sich ins Wasser und watete zur *Seagull*.

In der Kombüse lag die kleine Beatrice und schlief.

„Monique!“ rief er, als er wieder an Deck kam. Doch er bekam keine Antwort.

Statt dessen kam der Alte auf ihn zu, als Ludor wieder den Strand erreicht hatte. „Setzen Sie sich, Claus! Borodin hat mir da etwas erzählt, was ich Ihnen sagen muß. Er selbst kann es nicht.“

„Was ist es?“ fragte Ludor hastig. „Ist etwas mit Monique?“

Redsmith nickte stumm. „Ja, Claus. Sie ist tot. Sie ist mit Ellen schwimmen gegangen, und dann kam anscheinend ein Hai und . . ."

Redsmith verstummte. Er hatte gesehen, daß ihm Ludor gar nicht mehr zuhörte.

Ludor hatte es tatsächlich nicht mehr gehört. Nur den ersten Satz. *Sie ist tot.* Es war ein Satz, der sich ihm wie ein Pfeil ins Gehirn bohrte. Es gab keinen Zweifel an dem Wahrheitsgehalt dieses Satzes, doch in Ludor brachen mit diesen drei Worten alle Hoffnungen und alle Fröhlichkeit zusammen. Er fühlte, wie sich sein Magen zusammenkrampfte.

„Nein! Nein! Das kann nicht sein! Sag's, du Hund, daß es nicht stimmt!" Ludors Stimme übertönte das Rauschen des Meeres. Er sprang auf und packte den Alten am Kragen. „Sag's endlich!"

Ludors Stimme wurde leiser und ging fast unmerklich in ein leises Schluchzen über. Er ließ den Alten los und drehte sich um.

Leise ging Redsmith fort. Er wußte, daß Ludor jetzt erst einmal allein sein mußte. Im Moment konnte ihm niemand helfen.

Ludor ging an den Strand. Er sah hinaus übers Meer, das so friedlich und ruhig dalag wie sonst. Kleine Wellen schwappten zärtlich auf den weißen Sandstrand. Es war, als wollte sich das Meer bei ihm entschuldigen.

Ludor mußte plötzlich an Professor Levèvre denken. Er hatte gar nicht so unrecht gehabt mit der Feststellung, man lebe nur einmal und man solle deshalb das Beste daraus machen.

Ludor begann den Tag zu hassen, an dem er sich zur Flucht entschlossen hatte. Monique könnte noch leben, er noch seine Stellung haben und mit ihr ein ruhiges Leben führen. Jetzt, da er wußte, daß das System auch hier war – war nicht alles umsonst gewesen? Warum hatte er sich je auf so etwas eingelassen?

AM NÄCHSTEN Tag fuhren Redsmith und Hansson die *Seagull* in das Versteck, von dem Redsmith berichtet hatte.

Es lag auf der anderen Seite der Insel. Hätte Redsmith nicht das Ruder in der Hand gehabt, die *Seagull* wäre unweigerlich auf Grund gelaufen.

Hansson nickte anerkennend. „Das ist wirklich ein ausgezeichnetes Versteck."

Er sah nach oben. Über ihnen wuchsen langsam die Bäume

zusammen, und je tiefer sie in die versteckte Bucht einfuhren, desto dichter wurde das Blätterdach über ihnen.

Der Dschungel hatte sie verschluckt. Seltsamerweise aber hatte die *Seagull* immer noch genügend Wasser unter dem Kiel, um weiterzufahren.

Links und rechts ragten Mangrovenbäume in die Höhe, zwischen denen ein Meer von bunten Blumen und Orchideen sein betäubendes Parfüm aussandte.

Nach einer weiteren halben Stunde waren sie am Ziel. Im Schatten eines uralten Mangrovenbaums lag die kleine Jacht von Redsmith. Sie sah schon sehr angegriffen aus.

„Ich weiß", sagte Redsmith, als er Hanssons seltsamen Blick sah, „ich müßte mal wieder etwas an ihr arbeiten. Aber ich bin schon zu alt, und so oft werde ich sie auch nicht mehr brauchen." Er machte eine kleine Pause und seufzte. „Manchmal bin ich froh, wenn ich überhaupt noch irgendwo ein paar Lebensmittel auftreiben kann. Früher konnte ich zum Festland fahren, aber das ist inzwischen zu gefährlich. Ich besorge mir die Sachen meistens auf den Nachbarinseln."

„Es geht mich zwar nichts an, aber woher haben Sie eigentlich das Geld?" fragte Hansson neugierig.

Der Alte lächelte. „Ich habe früher einige Bilder verkauft und mir etwas zurückgelegt. Davon lebe ich. Viel brauche ich ja sowieso nicht, und eigentlich müßte es für die Tage reichen, die ich noch da bin."

Sie vertäuten die *Seagull*, und Hansson schlug ein paar dünne Äste ab, um sie ein wenig zu tarnen.

Der Alte winkte ab. „Das ist nicht nötig. Sie können sich darauf verlassen, daß hier niemand herkommt, wenn ich es nicht will."

Sie wateten eine Weile durch das versumpfte Wasser, dann hatten sie wieder festes Land unter den Füßen.

„Gibt es hier eigentlich Schlangen oder etwas anderes, was gefährlich werden könnte?" fragte Hansson und blickte sich besorgt um.

„Bisher habe ich noch keine entdeckt", versicherte der Alte. „Man lebt ziemlich ruhig auf dieser Insel, bis auf . . ." Der Alte sah zu Boden.

„Bis auf das Wasser", fuhr er fort. „Es war unverzeihlich von mir, mich nicht gleich zu melden und euch zu warnen. Monique könnte noch leben."

„Machen Sie sich keine Vorwürfe!" sagte Hansson. „Sie konnten es auch nicht ahnen, daß die beiden Frauen so unvorsichtig sein und einfach ins Meer hinausschwimmen würden."

„Man kann es nicht wissen", entgegnete der Alte. „Das Wasser ist so flach, daß kein Mensch auf die Idee käme, dort Haie zu vermuten. Aber das Tückische daran ist, daß nur dreihundert Meter weiter draußen ein Graben von zweihundert Meter Tiefe anfängt. Dort ist das ideale Jagdrevier für Haie. Und da verirrt sich schon mal einer in die flachen Gewässer."

Sie gingen wortlos weiter. Nach einer halben Stunde hatten sie das Blockhaus von Redsmith erreicht.

„Ich werde hierbleiben", keuchte der Alte. „Für heute habe ich genug. Sie kennen den Weg nach unten ja allein." Sie verabschiedeten sich kurz, und Hansson machte sich auf den Weg zum Strand.

Auf halber Strecke kam ihm Borodin entgegen, der den Medikamentenkoffer trug.

„He!" rief er. „Schon wieder da?"

„Alles in Ordnung, Stefan, die *Seagull* liegt sicher wie in Abrahams Schoß."

„Am besten, du gehst auch gleich runter und bringst noch etwas mit. Dann haben wir bald die ganze Ausrüstung hier." Er deutete auf eine kleine Lichtung, die ungefähr fünfzig Meter neben dem Trampelpfad begann.

„Dort könnten wir unser Lager aufschlagen."

„Die Quelle ist auch dort?" fragte Hansson.

Borodin nickte nur.

„In Ordnung, dann mache ich mich auf den Weg. Viel Zeit haben wir sowieso nicht mehr, es wird schon bald wieder dunkel."

Bis zum Abend hatten sie die gesamte Ausrüstung der *Seagull* ins Lager geschafft. Ludor hatte gearbeitet wie ein Pferd. Er hatte für alle provisorische Hütten aus Palmblättern und Lianen gebaut. Sie würden bestimmt für die nächsten Tage halten, bis die ersten Blockhütten fertig waren. Er hatte sich den ganzen Tag über keine Ruhe gegönnt. Denn Ruhe war für ihn gleichbedeutend mit

Nachdenken. Und so hoffte er, durch die andauernde Arbeit wenigstens einen Teil der Schmerzen vergessen zu können, die tief in seinem Herzen bohrten. Und das war ihm auch fast gelungen. Am Abend war er todmüde und legte sich gleich nach dem Essen schlafen.

Die anderen saßen noch eine Weile am Lagerfeuer. Ellen hatte sich um Beatrice gekümmert, die noch immer glaubte, ihre Mama sei nur ein wenig mit dem Boot weggefahren.

„Ihr meint, wir können es hier aushalten, für immer?" fragte Borodin in die Runde.

„Warum nicht? Gibt es irgendwo einen Ort, wo wir zufriedener leben könnten als hier?" fragte Ellen zurück.

Der rote Schein des Feuers tauchte ihr Gesicht in ein bronzefarbenes Licht. Die kurzen Haare, die inzwischen von der Sonne noch mehr ausgebleicht waren, warfen kleine dunkle Schatten über ihr Gesicht.

Hansson lehnte sich gemütlich an einen Baumstamm, den er sich so hingerollt hatte, daß er zusammen mit dem Boden eine Art Sessel bildete.

„Ich weiß nicht", sagte er schließlich, „aber ich habe das Gefühl, daß wir uns nach einer gewissen Zeit ziemlich auf den Wecker gehen werden. Und jetzt, da das mit Monique passiert ist . . . im Moment können wir jedenfalls mit Claus nicht rechnen", fügte er bestimmt hinzu.

„Habt ihr eigentlich Angst, daß sie uns suchen?" fragte Sybille.

„Kann schon sein", antwortete Hansson gleichgültig, „aber ich weiß nicht, ob man sich die Mühe macht, alles nach uns abzusuchen, nur um uns dann in ein Straflager zu stecken."

„Du vergißt eins – Claus!" warf Ellen ein. „Er allein ist es schon wert, daß sie sich diese Mühe machen. Hinter ihm werden sie her sein."

Hansson runzelte die Stirn. „Du könntest recht behalten. Das habe ich noch nicht bedacht. Es wäre von Claus vielleicht gescheiter gewesen, ihnen die Erfindung zu überlassen. Dann hätten wir wahrscheinlich unsere Ruhe."

„Und dann würden Hunderte, Tausende von Menschen zu willenlosen Idioten!" sagte Ellen laut.

„Sicher, du hast recht, Ellen, aber wenn Claus es nicht erfunden hätte, dann ein anderer."

„Trotzdem, ich finde es ganz richtig von Claus, daß er so gehandelt hat."

Hansson seufzte. „Na ja. Hoffen wir, daß sie nicht nach uns suchen. Es dürfte ja nicht so einfach sein, alle Inseln abzugrasen."

Er ahnte nicht, wie sehr er sich irrte.

BEREITS zwei Wochen nach Bekanntwerden der Flucht war die Überwachungsaktion angelaufen.

Zwei Aufklärungsflugzeuge, die die jeweilige Position der *Seagull* durchgaben, flogen so hoch, daß man sie von der Erde aus nicht sehen konnte.

Nach drei Wochen hatte die *Seagull* anscheinend ihr Ziel erreicht, und ihr Standort wurde der Sicherheitstruppe des Sektorengebiets vier mitgeteilt.

Man trieb einen ziemlich großen Aufwand, Claus Ludor wieder einzufangen.

Die ST 4 war eine Spezialtruppe, die immer dann eingesetzt wurde, wenn es galt, Aufgaben zu lösen, bei denen andere Leute kläglich versagt hätten.

Derzeitiger Leiter der ST 4 war Ted Romero, ein schlanker schwarzhaariger Mexikaner italienischer Abstammung.

Bereits einen halben Tag nachdem Romero die Nachricht bekommen hatte, die *Seagull* befände sich auf einer kleinen unbewohnten Insel der Kleinen Antillen, suchte er sich drei Leute aus, die ihm besonders zuverlässig erschienen, ließ sich ein Schnellboot von der Küstenwache geben und stach in See.

„Es ist kein leichter Auftrag", murmelte er vor sich hin, als er später noch einmal in Ruhe in seiner Kombüse den Einsatzbefehl durchlas.

Er sollte Ludor auf jeden Fall unverletzt gefangennehmen. Die Personen in seiner Begleitung sollten ebenfalls gefangengenommen oder liquidiert werden. Auf jeden Fall war aber die Verhaftung von Ludor am vordringlichsten.

Romero wäre es lieber gewesen, er hätte alle liquidieren können. Gefangene zu machen war immer eine heikle Sache. Zuviel konnte schiefgehen. Außerdem hatte man mit Toten weniger Arbeit.

Im Schutz der Nacht landete die ST 4 auf Tamoa, der Insel, die bisher Redsmith sein eigen genannt hatte.

LUDOR war schon mit den ersten Sonnenstrahlen aufgestanden. Er hatte einen Spaziergang am Strand entlang gemacht. Eigentlich konnte er immer noch nicht glauben, daß er nun allein war, allein mit Beatrice.

Warum war er nicht zu Hause geblieben und hatte Levèvres Ratschlag befolgt? Er hätte dann zwar öfter gegen seinen eigenen Willen entscheiden müssen, aber er hätte in Ruhe mit seiner Familie zusammenleben können. Statt dessen hatte er alles aufgegeben.

Er machte sich Vorwürfe. Hatte er nicht fast allein entschieden zu fliehen? Wäre es nach Monique gegangen, lebten sie vielleicht jetzt noch in ihrem Haus.

Eine weiße Möwe zog hoch oben vor dem strahlend blauen Himmel ihre Bahn. Ja, die Freiheit war es, die ihn gelockt hatte. Aber er hatte einen hohen Preis dafür zahlen müssen.

„Guten Morgen, Claus, schon so früh auf?" rief eine tiefe Stimme. Es war Borodin.

„Noch nicht so lange", wehrte Ludor ab. Er setzte sich auf einen Felsbrocken, der aus dem Sand ragte.

„Weißt du, ich brauche Zeit zum Nachdenken. Es ist nicht nur Moniques Tod, den ich zu verkraften habe. Ich überlege mir, ob es überhaupt richtig war fortzugehen."

„Das kann dir niemand abnehmen, Claus. Aber wenn du dir Vorwürfe machst, daß du an Moniques Tod mitschuldig bist, dann kannst du mir oder Peter erst recht die Schuld geben. Schließlich waren wir es, die flüchten mußten. Du dagegen hattest die freie Wahl."

„Schon", stimmte Ludor zu, „aber du vergißt, daß auch ich meine Gründe hatte. Ich hatte den Entschluß zur Flucht schon gefaßt, bevor ich euch kennenlernte."

Es herrschte eine Weile Schweigen.

Ab und zu schrie eine Möwe ihren einsamen Ruf. Ein frischer Wind wehte vom Meer her. Ludor fuhr sich nachdenklich durch die Haare. Plötzlich warf er den Kopf nach oben und sah Borodin an.

„Ich werde versuchen, den Computer zu zerstören, von dem Redsmith gesprochen hat." Der Satz klang sehr bestimmt.

„Du bist verrückt, Claus! Entschuldige, aber ich kann nichts anderes dazu sagen."

Er machte eine kleine Pause und wartete auf Ludors Antwort. Doch es kam nichts.

„Warum willst du den Computer zerstören?"

„Damit meine Flucht wenigstens noch einen Sinn hat. Meine Flucht . . . und Moniques Tod."

„Aha", sagte Borodin. „Ich weiß nicht, wie ich an deiner Stelle handeln würde, aber wenn du tatsächlich den Computer zerstören willst, kannst du auch gleich Selbstmord begehen."

„Vielleicht", sagte Ludor nachdenklich.

„Jetzt hör endlich auf mit dem Unsinn! Wie willst du das überhaupt schaffen? Wo soll er stehen?"

„In Mexiko, ein paar hundert Kilometer von uns entfernt", entgegnete Ludor.

„Das vermutest du", sagte Borodin. „Aber du weißt es nicht. Du weißt überhaupt nichts. Ganz abgesehen davon hast du auch keine Ahnung, wie so ein Ding überhaupt funktioniert."

„Ich werde es schon schaffen", sagte Ludor bestimmt.

Borodin schüttelte den Kopf. „Was du vorhast, ist der reine Wahnsinn. Es ist nicht damit getan, daß du in den sicheren Tod rennst – wenn sie dich lebend erwischen, werden sie dich zwingen, deine Droge neu zu erfinden und unser Versteck bekanntzugeben."

„Ich werde mich schon nicht erwischen lassen. Und falls wirklich etwas schiefgeht, verrate ich bestimmt nichts. Ich habe nichts mehr zu verlieren."

„Du bist also tatsächlich fest entschlossen, den Computer zu suchen und zu zerstören?"

Ludor nickte.

„Claus, ich sage dir noch einmal: Du bist wahnsinnig!" Borodin stand auf. „Der große Claus Ludor! Retter der Menschheit, so stellst du dir das wohl vor!" rief er spöttisch.

„Ich sehe, du verstehst mich einfach nicht. Laß mich bitte in Ruhe!"

Verzweifelt sah Borodin ihn an. „Entschuldige. Aber ich möchte dir doch nur klarmachen, was du da eigentlich vorhast. Überlege es dir noch einmal in Ruhe!"

„Ich werde es tun. Und nichts kann mich davon abhalten."

Borodin zuckte mit den Schultern. „Wie du willst. Aber glaub nicht, daß dir von uns jemand bei diesem Wahnsinn hilft."

„Habe ich vielleicht mit einem Wort erwähnt, daß mir jemand von euch helfen soll?“ schrie Ludor gereizt.

Borodin ging auf ihn zu. „Es war nicht so gemeint, Claus. Vielleicht hast du recht. Mag sein, daß ich auch so handeln würde, wenn Ellen nicht mehr da wäre. Ich habe dir einmal gesagt, daß ich es dir nie vergesse, daß du mich gerettet hast. Das gilt auch weiterhin. Wenn du möchtest, daß ich mitgehe, können wir heute noch fahren. Das soll aber nicht heißen, daß ich deinen Plan für gut halte. Es ist Wahnsinn!“

„Laß nur!“ wehrte Ludor ab. „Ich weiß, daß es fast aussichtslos ist, und ich möchte niemanden in Gefahr bringen. Aber wie gesagt, ich habe nichts mehr zu verlieren. Ich kann mir dann wenigstens nicht vorwerfen, ich hätte nichts versucht.“

Borodin legte ihm die Hand auf die Schulter. „Gut, Claus! Aber allein kannst du das nicht schaffen. Es wird wohl besser sein, wenn ich mitgehe.“

Ludor schüttelte den Kopf. „Nein, Stefan, bitte nicht! Ein einzelner kommt vielleicht eher durch. Außerdem kann ich mich immer noch herausreden, daß ich wieder freiwillig gekommen bin, um an meiner Erfindung weiterzuarbeiten.“

Sie gingen zusammen zu den provisorischen Hütten zurück.

Sybille war gerade damit beschäftigt, ein deftiges Frühstück aus Corned beef zuzubereiten. Es roch herrlich.

Sie setzten sich um die große Steinplatte, die als Herd diente.

Während des Frühstücks sprach niemand von Ludors Plan. Hansson und Sybille machten Pläne für Blockhäuser, für deren Wände heute die ersten Bäume gefällt werden sollten. Gleich nach dem Frühstück gingen Hansson und Borodin auf die Suche nach geeigneten Bäumen, während Ludor Lianen sammeln wollte, mit denen man die Stämme verbinden konnte.

Bevor sie gegangen waren, hatte er Borodin noch gebeten, sich um Ellen und Beatrice zu kümmern, wenn er fort sei. Morgen wolle er aufbrechen.

Jetzt aber kämpfte er sich durch das Dickicht, bis er schließlich die ersten geeigneten Lianen fand. Er hieb sie mit dem Messer durch und schnitt sie alle auf eine Länge von einem Meter. Nach einer Stunde hatte er ein großes Paket zusammen, das er gerade noch tragen konnte.

Als er es aufheben wollte, raschelte etwas im Unterholz. Ludor fuhr herum. Er dachte an eine Schlange oder ein wildes Tier. Doch er hatte sich getäuscht.

Vor ihm stand – die Maschinenpistole im Anschlag und flankiert von zwei seiner Männer – Ted Romero, der Leiter des ST 4. „Sie sind Claus Ludor?" fragte er schnell, während er sich vorsichtig nach allen Seiten umsah.

„Ja, der bin ich", sagte Ludor fest. „Und wer sind Sie?"

„Das geht Sie gar nichts an, Sie Verräterschwein!" fuhr er Ludor an. „Ich komme vom Staatlichen Sicherheitsdienst, falls das einem Subjekt wie Ihnen ein Begriff ist."

„O ja!" versicherte Ludor höhnisch. „Leider!"

Blitzschnell kam Romero auf ihn zu und versetzte ihm mit dem MP-Kolben einen Schlag aufs Kinn. Ludor flog nach hinten und landete im Gebüsch. Er war halb bewußtlos.

„Noch eine solche Bemerkung, und du kannst deine Knochen einzeln auflesen."

Ludor sah ein, daß er besser ruhig war. Er mußte sich fügen, wenn er überhaupt noch eine Chance haben wollte.

„Was haben Sie vor?" fragte er gepreßt und fuhr sich mit der Hand am Kinn entlang. Es schmerzte höllisch.

„Dich mitnehmen, um dich irgendwo langsam krepieren zu lassen!" schrie Romero.

Ludor überlegte, ob dieser Mensch tatsächlich einen solchen Haß gegen ihn fühlte oder ob das seine gebräuchlichen Redewendungen waren, um einen Gefangenen einzuschüchtern.

„Wo stecken deine Kumpane?" fragte Romero leise.

Ludor antwortete nicht gleich. Das war sein Fehler. Ehe er überhaupt noch etwas tun konnte, bekam er einen Tritt in den Magen, daß ihm übel wurde.

„Ich habe gefragt, wo deine Kumpane sind!"

Ludor deutete schwach nach hinten, in die entgegengesetzte Richtung des Lagers.

„Dort, ganz versteckt, mitten im Dschungel, ist unser Lager", sagte er stöhnend.

Er wußte selbst noch nicht, wie er diese Kerle täuschen konnte.

„Okay, dann steh auf und führ uns hin!"

Ludor stand so schnell wie möglich auf. Er wollte nicht noch einmal einen Schlag abbekommen.

Anscheinend dauerte es Romero aber immer noch zu lange,

denn er gab Ludor einen kräftigen Tritt ins Kreuz. Ludor stolperte nach vorn. Gleichzeitig überlegte er fieberhaft. Wie konnte er Romero, so hieß dieser Kerl anscheinend, von den anderen ablenken?

Sie marschierten eine Weile durch den Dschungel.

„Wenn du uns zum Narren halten willst, wird dir das schlecht bekommen!" grölte einer der drei Männer.

„Wir müssen bald da sein. Aber sie sammeln alle gerade Holz und anderes Material für unsere Hütten. Es wird gar niemand dasein."

Als sie nach einer Viertelstunde immer noch nichts gefunden hatten und Romero langsam am Ende seiner Geduld war, ließ sich Ludor plötzlich fallen.

„Steh auf, du Schwein, oder soll ich nachhelfen?"

Aufs neue versetzte Romero Ludor einen Tritt. Doch dieser regte sich nicht mehr.

Entweder es klappt, oder ich habe Pech gehabt, dachte Ludor, als er das mörderische Ziehen in den Eingeweiden verspürte.

„Soll ich ihm Beine machen, Chef?" fragte ein langer, hagerer Mann, der die MP im Anschlag hielt.

Romero schüttelte den Kopf. „Nein! Du weißt doch: lebendig!"

Ludor horchte auf. Er hatte also richtig getippt. Schließlich hatte er noch eine Formel im Kopf: Staatseigentum.

Romero versuchte es noch mal. Aber Ludor tat keinen Mucks mehr. Er lag wie leblos am Boden. Doch sein Verstand arbeitete auf Hochtouren. Vielleicht hatte er es tatsächlich geschafft, daß Romero die Suche abbrechen ließ.

„Schafft ihn aufs Boot!" sagte Romero voller Ärger. „Ich werde mich noch etwas umsehen. In einer halben Stunde fahren wir ab."

Die zwei Männer, die die ganze Zeit hinter Romero gegangen waren, hoben Ludor auf und trugen ihn in Richtung Strand.

Romero traute diesem Kerl nicht. Sollte mich nicht wundern, wenn er nur simuliert, dachte er. Aber was sollte er tun? Wenn er ihn nicht lebendig ablieferte, würde ihn das seinen Job kosten.

Er lief noch einmal den Weg zurück, wo sie Ludor gefunden hatten. Er suchte nach Spuren und fand schließlich ein paar niedergetretene Büsche in entgegengesetzter Richtung zu der, die Ludor angegeben hatte.

„So, du kannst was erleben", murmelte er vor sich hin. Plötzlich verharrte er. Ihm war, als hätte er eben ein Kind weinen hören.

Romero folgte dem Ton. Nach fünf Minuten war er an der Stelle, wo die provisorischen Hütten standen. Sie waren verlassen. Wenigstens in diesem Punkt schien Ludor die Wahrheit gesagt zu haben.

Romero fühlte sich beobachtet. Er sah sich um, konnte aber nichts entdecken.

Plötzlich sah er ein kleines blondes Mädchen in einer der Hütten. Er ging langsam auf sie zu. „Guten Tag", sagte er freundlich, obwohl er eine Riesenwut im Bauch hatte. Auf Ludor und auf sich selbst, daß er reingefallen war. „Wie heißt du denn?" fragte er leise.

„Beatrice", sagte sie.

Romero lächelte. Beatrice war der Name von Ludors Tochter. 41 würde zufrieden mit ihm sein. Mehr konnte er nicht verlangen. Sicher, es wäre besser gewesen, wenn er die anderen auch noch erwischt hätte, aber dazu war jetzt keine Zeit mehr.

Schließlich wurde die Insel Tag und Nacht überwacht. Fliehen konnte niemand, ohne daß der Sicherheitsdienst es erführe. Also hatte man auch noch Zeit, einen weiteren Besuch folgen zu lassen.

„Kommst du mit mir?" fragte er Beatrice.

„Warum?"

„Dein Papa schickt mich. Er hat mir gesagt, wo du bist, und er möchte, daß ich dich zu ihm bringe."

„Aber Papa hat gesagt, ich soll nicht weggehen."

Romero hatte es noch nie gut verstanden, mit Kindern umzugehen. Und außerdem drängte die Zeit.

„Komm schon!" sagte er etwas lauter. „Papa mag es nicht, wenn er auf dich warten muß."

Als Beatrice noch immer zögerte, versetzte Romero ihr einen Schlag ins Gesicht, packte sie und warf sie sich über den Rücken. Die MP störte ihn zwar etwas, aber schließlich klappte es doch.

Die Kleine schrie wie am Spieß. Doch es half nichts. Romero schleppte sie weg.

Er lief durch den Dschungel, genau auf den Strand zu, wo das Schnellboot auf ihn wartete.

Man hatte Ludor schon unter Deck gebracht und ihm ein Betäubungsmittel gegeben. Man wollte jedes Risiko von vornherein ausschalten.

„Sehr schön", sagte Romero, „dann weiß er auch nicht, daß wir seine Tochter haben. Das wird uns bestimmt nützlich sein."

Er kletterte an Bord und ließ sich Beatrice abnehmen. „Steckt sie in eine andere Kabine, und kein Wort zu Ludor!"

Der hagere Mann nickte. Er nahm seinem Chef die Kleine ab und brachte sie unter Deck.

Mit heulenden Motoren schoß das Schnellboot davon.

DER ERSTE, der das Fehlen von Beatrice bemerkte, war Hansson. Er hatte sich an einer scharfen Baumrinde den Finger aufgerissen und wollte sich ein Pflaster aus der Bordapotheke holen.

Da Beatrice sonst immer gleich neugierig angelaufen kam, um zu sehen, was los war, wunderte es ihn, daß sie sich jetzt nicht blicken ließ.

Hansson rief nach ihr, und als er keine Antwort bekam, suchte er die nähere Umgebung nach ihr ab.

Wenn Beatrice etwas passiert ist, bringt sich Claus um, dachte Hansson. Erst die Frau und dann das Kind!

Er lief schnell zu Borodin zurück, der total erschöpft auf einem der drei Baumstämme saß, die sie schon gefällt hatten.

„Ich kann Beatrice nirgends finden", keuchte Hansson.

„Ist sie nicht im Lager?" fragte Borodin.

„Nein, ich habe überall gesucht."

„Dann sehen wir doch bei den Frauen nach. Vielleicht ist sie dort", schlug Borodin vor.

Doch auch bei Ellen und Sybille war Beatrice nicht aufgetaucht.

Sie gingen zusammen zum Lager zurück und suchten.

„Ist euch aufgefallen, daß Claus auch nirgends zu sehen ist?" bemerkte Sybille.

„Stimmt", sagte Ellen, „wir hätten ihn eigentlich treffen müssen."

Borodin sprang auf und ging in die Richtung, in der Ludor am frühen Morgen verschwunden war. Nach einer Viertelstunde kehrte er mit einem frischen Bündel Lianen zurück.

„Die lagen so rum. Sie stammen bestimmt von Claus!"

„Aber wo ist er?" fragte Sybille.

Borodin faßte sich an den Kopf. „Daß ich nicht gleich daran

gedacht habe! Ich habe euch ja nichts davon erzählt. Es sollte ein Geheimnis bleiben, zumindest solange Claus sich noch nicht fest entschlossen hatte."

„Wovon redest du?" fragte Sybille verständnislos.

Borodin erzählte von dem Gespräch, das er am Morgen mit Claus geführt hatte.

Ellen schüttelte den Kopf. „Ich halte das für total verrückt, aber ich glaube nicht, daß Claus weggefahren ist. Er hätte bestimmt seine Tochter nicht mitgenommen, und warum sollte er erst Lianen schneiden und dann klammheimlich abhauen?"

„Vielleicht dachte er, wir wollten ihn daran hindern, wenn er noch länger wartete."

„Nein, Peter, ich traue Claus viel zu, aber nicht, daß er Beatrice zu einem solchen Unternehmen mitnimmt."

Unschlüssig blickten sie sich an.

„Gehen wir also davon aus, daß Claus allein die Insel verlassen hat. Aber wo ist Beatrice?"

„Vielleicht bei Redsmith?" warf Sybille ein.

„Bei mir ist sie auch nicht!" hörten sie eine Stimme. Redsmith kam aus dem Unterholz hervor.

„Bei Ihnen ist sie auch nicht?"

Redsmith schüttelte den Kopf. „Nein, aber ich kann mir denken, wo beide stecken. Von meinem Aussichtsplatz aus habe ich ein Schnellboot der Küstenwache gesehen. Ich nehme an, die haben Claus und seine Tochter mitgenommen."

„Das ist ja schrecklich! Aber warum hat man uns nicht auch gesucht?" fragte Ellen.

„Sie waren in Eile. Ihr seid weniger wichtig für sie."

„Unsere Jacht ist noch da?" fragte Hansson.

Der Alte nickte. „Ja, ich habe euch doch gesagt, daß dort niemand hinkommt."

Hansson sah die anderen an. „Vielleicht haltet ihr mich jetzt für verrückt, aber ich meine, wir müssen Claus helfen."

„Und wie stellst du dir das vor?" Sybilles Stimme klang bitter. „Sollen wir vielleicht um seine Auslieferung bitten?"

„Nein, wir müssen es geschickt anfangen. Ich weiß nicht, was uns erwartet, aber wir müssen es wagen."

„Claus hat auch allerhand für uns gewagt", warf Borodin ein. „Ich denke auch, wir sollten ihn rausholen."

„Ihr meint, ihr könntet ihn denen wieder entreißen?" fragte Redsmith ungläubig.

Hansson zuckte mit den Schultern. „Wie gesagt, ich weiß es nicht. Aber wir müssen es versuchen. Wir sind es ihm schuldig."

„Ich werde euch den Weg so gut wie möglich beschreiben", sagte der Alte. „Ich war zwar lange nicht mehr dort, aber wenn es noch so ist wie vor ein paar Jahren, wird er wahrscheinlich im Innern des Sektorenzentrums untergebracht sein."

„Also müssen wir wieder eine Mauer überwinden", murmelte Hansson vor sich hin. Ihm kamen wieder die schrecklichen Bilder seiner Flucht mit Sybille in den Sinn.

Plötzlich erhob er sich. „Ich glaube, ich habe eine Idee!"

Die anderen blickten ihn an.

„Dann mal raus mit der Sprache!" sagte Ellen und lächelte. Sie wunderte sich selbst, in welchen Situationen ein Mensch lächeln konnte.

„Wir wissen nicht, wer und ob uns dort überhaupt etwas erwartet", begann Hansson die Lage zu schildern, „wir wissen auch nicht, wie wir die Mauer, falls es eine gibt, überwinden können."

Er sah sich fragend um.

„Ja, ja, stimmt alles", sagte Borodin ungeduldig.

„Gut", fuhr Hansson fort, „also müssen wir durch eine List reinkommen."

„Das ist inzwischen allen klar", warf Ellen ein.

„Da ich annehme, daß sich der Sicherheitsdienst nicht mit Claus allein begnügen wird, wenn sie schon wissen, daß wir hier sind, können wir davon ausgehen, daß wir irgendwann noch Besuch von den hohen Herren bekommen. Und das ist genau der Zeitpunkt, da wir handeln müssen."

„Und wie, wenn man fragen darf?" fragte Sybille spöttisch. Sie hatte es inzwischen aufgegeben, an Wunder zu glauben.

„Nun, es wird nicht so einfach sein, aber ich habe es mir folgendermaßen vorgestellt . . ."

Sie bastelten noch bis in die tiefe Nacht an Hanssons Plan. Auch der alte Redsmith konnte wertvolle Tips geben. Schließlich kannte niemand die Insel so gut wie er. Erst als es bereits stockdunkel war und der Mond silbern über den Palmen stand, gingen sie zurück in ihre provisorischen Hütten.

„Es wird sogar verdammt schwer werden", sagte Hansson leise, während er sich neben Sybille auf das aus Palmblättern geflochtene Bett legte. Es ächzte und stöhnte, als wäre es schon hundert Jahre alt.

An den Bau der Blockhütten war jetzt nicht mehr zu denken.

ALS LUDOR die Augen aufschlug, sah er nichts als die weiße Decke über sich. Er versuchte aufzustehen, aber jeder Knochen in seinem Körper schien lose zu sein. Jede Bewegung brannte höllisch. Außer der Liege, auf der er lag, befand sich nichts in dem Zimmer.

Das letzte, woran sich Ludor noch erinnern konnte: daß er von zwei Leuten unter Deck gebracht worden war. Dort mußte man ihm dann eine Spritze mit einem Betäubungsmittel verabreicht haben. Wo aber war er jetzt?

Ein leises Geräusch ließ ihn auffahren. Zunächst glaubte er, seinen Augen nicht trauen zu können. Dann aber, als er die vertraute Stimme hörte, mußte er es glauben. Vor ihm stand kein anderer als Professor Levèvre.

„Hallo, Claus, so sieht man sich wieder!" rief Levèvre und schmunzelte.

Ludor nickte schwach. „Ja, Professor, und Sie tauchen immer dann auf, wenn man es am wenigsten vermutet."

„Wie meinen Sie das?"

„Ich denke gerade an unser ‚zufälliges Treffen' in Eze!"

„Eze Village?" Levèvre zog fragend die Brauen hoch. Doch dann huschte ein Schimmer des Verstehens über sein Gesicht.

„Ja, Claus, das ist schon lange her. Damals gab es noch ein Zurück für Sie. Sie hätten eine große Karriere vor sich gehabt."

„Ich weiß, Professor. Aber bitte verschonen Sie mich mit Ihren Ansichten!"

„Wie Sie meinen. Ich freue mich auf jeden Fall, Sie wiederzusehen."

„Das kann ich mir denken", sagte Ludor bitter.

Levèvre ging auf die Bemerkung nicht ein. „Es kommt selten vor, daß die Regierung ein unterstelltes Subjekt herkommen läßt. Aber anscheinend sind Sie ein ganz besonderer Fall!"

„Sie sind anscheinend auch ein Treppchen hochgerutscht, Professor!"

Er nickte. „Ja, und ich möchte Sie gleich darauf aufmerksam machen, daß wir uns hier im Regierungszentrum befinden. Hier können Sie nicht mehr fliehen."

Ludor sah ihn verständnislos an.

„Jetzt sagen Sie bloß nicht, Sie hätten sich nicht schon wieder einen Plan ausgeheckt, um hier wieder rauszukommen!" sagte Levèvre. „Ich kenne Sie doch!"

„Kann schon sein. Aber wenn es Sie beruhigt, ich bin bisher noch nicht dazu gekommen."

„Sie sollten Ihre Lage nicht verkennen, Claus. Für das, was Sie getan haben, gibt es keine Entschuldigung. Nicht nur, daß Sie unserem Staat eine Erfindung vorenthalten haben, die von ihm finanziert wurde; Sie haben auch zwei Verbrechern geholfen, mit Ihnen zu fliehen."

„Im ersten Punkt kann ich Ihnen recht geben, Professor, aber was den zweiten Punkt betrifft, sollte man sich einmal überlegen, wer hier Verbrecher ist und wer nicht!"

Levèvre zuckte ein wenig zusammen. „Sie dürfen den Unterschied nicht vergessen. Ich habe im Auftrag des Staates gehandelt. Und wie man an Ihrem Beispiel sieht, wäre es besser gewesen, Sie auch gleich umzubringen. Damit hätte ich mir eine Menge Ärger erspart."

„Statt dessen hat man mich noch befördert! Welch ein Fehlgriff!" sagte Ludor und lachte.

„Ja, Claus, ich habe Sie falsch eingeschätzt." Er kam auf ihn zu. „Ich glaube, wir haben jetzt genug geredet. Ich habe den Auftrag, von Ihnen die Formel für die Droge zu erhalten. Das dürfte ja in diesem Labor, wo Sie arbeiten werden, und bei Ihrer Intelligenz keine größeren Schwierigkeiten bereiten."

„Sie irren sich, Professor, und wenn Sie mir das beste Labor der Welt zur Verfügung stellen würden . . . Ich werde nichts tun, um die Macht dieser Regierung zu stärken."

„Dann wird es eben ein anderer tun. Sie sind nicht der einzige Wissenschaftler."

„Aber ich bin bisher der einzige, der es geschafft hat, nicht wahr?"

Levèvre wußte genau, daß Ludor nur zu recht hatte. Noch niemand hatte es geschafft, und Ludor war die einzige Hoffnung. „Wir werden Sie dazu zwingen, Claus!"

Ludor lächelte selbstbewußt. „Bitte! Tun Sie, was Sie nicht lassen können."

„Sie sind sich wohl sehr sicher?" Er sah ihn scharf an. „Ich frage Sie noch einmal: Werden Sie und ein paar Mitarbeiter, die wir Ihnen zur Verfügung stellen, die Droge noch einmal herstellen? Sie haben genau zwei Wochen Zeit. Das reicht Ihnen allemal, wenn Sie sich ein wenig anstrengen."

Ludor schüttelte den Kopf. „Nein, Professor. Von mir aus geben Sie mir zwei Sekunden oder zwanzig Jahre. Ich werde nicht mehr auf diesem Gebiet arbeiten."

„Das ist Ihr letztes Wort?"

Ludor sah an ihm vorbei und sagte nichts. Sicher würde man ihn foltern, und er wußte nicht, ob er das aushalten würde. Aber er würde nichts unversucht lassen, das Geheimnis der Droge zu bewahren.

Levèvre ging an die gegenüberliegende Wand und drückte dort scheinbar wahllos einen Knopf. Hinter zwei elektrischen Schiebetüren erschien ein etwa einen Quadratmeter großer Bildschirm.

„Zellenblock 45 A, bitte!" sagte Levèvre tonlos.

Bald darauf erschien eine ältere, noch gutaussehende Dame in weißem Kittel.

„Doktor Tatjana, bitte zeigen Sie unserem Gast Ihren Patienten."

Die Kamera wanderte.

Plötzlich stöhnte Ludor auf. Er sah Beatrice. Aber sie saß nicht normal. Man hatte sie auf einem Stuhl festgeschnallt, und um ihre Handgelenke waren stählerne Bänder gespannt.

„Wie kommt meine Tochter hierher?" schrie Ludor außer sich. „Was hat sie mit der Sache zu tun?"

Levèvre lächelte höhnisch. „Ganz einfach, Claus: Sie ist Ihre Tochter . . . das genügt."

Er gab ein kurzes Zeichen zur Kamera hin. Plötzlich zuckte Beatrice zusammen. Ihr kleiner Kopf zuckte hin und her, und Ludor konnte ihr furchtbares Schreien hören.

„Hören Sie endlich auf!" schrie Ludor. Seine Stimme überschlug sich. Er rannte auf Levèvre zu.

Der gab wieder ein Zeichen.

Erschöpft und fast ohnmächtig hing Beatrice in dem Stuhl.

„Sehen Sie, es tut mir wirklich leid, daß wir zu solchen Mitteln greifen müssen. Aber Sie wollten es ja nicht anders. Oder?" Das letzte Wort hatte Levèvre besonders betont.

In Ludor arbeitete es. Er konnte es nicht zulassen, daß man Beatrice quälte. Andererseits fragte er sich, was wohl aus Bea würde, wenn er mit seiner Arbeit fertig war.

„Gut, Professor, Sie haben gewonnen. Wo ist mein Labor?"

„Na, sehen Sie, jetzt werden Sie endlich vernünftig! Ich werde Sie gleich hinführen."

Sie verließen den Raum und gingen zum Fahrstuhl.

„Sie werden die besten Bedingungen vorfinden, die Sie sich nur wünschen können."

Ludor hörte nicht auf Levèvre. Er hatte tatsächlich gewonnen. Aber so einfach ließ sich Claus Ludor nicht besiegen. Irgend etwas würde ihm schon einfallen. „Es tut mir leid, daß wir uns unter solchen Umständen wiedersehen müssen. Aber Sie sind selbst schuld daran." Die Fahrstuhltür schloß sich summend.

„Schon gut, Professor", wehrte Ludor ab. „Aber denken Sie nur nicht, ich würde irgend etwas bereuen, was ich getan habe!"

Seit er Beatrice in dem Stuhl gesehen hatte, wußte er, daß die Flucht nicht umsonst gewesen war. Früher oder später wäre so etwas auch in Frankreich, bei ihm zu Hause, passiert.

„Haben Sie etwas gesagt?"

Ludor schüttelte den Kopf. „Nein, ich habe nur nachgedacht."

Er sah Levèvre an. Er wurde nicht schlau aus diesem Menschen.

Sie waren unten angekommen. Leise zischten die Fahrstuhltüren zur Seite.

Auf dem Gang kamen ihnen mehrere Leute mit weißen Kitteln entgegen, vor lauter Diensteifer so beflissen, daß sie anscheinend nichts mehr um sich herum wahrnahmen.

„Das ist das staatliche Zentrallabor", erklärte Levèvre.

Aus einer Tür, die etwas versteckt auf der Seite lag, trat eine weißgekleidete Frau. Ludor erkannte sie sofort wieder.

Es war die Frau, die auf dem Bildschirm erschienen war, Dr. Tatjana. Ludor spürte einen unwillkürlichen Drang, diese Frau totzuschlagen.

„Ist Beatrice da drin?" fragte er.

„Ja", sagte Levèvre kurz.

„Darf ich sie sehen?" fragte Ludor leise.

Die Frau war inzwischen an ihnen vorübergegangen, ohne sie zu beachten.

„Noch nicht, vielleicht in einer Woche, wenn Ihre Arbeit Fortschritte gemacht hat."

Das war deutlich. Ludor mußte arbeiten, doch er würde sich dabei auch etwas überlegen. Die Frage, die in seinem Gehirn bohrte, war, wie er mit Bea hier herauskommen könnte. Doch dazu mußte er erst einmal die Verhältnisse studieren. Und das wiederum setzte unbedingten Gehorsam voraus. Nur so konnte er weiterkommen. Ludor nahm sich vor, so ziemlich alles zu tun, was man von ihm verlangte. Seine Tochter ging ihm über alles andere. Er hatte nichts mehr, keine Frau, keine Heimat, keinen Besitz. Seine Tochter war der Grund, warum er überhaupt noch etwas tat. Und das wollte er richtig tun.

„So, da sind wir." Levèvre holte ihn aus seinen Gedanken.

„Sieht ja ganz gut aus", sagte Ludor und blickte anerkennend umher. Vor ihm lag ein Laborraum, der keine Wünsche offenließ.

Sie machten einen Rundgang.

„Ich schicke Ihnen zehn Mitarbeiter, alles Spezialisten, sie können Ihnen zur Hand gehen."

„Und sind gleichzeitig eine Garantie, daß ich nicht wieder durchbrenne, ohne dem Staat meine Formel zu hinterlassen", sagte Ludor.

„Auch das", gab Levèvre zu, „doch das werden Sie ja verstehen nach den Erfahrungen, die ich mit Ihnen gemacht habe. Aber ich warne Sie. Sie kommen hier niemals raus, ob mit oder ohne Formel."

„Unmöglich ist gar nichts", sagte Ludor trotzig.

„Wie Sie meinen – aber vergessen Sie Ihre Tochter nicht."

Auf der anderen Seite des Labors ging es ins Freie. Es war ein riesiger Palmengarten. Süßer Blütenduft lag in der Luft. In der Mitte des Gartens befand sich ein Swimmingpool. Halb im Schatten der Palmen lagen zwei Mädchen, braun gebrannt und mit knappen Bikinis bekleidet. Als Levèvre Ludors Blick bemerkte, legte er ihm die Hand auf die Schulter. „Das sind zwei von Ihren künftigen Mitarbeiterinnen. Wie Sie sehen, werden Sie bestens versorgt."

Ludor antwortete nicht.

Sie gingen weiter bis zum Ende des Palmengartens, wo eine

Borodin legte den Zeigefinger an den Mund. „Wenn wir uns noch eine Weile so unterhalten“, wisperte er, „werden sie uns nicht nur sehen, sondern auch hören können.“

Schweigend lagen sie nebeneinander und warteten. Sie warteten auf Ted Romero und seine Leute.

Bereits seit zwei Wochen war alles vorbereitet. Man hatte von den drei Punkten, die ein Boot vom Meer aus anlaufen konnte, kleine Trampelpfade angelegt, die sich alle in einem Punkt in der Mitte der Insel trafen. Dort hatte Borodin eine Grube ausgehoben und sie mit starken Ästen, Laub und Moos bedeckt. Wenn alles glattging, mußten die Leute in einer halben Stunde hiersein.

Dann würde sich herausstellen, ob sich die Mühe der letzten Tage gelohnt hatte und ob Hanssons Plan aufging.

Seit zwei Wochen hatten sie darauf gewartet, daß das Schnellboot am Horizont auftauchte. Heute abend war es endlich soweit gewesen.

Hansson hatte das Boot noch eine Weile beobachtet, bis er sicher war, daß es sich um das erwartete Schnellboot handelte, dann hatte er sich zu Borodin gesellt, der schon einige Zeit auf Wachtposten lag.

Langsam näherten sich Schritte. Noch war in der dichten Dunkelheit des Waldes nichts zu erkennen.

Etwas weiter entfernt lagen Sybille und Ellen. Sie sollten helfen, die überrumpelten Männer zu fesseln.

„Hier lang!“ rief eine dunkle Stimme. Sie gehörte Ted Romero. Er war seiner Sache ziemlich sicher, daß er die Flüchtlinge in der Nacht leicht überrumpeln konnte. Außerdem brauchte er nicht mehr besonders vorsichtig zu sein. Er konnte eigentlich auf alles schießen lassen, was sich bewegte.

Es schien eine Ewigkeit zu dauern, bis sich Romero und seine zwei Begleiter auf einem der drei Trampelpfade näherten. Plötzlich blieb der Vorderste stehen.

Warum zum Teufel bleibt er jetzt stehen? dachte Hansson. Ob er etwas gemerkt hatte?

Borodin starrte nach vorn durch das Gebüsch.

Romero blickte sich vorsichtig um. Er hatte das Gefühl, beobachtet zu werden. „Wir müssen gleich am Ziel sein“, sagte er bestimmt. „Hier treffen sich die Pfade.“

Er gab seinen Leuten einen Wink. „Entsichert die Waffen, und dann mir nach! Und . . ." Romero erinnerte sich daran, daß er nicht so laut sprechen durfte. „. . . und ihr wißt: sofort schießen! Wir brauchen keine Rücksicht zu nehmen!"

Romero war weitergegangen, während er seinen Leuten Anweisungen gab. Noch ehe er das letzte Wort richtig ausgesprochen hatte, versank er mit einem leisen Aufschrei in der Grube.

Auch für den Mann, der gleich hinter ihm gegangen war, war es zu spät. Er versuchte zwar noch, sich am Rand festzuhalten, doch dann rutschte auch er hinab.

Borodin sprang aus dem Gebüsch und warf sich mit einem Aufschrei auf den dritten.

Er hieb ihm mit der Faust ins Genick. Wie ein Stein fiel der Mann zu Boden.

Hansson, der zur gleichen Zeit aus dem Gebüsch gerannt war, nahm blitzschnell die Waffe und feuerte eine Salve über die Grube.

„Schmeißt eure Waffen raus!" schrie er.

Es tat sich nichts.

„Ich sage es nicht noch einmal", wiederholte er.

„Was tun Sie, wenn wir es nicht tun?" kam eine höhnische Stimme aus der Grube.

„Wir werden euch abknallen wie die Hasen! Wir haben nichts mehr zu verlieren."

Bis auf euer Leben, dachte Romero. Er überlegte fieberhaft. Viel Zeit blieb ihm nicht mehr. Aber er hatte schon ganz andere Situationen gemeistert. Und doch mußte er zugeben, daß er die Flüchtlinge unterschätzt hatte. Nun war es zu spät, sich Vorwürfe zu machen. Er nahm seine MP und warf sie nach oben.

Borodin, der inzwischen den dritten Mann gefesselt hatte, nahm Romeros Waffe.

„Kommt einzeln raus, mit erhobenen Händen!" sagte Borodin und warf die Strickleiter nach unten, die sie von der *Seagull* geholt hatten.

Die Seile spannten sich, und Romero kam nach oben. Hansson hatte die MP genau auf ihn gerichtet.

„Neben die Grube, dann hinlegen!" kommandierte er.

Romero leistete keinen Widerstand. Er wartete auf einen Augenblick, in dem die Aufmerksamkeit nachließ.

Sybille und Ellen, die inzwischen hervorgekommen waren, machten sich daran, Romero zu fesseln. Plötzlich warf sich Romero katzenartig herum und ergriff Ellen.

Unwillkürlich versuchte sie, sich dem Griff zu entwinden. Es gelang ihr auch für einen Moment, den Hansson nutzte.

Er schoß.

Romero kippte zur Seite. Seine Hand war noch in Ellens Arm verkrallt. Sekunden später krachte ein zweiter Schuß. Ellen sah gerade noch, wie ein Schatten an ihr vorbeihuschte, dann das gelbe Mündungsfeuer.

Hansson war im gleichen Moment herumgefahren. Er sah, wie der zweite Mann, der unbemerkt aus der Grube gekommen war, in Richtung Ellen zielte. Er hatte auch schon abgedrückt, als Hansson eine Salve abfeuerte, die den Mann ummähte.

Dann war alles ruhig. Der dritte Mann lag noch immer gefesselt am Boden, Romero war tot, und der Mann, der eben noch geschossen hatte, krümmte sich stumm am Boden.

Ellen blickte fassungslos vor sich. Dort lag Thomas Redsmith. Er war der Schatten gewesen, der sich beim Lösen des Schusses vor sie geworfen hatte.

Sie kniete bei ihm nieder.

Das Gesicht des Alten war von Schmerzen verzerrt. Er blutete stark aus der Brust.

„Schnell, holt Verbandszeug! Wir müssen noch etwas in der Unterkunft haben", sagte Borodin, der ebenfalls neben dem Alten stand.

Ellen sah ihn entgeistert an. „Er hat mir das Leben gerettet, Stefan", schluchzte sie.

Sie löste das Hemd von der Haut. Es war eine tiefe Schußwunde.

Borodin sah sie fragend an. Ellen schüttelte nur leicht den Kopf.

Die Kugel mußte ganz nahe am Herzen sitzen. Sie wußte, daß es der alte Mann nicht überstehen würde. Selbst ein junger Mensch hätte kaum eine Chance gehabt.

Das Gesicht des Alten entkrampfte sich plötzlich. Er schlug die Augen auf.

„Ich fürchte, ich werde es nicht mehr lange machen", sagte er ruhig.

„Reden Sie nicht solchen Unsinn!" versuchte Ellen ihm zuzureden.

Der Alte schüttelte schwach den Kopf. „Ich weiß, es geht mit mir zu Ende. Habe ja lange genug gelebt."

„Kein Mensch kann lange genug leben", sagte Borodin.

Der Alte lächelte schwach. „Das mag sein, und ich würde wahrscheinlich viel drum geben, wenn ich noch einmal den Sonnenaufgang im Meer sehen könnte."

Er blickte hinauf zum Sternenhimmel. Bis zum Morgen würde er es wohl nicht mehr schaffen.

Inzwischen war Sybille mit dem Verbandsstoff eingetroffen. Ellen versorgte den alten Mann, so gut es ging.

Thomas Redsmith schloß die Augen. Er hatte es nie geglaubt, als man ihm früher erzählte, das Leben zöge kurz vor dem Tod noch einmal an dem Sterbenden vorüber. Doch jetzt sah er sich als kleinen Jungen, der den ganzen Tag spielen durfte, sah sich mit dreckiger, durchlöcherter Hose. Er erinnerte sich an seine erste Liebe, an den Duft der Blumen im Frühling, an die heißen Sommernächte und an das große Feuerwerk, das alljährlich in seiner Heimat im Mittsommer stattgefunden hatte.

Er sah sich als erfolgreichen Maler, als Junggesellen in Acapulco, er dachte an Susan, seine letzte Freundin, bevor er sich auf diese Insel zurückgezogen hatte. Schade, daß sie nicht mitgekommen war. Sicher wäre er dann weniger einsam gewesen.

Er sah die bunten Wälder im Herbst, die nassen, fauligen Blätter auf der Erde und den Nebel in den Tälern.

Er sah die schneebedeckte Landschaft, aus der die Tannen ragten, und die blauweißen Gipfel der Berge, die zu Weihnachten immer besonders feierlich am Horizont standen.

Langsam öffnete er die Augen. Es kostete viel Mühe. Ellen hatte sich über ihn gebeugt. Sie trug nur Shorts und ein Bikinioberteil.

„Du bist schön braun geworden, ein richtiges Inselmädchen", sagte er mit Mühe. Jedes Wort tat ihm weh.

Ellen nickte nur stumm. Sie versuchte, nicht zu weinen.

„Ich hoffe, ihr könnt auf meiner Insel bleiben. Sie gehört jetzt euch. Ich glaube, ich hätte niemand Besseren finden können als euch. Ihr seid auf dem richtigen Weg. Lebt euer Leben, wie es euch gefällt. Irgendwann werdet ihr auch einmal so daliegen wie ich, und dann ist es zu spät, wenn man sich sagen muß, daß man nichts von seinem Leben gehabt hat." Er machte eine lange Pause. Es strengte ihn immer mehr an, die Lippen zu bewegen. „Ich kann in Ruhe sterben, denn ich habe mein Leben gelebt, wie ich wollte, und nicht, wie andere versuchten, es mir vorzuschreiben."

Während der Alte sprach, hatte sich Ellen abgewandt. Sie weinte laut.

„Sei nicht traurig, Ellen! Du kannst mir glauben, ich habe genug von meinem Leben gehabt. Es gibt da ein altes Sprichwort . . ."

Es folgte wieder eine längere Pause. Dann fuhr der Alte fort: „Es heißt: Jeder Mensch wird als Original geboren – doch die meisten sterben als Kopien."

Thomas Redsmith schloß die Augen.

Ganz von fern hörte er das Meer, das Rauschen der Palmen im Wind. Es war ihm, als hörte er sie jetzt erst richtig, die ganze Schönheit dieses ewigen Liedes der Natur. Er roch die frische Luft des Waldes und den Duft der Blüten. Es war ihm ein vertrauter Geruch. Immer ferner wurden die Geräusche, immer leiser das Weinen von Ellen. Dann wurde es dunkel um ihn.

Ellen faltete die Hände des alten Mannes. Sein Gesichtsausdruck war friedlich.

Langsam stand sie auf und trocknete sich die Tränen. Borodin legte den Arm um sie.

„Ohne ihn wäre ich jetzt wohl tot", murmelte sie leise und schmiegte sich an Borodin.

Er atmete tief durch. Dann entsann er sich wieder, um was es eigentlich ging. Sie mußten schnell handeln.

„Wir ziehen den dreien die Uniformen aus, und dann nichts wie ab zum Schnellboot!"

„Was machen wir mit Romero?" fragte Ellen.

„Wir werden ihn in die Grube werfen und zuschütten", sagte Hansson.

Ellen nickte. „Und was ist mit Thomas?"

Hansson zuckte die Schultern. „Wir werden ihn bei seiner Hütte auf dem Hügel begraben. Ich glaube, das war sein Lieblingsplatz."

Nachdem sie die Grube, in der Romero lag, zugeschüttet hatten, fesselten sie die anderen beiden noch einmal. Sie durften sich keine Pannen mehr erlauben.

Der Mann, den Hansson angeschossen hatte, wimmerte.

Ellen hatte ihn notdürftig verbunden. Es war ein Steckschuß in der Schulter.

„Stell dich nicht so an! Wenn ich dich getroffen hätte – richtig, meine ich –, wärst du sowieso tot. Außerdem hast du Thomas auf dem Gewissen. Man müßte dich eigentlich gleich umbringen", sagte Hansson angewidert.

Sie banden die beiden an zwei Bäume. Dann trugen Borodin und Hansson den alten Thomas hinauf zu seiner Hütte.

Nachdem sie ihn begraben hatten, sprach Borodin noch ein kurzes Gebet. Er blickte dabei über das Grab hinweg, genau hinunter zum Meer, in dem sich silbrig die Sonnenstrahlen brachen.

„Ich glaube, er hätte sich selbst keinen besseren Platz aussuchen können", sagte Borodin leise, nachdem er geendet hatte.

Hansson senkte wortlos den Kopf. Er dachte daran, daß er nie in seinem Leben so viele Tote gesehen hatte wie in den letzten drei Monaten. Zuerst den Sicherheitsbeamten, dann Romero und jetzt den alten Thomas. Und Monique war umgekommen. Ihr Tod hatte ihn am meisten mitgenommen. Das Leben war schon sonderbar.

Als sie wieder nach unten kamen, lagen die drei Uniformen fein säuberlich auf zwei abgerissenen Palmblättern. Als hätten sie es schon tausendmal geübt, zogen sich Hansson und Borodin um. Niemand sprach ein Wort. Alle kannten den weiteren Plan. Sie nahmen die MPs und gingen mit Ellen und Sybille zum Strand, wo das Schnellboot festgemacht hatte.

Ruhig und scheinbar verlassen lag es in der Bucht.

„He, wir haben sie!" rief Hansson und versuchte, seine Stimme so undeutlich wie möglich klingen zu lassen.

Es war ein gewagtes Spiel. Denn wenn der andere die Stimme als fremd erkannte, würde es noch einmal gefährlich werden.

Hanssons Herz schlug doppelt so schnell, als durch die Kajütentür ein Mann trat, der ihnen winkte.

„Ihr habt ja bloß die zwei Weiber!" grölte er herüber und deutete auf Ellen und Sybille, die vor den angelegten MPs von Hansson und Borodin hergingen.

Hansson winkte ihnen mit der freien Hand und befahl ihnen, sich aufs Boot zu scheren.

Der Mann, der auf dem Boot zurückgeblieben war, pfiff anerkennend, als er Sybille und Ellen aus der Nähe sah. „Da haben wir ja wenigstens noch etwas Zeitvertreib, bis wir wieder in der ‚Stadt' sind!"

„Ich würde mich nicht zu früh freuen", raunte Hansson, während er die Ladeklappe des Schnellbootes betrat.

Als er noch ungefähr zehn Meter von dem Mann entfernt war, sprang Ellen beiseite, und Hansson richtete die MP auf den Mann. „Mach keinen Ärger, und nimm die Flossen hoch!" sagte er rauh.

Der Mann war zu verdutzt, um überhaupt an Gegenwehr zu denken. Borodin fesselte ihn. Seine Uniform lag unberührt in der Kombüse.

Während Ellen und Sybille sich umzogen, gingen Hansson und Borodin noch einmal zurück, um die zwei anderen Gefangenen zu holen. Alle drei bekamen ein Schlafmittel verabreicht, das gute vierundzwanzig Stunden wirken würde.

Als alle drei unter Deck verstaut waren, sahen sich die vier von der *Seagull* an. Ellen prustete los. Sie sahen schon etwas seltsam aus in ihren Uniformen.

Sybille hatte ihre Haare unter die Mütze gesteckt und sich die Augenbrauen stark nachgezogen. Sie sah zwar einem Sicherheitsbeamten etwas ähnlich, aber man konnte unschwer unter dem dicken Uniformtuch ihre weiblichen Formen erkennen.

„Am besten, ihr haltet euch immer im Hintergrund, wenn wir dort sind", bemerkte Hansson und lächelte.

„Immer müssen wir zurückstecken!" schmollte Sybille und tat so, als wäre sie beleidigt.

Dann lachten sie alle auf. Es war ein befreiendes Lachen. Sie hatten es sich verdient.

Hansson ließ den Motor an. Er wunderte sich selbst ein wenig, daß bisher alles so gut geklappt hatte. Ein Ruck lief durch das Boot. Die Motoren heulten kurz auf. Dann schoß das Schnellboot der Küstenwache davon. Hansson schätzte, daß sie ungefähr drei Stunden bis zur „Stadt" brauchen würden.

Schnell wurde die Insel kleiner, und bereits nach einer Viertelstunde war sie nur noch ein grauer Punkt am Horizont.

DIE TAGE im staatlichen Labor vergingen ruhig. Ludor experimentierte langsam. Er hatte die Formel schon wieder im Kopf, aber er ließ sich Zeit. Noch hatte er zuwenig über seine Umgebung in Erfahrung gebracht.

Reihe kleiner Bungalows stand. In einen führte ihn Levèvre hinein.

„Hier werden Sie wohnen. Ich lasse Ihnen die nötige Kleidung bringen, dann können Sie es sich erst einmal gemütlich machen. Und morgen werden Sie dann mit der Arbeit beginnen."

Ludor nickte. „Gut, Professor. Aber woher wissen Sie hier so gut Bescheid, wenn Sie nur meinetwegen hergerufen wurden?"

Levèvre stutzte einen Augenblick, doch dann hatte er sich gefangen. „Ich bin auch nur schnell mit den Örtlichkeiten vertraut gemacht worden, um Sie hier einführen zu können."

„Sie sind ja rührend um mein Wohlergehen besorgt."

„Sicher, Sie können sich sogar frei bewegen – innerhalb des Sektors."

„Fein. Ich frage mich nur, warum man mir hier alles so schmackhaft macht. Genausogut könnten Sie mich auch in irgendein dunkles Loch stecken, wo ich meine Formel finden müßte."

„Sehen Sie", sagte Levèvre und blickte auf sein Chronometer, „das verstehen Sie nicht. Ist es nicht einleuchtend, daß jemand, der sich in seiner Umgebung wohl fühlt, bessere und schnellere Arbeit leisten kann als jemand, der irgendwo unter unzulänglichen Umständen arbeiten muß? Und warum sollten wir es Ihnen nicht angenehm machen? Fliehen können Sie sowieso nicht." Er machte eine kleine Pause. „Jetzt muß ich aber weg, ich werde noch heute abend zurückfliegen. In einer Woche komme ich wieder, dann werden wir weitersehen."

Sie reichten sich die Hände.

„Ich werde wiederkommen, Claus, halten Sie sich gut. Und . . ."

„Ja, Professor?"

„. . . und vergessen Sie nicht, das ist vielleicht Ihre letzte Chance!"

Kurz darauf war Levèvre hinter den Palmen verschwunden.

Langsam und in Gedanken versunken ging Ludor zurück zu seinem Bungalow und begann sich einzurichten.

Im Moment hatte es noch gar keinen Sinn, konkrete Pläne zu machen. Er mußte abwarten, wie sich alles entwickelte.

HANSSON lag im dichten Gras. Über ihm ragte ein riesiger, uralter Baum empor, durch dessen Wipfel sich sanft das Mondlicht einen Weg bahnte. „Ich hoffe nur, daß sie uns nicht sehen können", raunte er seinem Nebenmann zu.

Nach Feierabend verbrachte er die meiste Zeit mit seinen Kollegen und Kolleginnen am Swimmingpool. Er unterhielt sich mit ihnen über harmlose Dinge und versuchte dabei, soviel wie möglich über die „Stadt“ zu erfahren.

Er lag im Liegestuhl, hatte einen Drink neben sich stehen und beobachtete verträumt die untergehende Sonne.

Neben ihm lag in knappem weißem Bikini die blonde Anja, eine junge Laborhelferin, die, so schien es Ludor, recht vernünftige Ansichten hatte.

Sicherlich, eine freie Meinungsäußerung konnte er unter diesen Umständen nicht von ihr erwarten, aber es war ihm, als hege sie dieselbe Antipathie für die „Stadt“ wie er.

Sie hatte bisher wenig von sich erzählt; doch mit dem, was sie von ihm gehört hatte, war sie offenbar einverstanden.

Es gab manchmal Momente, in denen Ludor glaubte, er könne Anja lieben, doch dann kamen wieder der Schatten von Moniques Tod und die Sorge um seine Tochter.

„Was hat man wohl mit mir vor, wenn ich hier fertig bin?“ fragte er unvermittelt. Es war eher eine laut gedachte Frage an sich selbst.

Anja räkelte sich genüßlich. „Man wird Sie vielleicht töten“, sagte sie ruhig.

„Sehr beruhigend, aber ich glaube es auch“, erwiderte Ludor.

„Sie werden nichts dagegen unternehmen?“

„Ich weiß nicht, was ich tun könnte. Warten wir es ab.“

„Eigentlich schade um Sie. Ich meine nicht nur persönlich, sondern auch wegen Ihres Könnens und Wissens. Auch unser allmächtiger Staat hat nicht viele Männer wie Sie!“

„Wahrscheinlich würde es ihn sonst gar nicht mehr geben“, sagte Ludor.

„Sie müssen wohl immer rebellieren, nicht wahr, Claus?“ fragte Anja vorwurfsvoll.

„Ich tue nur, wozu ich gezwungen werde.“

„Daß ich nicht lache! Gibt es irgendwo ein schöneres Leben als hier?“

„Sicher“, sagte Ludor bestimmt. „Sie wissen es nur nicht, weil Sie noch nie herausgekommen sind.“

Anja schüttelte den Kopf. „Das kann nicht sein. Was gibt es woanders, das es hier nicht gibt?“

Ludor räusperte sich. „Menschen zum Beispiel, freie Menschen", sagte er.

„Das verstehe ich nicht", sagte sie und lächelte, „ich bin auch frei."

„Sie können es nicht verstehen und werden es auch nie verstehen, solange Ihnen die Vergleichsmöglichkeit fehlt, Anja."

Er sah ein, daß er nicht weitersprechen konnte. Erstens war es zu gefährlich, und zweitens hätte es doch keinen Sinn gehabt. Wie kann man einem Tier, das im Zoo geboren ist, erklären, was Freiheit bedeutet?

„Was hätten Sie eigentlich getan, wenn Sie damals schon gewußt hätten, daß die ganze Erde so regiert wird?" fragte sie plötzlich.

„Nichts, wahrscheinlich wäre ich geblieben. So aber hatte ich die Hoffnung auf Freiheit, auf wirkliche Freiheit."

„Ohne sich darum zu kümmern, ob die anderen weiterhin im Dreck leben?" fragte sie.

Sie stand auf und ging zum Pool. Mit einem eleganten Kopfsprung tauchte sie in das kristallklare Wasser. Ludor ging ihr nach.

Sie schwamm ein paar Runden und klammerte sich dann am Rand fest.

„Wie haben Sie das eben gemeint?" fragte Ludor und beugte sich zu ihr hinunter.

Sie schüttelte das Wasser aus den Haaren. „Ich meine, Sie sind geflohen, weil Sie Ihre Ruhe haben wollten. Weil Sie nichts tun konnten."

Ludor nickte. „Das mag sein. Ich habe an mich gedacht."

„Das tun die meisten. Und Sie haben mitgeholfen, daß außer Ihnen auch noch andere Menschen entkommen konnten."

Sie kletterte über die Leiter aus dem Wasser. Dann lief sie zu ihrem Liegestuhl und trocknete sich ab.

„Trocknen Sie mir bitte den Rücken ab?" fragte sie lächelnd und reichte ihm das Handtuch.

Geistesabwesend begann er, Anja abzufrottieren.

Ludor hatte es sich wirklich anders vorgestellt, das Leben auf der Insel. Und jetzt? Jetzt war er noch schlimmer dran als vorher.

„Woher kommen Sie eigentlich?" fragte er.

Sie sah ihn erstaunt an. „Ich bin hier geboren. Wo sollte ich wohl sonst herkommen?"

Ludor zuckte die Achseln.

„Man kann ja nie wissen. Ich bin ja auch hier und bin nicht hier geboren."

„Sie scheinen wirklich eine Ausnahme zu sein. Es gibt fast niemanden, der nicht hier geboren ist. Es kommt niemand rein oder raus."

„Kennen Sie Professor Levèvre?"

Sie nickte kurz. „Ja, der ist auch so eine Ausnahme. Er kommt öfter und verschwindet dann wieder für längere Zeit."

„Und sonst kennen Sie niemanden, der rauskommt?"

Sie schüttelte den Kopf.

„Gefällt es Ihnen hier wirklich, Anja?"

„Natürlich", sagte sie fest. „Außerhalb dieses Sektors gibt es sowieso nur Schmutz und Verbrechen. Warum sollte ich dann rauswollen? Das wußte ich schon als kleines Mädchen, aber . . ." Sie stockte.

„Was aber?" fragte Ludor.

„Seit Sie hier sind, habe ich so meine Zweifel, daß alle, die draußen leben, Verbrecher sind."

„Danke", sagte Ludor.

„Aber ich bleibe trotzdem hier. Ich glaube nicht, daß es woanders schöner sein kann als hier."

„Wissen Sie, wer die Regierung ist?"

Sie blickte ihn entgeistert an. „Sie etwa nicht?"

„Wir primitiven Leute wissen so etwas nicht", sagte Ludor. „Wie gesagt, wir wußten nicht einmal, daß die ganze Erde von ein und derselben Regierung beherrscht wird."

„Eigentlich unvorstellbar. Vielleicht gibt es doch einen Unterschied."

Ludor war sich nicht im klaren, wie er Anja einstufen sollte. Sie war wahrscheinlich harmlos. Aber genau wußte er es auch nicht. Sie redete so, weil sie so erzogen worden war. Und wenn er sich vorstellte, daß seine Tochter einmal genauso reden würde . . .

„Haben Sie die oberste Regierungsspitze schon einmal gesehen?"

Sie schüttelte den Kopf. „Nein, niemand, den ich kenne, hat die obersten Fünf schon einmal gesehen. Sie wohnen in dem großen Palast in der Mitte der ‚Stadt'."

Ludor zog die Brauen hoch.

„Das ist ja interessant. Finden Sie es nicht auch seltsam, daß sich die, die regieren, niemals sehen lassen?"

„Ich weiß nicht. Es ist nun mal so."

„Wahrscheinlich haben Sie recht, Anja." Ludor stand auf. Er hatte vorläufig genug erfahren. „Ich werde jetzt noch ein wenig arbeiten, morgen will ich die ersten Versuche machen."

„Darf ich dabeisein?" fragte Anja.

„Natürlich, Sie haben mir ja auch bei den grundlegenden Arbeiten geholfen. Da ist es nicht mehr als recht und billig, wenn Sie auch bei den Versuchen dabei sind."

„Hoffentlich klappt es", sagte sie.

„Ich hoffe es auch", antwortete er kurz und trank sein Glas aus. Dann verschwand er in Richtung des Labors. Er mußte sich bald etwas einfallen lassen. Übermorgen war die Frist verstrichen, die ihm Levèvre gesetzt hatte. Dann würde sich auch entscheiden, was aus ihm und seiner Tochter werden sollte.

Im Labor angekommen, überlegte er es sich anders. Anja hatte ihn neugierig gemacht. Er wollte sich den Palast ansehen, den Regierungssitz. Da es ihm freigestellt war, wo er seine Nächte verbrachte, zog er sich schnell einen Pullover über und ging in Richtung Stadtmitte.

Es waren mehrere Straßen, die ringförmig das Stadtzentrum und den großen Palast umliefen. Von jedem Straßenring führten weitere Straßen sternförmig auf das Regierungsgebäude zu.

Ludor ging langsam und gemütlich. Ab und zu huschte ein Kabinentaxi an ihm vorbei. Es war schon fast dunkel.

Nur wenige Menschen waren um diese Zeit noch unterwegs. Die meisten saßen in ihren Wohnungen oder lungerten in einer der vielen Bars herum.

Die Straße, auf der Ludor dem Regierungspalast zustrebte, war links und rechts von hohen Palmen gesäumt. Ihre Blätter glitzerten im Licht der Straßenbeleuchtung. Mehr aus dem Unterbewußtsein heraus faßte Ludor ein Blatt an. Er erschrak.

Was er fühlte, war nicht die feste Haut eines Blattes, die bei stärkerem Druck leicht nachgegeben hätte. Es war etwas Härteres.

Wie Plastik. Er fühlte noch einmal. Dann bestand kein Zweifel mehr. Er faßte den Stamm an: Auch der war nicht echt.

Ludor fiel plötzlich ein, daß er sich eigentlich gewundert hatte, daß sich der Rasen nie veränderte, der um den Swimmingpool beim Labor angelegt war. Er schien nicht zu wachsen. Ludor hatte gedacht, er sei besonders gut gepflegt.

Er verließ die Straße und ging auf die Rasenfläche, die neben der Straße angelegt war. Er kniete nieder und faßte das Gras an. Es war trocken und spröde. Kunstrasen.

Wieso aber lag der Duft, dieser Duft von frischem Grün und Blüten, in der Luft?

„Was tun Sie da?" fragte eine dunkle Stimme.

Wie ein kleines Kind, das man bei einem Streich erwischt hatte, erhob sich Ludor.

„Ludor, Claus", sagte er und erinnerte sich an die Worte Levèvres, der ihm geraten hatte, immer gleich seinen Namen zu nennen, falls er einmal in der Stadt angehalten werden sollte.

„Fein. Ich weiß, Sie sind zu Besuch hier. Aber was tun Sie?"

Erst jetzt erkannte Ludor, daß es ein Mann vom Sicherheitsdienst war. Er trug Uniform.

„Ich habe gerade festgestellt, daß alle Blumen und Bäume aus Kunststoff bestehen. Das war neu für mich."

Der Uniformierte sah ihn verständnislos an. „Na, und? Aus was sollen sie sonst bestehen?"

„Gibt es keine echten Blumen mehr?" fragte Ludor.

„Das ist lange her. Früher gab es noch echte Blumen. Man hatte aber nur Ärger damit. Die dauernde Pflege, das Bewässern und dann der Dreck, wenn sie verblüht waren."

„Da haben Sie recht", sagte Ludor. Er wollte nicht noch mehr auffallen.

„Aber warum riecht es dann hier so, als wäre dies alles echt?"

„Das sind die Duftstoffe im Innern jeder Pflanze. Sie müssen alle Jahre mal nachgefüllt werden. Das macht zwar auch Arbeit, aber es ist zu verkraften."

Ludor sah den Uniformierten nachdenklich an. Er konnte jetzt schlecht etwas sagen, was er liebend gerne getan hätte. Statt dessen bedankte er sich freundlich für die Auskunft und wünschte dem Uniformierten einen schönen Abend.

Dieser dankte und setzte seine Streife fort.

Ludor ging weiter. Er sah bereits den großen Palast, der hell erleuchtet war.

„Da ist es also, hier entsteht alles, was die Welt kaputtmacht“, murmelte er leise vor sich hin.

Ludor sah sich um. Er sah zum Glück niemanden.

Er wollte gerade wieder umkehren, als er in einer Nebenstraße ein Neonschild sah. Es trug die Aufschrift: ZUR GROSSEN FREIHEIT.

Ludor mußte lachen. Das klang ja interessant. Er entschloß sich, die Sache aus der Nähe zu betrachten.

Ludor öffnete die kleine Tür, die knarrend nachgab. Eine Wolke süß duftenden Rauchs kam ihm entgegen.

„Guten Abend“, sagte eine weibliche Stimme. Ludor konnte kaum etwas erkennen, nur schemenhaft sah er, wer ihn begrüßt hatte.

Es war eine vielleicht dreißig Jahre alte Frau mit übermäßig geschminkten Augen und Lippen. Sie hatte lediglich einen knappen Slip an. Ihr üppiger Busen war mit silbernen Sternchen übersät.

„Guten Abend“, sagte Ludor schließlich.

„Womit kann ich Ihnen dienen?“ fragte sie, während sie ihren bloßen Busen anhob und ihm entgegenstreckte.

„Was haben Sie denn anzubieten?“ fragte Ludor dummerweise.

„So allerhand, mein Herr. Kommt drauf an, was Sie ausgeben wollen.“

Ludor kramte in seiner Hosentasche nach Geld. Man hatte ihm genügend mitgegeben, damit er sich in der Stadt umsehen konnte.

„Das Beste, was Sie haben“, sagte er forsch und dachte sich, daß er ja schließlich immer noch abspringen könnte.

„Okay, mein Kleiner“, flötete die Dame, „macht zweihundert Dolmas.“

Vierhundert Dolmas hatte man ihm gegeben. Das war ein Durchschnittsgehalt für einen Monat.

Er blätterte zwei Scheine auf die Hand der Dame.

„Gehen Sie bitte zu Tisch vierunddreißig. Alles Weitere wird auf Sie zukommen.“

Ludor dankte und ging vorsichtig durch den Vorhang, der ihm bisher die Sicht versperrt hatte.

Der Saal, der vor ihm lag, war dunkelrot erleuchtet, und dicke

Rauchwolken hingen in der Luft. Nur wenige Tische waren besetzt.

Er suchte die Nummer 34. Der Tisch stand ziemlich nahe an der Bühne.

Ludor setzte sich und wartete. Gedankenverloren sah er auf die Bühne. Zwei junge, gutgebaute Mädchen tanzten dort zu überlauter Musik, die aus den Lautsprechern dröhnte. Sie begannen sich langsam auszuziehen.

Ludor erinnerte sich dumpf, schon öfter gehört zu haben, daß es in den Sektoren solche Lokale gab. Da er jedoch nie in diese Gegenden kommen konnte, kannte er sie auch nicht.

Als die Mädchen splitternackt auf der Bühne standen, kamen zwei junge Männer dazu und begannen sie zu lieben. Im ersten Moment sah Ludor noch interessiert zu, doch dann begann ihn das Schauspiel abzustoßen.

Aus den Lautsprechern erklang unter Musik ständig der Ruf: „Liebt euch, zeigt eure Gefühle, liebt euch frei und ungebunden!"

Das Publikum grölte.

Nach zehn Minuten verließen alle vier erschöpft die Bühne.

Die Szenerie wechselte. Auf einer riesigen Leinwand erschien ein Film. Er zeigte Bilder mit blauem Himmel, schneeweißen Stränden und kristallklarem Meer. Ludor wurde an die Insel erinnert.

Dazu ertönte leise, melancholische Musik.

„Stellen Sie sich vor, Sie lebten hier, in aller Freiheit, ohne Arbeit, ohne Zwang. Ein Leben wie im Paradies, nicht wahr?"

Die Stimme des Sprechers lag im Raum und hatte die Musik übertönt.

Nun wurde ein herrlicher Sonnenuntergang gezeigt, in Zeitraffer. Dann kam wieder das Bild mit dem Meer und dem Strand. Und wieder hörte Ludor den gleichen Satz: „Stellen Sie sich vor, Sie lebten hier . . . ein Leben wie im Paradies, nicht wahr?"

Dann kam wieder der Sonnenuntergang. Das Ganze wiederholte sich gut zehnmal in einer Viertelstunde. Ludor merkte, wie das Publikum unruhig wurde. Als der Film dann zum elften Mal ablief, hörte man die ersten Pfiffe. Dazu ertönte von neuem die Stimme des Sprechers: „Stellen Sie sich vor, Sie lebten hier, in aller Freiheit und doch gefangen, ohne Arbeit und Zwang, aber voller Langeweile und Eintönigkeit. Wäre das ein Leben wie im

Paradies? O nein, es wäre die Hölle für jeden Bürger dieses Staates. Stellen Sie sich vor, Sie müßten ohne Television, ohne Musik und ohne die anderen Annehmlichkeiten auskommen, die unser Staat allen Menschen bietet! Wäre das noch ein Leben?"

Die Zuschauer applaudierten euphorisch.

„Sehr richtig, wir sind glücklich hier!" rief eine Stimme aus dem Publikum, und andere fielen ein. „Wir sind glücklich und frei!" Das Schreien wurde immer lauter. Es brauste über Ludor hinweg.

„Warum rufen Sie nicht mit?" fragte eine Stimme.

Ludor zuckte leicht zusammen. Neben ihn hatte sich ein Mädchen gesetzt. Sie hatte lange dunkelblonde Haare, die ihren bloßen Busen bedeckten.

Sie legte eine Hand auf Ludors Hände.

„Ich weiß nicht, ich bin heute nicht in Stimmung", versuchte sich Ludor herauszureden.

„Das macht nichts", sagte das Mädchen lächelnd, „dafür bin ich zuständig."

Ludor lächelte gequält. Er wäre am liebsten aufgestanden und gegangen.

„Wollen wir zusammen lieben?" fragte das Mädchen.

Ludor schüttelte den Kopf.

„Nein, danke. Ich brauche erst Ruhe."

Enttäuscht sah ihn seine Tischnachbarin an. „Warum geben Sie dann soviel Geld aus? Nur um hier herumzusitzen?"

„Warum nicht?" sagte Ludor aufgebracht. Er wollte das alles nicht mehr hören. Er bedauerte es zutiefst, überhaupt hergekommen zu sein.

„Ich sehe, Sie wollen tatsächlich allein sein. Es liegt aber nicht an mir, wenn Sie unseren Service nicht in Anspruch nehmen wollen."

„Nein, nein, gewiß nicht. Ich habe einfach keine Lust mehr."

Wortlos stand das Mädchen auf. Sie warf ihm noch einen verächtlichen Blick zu. Dann verschwand sie hinter dem Vorhang. Abgesehen von den langen Haaren hatte sie nichts angehabt.

Das war also die große Freiheit! Ludor mußte unwillkürlich lachen. Es paßte zu dem Bild, das er sich in den letzten Monaten von diesem Staat, von dieser Welt gemacht hatte. Da saßen die Menschen herum, schwatzten irgendwelches dummes Zeug nach, ohne Sinn und Verstand.

Sie kannten nichts als diese Welt, diesen Sektor, und die Sehnsucht nach etwas anderem, falls sie wirklich jemanden befallen sollte, wurde gleich im Keim erstickt.

Ludor stand auf und verließ das Lokal. Die Empfangsdame warf ihm einen verständnislosen Blick nach.

Während er durch die leeren Straßen zurück zum Labor ging, ständig den Duft der künstlichen Blumen in der Nase, befiel ihn Traurigkeit.

Was konnte er da schon tun? Selbst wenn er es fertigbrächte, die Regierung bloßzustellen, was nützte das schon? Die Menschen, die auf dieser Erde lebten, waren allesamt, bis auf wenige Ausnahmen, schon so verseucht von dem ideologischen Virus, daß es unmöglich wäre, von dieser Seite Unterstützung zu erwarten. Er sah zum Himmel hinauf, wo klar und deutlich die Sterne standen. Die Sterne . . . sie waren schon immer da, wie sie vielleicht schon vor hundert Jahren da waren, damals, als man auf dieser Erde noch leben konnte. Jetzt konnte man nur noch dahinvegetieren.

Ludor beschleunigte seine Schritte. Er war bald im Labor. Er ging in seine Wohnung, zog sich aus, duschte und legte sich dann gleich schlafen.

Es war ein trauriger Abend gewesen.

Er hatte die Gewißheit, daß es wohl nie so werden würde, wie es vielleicht früher einmal gewesen war. Es gab kein Zurück. Und die Menschheit merkte nicht, wie sie ständig ihrem Verfall und Untergang entgegenschritt.

Erschöpft schlief er ein.

AM NÄCHSTEN Morgen kam Professor Levèvre ins Labor. Ludor wollte gerade mit den letzten Tierversuchen beginnen, um hundertprozentig sicher zu sein, daß sein Mittel wirkte.

„Sie kommen gerade recht, Professor. Heute vormittag können wir die ersten Versuche starten."

„Das freut mich, Claus. Werden Sie am Ende doch noch vernünftig?"

Ludor blickte auf. Er legte ein leeres Reagenzglas auf den gekachelten Labortisch.

„Wissen Sie, Professor, manchmal denke ich, Sie hatten ganz recht mit Ihrer Einstellung. Man lebt nur einmal. Und wenn ich daran denke, daß mir diese Flucht nur Unglück gebracht hat . . ."

„Sie wären also bereit, weiter für uns zu arbeiten?" Man konnte Levèvre deutlich ansehen, daß er über Ludors Gesinnungswechsel mehr als verwundert war.

„Ich glaube schon", nickte Ludor. „Aber wie wird man hier darauf reagieren? Schließlich bin ich ja nicht gerade der Gesinnungstreueste."

„Ich werde mein Bestes versuchen, daß Sie bei uns bleiben können."

„Und was ist mit meinen Freunden auf der Insel?"

„Ich glaube kaum, daß sie noch dort sind. Unsere Sicherheitstruppe ist bereits vor ein paar Tagen hingefahren, um sie aufzugreifen."

„Werden sie auch hier leben können?" fragte Ludor scheinbar unberührt, obwohl ihm diese Hiobsbotschaft in die Glieder gefahren war.

Levèvre schüttelte den Kopf. „Auf gar keinen Fall. Wahrscheinlich sind sie, wie ich Romero kenne, schon tot, und wenn nicht, wird man sie in ein Straflager stecken. Sie sind nicht weiter von Nutzen für unseren Staat."

„Aha", machte Ludor und kratzte sich nachdenklich an der Stirn. „Ich bin es aber wohl?"

„Immerhin kann man von Ihnen noch einiges erwarten."

Ludor kämpfte mit sich selbst, diesem Levèvre nicht ins Gesicht zu schlagen. Er mußte aber vorsichtig sein, wenn sein Plan gelingen sollte. „Wer wird die erste Versuchsperson sein?" fragte er.

Levèvre hob die Hände. „Das kann ich nicht sagen. Wahrscheinlich ein Gefangener."

„Von denen haben Sie ja bestimmt genug", bemerkte Ludor und hätte sich gleichzeitig auf die Zunge beißen können.

„Ja, Claus, und ich hoffe, Sie sehen bald ein, warum das so ist." Levèvres Ton war schärfer geworden.

Ludor nickte. „Natürlich, Professor. Aber manchmal bricht eben meine Vergangenheit durch."

Levèvre ging zum Videophon, das in einer Ecke des Labors stand. Er drückte eine Nummer.

Nach ein paar Sekunden erschien ein Beamter des SSD auf dem kleinen Bildschirm.

„Bringen Sie einen Gefangenen, wir wollen einen Versuch machen!" befahl Levèvre kurz.

Der Beamte bestätigte und schaltete ab.

Einige Minuten später erschien ein kräftig gebauter Mann.

„Das ist er", stellte der SSD-Beamte den Gefangenen vor. „Hat bereits zwei Morde auf dem Kerbholz."

„Gut, dann tun Sie mal was!" wandte sich Levèvre an Ludor, während er gleichzeitig dem Beamten ein Zeichen zum Gehen gab.

„Was wird mit meiner Tochter?" fragte Ludor, während er die Spritze aufzog.

„Wenn das Experiment erfolgreich ist, werden Sie mit ihr zusammenleben können."

„Ich möchte meine Tochter aber jetzt bei mir haben."

Levèvre stöhnte. „Sie trauen mir wohl nicht."

„Das hat damit nichts zu tun. Ich möchte nur, daß meine Tochter schon jetzt bei mir ist."

Erneut ging Levèvre ans Videophon, wählte die Krankenstation und verlangte, daß man Beatrice sofort ins Labor bringen sollte.

„Danke, Professor", sagte Ludor aufrichtig.

„Man hätte Sie wirklich gleich töten sollen, nachdem Sie Ihre Erfindung zum erstenmal gemacht hatten."

„Das haben Sie mir schon einmal gesagt."

„Ja, und je länger ich Sie kenne, um so mehr muß ich eingestehen, daß Sie noch immer eine Gefahr sind. Aber ich gehe das Risiko ein, auch wenn es mir später einmal leid tun wird."

Im gleichen Moment öffnete sich die Tür, und Beatrice stürmte herein. „Papa!" rief sie und lief ihm in die Arme.

„Es ist alles wieder gut, Bea, jetzt bleibst du bei mir."

Er streichelte ihr Haar, ihr langes blondes Haar.

„Fangen Sie jetzt endlich an, Ludor! Wir haben nicht allzuviel Zeit!"

Ludor nickte, setzte Bea auf einen Stuhl, nahm die Spritze und ging auf den Gefangenen zu.

„Werden wir eigentlich beobachtet, Professor?" fragte Ludor.

„Es kann schon sein. Aber ich rate Ihnen auf jeden Fall, saubere Arbeit zu liefern, sonst nützt Ihnen auch mein Schutz nichts mehr."

Der Gefangene sah Ludor ängstlich an. „Sie brauchen keine Angst zu haben, es wird nicht weh tun", versicherte ihm Ludor.

Er machte den Arm des Mannes frei und setzte die Spritze an. Levèvre kam nahe an ihn heran, um zu sehen, was er tat.

Das war der Moment, auf den Ludor gewartet hatte.

Blitzschnell fixierte er den Arm Levèvres, faßte ihn am Handgelenk und hieb ihm die Spritze in den Arm. Levèvre stöhnte kurz auf, dann schaute er verwirrt und schien nicht so schnell zu begreifen, was geschehen war.

Ein feiner Blutstreifen rann ihm über den Unterarm.

Sicherlich hatte Ludor nicht gerade eine Vene getroffen, aber das Mittel war auch für intramuskuläre Injektionen geeignet.

Es würde vielleicht nicht die vollen zwölf Stunden anhalten, aber Ludor hoffte, daß zumindest über die Hälfte der Zeit die Wirkung erhalten bliebe.

„Was haben Sie getan, Claus?" fragte Levèvre und blickte verständnislos auf seinen Arm.

„Ich habe Ihnen das Mittel injiziert", erklärte Ludor völlig überflüssigerweise. „Sie dürfen es selbst ausprobieren!"

Levèvre sagte nichts mehr. Sein Blick wurde starr, dann setzte er sich langsam.

„Heben Sie einmal den Arm, Professor!" sagte Ludor.

Levèvre tat, was ihm gesagt wurde.

Ludor war zufrieden. Er wartete noch eine Weile, dann ging er zum Videophon und bat um die Sicherheitsabteilung, die den Gefangenen wieder abholen sollte.

Der Mann, der noch immer regungslos dasaß, starrte Ludor ungläubig an. Er verstand nicht, was hier geschehen war. Aber er war froh, daß er alles so gut überstanden hatte. Er hatte es sich anders vorgestellt.

„Du bleibst immer schön hinter mir", sagte Ludor zu seiner Tochter.

Beatrice sah ihn mit ihren blauen Augen an. Noch immer lagen die Angst und die Qual der letzten Wochen in ihrem Blick.

Ludor blieb einen Moment lang unschlüssig stehen. Dann wandte er sich wieder an Levèvre.

„Professor, Sie werden jetzt den Wachtposten eindeutige Anweisungen geben, daß wir mit Ihnen zusammen das Labor verlassen und zum Regierungsgebäude gehen werden. Dort werden

Sie um eine Audienz bei der obersten Regierung bitten. Weitere Anweisungen werde ich Ihnen dort geben. Haben Sie verstanden?"

Levèvre sah ihn ruhig an. Man konnte unschwer feststellen, daß er nicht mehr sein eigener Herr war, daß sein Wollen praktisch ausgeschaltet war. Seine Augen waren leer und schienen ganz woanders zu sein.

So muß es wohl sein, wenn man seine Seele verloren hat, dachte Ludor.

„Ich habe verstanden, Claus", sagte Levèvre. Dann stand er auf und ging zur Tür.

Im gleichen Moment trafen zwei SSD-Beamte ein. Sie gingen auf den immer noch regungslos dasitzenden Gefangenen zu und nahmen ihn mit.

„Einen Moment noch, meine Herren!" sagte Levèvre. „Ich möchte, daß Sie die oberste Regierung informieren. Ich werde zusammen mit Herrn Ludor in den Palast gehen. Es ist eine wichtige Angelegenheit."

Einer der Beamten, offenbar der ranghöhere, zuckte mit den Brauen. „Ich weiß nicht, Professor, ob das klappen wird. Ich kenne niemanden, der jemals mit der obersten Regierung gesprochen hat, zumindest nicht unter vier Augen."

„Das macht nichts. Dann sehen Sie hier die ersten beiden."

Der Beamte hob die Schultern. „Ganz, wie Sie wünschen", sagte er. „Ich werde mein Bestes tun."

Dann verließen sie beide den Raum.

Ungehindert gingen Levèvre und Ludor durch das Labor und marschierten dann in Richtung des Regierungsgebäudes. Die Straßen waren wie leergefegt. Die künstlichen Rasenflächen lagen in der prallen Sonne. Links und rechts der breiten Allee ragten riesige Betonklötze in den Himmel.

Hier und da trafen sie noch ein paar Leute, die in großer Eile an ihnen vorüberhasteten. Niemand beachtete sie; das war Ludor allerdings nur recht.

Nach einer Viertelstunde sahen sie das Gebäude im Herzen der „Stadt". Ludor fand, daß es etwas Bedrohliches an sich hatte.

Etwa hundert Meter vor dem eigentlichen Eingang hinderte sie ein massiver Drahtverhau am Weitergehen. Nur eine kleine Lücke, die von drei schwerbewaffneten SSD-Beamten bewacht wurde, war zwischen dem dichten Drahtgeflecht offengelassen worden.

Levèvre ging zielsicher auf einen der Beamten zu. Ludor hatte ihm zuvor gesagt, was er tun sollte. „Ich bin Professor Levèvre, Code 511, und bitte um eine Audienz bei der obersten Regierung."

Der Beamte sah ihn ungläubig an. „Sie wollen tatsächlich zur Regierung?"

Levèvre nickte. „Ja, es ist eine sehr wichtige Angelegenheit!"

Der Beamte ging zu einem kleinen Apparat, der neben ihm an einem Holzpfahl hing. Er wollte gerade abheben, als sich einer der anderen Wachtposten einmischte.

„Du brauchst nicht anzurufen! Kennst du den Professor nicht?"

Der andere schüttelte ungläubig den Kopf.

„Der Professor kann rein. Er ist der einzige, dem das erlaubt ist. Er war schon öfter da."

Ludor spitzte die Ohren. Das war neu für ihn. Wieso ausgerechnet dieser Levèvre, der doch eine relativ kleine Nummer war? Warum war ausgerechnet er der einzige, der immer Zutritt hatte? Eigentlich paßte es zu ihm. Zu seinem plötzlichen Auftauchen in der „Stadt", zu seiner scheinbaren Allwissenheit. Levèvre mußte mehr sein als nur ein emporgekommener Sektorenverwalter.

„Aber anmelden mußt du ihn trotzdem noch", sagte der zweite Posten schließlich.

Eine kalte Stimme bestätigte den Besuch. Der Beamte hatte sich im Lauf der Monate daran gewöhnt. Es war immer die gleiche Stimme, egal, ob er seine Anweisungen für den täglichen Dienst abholte oder sonst etwas sprach. Immer die gleiche Stimme.

„Sie können reinkommen", wandte er sich schließlich an Levèvre, „die oberste Regierung erwartet Sie."

„Ich habe eine Bitte", sagte Ludor. „Ich werde meine kleine Tochter bei Ihnen lassen, bis ich wieder rauskomme. Ich wäre Ihnen dankbar, wenn Sie auf sie aufpassen könnten."

Der Posten nickte stumm. Es war heute schon wirklich ein seltsamer Tag. Jetzt sollte er auch noch auf ein Kind aufpassen.

Levèvre und Ludor passierten die Sperre und gingen weiter bis zu dem großen Tor. Kaum hatten sie die unterste Stufe des Aufgangs betreten, öffnete sich das Gebäude, und die Stimme, die sie vorhin durch den kleinen Apparat gehört hatten, forderte sie auf einzutreten.

Ludor fühlte sich plötzlich gar nicht mehr wohl. Was würde ihn jetzt erwarten, konnte er überhaupt etwas erreichen?

Sie durchschritten einen gewaltigen Vorsaal, der mit Marmor ausgelegt war. An den Wänden waren riesige Spiegel angebracht, die hinter dem Glas bunt beleuchtet waren. Ein unwirkliches Bild.

„Was wünschen Sie?“ fragte die Stimme, die aus den Wänden zu kommen schien.

„Wir möchten die oberste Regierung sprechen“, sagte Ludor.

„Sie sprechen bereits mit ihr.“

„Ich meine: persönlich“, sagte Ludor.

„Sie tun es. Persönlicher können Sie nicht mit mir sprechen.“

„Warum nicht? Ich sehe mein Gegenüber ganz gern“, sagte Ludor forsch und hoffte, seine Taktik der scheinbaren Unerschrockenheit hätte Erfolg.

„Erstens einmal haben Sie hier gar nichts zu wünschen oder zu verlangen. Sie können von Glück sagen, daß Sie überhaupt noch leben. Und das auch nur, weil es höchst selten – ich möchte sagen: gar nicht – vorkommt, daß ein normaler Sterblicher hier hereinkommt.“

„Das war deutlich“, murmelte Ludor. Was sollte er jetzt tun? Er hatte eigentlich den Plan gehabt, die Regierung zu überlisten, auch wenn es sein eigenes Leben kosten sollte. Aber was konnte man gegen jemanden unternehmen, den man erst gar nicht zu Gesicht bekam?

„Geben Sie sich bitte keine Mühe, Ludor! Ich weiß alles, und Sie haben keinerlei Aussichten, auch nur das geringste zu unternehmen!“

Ludor zuckte zusammen. Hatte er versehentlich laut gesprochen?

„Nein“, sagte die Stimme, „das haben Sie nicht, aber Sie sollten endlich einsehen, daß Sie hier ein absolutes Nichts sind. Es ist mir auch bekannt, daß 511 unter Ihrem Willen steht. Zu diesem Punkt muß ich noch erwähnen, daß ich Ihnen für die ausgezeichnete Arbeit danken möchte, auch wenn es ziemlich lange gedauert hat. Die Formel ist inzwischen bereits auf dem Weg zu unseren chemischen Großfabriken, und die Substanz wird produziert.“

Ludor sagte nichts mehr. Er hatte alle Hoffnungen begraben, die er jemals gehabt hatte.

Ungerührt sprach die Stimme weiter. „Sie werden sich sicherlich über einiges wundern. Und da Sie dieses Gebäude sowieso nicht mehr lebend verlassen, werde ich Ihnen jetzt einen kleinen Überblick geben, wie es hier eigentlich aussieht. Vielleicht erstaunt Sie das, aber ich möchte gern Ihre Meinung dazu hören."

Die Stimme verstummte für einen Moment. „Übrigens, Levèvre ist mein Enkel, und das ist der Grund, weshalb er hier ein und aus gehen kann, wann er will. Er ist auch der einzige Mensch auf der Welt, der darüber genau Bescheid weiß."

Levèvre wurde gebeten hinauszugehen.

„Es ist heute nichts mit ihm anzufangen. Die Wirkung Ihrer Droge ist wirklich gut", fuhr die Stimme fort. „Doch ich will nicht abschweifen. Fangen wir am besten von vorn an. Die oberste Regierung gibt es nicht, zumindest nicht in der Form, in der man sie sich vorstellt. Ich allein bin die oberste Regierung, alles andere ist nur psychologisches Theater. Ich lasse alle paar Jahre ein paar Leute herkommen, die angeblich die neue Regierung bilden sollen. Sie werden jedoch alle getötet, sobald sie hier sind. Es sind alles hirnlose Kreaturen, die nur gewohnt sind, auf meinen Befehl hin zu arbeiten.

Ich selbst bin der Mann, der das Computersystem aufgebaut hat, das die ganze Erde umspannt. Und ich selbst habe mein Gehirn von meinem Körper getrennt und es mit einem elektronischen Hirn gekoppelt. So bin ich praktisch unsterblich geworden. Jetzt wissen Sie auch, weshalb Sie mich nicht sehen können. Mein Gehirn ruht in einer Nährflüssigkeit im Zentrum dieses Computers hinter zwei Meter dicken Stahlwänden. Es ist also unmöglich, daß ich jemals zerstört werde. Zumindest solange die Erde existiert."

Ludor nickte. „Warum erzählen Sie mir das eigentlich alles?" fragte er.

„Ich möchte Ihre Meinung hören, das ist alles. Ich selbst habe mir schon oft Gedanken gemacht, wie unmenschlich mein System eigentlich ist. Aber Sie können mir glauben, es gibt keine bessere Lösung auf dieser Welt. Die Menschen brauchen einen ständigen Druck. Zuviel Freiheit und zuviel Denken schaden nur. Der Mensch mit seinem natürlichen Aggressionstrieb hat Jahrhunderte hindurch Zeit gehabt, sich dessen klarzuwerden. Doch was war das Ergebnis? Es gab Kriege und nichts als Kriege. Lag man nicht mit einem fremden Land im Krieg, so versuchte bestimmt irgendeine Gruppe, einen nationalen Krieg anzuzetteln. Alle schwafelten davon, wie schön doch der Friede sei, während sie insgeheim schon die nächsten Waffen entwickelten."

Die Stimme war verstummt. Es schien, als sollte Ludor Zeit bekommen, die Ansichten dieses Individuums zu begreifen.

„Glauben Sie, es ist überhaupt noch menschenwürdig, dieses Dasein, das die Menschen hier führen?" fragte Ludor.

„War es vielleicht früher menschenwürdig, als es noch soviel Freiheit gab? Ich sage nein, denn die Freiheit sollte immer größer werden, und schon kam man mit der Freiheit des Nachbarn in Konflikt. Und die meisten Konflikte wurden nicht friedlich gelöst. Darum hielt ich es für besser, die Aggression der Menschen in künstliche Bahnen zu lenken und somit die Auseinandersetzungen und die Opfer von vornherein kalkulieren zu können, statt dem alles vernichtenden Trieb der Menschen freie Bahn zu lassen."

„Und Sie glauben, das bleibt ewig so?"

„Wer sollte es ändern? Sie sehen ja selbst, wie zwecklos, wie dumm alles wäre."

Ludor sah sich in den großen Spiegeln, die an den Wänden hingen. Er sah alt aus. Unrasiert, ein wilder Haarwuchs, den er seit seiner Abreise nur selten gebändigt hatte. Die Augen waren eingefallen, vielleicht von Trauer, vielleicht auch nur von der Erschöpfung, die er plötzlich zu spüren begann. Es kam ihm vor, als hätte er seit Moniques Tod nicht mehr geschlafen.

„Bitte gehen Sie in das Zimmer rechts von Ihnen!" sagte die Stimme.

Ludor zuckte zusammen. Er sah auf die goldbeschlagene Tür, die sich auf der rechten Seite langsam auftat. Eine lederne Couch war in dem ansonsten leeren Raum aufgestellt. Die Stimme war verstummt, und der Raum verdunkelte sich. Ludor legte sich auf die Couch und stellte sich die Lehne zurecht.

Leise erklang Musik. Es war keine neue, elektronische Musik, es waren auch keine Schlagerrhythmen. Er wußte nicht, was es war, aber es klang beruhigend.

Rings um ihn erschien plötzlich eine Frühlingslandschaft, Vögel flogen, Bäume rauschten, und saftiges Gras wiegte sich leise im Wind. Dann sprang das Bild um. Er sah das Meer, die untergehende Sonne, und am goldenen Strand stand ein Paar eng umschlungen. Der Ausschnitt wurde vergrößert, und Ludor erkannte plötzlich, daß er es selbst war, der da am Strand stand. Und in seinen Armen lag Monique. Er rieb sich die Augen, doch dann mußte er es glauben. Er selbst war es, der hier im Film zu sehen war, und die Stelle, an der das aufgenommen worden war, mußte in Frankreich sein.

„O Gott!“ stöhnte Ludor. „Warum kann das alles nicht mehr so sein?“

Er wälzte sich auf der Couch. So merkte er auch nicht den kleinen Stich im Oberarm, mit dem ihm blitzschnell Gift eingespritzt wurde. Diese Apparatur war schon immer in der Liege eingebaut gewesen. Schon viele Hunderte waren hier umgekommen, und keiner hatte es gemerkt. Auch Ludor merkte nicht, daß das Gift bereits seine Wirkung tat. Er wurde zwar immer müder, aber es war eine angenehme Müdigkeit.

Er sah auf den Film, genoß die Bilder und schwelgte in Erinnerungen. Erinnerungen an die unvergeßlichen Stunden mit seiner Frau, mit seiner Familie, mit Rolf und Ellen. Er dachte an sein Boot, an seinen Wagen, an sein Haus, an die schönen, luxuriösen Dinge, die er aufgegeben hatte, um vor der totalen Bevormundung zu fliehen.

Langsam wurde es dunkel um ihn. Sein Gesicht zeigte lächelnde Züge, als die Lehne langsam nach hinten klappte und Ludors Leichnam in einer Klappe am Boden versank. Die Energie, die sein Körper bei der Verbrennung abgab, würde dem Computer wieder für einige Sekunden Strom liefern.

Epilog

Zwanzig Jahre danach . . .
Vierzig Jahre danach . . .

Ein Mann und eine Frau saßen ruhig vor ihrem Haus und beobachteten die Arbeiter, die noch jetzt, als die Sonne bereits am Horizont versank, eine riesige graue Mauer hochzogen. Sie waren gut vorangekommen in den letzten Tagen. Die Hälfte der Insel war bereits eingemauert.

Der Mann schüttelte den Kopf. Er hatte nur noch wenig Haar. Es fiel ihm lang und weißgrau auf die Schultern. Auch die einstmals blonden Haare seiner Frau waren inzwischen ergraut. Mehrere Jahrzehnte hatten sie nun auf dieser Insel verbracht, Jahre voller Glück und Freiheit, genau wie es ihnen der alte Redsmith einst prophezeit hatte.

Und nun war es soweit. Auch ihre Insel wurde zivilisiert.

„Wieder ein Paradies weniger", murmelte Borodin und legte den Arm um Ellen.

„Wie viele wird es wohl noch geben, die so leben wie wir?" fragte er nachdenklich.

Ellen lächelte. Sie war jetzt schon an die Siebzig. Ihre Haut war braun und zeigte viele Falten. Doch Borodin fand sie immer noch schön. Für ihn war Ellen die schönste Frau der Welt.

„Es wird bald keine mehr geben", sagte Ellen. Sie beobachtete die Arbeiter, die nun endlich aufhörten, Stein an Stein zu setzen und somit die Anwesenheit der Herrschaft des Computers demonstrierten.

Sie erinnerte sich auch nur dunkel an den Versuch, Claus zu befreien. Er schlug ebenso fehl wie das Unterfangen, seine Tochter freizubekommen. Sie arbeitete jetzt bestimmt irgendwo in der „Stadt" und wußte nichts mehr von ihrem Vater, der alles aufs Spiel gesetzt hatte, nur um seine Freiheit zu bekommen. Aber er hatte verloren. Genau wie Hansson und Sybille, die wahrscheinlich in irgendeinem Straflager geendet hatten.

„Es ist schon seltsam", sagte Borodin, „wenn man sich überlegt, daß wir vielleicht die letzten Menschen sind, die die Welt noch als ein freies, unendlich schönes Land erleben durften . . ."

Ellen nickte stumm. Es machte sie traurig. Der Gedanke, daß es nie mehr eine Erde geben würde, wie sie einmal war, daß kein Mensch mehr so fühlen konnte, wie sie gefühlt hatten. Und auch der Gedanke, daß sie ihre letzten Tage hinter Mauern verbringen mußten wie alle anderen. Sie hatten ebenfalls verloren, auch wenn es ziemlich lange gedauert hatte.

Die Sonne war schon fast verschwunden. Nur noch ein goldroter Streifen war am Horizont zu sehen.

„Solange wir die Sonne noch untergehen sehen, wird es schon

zu ertragen sein“, sagte Borodin, als hätte er Ellens Gedanken erraten.

„Bald wird die Mauer höher sein“, sagte Ellen.

„Dann gehen wir zu dem Platz, wo der alte Redsmith liegt. Von dort aus wird sie wohl immer zu sehen sein. Es gibt Dinge, die kann man nicht einsperren. Auch ein Computer kann das nicht.“

Sie schauten auf den roten Schimmer, der immer dunkler wurde.

Und beiden schien es, als wollte sich die Sonne, angeekelt von dieser Welt, für immer verabschieden. Jedoch nicht, ohne vorher noch einmal zu zeigen, wie schön eine freie Welt sein konnte.

Detlev P. Adler

Anti-Utopien – Warnungen vor dem totalitären Staat der Zukunft – haben in der SF-Literatur eine lange Tradition. Ob Aldous Huxley in „Schöne neue Welt", George Orwell in „1984" oder Ray Bradbury in „Fahrenheit 451", sie alle schildern ein allgegenwärtiges, mechanisiertes Regime, das dem Individuum jegliche Freiheit nimmt und die Kommunikation zwischen den Menschen streng kontrolliert.

In seinem Erstlingsroman hat auch der 1956 in Mannheim geborene Detlev P. Adler diese Thematik aufgegriffen und ihr ein ökologisches Element hinzugefügt. Adler, der nach dem 1975 abgelegten Abitur eine Ausbildung als Industriekaufmann absolvierte, hatte schon in sehr jungen Jahren Interesse am Schreiben und schulte sein Talent zunächst in Klubzeitschriften der SF-Szene. Der erste Entwurf zu „Bis ans Ende aller Hoffnung" entstand dann ausgangs der 70er Jahre, das Buch wurde schließlich 1985 veröffentlicht.

Derzeit arbeitet Adler, der als leitender Angestellter in einem großen Einzelhandelsunternehmen tätig ist, an zwei weiteren utopischen Romanen. Mit Blick auf die nahe Zukunft bewegt den Vater von zwei Kindern das rasante Tempo der Zerstörung unserer Umwelt. „Überhaupt können durch die rasche technische und gesellschaftliche Entwicklung manche ‚utopische' Themen bereits kurze Zeit später Realität sein", gibt er zu bedenken. „So kommt es dann, daß gewisse Utopien von der Wirklichkeit überholt werden."

Ins Deutsche übertragen von
Jürgen Langowski
ZURÜCK
IN DIE
ZUKUNFT
VON GEORGE GIPE

I

IM WOHNZIMMER eines friedlichen Hauses in einem Vorort sitzt eine Familie ruhig beisammen: Der Vater liest die Abendzeitung, ohne sich bewußt zu sein, daß gleich etwas Schreckliches geschehen wird. Die Mutter spült das Geschirr vom Abendessen und weiß nicht, daß in wenigen Sekunden ihre Welt in einen Wirbelsturm aus Splittern und atomisiertem Schutt zerfallen wird. Die Kinder brüten in ihren Zimmern über ihren Hausaufgaben, und sie haben keine Ahnung, daß sie nur noch wenige Augenblicke zu leben haben, daß sie sich nie wieder den Kopf über ihre Aufgaben werden zerbrechen müssen. Die mächtigste Kraft, die je von Menschen geschaffen wurde, wird in wenigen Sekunden über sie hereinbrechen, und es gibt nichts, was sie dagegen tun könnten . . .

Fünf . . . vier . . . drei . . . zwei . . . eins . . .

Eine Sekunde später gab es einen weißen Blitz, und die namenlose Familie wurde von einer Energieflut überspült, die ihre winzigen Körper in Stücke riß und ihre Gestalten auf seltsame Weise zerfließen ließ, bevor sie Köpfe von Körpern trennte, Arme von Leibern, Beine von Lenden. Das solide aussehende Haus zerkrümelte zu dünnen Schnitzeln aus Pappmaché und verwandelte sich in ein wüstes Flammenmeer. Dann kam ein Sog, der die Leichenteile, die Bruchstücke von Möbeln und Putz in einer grauenhaft wirbelnden Masse in die gequälte Atmosphäre hinaufriß. Ein langer, schweigender Moment folgte, und das Explosionsgeräusch verhallte in einem leisen Echo, das das Ende des Lebens auf dem Planeten verkündete.

Die Schüler waren von dem Inferno und seinen Auswirkungen nicht besonders beeindruckt. Zumindest gab es keine sichtbaren Anzeichen des Erstaunens, des Schreckens: nicht einmal die Betroffenheit merkte man ihnen an.

Doch der Sprecher, der wahrscheinlich längst selbst seine letzte Ruhestätte gefunden hatte, setzte unbeeindruckt seinen

Kommentar zu dem Film über die Atomkraft fort, der ungefähr aus dem Jahre 1955 stammte.

Sie konnten soeben beobachten, wie diese mächtige Kraft eine Gesellschaft buchstäblich auslöschen kann. Aus diesem Grunde haben manche Menschen gegen jegliche Nutzung der Atomenergie protestiert. Doch es ist zu spät, umzukehren. Das friedliche Potential dieser Energie überwiegt bei weitem das kriegerische. Sie stellt eine unerschöpfliche Energiequelle dar, die eines Tages vielleicht sogar die auf konventionellem Wege erzeugte Elektrizität verdrängen könnte . . .

Die meisten Schüler hörten nur mit einem Ohr auf den Vortrag. Es war schon spät, viel zu spät, um noch aufmerksam zuzuhören, und sie alle hatten den Film schon einmal gesehen; einige malten im Halbdunkel Bilder auf die Einbände ihrer Bücher.

Ein Schüler, der verwegenste und unternehmungslustigste der Klasse, hörte Rockmusik in Stereo. Seine Augen waren fast geschlossen, und er mußte seine Glieder zwingen, sich nicht im Takt zur Musik zu bewegen, die aus dem Kopfhörer drang, doch er akzeptierte bereitwillig diese Beschränkung, während seine Lippen stumm die Worte des Liedes mitsangen:

„Got to have your love . . .“

Wissenschaftler haben vorausberechnet, daß um das Jahr 2000 zumindest die Hälfte der amerikanischen Haushalte Strom aus Kernenergie beziehen wird . . .

„Got to have you in my arms . . . Need to hold you . . .“

Dies wird durch eine Maschine möglich werden, die nicht größer ist als beispielsweise eine Nuß. Schiffe mit nuklearen Dynamos werden lange fahren können, ohne neuen Treibstoff aufnehmen zu müssen – vielleicht sogar ein ganzes Jahr. Schließlich gibt es noch Grund zu der Annahme, daß gewaltige Raketenschiffe, getrieben von nuklearem Brennstoff, zum Mond oder sogar noch weiter fliegen können, so daß ein Traum der Sciencefiction Wahrheit würde.

„Give me one more chance . . . won't you please get up and dance?“

Dies ist unsere große Chance. Es ist eine einmalige Chance . . .

„Give me one more chance . . .“

Wir dürfen sie nicht verpassen . . .

„Let's have one more dance . . .“

Die Schlußmusik des Films klang aus, das Filmende fädelte sich mit einem knatternden Geräusch aus dem Projektor, und dann sang eine leise Baritonstimme: „Let's have one more dance . . ."

Zwanzig Köpfe ruckten herum. Unglücklicherweise gehörte einer der Köpfe Mr. Arky, dem Sozialkundelehrer. Sein Orientierungssinn sagte ihm augenblicklich, daß nur Marty McFly der Sänger gewesen sein konnte, doch seine starke Kurzsichtigkeit verhinderte nähere Nachforschungen. Zum einen konnte er nicht sehen, daß Marty eilig den Kopfhörer abnahm und in das hohle Buch steckte, das einen winzigen, doch leistungsstarken Walkman enthielt. Zum anderen bekam Mr. Arky auch das verstohlene Lächeln nicht mit, das Marty mit Jennifer Parker wechselte, der attraktiven Siebzehnjährigen, die neben ihm saß.

„Was war das, McFly?" wollte Mr. Arky wissen.

„Nichts weiter, Sir. Ich sagte nur, daß ich hoffe, daß uns noch ein letzter Tanz bleibt."

„Ach, wirklich?"

Mr. Arky beäugte den jungen Mann einen Augenblick und suchte in seinen Zügen nach Anzeichen für Überheblichkeit oder Aufsässigkeit, die ihm den Grund für eine Bestrafung liefern könnten. Während des Unterrichts zu singen war technisch gesehen ein ausreichender Grund, doch Mr. Arky hielt eine einzige Zeile für entschuldbar. *Falls* das alles gewesen war. Er musterte McFly mit seinem durchdringendsten Blick und hoffte, ihn damit entweder zu einem Geständnis oder zu weiterer strafwürdiger Arroganz herauszufordern. Statt dessen starrte das unverschämt gutaussehende, von braunem, mittellangem Haar eingerahmte Gesicht einfach zu ihm zurück. Nach einigen unentschlossenen Augenblicken zog sich Mr. Arky, so elegant er es vermochte, aus der Affäre.

„Nun, wie ihr alle im Film sehen konntet", sagte er aufgeräumt, „hatte man damals noch etwas andere Ansichten über die Kernenergie als heute. Außerdem –"

Er wurde durch das laute Krachen unterbrochen, das stets einer Durchsage über das allgegenwärtige Lautsprechersystem der Schule vorausging.

„Marty McFly, bitte sofort zum Sekretariat", nuschelte eine gerade noch hörbare Stimme. „Ein dringendes Telefonat für Marty McFly."

„Das muß mein Agent sein", murmelte Marty Jennifer und den anderen in Hörweite zu.

Er war klug genug, sitzen zu bleiben, bis ihn eine widerstrebende Handbewegung Mr. Arkys entließ. Dann erst packte er seine Bücher zusammen und ging rasch hinaus.

Im fast menschenleeren Flur jedoch schlug die Freude über sein Entkommen aus Mr. Arkys Nachbearbeitung des Films in die Sorge um, daß es sich wirklich um einen Notfall handeln könnte. Was mochte es sein? Ein Unfall oder der Tod eines Familienmitglieds? Er war siebzehn, und bisher war sein Leben recht unbeschwert verlaufen, und deshalb neigte er nicht zu bösen Vorahnungen. Zudem war er ein freundlicher und optimistischer Mensch, der das Leben nicht von der dunklen Seite betrachtete. Als er sich dem Büro näherte, schob sich die schlimmste Nachricht in seinen Kopf, die dieser Tag bieten könnte – der Vorspieltermin für seine Band war geplatzt!

„Nein", sagte er laut. „Bitte nicht das!"

Plötzlich stellte er fest, daß seine Schritte eiliger wurden, daß er fast rannte.

Die Band war sein ein und alles. Wenigstens im Augenblick bot sie ihm die Möglichkeit, sich von allen anderen abzuheben. Sie war seine Chance, sich auszuzeichnen, andere zu beeindrucken, Freunde zu gewinnen, Menschen zu beeinflussen. Er wußte, daß er talentiert war, daß er tatsächlich das Zeug hatte, ein Rockstar zu werden. Doch dahinter lag noch etwas Tieferes: ein Gefühl der Freiheit, wenn er mit der Gruppe spielte. Wenn es gut lief, erlebte er die Aufregung, etwas ganz Neues zu tun, am Rande des Chaos zu taumeln und nicht nur unbeschadet, sondern verklärt davonzukommen. Es war ein Gefühl, als verließe er seinen Körper, als schwebte er in einer Sphäre, in der außer seiner Musik nichts existierte.

Jennifer war natürlich auch super. Er war ziemlich in sie verknallt, ja, er hatte sogar das Gefühl, sie wie ein Erwachsener zu lieben. Sie war hübsch, er war gern mit ihr zusammen, und sie mochte seine Musik. Und doch war sie irgendwie nicht ganz so wichtig wie seine Erlebnisse beim Musizieren. Vielleicht würde sie ihm mit der Zeit noch wichtiger werden, doch im Augenblick war Jennifer von dieser Welt und seine Musik von einer anderen.

Im Schulbüro war es ruhig; er sah nur die gewohnten mausgrauen Sekretärinnen und einen ängstlich in einer Ecke des Wartezimmers hockenden Schüler. Die Sekretärinnen gingen langsam und sehr bedächtig weiter ihren Beschäftigungen nach; es dauerte länger als eine Minute, bis eine von ihnen aufschaute und Marty bemerkte.

„Ein dringender Anruf für mich", sagte er.

Die rundliche Fünfzigerin, deren Namen er ständig vergaß, bedeutete Marty, hinter die Theke zu treten und ihr Telefon zu benutzen. Dann ging sie mit demonstrativer Höflichkeit zu einem weiter entfernt stehenden Schreibtisch, damit er in Ruhe sprechen und zuhören konnte.

Gerald Strickland, der Schulleiter, der seinen Job so ernst nahm wie jeder andere Gefängniswärter auch, war weniger zurückhaltend. Fünf Minuten zuvor hatte er den sogenannten „Notruf" selbst angenommen. Eine Ente, hatte er sofort gedacht. Die Atemlosigkeit des Anrufers, die Dringlichkeit, irgend etwas sagte ihm, daß da etwas faul war. Strickland betrachtete sich als Erforscher der menschlichen Natur, als Meister im Aufdecken betrügerischer Manöver. Obwohl er schon über sechzig war und sich dem Ende seiner Karriere im Bildungswesen näherte, stürzte er sich jeden Tag aufs neue begeistert in die Geistesschlacht mit den egoistischen jungen Männern und Frauen, die in ihm nichts weiter als ein übles Hindernis auf dem Weg zu ihrem persönlichen Glück sahen. Strickland wußte, daß sie hinter seinem Rücken über ihn lachten, daß sie darüber kicherten, weil er stets eine Fliege trug, und daß sie ihn als Tyrannen betrachteten. Doch bei Gott, sie lachten nicht, wenn sie ihm ins Auge blickten. Keine neunmalklugen Bemerkungen kamen über ihre Lippen, wenn er sie prüfte. Sie wußten, daß er die Macht hatte, ihnen zumindest vorübergehend das Leben zur Hölle zu machen, und aus diesem Grund hatten sie Angst vor ihm.

Er stimmte seine Bewegungen genau mit Martys ab, den er durch seine halb geöffnete Tür sehen konnte, und nahm gleichzeitig mit ihm den Hörer ab.

„Hallo?" hörte er Marty etwas nervös sagen.

„Marty, ich bin's", sagte die andere Stimme.

„Doc!"

Strickland begann plötzlich zu zweifeln. Doc? War es denn möglich, daß der Anrufer wirklich ein Arzt war, der McFly über einen echten Notfall unterrichten wollte? Wenn dies zutraf, dann wäre ihm nicht nur die Gelegenheit genommen, den jungen Mann bloßzustellen und zu bestrafen. Auch sein Vertrauen in seine Fähigkeit, Täuschungen zu erkennen und wirkungsvoll zu bekämpfen, hätte einen schweren Rückschlag erlitten. Doch seine Befürchtungen zerstreuten sich so schnell, wie sie gekommen waren, und der Grund dafür war die Beiläufigkeit in McFlys Stimme. Wie viele Jugendliche nannten einen Erwachsenen, noch dazu einen Arzt, Doc? Nein, das klang zu vertraut. „Doc", wer immer es sein mochte, war ein guter Freund, und Strickland, der fanatische Hüter der Moral, war also doch auf der richtigen Fährte.

„Ich hab dir doch gesagt, daß du mich hier nicht anrufen sollst", fuhr Marty fort. „Ich bin in der Schule."

„Ich weiß", antwortete der Mann, den er Doc genannt hatte. „Ich mußte dich einfach sprechen."

„Warum? Was sollte denn so wichtig sein?"

„Das wirst du schon sehen. Paß auf – kannst du um Viertel nach eins zu Peabodys Farm kommen?"

„Peabodys Farm? Wo ist die denn?"

„Tut mir leid", berichtigte sich Doc. „Ich meine Twin Pines Mall. Ich sag immer noch Peabodys Farm, aber ich glaube, du hast sie noch nicht unter diesem Namen gekannt."

Marty sah zur großen Wanduhr. „Es ist aber schon Viertel nach eins durch", antwortete er.

„Ich meine ein Uhr fünfzehn nachts."

„Heute nacht?"

„Richtig."

Gerald Strickland lächelte. Was auch immer dieser „Notfall" war, es handelte sich offensichtlich um eine Sache, die hätte warten können, bis der Unterricht des jungen Mannes vorbei war, bis er wieder zu Hause gewesen wäre. Er hatte die Hinterlist also richtig durchschaut, und er war stolz angesichts seiner ungebrochenen Fähigkeit, die beinahe fünfzig Jahre Jüngeren zu überlisten.

„Damit ich dich recht verstehe", sagte Marty gerade. „Du willst dich also morgen früh um Viertel nach eins in Twin Pines Mall mit mir treffen?"

„Genau. Ich habe einen wichtigen Durchbruch erzielt, und ich brauche deine Hilfe."

„Kannst du mir nicht gleich sagen, was los ist?"

Gerald Strickland stellte fest, daß er zustimmend nickte. Ja, dachte er, erklär ruhig noch ein bißchen. Was es auch war, es klang jedenfalls äußerst zwielichtig, sogar kriminell. Die meisten Schüler waren Faulpelze und zu so früher Stunde nicht gerne auf den Beinen. Was konnte es nur sein? Er leckte sich die Lippen, fasziniert von den Möglichkeiten, die dieser Anruf bot. Er wog den ansonsten eher tristen Tag bei weitem auf.

Doch der andere, dieser Doc, war offensichtlich ein vorsichtiger Typ.

Er weigerte sich, McFly und Strickland weitere Informationen zu geben, und sagte nur: „Paß auf, ich werd dir schon alles erklären, wenn es soweit ist."

„Na gut", sagte Marty.

„Ach, Marty", fuhr Doc fort, „alles Gute für deinen Gig heute nachmittag."

„Woher weißt du davon?"

Doch am anderen Ende klickte es nur. Die Leitung war unterbrochen.

Gig, dachte Strickland. Er hatte diesen Ausdruck natürlich schon gehört. Normalerweise hatte er mit Musik zu tun, doch er hatte auch schon andere Varianten kennengelernt. Vielleicht war die Sache, in die McFly da verwickelt war, so zwielichtig, daß sie nur in verschlüsselter Form erwähnt werden konnte. Wie auch immer, ob der Gig nun ganz unschuldig oder kriminell war, McFly würde heute nachmittag jedenfalls nicht dabeisein.

Mit diesem Gedanken legte Gerald Strickland den Hörer auf und schoß aus seinem Büro. Er erwischte Marty, als dieser gerade durch die Flügeltür wollte, die den eigentlichen Büroraum vom Wartebereich trennte.

„Einen Moment", sagte Strickland.

Marty blieb stehen und sah den älteren Mann verblüfft an.

„Haben Sie Ihren Notruf erledigt?" fragte Strickland, während ein leichtes Lächeln um seine Mundwinkel spielte.

„Ja, Sir."

„Und ist Ihre ganze Familie wohlauf?"

Marty nickte.

„Darf ich dann fragen, worum es bei diesem Notruf ging?"

„Das ist nicht so leicht zu erklären", begann Marty; er versuchte eine Atmosphäre der Vertraulichkeit zu erzeugen.

„Ich habe keine Zeit", erwiderte Strickland knapp.

Marty schluckte, dann legte er los. „Ich hab eine Tante in Wisconsin“, sagte er. „Und einen Onkel. Sie sind beide körperbehindert, weil sie vor zehn Jahren einen Autounfall hatten, und, nun ja, morgen soll die Tante wieder ins Krankenhaus, weil sie noch einmal operiert werden muß, und sie haben mich gebeten –“

„Hanebüchener Unsinn ist das.“

„Sir?“

„Ich sagte Unsinn, Quatsch! Es gibt keine behinderte Tante und keinen behinderten Onkel in Wisconsin. Das war ein Privatgespräch, McFly. Sie wissen doch, daß Schüler das Schultelefon nur in Notfällen benutzen dürfen.“

„Tja, das war schon ein Notfall.“ Marty zuckte die Achseln. „Mehr oder weniger.“

„Das glaube ich aber nicht, McFly.“

„Nun, für mich vielleicht nicht, aber für den Anrufer war es einer.“

„Egal. Sie sitzen heute nach.“

„Aber warum denn?“ widersprach Marty. „Was kann ich denn dafür, wenn jemand sagt, es sei ein Notfall, und dann ist es gar keiner? Lassen Sie *ihn* doch nachsitzen. Und woher wissen Sie überhaupt, daß es kein Notfall war?“

„Weil ich das ganze Gespräch am Nebenapparat in meinem Büro mitgehört habe.“

„Aber Gespräche anzuzapfen verstößt gegen das Fernmeldegeheimnis“, sagte Marty wütend. „Das ist verboten.“

„Zu Ihrer Information, McFly“, erwiderte Strickland. „Das war kein Anzapfen, sondern Lauschen. Und es spielt sowieso keine Rolle. Sie sind in der Schule, und hier bin ich das Gesetz. Wer auch immer Sie da mit einem belanglosen Gespräch aus dem Unterricht holte, hat Ihnen einen Bärendienst erwiesen. Nach dem Nachsitzen können Sie *Doc* sagen, daß er nicht gerade ein guter Freund ist.“

Der Wortwechsel hatte Strickland in Fahrt gebracht, und plötzlich kam ihm eine Idee. „Das war doch nicht etwa Doc Brown?“

McFlys Schweigen sagte ihm, daß er den Anrufer richtig identifiziert hatte – Doc Brown, der Ausgeflippte der Stadt, ein Mann, der nach Stricklands Einschätzung einfach ein Taugenichts war, ein Mann, der nie erwachsen wurde.

„Ich will Ihnen noch einen guten Rat geben“, sagte er. „Dieser

Doc Brown ist eine Landplage. Das ist ein Verrückter, möglicherweise ist er sogar gefährlich."

„Für Sie vielleicht", antwortete Marty. „Ich sehe das anders."

„In diesem Fall sind Sie nicht nur geistig unterbelichtet, McFly. Sie haben ein schweres Problem in Ihrer Lebenseinstellung. Sie sind ein Schlappschwanz. Sie sind begabt, aber Sie nutzen Ihre Fähigkeiten nicht." Als er erkannte, daß er den jungen Mann noch nicht voll getroffen hatte, holte Strickland zum Vernichtungsschlag aus. „Und im übrigen", schnarrte er, „erinnern Sie mich stark an Ihren Vater. Der war auch ein Schlappschwanz."

Marty erbleichte, denn Strickland hatte einen wunden Punkt getroffen, auf den er nichts entgegnen konnte. Er mochte es überhaupt nicht, wenn man ihn mit seinem Vater verglich, besonders dann nicht, wenn er dabei mit ihm in dieselbe Kiste gesteckt wurde. Wäre Strickland ein Gleichaltriger gewesen, so hätte Marty ihm eine wütende Antwort entgegengeschleudert. Doch unter den gegebenen Umständen war das natürlich nicht möglich, und so senkte er nur den Blick.

„Entschuldigen Sie mich bitte", sagte er. „Ich komme zu spät zum Unterricht."

Er wollte zur Tür gehen, doch Strickland streckte rasch eine Hand aus.

„Ich habe Sie noch nicht entlassen, McFly!" herrschte er Marty an, während er ihn am Ellbogen packte.

Die plötzliche Bewegung ließ Marty die Kontrolle über seine Bücher verlieren, so daß zwei ins Rutschen gerieten. Er hob das Knie, um sie zu stoppen, doch der einzige Erfolg war, daß sich auch die anderen aus seinem Griff lösten. Einen Sekundenbruchteil später knallte alles auf den Boden, eingeschlossen das ausgehöhlte Buch, das seinen Walkman enthielt. Und wie es der Zufall wollte, schlitterte das verbotene Gerät quälend langsam über den gewachsten Fliesenboden, bis es in der hinteren Ecke des Warteraums liegenblieb.

Strickland betrachtete es mit zusammengekniffenen Augen. Marty begann viel zu spät, seine Bücher aufzusammeln, wobei er sich rasch zwischen Strickland und den Walkman schob.

„Sie kennen die Bestimmungen", sagte der Schulleiter lächelnd. „Radios sind in der Schule verboten. Das bedeutet eine Woche Nachsitzen."

Marty schluckte. Er wollte protestieren, doch dann akzeptierte er das Unvermeidliche. „Ja, Sir", murmelte er.

„Von heute an", fuhr Strickland fort.

„Heute?" Marty keuchte. „Aber ich kann nicht! Ich muß mit meiner Band für die Fete beim YMCA vorspielen, Mr. Strickland. Ich muß um vier Uhr da sein."

Man hätte ebensogut einen Hai bitten können, woanders zu frühstücken. Aus feuchten, boshaft funkelnden Augen starrte Strickland sein Opfer ungerührt an. Dann drehte er sich mit einer knappen Handbewegung um.

„Vorspielen, ja?" knurrte er im Gehen. „Nun, McFly, mir scheint, Sie werden den Termin verpassen."

DIE UHR zeigte 3.42. Marty fragte sich, ob er eine der örtlichen Gottheiten beleidigt hatte, die für das Schicksal der Schüler der Hill Valley High School zuständig waren. Es paßte einfach zu gut, um noch Zufall zu sein – das genau kalkulierte Lauschen von Mr. Strickland, das Pech, als er den Walkman fallen ließ, und jetzt das hier. Nach gründlicher Überlegung hatte er beschlossen, das Nachsitzen zu schwänzen und sich am nächsten Tag mit einem Mißverständnis über den Beginn der Strafe herauszureden. Das war allerdings gewesen, bevor er in den Klassenraum gelugt hatte, um sich zu vergewissern, welcher Lehrer die Aufsicht führte.

Es war niemand anders als Mr. Strickland persönlich.

„Scheiße!" zischte Marty.

Es gab keine Möglichkeit, *ihn* zu überzeugen, daß es sich um ein Mißverständnis handelte. Ihm blieb nicht einmal Zeit abzuwägen, ob er einfach verschwinden und die Konsequenzen auf sich nehmen sollte. Er hatte Strickland kaum ausgemacht, da schwenkten auch schon die stechenden Augen wie ein feindliches Radarsystem in seine Richtung.

„Kommen Sie rein, McFly!" befahl Strickland.

Mit gesenktem Kopf trottete Marty in die Klasse. Es war ein typischer großer Klassenraum einer Schule, die am Ende der großen Depression errichtet worden war. Grüne Tafeln hatten die alten schwarzen ersetzt, und Wände, Decken und Tische hatten einen neuen Anstrich bekommen. Außerdem war eine neue Sprinkleranlage eingebaut worden, doch der Raum war immer noch so öde, daß Marty eine fast körperliche Bedrückung spürte. Die Gesichter der zehn anderen Schüler, die hier ihre Strafe absaßen, zeigten, daß sie sich an diesem Ort genauso elend fühlten. Alle starrten mürrisch nach vorn oder vor sich auf die Tische. Eines der Opfer, ein schmalgesichtiger Junge namens Weeze, hatte unter seinem Bücherstapel ein Skateboard versteckt; es schien fast, als wartete er nur darauf, daß Mr. Strickland es konfiszierte oder zerstörte.

Seine Angst, falls er sie hatte, war nicht unberechtigt. An der Stirnseite des Klassenraumes stand Strickland, vor sich auf dem Lehrerpult zehn Walkmen ordentlich aufgereiht. Wer diese Prozedur schon einmal erlebt hatte, wußte, was nun kommen würde, doch das machte die Sache nicht leichter.

„Nun . . .", Strickland lächelte sadistisch. „Wir wollen sehen, wie wir mit denen verfahren, die sich nicht an unser Anti-Walkman-Gesetz gehalten haben."

Sachte, fast andächtig, hob er ein Gerät hoch und schob es zwischen die Klingen einer großen Papierschere, die auf der Tischkante festgeschraubt war. Dann drückte er die Griffe zusammen, bis das Gerät in zwei Teile zerbrach, wobei es ein Geräusch gab, das dem von brechenden Knochen ähnlich war. Während Plastikteile und die Innereien des Walkmans auf den Boden rieselten, zuckte einer der Schüler zusammen, als hätte er körperliche Schmerzen. Strickland, der sehr wohl wußte, welches Gerät welchem Schüler gehörte, lächelte den gequälten Jungen böse an.

„Nun, Stevenson", sagte er. „Sie können jetzt vortreten und Ihr Gerät abholen."

Stevenson stand auf, ging nach vorn, bückte sich und hob die verstreuten Überreste seines Walkmans auf.

Freudig und bedächtig setzte Strickland sein Zerstörungswerk fort. Martys Gerät war als viertes an der Reihe, doch er machte sich mehr Sorgen um die Zeit als um das Schicksal seines Walkmans. Wenn Strickland sie früh gehen ließ, konnte er den Vorspieltermin doch noch einhalten.

Unwahrscheinlich, dachte er. Und dann, nach einem Moment schwärzester Verzweiflung, zwang er sich zum Nachdenken. Es mußte möglich sein, hier herauszukommen – ein raffinierter Trick, um eine Panik oder einen begründeten Notfall zu erzeugen. Seine Augen durchforschten den Raum. Nur die Sprinkleranlage bot einige Möglichkeiten, doch es wollte ihm kein machbarer Angriffsplan einfallen.

„Dies ist Ihrer, nicht wahr, McFly?“ unterbrach Strickland Martys Gedanken. „Nummer drei?“

„Vier“, sagte Marty gleichmütig. Er war fest entschlossen, diesen Folterknecht nicht merken zu lassen, wie sehr ihn der Verlust seines Walkmans traf.

Mit genußvollem Lächeln erledigte Strickland das nächste Gerät, um dann mit so etwas wie neu entflammter Leidenschaft Martys Walkman in Angriff zu nehmen. Die Schneiden senkten sich, es gab ein dumpfes, kratzendes Geräusch, als hätte das Gerät vor Schmerzen aufgeschrien. Dann schossen die zersplitterten Überreste des Walkmans mit einem besonders lauten Krachen in alle Richtungen davon. Als ihm die Plastikstücke um die Ohren flogen, nahm Stricklands Gesicht einen Augenblick den Ausdruck panischer Angst an.

Marty mußte sich zwingen, nicht zu grinsen. Das hätte alles noch viel schlimmer gemacht.

„Das gehört alles Ihnen, McFly“, sagte Strickland, der seine Fassung schnell wiedergewann.

Marty stand auf, um die Bruchstücke seines Gerätes einzusammeln. Während er es tat, spielte ein leichtes Lächeln um seine Lippen, denn ihm war ein gewagter Plan eingefallen, der zumindest einen Versuch wert war. Er sammelte die Plastikstücke mit einer Hand auf und machte auf dem Rückweg zu seinem Platz einen kleinen Umweg. Er ging am Diaprojektor vorbei, der auf einem Beistelltisch stand, und blieb gerade lange genug stehen, um das Objektiv abzuziehen und heimlich in seine Hosentasche gleiten zu lassen. Strickland, der eifrig mit der Vernichtung des nächsten Walkmans beschäftigt war, bemerkte Martys schnelle Bewegung nicht.

Nachdem er zu seinem Platz zurückgekehrt war, langte Marty in die Griffeltasche seines Ordners und fischte ein Gummiband und ein Streichholzheftchen heraus. Dann griff er in die Hosentasche, wickelte einen Kaugummistreifen aus und begann zu kauen; doch sein Kauen war nicht das eines Menschen, der genießen will, sondern es glich eher einer harten Arbeit, die so schnell wie möglich erledigt werden mußte. Nach einer Minute nahm er den Kaugummi aus dem Mund, klappte das Streichholzheft auf und drückte die weiche, klebrige Masse wie einen winzigen Pfannkuchen auf die Rückseite. Dann „lud“ er das Gummiband mit dem

Heftchen und wartete. Er war immer ein guter Schütze gewesen – doch er hatte noch nie so gut zielen müssen wie jetzt. Über ihm, vielleicht zweieinhalb Meter entfernt, hing der Rauchdetektor des Sprinklersystems. Er war klein, nicht gerade ein gutes Ziel, doch Marty mußte es einfach versuchen. Wenn es klappte, war Phase eins seines Plans erfolgreich verlaufen. Wenn nicht . . . nun, dann hatte er es wenigstens versucht. Wenn Strickland ihn sah, konnte er wahrscheinlich damit rechnen, bis nach den Osterferien nachsitzen zu müssen.

Zum Teufel damit, dachte er. Ich muß es riskieren.

Er wartete geduldig, bis Strickland den zehnten und letzten Walkman in die Zange legte. Als es krachte, zielte Marty auf den Detektor, spannte das Gummiband, so weit es ging, und ließ los.

Das Streichholzheft stieg wie eine Rakete zur Decke und blieb kleben; der Kaugummi hatte eine stabile Verbindung hergestellt.

Ein Wunder, dachte Marty.

Phase zwei war weniger dramatisch, doch bestand immer noch große Gefahr, daß er entdeckt würde. Marty zog das Projektorobjektiv aus der Tasche und richtete es so, daß die hellen Strahlen der Nachmittagssonne eingefangen und zum Streichholz unter der Decke gelenkt wurden. Indem er vorgab, eifrig aus dem Buch auf seinem Tisch zu lernen, blickte er rasch nach oben und staunte, wie gut sein Plan bisher funktioniert hatte. Auf dem Streichholzheft konzentrierte sich ein scharfer, grellweißer Punkt. Wenn sich nur die Sonne beeilen und ihre Pflicht tun würde!

Es war jetzt acht Minuten vor vier. Er würde zum Vorspielen zu spät kommen, aber es wäre nur eine Sache von wenigen Minuten. Seine Hand, die die Linse unbeweglich festhielt, wurde müde, doch er wagte es nicht, auch nur eine Sekunde nachzulassen. Bildete sich da nicht eine kleine Rauchwolke? Er blinzelte und entschied, daß es nur Einbildung sei.

Dann sah er etwas, das er sich mit Sicherheit nicht einbildete. Mr. Strickland stand auf, ging zur Rückwand des Raumes und begann die Jalousien zu schließen.

„Nein!“ hätte Marty fast gerufen.

Er drehte angestrengt den Kopf und sah, daß durch Stricklands Tun die drei letzten Reihen des Klassenzimmers schon im Halbdunkel lagen. Während er zuschaute, senkte sich die dunkle Wolke bereits über die nächsten drei Reihen.

Doch jetzt war wirklich ein dünner Rauchfaden zu sehen, der sich aus dem Streichholzheft kräuselte.

„Komm schon, komm schon", flüsterte Marty. „Brenn doch, du Biest, brenn doch!"

Einige Jungen in seiner Nähe hatten bereits entdeckt, was da vorging. Sie beobachteten bangend und amüsiert den dichter werdenden Rauch, während sich ein roter Halbkreis von der Kante des Heftchens langsam zu der wartenden Doppelreihe der Hölzer fraß.

Mit einem lauten Knall senkte Strickland die vorletzte Jalousie.

Puff!

Gerade als der letzte Balken des Sonnenlichts verblaßte, löste die winzige Verpuffung der Streichhölzer eine Kettenreaktion aus. Der Rauch, der um den Detektor wallte, ließ augenblicklich die Sirenen und die Sprinkleranlage in Aktion treten. Panik brach aus, oder wenigstens etwas, das einer Panik sehr nahe kam.

„Feuer!" schrie jemand.

„Raus hier!"

„Halt! Wartet!" Mr. Strickland überbrüllte das Getöse. „Wir müssen in geordneten Reihen hinausgehen!"

Er rannte, so schnell er konnte, mit hoch erhobenen Armen Richtung Tür. Doch breitere Schultern als die seinen, schnellere, muskulösere Körper hasteten an ihm vorbei und drängten ihn gegen die Wand.

„Wartet!" rief er noch einmal, doch in diesem Augenblick trat die Sprinklerdüse direkt über seinem Kopf in Aktion und überschüttete ihn mit kaltem Wasser, so daß der Rest seiner Worte unterging.

Marty, der besser als die anderen auf das Durcheinander vorbereitet war, war inzwischen schon halb den Gang hinunter. In dem Augenblick, als der Alarm losgegangen war und der Regen zu fallen begonnen hatte, war er aufgesprungen und hatte sich Weezes Skateboard geschnappt.

„Kannst du's mir mal leihen?" hatte er über die Schulter zu dem verwirrten Schüler zurückgerufen. „Ich bring's dir morgen zurück."

Kaum eine Minute später rollte er schon die Vordertreppe der Schule hinab und schwenkte in einem weiten Bogen zu den Gehwegen hinüber, die den Town Square umgaben. Er sah nervös nach rechts; als er an der Zeit- und Temperaturanzeige der Hill

Valley Bank vorbeisauste, sprang die Uhr gerade von 3.57 auf 3.58. Ein Kunde, der vor dem Außenschalter stand, sprang vor dem heranrasenden Jungen zur Seite, stolperte und setzte sich unsanft hin. Dann war Marty an der Reihe zu keuchen, denn ein Auto näherte sich ihm so schnell, daß er eine Pirouette wie eine Ballerina drehen mußte, um das Gleichgewicht zu halten. Einen halben Block weiter verlor er die Kontrolle, ruderte heftig mit den Armen, und sein Körper schwankte hin und her, bis er sich langsam wieder fangen konnte.

Direkt vor ihm ragte das Gebäude des YMCA auf. Er beugte sich vor, um noch schneller zu werden, visierte die Treppe an, sprang dicht davor in halsbrecherischer Manier ab, packte das Skateboard und rannte hinein.

Seine Gruppe, bekannt unter dem Namen „Pinheads", hatte schon alles aufgebaut. Jennifer war auch da; sie sah immer wieder nervös auf ihre Uhr. Als er auf die Bühne stürmte, seufzte sie laut und erleichtert auf, und Marty blinzelte ihr zu.

Ein dicker Mann, der ebenfalls demonstrativ auf die Uhr sah, starrte Marty an. „Seid ihr soweit?" fragte er kalt.

Marty nickte. Seine Gitarre, der Verstärker und das Mikrofon waren schon für ihn aufgebaut. Er setzte sich schnell, holte tief Luft und stimmte das Instrument mit fliegenden Fingern. Dann packte er das Mikrofon, sah zum Festkomitee hinüber und redete die Ausschußmitglieder mit einer Stimme an, die ihr Vertrauen erwecken sollte. Wenigstens versuchte er es.

„Okay", sagte Marty. „Wir sind die Pinheads, und wir spielen Rock 'n' Roll."

Die Band legte mit einer heißen Nummer los. Martys Finger tanzten zu der komplizierten Melodiestimme über die Saiten und Bünde. Keyboard, Baß und Schlagzeug folgten, nahmen sein Thema auf und verstärkten den Rhythmus, bereiteten sich auf Martys erstes Solo vor.

„Schön", ertönte eine metallische Stimme. „Das reicht. Vielen Dank auch."

Marty traute seinen Ohren nicht. Er spielte sogar noch weiter, als die anderen Pinheads schon in ein verwirrtes Schweigen verfallen waren.

„Danke", wiederholte der Dicke. „Können wir jetzt bitte die nächste Gruppe hören?"

Marty verließ wie vor den Kopf geschlagen die Bühne. Hatte er *dafür* einen Nachmittag durchgemacht, der die reinste Hölle gewesen war?

„Was ist denn los?" fragte er Jennifer.

„Keine Ahnung", stammelte sie. „Ihr habt einfach toll geklungen. Vielleicht suchen sie was anderes, eher so was wie Lawrence Welk."

Zehn Minuten später, als sie nach Hause gingen, war er immer noch ziemlich schockiert. Jennifer legte eine Hand auf seinen Arm. „Marty", sagte sie tröstend, „eine Absage ist doch kein Weltuntergang. Du bist gut, und eines Tages wirst du Erfolg haben."

„Ich weiß nicht", murmelte er. „Vielleicht bin ich doch kein richtiger Musiker."

„Aber natürlich bist du das", sagte sie nachdrücklich. „Du bist wirklich gut, und die anderen Jungs sind es auch. Euer Demoband ist echt Spitze."

Sie gab ihm die Kassette zurück, die er ihr vor ein paar Tagen geliehen hatte. „Versprich mir, daß du sie zur Plattenfirma schickst, bevor du es ganz aufgibst."

„Und wenn sie's nicht mögen?" Marty seufzte. „Wenn sie sagen: ‚Verschwinde hier, Junge, du bringst es nicht'? Warum soll ich mich dieser Angst aussetzen?"

Jennifer antwortete nicht.

„Mein Gott", sagte Marty schließlich, „ich red allmählich schon wie mein Alter."

Jennifer sah ihn fragend an.

„Er ist ein Schwächling", erklärte Marty. „Hat keinen Mumm. Die Leute nutzen ihn immer aus."

„Nun, man sagt, daß alle unsere Ängste direkt mit unseren Eltern zusammenhängen." Sie lächelte. Die Worte, die sie gesagt hatte, klangen ihr selbst etwas fremd. Wo hatte sie diesen Satz nur aufgeschnappt? Im Soziologieunterricht? In einer psychologischen Zeitschrift? Sie war sich nicht sicher, aber wahrscheinlich war es so.

„Dann kannst du mich abschreiben", knurrte Marty.

„Ach was." Sie küßte ihn auf die Wange.

Sie gingen eine Weile Hand in Hand. „Ist dein Vater wirklich so schlimm?" fragte Jennifer schließlich.

Marty zuckte die Achseln. „Ich glaube, im Grunde seines Herzens meint er es gut, aber er kriegt's einfach nicht auf die Reihe."

Sie hatten den Town Square erreicht, und die große Toyota-Niederlassung mit ihren funkelnden, etwas zurückliegenden Scheiben und dem makellos sauberen Ausstellungsraum ließ Jennifer an Angenehmeres denken. „Nun ja, wenigstens leiht dir dein Dad morgen abend das Auto", sagte sie lächelnd. „Das ist doch schon ein Riesenschritt, die Dinge auf die Reihe zu kriegen."

Marty nickte.

Sie blieben dicht vor der Glasfront stehen und beobachteten die Verkäufer, die drinnen die potentiellen Kunden umkreisten wie Löwen, die sich auf einen Beutezug auf wehrlose Tiere vorbereiten. „Wie kommt es, daß es keine weiblichen Autoverkäufer gibt?" fragte Marty. „Ich hab noch nie 'ne Frau gesehen, die Autos verkauft. Du etwa?"

Jennifer schüttelte den Kopf. „Vielleicht können Frauen nicht so gut lügen wie Männer", schlug sie vor.

Marty lachte und richtete den Blick auf einen kostspielig ausgestatteten Geländewagen im Ausstellungsraum.

„Mensch, guck dir mal die Kiste da an", sagte er. „Wär das nicht toll, wenn wir morgen abend damit zum See rauffahren könnten? Wir könnten unsere Schlafsäcke hinten reinlegen . . . über uns die Sterne . . ."

„Hmmm", antwortete Jennifer.

Als er ihr weiches Profil und ihre gleichmäßigen weißen Zähne betrachtete, fühlte er sich besser. Vielleicht war die Musik doch nicht alles.

„Was ist mit deiner Mutter?" fragte Jennifer, als sie sich vom Schaufenster abwandten und weitergingen. „Weiß sie, daß wir . . ."

„Machst du Witze? Sie glaubt, ich führe mit den Jungs zum Zelten."

„Würde sie denn Theater machen, wenn sie es wüßte?"

„Und ob", entgegnete Marty. „Wenn sie herausfände, daß ich mit dir fahre, würde sie ausflippen."

„Bin ich denn so schlimm?"

„Nicht du persönlich. Das hat was mit Moral zu tun. Sie würde mir ihren Standardvortrag darüber halten, daß sie sich nie so benommen hat, als sie noch zur Schule ging. Sie muß ein richtiges Unschuldslamm gewesen sein."

„Das waren damals doch die meisten Leute, oder? Ich meine, so hat's doch in den fünfziger Jahren ausgesehen, als es die Pille noch nicht gab und keinen Rock 'n' Roll und die ganzen anderen tollen Sachen."

Marty nickte. „Ja – ich glaube, es war nicht leicht, in dieser primitiven Zeit aufzuwachsen."

Sie standen jetzt dem früheren Gerichtsgebäude gegenüber auf dem Town Square; beide hatten schon bessere Zeiten gesehen. Die fünfziger Jahre waren die Glanzzeit dieses Stadtteils gewesen. Damals hatten sich die Leute zu Veranstaltungen auf dem Town Square versammelt, machten nebenbei Geschäfte oder schlugen auch nur den Tag oder den Abend tot. Hier war früher eine Texaco-Tankstelle gewesen, eine Eisdiele, ein Blumenhändler, das Essex-Kino, ein Schallplattenladen, ein Grundstücksmakler, ein Geschäft für Damenbekleidung, eine Studebaker-Vertretung, ein Friseur, ein „Ask-Mr.-Foster"-Reisebüro, ein Schreibwarenladen, ein Western Auto Store und zahlreiche kleinere Geschäfte. Mit der Zeit aber waren sie fast alle verschwunden, Opfer des Fortschritts und des Mangels an Parkplätzen. Viele Gebäudefronten waren zugemauert und mit abblätternden Plakaten und Schildern beklebt. Ein Satz Wahlplakate verkündete: MAYOR „GOLDIE" WILSON MUSS BÜRGERMEISTER BLEIBEN. AUFRICHTIGKEIT, BESCHEIDENHEIT, INTEGRITÄT. Das Bild unter den ermutigenden Worten zeigte das Gesicht eines etwa fünfzigjährigen Schwarzen, der einen goldenen Schneidezahn hatte.

„Hier haben sich Mom und Dad immer getroffen", sagte Marty. „Hier war mal 'ne Eisdiele."

„Ich glaube, dann kannst du hier mit mir keine Schwierigkeiten kriegen." Jennifer grinste. „Ich glaube, sie will nur, daß du anständig bleibst."

„Das gelingt ihr aber nicht besonders gut, was?" Marty lachte und legte einen Arm um Jennys Schultern.

„Schrecklich . . ."

„Wundervoll . . ."

Sie standen dicht beieinander, ihre Hüften berührten sich, sie wollten sich gerade küssen . . .

„Rettet den Uhrenturm!" befahl plötzlich eine rauhe Stimme, die sie auseinanderfahren ließ.

Gleichzeitig wurde eine Spendenbüchse zwischen sie geschoben. Sie klapperte hohl, als lägen nur zwei oder drei Münzen darin.

„Rettet den Uhrenturm!" wiederholte die Stimme.

Jennifer und Marty drehten sich zu der Frau um, die sie unterbrochen hatte. Es war die typische Kirchgängerin mittleren Alters mit blau schimmernden Haaren. Ihre Oberlippe war, wie Marty mit leichtem Abscheu bemerkte, mit genügend Haaren bedeckt, um einen hoffnungsvollen jungen Mann mit einem dezenten Schnurrbart zu versorgen. Unter dem Arm trug sie einen Stapel Flugblätter.

„Bitte spendet für die Rettung des Uhrenturms“, sagte die Frau, während sie wieder mit der Büchse klapperte.

„Können Sie nicht sehen, daß ich zu tun habe?“ fragte Marty. Normalerweise wäre er bei einer Störung wie dieser höflich geblieben, doch die Ereignisse des Tages hatten seine Nerven ziemlich geschafft.

Die Frau ließ sich jedoch durch diesen Mangel an Interesse nicht abschrecken. Sie trat zwischen die beiden jungen Leute und wandte ihnen abwechselnd den Kopf zu.

„Bürgermeister Wilson unterstützt unsere Initiative zur Rettung des Uhrenturms“, deklamierte sie, während sie zur stehengebliebenen Uhr auf dem Turm des Gerichtsgebäudes deutete. „Wir von der ‚Hill Valley Preservation Society‘ glauben, daß er so erhalten werden sollte, wie er ist, als Zeuge unserer Geschichte und unseres historischen Erbes. Vor dreißig Jahren schlug der Blitz in den Turm, und seitdem steht die Uhr still. Wir von der Society glauben, daß er ein wichtiges wissenschaftliches Objekt ist, das die Macht des Allmächtigen dokumentiert.“

Marty holte tief Luft und bereitete sich darauf vor, ihr Gewäsch zu unterbrechen, doch anscheinend war sie fertig. Sie hatten schon die ganze Ansprache gehört.

„Na schön“, sagte Marty, erleichtert, daß sie nichts mehr würden anhören müssen. „Das ist alles, was ich bei mir habe. Ein Vierteldollar. Reicht das?“

„Wir freuen uns über jede Spende“, antwortete die Frau lächelnd, wobei sie Zähne mit häßlichen Flecken entblößte. „Ein guter Zweck wird auch mit kleinen Gaben erreicht, weil die Menschen dahinterstehen. Eine böse Sache muß scheitern, selbst wenn sie mit Millionen aus zwielichtigen Quellen gefördert wird.“

Marty nickte und wollte mit Jennifer fortgehen.

„Vergessen Sie nicht Ihr Flugblatt“, sagte die Frau. „Es erläutert die ganze Geschichte des Uhrenturms.“

Marty nahm das Flugblatt entgegen.

„Und hier ist noch eins für Ihre Freundin."

Marty wäre beinahe aus der Haut gefahren. Er schwieg einen Augenblick und überlegte, ob er nicht alle Flugblätter nehmen sollte; er könnte der Frau sagen, daß er sie in der Schule verteilen wolle. Dann würde er sich nach dem nächsten Abfalleimer umsehen und den Mist wegwerfen. Glücklicherweise fiel ihm im letzten Moment ein, daß die Frau ihm zwar auf die Nerven ging, daß sie es aber nicht böse meinte.

„Danke", sagte Marty, nahm das Flugblatt und reichte es Jennifer.

Mit einem etwas verkniffenen Lächeln nahm er seine Freundin beim Arm und führte sie, so schnell er konnte, aus der Reichweite der Uhrenturmretterin. Nach ein paar Augenblicken waren sie um eine Ecke verschwunden und in Sicherheit.

„Tja . . . wo waren wir stehengeblieben?" sagte er.

Jennifer drückte sich eng an ihn, sah sich in beiden Richtungen um und schob ihr Gesicht vor das seine.

„Ungefähr hier . . .", murmelte sie.

Sie kamen sich noch etwas näher. Marty konnte ihre Haut riechen, spürte ihren Atem an seinem Kinn. Langsam legte er ihr eine Hand um den Hals, direkt unter das Ohr, und beugte sich vor, um sie zu küssen . . .

Eine Autohupe zerstörte den magischen Augenblick. Jennifer wandte den Kopf, und Marty sah ihren wütenden Blick.

„Das ist Dad", sagte sie.

„Wie konnte er dich hier finden?" fragte Marty.

„Zufall."

„Solche Zufälle erlebe ich schon den ganzen Tag."

„Nichts dauert ewig, nicht einmal Pech."

Die Hupe ertönte noch einmal.

„Ich ruf dich heute abend an", versprach Marty.

„Da bin ich bei meiner Großmutter", sagte sie.

„Wie ist die Nummer?"

„234-8480."

Marty wiederholte die Nummer, doch er verdrehte zwei Zahlen.

„Du hättest das Flugblatt aufheben sollen", sagte Jennifer. Dann bemerkte sie, daß sie ihr Exemplar noch immer in der Hand hielt. Sie winkte ihrem Vater zu, damit er wartete, holte einen Stift aus der Tasche und schrieb etwas auf die Rückseite des Papiers. Dann warf sie es Marty zu, rannte zum Wagen ihres Vaters und stieg ein. Marty winkte ihr hinterher, bis das Auto nicht mehr zu sehen war.

Dann erst blickte er auf den Zettel. Auf der Rückseite standen nur die Telefonnummer und ein einfacher Satz: *Ich liebe Dich.*

Marty lächelte.

Er faltete das Papier zusammen, steckte es in die Tasche und fuhr mit dem Skateboard die Straße hinunter in Richtung Zuhause.

II

„Wenn ich bloß nicht vorher an einem Herzinfarkt oder einem Schlaganfall sterbe", murmelte Dr. Emmett Brown.

Er stand kurz davor, seinen Traum verwirklicht zu sehen, daran gab es keinen Zweifel. Nacheinander hatte er alle wissenschaftlichen und physikalischen Hindernisse eliminiert. Würde dies der „große Tag" werden?

„Verlaß dich lieber nicht zu sehr drauf", antwortete er sich selbst. Es hatte keinen Sinn, sich zu große Hoffnungen zu machen.

Er war fünfundsechzig Jahre alt, und er war einer der talentiertesten und zugleich am wenigsten gewürdigten Erfinder der ganzen Nation. In der Tat wußte niemand außer Marty McFly überhaupt von seinen Leistungen, aber das machte nichts. Bald würde es völlig anders aussehen. Sein lebenslanger Kampf wäre vorbei – er war oft genug verlacht worden –, und goldene Zeiten würden anbrechen.

Er sah sich in seiner Werkstatt um, die nichts weiter als eine Garage war, in der sich im Laufe seines vierzigjährigen Schaffens eine Menge Müll angesammelt hatte. Da lagen zum Beispiel ein Düsentriebwerk, stapelweise Schalttafeln, genügend Autoersatzteile, um mindestens zwei komplette Wagen zusammenzubauen, ein Kurzwellensender, eine Musikbox, eine Werkbank mit einer Schweißanlage, Überbleibsel eines Roboters, ein funktionierender Kühlschrank und Dutzende von Uhren. Uhren waren Doc Browns liebste Sammelobjekte. Er besaß alle möglichen Sorten – von Kuckucksuhren bis zu digitalen Zeitmessern –, und alle gingen auf die Sekunde genau.

Es war kein Zufall, daß es hier so viele Uhren gab. Die Zeit war

Doc Browns neuestes und vielleicht endgültiges, wichtigstes Arbeitsgebiet. Während der fünfziger Jahre hatte er versucht, mit verschiedenen Gedankenleseapparaten die Geheimnisse des menschlichen Geistes zu entschlüsseln, doch keiner der Apparate hatte funktioniert. Davor war er von der Theorie besessen gewesen, daß alle Säugetiere eine gemeinsame Sprache sprächen. Eine Zeitlang hatte er auch geglaubt, man könnte Gold schürfen, indem man die Erdoberfläche stark aufheizte, oder daß die Lebensspanne jedes Menschen vorausbestimmt und an den Fingernägeln abzulesen sei. Er hatte einen Aufsatz veröffentlicht, in dem er behauptete, das Geschlecht von Kindern könne vor ihrer Zeugung bestimmt werden. Die Tatsache, daß all seine Arbeit zu nichts führte, hätte ihn eigentlich enttäuschen müssen, doch das war nicht der Fall. In den fünfzigern, sechzigern und siebzigern, ja, bis in die achtziger Jahre hinein experimentierte er weiter und zog sich den ständigen Spott seiner Mitbürger zu, für die er nichts weiter als der verrückte Wissenschaftler von Hill Valley war.

Jetzt, am fünfundzwanzigsten Oktober 1985, war endlich alles bereit. Er hatte jedes Detail seiner Zeitreisetheorie exakt ausgearbeitet, bis alles perfekt stimmte. Spätestens gegen Ende des Jahrhunderts würden Wissenschaftler und Historiker seinen Apparat benutzen können, um die Zukunft und die Vergangenheit zu erforschen, und durch diese Erforschung würden sie in die Lage versetzt, an der Verbesserung der Gegenwart zu arbeiten. Seine Ansicht über das Wesen der Zeit als Dimension ließ sich in der simplen Erklärung zusammenfassen, die er einmal dem Redakteur der *Hill Valley News* gegeben hatte: „Ich stelle mir die Zeit als sphärisch und unendlich vor", hatte er gesagt. „Wie die Schale einer Orange. Eine Veränderung im Gewebe an einem beliebigen Punkt wirkt sich auf die ganze Schale aus. Die Zukunft beeinflußt die Vergangenheit und die Gegenwart, und die Vergangenheit und die Gegenwart beeinflussen die Zukunft."

„Aber wenn die Vergangenheit vorbei und vergangen ist", hatte der Redakteur gefragt, „wie kann sie dann noch beeinflussen?"

„Das ist der entscheidende Punkt", hatte Doc Brown erwidert. „Die Vergangenheit ist nicht vorbei und vergangen. Sie ist immer noch da. Und sobald wir einen Weg gefunden haben, in sie einzudringen, werden wir die Dinge ändern können, die morgen geschehen werden."

Der Redakteur hatte ihm nicht geglaubt, das Interview aber trotzdem gebracht. Die Leser in Hill Valley hatten den Artikel entweder ignoriert oder sich darüber beschwert, daß wertvoller Platz mit dem Abdruck derartiger Hirngespinste vergeudet wurde.

Diese unliebsame Publicity hatte ihn verletzt, doch jetzt lag das alles hinter ihm. „Wenn alles klappt . . .", murmelte er, während er sich auf die am Abend zu erledigenden Arbeiten vorbereitete.

Der Satz blieb unvollendet. Leise eine Melodie pfeifend, zog er bedächtig seinen weißen Strahlenschutzanzug an, zog die Haube über den Kopf, um ihren Sitz zu prüfen, nahm sie wieder ab und drückte sie sich flach auf den Rücken. Dann begutachtete er seine Erscheinung im Spiegel, zerzauste sein wirres weißes Haar noch etwas mehr; vielleicht eine freiwillige Dreingabe zu seinem Ruf als ausgeflippter Exzentriker. Danach ging er in den vorderen Teil der Garage, öffnete die Ladeklappe seines großen Möbelwagens, auf dessen Seitenflächen die Aufschrift DR. E. BROWN – TAG UND NACHT WISSENSCHAFTLICHE BERATUNG stand, und lugte hinein.

Natürlich war es noch da. Selbst im schwachen Licht der Garage schimmerte der glatte rostfreie Stahl mit den großen Flügeln wie ein gigantischer Weihnachtsschmuck. Es war nur angemessen, dachte er, daß das Gefährt, das die Menschheit in die Vergangenheit befördern würde, eine so außergewöhnlich ästhetische Maschine war. Als er die Tür wieder schloß, spürte er nicht den geringsten Zweifel.

„Es wird funktionieren", sagte er leise. „Und ich werde berühmt."

Alles, was noch zu tun blieb, war eine letzte Überprüfung einiger Kleinigkeiten. Doc Brown würde sich in den verbleibenden Stunden, bis Marty am Twin Pines Mall einträfe, darum kümmern, und dann würden sie gemeinsam einen Schritt tun, der für die Menschheit ebenso bedeutsam sein würde wie die Mondlandung im Jahre 1969.

ALS MARTY um die letzte Kurve vor seinem Elternhaus bog, dunkelte es bereits; er hatte schon eine ganze Weile das Gefühl, daß etwas nicht stimmte. Blinklichter sind, außer zu Weihnachten, selten Verkünder froher Botschaften, und die Weihnachtsferien lagen bereits zwei Monate zurück. Durch die Bäume, hinter denen sein Heim verborgen lag, konnte er gelbe Blinklichter sehen. Jedenfalls nicht die Polizei, dachte er. Die hatten rote und blaue Lampen. Gelb war die Farbe für Abschleppunternehmen.

Seine Vermutung war richtig. Als er den Vorplatz erreicht hatte, konnte er den Abschleppwagen sehen, der wie eine gewaltige, lauernde Gottesanbeterin auf der Zufahrt zu ihrem Haus hockte. In seinen Fängen hielt er den 1979er Plymouth Reliant, der, mit einer Achse in der Luft, ziemlich hilflos wirkte. Als er näher kam, sah Marty, daß der vordere Teil völlig zermalmt war, so, als wäre jemand mit dem Wagen vor eine solide Wand gefahren. Daneben standen Martys Vater und Biff Tannen, die schweigend zusahen, wie der Fahrer des Abschleppwagens das Wrack herunterließ.

George McFly war siebenundvierzig, doch er kam Marty viel älter vor. Er war ein eher einfältiger Mann, der normalerweise vor dem kleinsten Risiko zurückscheute; seit dreißig Jahren hatte er seinen Haarschnitt nicht mehr verändert, und er trug einen ebenso langweiligen Anzug, den er vor vier Jahren bei Sears gekauft hatte. Der Mann neben ihm war, was die Kleidung und das Benehmen anging, ein krasser Gegensatz dazu. Biff Tannen, nur ein Jahr älter als McFly, stand mit unverschämt über den Hosenbund quellendem Schmerbauch neben Martys Vater; er trug einen grellbunten, karierten Anzug, rosa Ringe und goldene Ketten. Wo George McFly zurückhaltend war, war Biff laut und aufdringlich, der Typ, der im Kino laut spricht oder bei Sportveranstaltungen den Spielern Beschimpfungen zubrüllt. Er war, kurz gesagt, ein einschüchternder Lümmel, und niemand ließ sich leichter einschüchtern als sein Freund und Arbeitskollege George.

Als Marty auf seinem Skateboard näher rollte, konnte er hören, wie Biff sich mit seinem üblichen, nervenden Tonfall an seinen Vater wandte.

„Ich kann gar nicht glauben, daß du das gemacht hast, Mc Fly", sagte Biff gerade. „Ich kann gar nicht glauben, daß du mir deinen Wagen geliehen hast, ohne mir zu sagen, daß ein Scheinwerfer kaputt war. Ich hätte dabei umkommen können."

Jetzt zeig's ihm aber, dachte Marty, sag ihm, daß wir alle besser dran wären, wenn Biff Tannen im Streckverband läge.

Doch George McFly hatte Biffs Angriff natürlich nichts entgegenzusetzen. Er erwiderte schwach: „Biff, ich wußte gar nicht, daß ein Scheinwerfer kaputt war."

„Ja, bist du denn blind, McFly? Du siehst doch die Bescherung! Oder hast du eine andere Erklärung?"

Sag ihm, daß er nicht Auto fahren kann, dachte Marty. Wenn sein Vater diesem aufgeblasenen Kerl nur einmal Paroli bieten würde!

George McFly sah zu Boden und gab auf diese irrationale Frage keine direkte Antwort. „Kann ich denn davon ausgehen, daß deine Versicherung dafür aufkommt?" fragte er. Es klang eher, als würde er darum bitten.

„Meine Versicherung?" entgegnete Biff gereizt. „Das ist doch *dein* Auto und *dein* kaputter Scheinwerfer. *Deine* Versicherung müßte dafür aufkommen. Aber ich frage mich, wer *das hier* bezahlt."

Er deutete auf seinen fleckigen Anzug.

„Ich hab mir Bier drübergekippt, als der andere Wagen auffuhr", sagte Biff. „Wer bezahlt die Rechnung für die Reinigung? Sag mir das doch, McFly."

Marty konnte es nicht mehr aushalten. „Vielleicht bezahlt es der Richter, wenn er hört, daß Sie betrunken gefahren sind", warf er ein.

Biff kniff die Augen zusammen. „Sag deinem Jungen, daß er sich da raushalten soll, McFly", verlangte er.

George sagte nichts dergleichen, aber er hätte es ebensogut tun können. Er zog seine Brieftasche aus der Jacke, nahm einen Zwanzigdollarschein heraus und gab ihn Biff. „Wird das reichen?" fragte er schüchtern.

Biff riß George den Schein aus den Fingern und warf Marty einen raschen, triumphierenden Blick zu.

„Das ist schon mal was", sagte er.

„Dafür gibt's wahrscheinlich zwei von diesen Anzügen", schoß Marty zurück.

Biff errötete. „Halt's Maul!" befahl er.

Dann wandte er sich wieder an sein Hauptangriffsziel und sagte zu Martys Vater: „Wo sind die Berichte?"

George McFly erbleichte noch mehr, soweit das bei seinem ohnehin schon bleichen Fischgesicht überhaupt noch möglich war. „Nun ja, ich bin noch gar nicht fertig damit", antwortete er entschuldigend. „Ich hab gedacht, weil sie eigentlich erst am Montag fällig sind . . ."

Biff trat einen Schritt auf ihn zu und tippte ihm mit der Faust vor die Stirn, als klopfe er an eine Tür. „Hallo", sagte er. „Ist da jemand zu Hause? Denk nach, McFly, denk doch nach! Ich brauche Zeit, um sie noch einmal tippen zu lassen. Wenn ich meine Berichte in deiner Handschrift einreiche, schmeißen die mich raus."

Marty war wütend auf seinen Vater. Sag ihm doch, daß er seine Berichte selbst schreiben soll, dachte er.

Abermals wich sein Vater zurück. „Ist gut", erwiderte er. „Ich mach sie heute abend fertig und bring sie gleich morgen früh rüber, wenn dir das reicht."

„Aber nicht zu früh", antwortete Biff. „Samstags schlaf ich immer aus."

Marty wandte sich ab. Er hatte das Gefühl, er müßte sich gleich übergeben. Es war nicht nur, weil Biff seinen Vater einfach schweinisch behandelte, sondern weil darüber hinaus durch den Unfall auch noch seine Verabredung mit Jennifer zum Teufel gegangen war. Es war der schlimmste aller möglichen Tage gewesen.

Aber Biff Tannen war noch nicht fertig. Er hatte gerade gehen wollen, doch dann drehte er sich noch einmal um und sah nach unten.

„Oh, übrigens, McFly", sagte er beiläufig, „dein Schnürsenkel ist auf."

„Was?" fragte George, der prompt darauf hereingefallen war und zu seinen Füßen hinabsah.

Als er den Kopf senkte, flog Biffs Hand hoch und traf George am Kinn. Biffs wieherndes Lachen zerstörte die abendliche Stille, denn er hatte einen seiner Meinung nach umwerfenden Scherz gemacht.

„Sei doch nicht so gutgläubig, McFly!" rief er. „Mann, du hast in den ganzen dreißig Jahren nichts dazugelernt."

George, der sich angesichts dieser Anklage mit seinem Schweigen für schuldig erklärte, konnte nur schwach grinsen.

Biff Tannen wandte sich von ihm ab und ging zu seinem Wagen hinüber, der am Straßenrand parkte.

Ohne zu bemerken, daß Marty ihn angewidert anstarrte, deutete er auf den funkelnagelneuen Cadillac und zwinkerte Marty zu. „Na, Junge", sagte er, als hätte es kein böses Blut zwischen ihnen gegeben, „was hältst du von meiner Lackierung?"

Marty zuckte die Achseln.

Ein paar Sekunden später fuhr Biff mit seinem neu lackierten Cadillac die Straße hinunter. George McFly wollte ins Haus gehen, doch Marty stellte sich ihm in den Weg.

George hob die Hände und trat zur Seite. „Ich weiß, was du sagen willst, und du hast recht", murmelte er. „Du hast vollkommen recht. Aber er ist nun mal zufälligerweise mein Abteilungsleiter, und ich fürchte, daß ich nicht der Typ für solche Auseinandersetzungen bin."

„Auseinandersetzungen", fuhr Marty ihn an. „Du verteidigst dich ja nicht einmal."

George antwortete nicht.

„Dad, sieh dir nur den Wagen an", drängte Marty. „Sieh dir nur an, was er mit dem Wagen gemacht hat. Das ist beinahe ein Totalschaden. Und dann hat er sich auch noch die Geschichte über einen kaputten Scheinwerfer ausgedacht. Er gibt dir die Schuld, und du sagst kein Wort dazu!"

„Mit so einem Menschen kann man nicht reden", entgegnete George schwach.

„Sieh dir nur den Wagen an", fuhr Marty fort. „Ein Schrotthaufen. Ich hab mich drauf verlassen, daß ich ihn morgen abend benutzen kann. Hast du eine Ahnung, wie wichtig das für mich ist, Dad? Hast du eine Ahnung davon?"

Aber da George McFly nicht wußte, daß Marty mit Jennifer hatte fahren wollen, konnte er auch nicht begreifen, wieviel Marty der Ausflug wirklich bedeutet hatte.

„Es tut mir leid, mein Junge", murmelte er. „Ich kann nur sagen, daß es mir sehr leid tut."

Doch Marty reichte das einfach nicht; er hatte einen schlimmen Tag hinter sich, und so leicht wollte er ihn nicht davonkommen lassen. „Dad, ist dir schon einmal die Idee gekommen, ‚nein' zu sagen, wenn dich die Leute so herumschubsen? Ist das denn so schwer?"

„Mein Junge, ich weiß, daß du das nicht verstehen kannst", sagte George mit aufreizender Gelassenheit, „aber Tatsache ist nun mal, daß ich einfach kein Kämpfer bin."

„Versuch's doch ein einziges Mal, Dad", forderte Marty ihn heraus. „Einmal nur, sag nein, NEIN. Das tut lange nicht so weh, wie du glaubst."

George zuckte die Achseln.

Ich geb's auf, dachte Marty. Ich kann ihn nicht einmal dazu bringen, zu meinem Vorschlag nein zu sagen.

George McFly wandte sich von ihm ab; es fiel ihm leichter, die zerstörte Frontpartie seines Wagens zu betrachten, als den vorwurfsvollen und enttäuschten Blicken seines Sohnes zu begegnen. Er beneidete andere Männer, die Machotypen, die ihre Jungen zu kämpfen lehrten und sie ermunterten, sich zu wehren und für ihre Rechte einzustehen. Diese Männer drängten ihre männlichen Sprößlinge stets in Sportvereine, prahlten, wenn ihre Söhne ein wichtiges Spiel gewonnen hatten, tyrannisierten die Jungs, wenn sie den letzten Wurf des Baseballspiels verpaßten. Aus diesem Grund war George McFly insgeheim sehr erleichtert darüber, daß seine Söhne Marty und Dave kein Interesse am Sport entwickelten, denn das ersparte ihm einige Konflikte.

Bei seinen häufigen Selbstanalysen nahm George seine Psyche oft total auseinander, denn er machte sich selbst Sorgen über seinen Mangel an Mumm. Er machte ein Erlebnis in der High School dafür verantwortlich, als er vom Klassenrüpel bloßgestellt worden war. Der stärkere Junge hatte gerade seinen Freund Billy Stockhausen niedergeschlagen, und für einen Sekundenbruchteil war George so wütend gewesen, daß er tatsächlich das Rot sah, über das soviel gesprochen und geschrieben wird. Er hatte sich vor dem Schläger aufgebaut, die Faust gehoben – und hatte festgestellt, daß er nicht zuschlagen konnte. Der größere Junge hatte nur das Gesicht verzogen und war fortgegangen. Seit diesem Augenblick vor fünfunddreißig Jahren hatte George sich immer wieder gefragt, was passiert wäre, wenn er seinem Impuls nachgegeben hätte. Seine glücklichste Phantasie war, daß er den Rüpel mit einem einzigen Schlag niedergestreckt hätte. Doch selbst wenn der andere zurückgeschlagen hätte, so daß er gelernt hätte, im Kampf auszuteilen und einzustecken – wäre das nicht besser gewesen als der feige Eiertanz, diese risikoscheue Haltung, die er in all den Jahren an den Tag gelegt hatte?

Er seufzte. Warum sollte er diesen Augenblick noch einmal durchmachen . . . warum sollte er Marty oder sonst irgend jemand erklären, warum er so ein Schlappschwanz war?

Und nun, wie um Martys Herausforderung zu unterstreichen, rief aus dem Fenster des Nebenhauses jemand zu ihm herüber. Es war sein Nachbar Howard, ein vierzigjähriger, normalerweise unangenehmer Typ mit einem Schmerbauch, der, wie Biff Tannen, nur mit George sprach, wenn er etwas von ihm wollte oder jemanden zum Abreagieren brauchte.

Im Augenblick klang seine Stimme allerdings nicht besonders höhnisch, zweifellos, weil er Georges Hilfe brauchte.

„He, McFly!" rief er herunter. „Meine Tochter verkauft Kekse für die Pfadfinder. Ich hab ihr gesagt, daß Sie garantiert eine Schachtel kaufen."

„Eine Schachtel?" fragte George. „Wie viele Kekse sind das?"

„Weiß ich doch nicht", sagte Howard angriffslustig. „Zwölf, vierundzwanzig, sechsunddreißig. Es ist doch für einen guten Zweck, nicht? Oder soll ich meiner Tochter sagen, daß Sie ein Geizkragen sind?"

„Es ist nur . . .", begann George, doch dann ließ er hilflos die Schultern sinken. „Schon gut. Sagen Sie ihr, daß ich eine Schachtel nehme, egal, wie viele es sind."

Marty schüttelte den Kopf und ging ins Haus.

Seine Schwester, sein Bruder und seine Mutter saßen schon am Abendbrottisch; keiner von ihnen sah auf, als Marty hereinkam und sich auf seinen Stuhl fallen ließ. Ein einziges Mal war Marty froh, daß sie so mit ihrem eigenen Kram beschäftigt waren, daß sie nicht daran dachten, ihn zu fragen, wie sein Vorspieltermin gelaufen wäre. Er fühlte sich nicht in der Lage, ihnen zu erklären, warum es nichts geworden war, und er hätte auch ihr geheucheltes Mitleid nicht ertragen können.

„Schon wieder Auflauf", sagte er enttäuscht.

Doch seine Kritik hielt ihn nicht davon ab, kräftig zuzulangen. Bruder Dave, zweiundzwanzig, saß ihm gegenüber; er trug eine Burger-King-Uniform. Er hielt ständig ein Auge auf die Uhr und eins auf sein Essen gerichtet, das er in großen Bissen wie ein halbverhungertes Tier hinunterschlang. Links von Marty saß Linda, neunzehn Jahre alt, die reizend und doch irgendwie verkommen wirkte – wahrscheinlich, weil sie ständig zuviel Lidschatten auflegte. Marty versuchte sich zu erinnern, wann er sie das letztemal ohne purpurnen oder grünen Lidschatten gesehen hatte, doch nach einer Weile gab er es auf. Rechts von Marty saß seine Mutter Lorraine, die einmal äußerst hübsch und klug gewesen war. Jetzt aber, mit siebenundvierzig, hatte sie Übergewicht und trank mehr, als gut für sie war; sie hatte sich mehr auf den Teller geschaufelt als alle anderen. Das Essen bestand, vom unvermeidlichen Auflauf abgesehen, aus Makkaroni und Käse, Mischgemüse und Instantkartoffelbrei.

Dad, der sich als letzter setzte, schaltete den Fernseher ein, in dem ein alter Schmachtfetzen wiederholt wurde, und legte statt eines Tellers Akten vor sich auf den Tisch. Marty registrierte ärgerlich, daß er bereits mit den „Hausaufgaben" angefangen hatte, die Biff Tannen ihm auf so niederträchtige Weise aufgegeben hatte.

Ein paar Minuten lang amüsierten sich Marty und Dave damit, die Dialoge der Filmschauspieler einige Sekunden zu früh aufzusagen, was nach kurzer Zeit ihre Mutter auf die Palme brachte.

„Mein Gott", sagte sie, „wir wissen doch, daß ihr den Film schon hundertmal gesehen habt. Aber euer Vater will ihn eben noch einmal sehen, klar? Also laßt ihn in Ruhe zuschauen."

Marty und Dave zuckten die Achseln.

Dann war es einige Minuten still, bis Lorraine schließlich Marty anblickte und sagte: „Nun, Marty, wie war's denn beim Vorspielen?"

Marty schnaufte gequält. „War nix", sagte er nur.

Alle versuchten, sich etwas auszudenken, das sie sagen konnten, oder wenigstens gaben alle vor, darüber nachzudenken.

„Wahrscheinlich war's 'ne abgekartete Sache", sagte Dave nach einer Weile; eine oberflächliche Bemerkung, die Marty überraschenderweise aufheiterte. Genau das hatte er nämlich selbst schon die ganze Zeit gedacht, seit er diesen manipulierten Wettbewerb verlassen hatte.

„Kann sein", entgegnete er achselzuckend.

„Die wußten bestimmt schon vorher, wer gewinnen würde", sagte Dave. „Der Rest war nur Show."

„So ein Pech auch", meinte Linda leise und ohne von ihrem Nachtisch aufzuschauen, der aus einem Instantschokoladenpudding mit Schlagsahne bestand.

„Tja, das ist wirklich Pech", seufzte Lorraine. „Ich glaube schon, daß ihr sehr gut seid. Ich verstehe gar nicht, wie eine andere Gruppe gegen euch gewinnen konnte."

Dad unterbrach seine Hausaufgaben. „Glaub mir, mein Junge", sagte er vorsichtig, „es ist schon besser, wenn du dich auf dieses Theater beim YMCA-Fest gar nicht erst einläßt."

„Was für ein Theater?" fragte Marty kalt.

„Nun, du müßtest dir Gedanken machen, wie du deine ganze Anlage dort hinbekommst –"

„Das haben wir doch schon oft gemacht", warf Marty ein. „Das ist kein Problem."

„Und ihr hättet euch Gedanken über einen Ersatz machen müssen, falls jemand krank geworden wäre", fuhr sein Vater fort.

„Bei uns ist noch nie einer krank geworden."

„Um so schlimmer – dann kann es ja noch passieren. Und dann hättet ihr euch darum kümmern müssen, daß ihr auch euer Geld bekommt, ihr müßtet es gerecht aufteilen, ihr hättet euch mit der Musikergewerkschaft ins Benehmen setzen müssen . . ."

„Mein lieber Mann", murmelte Marty. „Da bleibt man ja am besten gleich im Bett."

Sein Vater ließ sich nicht beirren.

„Und wenn ihr so gut gewesen wärt, daß euch auch andere Leute hätten engagieren wollen?" fuhr er fort. „Dann müßtet ihr euch Gedanken machen, wie ihr die Auftritte mit der Schule vereinbart."

„Da hast du recht, Dad. Ich lass' mich am besten gleich einbuddeln; ich glaube, je länger ich lebe, desto mehr Probleme werden es auch."

„Glaub mir, mein Junge, du bist ohne diese ganzen Probleme besser dran."

„Er hat recht, Marty", ergänzte Dave hämisch, indem er ihren Vater auf den Arm nahm. „Wenn du eins nicht brauchen kannst, dann sind es Kopfschmerzen."

Marty gab es schließlich auf, obwohl er bei der Vorstellung, einfach zu gehen, ein wenig das Gefühl bekam, sich wie sein Vater zu verhalten.

Lorraine McFly wandte sich an Linda, die gerade mit ihrem Pudding fertig war. „Das hättest du aber nicht zu essen brauchen", sagte sie. „Wir haben noch Kuchen."

Linda hob überrascht die Augenbrauen. „Was für welchen?"

Lorraine deutete auf den dreischichtigen Kuchen, der auf der Anrichte stand. Er war mit den Worten WILLKOMMEN DAHEIM, ONKEL JOEY beschriftet. Über den Buchstaben war ein kleiner schwarzer Vogel zu sehen, der aus einem vergitterten Fenster flog. Nicht gerade sehr feinsinnig, aber Onkel Joeys Situation war kein Geheimnis.

„Es sieht so aus, als müßten wir den Kuchen allein essen“, sagte Lorraine grimmig lächelnd. „Onkel Joey ist doch nicht vorzeitig entlassen worden.“

„Könnten wir nicht irgendwie ein Gesuch einreichen?“ schlug Dave vor.

„Es ist eine Schande“, fuhr Lorraine fort. „Die hatten ihm praktisch schon versprochen, daß er endlich herauskommen sollte. Und dann kam dieser Wechsel in der Gefängnisleitung. Ich glaube, das war ziemlich schlimm für ihn. Nun ja, jeder hat sein Bündel zu tragen.“

„Vielleicht ist es gar nicht so schlimm“, sagte Marty. „Denn wenn er gekommen wäre, hätten wir eine Menge Entscheidungen treffen müssen. Er müßte einen Job finden und Steuerformulare ausfüllen . . .“

„Allerdings“, schaltete Dave sich ein. „Er würde sich sorgen müssen, wie er von einem Ort zum anderen käme, ob er genug Kleingeld für Telefonate dabeihätte . . .“

Lorraine runzelte die Stirn und sah die beiden ärgerlich an. George McFly blickte nicht von seinen Hausaufgaben auf.

„Ich wünschte, ihr hättet etwas mehr Respekt“, sagte Lorraine. „Immerhin ist er mein Bruder.“

„Tja, das ist schon ziemlich peinlich, wenn ein Onkel im Knast sitzt“, murmelte Linda.

„Wir machen alle mal einen Fehler, Kinder“, sagte Lorraine philosophisch.

„Ja, aber Onkel Joey macht dauernd welche“, sagte Dave lächelnd. „Und das sogar, wenn er auf Ehrenwort freigelassen ist. Das ist kein Fehler, das ist Dummheit.“

Statt zu antworten, nahm Lorraine sich noch eine Portion Kartoffeln.

Dave sah wieder auf die Uhr, wischte sich den Mund ab und schob seinen Stuhl zurück. „Verdammt!“ meinte er. „Ich komm schon wieder zu spät.“

„Nimm nicht solche Worte in den Mund“, warnte ihn seine Mutter.

Dave stand auf und ging zur Tür. Kurz darauf hörten sie, wie ein Auto angelassen wurde und davonfuhr. Marty wünschte, er hätte auch einen eigenen Wagen, selbst wenn es so ein Schrotthaufen wäre wie Daves. Damit wäre er wenigstens unabhängig;

wenn dann etwas geschah, wäre es ausschließlich seine Schuld.

„Übrigens", sagte Lorraine, „da hat eine Jennifer angerufen ... du sollst zurückrufen."

Marty nickte.

„Ich glaube, ihr Nachname war Parker."

„Ich weiß, wie sie mit Nachnamen heißt, Mama."

„Und es kann nicht eine andere Jennifer gewesen sein?"

„Schon, aber im Augenblick kenne ich nur die eine."

„Tut mir leid", sagte seine Mutter, während sie die Überreste ihrer Kartoffeln mit einer Brotrinde vom Teller wischte. „Wie auch immer, ich glaube nicht, daß ich sie mag. Mädchen, die Jungen anrufen, geraten leicht in Schwierigkeiten."

Marty und Linda wechselten vielsagende Blicke. Hatte ihre Mutter denn noch alle Tassen im Schrank?

„O Mutter, ich glaube nicht, daß daran etwas nicht in Ordnung ist, wenn ein Mädchen einen Jungen anruft", warf Linda ein.

„Nun, *ich* halte es für ziemlich schlimm", sagte Lorraine nachdrücklich. „Mädchen, die Jungen hinterherlaufen – wo hat's denn so was schon gegeben? Ich bin in eurem Alter nie einem Jungen hinterhergelaufen. Ich hab nie einen Jungen angerufen oder ihn um eine Verabredung gebeten oder mit einem Jungen in irgendeiner Ecke im Auto rumgesessen ..."

Eine traurige Kindheit, dachte Marty.

„Denn wenn du dich so verhältst, dann respektieren die Jungen dich nicht. Sie halten dich für billig."

Linda rollte mit den Augen. Sie hatte den Vortrag schon hundertmal gehört, doch es schien ihr mindestens die millionste Wiederholung zu sein.

„Und wie soll man dann jemanden kennenlernen?" fragte sie.

„Es geschieht ganz einfach", sagte Lorraine lächelnd. „Genau so, wie ich euren Vater kennenlernte."

„Aber das war doch saudumm!" jammerte Linda. „Nur weil Großvater ihn mit dem Auto angefahren hat."

„Es kam, weil es kommen mußte."

„Vielleicht solltest du dich auf den Unfallstationen rumtreiben", schlug Marty vor.

„Das würde auch nichts nützen", sagte Lorraine, die seinen Sarkasmus nicht bemerkt hatte. „Wißt ihr, man trifft den Traummann auf eine Weise, die man nicht bestimmen kann. Und man kann es auch nicht verhindern. Es muß einfach geschehen, wie die Sonne jeden Morgen wieder aufgeht."

Linda zeigte sich von dieser Metaphysik nicht besonders beeindruckt. „Ich verstehe immer noch nicht, was Dad mitten auf der Straße zu suchen hatte", erklärte sie.

Dad, der die ganze Unterhaltung verpaßt hatte, war nach wie vor in seine Arbeit versunken, so daß Lorraine die Stimme hob, um seine Aufmerksamkeit zu erregen. „Was war es denn, George?" fragte sie. „Was hast du da gemacht? Hast du Vögel beobachtet?"

George schüttelte den Kopf wie ein Mensch, der gerade aus tiefer Bewußtlosigkeit erwacht. „Hmm?" murmelte er abwesend. „Hast du was gesagt, Lorraine?"

„Schon gut."

„Wahrscheinlich war er nur ein bemitleidenswerter Anhalter", schlug Marty vor. Er war eigentlich nicht daran interessiert zu hören, wie seine Eltern sich kennengelernt hatten.

Lorraine war allerdings sehr daran interessiert, die Geschichte zu erzählen. „Jedenfalls", fuhr sie fort, „hat ihn Großvater angefahren und ins Haus gebracht. Er war tief bewußtlos . . ."

„Wie jetzt", unterbrach Marty.

Lorraine warf ihm einen tadelnden Blick zu. „Er schien so hilflos . . . wie ein ausgesetztes Hündchen. Und im Nu hatte er mein Herz gewonnen."

„Ja, Mama", sagte Linda lächelnd. „Du hast es uns schon hundertmal erzählt. Du mußt dich gefühlt haben wie Florence Nightingale."

Lorraine lehnte sich in ihrem Stuhl zurück, ihre Augen waren verklärt von nostalgischen Erinnerungen und Bildern. „Schon am nächsten Wochenende", fuhr sie fort, „hatten wir unsere erste Verabredung. Es war ein Kostümball in der Schule, und das Thema lautete ‚Verzauberung unter Wasser'."

„*Unter* Wasser?" warf Marty ein. „Soll das heißen, daß ihr euch als Venusmuscheln oder Austern verkleidet habt?"

Seine Mutter ignorierte ihn. „Ich werde es nie vergessen", schwärmte sie. „Es war die Nacht mit diesem schrecklichen Gewitter, weißt du noch, George?"

„Bitte, Liebes?" murmelte George McFly.

„Unsere erste Verabredung."

„Hm-hm. Es hat geregnet."

„Das schlimmste Gewitter, das es je gegeben hatte", schwelgte Lorraine. „Die Leute reden heute noch davon. Jedenfalls hat mir euer Vater auf der Tanzfläche den ersten Kuß gegeben, und in diesem Augenblick erkannte ich, daß er der Mann meines Lebens war."

„Das muß aber wirklich ein tolles Gewitter gewesen sein", meinte Marty lächelnd.

„Ich kann nicht glauben, daß Dad wirklich die Nerven hatte, dich in aller Öffentlichkeit zu küssen", bemerkte Linda.

Lorraine errötete. „Nun", antwortete sie verlegen, „vielleicht habe ich ihm etwas Mut gemacht . . ."

„Du mußt ihm ganz schön auf die Pelle gerückt sein", sagte Marty.

Er hatte gerade sein Abendessen beendet; den Kuchen, der für den nun doch nicht heimgekehrten Sträfling bestimmt gewesen war, wollte er nicht, und so wischte er sich den Mund ab und stand auf.

Lorraine war so in ihren Erinnerungen versunken, daß sie es kaum bemerkte. „Wenn ich mir's recht überlege, ja. Ich mußte ihm praktisch –"

Doch da sie nicht die heute so gebräuchlichen „schmutzigen Wörter", wie sie es nannte, aussprechen wollte, ließ sie den Satz unvollendet in der Luft hängen. Es war ein angemessenes Ende. Marty war schon halb aus der Küche, Linda beobachtete durch das Fenster etwas, das nebenan geschah, und George war immer noch in seine Akten vertieft. Lorraine zuckte die Achseln und griff nach einem Messer. Wenn niemand Onkel Joeys Kuchen versuchen wollte – nun, *sie* wollte ihn probieren.

Erwartungsvoll lächelnd schnitt sie sich ein Riesenstück ab, bugsierte es auf ihren Teller und machte sich darüber her. Und als die Cremefüllung in ihrem Mund schmolz, verging auch der letzte Zweifel, daß die letzten dreißig Jahre etwas anderes als himmlisch gewesen sein könnten.

III

KURZ nach Mitternacht lenkte Doc Brown den alten Möbelwagen vorsichtig auf den Parkplatz am Einkaufszentrum Twin Pines Mall. Da mehr Autos dort standen, als er erwartet hatte, steuerte er die hintere Ecke der asphaltierten Fläche an und wartete.

„Muß das ein langer Film sein", sagte er zu sich selbst.

Einstein, der große Hund, der sich auf dem Beifahrersitz zusammengerollt hatte, sprang auf, als der Wagen anhielt, und drückte seine feuchte Nase gegen das Fenster.

„Nicht, Einstein", murmelte Doc Brown. „Es ist noch nicht soweit, du kannst dich ruhig wieder hinlegen."

Einstein gähnte, rollte die Zunge in seiner Schnauze zurück und versuchte, sich unter seinem Halsband zu kratzen. Die batteriebetriebene Digitaluhr, die daran hing, drehte sich im Mondlicht und sprang von 00.07 Uhr auf 00.08 Uhr; dann, als der Hund entweder zufrieden war oder eingesehen hatte, daß es zwecklos war, sich an einer Stelle zu kratzen, die er nicht erreichen konnte, kam sie wieder zur Ruhe.

Ein paar Minuten später tauchten einige Leute auf und gingen zu ihren Wagen. Dann wurden Motoren angelassen, Lichter blinkten, und quietschende Reifen durchbrachen für einige Minuten die Stille der weiten, baumlosen Fläche. Danach war alles wieder ruhig. Die kleinen Lichtpunkte verloren sich in der frühmorgendlichen Dunkelheit, und über dem Platz hingen nur noch die Benzindünste, die die Wagen hinterlassen hatten. Nun, da er wieder allein war, fühlte Doc Brown sich besser. Menschen verunsicherten ihn immer.

Er träumte vor sich hin, sah die Reaktion der Öffentlichkeit auf sein neues Experiment voraus, doch dann fuhr er plötzlich auf. Er hatte eins der wichtigsten Geräte vergessen.

„Verdammt", murmelte er.

Glücklicherweise schrieb man das Jahr 1985, so daß er nicht ins Einkaufszentrum gehen mußte, um ein Telefon zu finden. Er langte unter das Armaturenbrett, zog das Autotelefon hervor und wählte.

MARTY schlief noch nicht – teils, weil er Doc Brown treffen wollte, und teils, weil sein Bewußtsein mit düsteren, beunruhigenden Gedanken erfüllt war. Was Jennifer anging, nun, passiert war passiert. Er hatte vergessen, sie anzurufen. Er sah auf seine Armbanduhr und entschied, daß es zu spät war, um es doch noch zu versuchen, denn er wußte nicht, ob sie noch bei ihrer Großmutter oder schon wieder zu Hause war. Er hatte es einfach vergessen. So ließ er die Hand auf seine Brust sinken und schloß wieder die Augen.

Im Licht der kleinen Lampe konnte man sehen, daß der Bewohner dieses Raumes sich für Rockmusik, Autos und Tontechnik interessierte. An den Wänden hingen Plakate von Rockstars und neuen Autos, vorwiegend von Toyota-Geländewagen. In einer Ecke standen ein Tonbandgerät, ein Synthesizer und ein ansehnlicher Stapel Notenblätter. In einer anderen Ecke konnte man eine Baßgitarre und einen Verstärker sehen.

Obwohl er ziemlich müde von der ganzen Hetze des Tages war, konnte Marty nicht einschlafen. Er dachte immer noch an das Auswahlkomitee, das ihn so gemein behandelt hatte, und fragte sich, ob er es mit seiner Musik noch einmal zu etwas bringen würde. Nach zwanzig Minuten stand er auf und ging zu seinem Schreibtisch hinüber. Er hob das Angebotsformular mit dem Schriftzug R & G RECORDS hoch, las es noch einmal durch und steckte es zusammen mit der Demokassette in den Umschlag.

Es ist einen Versuch wert, dachte er. Schick's einfach hin.

Dann zögerte eine dunklere Seite in ihm. Wozu den Brief abschicken? Um wieder einmal eine Absage zu erhalten? Geld fürs Porto ausgeben, damit er wieder einmal ein paar Wochen hoffen konnte, bevor die Seifenblase platzte?

Er zuckte die Achseln, warf die Kassette in eine Schreibtischschublade und den Brief in den Papierkorb und ging wieder ins Bett. Sein Bewußtsein, das mit deprimierenden Gedanken gefüllt war, entließ ihn nach einer Weile in einen tiefen Schlaf, der kurz nach Mitternacht jäh unterbrochen wurde.

Marty schüttelte den Kopf und langte nach dem drahtlosen Telefon an der Wand, das ihn geweckt hatte.

„Hallo."

„Du bist doch nicht eingeschlafen, oder?" fragte Doc Brown.

„Äh, nein. Natürlich nicht."

„Du klingst, als wärest du gerade aufgewacht."

„Ich hab nachgedacht", sagte Marty. „Was ist denn? Ich muß doch erst nachher los."

„Hmm", antwortete Doc Brown. „Ich hab meine Videokamera vergessen. Könntest du bei mir zu Hause vorbeifahren und sie mitbringen, wenn du zum Einkaufszentrum kommst?"

„Kein Problem, Doc. Ist der Schlüssel an der gewohnten Stelle?"

„Ja, unter dem Blumentopf."

„Das ist kein gutes Versteck", sagte Marty. „Jeder Einbrecher würde dort zuerst nachsehen."

„Bis jetzt hat man bei mir noch nicht eingebrochen, wahrscheinlich weil soviel Müll rumliegt. Niemand würde da Forschungsergebnisse vermuten, die Milliarden wert sind."

„Okay, Doc. Bis gleich dann."

„Gut."

Marty legte auf, zog sich die Schuhe wieder an, schnappte sich seine Jacke, das Skateboard und seinen Ersatzwalkman, den er überallhin mitnahm. Dann ging er noch einmal zum Bett und stopfte ein paar Kissen unter die Decke, damit es so aussah, als läge ein tief schlafender Junge darunter. Währenddessen fragte er sich, warum er es eigentlich tat. Schließlich lebte er nicht in einem Gefängnis, in dem jede Stunde die Wärter eine Runde machten und ihre Schäflein zählten. Doch irgendwie schien es ihm einfach richtig zu sein, wenn er zu dieser nachtschlafenden Zeit das Haus verließ.

Leise pfeifend schloß er vorsichtig die Tür und schlich auf Zehenspitzen die Treppe hinunter.

Als er draußen war, ging er noch einen halben Block leise weiter, ehe er das Skateboard auf den Boden setzte und sich darauf stellte. Er hatte einmal zu seinem Kummer entdecken müssen, wieviel Krach diese Dinger an einem ruhigen Abend machen konnten. Bei dieser Gelegenheit, vor etwa zwei Jahren, hatte er sich hinausgeschlichen, um sich mit der Band zu treffen, und seine Mutter war ihm mit dem Wagen gefolgt.

Heute nacht würde ihm das nicht passieren. Als er außer Hörweite war, surrte er rasch durch die Seitenstraßen und um Ecken, bis er die verfallene Garage erreichte, die Doc Browns Bleibe darstellte.

Der Schlüssel war da. Marty holte ihn unter dem Blumentopf hervor, trat ein und knipste die Deckenbeleuchtung an.

Er hatte gerade den halben Weg zur Werkbank, auf der Doc seine Videoausrüstung aufbewahrte, hinter sich gebracht, als ein Heidenlärm losging, der ihn zusammenfahren ließ. Auf die Sekunde genau schlugen alle Uhren die Stunde – er hörte Melodien, Kuckucke, piepsende Digitaluhren. Marty blieb zehn Sekunden lang bewegungslos stehen und wartete, bis die letzte Geräuschquelle verstummt war. Dann lächelte er, denn er wurde es nie müde, dieser seltsamen Sinfonie zu lauschen, die von Doc Brown, dem größten Pünktlichkeitsfanatiker der Welt, arrangiert und instrumentiert worden war.

„Es muß eins sein", sagte Marty leise. Und er hatte recht.

Er ging rasch zur Werkbank hinüber, steckte die Kamera in die Tragetasche und verließ Docs Garage. Zehn Minuten später näherte er sich den beiden Kiefern, die den Eingang zum Einkaufsbereich markierten. Als er um die Ecke bog, entdeckte er sofort den vertrauten Möbelwagen und rollte darauf zu. Die Natriumdampflampen, um die ein feiner Nebelschleier lag, schufen mit ihrem geisterhaften Schein genau die richtige Atmosphäre für ein wichtiges wissenschaftliches Experiment.

„Doc", sagte Marty, als er den Möbelwagen erreicht hatte.

Es gab keine Antwort. Einstein, Docs Hund, lugte vom Beifahrersitz mit großen, aber wenig mitteilsamen Augen zu ihm hinaus.

„Hallo, Einstein", sagte Marty. „Wo ist der Doc? Na, wo ist der Doc, mein Junge?"

Ein paar Sekunden später hörte er, wie ein Motor brüllend zum Leben erwachte und auf Touren kam. Es schien aus dem Innern des Wagens zu kommen, doch es klang nicht wie ein Lastwagenmotor. Es war zu weit hinten, das Geräusch kam nicht unter der Motorhaube hervor, sondern schien irgendwo auf der Ladefläche zu entstehen.

Marty ging zur Rückseite des Wagens.

Er befand sich gerade in Höhe der hinteren Stoßstange, da hörte er ein scharfes, knirschendes Geräusch, einen Knall, und die Türen flogen dramatisch auf. Die Hebebühne senkte sich und beförderte ein großes, glänzendes Objekt zum Parkplatz hinunter. Es war der DeLorean mit der Edelstahlkarosserie, der allerdings durch Spulen und einige seltsame Geräte stark verändert worden war.

Marty starrte den Wagen verblüfft an.

Der DeLorean rollte langsam auf ihn zu und blieb stehen. Die Flügeltür auf der Fahrerseite klappte nach oben, und Doc Browns lächelndes Gesicht tauchte auf.

Doch Marty beachtete seinen Freund kaum. Er starrte weiter den DeLorean an – so etwas hatte er noch nie gesehen. Der Bug des futuristisch geschnittenen Wagens war von der Windschutzscheibe bis zum Kotflügel eine durchgehende weiche Linie –

wunderschön, aber nicht gerade außergewöhnlich. Der Teil hinter der Fahrerkabine allerdings war stark verändert worden; er erinnerte irgendwie an Umrisse, die man sonst nur bei einem Atomkraftwerk sah. Wo früher die schmale Rücksitzbank und die Heckklappe gewesen waren, befand sich jetzt ein kleiner Atomreaktor, hinter dem zwei gewaltige Abluftrohre aufragten, die beide in je acht Öffnungen mündeten. Um die Rohre und den Reaktor lag eine fünfzehn Zentimeter dicke Spule, die unter der hinteren Stoßstange verschwand und auf dem Dach endete. Über der Fahrerkabine hing ein rundes Ding von etwa fünfundvierzig Zentimeter Durchmesser. Ein Radar, wie Marty später erfahren sollte. Vom Kraftwerk aus liefen mehrere dicke Kabel zu den Vorderrädern, was den geheimnisvollen Eindruck noch verstärkte.

Doc Brown ließ seinen Schützling das seltsame Fahrzeug einige Minuten anstarren, bevor er das Wort ergriff.

„Guten Abend, Marty", sagte er lächelnd und etwas förmlich. „Willkommen zu meinem neuesten Experiment. Dies ist das allergrößte – die Krönung meines Schaffens, die Verwirklichung meines Traums."

Marty war weniger an dem Experiment und mehr an dem DeLorean interessiert. Er ging einmal ganz um ihn herum, betrachtete jede Linie und jede Schweißnaht. „Das ist ein DeLorean", sagte er, „aber was hast du damit gemacht?"

„Ein paar kleine Veränderungen", sagte Doc Brown lächelnd.

Während er sprach, stieg er aus dem Wagen und zeigte sich in seiner ganzen Pracht. Er fühlte sich wie Michael Rennie, als er in dem Film *Der Tag, an dem die Erde stillstand* zum erstenmal die Erde betrat.

„Und was ist mit dem Raumanzug?" fragte Marty.

Kein Respekt, dachte Doc Brown. Er hatte sich soviel Mühe gegeben, eine angemessene Bekleidung für diese Gelegenheit zu entwickeln, und nun sagte dieser junge Mann „Raumanzug" dazu.

„Hab Geduld mit mir, Marty", begann er. „Alle deine Fragen werden zur gegebenen Zeit beantwortet werden. Wenn du jetzt bitte mit der Aufnahme beginnst, können wir anfangen."

Marty holte die Videokamera aus dem Koffer, setzte sie aufs Stativ und richtete sie auf Doc Brown. Er hob die Hand, schaltete die Kamera ein und senkte sie wieder.

Doc Brown sprach förmlich, wie der Kommentator eines

Dokumentarfilms. „Guten Abend", sagte er. „Ich bin Dr. Emmett Brown. Ich stehe hier auf dem Parkplatz von Twin Pines Mall. Es ist Samstagmorgen, der 26. Oktober 1985. Es ist jetzt 1.19 Uhr, und in diesem Augenblick beginnt das Temporalexperiment Nummer eins."

Als er kurz zu Einstein hinabsah, der aus dem Möbelwagen gesprungen war und jetzt nervös um den DeLorean trabte, fügte Doc hinzu: „Komm schon, Einstein, steig ein, mein Junge."

Der Hund sprang gehorsam in den Wagen und setzte sich majestätisch mitten auf den Fahrersitz. Doc Brown beugte sich in den Wagen und legte ihm ein Schultergeschirr an. Dann wandte er sich wieder an Marty, in die Richtung der Kamera und des unsichtbaren Publikums, und setzte die Einführung fort.

„Bitte beachten Sie, daß Einsteins Uhr hier völlig mit meiner Kontrolluhr synchronisiert ist."

Er hielt seine Digitaluhr vor Einsteins Halsband, und Marty, der das Zoom einsetzte, machte eine Großaufnahme von den beiden Uhren. Tatsächlich, sie zeigten exakt die gleiche Zeit an.

„Und nun", sagte Doc Brown, „während wir noch einmal den ganzen Wagen zeigen, werden Sie bemerken, daß der Hund allein im Fahrzeug sitzt und daß seine Uhr die gleiche Zeit anzeigt wie die an meinem Handgelenk. An diesem ersten Teil unseres Experiments wird nur der Hund beteiligt sein. Wir erwarten kein Risiko irgendeiner Art, doch in der ehrwürdigen Tradition der meisten wissenschaftlichen Durchbrüche wollen wir ein Tier den ersten Schritt tun lassen."

Er klopfte dem Hund noch einmal leicht auf den Kopf und sagte: „Alles Gute, Einie." Dann drehte er den Zündschlüssel herum. Die Maschine des DeLorean erwachte abermals mit lautem Röhren zum Leben. Doc Brown schaltete die Scheinwerfer ein und senkte die Flügeltür. Über den unteren Rand der Windschutzscheibe ragte nur ein Stück von Einsteins Kopf hervor.

Doc Brown trat einige Schritte zurück und setzte seinen wissenschaftlichen Vortrag fort. „Ich werde jetzt das Fahrzeug mit der Fernbedienung steuern."

Er neigte das Gerät zur Kamera, und Marty folgte der Bewegung. Die Fernbedienung sah der eines Spielzeugautos ähnlich. Es gab Knöpfe mit der Aufschrift GAS und BREMSE, einen Joystick und eine LED-Anzeige für die Geschwindigkeit. Es sah einfach aus, doch in Wirklichkeit war es ein äußerst kompliziertes Gerät. Marty zweifelte nicht daran, daß Doc Brown den DeLorean mit dem Gerät steuern konnte, wenn er auch im Augenblick keine Ahnung hatte, wie das Ergebnis aussehen würde. Doch anstatt zu versuchen, es zu erraten, beschloß er, das Schauspiel lieber als Kameramann und Zuschauer zu genießen.

Brown schaltete die Fernbedienung ein und sandte den DeLorean mit Gasknopf und Joystick zum anderen Ende des Parkplatzes. Dort ließ er das Fahrzeug anhalten und wenden, so daß es zu ihnen zurückfahren konnte. Marty, der die Wolke aus aufgelöstem Gummi sah, die bei dem Wendemanöver aufstieg, hoffte, daß kein Polizist vorbeikäme. Es wäre für ihn und für sie ziemlich peinlich, wenn er gezwungen wäre, einen Hund als Verkehrsrowdy festzunehmen.

Dreißig Sekunden lang blieb der Wagen im Leerlauf leise schnurrend stehen. Marty fühlte sich an eine große Katze erinnert, die sich darauf vorbereitete, ein ahnungsloses Opfer anzuspringen.

„Wir können jetzt weitermachen", sagte Doc Brown. „Wenn meine Berechnungen stimmen, dann wirst du, sobald der Wagen ein Tempo von zweihundertzwanzig Kilometern erreicht, 'ne ganz irre Sache sehen."

Plötzlich wurde sich Doc bewußt, daß die Videokamera noch lief. Er schauderte über seinen Rückfall in die Umgangssprache und fügte rasch etwas förmlicher hinzu: „Wenn eine Geschwindigkeit von zweihundertzwanzig Kilometern pro Stunde erreicht ist, sollten in dieser Phase des Temporalexperiments Nummer eins einige recht ungewöhnliche Dinge zu beobachten sein."

Ich kann es ja später noch zusammenschneiden, dachte Doc Brown.

Dann holte er tief Luft und drückte auf den Gasknopf. Er hatte den Parkplatz am Twin Pines Mall wegen seiner extremen Länge ausgewählt – einen halben Kilometer –, doch als der funkelnagelneue DeLorean auf das andere Ende der weiten Asphaltfläche zuraste, fragte er sich, ob es reichen würde. Der DeLorean beschleunigte wie ein Rennauto, während die Gänge automatisch wechselten, und erreichte rasch eine Geschwindigkeit von hundertdreißig, dann hundertfünfzig Kilometern pro Stunde. Als er die hundertsiebzig überschritt, schien sich der Wagen bereits gefährlich schnell zu bewegen. Marty folgte ihm mit dem Objektiv; ein-

oder zweimal, als er mit heftigen Schüben weiter beschleunigte, hätte er ihn fast verloren.

„Hundertsiebzig“, sagte Doc Brown. „Hundertachtzig . . . hundertneunzig . . . zweihundert . . .“

Marty fragte sich, wie Einstein sich fühlte, der vom Fahrersitz aus die Anzeigen und Instrumente im Dunkeln aufblitzen sah.

„Zweihundertzehn.“

Doc Brown ließ den Wagen einen großen Bogen beschreiben, so daß er sich ihnen nun mit voller Geschwindigkeit näherte. Da nun, auf dem Rückweg, wieder die volle Länge des Parkplatzes vor dem DeLorean lag, hatte Doc Brown keine Hemmungen mehr, voll aufzudrehen. Der Tachometer des Wagens schnellte auf zweihundertsiebzehn, zweihundertachtzehn, zweihundertneunzehn und endlich zweihundertzwanzig, wo die Nadel einen Augenblick verharrte und die magische Zahl umschmeichelte, als wollte sie deren Bedeutung hervorheben.

Doc Brown wartete. Es sollte jetzt geschehen, dachte er, es müßte jetzt jeden Augen –

Er konnte den Gedanken nicht vollenden, weil plötzlich alle seine Sinne wie betäubt schienen.

Mitten auf seiner rasenden Fahrt über den Parkplatz wurde der DeLorean von einem blendendweißen Glühen verschluckt. Für einen Sekundenbruchteil erinnerte der Umriß des Wagens, von einer Lichtkorona umgeben, an eine Sonnenfinsternis. Dann, während der Wagen gerade in einem riesigen Feuerschweif verschwand, wurden Marty und Doc Brown von einer Schockwelle getroffen, die von einem lauten Explosionsgeräusch begleitet wurde. Die Funken schrumpften, wurden langsam kleiner, bis nur noch ein rosafarbener Spalt in der Atmosphäre blieb. Dann hallte ein leises, metallisches Geräusch, das irgendwie nach Blech klang, über den Platz. Die beiden Beobachter konnten sehen, daß etwas sehr Kleines zu Boden fiel. Mit zitternden Fingern holte Marty das Ding mit dem Zoom näher.

Es war das Nummernschild des DeLorean, eine dünne Blechplatte, auf der zu lesen war: OUTATIME – der Zeitlose.

„Was hab ich gesagt?“ rief Doc Brown begeistert. „Zweihundertzwanzig Kilometer in der Stunde! Genau wie ich es berechnet habe.“ Er sah auf seine Uhr. „Die Zeitversetzung fand exakt um 1.20 Uhr und null Sekunden statt.“

Marty schüttelte ungläubig den Kopf. „Allmächtiger!" rief er. „Du hast Einstein aufgelöst!"

„Nein", sagte Doc Brown gleichmütig.

„Aber das Nummernschild ist doch alles, was von dem Auto und dem Hund übriggeblieben ist!"

„Nur die Ruhe, Marty. Ich habe überhaupt nichts aufgelöst. Die Molekularstrukturen Einsteins und des Wagens sind völlig intakt."

„Wo, zum Teufel, sind sie dann?" fragte Marty.

Doc Brown sah ihn mit aufreizender Gelassenheit an.

„Nicht wo", sagte er. „Wann."

„Das versteh ich nicht."

„Die angemessene Frage", berichtigte ihn Doc Brown, „ist nicht, wo sind sie, sondern *wann*, zum Teufel, sind sie? Schau mal, Einstein ist soeben der erste Zeitreisende der Welt geworden. Ich habe ihn in die Zukunft geschickt – eine Minute in die Zukunft, um es genau zu sagen. Und exakt um 1.21 Uhr und null Sekunden werden wir ihn wieder einholen . . . und die Zeitmaschine auch."

Marty kapierte es immer noch nicht.

„Läuft die Aufzeichnung noch?" fragte Doc Brown. „Denn wenn sie läuft, wäre es vielleicht besser, die Kamera auf mich oder die Stelle zu richten, an der das Auto verschwunden ist, statt vor dich auf den Boden."

Marty schüttelte den Kopf. Er hatte tatsächlich in der ganzen Aufregung und Spannung die Kamera sinken lassen. Nun richtete er sie wieder auf Doc Brown.

„Schon gut", sagte Doc nachsichtig lächelnd, „wir haben noch ein paar Sekunden."

„Und dann?"

„Du wirst schon sehen."

„Willst du mir etwa sagen, daß du aus dem DeLorean eine Zeitmaschine gemacht hast?" fragte Marty.

Doc Brown lächelte bescheiden. „Ich habe mir gedacht", antwortete er, „wenn ich schon eine Zeitmaschine baue, warum soll sie dann nicht Stil und Phantasie besitzen? Außerdem hat die Sache noch einen praktischen Hintergrund. Durch die Edelstahlkonstruktion des DeLorean wurde die Ladungsverteilung . . ."

Er unterbrach sich, als seine Digitaluhr zu piepsen begann.

„Noch zehn Sekunden", sagte Doc Brown. „Paß auf, daß die Kamera läuft."

„Ich hab sie gar nicht angehalten."

„Fünf Sekunden. Bereite dich auf eine plötzliche Luftverdrängung vor."

Marty hielt die Kamera ganz fest und zielte auf die Stelle, an der der DeLorean verschwunden war.

„Vier . . . drei . . . zwei . . . eins . . ." Als Doc Brown die Sekunden mitzählte, verriet seine Stimme seine innere Spannung.

Genau nach Plan zerrte eine scharfe Bö an ihnen, der ein betäubender Überschallknall folgte, so daß ihnen die Haare zu Berge standen. Direkt nach dem Knall tauchte der DeLorean an derselben Stelle wieder auf, an der sie ihn zuletzt gesehen hatten. Doch er stand nicht, sondern bewegte sich mit der gleichen Geschwindigkeit wie zuvor.

„Zweihundertzwanzig Kilometer in der Stunde!" rief Doc Brown Marty durch den Donner zu.

Dann drückte er auf den Bremsknopf seiner Fernbedienung, und das Fahrzeug kam quietschend zum Halten. Rauch stieg von der Karosserie auf.

Doc rannte zum Wagen hinüber. Marty hielt das Kameraobjektiv auf das Fahrzeug gerichtet und folgte ihm. Er kam einige Sekunden nach Doc Brown beim Wagen an. Doc bedeutete ihm, sich dem Wagen vorsichtig zu nähern und zu warten, bis er ihn untersucht hätte. Er legte vorsichtig die Hand auf den Türgriff. Marty zuckte zusammen, als Doc mit einem Schmerzensschrei zurückfuhr.

„Ist es heiß?" fragte Marty.

„Nein. Es ist kalt. Saukalt", sagte Doc Brown, während er heftig mit den Fingern schlenkerte.

Er wartete einige Sekunden, ehe er die Tür auf der Fahrerseite anhob. Einstein lugte mit wedelndem Schwanz zu ihnen heraus. Marty war erleichtert, als er sah, daß ihm anscheinend nichts geschehen war. Doc freute sich ebenfalls, daß sein Hund in bester Verfassung war, doch schien seine Haltung eher wissenschaftlich distanziert. Statt den Hund zu streicheln, drehte er das Halsband herum, so daß sie die daran befestigte Digitaluhr ablesen konnten.

Die Uhr zeigte 1.20.10. Doc Brown las die Zeit ab und lächelte. Nach seiner Uhr war es 1.21.10.

„Genau eine Minute Differenz", sagte er triumphierend. „Und Einsteins Uhr läuft noch. Sie ist nicht stehengeblieben"

„Geht es ihm gut?" fragte Marty.

„Soweit ich ihn kenne, ist er in Ordnung."

Doc Brown löste das Geschirr. Einstein sprang verspielt und fröhlich aus dem Wagen. Doc Brown faßte in seine Hosentasche und gab dem Hund einen Fleischknochen als Belohnung. „Ein geringer Lohn für eine so wichtige Forschungsarbeit", meinte er.

„Bist du sicher, daß es ihm gutgeht?"

„Ja", antwortete Doc Brown. „Und er weiß nicht einmal, daß etwas geschehen ist. Für ihn lief es in Nullzeit ab. Deshalb geht seine Uhr auch gegenüber meiner eine Minute nach. Er hat diese Minute einfach übersprungen und ist direkt in dieser Minute angekommen . . ."

Als er Martys Stirnrunzeln sah, bedeutete Doc Brown ihm, näher an den DeLorean heranzutreten. „Komm her, ich will dir zeigen, wie es funktioniert", sagte er, während er seinen Kopf ins Cockpit steckte.

Marty schob sich näher heran und blickte zu der immer noch blinkenden Anordnung von Skalen und Anzeigen.

Wie ein Kind, das ein neues Spielzeug herumzeigt, begann Doc Brown, Schalter umzulegen und zu erklären. „Zuerst schaltet man die Zeitkreise ein." Eine farbenprächtige Lichterkette flammte auf, als er den entsprechenden Knopf drückte.

„Diese Anzeige sagt dir, wohin du fährst, diese zeigt, wo du bist, und hier kannst du ablesen, wo du herkommst", fuhr er fort.

Marty sah sich die Anzeigen aus der Nähe an. Sie waren beschriftet mit ZIELZEIT, JETZTZEIT und STARTZEIT.

Ohne abzuwarten, ob Marty etwas fragen wollte, setzte Doc Brown seine schnellen Erklärungen fort. „Mit dieser Tastatur gibt man die Zielzeit ein", sagte er. „Willst du die Unterzeichnung der Unabhängigkeitserklärung sehen?"

Marty starrte ihn bestürzt an; in seinem Kopf drehte sich alles. Konnte diese Maschine wirklich, so kompliziert sie auch war, solche Wunder vollbringen?

Wiederum ohne seine Reaktion abzuwarten, stellte Doc Brown eine Zielzeit ein: 4. 7. 1776. „Und jetzt müssen wir nur noch nach Philadelphia fahren, oder willst du lieber die Geburt Christi miterleben?"

Er veränderte die Anzeige auf den 25. 12. 0.

„Natürlich", ergänzte er lehrerhaft, „gibt es über dieses Datum gewisse Zweifel. Manche Wissenschaftler sagen, daß Christus im

Jahr vier vor Christus geboren worden sei, weil im Mittelalter jemand einen Übertragungsfehler gemacht habe. Aber wenn wir annehmen, daß der 25. 12. 0 stimmt, dann brauchen wir nur noch nach Bethlehem zu fahren."

„Kein Problem", sagte Marty.

Doc Brown, der inzwischen völlig in der Erläuterung des Systems aufgegangen war, veränderte die ZIELZEIT auf den 5. 11. 1955. „Und dies ist ein wichtiges Datum in der Geschichte der Wissenschaft und des Fortschritts", fuhr er fort. „Der 5. November 1955. Ich glaube, es war ein Sonnabend – ja, jetzt, da ich darüber nachdenke, bin ich sicher. Es war ein ziemlich trüber Tag."

„Und was ist da passiert?" fragte Marty. Das Datum lag mehr als ein Jahrzehnt vor seiner Geburt, so daß er nur spekulieren konnte. „War das die Entdeckung des Salk-Impfstoffs oder so etwas?" fragte er; aus dem naturwissenschaftlichen Unterricht konnte er sich daran erinnern, daß der Impfstoff gegen die Kinderlähmung etwa in dieser Zeit entdeckt worden war.

„Nein", sagte Doc Brown. „Es ist ein Datum, von dem bisher noch niemand weiß. Das heißt niemand außer mir. An diesem Tag erfand ich meine Zeitreise."

„Und was war das gerade?" unterbrach Marty.

„Heute fand die praktische Erprobung statt", sagte Doc Brown lächelnd. „Am 5. November 1955 hatte ich die Idee; das war der Augenblick, in dem alles in einer Theorie mündete, von der ich wußte, daß sie funktionieren würde." Er lehnte sich gegen die glänzende Karosserie des DeLorean, während sich seine Augen in glücklichen Erinnerungen trübten. „Ich kann mich noch genau daran erinnern", sagte er. „Ich stand auf meiner Toilette und hängte eine Uhr auf. Das Porzellan war feucht. Ich glitt aus und schlug mit dem Kopf an das Waschbecken. Und als ich wieder zu mir kam, hatte ich eine Offenbarung, eine absolut vollkommene Vision, ein Bild im Kopf, das mir alles zeigte, was ich tun und wie ich es angehen mußte."

Er deutete zum Wagen. „Ob du's glaubst oder nicht, ich hab dieses Fahrzeug hier gesehen", fuhr er fort. „Mein Traum oder meine Halluzination oder wie du's nennen willst, enthielt ein Bild von diesem Wagen."

„Erstaunlich", meinte Marty. Er konnte nur zustimmen, denn er kannte das Gefühl. Er war einmal mitten in der Nacht aufgewacht und hatte ein neues Lied mit Text und Melodie in seinem Kopf gehört. Er brauchte es nur noch aufzuschreiben. Natürlich war das, verglichen mit einem wissenschaftlichen Durchbruch wie der Zeitreise, ein kleiner Fisch, aber das Gefühl war dasselbe.

Doc Brown beugte sich wieder in den Wagen und deutete auf eine Zentraleinheit. „Film das mal", sagte er.

Marty richtete die Kamera auf das seltsame Gerät. Dann rückte Doc Brown ein wenig zur Seite, so daß er mit dem Apparat zusammen aufs Bild kam, und begann, wieder mit seinem professionellen Tonfall, die Funktionsweise zu erklären. „Dieses Gerät hier macht die Zeitreise möglich – der Ladungsträger."

„Ladungsträger?" wiederholte Marty. „Heißt das Ding wirklich so, oder hast du dir das nur ausgedacht?"

„Das ist eine völlig logische Bezeichnung, die mir einfiel, als ich mir überlegte, wie man seine Funktionsweise in ein oder zwei Worten beschreiben könnte. Jeder hervorragende Wissenschaftler hätte in etwa den gleichen Namen gewählt, wenn er die Gelegenheit dazu gehabt hätte."

Marty kicherte innerlich über den Mangel an Bescheidenheit, den sein Freund an den Tag legte. Doch es tat seiner Zuneigung zu ihm keinen Abbruch – im Gegenteil, er fand es sogar recht erfrischend.

„Ich habe fast dreißig Jahre und das gesamte Vermögen meiner Familie gebraucht, um die Vision, die ich hatte, nachdem ich von der Toilette gefallen war, in die Tat umzusetzen . . . mein Gott, war da wirklich eine so lange Zeit? Ich hab genau . . ."

Er holte einen kleinen Taschenrechner aus der Montur, drückte rasch ein paar Tasten und sagte: „Ich habe genau neunundzwanzig Jahre, elf Monate und 355 Stunden daran gearbeitet. Urlaub und einige unbedeutende Erkrankungen natürlich ausgenommen. Stell dir nur vor. Beinahe dreißig Jahre. Erstaunlich. Seitdem hat sich eine Menge verändert. Damals war hier Farmland, so weit das Auge reichte . . ."

Er blickte zum Horizont, der jetzt von den großen Kaufhäusern des Einkaufszentrums und den Natriumdampflampen beherrscht wurde. „Ich kann kaum glauben, daß das alles verschwunden ist."

„Was denn?"

„Die Farm . . . die Jahre . . ."

Plötzlich wirkte er sehr traurig.

Marty versuchte ihn aufzuheitern. Er klopfte auf die Karosserie des DeLorean und sagte: „Das ist schon 'ne tolle Sache, Doc. Ich bin echt beeindruckt."

Das Kompliment veränderte Docs Haltung. Seine Augen kehrten in die Gegenwart zurück, die Trübung verschwand, und sein Blick wurde schärfer.

„Ja, ich bin wirklich stolz darauf", erklärte er lächelnd.

„Und das Ding läuft mit bleifreiem Normalbenzin?" fragte Marty.

Doc schüttelte grinsend den Kopf. „Leider nicht", antwortete er. „Ich hab's am Anfang damit versucht, aber das war ein Traum, der sich einfach nicht verwirklichen ließ – dieses Gerät auf einfache und preiswerte Weise zu betreiben. Vielleicht wird das in der Zukunft einmal möglich sein, doch im Augenblick braucht es noch einen Treibstoff mit etwas mehr Saft."

„Meinst du Atomenergie?" riet Marty.

Doc Brown nickte und deutete auf einen Behälter, der purpurne Radioaktivitätswarnschilder trug.

„Plutonium? Willst du damit sagen, daß dieses Biest strahlt?"

„Eigentlich ist es nur elektrische Energie", erwiderte Doc. „Ich brauche eine nukleare Reaktion, um die erforderlichen 1,21 Gigawatt Strom zu erzeugen. Der Ladungsträger speichert ihn und gibt ihn schlagartig frei wie einen gewaltigen Blitz. Es ist wirklich ziemlich effizient."

„Jetzt aber mal halblang", sagte Marty. „Plutonium zu besitzen ist illegal. Hast du es geklaut?"

„Klar doch. Wie sonst kommt ein normaler Bürger an Plutonium?"

„Du bist also los und hast es gestohlen?"

„In gewisser Weise. Das heißt, ich ließ es jemand anders stehlen. Nein, das stimmt auch nicht. Jemand anders, der es bereits gestohlen hatte, gab es mir."

„Gab es dir?" fragte Marty zweifelnd nach. „Willst du damit sagen, daß es dir jemand einfach geschenkt hat?"

„Bist du vom FBI?" erwiderte Doc Brown lächelnd. „Ich möchte nicht, daß du zuviel weißt. Das ist vielleicht nicht gut für dich. Alles, was ich sagen kann, ist, daß jemand dieses Plutonium hatte und es mir gab, so daß es nicht mehr für das ursprüngliche, sondern für mein Projekt verwendet werden konnte. Ich hielt dieses andere Projekt nicht nur für weniger wichtig als meines, sondern sogar für schädlich für die Zukunft der Gesellschaft. So schlug ich zwei Fliegen mit einer Klappe, indem ich das Plutonium diesem gefährlichen Projekt entzog und für mein nützlicheres verwendete."

„Du hast doch nicht etwa was bei unserem Raumfahrtprogramm gedreht?"

„Aber nicht doch", sagte Doc scheinheilig. „Ich halte die Erforschung des Raums für ein wichtiges Vorhaben. Ich kann dir versichern, daß ich durchaus dafür bin. Aber jetzt dränge mich bitte nicht weiter. Es kann nur gut für dich sein, wenn du nicht zu viele Details kennst."

„In Ordnung", murmelte Marty.

„Und bevor wir nun fortfahren, müssen wir dich schützen", erklärte Doc.

Er trat an den Möbelwagen und holte einen gelben Strahlenschutzanzug heraus. „Zieh ihn an", sagte er.

Marty schaltete die Videokamera aus und legte den Anzug an. Es war eine kühle Nacht, und es tat gut, eine zusätzliche Oberbekleidung zu haben. Als er die Kappe über den Kopf gezogen hatte, fühlte er sich wie ein Tiefseetaucher auf dem Meeresgrund, völlig vom Rest der Welt isoliert.

Doc Brown holte äußerst vorsichtig und bedächtig einen zehn Zentimeter dicken Zylinder aus dem Möbelwagen. Marty wußte, daß in der Kapsel ein von Wasser umgebener Plutoniumstab sein mußte, der als neue Energiequelle für den Wagen dienen würde. Nachdem er den DeLorean vorsichtig näher an den Möbelwagen gesetzt hatte, damit das Plutonium nicht zu weit bewegt werden mußte, kehrte Marty zu seiner Kamera zurück und schaltete sie wieder ein. Doc Brown trat gerade hinter den Wagen und legte den Plutoniumzylinder in den Ladetrichter. Dann versiegelte er den Trichter und zog die Haube seines Strahlenschutzanzuges zurück. „Jetzt ist es wieder sicher", sagte er lächelnd. „Alles mit Blei gepanzert."

Marty nahm jetzt auch seine Haube ab und wartete auf Docs nächste Anweisungen.

„Paß nur auf, daß du meinen Start draufbekommst", sagte Doc. „Wär doch jammerschade, wenn alles drauf ist und der Start fehlt."

„Wohin willst du denn?"

„In die Zukunft."

„Und wie weit?"

„Ach." Doc Brown schnippte mit den Fingern. „Ich hätte beinahe mein Gepäck vergessen."

Er lief rasch zum Möbelwagen zurück, holte einen Koffer heraus und kehrte zum DeLorean zurück. „Wer weiß, ob sie in der Zukunft noch Baumwollunterwäsche benutzen", sagte er. „Ich bin gegen Kunstfasern allergisch. Wäre ziemlich unangenehm, wenn ich in der Zukunft einen bösen Ausschlag bekäme."

„Bist du sicher, daß nichts passieren kann?" fragte Marty.

„Meine Maschine funktioniert", entgegnete Doc Brown. „Das hast du doch gerade gesehen, oder?"

„Ich meine, ob du sicher bist, daß dir in der Zukunft nichts passieren kann. Stell dir doch mal vor, du landest mitten in einer Bombe oder in einer Robotergesellschaft, die dich gefangennimmt. In der Vergangenheit bist du bestimmt sicherer aufgehoben, denn da ist niemand so gut ausgerüstet wie du. Aber die Zukunft . . ."

Doc Brown lächelte, von der Sorge des jungen Mannes um seine Sicherheit berührt. „Was du sagst, ist sicher richtig", räumte er ein. „Ich hab lange darüber nachgedacht, wohin ich als erstes reisen sollte. Aber ich habe mir gesagt, daß ein Blick in die Zukunft spannender ist als in die Vergangenheit. Ich möchte wissen, ob es mit der Menschheit aufwärts oder abwärts geht. Und außerdem", fügte er mit einem verschlagenen Kichern hinzu, „wenn ich ein Vierteljahrhundert die Straße runterfahre, könnte ich herausfinden, wer die nächsten fünfundzwanzig Baseball- und Footballmeisterschaften gewinnt. Das wäre doch 'ne hübsche Rentenversicherung für meine alten Tage."

Marty nickte.

„Nun, komm zu mir, wenn ich zurück bin, und ich werde dir schon sagen, was in der Zukunft los ist."

„Mach ich."

Doc räusperte sich und wandte sich mit einer ernsteren Haltung wieder an die Kamera.

„Ich, Dr. Emmett Brown", begann er, „werde mich in wenigen Sekunden auf eine Reise von historischer Bedeutung begeben –"

Einstein begann wütend zu bellen.

Doc unterbrach sich mitten im Satz. Was war es – ein Wachmann des Einkaufszentrums, eine Katze oder etwas viel Schlimmeres?

Er hörte das Motorengeräusch schon, bevor er die Lichter sah. Dann bog das Fahrzeug plötzlich ab, die Scheinwerfer richteten sich direkt auf ihn und hüpften auf und nieder, als der Wagen 800 Meter von ihnen entfernt über die Fahrbahnschwellen fuhr, die zur Senkung der Geschwindigkeit in der Einfahrt des Einkaufszentrums lagen. Es hätten Jugendliche sein können, die zum Spaß in der Gegend herumkurvten, doch irgend etwas, die Geschwindigkeit oder die Zielstrebigkeit des Wagens, sagte Doc Brown, daß das Allerschlimmste eingetreten war.

Marty hielt die Kamera an und beobachtete Doc Brown durch den Sucher. Das Gesicht seines Freundes war aschgrau, der Mund geöffnet; sein Atem ging flach und keuchend. Wirklich, er zeigte alle Schocksymptome bis auf die dabei übliche Schwäche, aber das konnte noch kommen. Marty ließ die Kamera stehen und ging zu Doc Brown, um ihm, so gut er konnte, zu helfen.

„Was ist los?" flüsterte er.

Doc schien ihn nicht zu hören. Wie gebannt folgte er mit den Augen dem Wagen, der ziemlich genau in ihre Richtung fuhr. Als er einen kleinen Schlenker machte, konnten sie sehen, daß es kein normales Auto und auch kein Streifenwagen war. Von der langen, schrägen Kühlerhaube abgesehen, war es ein ziemlich großer Kasten, ein Lieferwagen, der etwas unheimlich wirkte – schwarz lackiert und mit Fenstern, die durch einen Anstrich oder durch Vorhänge abgedunkelt waren.

„Du hast recht, Einie . . .", sagte Doc Brown schließlich, während er den Kopf seines Hundes streichelte. „Sie sind es."

„Wer denn?" fragte Marty.

Doc Brown hatte ihn anscheinend nicht gehört. „Sie haben mich gefunden", murmelte er. „Ich weiß nicht, wie, aber sie haben mich gefunden."

IV

AM 25. OKTOBER 1985, kurz nach drei Uhr nachmittags erhielt der Schwarze, der nur als Sam bekannt war, eine Nachricht von seinem Vorgesetzten. Als er sie las, wurde er so wütend, daß seine dunklen, schwermütigen Augen rachsüchtig funkelten.

„Man hat uns reingelegt", sagte er einfach zu den vier Männern und der jungen Frau, die in dem schmuddeligen Motelzimmer saßen und auf Instruktionen warteten.

Während er sprach, entsicherte er sein Schnellfeuergewehr, ein AK 47, legte die Waffe vor sich auf den Tisch und begann in seiner Aktenmappe herumzuwühlen.

„Und nicht zum erstenmal", sagte die junge Frau. „Wir sind nicht brutal genug. Wenn die Welt wüßte, daß wir unsere Gegner töten, statt mit ihnen zu verhandeln und nachzugeben, wären wir nicht aufzuhalten. Aber nein, man hält uns für Verrückte mit Kanonen."

Sam kannte diesen Sermon bereits. Seine eigene Karriere als international arbeitender Terrorist hatte vor nahezu dreißig Jahren begonnen, und seitdem hatte es in der Organisation permanent ein Mitglied gegeben, das nichts wollte als noch mehr Leichen. Manchmal waren es die Jüngsten, die unbedingt den Älteren beweisen wollten, wie hart sie seien; diesmal war es Uranda, ein fünfundzwanzigjähriges ehemaliges Fotomodell aus Damaskus, die scharf darauf war, andere Leute mit Blei vollzupumpen.

„Keine Sorge", meinte Sam. „Heute abend werden wir keine Leisetreter sein. Es wird nur eine Leiche geben, aber wenn wir mit dem Burschen fertig sind, wird er ziemlich tot sein."

Er zog die Papiere aus seiner Aktenmappe. Der Ordner enthielt eine großformatige Aufnahme von Doc Browns Gesicht, einen zehnseitigen, eng getippten Bericht über seine letzten Aktivitäten und Gewohnheiten und einen Lageplan seines Hauses und seiner Werkstatt. Sam hatte den Ordner bereits vor einer Woche erhalten, als der Verdacht aufgekommen war, daß Brown doch nicht so verläßlich war, wie die Organisation gehofft hatte. Der letzte Beweis für Doc Browns Doppelspiel war am Morgen gekommen, und kurz darauf war die Entscheidung gefallen, ihn zu eliminieren.

Sam legte das Farbfoto auf den kleinen Tisch und bedeutete den anderen, es sich genau anzusehen.

„Was hat er gemacht?" fragte Uranda. „Nicht, daß es was ändern würde. Er wirkt jüdisch."

„Wir haben ihn angeheuert, weil er uns eine Atombombe bauen sollte."

Die Augen der jungen Frau funkelten erregt.

„Wir haben Plutonium gestohlen und es ihm gegeben. Er hat

den Bau verzögert, so lange er konnte, und uns die Waffe erst nach massiven Drohungen übergeben."

„Und?" fragte ein anderes Gruppenmitglied.

„Die ‚Bombe' bestand aus einem Kasten, der mit gebrauchten Flipperteilen gefüllt war", sagte Sam.

Uranda rollte die Augen, doch einen Moment später füllte sich ihr Gesicht mit einem Ausdruck glücklicher Vorahnung.

„Wir werden ihn heute nacht töten", fuhr Sam fort. „Das Hauptquartier hat entschieden, daß es sich nicht lohnt, ihn für eine Befragung zu entführen. Ihr zwei beschattet ihn für den Rest des Tages. Wir haben gute Aussichten, ihn in der Garage zu erwischen, in der er arbeitet, oder am Twin Pines Mall. Seit einiger Zeit ist er öfter dort, vor allem spätabends."

„Ist er bewaffnet?"

„Meistens nur mit einem alten 45er Colt. Möglicherweise funktioniert er gar nicht."

MARTY sah den schwarzen Lieferwagen rasch auf sie zukommen. Er hatte große Angst, obwohl er nicht wußte, wer oder was sich ihnen da näherte. In diesem Augenblick regte sich ein schrecklicher Gedanke in ihm. Wenn es der Tod war, der da auf sie zukam, dann, so schwor er sich, würde er herausfinden, wer dahintersteckte.

„Wer ist in dem Wagen?" rief er.

Doc Brown blieb keine Zeit für eine wohlüberlegte Antwort. Marty packte ihn so fest am Ärmel, daß er sich wie ein Kreisel drehen mußte, um sich zu befreien. Mitten in der Bewegung schrie er: „Die Libyer, die ich bestohlen habe!"

Marty konnte mit dieser Antwort nicht viel anfangen, aber er hatte bis zu diesem Augenblick nur von wenigen Libyern gehört, die nicht in schlimme und gefährliche Dinge verwickelt gewesen waren. Der Effekt glich in etwa dem, wenn in einem überfüllten Kino jemand „Feuer!" ruft. Marty wußte auf Anhieb und ohne weitere Informationen, daß ihnen Schwierigkeiten bevorstanden. Er warf sich zur Seite und sah sich nach Deckung um. Die beiden einzigen Möglichkeiten waren Docs Möbelwagen und der DeLorean.

Doc Brown stürzte schon zum Möbelwagen.

„Lauf los, Marty!" rief er. „Ich zieh sie auf mich!"

Mit diesen Worten stürzte er in den Wagen, um einen Augenblick später mit einem Revolver wiederaufzutauchen. Doch inzwischen war die Seitentür des anderen Wagens aufgeglitten, und ein dunkler Arafat-Typ beugte sich heraus. Er hob ein AK-47-Sturmgewehr und eröffnete das Feuer.

Marty war noch nie beschossen worden. Allerdings hatte er einmal einen hart geschlagenen Baseball vor den Kopf bekommen. Das Gefühl war ähnlich gewesen. Er schien sich im Zeitlupentempo zu bewegen, eine hilflose Gestalt in einer Echokammer, in der scharfe Geräusche widerhallten. Der Horizont mit seinen vertrauten Umrissen – die Masten der Versorgungsleitungen, die Lampen, die Warenhäuser – schien verschwunden zu sein, so daß er das Gefühl bekam, in einer Kugel in einer schwarzen Flüssigkeit gefangen zu sein. Die beiden einzigen Geräusche – die Schüsse und sein Atem – wetteiferten miteinander, wurden durch seine Panik zu lautem, metallischem Hallen verstärkt.

Er sah Doc Brown, der seinen Revolver auf den Lieferwagen richtete und durchzog. Doch kein Schuß war zu hören, kein Mündungsfeuer blitzte auf. Die Kugeln fielen aus der Waffe, verstreuten sich um seine Füße im Wagen. Doc ließ den Revolver fallen und begann zum Einkaufszentrum hinüberzulaufen, das volle fünfhundert Meter entfernt war.

Der Lieferwagen hielt mit quietschenden Reifen, wendete und fuhr Doc Brown hinterher, der erst fünfzig Meter zurückgelegt hatte. Der Wagen, der im niedrigsten Gang fuhr, holte schnell auf.

„Nein!" schrie Marty. „Doc! Warte!"

Doch während er rief, wußte Marty, daß es kein guter Rat war. Würden diese verrückten Libyer denn Gnade walten lassen, wenn Doc plötzlich aufgäbe und um sein Leben flehte? Es war unwahrscheinlich – vorsichtig ausgedrückt –, doch irgend etwas zwang Marty, das Unmögliche herauszuschreien.

Er blieb einen Moment lang reglos stehen, seine Blicke schossen hin und her, suchten verzweifelt nach einer Möglichkeit, seinem Freund zu helfen. Dann sagten ihm eine Salve aus dem Sturmgewehr und ein Aufschrei, daß es zu spät war. Er drehte sich um und sah Doc Brown, der die Hände vor die Brust preßte, scharf umknickte und aufs Gesicht fiel.

„Ihr Hunde!" schrie Marty. Seine Stimme schien von irgendwo hinter ihm zu kommen und wie ein kalter Wind an ihm vorbei über die weite, leere Fläche zu hallen.

Der schwarze Lieferwagen wendete und kam zu Marty zurück. Doc lag bewegungslos am Boden; sein linker Fuß war in einem bizarren Winkel abgeknickt. Marty hatte keinen Zweifel, daß der Mann tot war.

Und er würde es auch gleich sein, wenn er nicht schnell etwas unternahm. Einen Moment dachte er daran, zu Docs Möbelwagen zu rennen. Er war groß und langsam und schwerfällig, doch wenigstens konnte er ihn fahren. Aber sein Verstand, der jetzt wieder auf Hochtouren lief, verwarf die Idee als selbstmörderisch. Mit diesem lahmen Kasten würde er nicht einmal das Ende des Parkplatzes erreichen. Wenn es schon sein Schicksal sein sollte, dann starb er lieber wie ein Held oder wenigstens in einem Wagen, der sich nicht bewegte, dafür aber eine gewisse Klasse besaß.

Er schnappte sich die Videokamera, falls er Beweise für den Mord an Doc Brown brauchte, und warf sie in den DeLorean. Dann sprang er hinterher und senkte die Flügeltür. Er sah sich verwirrt um. Überall blinkten Lichter, doch er konnte nirgends einen Startknopf entdecken. In der Zwischenzeit, während er noch überlegte, brüllte der Motor des schwarzen Lieferwagens auf, und das Fahrzeug raste in knapp dreißig Zentimeter Abstand rechts an ihm vorbei. In der offenen Tür stand der dunkle Libyer mit dem Sturmgewehr. Marty glaubte den Anflug eines Lächelns zu sehen, als der Mann auf ihn zielte und durchzog.

Nichts geschah. Marty, der sich zu einer fötalen Position zusammengerollt hatte, zwinkerte verwundert und sah aus dem Fenster. Der Wagen war schon über einen halben Meter entfernt und wurde langsamer; der Libyer fluchte und schlug mit der Faust gegen seine Waffe, die offensichtlich Ladehemmung hatte. Ein wütender Wortschwall, zweifellos libysche Flüche, durchbrach die Stille der Nacht.

„Lauf doch!" schrie Marty den DeLorean an.

Er musterte die Schalterreihen und die Anzeigen auf dem Armaturenbrett mit wachsender Verwirrung. Was war das Geheimnis? Ein Knopf? So etwas wie ein digitaler Code? Seine Augen flogen hin und her, versuchten das Geheimnis zu lösen.

Als er endlich des Rätsels Lösung fand, war sie so einfach, daß er beinahe gelacht hätte. An der Lenksäule befand sich, wie bei einem ganz normalen Auto, ein Zündschloß mit einem Schlüssel.

„Ich werd nicht mehr", murmelte Marty.

Gerade als er nach dem Schlüssel griff, hörte er Reifen quietschen – der schwarze Lieferwagen war wieder zu ihm unterwegs. Marty startete den DeLorean, legte einen Gang ein und trat das Gaspedal durch. Der Wagen reagierte noch besser, als Marty gehofft hatte. Er schoß los, als hätte er einen Tritt bekommen. Einen Augenblick lang konnte er den Wagen der Libyer zu seiner Linken als schwarze Masse aufragen sehen, dann blieb er so schnell zurück, daß Marty sich fragte, ob er nicht ein Schreckgespenst gewesen sei, von seiner eigenen Phantasie erzeugt.

Doch hätte der libysche Fahrer seine Wende nicht in die falsche Richtung gemacht, wäre Marty tatsächlich ein leichtes Ziel für den Schützen gewesen. Aber der Fahrer war nicht nach rechts, sondern nach links eingebogen und hatte dicht vor Marty gewendet, so daß die offene Tür auf der falschen Seite lag. Als er seinen Fehler korrigiert hatte, fuhr der DeLorean schon im höchsten Gang und ließ den Verfolger rasch zurückfallen.

Marty sah im Rückspiegel, wie der Schütze zielte. Mit wildem Schlenkern wich er den Geschossen aus, die sich links und rechts von ihm in den Asphalt bohrten. Marty hatte allerdings keine Zeit, sich zu gratulieren. Vor ihm lag das Ende des Parkplatzes, dem er sich mit zweihundert Kilometern näherte. Das Scheinwerferlicht fiel auf das stählerne Geländer, das den Platz begrenzte, und warnte Marty, daß er in zwei oder drei Sekunden durch die Barriere brechen und eine steile Rampe hinunterstürzen würde. Hinter ihm folgten die tanzenden Lichter der Verfolger jeder Bewegung seines Wagens.

Marty packte das Lenkrad fester, täuschte eine Linkskurve an, schaltete rasch herunter und zog den Wagen scharf nach rechts. Die Reifen quietschten, schleuderten Kies gegen die Barriere und die Windschutzscheibe, doch er brach nicht aus, und Marty konnte die Wende vollenden und dem Lieferwagen abermals entkommen. Er drückte das Gaspedal bis zum Boden durch und sah die Tachonadel fast im gleichen Moment von hundertfünfzig auf hundertachtzig Kilometer zucken. Aber der libysche Fahrer war ein Profi. Obwohl er eine schwächere Maschine hatte und unbeweglicher war, schaffte er es, schnell zu drehen und zu beschleunigen, bis er knapp zwanzig Meter hinter dem schnittigen DeLorean klebte.

„Okay“, flüsterte Marty. „Dann wollen wir doch mal sehen, wer schneller ist.“

Während der DeLorean an Docs leblosem Körper vorbeiraste, blickte Marty auf den Tachometer. Zweihundert. Als er Docs Möbelwagen passierte, zeigte der Tachometer zweihundertzehn, und der Libyer machte keine Anstalten, das Rennen aufzugeben.

„Na gut, ihr Hunde", zischte Marty. „Mal sehen, ob ihr zweihundertfünfzig Kilometer schafft!"

Hinter ihm knatterte das Schnellfeuergewehr, und einige Kugeln schlugen vor ihm in den Asphalt, so daß Funken sprühten und Teerstücke gegen die Kühlerhaube knallten. Marty sah entnervt nach rechts – zu spät. Einen Sekundenbruchteil hatte er die Chance gehabt, nach rechts abzudrehen, durch die Einfahrt zu entkommen und den Lieferwagen auf dem Highway abzuhängen. Dieser Sekundenbruchteil war vertan. Vor ihm lag das andere Ende des Parkplatzes, wieder mit einem Geländer gesichert, und ihm blieb, wie er bemerkte, kaum noch Platz zum Wenden.

Sollte er jetzt ausbrechen? Damit hätten die Libyer einen besseren Schußwinkel, aber er könnte immer noch versuchen, die Einfahrt zu erreichen.

Marty grübelte einen Moment und sah auf den Tachometer.

Zweihundertzwanzig.

Hinter seinem Kopf begannen Kontrollen und Anzeigen aufzuflammen, auf dem Armaturenbrett tauchten Zahlenreihen auf und verschwanden wieder, und eine Art Sirene ertönte. Was hatte er falsch gemacht? War eine Sicherung durchgebrannt? Die Maschine überdreht? Hatte er etwas berührt, das er besser nicht angefaßt hätte?

Seine Augen überflogen rasch das Armaturenbrett. Während er noch nach einer Aufklärung suchte, sah er aus den Augenwinkeln vor sich etwas Großes aufragen, das einen Moment zuvor noch nicht dagewesen war. Er riß den Kopf hoch – aber da waren nicht mehr das Geländer und die Bogenlampen des Twin-Pines-Einkaufszentrums, sondern das Gesicht einer Vogelscheuche!

„Was zum Teufel –"

Die Vogelscheuche verschwand genauso schnell, wie sie aufgetaucht war; ihr Gespenstergesicht prallte vor die Windschutzscheibe und zerbarst in einer Wolke aus Stroh. Dann ragte wieder etwas vor ihm auf – ein großes, wuchtiges Gebäude. Gleichzeitig schaukelte und schwankte der Wagen, als hätte er plötzlich den glatten Asphalt verlassen, um über Pflastersteine oder ein gepflügtes Feld zu fahren.

Marty, der beinahe auf den Beifahrersitz geworfen wurde und einmal sogar mit dem Kopf gegen das Dach schlug, konnte nichts weiter tun, als das Lenkrad festzuhalten, so gut er es vermochte. Mittlerweile hatte das große Gebäude vor ihm fast den ganzen helleren Himmel verdeckt, so daß er nur noch Schattierungen von Schwarz und Grau sah. Ihm blieb nur noch ein kurzer Augenblick zum Ausweichen, und so richtete er den DeLorean auf ein helleres Rechteck vor ihm und bereitete sich auf den Aufprall vor, der nicht kam. Statt dessen wurde es plötzlich stockdunkel, als wäre er in einen Brunnen gestürzt. Er trat hart auf die Bremse und spürte, wie der Wagen langsamer wurde. Dann kam ein Aufprall, der Marty vor das Armaturenbrett schleuderte. Im gleichen Augenblick fiel etwas mit einem lauten Knall auf das Dach.

Die Luft um den jetzt stehenden DeLorean füllte sich mit dichtem gelbem Staub. Marty versuchte sich blinzelnd in dieser neuen Umgebung zu orientieren, in die es ihn wie aus heiterem Himmel vom Parkplatz aus verschlagen hatte. Nach einer Weile nahmen einige Dinge Gestalt an – Latten, Strohballen und eine Mistgabel. Die Gegenstände blinkten, was Marty verwirrte, bis er erkannte, daß die Warnblinkanlage des DeLorean eingeschaltet war. Irgendwo im Hintergrund hörte er einen Hund bellen.

„Scheiße", sagte Marty langsam. „Ich bin in einer Scheune. Wie bin ich bloß in eine Scheune gekommen?"

DER ABEND war für Otis Peabody nicht gerade erfreulich verlaufen. Er war fünfundvierzig, und wenn er, gewöhnlich todmüde, von seiner Arbeit auf der Farm heimkehrte, war er absolut nicht bereit, sich die Vorwürfe und Quengeleien seiner Frau und seiner Kinder anzuhören. Meistens wollte er sich nur hinsetzen und ein gutes Essen verdauen, die Morgenzeitungen lesen und nach einer Weile einschlafen.

Die erste schlechte Nachricht erreichte ihn schon beim Eintreten – die Autobatterie war leer.

„Die können wir wieder aufladen lassen", sagte er knapp und marschierte weiter zum Abendbrottisch.

Elsie, seit siebzehn Jahren seine Frau, schüttelte den Kopf. „Mart Peterson sagt, daß sie hinüber ist", antwortete sie. „Mein Gott, sie hat gehalten, seit wir vor sechs Jahren den Wagen gekauft haben, da kann sie schon mal kaputtgehen."

„Was kostet denn 'ne neue?" fragte Peabody.

„Petersons sind zu teuer", sagte Elsie, „aber bei Sears gibt's welche im Angebot. Eine mit vier Jahren Garantie kostet 14,95 Dollar."

„Lächerlich", murmelte Peabody. „Viel zu teuer. Ich frag mich, was die haben wollen, wenn's kein Angebot ist."

„Nun?" fragte Elsie. „Läßt du mir morgen das Geld da, damit ich sie holen kann?"

Peabody nickte seufzend und machte Anstalten, sich zu setzen. Martha, seine vierzehnjährige Tochter, und der elfjährige Sherman wählten diesen Augenblick, um ihre Wünsche vorzubringen. Genaugenommen hatten sie ihren Vater schon den ganzen Monat gelöchert, daß er einen Fernseher kaufen sollte. Inzwischen hatten alle einen, nur sie noch nicht, wie es schien.

„Kannst du nicht einen Fernsehapparat kaufen?" fragte Martha lächelnd. „Bitte, Daddy. Wir müssen doch wegen der Batterie sowieso zu Sears."

„Nein", sagte Peabody barsch.

Die Kinder waren auf die Abfuhr vorbereitet. Statt aufzugeben, ließen sie eine Litanei vom Stapel, was für wundervolle Sendungen man sehen könnte – Ed Sullivan, den Mickey Mouse Club, Colgate Variety Hour, Cisco Kid, Ozzie und Harriet; die Liste nahm kein Ende.

„Alles Quatsch", sagte ihr Vater.

„Das ist nicht fair!" rief Martha. „Einige Lehrer betrachten das Fernsehen als Hausaufgabe."

Peabody sah sie skeptisch an.

„Das ist wahr. Peggy Ann McVey hat die Nachrichten über Präsident Eisenhowers Herzanfall mitgeschrieben und als Referat vorgetragen. Sie hat eine Eins dafür gekriegt."

„Das geht auch mit Zeitungen. Ist doch genau dasselbe", antwortete Peabody.

„Nein", sagte Martha nachdrücklich. „Die Lehrer merken es, wenn man aus der Zeitung abschreibt, aber beim Fernsehen merken sie nichts. Und überhaupt, wenn der Lehrer sagt, daß man Edward R. Murrow sehen soll – wie kann man das denn aus der Zeitung mitkriegen?"

„Wir kaufen uns einen Fernseher, sobald wir es uns leisten können, und keinen Tag früher."

„Ich will die Footballspiele sehen", sagte Sherman schmollend.

Peabody begann seinen Teller zu beladen und entschloß sich, die Kinder zu ignorieren, bis sie von selbst wieder aufhörten. Die Mahlzeit verlief schweigend und in düsterer Stimmung, und danach gingen alle in verschiedenen Zimmern zu Bett.

Ein paar Stunden später knallte es in der Scheune.

Sherman, der sich in seinem Bett zusammengerollt hatte und die neueste Ausgabe der Comicserie *Tales from Space* las, sah das schnell näher kommende Objekt als erster. Er konnte an dem Umriß und an den blitzenden Lichtern sofort sehen, daß es nicht von der Erde stammte. Natürlich, er war gerade mit der Geschichte „Die Weltraumzombies vom Pluto" fertig, in der Außerirdische in Strahlenschutzanzügen Menschenfrauen versklavten und in einem futuristischen Auto mit Flügeltüren herumgondelten. Sherman war sowieso immer im Weltraum unterwegs, aber diese Geschichte hatte ihn noch empfänglicher gemacht, als er ohnehin schon war. Der Weltraum war seine große Leidenschaft, und nun schien dieser Traum Wirklichkeit zu werden. Er schnappte das Comicheft und rannte die Treppen hinunter.

Seine Mutter, sein Vater und seine Schwester standen schon an der Hintertür und starrten zur Scheune hinüber. In dem schwachen Licht konnten sie sehen, daß das Dach eingefallen war, doch das war nicht das erschreckendste. Die Edelstahlkarosserie des DeLorean wies mit dem Bug in ihre Richtung, die hellen Scheinwerferkegel stachen durch den Staub und das aufgewirbelte Stroh. Mit den im Schutt versenkten Rädern und der gelben Warnblinkanlage sah das Ding genauso aus wie die fliegenden Untertassen, von denen sie in den letzten zehn Jahren soviel gehört hatten.

„Was ist das, Papa?" fragte Mrs. Peabody.

„Sieht aus wie 'n Flugzeug . . . ohne Flügel", sagte Peabody vorsichtig.

„Flugzeug?" flüsterte Sherman. „Das ist eine fliegende Untertasse, Papa. Aus dem Weltraum!"

Die vier Peabodys sahen einander erschrocken an. Obwohl es unlogisch war, gingen sie langsam auf das Ding zu. Papa Peabody hielt einen Baseballschläger in der Hand, den er, einige Augenblicke nachdem das Ding in die Scheune eingeschlagen war, aus dem Schrank im Erdgeschoß geholt hatte. Von ihm angeführt, überquerte die Familie die Wiese und den Kiesweg, der zur Scheune führte. Auch aus der Nähe ergaben sich keine Hinweise auf die Identität ihres Besuchers.

Schließlich ergriff Sherman das Wort. „In den Filmen und Comics sind die Erdenmenschen immer friedlich zu den Aliens. Aber das bringt meistens nichts."

„Still!" sagte Peabody.

Seine Augen ruhten wie gebannt auf der Flügeltür, die einen Spalt offenstand und jetzt weiter nach oben glitt. Die Familie erwartete mit einem unbehaglichen Gefühl, was da auf sie zukäme; in den Gesichtern mischte sich Neugier mit Furcht.

„Da kommt was raus", flüsterte Martha.

„Keine Panik", warnte Sherman, der ihre tänzelnden Füße bemerkt hatte. „Wenn wir uns schnell bewegen, könnten sie ausflippen."

In dem festgefahrenen DeLorean bemerkte Marty nicht, daß er beobachtet wurde. Er hatte schon genug Probleme, und eins der größten war, daß er absolut keine Ahnung hatte, wo er gelandet war. Hatte er bei der Verfolgungsjagd das Bewußtsein verloren? Und wenn, wie hatte er es dann geschafft, vom Parkplatz in eine Scheune zu kommen, die mit Sicherheit nicht in der Umgebung von Hill Valley stand? Wenn er nicht das Bewußtsein verloren hatte, was war dann mit dem Geländer passiert? War in diesem Augenblick bereits eine Waffe auf ihn gerichtet, die ihn gleich erledigen würde?

Er schüttelte den Kopf. Trotz des Risikos schien es das beste zu sein, auszusteigen und festzustellen, wo er war.

Er tastete herum und entdeckte nach einer Weile, wie diese seltsame Tür geöffnet wurde. Er drückte sie auf. Während er den Oberkörper aus dem Wagen schob, fiel ein leichter Staubregen über die Schultern und die Kopfhaube seines Strahlenschutzanzuges.

„Das ist ein Alien", flüsterte Sherman Peabody.

Und wirklich, die Gestalt, die aus dem Wagen auftauchte, schien nicht von der Erde zu stammen. Mr. Peabody starrte sie wie gebannt an; in den verkrampften Fingern hielt er immer noch den Baseballschläger. Es hatte keinen Zweck, eine derartig steinzeitliche Waffe gegen einen Außerirdischen einzusetzen. Logik und Moral geboten es zwar, doch sein Grundgefühl war Angst. Das

Gehirn des armen Mr. Peabody hatte sich in Wackelpudding verwandelt, und er dachte nur noch daran, sich in Sicherheit zu bringen.

„Rennt, Kinder!" schrie er. „Rennt um euer Leben!"

Dann machte er selbst den Anfang und zeigte ihnen, was er meinte, indem er zum sicheren Haus zurückrannte. Er hatte sich an die Schrotflinte erinnert, die er für den Fall unter dem Bett versteckt hatte, daß er mitten in der Nacht Besuch von einem Einbrecher bekäme. Dieser Notfall hier schien eine ausreichende Gefährdung ihres Lebens zu bedeuten, so daß ihr Einsatz gerechtfertigt wäre.

Sherman, der seinen Vater im Haus verschwinden sah, erkannte, daß er weit und breit der einzige Mann war, so daß es nun an ihm lag, das Schlimmste zu verhindern. Da er genug über menschliches Verhalten bei der Begegnung mit Wesen aus dem Weltraum gelesen hatte, war er nicht gerade scharf darauf, sei es friedlich oder mit Gewalt, den ersten Schritt zu tun. In den Comics und Filmen schien sich keine der beiden Methoden auszuzahlen. Er konnte sich lebhaft an die Szene in *Krieg der Welten* erinnern, als der Priester langsam zum Marsianischen Raumschiff ging, um in Null Komma nichts beseitigt zu werden.

Dennoch ließ ihn eine rasche Einschätzung der Situation zu dem Schluß kommen, daß hier dem menschlichen Annäherungsversuch vor dem kriegerischen der Vorzug zu geben sei. Er besaß keine Waffe, mit der er den Außerirdischen hätte angreifen oder bedrohen können, und Furcht trübte seine Augen, wenn nicht sein ganzes Gesicht. So schien es angeraten, sich völlig der Gnade dieser Kreatur auszuliefern.

Er streckte vorsichtig eine Hand aus.

„Friede", murmelte er.

Der Alien war inzwischen fast ganz aus dem Raumschiff heraus. Es war ein Zweibeiner mit Armen und einem Körperbau, der entfernt an einen Menschen erinnerte. Sherman fragte sich, was wohl unter dem Helm sei und ob er verständliche Geräusche von sich geben könne.

„He", sagte der Alien in bestem Englisch. „Hallo! Wo bin ich hier?"

Er machte einige Schritte auf sie zu. Sherman, Martha und ihre Mutter wichen langsam zurück.

„Entschuldigung", sagte das Wesen. „Wer seid ihr? Wo bin ich? Ist das hier Hill Valley?"

Mr. Peabodys Schritte donnerten über die Verandastufen. Er trug immer noch seine rote Flanellunterwäsche. Er rannte, die Schrotflinte in Schulterhöhe tragend, auf sie zu.

Sherman, der das Wesen aus der Nähe begutachtet hatte, traf eine rasche Entscheidung, die auf dem Verhalten von Außerirdischen in Comicbüchern und Filmen beruhte. „Knall ihn ab, Papa!" brüllte er. „Der ist schon mutiert und hat eine menschliche Gestalt angenommen! Knall ihn ab!"

Mit nervösen, unsicheren Händen hob Mr. Peabody die Waffe an die Schulter und zielte.

Marty, dessen Gesichtsfeld durch die Haube stark eingeschränkt war, ging, ohne Mr. Peabody zu bemerken, weiter auf die drei Menschen zu, die direkt vor ihm standen.

Im Gehen hob er eine Hand, um die Haube abzunehmen.

„Paß auf, Papa!" rief Sherman. „Der hat was vor!"

„Dir zeig ich's, du mutierter Hundesohn!" schrie Mr. Peabody und zog ab.

Die Schrotgarbe zischte an Martys Ohr vorbei und prasselte hinter ihm in die Wand der Scheune.

Mr. Peabody gab unbeirrt, wenn auch immer noch nervös, einen weiteren Schuß ab, der vor dem Wesen den Dreck aufspritzen ließ. Der Schuß war deutlich danebengegangen, doch das Wesen machte kehrt und rannte zur Scheune zurück.

Durch die Tatsache ermutigt, daß der Außerirdische Angst hatte, klappte Mr. Peabody die Schrotflinte auf und lud nach. Dann tastete er sich behutsam zur Scheune vor und lugte hinein.

„Sei vorsichtig, Papa", warnte Sherman ihn. „Geh nicht zu nahe ran, sonst übernimmt er dein Gehirn."

„Teufel, was redest du da, Junge?"

Sherman, der noch das Comicbuch in der Hand hatte, schlug die Geschichte über die Weltraumzombies vom Pluto auf. „Das steht hier alles drin, Papa", sagte er. „Du mußt es lesen."

„Ich hab jetzt keine Zeit zum Lesen", sagte Papa, was zweifellos richtig war.

Marty war inzwischen zum DeLorean zurückgerannt und stürzte hastig hinein.

„Verdammte, blöde Bauern!" schnaufte er und griff zum Zündschlüssel. Die Maschine lief an, und er setzte den Wagen zurück, ohne sich darum zu kümmern, ob jemand hinter ihm stand. Überall wirbelte Stroh herum, doch er konnte gut genug sehen, um den Wagen zu wenden und durch das Scheunentor hinauszufahren. Als er herausschoß, taumelten die vier Menschen wie Kegel zur Seite. Er war zu schnell und schaffte es nicht mehr, dem weißen Lattenzaun auszuweichen, der zwei frisch gepflanzte Kiefern umgab. Der DeLorean legte einen der beiden Bäume um, bevor Marty ihn auf die schlammige Zufahrt ziehen konnte.

„Du Weltraumbastard!“ rief Mr. Peabody ihm nach. „Du hast meine Kiefer umgebracht!“

Er riß die Flinte an die Schulter und feuerte beide Läufe ab, dem fliehenden Wagen hinterdrein. Die breit streuenden Schüsse zersiebten den Briefkasten.

„Puh“, machte Marty, während er sich nach den rasch kleiner werdenden Gestalten umsah, von denen ihm eine mit erhobener Faust drohte.

Er hatte zwar überlebt, doch wußte er immer noch nicht, wo er war. Wenigstens sprachen die Leute Englisch . . . aber ihre Kleidung war irgendwie komisch. Marty ließ die Szene noch einmal vor seinem inneren Auge ablaufen und konzentrierte sich auf ihre Bekleidung. Die Frauenkleider waren altmodisch; vielleicht sehr alte Erbstücke. Dann ihre Frisuren – auch da war etwas anders, als er es gewohnt war, doch Marty konnte es nicht näher bestimmen. Er hatte solche Menschen – oder Typen wie sie – schon einmal gesehen. Sie schienen aus einem Schwarzweißfilm zu stammen.

„Vielleicht bilde ich mir das auch nur ein“, grübelte er. Er bemerkte, daß er Angst hatte und nicht mehr ein noch aus wußte. Sein Zusammenstoß mit den Libyern hatte ihn mehr aus der Bahn gebracht, als er sich einzugestehen wagte.

Während er über den schlammigen Weg fuhr, bemühte er sich ernstlich, seine Fassung wiederzugewinnen. „Also gut, Marty, reiß dich am Riemen“, sagte er laut. „Es muß eine Erklärung geben. Wahrscheinlich träume ich nur – es muß ein verdammt intensiver Traum sein, aber irgendwie wird sich alles auflösen . . .“

Als er um eine Ecke bog, beleuchteten die Scheinwerfer etwas, das seinen Unterkiefer aufklappen ließ.

„Meine Fresse!“ flüsterte er.

Marty brachte den DeLorean hastig, fast schleudernd zum Stehen und setzte zurück, damit seine Scheinwerfer noch einmal das Haus anstrahlen konnten. Mit blinzelnden Augen musterte er es, versuchte ein Detail zu finden, das anders war, eine Winzigkeit, die ihn davor bewahren könnte, den Verstand zu verlieren.

Aber das Haus war dasselbe. Es war *sein* Haus . . . das Heim, das die McFlys im Augenblick bewohnten. Es stand mitten auf der grünen Wiese und wirkte neuer, als Marty es je gesehen hatte, doch es war eindeutig dasselbe Gebäude.

Langsam formte sich aus den Bruchstücken ein Bild. Vor dem Haus stand eine Tafel: MUSTERHAUS . . . im leichten Nachtwind flatterten träge ein paar Wimpel . . . und daneben stand ein großes Schild mit einer phantasievollen Zeichnung, die das idyllische Haus zwischen prächtigen Eichen und einer typisch amerikanischen vierköpfigen Familie und einem Cadillac zeigte . . ., es war ein sehr alter, wie neu glänzender Cadillac . . ., unter dem Bild versprachen große Blockbuchstaben die Verwirklichung eines Traums: WOHNEN SIE IM HAUS DER ZUKUNFT . . . HEUTE SCHON! LYON-BAUGESELLSCHAFT. FERTIGSTELLUNG NOCH IN DIESEM WINTER.

„Das ist mein Haus, aber nagelneu“, flüsterte Marty.

Er sah ängstlich, langsam zum Armaturenbrett des DeLorean.

Die ZIELZEIT lautete: 5. 11. 1955.

Die JETZTZEIT lautete: 5. 11. 1955.

„Neunzehnhundertfünfundfünfzig!“ rief er. „Das darf doch nicht wahr sein!“

Doch außer dem Armaturenbrett verriet ihm auch die ganze Umgebung, daß es zutraf. So mußte die Gegend ausgesehen haben, als die Häuser noch im Bau waren. Die Struktur der Landschaft war dieselbe geblieben, und im Hintergrund sah er einige vertraute Umrisse. Irgendwie hatte er eine Welt betreten, die erst in dreizehn Jahren von ihm erobert werden würde.

„Netter Ausflug“, murmelte er.

Sein Blick fiel wieder auf die Anzeigen im Armaturenbrett, von denen vor allem eine seine Aufmerksamkeit erregte. Sie befand sich direkt unter der Plutoniumkammer und zeigte ihm blinkend den Ladungszustand: LEER.

Als er einen Gang einlegte, worauf der Wagen willig anfuhr,

erkannte Marty, daß das nicht unbedingt bedeutete, daß er unbeweglich war. Es bedeutete nur, daß –

„Mein Gott!" sagte er. „Was bedeutet das nun? Daß ich nicht mehr zurückkann?"

Da ihm nichts Besseres einfiel, setzte er rückwärts in die Einfahrt seines neuen alten Hauses und dachte eine Weile nach. Beiläufig, aus alter Gewohnheit, schaltete er das Radio ein. Obwohl es früh am Morgen war, konnte er noch einige Sender empfangen, doch sie spielten ausnahmslos gräßliche Musik. Bei einem hörte er, wie jemand namens Eddie Fisher Songs von Jerome Kern sang, und ein anderer brachte Stücke vom Mitch Miller's Orchestra und von einem schnulzigen Sänger namens Guy Mitchell, und die Ansager klangen verdammt müde.

„Und das war's dann?" Marty verzog schmerzlich das Gesicht und drehte weiter.

Als er eine Nachrichtensendung hereinbekam, hielt er inne. „Präsident Eisenhower sagte für das Jahr 1955 einen Anstieg im Wohnungsbau voraus", verkündete der Sprecher.

„Eisenhower?" wiederholte Marty. „Ach, sicher. Das hatten wir in Geschichte. Ein netter Typ, der nicht viel getan hat, außer Nixon einen guten Start zu geben."

Die Nachrichtensendung ging weiter, und das meiste klang genau wie die Nachrichten des Jahres 1985. „Die Verhandlungsdelegationen der vier Nuklearmächte haben ihre Abrüstungsverhandlungen unterbrochen", sagte der Sprecher. „Die russischen Gesandten lehnten den amerikanischen Vorschlag zur atomaren Rüstungsbegrenzung ab . . . kam die erste Smogkonferenz in Los Angeles zu der Ansicht, der Smog könnte die Industrie davon abhalten, Produktionsstätten in derartig belasteten Städten aufzubauen, während Volkswirtschaftler zugleich erklärten, Los Angeles werde in wenigen Jahren die zweitgrößte Metropole der USA sein und Chicago den Rang abgelaufen haben . . . unterbreiteten die USA im Nahen Osten Ägypten und Israel neue Vorschläge . . ."

Im weiteren Verlauf der Sendung hörte Marty einige völlig unvertraute und einige halbwegs bekannte Themen. „Beim College-Football führte der Einsatz des Verteidigers John Brodie . . ." (Der Typ in mittleren Jahren, der uns manchmal als Gast bei Footballsendungen im Fernsehen nervt?) „Der hervorragende Schlußmann des Teams der Universität von Los Angeles, Jim Decker . . ."

(Jim wer?) „. . . der spielstarke Verteidiger der Texas Christians, Jim Swink . . .“ (Swink? Macht der Witze?)

Marty drehte das Radio etwas lauter und lehnte sich im Polstersitz des DeLorean zurück. Eigentlich genoß er diesen Ausflug durch seinen privaten Zeittunnel. Der Ansager verlas gerade die Gesellschaftsnachrichten. „Die Schauspielerin Joan Crawford und ihr neuer Gatte, Alfred Steele, ein Manager aus der Getränkeindustrie, begingen das erste halbe Jahr ihrer Ehe mit einer Feier . . . Jack Webb und seine Frau, die Schauspielerin Dorothy Downe, hätten Eheprobleme . . . und nun ein wichtiger Hinweis von Northwest Ford . . .“

Ein anderer Ansager ließ ein Werbegeschwafel vom Stapel, das Marty nicht unwiderstehlich, sondern komisch fand. „Für nur vierzehnhundertvierundfünfzig Dollar bekommen Sie den neuen Kleinlaster von Ford“, sagte er. „Ganz recht – eintausendvierhundertvierundfünfzig für einen 1956er Ford. Das ist nur möglich, weil wir die Größten sind . . .“

Als er die Umrisse eines Streifenwagens sah, schaltete Marty die Scheinwerfer aus und stellte das Radio ab. Es wäre nicht gerade gut, jetzt von der Polizei erwischt zu werden. Von der Tatsache einmal abgesehen, daß er aus einer anderen Zeit stammte, würde er große Schwierigkeiten haben, den DeLorean zu erklären, und im übrigen hatte er keinen Ausweis und keinen Führerschein für das Jahr 1955. Er fragte sich, was der Polizist tun würde, wenn er ihm sein Dokument aus dem Jahr 1985 zeigte!

„Bedeckt halten“, murmelte er. „Das ist das einzig Richtige.“

Er drückte sich tiefer in den Sitz und beobachtete den langsam vorbeirollenden Streifenwagen. Dann stieg er aus und ging zur Garage. Abgeschlossen.

„Scheiße auch“, murmelte er.

Dann fiel ihm etwas ein. Er fischte seinen Schlüsselbund aus der Hosentasche. Dreißig Jahre waren eine lange Zeit für ein Schloß, aber es war einen Versuch wert . . .

Er pfiff leise, als der Schlüssel anstandslos ins Schloß glitt und sich drehen ließ.

„Na, das ist doch was“, sagte er. „Ich dachte schon fast, heut wär nicht mein Tag.“

Er öffnete die Garagentür und setzte den DeLorean rückwärts in den jungfräulichen Betonkasten. Einen Augenblick später verließ er in seiner normalen Kleidung sein Heim und wanderte die Straße nach Hill Valley hinunter.

Irgendwo da unten in der Stadt lag der Schlüssel für das Jahr 1985. Egal, wo er war, er mußte ihn finden.

V

OBWOHL die meisten Straßen in der Nähe seines Elternhauses im Jahre 1955 noch nicht gebaut waren, fiel es Marty relativ leicht, den Weg nach Hill Valley zu finden. Er verfügte über einen guten Ortssinn, und er fand genügend vertraute Züge in der Landschaft, um seinen Weg durch kleine Wälder und über Grundstücke zu finden, die später einmal Straßen und Bauplätze werden würden. Als er aus der Ferne das County House ausmachen konnte, wurde es noch leichter, und als er sich dem Stadtzentrum näherte, stellte er fest, daß sich die Straßen und Gebäude im Laufe der Zeit nicht sehr verändert hatten.

Wenigstens sah es aus einiger Entfernung so aus. Als er näher kam, sah Marty, daß fast alle Gebäude in der Zeitspanne von 1955 bis 1985 einige Wandlungen durchgemacht hatten. Insgesamt schien jetzt alles sauberer, lebendiger, vor Aktivitäten und Aufregung summend. Die Menschen, die sich hier bewegten, erschienen freundlicher, und sie schienen sich gut zu kennen. Aber wenn das zutraf, dann war es zugleich für einen Fremden wie Marty ein Nachteil. Mehrmals bemerkte er, daß ihn Leute beobachteten und mißtrauisch seine Kleidung beäugten. Er konnte fast hören, wie sie sich fragten: Wer ist dieser junge Mann? Warum trägt er grüne Schuhe? Ist das so ein überkandidelter Affe aus New York?

Doch diese Einstellung machte Marty nicht allzulange Sorgen. Als er sich dem Town Square näherte, betrat er eine lebendige, farbenfrohe Geschichtsstunde. Noch faszinierender aber war die Tatsache, daß es hier keinen Menschen gab, der seine Gefühle verstehen konnte. Für sie war es der Alltag, vielleicht sogar ein sehr langweiliger. Der ständige Wechsel von Gesprächsthemen und Stilrichtungen war für sie völlig normal und selbstverständlich. Für Marty war es ein hundertprozentig wahrheitsgetreues Museum, das vor Lebendigkeit pulsierte.

Das erste Ding, auf das sein Auge fiel, war ein großes Schild am

Rande des Platzes, an der Kreuzung der Second und Main Street. WILLKOMMEN IN HILL VALLEY stand darauf. EIN GUTER ORT, UM GUT ZU LEBEN. BITTE FAHREN SIE VORSICHTIG. Die Embleme des Jungunternehmerverbandes und der Landwirtschaftskammer schmückten das Schild wie Medaillen die Brust eines Soldaten.

Marty bog nach rechts in die Main Street ab, wanderte an Lou's Café vorbei, der Eisdiele, die er mit der Jugend seiner Mutter und seines Vaters in Verbindung gebracht hatte. Der in einem kränklichen Hellgrün gehaltene Laden war fast leer; wahrscheinlich, weil es noch recht früh am Morgen war. Seine Mutter hatte ihm allerdings die Szenerie so plastisch beschrieben, daß er sich lebhaft vorstellen konnte, wie der Laden vor jungen Leuten wimmelte, die Coke und Malzbier, Eisbecher und Hamburger bestellten. Im Augenblick waren nur der Verkäufer und ein oder zwei Kaffee trinkende Kunden im Laden.

Marty wandte sich von der Eisdiele ab und ging weiter zu „Roy's Records", ebenfalls ein wichtiger Treffpunkt für Hill Valleys Jugend. Vor der Tür stand eine Reklametafel, die die neuesten Angebote verkündete: GERADE EINGETROFFEN – 16 TONS, DIE BALLADE VON JIMMY CROCKETT, UND NOCH VIELES MEHR . . . In den Fenstern aufgehängte Plakate zeigten vier Sängerinnen, die unter dem Namen „The Chordettes" firmierten; andere priesen „Patti Page im Hifiland" oder „Eydie im Dixieland" an; außerdem gab es „Die unvergeßlichen Songs von Nat King Cole", aber nicht den geringsten Hinweis darauf, daß so etwas wie Rock 'n' Roll existierte oder im Kommen wäre.

Neben dem Plattenladen war eine Texaco-Tankstelle mit einem großen handgemalten Plakat, das ihm verkündete: PREISKRIEG – DIE GALLONE FÜR NUR 19 1/2 CENTS. Marty näherte sich den beiden Zapfsäulen. Eine von ihnen, sie war grün und silbern gestrichen, war die Quelle für „Superbenzin für 21.9 Cents pro Gallone". Die rote Säule bot Normalbenzin für nur 19.9 Cents die Gallone an. Vor dem Gebäude hing ein Zigarettenautomat: „20 Cents – jede Sorte", und daneben gab es für ein Zehncentstück Pepsi Cola aus dem Automaten.

Marty ging weiter die Straße hinunter, bis er vor dem Essex Theater stand – das war ein Kino, das er noch nie selbst gesehen hatte, das er aber gut zu kennen glaubte. Den Erzählungen seiner Eltern zufolge, besonders wenn ein paar Drinks ihre Zungen gelöst hatten, war das Essex an den Samstagabenden der frühen und mittleren fünziger Jahre *der* Knutsch- und Knuddelpalast schlechthin gewesen. Auf den Balkonen oder tief zwischen die hinteren Sitzreihen geduckt waren vielerlei zarte Bande geknüpft worden. Gelegentlich waren die Leute sogar hingegangen, um einen Film zu sehen; Mama und Dad hatten sich allerdings nie zu den Vorgängen auf der Leinwand geäußert. Heute warben große rote Buchstaben für die CATTLE QUEEN OF MONTANA mit Barbara Stanwyk und Ronald Reagan. Unter dem Vordach flatterte ein Wimpel mit der Aufschrift: AIR CONDITIONED.

Marty blickte über die Grasfläche in der Mitte des Platzes und bemerkte, daß die Uhr über dem beigefarbenen Gerichtsgebäude noch lief. Wann war sie noch vom Blitz getroffen und für immer lahmgelegt worden? Er konnte sich nur noch erinnern, daß es irgendwann im Jahre 1955 geschehen war. „Vielleicht passiert's ja gleich", grübelte er. „Kann sein, daß ich genau im richtigen Augenblick gekommen bin."

Er lächelte. In anderen Städten waren Schlachten oder große Naturereignisse wichtige historische Daten, während Hill Valley nichts weiter als eine stehengebliebene Uhr zu bieten hatte. Nun, wenigstens würde er seinen Enkelkindern davon erzählen können – vorausgesetzt, sie fragten nicht allzu bohrend danach, wie er es geschafft habe, dem denkwürdigen Ereignis beizuwohnen, das dreizehn Jahre vor seiner Geburt stattgefunden hatte.

Er schlenderte am Rand des Platzes entlang und bog nach rechts in die Second Street ein, die die innerstädtische Fortführung der Staatsstraßen 395 und 295 darstellte. Neben der Bank of America – eins der wenigen Unternehmen, die auch 1985 noch am gleichen Platz betrieben wurden – befand sich das „Ask-Mr.-Foster"-Reisebüro. Es warb mit einem „Phantastischen 10-Tage-Urlaub in Kuba". Marty mußte schon wieder kichern. Der Gedanke, daß er die kommenden kleinen Geheimnisse der Geschichte bereits kannte, behagte ihm sehr.

Hinter dem Reisebüro sah er J. D. Armstrongs Maklerbüro, in dessen Schaufenster ein Farbfoto Lyon Estates anpries, Martys früheres und jetziges Heim. Für einen Gesamtpreis von 17500 Dollar bekam man ein Haus mit drei Schlafzimmern, Doppelgarage und einer „vollelektrischen Küche". Ein zweites Foto warb für Bunker zu gleichermaßen vernünftigen Preisen.

Er ging an Zales Juwelierladen vorbei, am Hill Valley Stationery Shop, an einem Friseur, der fünfundsiebzig Cents für einen Haarschnitt verlangte; dann kamen das Bluebird Motel mit Zimmernachweis ab fünf Dollar, ein Western Auto Store, in dem man von Luftgewehren bis zum „Kleinsten Radio der Welt“ fast alles kaufen konnte, das nicht größer als dreißig Zentimeter war. Hinter „Ruth's Frock Shop“, in dem man für 40 Dollar Kleider aus Paris erwerben konnte, kam der spätere Toyotahändler, der heute noch als „Statler Motors Studebaker“ firmierte.

Dies war, zumindest nach Martys Ansicht, das seltsamste historische Detail, das er im alten Hill Valley vorfand. Er liebte Autos, alte und neue, und die Studebaker, besonders den Edsel, hatte er ins Herz geschlossen, weil sie während seiner Lebenszeit aufgeblüht und wieder verschwunden waren.

Er betrachtete eine Weile den Ausstellungsraum, dann sah er sich die Gebrauchtwagen an, die daneben im Freien standen.

„Die wären aber 1985 nicht mehr viel wert“, murmelte er. „Nicht mal die alte Möhre da drüben.“

Die Preise der vier ausgestellten Wagen bewegten sich zwischen 950 Dollar und einem Sonderangebot für 395 Dollar. Sie waren alle sauber, und die Preise und kurze Erläuterungen waren mit weißer Farbe auf die Windschutzscheiben gemalt. „Schneller Wagen, gut erhalten.“ – „Niedriger Kilometerstand.“ Die alte Möhre war mit dem Attribut „Besonders zuverlässig“ versehen. Marty hatte Lust, die Karren mal richtig zu scheuchen, aber ihm war klar, daß kein Verkäufer einem Jugendlichen seines Alters etwas Derartiges erlauben würde, besonders nicht in dieser Zeit.

Hinter der Studebaker-Vertretung blieb er beim Town Theater stehen, einem wunderschönen Exemplar des Art-Déco-Stils der dreißiger Jahre. Über dem grünen Vordach und dem rot gekachelten Eingang erhob sich ein lohfarbenes Türmchen, an dem Plakate der augenblicklichen Attraktionen hingen: *The Atomic Kid* mit Mickey Ronney und Robert Strauss.

Er wußte nicht, worum es bei *The Atomic Kid* ging, aber ihm fiel auf, daß er den Titel ohne weiteres auf sich selbst beziehen konnte. Mit einer kleinen Menge Plutonium war er in der Zeit zurückgereist; etwas, das vor ihm noch nie jemand getan hatte. Er war darüber mit Stolz erfüllt, doch zugleich kam ihm ein anderer Gedanke.

„Und was nun?“ sagte er laut. „Wie lange soll das noch so weitergehen? Wie komme ich wieder zurück?“

Zum erstenmal dachte er daran, daß seine Zeitreise möglicherweise nicht umkehrbar war. Die Bedingungen, unter denen der Übergang stattgefunden hatte, waren zum Beispiel keine streng wissenschaftlichen gewesen; der Wissenschaftler war ums Leben gekommen, und der Zeitreisende war buchstäblich in das Experiment gejagt worden. Nun schien es so, als hätte das Plutonium nur für die Hinreise gereicht. „Vielleicht war's das dann“, grübelte Marty schwermütig.

Wer konnte ihm helfen? Wer konnte seine Fragen beantworten? Sicherlich niemand, der im Jahre 1955 lebte – in einer Zeit, in der man sich noch nicht einmal mit der Raumfahrt beschäftigte. Es sei denn . . .

„Na klar!“ sagte Marty und schnippte mit den Fingern. „Doc Brown muß doch irgendwo in der Nähe sein.“

Er stürmte zur Eisdiele zurück, in der es eine Telefonzelle geben mußte. Es war Sonnabend, und das Lokal war kaum besucht. An der Theke saß ein junger Bursche, der Kräcker mampfte und in einem Comicheft las. Hinter der Theke hing die Preistafel: „Hamburger – 25 Cent. Schinken-Käse-Sandwich – 30 Cent. Schokoladenbecher – 15 Cent.“ Die Preise faszinierten Marty so sehr, daß er sie lange genug anstarrte, um den Verkäufer zu der Ansicht zu bringen, daß er als Kunde nicht in Frage käme.

„Egal, was du verkaufst, Junge, wir kaufen nichts“, sagte er unvermittelt.

„Ich will nichts verkaufen“, erwiderte Marty. „Ich will nur mal telefonieren.“

Er nickte freundlich und ging zur Telefonzelle im hinteren Teil des Ladens. Er blätterte die Seiten durch, bis er den Namen gefunden hatte. „Brown, Emmett L.“ Direkt dahinter stand: „Wissenschaftler“, dann folgten Browns Adresse und seine Telefonnummer.

Marty fischte lächelnd einen Nickel aus der Hosentasche.

Es klingelte und klingelte. Niemand nahm ab.

„Scheiße“, murmelte Marty und hängte auf. „Ist wohl doch nicht mein Tag.“

Er riß die Seite aus dem Telefonbuch und schlenderte zur Theke zurück.

„Können Sie mir sagen, wo 1640 Riverside Drive ist?“ fragte er, als der Verkäufer endlich in seine Richtung sah.

„Willst du nun eigentlich was bestellen oder nicht?“

Marty zuckte die Achseln. Warum eigentlich nicht, dachte er; vielleicht bekäme er dann einige Informationen.

„Oh, klar“, sagte er. „Eine Pepsi Free.“

„Junge“, sagte der Verkäufer, „wenn du 'ne Pepsi willst, dann mußt du sie auch bezahlen.“

Mein Gott, dachte Marty, zuckerfreie Pepsi gibt's ja noch gar nicht; er hatte versucht, etwas zu bestellen, das noch nicht erfunden war.

Der Verkäufer starrte ihn unverwandt an.

„Oh, äh, irgendwas ohne Zucker, bitte.“

Der Verkäufer schüttelte den Kopf, verzog sich und kehrte kurz darauf mit einem Glas Wasser und einer Tasse schwarzem Kaffee zurück. Marty mochte keinen schwarzen Kaffee.

„Haben Sie Sweet 'n' Low?“ fragte er, dann fügte er schnell hinzu: „Oder so was Ähnliches.“

„Was soll das denn sein, Sweet 'n' Low?“ fragte der Verkäufer, sichtlich bemüht, nicht die Geduld zu verlieren.

„Das ist ein künstlicher Zuckerersatz ohne Kalorien“, sagte Marty.

„So was haben wir nicht.“

Finsterstes Mittelalter, dachte Marty.

„Vielleicht solltest du lieber gleich zahlen“, sagte der Verkäufer, während er Marty mißtrauisch beäugte.

„Aber sicher.“

Er langte in die Tasche, fand aber nur ein paar Fünfer und einen Zehner. Das war bestimmt nicht genug. Der kleinste Schein in seiner Brieftasche war ein Zwanziger. Er holte ihn heraus und gab ihn dem Mann.

„Ein Zwanziger?“ sagte der Mann erschrocken. „Was meinst du denn, wo du hier bist? Ich kann keinen Zwanziger für 'ne Tasse Kaffee kleinmachen, die einen Fünfer kostet, Junge.“

„Oh, nur fünf Cents?“ Marty lächelte erleichtert. „Das tut mir leid. Ich dachte, es wäre viel teurer.“

„Wieviel denn wohl?“

„Na ja, mindestens fünfzig Cents.“

„Gott sei Dank, daß wir noch nicht soweit sind“, erwiderte der

Verkäufer und nahm den Nickel. „Sag mal, wie kommt ein Junge in deinem Alter überhaupt an eine Zwanzigdollarnote?"

Es gab nur zwei Möglichkeiten, und da eine von ihnen mit illegalen Aktivitäten verbunden war, erklärte sich Marty rasch in bezug auf die zweite für schuldig. „Ich bin ein verdorbener, reicher Junge", sagte er. „Neu in der Stadt."

Der Verkäufer gab sich damit zufrieden. „Sag deinem Alten, daß es besser wäre, du besorgtest dir einen Job und lerntest den Wert des Geldes kennen, statt daß er dir alles schenkt", sagte er verächtlich.

„Danke, ich werd's ihm sagen."

Der Verkäufer entfernte sich wieder.

Marty hob die Tasse, nahm einen Schluck, verzog das Gesicht und setzte sie wieder ab.

„Hey, McFly!" rief plötzlich jemand.

Marty hätte fast die Tasse umgeworfen. Er wirbelte herum und blickte in die Richtung, aus der die Stimme gekommen war.

Vier Burschen von etwa siebzehn Jahren waren eingetreten und näherten sich dem schmächtigen Jungen, der an der Theke saß. Das Gesicht des Anführers kam Marty irgendwie bekannt vor. Diese Knopfaugen, die höhnisch verzerrten Lippen, die Pausbacken – seine ganze Erscheinung weckte unangenehme Gefühle, doch Marty konnte das Rätsel nicht lösen. Auch die anderen drei machten ihm Kopfzerbrechen, denn sie waren schwer einzuordnende Typen dieser Zeit. Einer kaute auf einem Streichholz; er dachte offensichtlich, daß es lässig oder hart wirkte, oder beides; der zweite trug sein Haar so kurz, daß es fast wie eine Glatze wirkte, und der dritte sah die Welt durch eine rot-grüne 3-D-Brille.

„Antworte, wenn ich mit dir rede, McFly!" sagte der Anführer.

Der Befehlston lieferte Marty das letzte Puzzleteil. Natürlich! Dieser Idiot war nichts weiter als eine jüngere Ausgabe des größten Idioten, den er je kennengelernt hatte – Biff Tannen. Und der schmächtige Junge . . .

Marty betrachtete ihn genauer. Zweifellos, dieser schmächtige Junge war George McFly, sein Vater. Und als Biff Tannen sich näherte, zeigten seine Augen den wohlbekannten ängstlichen Ausdruck, und seine Haltung, seine Körpersprache verrieten, daß er überall, nur nicht in der Nähe seines Peinigers sein wollte.

Unglücklicherweise war er auch feige, was ihn wie einen hilflosen Sklaven festnagelte.

„Hallo, Biff, wie geht es denn so?“ fragte der junge George McFly; es sollte beiläufig klingen, doch es gelang nicht. Seine Stimme hatte einen deutlich unterwürfigen Ton.

„Was meinst du damit?“ fuhr Biff ihn an, während seine Konsorten lachten. „Was heißt *es?*“

„Äh . . . das ist nur so 'ne Redensart“, murmelte George. „Ich . . . ich wollte nur wissen, ob bei dir alles in Ordnung ist.“

„Alles?“ wiederholte Biff. „Du interessierst dich für *alles*, was mich betrifft? Das ist aber 'ne Menge. Soll das heißen, daß du wissen willst, was ich gefrühstückt habe, ob ich danach gefurzt habe oder nicht . . .“

Seine Kumpel heulten, als George sich zu einem Lächeln zwang, dann verstummten sie plötzlich.

Typisch, der spielt wieder Blitzableiter, dachte Marty, während er seinen zukünftigen Vater betrachtete.

„Hast du meine Hausaufgaben schon fertig, McFly?“ fragte Biff. „Du irischer Mistkäfer.“

George wich den Blicken seines Quälgeistes aus. „Nun, nein“, murmelte er leise. „Ich dachte, weil sie erst für Montag waren . . .“

Biff streckte einen Arm aus und klopfte George dreimal auf den Kopf.

„Hallo!“ sagte er laut. „Jemand zu Hause?“

Wieder lachten seine Freunde wie auf Kommando; sie gaben prächtige Pawlowsche Hunde ab.

„Denk nach, McFly“, fuhr Biff Tannen fort. „Denk doch nach! Ich brauch doch Zeit, um sie abzuschreiben, oder? Weißt du, was passiert, wenn ich *meine* Hausaufgaben mit *deiner* Handschrift abgebe? Die schmeißen mich doch glatt von der Schule.“

„Ja“, sagte George lächelnd. „Daran hab ich nicht gedacht, tut mir leid.“

Marty schüttelte seufzend den Kopf. Es war fast zu schmerzlich, den Beginn dieses dreißigjährigen Härtetests mit anzusehen, bei dem sein Vater durchgefallen war.

„Was starrst du so, du Eierkopf?“

Marty bemerkte plötzlich, daß er und nicht sein Vater gemeint war. Doch statt den Blick von dem Drama zu wenden, das sich vor ihm abspielte, sah er Tannen und George McFly weiterhin angewidert an. Zu seiner Befriedigung wich Biff seinem Blick aus.

„Also, wie war das mit meinen Hausaufgaben, McFly?" setzte er die Quälerei fort.

George zuckte die Achseln, eine Geste, die zugleich Resignation und Unterwürfigkeit ausdrückte. „Äh, gut, Biff", sagte er. „Ich mach's heute abend und bring sie dir gleich morgen früh rüber."

Biff nickte ungerührt. „Aber nicht zu früh!" befahl er. „Sonntags schlaf ich immer lange. Wenn du mich weckst, bring ich deine Gesichtszüge ein bißchen zum Entgleisen."

Seine Kumpel gackerten wieder, und Biff lächelte erfreut. George hatte sich auf seinem Stuhl ganz klein gemacht, und jede Faser seines Körpers verriet, daß er nichts lieber wollte, als Biff an diesem Tag nicht mehr zu begegnen.

Doch seine Freude über Biffs Abgang kam etwas zu früh. Biff tat so, als wollte er gehen, doch dann drehte er sich plötzlich um, blickte zu Georges Schuhen und sagte: „Oh, übrigens, McFly – dein Schnürsenkel ist auf."

„Was?"

Als George den Blick senkte, fuhr Biffs Faust hoch und tippte unter sein Kinn. Der Schlag war eher erniedrigend als schmerzhaft. „Wieder mal reingefallen, was, McFly?" Biff lachte ihn aus. „Junge, ist das leicht, dich reinzulegen!"

„Da hast du wohl recht", murmelte George.

„Kommt, Jungs, laßt uns gehen", sagte Biff und verließ als erster die Eisdiele.

George und Marty sahen ihnen nach.

„Ich kann's einfach nicht glauben", sagte Marty schließlich. „Du bist der junge George McFly . . ."

Sein zukünftiger Vater musterte ihn verblüfft. „Na klar bin ich jung", antwortete er. „Kenne ich dich irgendwoher? Du kommst mir nicht bekannt vor."

„Nein", sagte Marty. „Aber ich kenne dich."

„Aber nicht aus der Schule?"

Marty schüttelte den Kopf.

„Dann kannst du mich auch nicht kennen", sagte George.

„Oh, sicher kenne ich dich . . . du hast am 18. August Geburtstag, und deine Mutter heißt mit Vornamen Sylvia, stimmt's?"

George schüttelte den Kopf; nicht, weil die Angaben falsch waren, sondern weil er sich wunderte. Hatte dieser Typ Akten aus der Schule in die Finger bekommen oder in seinem Portemonnaie geschnüffelt? War er ein junger Cop, oder was war da los?

„Nun?“ fuhr Marty fort. „Stimmt's nicht? Und trifft es nicht auch zu, daß dein Vater sich als Sechzehnjähriger im Ersten Weltkrieg freiwillig meldete, nach Frankreich kam, ohne daß seine Familie es bemerkte, und kurz darauf wieder zurückgeschickt wurde, ohne daß er einen Schuß abgegeben hatte?“

George erstickte beinahe an seiner Pepsi. Die anderen Informationen hätte jemand aus einem Fragebogen beziehen können, doch die Geschichte über seinen Vater war ein Familiengeheimnis. Wie hatte es dieser junge Mann nur herausgefunden?

„Äh, äh“, erwiderte George. „Das stimmt schon. Aber wie hast du's rausgekriegt, und wer bist du?“

Nachdem er den jungen George McFly gründlich verblüfft und aus der Fassung gebracht hatte, stellte Marty plötzlich fest, daß er keine plausible Antwort darauf wußte. Er konnte ihm natürlich nicht die Wahrheit sagen. Das war nicht nur unglaubwürdig, sondern könnte ihm sogar ein Sperrfeuer von Gegenfragen einbringen.

Statt dessen lächelte er nur und versuchte geheimnisvoll zu wirken.

„Wir wollen einfach sagen, daß ich dein Schutzengel bin“, sagte er. „Aber diese ganzen Daten über deine Familie sind nicht wirklich wichtig. Was einzig zählt, ist, daß du dich von diesem Idioten Biff Tannen nicht so rumschubsen lassen solltest.“

„Das finde ich auch, Mann.“

Diese schnelle und direkte Antwort auf Martys Vorwurf kam nicht von George McFly, sondern von Goldie Wilson, einem schwarzen Hilfskellner, der ein paar Schritte von ihnen entfernt den Boden wischte. George und Marty drehten sich zu ihm um. Goldie erwiderte ihre Blicke mit einem intensiven, fast hypnotischen Starren.

„Sag doch, warum läßt du dich von diesem Jungen so rumschubsen?“ fragte er.

George blinzelte; die Frage des normalerweise stillen schwarzen Mannes machte ihn verlegen.

„Das ist nicht das erste Mal, daß ich ihn so mit dir habe umspringen sehen“, fuhr Goldie fort. „Ich räum hier 'ne Menge Dreck weg, aber nur wenn ich seh, wie er dich praktisch anspuckt,

Mann, dann wird mir richtig schlecht. Warum wehrst du dich nicht?“

„Ja, äh, der ist größer als ich“, stammelte George. Seine Stimme klang weinerlich und elend.

„Wenn du auf den Knien rumkriechst, sind alle größer als du“, antwortete Goldie. „Paß auf, wenn du in dieser Welt klarkommen willst, dann mußt du Respekt vor dir selbst haben. Wenn du dich jetzt von den Leuten treten läßt, dann werden sie dich dein ganzes Leben lang treten. Willst du 'n Fußabtreter sein, auf dem sich die Leute die Füße putzen, bis du stirbst?“

George schüttelte den Kopf, doch die Geste wirkte nicht sehr entschieden.

„Der Mann hat recht“, sagte Marty. „Und er hätte eigentlich 'ne Menge mehr Gründe als du, den Kopf in den Sand zu stecken und auf sein Ende zu warten.“

„Das kannst du wohl sagen.“ Goldie nickte. „Sieh mich an. Die meisten Leute glauben, ich wär nichts mehr wert. Aber ich weiß, daß ich nicht den Rest meines Lebens in dieser Spelunke hinter einem Schrubber verbringen werde!“

Der Verkäufer, angelockt durch die erhobenen Stimmen, hatte sich hinter ihnen aufgebaut. Nun sah er Goldie warnend an. „Paß auf, Goldie“, mahnte er nachdrücklich.

Goldie zuckte mit keiner Wimper. „Nein, Sir!“ sagte er zu George. „Ich denke nicht dran aufzuhören. Ich werde was aus mir machen. Ich gehe zur Abendschule. Jeden Abend. Aus mir wird noch was!“

„Goldie“, schaltete sich Marty ein, bei dem plötzlich der Groschen gefallen war. „Doch nicht etwa Goldie Wilson?“

Goldie nickte. „Der bin ich“, antwortete er. „Und du kannst dir den Namen ruhig merken, weil aus mir noch was wird, wie ich schon sagte.“

Der Verkäufer kicherte.

„Da hat er recht“, sagte Marty. „Eines Tages wird er Bürgermeister von Hill Valley sein.“

Goldie musterte Marty gründlich, runzelte die Stirn, suchte den Sarkasmus, der eine solche Bemerkung von einem Weißen normalerweise begleitete. Aber der Junge schien es ehrlich zu meinen. Dieser Bursche war entweder absolut aufrichtig oder der größte Schauspieler der Welt. Jedenfalls entschloß sich Goldie, sich nicht abschrecken zu lassen, sondern die Bemerkung als Herausforderung zu nehmen.

„Bürgermeister?" wiederholte er. „Das ist keine schlechte Idee. Ich würde den Leuten schon zeigen, wie man so 'ne Stadt verwaltet. Ich wäre kein billiger Politiker, der überall die Hand aufhält. Ich wäre ehrlich, und ich würde gut arbeiten." Dann wandte er sich an Marty und sagte: „Hast du 'ne Kristallkugel oder so was? Woher weißt du, daß ich Bürgermeister werde?"

„Ich weiß es eben einfach."

„Und wann?"

Marty seufzte. Da hatte er sich mit seinem Wissen über die Zukunft in eine schöne Klemme gebracht. „Willst du das wirklich wissen?" konterte er.

„Klar, Mann. Sag schon. Meinst du, ich will nicht wissen, wann es soweit ist?"

„Nun ja, bis dahin wird noch viel Zeit vergehen. Vielleicht willst du nicht so lange warten."

„Nein, das ist schon in Ordnung. Bei so 'ner Sache lohnt es sich auch, 'ne Weile zu warten. Außerdem weiß ich dann, daß mir bis dahin nichts passiert."

Marty nickte. „Du wirst Ende der Siebziger gewählt", sagte er.

„Meine Siebziger oder 1970?"

„1970."

„Mann, so lange ist das doch gar nicht. Meine Mutter hat vierzig Jahre gearbeitet und nichts davon gehabt. Na, und ich glaub, ich kann für so 'n Riesending noch gut zwanzig oder fünfundzwanzig Jahre arbeiten . . ."

Während Goldie sprach, wurde George McFly immer unruhiger, bis er es kaum noch aushielt. Es war nicht die Situation oder das, was Goldie sagte. Nein, es war dieser junge Mann, der vorgab, alles zu wissen. Er schien beinahe aus einer anderen Welt zu stammen, so selbstsicher, so ruhig war er – völlig anders als alle anderen jungen Leute, die George kannte. Und er war so komisch gekleidet, hatte einen seltsamen Haarschnitt. George war kein religiöser Mensch, doch er war abergläubisch. Das Okkulte, das Unbekannte schreckte ihn mehr als die konkreten Versprechungen und Sühnen der organisierten Kirchen. Wenn dieser Mann nun in die Zukunft sehen konnte? Andere hätten das vielleicht als einen Segen betrachtet, als eine Möglichkeit, reich zu werden und den Tücken des Lebens zu entgehen. Nicht so George McFly. Er wollte nicht wissen, was vor ihm lag, für sich selbst nicht und für niemand anders. Lieber im Dunkel bleiben, als gezwungen zu sein, sich über irgendeine unvermeidliche Tragödie oder einen Kampf den Kopf zu zerbrechen. Wenn dieser junge Mann irgendwie alles über die Vergangenheit und die Zukunft wußte, dann wollte George so schnell wie möglich das Weite suchen.

Nachdem er sich zu dieser Entscheidung durchgerungen hatte, nutzte er das Gespräch zwischen Goldie und Marty, um zur Tür zu schleichen. Nach ein paar Sekunden glitt er um die Ecke und lief rasch zu seinem Fahrrad.

Inzwischen hatte es der Verkäufer, der Goldie mit wachsender Frustration zugehört hatte, endlich geschafft, sich einzumischen. „Bürgermeister!" rief er. „Ha! Ein farbiger Bürgermeister in dieser Stadt! Aber erst, wenn Ostern und Weihnachten auf einen Tag fallen!"

„Abwarten und Tee trinken", sagte Goldie. „Wie dieser Mann hier sagt, eines Tages werde ich Bürgermeister."

„Ich bin von diesem Mann hier nicht besonders beeindruckt", erwiderte der Verkäufer. „Und was dich betrifft, wisch weiter auf."

Goldie nahm den Schrubber wieder in die Hand, doch er begann nicht sofort zu arbeiten. „Bürgermeister Goldie Wilson", murmelte er leise. „Das gefällt mir, wie das klingt."

Marty lächelte; er freute sich, daß er Goldie Wilson angeregt oder ihm zumindest Hoffnung gemacht hatte. Einen Augenblick später verschwand das Lächeln, denn er hatte bemerkt, daß George McFly nicht mehr im Laden war.

„He!" rief er und sah George gerade noch losradeln.

Er rannte aus der Eisdiele und winkte. „George!" rief er der rasch kleiner werdenden Gestalt hinterher. „He, George! Ich will mit dir reden!"

Doch George, der entweder außer Hörweite war oder das Gespräch nicht fortsetzen wollte, fuhr weiter, ohne sich auch nur einmal umzudrehen. Marty rannte ihm nach, bis ihm plötzlich einfiel, daß sein Vater in der Sycamore Street, in der Nähe der Second Street, aufgewachsen war. Er hatte ihnen das Haus einmal im Vorbeifahren gezeigt. Marty war sicher, daß er das Haus finden würde, und verlangsamte seinen Schritt, bis er nur noch rasch ging.

Er hatte keine klaren Vorstellungen über seine künftige Beziehung zu dem jungen George McFly. Trotz seines Versagens hatte der Mann die kommenden dreißig Jahre überlebt. Das war doch schon mal was. Dennoch spürte Marty das dringende Bedürfnis, wenigstens einmal unter vier Augen mit ihm zu sprechen. Vielleicht könnte er wenigstens etwas sagen, das George McFly für die nächsten dreißig Jahre von Biff Tannens Schikanen erlösen würde.

„Wäre das nicht ein wundervolles Geschenk?" sagte Marty laut im Gehen. Dann wunderte er sich etwas, weil er solche Gefühle für seinen späteren Vater gar nicht in sich vermutet hätte. Fühlte er sich ihm jetzt näher als sonst? Er hatte sich seinen Vater noch nie als jungen Mann vorgestellt. Aber da war er, etwa im gleichen Alter wie Marty. Natürlich wäre es ganz lustig, die Reaktion seines Vaters zu sehen, wenn er ihm sagte, wer er war, aber das war unmöglich. George konnte dabei ohne weiteres durchdrehen, und so schob Marty den Gedanken beiseite.

Sein Ortssinn führte ihn ohne Schwierigkeiten in die Sycamore Street, in der stabile, während der zwanziger und dreißiger Jahre errichtete Häuser standen. Überall waren weiße Lattenzäune, die die hübschen Vorgärten begrenzten und ordentlich gepflegte Wege zu den Vordertüren einrahmten. Es war eine viel angenehmere Gegend, als Marty gedacht hätte; Anfang der siebziger Jahre war sie verelendet.

Georges Fahrrad lehnte an einem Baum, dessen Krone weit über der Straße hing, doch er selbst war nirgends zu entdecken. Marty blieb einen Augenblick stehen und überlegte, ob er ins Haus gehen sollte oder nicht. Höchstwahrscheinlich war seine Großmutter da, zweifellos jünger, als er sie je gesehen hatte. Marty war nicht sicher, ob er es sich zumuten wollte. Sie hatten sich sehr nahegestanden, und er hatte den Eindruck, daß ihn diese Nähe verraten könnte. Irgendwie, obwohl er noch lange nicht geboren war, dachte Marty, sie könnte spüren, wer er war, und furchtbar erschrecken.

Sein Konflikt währte nur eine Minute. Als er den Blick hob, sah er durch die Äste George, der mindestens sechs Meter über ihm im Baum hockte; er klammerte sich an einen dicken Ast, der weit über die Straße hinausragte.

„Ich kann's nicht glauben", keuchte Marty. „Das ist das Mutigste, was ich je von ihm gesehen habe."

Er fand schnell heraus, warum George ein solches Risiko eingegangen war. Er hatte ein Fernglas in der Hand, das er auf ein Haus auf der anderen Straßenseite richtete. Marty sah von seinem Standpunkt aus in einem Fenster im zweiten Stock den Kopf und die Schultern einer Frau, und er konnte sich lebhaft vorstellen, was George von dort oben sah.

„Ich halt's nicht aus", murmelte er lächelnd. „Dad ist ein Spanner."

Dann geschahen zwei Dinge rasch hintereinander. George verlor beim Versuch, einen noch besseren Aussichtspunkt zu finden, das Gleichgewicht. Er rutschte um den dicken Ast, griff verzweifelt danach, verfehlte ihn und stürzte auf die Straße hinunter. Im Fallen schlug er auf mehrere kleinere Äste, die ihn abbremsten und ihm vielleicht einige Knochenbrüche ersparten. Er landete auf der Seite, prallte nicht allzu heftig mit dem Kopf auf den Boden und blieb benommen und flügellahm mitten auf der Straße liegen.

Genau in diesem Augenblick kam ein Auto um die Ecke gerast und fuhr direkt auf den Jungen zu.

Marty blieb keine Zeit mehr, einen Warnruf auszustoßen. Instinktiv rannte er los, schnappte sich George mit einem Ringergriff und rollte ihn von der Straße. Marty selbst war weniger glücklich dran. Der Fahrer stieg auf die Bremsen und wich den beiden jungen Männern aus, doch war er nur in bezug auf George erfolgreich. Mit einem lauten Knall wurde Marty vom Bug des Wagens an der Schulter und am Kopf erfaßt.

„Seid ihr verrückt, Jungs!" schrie der Fahrer – nicht wütend, sondern sehr erschrocken. „Ich hatte keine Chance zu bremsen!"

Er weinte fast, als er sich über den jungen Mann beugte, der das Leben des anderen gerettet hatte. „Herr im Himmel", betete er. „Mach, daß es ihm gutgeht. Ich kann mir keinen Prozeß erlauben."

VI

DAS NÄCHSTE, was Marty nach der glänzenden Stoßstange sah, war eine Art weiches weißes Spitzenmuster; es war etwas verschwommen, und es hing von einem Tisch herunter. Er zwinkerte und sah sich in dem fremden Schlafzimmer um. Die weit entfernte Wand war mit unvertrauten Bildern und Wimpeln geschmückt, rechts lag ein Fenster, durch das eine Straßenlaterne einen scharfen, schmerzhaften Lichtbalken warf. Er schloß die Augen.

Sein Kopf war kalt, und er spürte den Druck von einem Gegenstand, der darauf lag.

„Ich glaube, das wird schon wieder", hörte er eine weiche Frauenstimme sagen. Es klang sehr vertraut.

„Mama? Bist du das?" flüsterte Marty.

Sanfte Hände drückten das kalte Ding gegen seine Stirn und berührten ihn an der Wange.

„Sch-sch. Es wird alles wieder gut."

Es war seine Mutter. Marty öffnete trotz der Schmerzen noch einmal die Augen, doch er konnte nur eine Silhouette sehen. Die Stimme war allerdings unverkennbar.

„Mein Gott, was für ein schrecklicher Alptraum", sagte er. „Ich hab geträumt, ich wäre zurückversetzt worden . . ."

„Zurückversetzt? In der Schule?" fragte die Stimme.

Allerdings, das war seine Mutter, die ständig alles falsch verstand. Marty wollte sich aufsetzen, doch als ihm etwas schwindlig wurde, lehnte er sich zurück.

„Immer mit der Ruhe", sagte seine Mutter. „Du hast fast neun Stunden geschlafen. Du springst am besten nicht gleich aus dem Bett. Geh's lieber langsam an."

„Es war schrecklich", fuhr Marty fort. „Es war ein gräßlicher Ort. Die Musik war grauenhaft – da gab's noch nicht mal Huey Lewis. Unsere Wohnhäuser waren noch nicht gebaut, nur unser Haus stand dort, ganz allein. Es sah alles so komisch aus, und die Leute haben sich so seltsam verhalten."

„Ich verstehe . . . du hast geträumt, du wärst in der Zeit zurückgegangen."

„Ja."

„Wie weit zurück denn?"

„Dreißig Jahre."

„Bis zu den wilden Jahren? Das muß interessant sein. Aber mach dir keine Sorgen. Du bist in Sicherheit und gesund, und du bist wieder da, wo du hingehörst, im guten alten 1955."

„Neunzehnhundertfünfundfünfzig!"

Trotz der Schmerzen richtete er sich auf und schaltete die Nachttischlampe ein.

„Mein Gott!" sagte er.

Es war die junge Frau, die George McFly beobachtet hatte. Aber das war noch nicht alles.

„Was ist denn los?“ fragte sie besorgt.

„Du bist meine . . . meine M –“, stotterte Marty.

„Deine was?“

„Schon gut. Vergiß es.“

Sein Kopf sank wieder auf das Kissen zurück.

„Ich heiße Lorraine“, sagte das Mädchen. „Lorraine B –“

„Baines“, ergänzte Marty.

Sie lächelte. „Woher weißt du das?“

Er zuckte die Achseln. „Man kommt eben rum“, sagte er vieldeutig.

Lorraine nahm ihm den kalten Umschlag ab. „Ich hol noch etwas Eis“, sagte sie.

Als sie aufstand und hinausgehen wollte, keuchte Marty unwillkürlich vor Überraschung. Sie beäugte ihn mißtrauisch.

„Geht's dir nicht gut?“

„Doch, doch.“

„Was war das dann für ein Ton?“

„Es ist nur, weil du so schlank bist“, erwiderte Marty.

„Danke“, sagte sie. „Ich war schon immer ziemlich schlank.“ Sie klopfte sich auf ihren flachen Bauch. „Du willst doch wohl nicht sagen, daß ich zu dünn bin, oder?“

„Nein, du siehst toll aus“, erklärte Marty aufrichtig.

„Danke, Calvin“, sagte sie lächelnd.

„Calvin?“

„Ja. Heißt du nicht so?“

„Nein.“

Sie runzelte die Stirn. „Das ist aber komisch. Ich war mir ganz sicher. Du heißt bestimmt nicht Calvin Klein?“

„Nein. Ich heiß Marty.“

„Und warum ist dann auf deiner Unter –“

Sie errötete und wandte den Blick ab.

Marty sah jetzt, daß seine Hose zusammengefaltet auf einem Stuhl in der gegenüberliegenden Ecke hing. Er tastete unter die Bettdecke und stellte fest, daß er nur noch seine Unterwäsche trug.

„Wir haben dir die Hose und das Hemd ausgezogen, bevor wir dich ins Bett steckten“, sagte Lorraine etwas verlegen. „Ich hab noch nie purpurfarbene Unterwäsche gesehen, in die ein Männername gestickt ist."

„Oh", antwortete Marty. „Das ist nicht mein Name. Calvin Klein ist der Name des Herstellers."

„Und du heißt Marty?" fragte sie.

„Ja."

„Nun, schön, dich kennenzulernen, Marty", sagte sie und setzte sich neben ihn aufs Bett. Ihre Haltung schien sich verändert zu haben; sie wirkte jetzt weniger mütterlich und eher verführerisch.

„Und wie heißt du mit Nachnamen?" fragte sie lächelnd.

Marty lag schon der Name McFly auf der Zunge, aber er schaffte es gerade noch, ihn zurückzuhalten. Das wäre doch ein wenig zu schwer zu erklären gewesen, denn McFly war ein recht ungewöhnlicher Name. Statt sich sofort damit auseinanderzusetzen, zuckte Marty zusammen, als hätte er plötzlich Schmerzen bekommen.

„O du armer Junge", flüsterte Lorraine. Sie streckte eine Hand aus, um ihn zu berühren, doch er wich zurück.

„Geht's dir nicht gut?"

„Doch", antwortete er, während er leise ausatmete, als sei die Schmerzwelle vorbei.

„Darf ich hier sitzen bleiben?"

Marty schluckte. „Äh, klar doch", erwiderte er. Doch während er es sagte, wich er so weit vor ihr zurück, wie er konnte, ohne aus dem Bett zu fallen. Er zog die Decke fest um die Hüften und riß voll böser Vorahnungen die Augen auf. Lorraine starrte ihn unverwandt und fasziniert an; offensichtlich bemerkte sie seine Nervosität gar nicht.

„Das ist aber eine schlimme Beule", sagte sie schließlich, während sie seine Stirn berührte. Mit einem schwachen Lächeln gab er den Widerstand auf, bis sie mit den Fingern durch sein Haar fuhr. Als sie es tat, rückte Marty immer weiter von ihr ab, bis –

Bums. Plötzlich fand er sich auf dem Fußboden wieder, nur noch mit seiner Unterwäsche bekleidet. Er griff nach der Decke. Lorraine kicherte hämisch.

„Lorraine! Bist du da oben?"

Die Stimme wurde von schweren Fußtritten auf der Treppe begleitet.

„Ja, Mutter!" rief Lorraine.

Während die Schritte näher kamen, riß sie Martys Hose vom Stuhl und warf sie ihm zu.

„Was macht denn unser Patient?" fragte Stella Baines, als sie den Raum betrat. Und dann, nachdem sie sich umgesehen hatte, ergänzte sie: „Wo ist er überhaupt?"

Marty lugte über die Bettkante. Die vierzigjährige Stella Baines, seine zukünftige Großmutter, starrte zurück. Sie war schwanger und sah schrecklich aus. Wenn Marty sich recht erinnerte, trug sie gerade ihr letztes Kind, das nach dem chronischen Knacki Onkel Joey geboren worden war. Sie hatte dieselben hübschen Augen, die er später kennenlernen sollte – ein sehr helles Blau –, und sie wirkten sehr traurig.

„Marty, das ist meine Mutter", sagte Lorraine, während sie ihm das Hemd zuwarf.

Er zog es im Sitzen an. „Hallo", sagte er lächelnd.

„Hast du Hunger?"

Marty nickte.

„Dann kommt mit nach unten."

Marty zog seine Schuhe an und folgte ihr die Treppen hinab. Stella Baines beobachtete ihn mit einem kleinen Lächeln.

„Sag mal, Marty, wie lange bist du schon beim Zirkus?"

Marty starrte sie verblüfft an. Lorraine machte ein Geräusch, halb seufzend, halb ein ärgerliches Schnauben. „Mutter", sagte sie. „Wie kannst du nur!"

„Zirkus?" murmelte Marty. „Ich bin nicht beim Zirkus. Was . . . meinen Sie damit?"

„Deine Kleider sind so ungewöhnlich", erklärte Stella. „Wir dachten, du gehörtest vielleicht zu einer Show."

Marty zuckte lächelnd die Achseln. Die grünen Schuhe und das mit dem Faksimile einer Lizenz des US-Patentamtes bedruckte Hemd erschienen den Leuten von 1955 wahrscheinlich wirklich etwas merkwürdig. Doch statt ihnen zu erklären, daß diese Kleidungsstücke für das Jahr 1985 völlig normal waren, sagte er: „Ich glaub, ich zieh einfach gern etwas ausgefallene Sachen an, tut mir leid, Ma'am."

„Du brauchst dich nicht zu entschuldigen. Wir haben uns nur etwas gewundert, das ist alles."

Sie betraten das Wohnzimmer, wo bereits vier Kinder saßen. Sam Baines, Martys späterer Großvater, ein bärbeißiger Mann, stand vor dem Schwarzweißfernseher und stellte die Zimmerantenne ein. Er sah sich erst nach ihnen um, als er mit dem Bild zufrieden war.

„Sam, hier ist der junge Mann, den du angefahren hast“, erläuterte Stella. „Gott sei Dank geht es ihm gut.“

„Was hast du denn mitten auf der Straße gemacht – ein Junge in deinem Alter?“ fragte Sam kalt.

„Er ist –“, setzte Marty an. Dann entschloß er sich, lieber nicht zu verraten, daß sein Vater aus dem Baum gefallen war. Das konnte zu peinlichen Enthüllungen oder mindestens zu einigem Mißtrauen führen. „Er ist hingefallen“, fuhr Marty fort. „Dieser andere Junge. Ich bin rübergerannt, um ihn von der Straße zu ziehen. Haben Sie ihn denn nicht gesehen, Sir?“

„Papa sieht nie was, wenn er fährt“, sagte Lorraine.

„Was redest du da?“ fauchte ihr Vater. „Ich bin ein ausgezeichneter Fahrer. Aber wenn ein Junge direkt vor den Wagen springt, kann auch der beste Fahrer nichts mehr machen.“

„Besonders nicht, wenn er auf zwei Rädern um die Kurve jagt“, meinte Lorraine.

„Übrigens“, unterbrach Marty, „was ist denn mit dem anderen Jungen passiert?“

„Er ist einfach aufgestanden und gegangen“, antwortete Sam.

„Er wollte wohl nichts damit zu tun haben“, murmelte Marty; das sah sehr nach George McFly aus.

„Wie auch immer“, sagte Sam, der wieder an der Zimmerantenne herumdrehte. „Fußgänger haben nicht das Recht, sich mitten auf der Straße rumzutreiben. Das kann dir jeder Richter erklären.“

„Oh, hör nicht auf ihn“, sagte Stella. „Er meint es nicht so.“ Sie führte Marty ins Eßzimmer und rief Sam über die Schulter zu: „Hör auf, an dem Ding rumzumurksen. Wir wollen essen.“

Sam, der sie geflissentlich überhörte, fummelte weiter, bis das Bild fast ganz verschneit war.

Das Eßzimmer war schon zur Hälfte mit Menschen gefüllt. Am Tisch lauerten bereits Milton, zwölf Jahre alt, der eine Fellmütze trug, die sechsjährige Sally, der vierjährige Toby, und im Laufstall auf dem Boden krabbelte der elf Monate alte Joey herum.

Stella übernahm das Vorstellen. Marty war äußerst fasziniert, als er seine Onkel und Tanten so anders kennenlernte. Joey, der gerade die ersten Schritte seines langen, verpfuschten Lebens machte, rappelte an den Latten seines Laufstalls, während er heftig sabberte. Marty beobachtete ihn einen Augenblick, dann schüttelte er den Kopf. Du bist also mein Onkel Joey, dachte er. Junge, gewöhn dich schon mal an die Gitter.

„Er scheint sich da wohl zu fühlen", sagte er zu Stella. „Es sieht so aus, als fühlte er sich da richtig zu Hause."

„O ja", antwortete Stella, die natürlich nicht wissen konnte, daß Martys Bemerkung etwas sarkastisch war. „Der kleine Joey ist gern in seinem Laufstall. Er schreit sogar, wenn wir ihn rausholen. Deshalb lassen wir ihn meistens drin: Anscheinend geht's ihm da richtig gut, und er ist viel ruhiger."

Kaum geboren und schon eingesperrt, dachte Marty innerlich lachend.

„Ich hoffe, du magst Auflauf, Marty", sagte Stella.

Manche Dinge ändern sich einfach nicht, dachte Marty.

„Oh, sicher", antwortete er.

„Setz dich hierher." Lorraine zog neben ihrem Platz einen Stuhl für Marty hervor.

„Danke."

Marty setzte sich; sein Teller war schon mit Auflauf, Kartoffeln, Mischgemüse, Makkaroni und Käse beladen. Es war eine exakte Kopie seines Essens von gestern abend, im Jahr 1985.

Alle langten mächtig zu; nur Lorraine stocherte eher in ihrem Essen herum. Marty fragte sich, wann sie den Sprung vom anspruchsvollen Genießer zur Freßmaschine gemacht hatte.

Beim Essen bedachte Stella alle außer Marty mit Instruktionen und Kritik. „Milton, schling nicht so! Lorraine, du ißt nicht genug. Nimm dir noch von den Kartoffeln . . . Sally, halt doch deine Gabel anders. Du siehst aus, als wolltest du damit jemand was tun . . . Wirf nicht alles neben den Teller, Toby . . . Mein Gott, Sam, würdest du bitte aufhören, am Fernseher rumzufummeln? Komm rüber und iß . . ."

Ihr Gatte hatte allerdings nicht die Absicht, beim Essen aufs Fernsehen zu verzichten. Er verließ den Apparat im Wohnzimmer und schob einen Augenblick später ein nagelneues Gerät auf einem Sperrholzwägelchen herein.

„Schaut her", sagte er. „Ich hab den Wagen gebaut, damit wir ihn hier reinrollen und beim Essen Jackie Gleason sehen können."

„O Mann!" schrie Milton.

Mrs. Baines seufzte müde. Die Essenszeit war so ungefähr der einzige Augenblick, in dem sie Regie führte. Nun hatte Sam eine Möglichkeit gefunden, ihr die Aufmerksamkeit der Familie zu entziehen. Doch sie war klug genug, um zu wissen, daß sie nichts dagegen tun konnte.

Sam fummelte eine Weile mit der Zimmerantenne des neuen Apparats herum, bis er es endlich schaffte, eine ziemlich verschneite Zigarettenreklame hereinzubekommen.

Marty sah fasziniert zu, wie ein Chirurg aus einem Operationssaal trat. Er steckte sich eine Zigarette an und sprach zum Publikum. „Nach drei anstrengenden Lungenoperationen direkt hintereinander entspanne ich mich gern mit einer Sir Walter Randolph, denn dieser feine Tabak beruhigt meine Nerven und regt meinen Kreislauf an . . ."

„Das darf doch nicht wahr sein!" sagte Marty unwillkürlich. Er hatte noch keine Zigarettenwerbung im Fernsehen gesehen, und er konnte die Schamlosigkeit einfach nicht begreifen.

Sam Baines glaubte, der junge Mann hätte seine ausgezeichnete Feinabstimmung bewundert. Er sagte strahlend: „Ja, sieh dir nur das Bild an . . . kristallklar. Du hast recht, Junge. Es ist wirklich unglaublich."

„Ich meinte die Zigarettenreklame", erwiderte Marty.

„Was ist daran so komisch?" fragte Lorraine.

„Daß ein Arzt für Zigaretten wirbt. Zigarettenrauchen verursacht Lungenkrebs. Wie kann er Lungen operieren und direkt danach eine Zigarette qualmen? Der ist doch verrückt!"

„Nun", murmelte Sam, „es ist noch nicht erwiesen. Ich seh nicht ein, warum nicht ein Arzt für Zigaretten Reklame machen sollte, wenn er Lust dazu hat."

„Weil es unmoralisch ist."

„Sei nicht albern."

Marty reagierte etwas gereizt auf Sams selbstzufriedenen Tonfall. „Nun", sagte er, „eines Tages wird es verboten werden. So albern ist das."

Der Rest der Familie, ausgenommen die Jüngsten, die es noch nicht verstanden, starrte Marty ungläubig an. Zu behaupten, daß es im amerikanischen Fernsehen eines Tages keine Zigarettenreklame mehr geben würde, kam der Voraussage gleich, daß man Weihnachten demnächst ohne den Weihnachtsmann begehen würde. Nur Lorraine sah aus, als könnte sie Martys Behauptung halbwegs glauben.

„Nun", sagte sie vorsichtig, „vielleicht kommt es auch anders, aber ich glaube, es wäre eine gute Idee. Zu viele junge Menschen sehen diese Reklame im Fernsehen und halten sich für die größten, wenn sie zu rauchen anfangen."

Sam konnte dagegen nicht viel sagen, und so lenkte er das Gespräch in eine andere Richtung. Er schwärmte: „Mit dem Ding hier im Haus wird bald kein Mensch mehr ins Kino gehen. Man kann alles zu Hause sehen und sogar umsonst."

„Habt ihr einen Fernseher?" fragte Lorraine, während sie Marty freundlich anlächelte.

„Ja", antwortete er. „Sogar zwei."

„Mann! Dann müßt ihr aber reich sein!" platzte Milton heraus.

„Sogar in Farbe", fügte Marty hinzu; er hatte vergessen, daß dies im Jahre 1955 keine sehr kluge Bemerkung war.

Milton riß die Augen auf.

„Blödsinn", spottete Sam Baines.

Stella lächelte herablassend. „Er nimmt dich doch nur auf den Arm, Milton", sagte sie. „Bis jetzt gibt es noch kein Farbfernsehen."

Sie sah Marty auffordernd an.

„Ja, das stimmt." Er nickte. „Ich hab dich nur verschaukelt, Miltie."

Die Reklame war vorbei, und nun folgten die *Honeymooners.* Marty sah sofort, daß es die Folge „Der Mann aus dem Weltraum" war. Fast ohne es zu bemerken, sprach er die Dialoge der Schauspieler einen Sekundenbruchteil zu früh mit. Alle am Tisch starrten ihn mit unterschiedlich starker Verblüffung an. Lorraine lachte jedesmal; ihr Vater machte ein finsteres Gesicht.

„Woher weißt du, was die sagen wollen?" fragte Milton.

„Weil ich den Film schon mal gesehen habe."

„Was meinst du damit, daß du ihn schon mal gesehen hast?" fragte Milton. „Der ist doch ganz neu."

„Ich hab's als Wiederholung gesehen."

„Was ist das denn?"

„Das wirst du schon noch merken."

„Na gut, du Oberschlauer", sagte Milton. „Dann sag mir doch, wie's weitergeht."

„Aber sicher“, erwiderte Marty. „Ralph verkleidet sich gleich als ‚Mann aus dem Weltraum‘.“

„Ruhe!“ brummte Sam. „Ich will zusehen!“

Etwa eine Minute lang sprach niemand mehr. Dann beugte sich Stella zu Marty hinüber. „Weißt du, irgendwie kommst du mir sehr bekannt vor“, sagte sie. „Kenne ich vielleicht deine Mutter?“

Marty konnte nicht anders, er mußte lächeln. „Ja, ich glaube schon“, antwortete er, während er zu Lorraine schielte.

„Ich würde sie gerne anrufen“, sagte Stella. „Um ihr zu sagen, daß dir nichts passiert ist.“

„Das geht doch gar nicht“, schnaufte Marty.

„Warum denn nicht?“

„Äh . . . sie ist nicht zu Hause. Im Augenblick ist noch gar keiner da.“

„Arbeitet sie?“

„Nicht direkt“, wich Marty aus. „Äh, meine Eltern sind, äh, die sind gar nicht da.“

„Ich verstehe nicht . . .“

„Das ist schon in Ordnung, Mrs. Baines“, erklärte Marty ihr. „Meine Mutter findet nichts dabei, wenn ich spät nach Hause komme. Sie macht sich schon keine Sorgen.“

„Bist du sicher?“

„Ja, Ma'am. Ich könnte die nächsten dreißig Jahre verschwinden, ohne daß sie es bemerken würde.“

Milton, der diese Bemerkung offenbar sehr komisch fand, kicherte, so daß ihm das Essen aus dem Mund fiel.

„Will denn niemand zuschauen“, murmelte Sam gereizt.

Wieder schwiegen sie eine Weile. Dann, als der nächste Werbeblock begann, erinnerte sich Marty, daß er eigentlich zu Doc Brown wollte. „Äh, kann mir vielleicht jemand sagen, wo der Riverside Drive ist?“

„Riverside?“ antwortete Sam. „Aber sicher. Das ist im Osten, einen Block hinter der Maple Street.“

„Einen Block hinter der Maple?“ wiederholte Marty verblüfft. „Aber da ist der JFK Drive.“

„JF was?“

„John F. Kennedy Drive.“

„Wer, zum Teufel, ist John F. Kennedy?“ wollte Sam wissen.

„Oh, äh, schon gut.“

„Geh einfach in östlicher Richtung, bis du an der Maple bist", erklärte Sam. „Der nächste Block ist dann der Riverside."

„Danke."

„Mutter", sagte Lorraine, „wenn Martys Eltern weg sind, wäre es da nicht vernünftig, wenn er über Nacht bliebe? Diese Beule an seinem Kopf macht mir Sorgen. Er könnte plötzlich das Bewußtsein verlieren oder so was."

Sie schenkte Marty ein kokettes Lächeln, das er etwas verkrampft erwiderte.

„Marty, Lorraine hat vielleicht recht. Vielleicht solltest du lieber über Nacht bleiben. Schließlich hat Dad dich ja angefahren. Das bedeutet, daß wir für dich verantwortlich . . ."

„Aber nicht juristisch!" warf Sam hitzig ein.

„Das vielleicht nicht, aber immerhin moralisch", entgegnete Stella. Sie sah Marty erwartungsvoll an.

„Ich weiß nicht recht . . .", dehnte er.

„Du kannst in meinem Zimmer schlafen", schlug Lorraine vor.

„Lorry ist verknallt", spottete Wilson. „Lorry ist verknallt . . ."

Lorraine richtete sich in ihrem Stuhl hoch und starrte ihren kleinen Bruder gebieterisch an. „Ich versuche nur, fürsorglich zu sein", wies sie ihn zurecht.

Niemand wollte es so recht glauben, und Marty schon gar nicht. Er sah auf die Uhr und schob seinen Teller weg. „Äh, wenn Sie mich bitte entschuldigen, ich muß jetzt wirklich gehen", sagte er.

„Aber wir haben noch Kuchen", protestierte Stella.

„Es tut mir wirklich leid", sagte Marty. „Ich hab eine Verabredung mit diesem Herrn . . ."

Er stand auf, nickte Sam und den Kindern zu, die ungerührt weiterfutterten. „Vielen Dank für alles. Bis später dann. Viel später."

Damit ging er hinaus.

Lorraine seufzte. „Ich frag mich, was wir ihm getan haben."

„Das ist schon ein seltsamer junger Mann", murmelte Stella. „Er ist sehr freundlich, doch manchmal scheint er irgendwie in einer anderen Welt zu sein."

„Er ist ein Dummkopf", berichtigte Sam. „Das liegt an seiner Herkunft. Seine Eltern sind wahrscheinlich auch Idioten, vielleicht sogar seine Großeltern. Es würde mich nicht wundern, wenn die ganze Familie 'nen Knall hat." Er blickte Lorraine düster an.

„Wenn du jemals ein Kind haben solltest, das sich so benimmt, werde ich dich enterben. Das gilt für euch alle."

Nachdem er klargestellt hatte, wer der Herr im Hause war, schaufelte er sich eine Portion Kartoffeln in den Mund und wandte seine Aufmerksamkeit wieder Jackie Gleason zu.

VII

DOC BROWN rückte das Gerät auf seinem Kopf zurecht, mischte die Karten und zog eine aus dem Stapel. Er legte sie verdeckt auf den Tisch und drehte an den Knöpfen, die das Ding auf seinem Kopf aktivierten. Ein lautes Knistern erfüllte den Raum, und vor Browns Augen erschien für einen Moment der Pikbube.

„Hervorragend!" rief er.

Er drehte die verdeckte Karte um. Karo drei.

„Scheiße", murmelte er.

Er versuchte es noch einmal, doch abermals gelang es ihm nicht, die Karte zu erraten.

Er ließ seine neueste Erfindung auf dem Kopf, stand auf und schritt mißmutig umher. Wo lag der Fehler? Ein leichter, stechender Schmerz in seinem Kopf brachte ihn auf die Idee, daß der Fehler dort liegen könnte. Am Morgen, als er im Badezimmer eine Uhr hatte aufhängen wollen, war er von der Toilette gefallen und hatte sich böse den Schädel angeschlagen. Da nun aber das Gehirn ein komplizierter elektrischer Schaltkreis war, war es möglich, daß der Aufprall eine Art Kurzschluß erzeugt hatte, der jetzt seine Tests scheitern ließ. Doch eigentlich war der Tag recht angenehm verlaufen; er hatte ohne Beschwerden mehrere Stunden am Schreibtisch gearbeitet. Als er seine Aufzeichnungen noch einmal durchgelesen hatte, war er sich völlig sicher gewesen, daß er auf dem Gebiet der Zeitreise einen wichtigen Durchbruch erzielt hatte. Nun, die Aufregung über dieses neue Projekt konnte natürlich auch seine Versuche mit übersinnlicher Wahrnehmung beeinflußt haben.

Er blieb vor einem Spiegel stehen und lächelte. Er sah schon ziemlich verrückt aus mit diesem Gewirr von Röhren, Rheostaten, Anzeigen und Drähten auf dem Kopf, über dem auch noch eine Antenne wippte. Er gab, wie er sich lächelnd eingestand, das typische Bild eines verrückten Wissenschaftlers ab. Aber egal. Wenn das Gerät sich wirklich zum Gedankenlesen eignete, dann würde es keine Rolle mehr spielen, wie es aussah.

Während er sich begutachtete, begann Kopernikus zu bellen. Der Hund, der dritte in einer Reihe von Haustieren, die allesamt nach berühmten Wissenschaftlern benannt waren, rannte aus der Küche ins Wohnzimmer und kam gerade dort an, als es klopfte.

Ohne das Gerät vom Kopf zu nehmen – es war so schwierig anzuschließen –, ging Doc Brown zur Tür und öffnete. Draußen stand ein Junge von vielleicht siebzehn Jahren. Als Doc Brown ihn sah, hätte er fast erfreut in die Hände geklatscht, denn der Junge trug ein Hemd, das mit einer Vergrößerung einer Patentschrift bedruckt war. Man kann sich leicht vorstellen, wie dies das Herz des frustrierten, verkannten und vielgeschmähten Erfinders erfreute.

Beseelt von diesem glücklichen Zusammentreffen, entschloß sich Doc Brown, sein Experiment fortzusetzen. Er schaltete den Apparat ein, wartete, bis er warm war, und deutete auf den jungen Mann. „Sag nichts."

Der junge Mann schwieg gehorsam; sein Mund hatte sich wieder geschlossen, bevor auch nur ein Wort über seine Lippen gekommen war.

„Ich werde dir sagen, wie du heißt", sagte Doc Brown. „Denk an deinen Namen."

Marty gehorchte. Er war froh, als er sah, daß Doc Brown sich anscheinend nicht verändert hatte, wenn er auch viel jünger aussah – doch sein schrulliges Verhalten und seine Gesten waren dieselben. Es war schön, ihn wiederzusehen, wenn auch nur ein Tag seit ihrer letzten Begegnung vergangen war.

„Peter Danforth", sagte Doc Brown.

„Nein."

„Evan Wentworth . . . junior."

„Nein, Sir, tut mir leid."

„Melvin Petrucci."

Marty schüttelte den Kopf. „Aber mein Vorname beginnt mit einem M", sagte er aufmunternd.

„Das ist noch nicht genug", murmelte Doc Brown. „Vielleicht geht es mit Namen einfach nicht." Er legte an seinem „Gehirnwellenanalysator" einen weiteren Schalter um, schloß die Augen und konzentrierte sich.

„Mal sehen", sagte er schließlich. „Du kommst von weit her . . ."

„Ja!"

„ . . . weil du . . . mir ein Abonnement für die *Saturday Evening Post* verkaufen willst."

„Nein . . ."

„*Colliers* . . ."

„Nein. Es . . ."

„Sag's nicht!" Er warf den Kopf zurück und dachte noch einen Augenblick nach. „Erdnüsse!" Er schrie es fast. „Das ist es! Du verkaufst Erdnüsse für die Pfadfinder! Wie dumm, daß ich es nicht gleich gesagt habe!"

„Nein."

Doc Brown war enttäuscht. Marty wünschte, er hätte ihm ein besseres Ergebnis verschaffen können, doch eine Lüge hätte seinem Freund nicht geholfen.

„Hast du geklopft, weil du die Toilette benutzen willst?" fragte Doc Brown etwas kleinlaut.

„Nein, Doc Brown", antwortete Marty. „Ich bin wegen einer Sache gekommen, die für uns beide sehr wichtig ist."

„Was *verkaufst* du denn nun?" fragte Doc. „So fangen doch alle Verkaufsgespräche an."

„Ich verkaufe nichts. Passen Sie auf: Ich komme aus der Zukunft. Ich bin mit einer Zeitmaschine gekommen, die Sie erfunden haben – und jetzt brauche ich Ihre Hilfe, um wieder zurückzukommen."

„Wohin zurück?"

„Neunzehnhundertfünfundachtzig."

„Unglaublich", keuchte Doc. „Mein Gott, weißt du, was das bedeutet?"

Er machte eine dramatische Pause, dann begann er den komplizierten Apparat von seinem Kopf zu nehmen.

„Was denn?"

„Das heißt, daß dieses verdammte Ding hier absolut nicht funktioniert!" schrie er und warf die Maschine wütend auf den Boden. Sie zerbrach, und in alle Richtungen flogen Glassplitter und Plastikteile davon. „Sechs Monate Arbeit für nichts und wieder nichts! Wo hab ich mich nur geirrt?"

„Bitte, Doc", drängte Marty. „Vergessen Sie den Gedankenleseapparat. Sie werden das Ding nie zum Laufen kriegen."

„Wer sagt das?"

„Ich. Passen Sie auf: Ihr großer Durchbruch wird auf dem Gebiet der Zeitreise kommen. Statt sich mit diesem anderen Zeug rumzuschlagen, sollten sie sich überlegen, wie die Maschine funktioniert . . . weil ich Ihre Hilfe brauche. Sie haben mich hier im Jahr 1955 stranden lassen."

„Was redest du da, eine Zeitmaschine?" wollte er wissen. „Ich habe keine Zeitmaschine erfunden."

„Nein, aber das werden Sie noch", sagte Marty. „Und ich werde der erste sein, der sie benutzt, abgesehen von Ihrem Hund Einstein."

„Mein Hund heißt Kopernikus."

Marty nickte. „Das paßt. Sie taufen Ihre Hunde nach großen Wissenschaftlern. Es ist nur logisch, daß eines Tages einer den Namen Einstein tragen wird."

„Klingt vernünftig", räumte Doc Brown ein. „Aber woher soll ich wissen, daß du wirklich aus der Zukunft kommst? Es gibt hier eine Menge Leute, die mich für einen Verrückten und eine Landplage halten. Vielleicht haben sie dich geschickt, weil sie mich auf den Arm nehmen wollen."

„Ich bin kein Witz", sagte Marty. „Und ich kann es Ihnen beweisen."

Er holte seine Brieftasche heraus.

„Sehen Sie – hier ist mein Führerschein. Sehen Sie sich die Daten an."

Er reichte Doc Brown das Dokument. „Sehen Sie das Ausstellungsdatum? Neunzehnhundertvierundachtzig. Und mein Geburtsdatum? Neunzehnhundertachtundsechzig."

„Du meinst, du bist noch gar nicht geboren?" fragte Doc Brown. Er drehte den Führerschein wieder und wieder um. „Sieht echt aus, na schön", murmelte er.

„Er *ist* echt."

Marty suchte noch einmal in seinen Taschen herum und förderte einen Büchereiausweis zutage, der 1986 auslief, eine neue Münze und ein Familienfoto. Nacheinander gab er Doc Brown die Gegenstände, die er mißtrauisch begutachtete.

„Sehen Sie diese Zwanzigdollarnote", sagte er. „Die Serie von 1981 . . . und hier ist ein Foto von mir, von meiner Schwester und meinem Bruder . . ."

„Und?"

„Sehen Sie sich mal das Hemd meiner Schwester an. Schulabgang 1984 steht da."

Doc Brown nickte, dann zuckte er die Achseln. „Ist 'ne ziemlich schlechte Fälschung", sagte er. „Sieht so aus, als hätten sie deinem Bruder den Kopf abgeschnitten."

Marty wurde langsam wütend. Er schob das Bild wieder in die Brieftasche, ohne einen Blick darauf zu werfen. Wenn Doc Browns seine Geschichte nicht glaubte, wen gäbe es dann noch? Es war zugleich ironisch und ärgerlich, daß dieser Mann nicht an seinen eigenen Erfolg glauben wollte, der ihn in diese Lage gebracht hatte.

„Bitte, Doc!" sagte Marty aufgebracht. „Sie müssen mir einfach glauben! Ich sag die Wahrheit."

Doc musterte ihn aus verengten Augen. „Na gut, du Junge aus der Zukunft", sagte er lächelnd. „Dann will ich dich mal testen. Wer gewinnt 1956 die Meisterschaft?"

Unglücklicherweise besaß Marty kein enzyklopädisches Wissen über Sportereignisse, obwohl er, wie die meisten Jungen seines Alters, am Sport interessiert war. „Ich weiß es nicht", gestand er. „Das war doch vor fast dreißig Jahren."

„Nein, ich spreche vom nächsten Jahr", sagte Doc Brown rasch; dann dämmerte ihm, daß sie das Datum wohl aus verschiedenen Blickwinkeln betrachteten. „Also gut", fuhr er fort, „ich bin ein Brooklyn-Fan. Wie viele Meisterschaften werden sie in den Sechzigern und Siebzigern gewinnen?"

„Ich glaube, überhaupt keine", antwortete Marty. „Brooklyn ist nicht einmal in der Landesliga."

Doc Brown lachte höhnisch. „Was sagst du da?" sagte er kopfschüttelnd. „Brooklyn ist gar nicht dabei? Ich kann's nicht glauben."

„Das ist aber wahr."

„Das ist verrückt. Wer gewinnt dann die Meisterschaften?"

„Die Miracle Mets haben 1969 gewonnen", sagte Marty, „aber ich bin ein Fan der San Diego Padres. Und die Chargers finde ich auch gut."

„Mets?" wiederholte Doc. „Wer sind die Miracle Mets? Und San Diego? Willst du mich auf den Arm nehmen?"

„Nein. Das verändert sich doch dauernd."

„Ja, aber nicht so sehr", murmelte Doc. „Ich kenne kein einziges von den Teams, die du da erwähnt hast. Welche sind denn die besten im Football?"

„Die L.A. Raiders, die Miami Dolphins, die Dallas Cowboys, die San Francisco 49er."

„Na endlich", sagte Doc Brown. „Eins davon kenne ich. Das ist doch unglaublich. Wie wär's denn damit: Wer wird im Jahr 1985 Präsident der Vereinigten Staaten?"

„Ronald Reagan."

„Ronald Reagan, der Schauspieler?" fragte Doc Brown kopfschüttelnd.

Marty nickte etwas reumütig. Er wünschte, Doc Brown hätte dieses Thema nicht angeschnitten.

„Das ist doch das Verrückteste, das ich je gehört habe", murmelte Doc. „Da hättest du dir aber was Besseres ausdenken können."

Er hob seinen Gehirnwellenanalysator auf und ging zur Garage. Soweit es ihn betraf, war der Spaß vorbei. Er wußte nicht, wer die Idee ausgeheckt hatte, aber wenn jemand auf seine Kosten gelacht hatte, na gut. Marty folgte ihm.

„Laß mich bitte in Ruhe", sagte Doc Brown über die Schulter, als er den Raum verließ.

Marty versuchte angestrengt, etwas zu finden, das den Mann überzeugen könnte, und plötzlich fiel ihm ein, welcher Tag es war: Sonnabend, der 5. November 1955. War Doc nicht an diesem Tag von der Toilette gefallen und . . .

„Aber klar!" rief Marty. „Er hat doch sogar noch die Beule!"

Er rannte Doc hinterher und begann wie ein Schnellfeuergewehr zu sprechen. „Doc Brown, bitte hören Sie zu!" sagte er. „Diese Beule an Ihrem Kopf – ich weiß, wie Sie die bekommen haben! Es ist heute morgen passiert! Sie wollten eine Uhr aufhängen und sind von der Toilette gefallen und mit dem Kopf ans Waschbecken geknallt . . ."

Doc Brown wirbelte zu ihm herum. „Was hast du getan – hast du mir nachspioniert?" fragte er. „Hab ich denn noch nicht mal auf dem Klo meine Ruhe? Muß ich mich jetzt fragen, ob mich irgendein Idiot mit dem Fernglas beobachtet, wenn ich mich draufsetze?"

„Nein", versicherte Marty ihm. „Ich hab Sie nicht beobachtet. Im Jahr 1985 haben Sie mir heute morgen davon erzählt. Sie sagten, daß Sie nach dem Sturz eine Art Vision über den Ladungsträger gehabt hätten, das Kernstück der Maschine."

Doc Brown runzelte die Stirn. Das war nun wirklich seltsam. Wie konnte dieser junge Mann wissen, was in seinem Kopf vorging, wenn er es ihm nicht gesagt hatte? Während er darüber nachdachte, hob Marty die Hände und sprach die Frage laut aus.

„Doc, wie sonst könnte ich es wissen, wenn ich nicht aus der Zukunft käme?"

„Du könntest Gedankenleser sein."

„Ja, aber das bin ich nicht. Ich bin ein ganz normaler Junge, den Sie zufällig ins Vertrauen zogen."

„Und wo ist diese Maschine jetzt?" fragte Doc Brown. So langsam interessierte ihn die Sache doch.

„Ich hab sie in einer Garage versteckt", sagte Marty. „Sie ist so auffällig, daß ich nicht damit in den Straßen rumgondeln konnte, ohne eine Menge Aufmerksamkeit zu erregen. Vielleicht hätten die Cops mich sogar verhaftet."

Doc Brown sah den jungen Mann eine Weile schweigend an. Er wollte ihm gerne glauben, doch etwas schien zu fehlen. Es klang zu phantastisch. Der Junge war einfach nur ein guter Schauspieler, der irgendwie von seinem Unfall erfahren hatte. Egal, welches Motiv hinter dieser Geschichte steckte, es war nicht wichtig. Er hatte anderes zu tun.

„Auf Wiedersehen, Junge aus der Zukunft", sagte er, während er die Garagentür schloß.

Marty blieb fast eine Minute schweigend stehen. Er konnte es drehen und wenden, wie er wollte, außer Doc Brown fiel ihm niemand ein, der ihm helfen konnte. Und das bedeutete nur eins: Wenn Doc Brown mehr Beweise brauchte, dann sollte er sie bekommen.

„Aber vielleicht läßt er mich beim nächstenmal gar nicht mehr rein, wenn er merkt, daß ich es bin." Er seufzte.

Dann senkte er den Blick und bemerkte die altbekannte Topfblume, die vor der Garagentür stand.

„Ob vielleicht . . .?" Er lächelte.

Er bückte sich, hob den Topf an und fand – richtig! – den Schlüssel, den er in die Tasche steckte. Dann ging er fort.

Sein Plan war, bis zum Einbruch der Dunkelheit zu warten, wenn der DeLorean nicht mehr so auffallen würde. Die Maschine selbst würde Doc Brown bestimmt beeindrucken; außerdem waren mehrere Dinge aus dem Jahr 1985 darin, die ebenfalls als Beweis dienen könnten. Marty ging langsam zum Town Square zurück, kaufte sich einen Hamburger und eine Pepsi und sah den Zeigern auf der Turmuhr zu, die sich langsam der Vier näherten. Als er es leid war, die Leute zu beobachten, entschied er sich, ins Kino zu gehen.

Er schlenderte zum Essex, doch nach ein paar Schritten bog er nach links ab und ging zum Town-Kino. Western hatte er eigentlich nie gemocht, und Ronald Reagan war nicht gerade sein Lieblingsschauspieler. Aber den Film *The Atomic Kid* hatte er wenigstens noch nicht im Fernsehen gesehen.

Er zahlte freudig seine fünfzig Cents Eintritt, kaufte für einen Zehner eine Mandelmilch und ging hinein. Der Film war ziemlich schlapp; Marty begann sich richtig nach der im Fernsehen üblichen Werbung zu sehnen, die ihn von der Langeweile erlöst hätte. Nach neunzig Minuten war der Film über den Prospektor, der gegen Radioaktivität immun wird und kommunistische Spione auffliegen läßt, vorbei, und Marty ging wieder hinaus; er stellte befriedigt fest, daß es schon erheblich dunkler geworden war.

Als er sein Haus erreichte, war es ganz dunkel. Marty schloß die Garage auf, stieg in den Wagen und klappte den Sitz weit zurück. Er schloß die Augen und entspannte sich; er hatte vor, wenigstens bis Mitternacht zu warten, so daß nicht mehr viele Leute unterwegs wären, die den Wagen aus einer anderen Welt bemerken könnten.

Nach einer Weile fiel er in einen unruhigen Schlaf, und eine ganze Reihe von Träumen erinnerte ihn daran, daß er sich in einer gefährlichen Situation befand . . ., er wurde von professionellen Spielern verfolgt, die sein Wissen um die Zukunft in bare Münze verwandeln wollten . . .; Polizei und Regierung wollten ihn zum Schweigen bringen, um eine Panik in der Bevölkerung zu verhindern . . .; Lorraine wollte seinen Körper . . .; er konnte nicht ins Jahr 1985 zu Jennifer und seinen Freunden zurück . . .; er fuhr plötzlich auf und sah auf der Digitaluhr im Armaturenbrett, daß es schon nach Mitternacht war.

Er ließ den Wagen an, fuhr langsam aus der Garage und kehrte zu Doc Browns Haus am Riverside Drive zurück. Wie es sich für Hill Valley gehörte, waren alle Bürgersteige hochgeklappt und nur noch wenige Autos unterwegs.

Dann schloß er Docs Garage mit dem stibitzten Schlüssel auf und setzte den DeLorean hinein. Doc Brown schlief laut schnarchend auf seiner Werkbank. Unter ihm lagen Schaltpläne des Gehirnwellenanalysators und ein Notizblock mit gekritzelten Anmerkungen.

Marty berührte Doc vorsichtig an der Schulter.

„Doc . . ., wach auf", flüsterte er.

Doc Browns Augen öffneten sich unsicher. „Häh?" machte er verschlafen.

„Ich bin's", sagte Marty.

Docs Augen klärten sich und nahmen einen ärgerlichen Ausdruck an. „Was, zum Teufel, tust du hier?" fragte er. „Wie bist du hier reingekommen?"

„Ich hab den Schlüssel genommen . . ."

„Du hast ja Nerven –"

In diesem Augenblick bemerkte Doc den DeLorean, und der Satz blieb ihm im Hals stecken.

„Mein Gott", murmelte er.

„Das ist deine Zeitmaschine, Doc", erklärte Marty lächelnd. „Ich hab sie gleich mitgebracht."

Doc Brown ging mit aufgerissenen Augen und offenem Mund darauf zu. Marty hatte den Eindruck, daß er sich im Geiste alle zehn Finger leckte.

„Glaubst du mir jetzt?"

Doc Brown sagte nichts. Er ging äußerst vorsichtig einmal ganz um die Maschine herum. Dann zog er ein zusammengefaltetes Stück Papier aus der Tasche und reichte es Marty.

„Das hab ich gezeichnet, nachdem ich vom Klo gefallen bin", sagte er. „Kommt dir das bekannt vor?"

Marty faltete das Blatt auseinander und erkannte sofort eine grobe, aber ziemlich genaue Zeichnung des Ladungsträgers.

„Da kannst du Gift drauf nehmen", antwortete Marty.

Er öffnete die Tür und holte das Originalteil heraus. Als Doc es sah, begannen seine Augen zu leuchten. Er hüpfte auf und nieder und stieß zwischen den Freudenschreien einzelne Worte aus.

„Ha . . . es . . . funktioniert!" keuchte er. „Endlich hab ich was erfunden, das funktioniert!"

Plötzlich umarmte er Marty und drückte ihm einen Kuß auf die Wange.

„Das ist einfach spitze!" jubelte er. „Das ist wundervoll! Ich kann's gar nicht glauben!"

Doch offensichtlich glaubte er es, denn als nächstes baute er sich zu einer förmlichen Pose auf, als spräche er zu einem Publikum sehr gebildeter Menschen.

„Sehr geehrte Damen und Herren", sagte er mit tiefer, voller Stimme, „und geehrtes Nobelpreiskomitee . . ., es ist mir eine große Ehre, den Nobelpreis des Jahres neunzehn –"

Er hielt inne und wandte sich an Marty. „In welchem Jahr bekomme ich ihn denn?" fragte er.

Doch bevor Marty etwas sagen konnte, wedelte er mit den Händen und sprach weiter. „Nein – sag's nicht. Ich will's nicht wissen. Es soll eine Überraschung bleiben. Niemand sollte etwas über sein eigenes Schicksal erfahren."

Er wollte sich wieder an das imaginäre Publikum wenden, doch plötzlich fiel ihm etwas ein. „Halt!" sagte er. „Moment mal! Jetzt fällt mir was ein. Du hast da was gesagt, daß du mein erstes Versuchskaninchen warst, von einem Hund abgesehen."

„Ganz recht."

„Und du hast gesagt, ich hätte dich hier im Jahr 1955 ausgesetzt . . ."

Marty nickte.

„Aber warum sollte ich das tun?" wollte Doc Brown wissen. Es klang ziemlich selbstherrlich. „Ich bin ein verantwortungsbewußter Wissenschaftler. Bei allen meinen Tests habe ich stets großen Wert auf Sicherheit gelegt. Ich würde niemals einen Jungen in der Zeit zurückschicken und ihn dort seinem Schicksal überlassen."

„Du hast es nicht absichtlich gemacht", erklärte Marty. „Es war ein Unfall; einige andere Leute haben sich eingemischt, und die Sache wurde ganz schön heiß."

„Heiß?" sagte Doc. „Was hat die Temperatur damit zu tun?"

„Entschuldigung. Das war nur so 'ne Redensart. Was ich sagen wollte, ist, daß nach dem ersten –"

„Warte, sag's mir nicht", unterbrach ihn Brown. „Ich will nicht zuviel über die Zukunft wissen . . . sogar deine bloße Anwesenheit hier könnte gefährlich sein. Wir könnten versehentlich den Verlauf der Geschichte verändern –"

„Das glaube ich nicht", sagte Marty. „Ich bin nur ein Junge . . ."

„Das verstehst du nicht. Ein Molekül, ein Atom, das seine

Position wechselt, kann das ganze Gewebe des Raum-Zeit-Kontinuums zerstören . . ., wir müssen also sehr vorsichtig sein, daß wir in nichts Wichtiges eingreifen."

Marty zuckte die Achseln.

„Zeig mir, wie das Ding funktioniert", sagte Doc Brown. „Wir müssen dich zurückschicken – zurück in die Zukunft."

„Nichts lieber als das", sagte Marty. „Aber ich bin kein Fachmann. Du hast mir im Jahr 1985 gerade ein paar Minuten Zeit gelassen, das Ding kennenzulernen."

„Warum so wenig?" fragte Doc Brown. „Wenn du meine Versuchsperson sein solltest, warum hab ich dir dann nicht alles ausführlich erklärt? Das ist doch unverantwortlich, einen Jungen dreißig Jahre in die Vergangenheit zu schicken, ohne ihm vernünftige Instruktionen auf den Weg zu geben."

Marty lächelte. Es klang, als kritisierte er jemand anders, dabei sprach er über sein eigenes zukünftiges Verhalten.

„Nein, Doc", erklärte Marty. „Es hat nichts mit Verantwortungslosigkeit zu tun. Wir wurden angegrif–"

Er hielt inne. Sollte er Doc Brown wirklich verraten, wie er ums Leben kommen würde? Es schien nicht richtig zu sein und war bestimmt nicht sehr nett.

„Gut so, mein Junge", sagte Doc Brown nickend. „Keine Einzelheiten. Ich weiß ohnehin schon zuviel . . ."

„Was denn, Doc?" fragte Marty. „Ich hab doch gar nichts Wichtiges erzählt?"

„Ach, nein?" entgegnete er. „Zuerst mal, daß ich eine Zeitmaschine erfinden werde. Das ist doch schon eine große Neuigkeit – nicht nur für mich, sondern für die ganze Wissenschaft. Dann die Miracle Mets im Jahr 1969. Und Ronald Reagan soll Präsident werden. Aber das war doch wohl ein Witz, oder?"

„Ja", log Marty.

„Gut."

EINE Stunde später, nachdem er herausgefunden hatte, wie der DeLorean funktionierte, nahm Doc sich den Koffer vor, der seinen Besitz aus dem Jahr 1985 enthielt, und untersuchte den Inhalt.

„Was ist das denn?" fragte er.

„Ein Fön, zum Haaretrocknen."

„Ein Fön? Gibt's denn in der Zukunft keine Handtücher mehr?"

Er warf ihn in den Koffer zurück. „Erzähl mir nur nicht, daß ich wirklich so ein Ding benutzen werde", murmelte er.

Dann inspizierte er die Kleidung. „Und diese Sachen hier", sagte er, „die sind ja alle aus Baumwolle. Ich war sicher, daß wir im Jahr 1985 Einwegkleidung aus Papier tragen würden. Kein großer Fortschritt . . ."

Als nächstes tauchte eine Nummer des *Playboy* auf. Doc Brown sah sie durch und ließ sie fast fallen, als sich das Playgirl des Monats entblätterte.

„Mensch!" sagte er grinsend. „Die Zukunft sieht wohl doch nicht so schlecht aus." Er drehte das Bild in verschiedene Richtungen. „Das ist irre", lachte er. „Ich sitz hier und schau mir eine Frau an, die noch nicht mal geboren ist."

„Ja", sagte Marty. „Aber wenn du richtig staunen willst, dann guck dir mal das hier an."

Er hatte während der letzten Minuten die Videokamera eingestellt, die nun bereit war, abzuspielen, was sie auf dem Twin-Pines-Parkplatz aufgenommen hatten.

„Bereite dich auf einen Schock vor, Doc", sagte er, als er sie einschaltete.

Nach einigen verwackelten Bildern folgte Doc Browns Einleitung zu dem Vorhaben, das er als Temporalexperiment Nummer eins bezeichnete.

„Wer ist das?" fragte Doc Brown. Dann keuchte er. „Mann, das bin ich! Sieh mich nur an! Ich bin ein alter Mann! Aber für so einen alten Knacker sehe ich gar nicht schlecht aus. Gott sei Dank hab ich noch meine Haare – in meiner Familie sind Glatzen ziemlich weit verbreitet. Sogar bei einigen Frauen. Aber, mein Gott, was trage ich denn da?"

„Einen Strahlenschutzanzug."

„Ach, sicher, der Fallout von den ganzen Atomkriegen."

„Nein, Doc. Es gab einige –"

„Egal. Sag mir nichts. Tut mir leid. Wenn ich nichts über die Zukunft wissen will, dann sollte ich auch nicht so was sagen. Aber das Ding ist wirklich erstaunlich – das ist ja ein tragbares Fernsehstudio. Ich hätte nie im Leben gedacht . . ."

„Paß auf", drängte Marty. „Jetzt kommt das Wichtigste."

Doc Brown 1955 beobachtete wie gebannt Doc Brown 1985, der gerade erklärte, daß die Zeitmaschine mit Plutonium betrieben wurde. Marty McFly 1985, der genauso wie Marty 1955 aussah, hörte Doc Brown zu. Dann sagte er: „Plutonium? Willst du damit sagen, daß dieses Biest strahlt?“

„Eigentlich ist es nur elektrische Energie“, erwiderte Doc Brown. „Aber ich brauche eine nukleare Reaktion, um die erforderlichen 1,21 Gigawatt Strom zu erzeugen. Der Ladungsträger speichert ihn und gibt ihn schlagartig frei wie einen gewaltigen Blitz. Es ist wirklich ziemlich effizient.“

„Was hat dieser Alte gerade gesagt?“ fragte der junge Doc Brown. „Laß mich das noch mal sehen.“

„ . . . erforderlichen 1,21 Gigawatt Strom zu erzeugen. Der Ladungsträger –“

„Heiliger Strohsack!“ rief Doc Brown. „Sagte der 1,21 Gigawatt? Großer Gott – 1,21 Gigawatt!“

Damit drehte er sich um und rannte aus der Garage.

Marty hielt das Band an und rannte ihm hinterher. „Doc!“ rief er. „He, Doc! Was ist denn?“

Als er ihn einholte, hatte Doc schon ein großes Zimmer seines Hauses erreicht, in dem er seinem Hobby, der Malerei, nachging. An den Wänden hingen Porträts berühmter Erfinder und Wissenschaftler: Albert Einstein, Benjamin Franklin, Isaac Newton, Thomas Edison. Das Zentrum des ansonsten kahlen Raumes wurde von einer großen Staffelei eingenommen, auf der eine große Leinwand befestigt war. Doc Brown stand rechts daneben und attackierte grimmig die Leinwand mit einem breiten Pinsel; jedesmal, wenn sein wie eine kaputte Windmühle in großen Bogen schwingender Arm die Leinwand traf, erschien ein breiter roter Streifen darauf.

„Eins Komma zwo eins Gigawatt“, murmelte er immer wieder, ohne sein nervöses Getue zu unterbrechen.

Marty sah ihm eine Weile zu; er war sicher, daß sein Freund total ausgerastet war. Er fragte sich erschrocken, ob es passiert war, weil er sich selbst auf dem Band gesehen hatte. Wenn der Schock zu groß war – bedeutete das dann nicht, daß er keine Chance mehr hatte zurückzukehren? Ein im Jahre 1955 ausgeklinkter Doc Brown würde dreißig Jahre später keine Zeitmaschine erfinden können. Bedeutete das, daß Marty McFly endgültig im Jahr 1955 festsaß oder daß der Marty von 1985 niemals Doc Brown kennenlernen würde?

Er schüttelte den Kopf. Leider verstand er absolut nicht, wer oder wo er war. Stand der richtige Marty McFly in diesem Augenblick an diesem Ort, oder war er eine Art Klon, abgespalten von seinem späteren Selbst? Wenn ihm jetzt etwas zustieße, würde er dann 1968 trotzdem noch einmal geboren werden? War es sogar möglich, daß es zwei Marty McFlys nebeneinander gäbe, die, jetzt noch durch dreißig Jahre getrennt, sich in der Zukunft begegnen könnten?

Doc Brown hatte seine wilde Malerei einen Augenblick unterbrochen und sah jetzt zu dem Porträt von Thomas Edison hinauf.

„Tom!" rief er. „Wie soll ich nur diese Energien erzeugen? Das geht doch gar nicht, oder was meinst du?"

Dann stieß er plötzlich seinen Pinsel auf die Palette und setzte zu einem neuen Überfall auf die Leinwand an.

Marty ging etwas näher heran, um ihn aufzuhalten. „Doc, was ist denn?" fragte er. „Was machst du denn da?"

„Ich male! Ich male immer, wenn ich etwas nicht verstehe."

Marty entschloß sich, auf ihn einzugehen. „Nun, dann nimm doch Grün", schlug er vor. „Grün ist deine Farbe."

„So? Woher weißt du das?"

„Ich weiß es eben. Vertrau mir nur."

Doc Brown musterte ihn einen Augenblick, dann kleckste er einen dicken Haufen Grün auf die Palette und zog mehrere dicke Streifen über die Leinwand.

Er wurde augenblicklich ruhiger.

„Ja . . . Mensch . . ., du hast recht", keuchte er. „Das ist schon viel besser."

Marty nickte. „Ich hab's ja gesagt."

Er wartete noch einen Moment, ehe er das Problem wieder zur Sprache brachte. Der Gedanke, daß Doc gleich wieder loslegen könnte, behagte Marty gar nicht, aber er mußte es einfach wissen.

„Komme ich ins Jahr 1985 zurück?" fragte er.

Doc legte den Pinsel weg und seufzte. „Marty", sagte er, „es tut mir leid, daß das passieren mußte. Aber 1,21 Gigawatt sind einfach zuviel. Soviel Energie kann ich nicht erzeugen. Es tut mir leid, aber du sitzt hier fest."

VIII

Marty sah sich nach einem Stuhl um. Nach Doc Browns Feststellung fühlte er sich plötzlich so schwach, daß er glaubte, er würde gleich das Bewußtsein verlieren.

„Nein . . .", murmelte er.

„Ich würde dir gerne helfen, aber ich weiß nicht, wie", sagte Doc. „Das übersteigt einfach meine Fähigkeiten."

„Plutonium, Doc", sagte Marty. „Alles, was wir brauchen, ist Plutonium."

Doc Brown lachte. „Archimedes sagte, er könnte die ganze Welt aus den Angeln heben, wenn er einen Angriffspunkt hätte", antwortete er. „Das war eine ziemlich unverfängliche Aussage – es gibt keinen. Unser Problem ist ungefähr dasselbe. Ja, natürlich kannst du zurückkehren, wenn wir Plutonium bekommen. Wenn. Das ist kein *großes* Fragezeichen. Es ist ein *ungeheures!*"

„Warum?"

„Warum? Weil du nicht weißt, wie es im Jahre 1955 aussieht, mein Junge. Ich bin sicher, daß man 1985 Plutonium in der Drogerie an der Ecke kaufen kann, aber heute ist es schwer zu beschaffen. Genaugenommen ist es unmöglich."

„Und über illegale Kanäle?" fragte Marty. „Gibt es keinen schwarzen Markt für so ein Zeug?"

„Nicht, daß ich wüßte."

„Verdammt auch."

Doc Brown lächelte und legte Marty eine Hand auf die Schulter. „Das ist nicht das Ende der Welt", sagte er.

„Aber es ist das Ende *meiner* Welt."

„Klar, aber die Sache hat noch eine andere Seite. Dies ist keine schlechte Zeit zum Leben. Du hättest auch im Mittelalter landen können, wo du dauernd damit beschäftigt gewesen wärst, Wilden aus dem Weg zu gehen. Oder du hättest in der Zeit des Schwarzen Todes ankommen können. Oder sogar vor relativ kurzer Zeit, Anfang des neunzehnten Jahrhunderts, als es noch keine Anästhesie gab, kein Fernsehen, keine Filme. Ich meine, wir sind doch schon ganz schön fortgeschritten. Wir haben 3-D-Filme, Hi-Fi-Musik, Frank Sinatra, Instantkaffee . . ."

„Ja, und 1985 gibt es Kabelfernsehen, CD-Spieler –"

„Halt mal", unterbrach Doc Brown. „Ich weiß nicht mal, wovon du da redest."

„ – Burger King und Verhütungsmittel", fuhr Marty fort. „Verstehst du das, Doc? Ich habe 1985 gelebt. Das hat mir gefallen, und ich will dorthin zurück."

„Aber unsere Zeit ist viel sicherer. Hier und heute weißt du, daß es ein Jahr 1975 geben wird. 1985 weißt du aber nicht, ob es das Jahr 2015 geben wird. Denk doch mal darüber nach."

Marty schüttelte den Kopf. „Dieser Gefahr werde ich mich stellen müssen", sagte er. „Meine Freunde, meine Musik, meine Freundin, alle warten auf mich. Sieh mal, das ist sie . . ."

Er holte seine Brieftasche heraus und zeigte Doc Brown ein Paßfoto von Jennifer.

„Mann, die ist nicht schlecht", sagte Doc.

„Nicht schlecht? Die ist super. Und sie ist verrückt nach mir."

„Nun – kannst du denn hier kein nettes Mädchen finden?"

„Du meinst eine, die für Pat Boone schwärmt?" fauchte Marty verächtlich. „Nein, danke. Die können alle nicht gegen Jennifer bestehen. Siehst du das? Siehst du, was sie hier draufgeschrieben hat? Das ist Lyrik!"

Er holte den Papierfetzen heraus, auf den Jennifer geschrieben hatte: *Ich liebe Dich.*

Doc Brown betrachtete es wohlwollend, doch sein hilfloses Achselzucken war nicht zu übersehen.

„Zu schade . . .", sagte er.

„Bitte, Doc", flehte Marty. „Du mußt mir einfach helfen, wieder nach Hause zu kommen. Du bist meine einzige Hoffnung! Ich weiß, daß du was erfinden kannst."

„Woher weißt du das?"

„Weil du mich auch früher nie hängengelassen hast."

„Du meinst, in der Zukunft."

„Ja", stimmte Marty zu. „Du hast mir immer gesagt, wenn du dich richtig reinkniest, kannst du alles schaffen und jedes Problem lösen."

„Hab ich das gesagt? Wie überheblich. Aber ich muß schon sagen, das ist ein guter Rat."

„Doc, ich weiß, daß du es schaffst. Vielleicht glaube ich im Augenblick mehr an dich als du selbst."

„Marty, ich bin wirklich ganz gerührt, daß du mir so vertraust", sagte Doc Brown lächelnd. „Wirklich. Das bedeutet mir sehr viel. Aber für die Erzeugung von 1,21 Gigawatt braucht man mehr als Vertrauen. Hast du eine Ahnung, wieviel das ist? Die einzige Quelle für so viel Strom ist ein Blitz. Und zwar kein kleiner, das kannst du mir glauben. Er müßte knallen, daß die Wände wackeln und alle Uhren stehenbleiben."

Marty schnippte mit den Fingern.

„Ah!" sagte Doc Brown. „Dir ist was eingefallen, aber du hast vergessen, ‚Heureka' zu rufen."

„Vielleicht ist es gar keine Heureka-Idee", antwortete Marty. „Mir ist nur gerade eingefallen, wenn wir einen Blitz als Energiequelle verwenden können –"

„Klingt vernünftig", unterbrach Doc Brown, „und ziemlich praktisch. Es gibt nur ein Problem – du weißt nie, wann oder wo ein Blitz einschlägt. Natürlich, du kannst einfach auf ein Gewitter warten, aber du hast nie die Gewißheit, daß du einem Blitz so nahe kommst, daß du ihn benutzen kannst."

Marty wartete geduldig, bis er fertig war, dann lächelte er.

„Ich weiß aber, wann und wo ein Blitz einschlagen wird."

„Ach, wirklich?"

„Ja, wirklich."

Er drehte das Blatt mit Jennifers Liebeserklärung um. Es war das Flugblatt, das sie im Jahr 1985 von der Dame bekommen hatten, die sich für die Erhaltung des Turmes eingesetzt hatte. Ganz oben auf dem Blatt war eine Zeitungsschlagzeile aus dem Jahr 1955 abgebildet: UHRENTURM VOM BLITZ GETROFFEN. UHR GENAU UM 22.04 STEHENGEBLIEBEN.

Darunter stand das Datum: 13. November 1955.

Jetzt war es an Doc, mit den Fingern zu schnippen.

„Heureka?" fragte Marty.

„Allerdings, Heureka", antwortete Doc Brown, während er mehrmals nickte. „Du hast recht! Das ist es! Das ist die Antwort! Und weil die Zeitung am Sonntag erschienen ist, bedeutet das, daß der Blitz am kommenden Samstagabend einschlagen wird. Wenn wir diesen Blitz irgendwie auffangen können . . . die Energien in den Ladungsträger bringen . . . es könnte klappen."

Marty grinste. Jetzt kamen sie in Fahrt. Wenigstens schien es noch eine Hoffnung zu geben. Alles, was er wollte, war, zumindest zu versuchen zurückzukommen. Wenn sie es probierten und scheiterten, nun, dann hätte er eben Pech gehabt. Aber ohne jede Hoffnung einfach dazubleiben . . . das war eine Alternative, die er nicht so ohne weiteres hinnehmen wollte.

Doc Brown sah zu Benjamin Franklin hinauf. „Was sagst du dazu, Ben? Einen Blitz einfangen? Wenn du das konntest, warum soll ich das nicht auch können? Es ist brillant."

Er wandte sich wieder an Marty. „Du hattest recht, Marty", sagte er. „Ich hatte recht! Wir können alles erreichen, wenn wir unser Gehirn in Bewegung setzen. Und wir werden es tun! Nächsten Sonnabend schicken wir dich in die Zukunft zurück – mit einem Riesenknall! Komm, darauf müssen wir anstoßen."

Er marschierte rasch zum Eiswasserbehälter und füllte für jeden ein Glas. Dann hob er seines mit einer dramatischen Geste und sagte: „Auf mich! Auf dich! Auf Benjamin Franklin! Und auf deine Freundin, die dir diesen Zettel geschrieben hat."

„Darauf wollen wir trinken", stimmte Marty zu.

Sie tranken schweigend.

„Ja, Jennifer ist wirklich spitze", sagte Marty lächelnd. „Ich kann's kaum erwarten, sie wiederzusehen und ihr alles zu erzählen. Aber ich glaube nicht, daß mir eine Woche im Jahr 1955 weh tun wird. Eigentlich könnte es sogar ganz lustig sein, sich mal hier umzusehen, die Atmosphäre aufzunehmen, den Einwohnern zu begegnen und so weiter."

Zu Martys Überraschung runzelte Doc Brown die Stirn und schüttelte den Kopf.

„Tut mir leid", sagte er. „Das kommt auf keinen Fall in Frage."

„Warum nicht?"

„Weil es schon gefährlich ist, daß du überhaupt hier bist. Anscheinend ist dir immer noch nicht klargeworden, welch schreckliche Bedrohung du für diese Stadt, für das Leben anderer Menschen, für unsere ganze Gesellschaft darstellst. Nein, es tut mir leid, aber du mußt im Haus bleiben. Du darfst mit niemandem sprechen, niemand sehen. Alles, was du sagst oder tust, könnte schwerwiegende Rückwirkungen auf die Zukunft haben. Verstehst du das?"

„Oh, sicher", erwiderte Marty. Eigentlich akzeptierte er Doc Browns Behauptung, er wäre eine große Gefahr für die Gesellschaft. Besonders jetzt, da er wußte, was geschehen konnte, wenn er zuviel über die Zukunft verriet. Aber auf der anderen Seite – was konnte schon passieren, wenn er aufpaßte, was er sagte, und nur beobachtete; was könnte er da schon anrichten? Das war bestimmt besser, als eine ganze Woche in Doc Browns Haus und in der Werkstatt herumzuhängen.

„Marty, mit wem hattest du heute noch zu tun?" fragte Doc Brown. „Abgesehen von mir, meine ich."

„Tja, ich war im Kino. Glaubst du, die Tatsache, daß das Town heute fünfzig Cents zusätzlich eingenommen hat, könnte die Geschichte verändern?"

„Tu nicht oberschlau", sagte Doc Brown. „Das ist eine winzige Begebenheit, aber selbst dabei wären noch Komplikationen möglich. Laß uns mal annehmen, der Geschäftsführer sieht eines Tages die Bücher durch. Vielleicht haben diese zusätzlichen fünfzig Cents die Einnahmen von 999,75 Dollar auf 1000,25 Dollar erhöht. Das heißt von einer dreistelligen zu einer vierstelligen Zahl. Das könnte eine psychologische Bedeutung für die Entscheidung haben, das Kino zu behalten oder zu verkaufen. Durch diese fünfzig Cents beeinflußt, behält er es also. Nicht lange danach, wenn das Kino eigentlich schon hätte geschlossen sein müssen, bricht ein Feuer aus, bei dem einige Besucher ums Leben kommen. Einer von ihnen ist ein junger Mann, der eigentlich hätte Präsident der Vereinigten Staaten werden sollen – nur daß er jetzt tot ist."

„Und ich war's dann", murmelte Marty. „Ich hab ihn mit meinen fünfzig Cents umgebracht?"

„Nicht direkt, aber du hast es begriffen. Die Geschichte ist etwas sehr Empfindliches. Ein junger Mann schaut in Gedanken in eine Richtung, und etwas geschieht. Er sieht in eine andere, weil jemand hustet, und etwas anderes geschieht. Das ist recht beängstigend. Kennst du den Film *It's a Wonderful Life?* Der Film zeigt gute Beispiele dafür, wie unser kleines Leben alles andere beeinflußt."

„Ja", sagte Marty. „Ich hab's verstanden."

„Also, mit wem hattest du sonst noch zu tun?"

„Mit einer ganzen Menge Leute. Meinen Großeltern, meinem Vater und meiner Mutter, Biff Tannen . . ."

Doc Brown zuckte zusammen. „Du hast deine Eltern besucht?" fragte er. „Wie konntest du nur? Das ist unglaublich leichtsinnig."

„Ich hab sie nicht besucht", erwiderte Marty. „Ich bin sozusagen auf sie gestoßen worden."

„Erzähl mir, was passiert ist."

Marty berichtete, was er den Tag über getrieben hatte. Er hatte die Ereignisse eigentlich für recht unbedeutend gehalten, doch dann sah er, wie tief Doc Brown betroffen war.

„Du sagst, du hast deinen Vater davor gerettet, von einem Auto überfahren zu werden", sagte Doc.

„Ja, aber ich hab ihm nicht das Leben gerettet. Wenn ihn das Auto erwischt hätte, hätte er es trotzdem überlebt."

„Woher weißt du das?"

„Weil es in unserer Familie einen Witz darüber gibt, wie Dad und Mama sich kennenlernten, als Grandpa ihn überfuhr."

„Guter Gott! Du hast verhindert, daß deine Eltern sich kennenlernen?"

„Ja, aber sie werden sich woanders kennenlernen. Sie gehen nämlich in dieselbe Schule . . ."

„Nein, nein, nein!" rief Doc Brown. „Du hast etwas ganz Schreckliches getan, das dein ganzes zukünftiges Leben betrifft. Laß mich noch mal das Foto deiner Familie sehen."

Marty zog den Schnappschuß aus der Brieftasche und reichte ihn Doc Brown, der ihn grimmig betrachtete. „Genau wie ich dachte", sagte er.

„Was ist denn passiert?" fragte Marty.

„Es ist passiert. Das beweist meine Theorie. Sieh dir deinen Bruder an – was hältst du von seinem Kopf?"

Er gab Marty das Bild zurück. Es war genau wie immer – nur, daß Dave überhaupt keinen Kopf mehr hatte. An der Stelle, an der früher sein Kopf gewesen war, war der Rosenstrauch zu sehen, den der Kopf hätte verdecken müssen. Es war, als wäre Dave gar nicht dabeigewesen.

„Mein Gott!" rief Marty. „Er ist weg . . ., wie ausradiert!"

„Ganz genau. So gründlich ausradiert, als hätte es ihn nie gegeben."

„Ich versteh das nicht", sagte Marty. „Oder vielleicht doch, und ich will's nicht glauben."

Doc Brown hob einen Finger. „Sch-scht!" machte er. „Ich entwickle gerade eine Theorie." Er dachte einen Augenblick nach, dann schnippte er mit den Fingern. „Junge, wir müssen Sachen für dich kaufen", sagte er. „Du bleibst hier, ich geh allein einkaufen. Sag mir deine Maße."

Eine Stunde später kehrte er von Sears mit einer großen Tüte zurück, die Kleidung für Marty enthielt. Während Marty die Etiketten entfernte, diskutierte er mit Doc Brown die Lage.

„Erzähl mir von deiner Theorie", sagte er. „Bist du sicher, daß sie gut ist?"

„Meine Theorien sind immer gut", entgegnete Doc Brown. „Das ist eine simple, genetisch-mathematische Extrapolation."

„Kapier ich nicht."

„Also allgemeinverständlich: Eigentlich sollte dein Vater angefahren werden, nicht du. Damit hast du verhindert, daß deine Eltern sich kennenlernen. Wenn sie sich nicht unter diesen Umständen begegnen, verlieben sie sich nicht ineinander. Aber passiert ist passiert. Wir müssen sie irgendwie dazu kriegen, sich zu kriegen, denn wenn sie sich nicht kriegen, dann werden sie nicht heiraten und Kinder bekommen. Deshalb ist dein Bruder aus dem Bild verschwunden – er war der erste, der älteste. Dann wird deine Schwester folgen, und wenn du die Sache nicht ins Lot bringst, bist du als letzter dran."

„Was kann ich tun?"

„Geh wieder zur Schule."

„Warum?"

„Weil du ein Junge bist. Jungen gehen in die Schule. Deine Eltern sind noch jung, sie gehen auch noch zur Schule. Du hast in die Beziehung zwischen deinen Eltern eingegriffen. Deshalb mußt du in die Schule gehen und die Sache wieder in Ordnung bringen."

„Kann ich denn nicht vor und nach dem Unterricht einfach da rumhängen? Ich meine, die Schule war 1985 schon schlimm genug. Mir wird ganz schlecht bei der Vorstellung, wie sie 1955 ausgesehen hat."

Doc Brown schüttelte den Kopf. „Du kannst es dir jetzt nicht erlauben, dich rumzutreiben. Wir haben nur noch knapp eine Woche, richtig?"

Marty nickte.

„Also wirst du jede Minute darauf verwenden müssen, sie zusammenzubringen. Wenn du es nicht schaffst, wirst du in der Zukunft nicht existieren. So einfach ist das."

Er trat einen Schritt zurück und begutachtete Martys neue Aufmachung. „Nicht schlecht", meinte er. Dann griff er noch einmal in die Tüte und holte seinen letzten Einkauf heraus: eine Tube Frisiercreme. Als er sie aufschraubte, verzog Marty den Mund.

„Doc", protestierte er, „ich seh ja ein, daß die Klamotten hier richtig sind, aber du wirst mir nicht dieses eklige Zeug in die Haare schmieren?"

„Warum nicht? Viele Jungs tun das."

„Es sieht gräßlich aus. Und wer weiß schon, was da drin ist? Vielleicht krieg ich Krebs davon."

„Du brauchst es, um dich zu tarnen", sagte Brown und begann auch schon, die erste Ladung in Martys Haar zu kämmen. „Mach dir keine Sorgen", sagte er. „Das sieht richtig schick aus bei jungen Leuten und bei alten auch."

„Und warum benutzt du's dann nicht?" stichelte Marty.

„Weil es leicht entflammbar ist", erwiderte Doc.

„Sauber."

Doc Brown hörte auf, Marty zu kämmen, doch es schien, als wäre er noch nicht ganz fertig. Er sah sich das Ergebnis von der Seite an, war aber noch nicht ganz zufrieden.

„Laß mich mal", sagte Marty und nahm ihm den Kamm aus der Hand.

Er ging zum Spiegel und kämmte sich die Haare an den Seiten straff zurück. Über die Stirn ließ er eine Tolle fallen.

„Wenn ich das schon über mich ergehen lassen muß, dann will ich wenigstens aussehen wie Elvis", sagte er.

„Elvis? Wer ist das denn?" fragte Doc Brown.

„Das wirst du schon noch sehen."

DIE WÄHREND der Depression erbaute Hill Valley High School war auch im Jahr 1955 schon nicht mehr ganz neu, wenn auch die schlimmste Zeit – die Sprühaktionen der sechziger und siebziger Jahre – noch vor ihr lag; doch als Marty am Montag morgen mit Doc Brown dort ankam, schien sie immerhin sauberer und strahlender, als er es gewohnt war. Mit seinen neuen Sachen und dem zurückgekämmten Haar erinnerte er kaum noch an den jungen Mann, von dem Stella Baines gedacht hatte, daß er für den Zirkus arbeitete.

„Mann, die haben hier ja richtig gewienert", sagte Marty und pfiff leise. „Sieht aus wie neu."

„Vielleicht hat deine Generation die Schule etwas arg mitgenommen", bemerkte Doc Brown ätzend.

Marty zuckte die Achseln, denn ihm fiel gerade ein, wie oft er Wände und Bänke beschmiert hatte.

„Und denk dran", sagte Doc Brown, während sie durch den Haupteingang traten, „meiner Theorie zufolge brauchst du die beiden einander nur vorzustellen, und dann wird die Natur ihren Lauf nehmen . . . hoffe ich jedenfalls."

„Ich glaube nicht, daß das jetzt noch reicht", sagte Marty. „Daß Lorraines Vater ihn anfuhr, hat ihrer Beziehung eine besondere Note gegeben. Er tat ihr leid, und sie holte ihn ins Haus."

„Wahrscheinlich hast du recht. Vielleicht solltest du etwas Dampf machen – laß ihn glauben, daß du ihn für einen tollen Hecht hältst."

„Das ist gar nicht so leicht", sagte Marty seufzend. „Der ist so 'n richtiger kalter Fisch."

„Tu's nicht für ihn. Tu's für dich."

„Jaja . . ."

Sie betraten die Schule, die für Martys Augen sehr vertraut und doch sehr fremd wirkte. Die Gänge und Klassenräume sahen ungefähr so aus, wie er sie kannte, doch die Atmosphäre war völlig anders – wie aus einem alten Film, nur daß es in Farbe war. Plötzlich sah er Lorraine, die in eine Klasse stürzte. Marty wollte ihr hinterher, doch Doc Brown packte seinen Arm.

„War das deine Mutter?" fragte er.

„Ja."

„Dann gehst du besser nicht in dieselbe Klasse", schlug Doc Brown vor. „Die Lehrer würden dir sicher Löcher in den Bauch fragen. Ich glaube, meine ursprüngliche Idee ist doch nicht so gut. Wir wollen besser abwarten und sehen, was wir statt dessen tun können."

„Klar. Mal sehen, ob wir Dad finden können. Und dann, in der nächsten Pause, versuchen wir die beiden zusammenzubringen."

„Gute Idee."

Während der nächsten zwanzig Minuten wanderten sie durch die Gänge und suchten systematisch alle Klassenräume nach George McFly ab. Endlich machten sie ihn in einer Klasse ausfindig, die nicht weit von Lorraines entfernt war. Er saß in der letzten Reihe.

„Wir müssen noch etwa zehn Minuten warten", sagte Marty, der zur Uhr im Gang geblickt hatte.

„Sie geht zehn Sekunden nach", murmelte Doc Brown, der sie mit seiner Taschenuhr verglichen hatte. „Man sollte doch meinen, daß in einer staatlichen Schule wenigstens die Uhren richtig gehen."

Sie wanderten zu Lorraines Klasse zurück und lugten noch einmal hinein. Sie saß in der zweiten Reihe. Offenbar wurde eine Arbeit geschrieben.

„Ich sehe jetzt auch die Ähnlichkeit", sagte Doc Brown. „Sie hat deine Augen . . ." Dann setzte er mit einem leisen Kichern hinzu: „Und außerdem Augen für die Arbeit von jemand anders."

„Mein Gott!" flüsterte Marty. „Die schummelt ja!"

In der Tat, es sah danach aus. Sie tat so, als würde sie eifrig schreiben, hielt den Kopf gesenkt und schielte ins Heft ihres Nachbarn.

„Ich kann gar nicht glauben, daß Mama so was gemacht hat", flüsterte Marty.

„Warum denn nicht?" konterte Doc Brown. „Sie ist doch auch nur ein Mensch, oder?"

„Du müßtest sie mal reden hören. Sie hat immer gesagt, wie ordentlich sie in der Schule war, wie moralisch und nett und so weiter – und alle anderen auch."

„Sie hat ein selektives Gedächtnis wie wir alle", sagte Doc philosophisch. „Immerhin, ich kann deine Gefühle verstehen. Es ist eine Art Schock, die unaufrichtige, miese Seite seiner Eltern zu entdecken."

„Laß uns lieber zu meinem Vater zurückgehen", schlug Marty vor.

Sie trafen gerade vor George McFlys Klasse ein, als die Klingel das Ende der Stunde verkündete. Als sein Vater aufstand, war Marty restlos davon überzeugt, daß er ein absoluter Blindgänger war. Sein Hemd hing aus der Hose, das Haar war schlecht gekämmt, und die Blätter fielen ihm fast aus dem Ordner.

„Das ist dein Alter, was?" fragte Doc, der seinen Mangel an Begeisterung deutlich zeigte.

„Ja."

Sie sahen, daß einige Jungs, die direkt hinter George McFly gingen, kaum noch ein Kichern unterdrücken konnten. Als George sich Doc und Marty näherte, schloß ein Junge von hinten auf und trat ihn schwungvoll in den Hintern.

George drehte sich um und sah den Burschen hündisch an. An seinem Kragen hing ein Schild mit einem Pfeil, der nach unten zeigte: *Hier treten;* George hatte natürlich keine Ahnung, was los war.

„Vielleicht ist das der Einstieg", hörte Marty Doc Brown leise sagen.

Gute Gelegenheit, dachte Marty.

Gerade als ein weiterer Junge George McFly treten wollte, tauchte plötzlich eine vertraute Gestalt auf, riß ihm das Schild vom Hemd und zeigte es ihm.

„Mein Gott!" keuchte Marty. „Das ist Mr. Strickland."

Allerdings. Der Racheengel der Hill Valley High School, mit der obligatorischen Fliege am Kragen, war in Gestalt von Gerald Strickland auf den Plan getreten. Er sah jünger aus, etwas schmucker, aber im großen und ganzen war er derselbe. Seine Gegenwart veranlaßte die Schüler, sich hastig mit anderen Dingen zu beschäftigen.

„McFly! Nimm dich zusammen, Mann!" rief Strickland.

George betrachtete ihn wie ein Gefangener, dem gerade das Todesurteil verkündet wird.

„Du bist ein Schlappschwanz!" raunzte Strickland. „So was passiert nur, weil du nicht aufpaßt. Du bist mit den Gedanken auf dem Mond oder sonstwo. Willst du denn dein ganzes Leben ein Schlappschwanz bleiben?"

George schüttelte nicht sehr überzeugend den Kopf.

„Dann wach auf, und schließ dich der menschlichen Rasse an", fuhr Strickland fort. „Du kannst gehen."

Er drückte George das Schild in die Hand und schritt über den Flur zu seinem Büro.

„Bist du sicher, daß deine Mutter sich in den da verliebt?" fragte Doc Brown.

„Ja."

„Diese Nulpe."

„Mama sagt immer, es war vorbestimmt", meinte Marty seufzend. „Ich hoffe, sie hat auch recht damit . . ."

„He, da kommt sie ja", sagte Doc Brown. „Mach dich bereit, gleich geht's los."

Marty nickte, holte tief Luft und ging auf George zu.

„George!" nickte er. „Mensch, alter Junge! Wie geht's denn so?"

George nickte schüchtern. „Prima . . ."

„Ich hab dich grad gesucht", fuhr Marty fort. Als er Georges verblüfften Gesichtsausdruck sah, sagte er: „Weißt du denn nicht mehr? Am Samstag bist du doch aus dem Baum gefallen . . . ich habe dir wahrscheinlich das Leben gerettet."

„Oh, ja . . .", murmelte George.

„Ist dein Fernglas kaputtgegangen?" fragte Marty. Er konnte es sich einfach nicht verkneifen.

Sein Vater errötete. „Nein", sagte er.

„Fein. Komm, ich will dir jemanden vorstellen."

Er packte George am Arm und führte ihn den Flur hinunter zu Lorraine. Als sein Vater merkte, was sich anbahnte, wurde er kreidebleich, und seine Augen verrieten panische Angst. Marty spürte, wie sich sein Körper versteifte, und er dachte einen Augenblick, der arme George würde auskneifen. Dann, als die Begegnung nicht mehr zu vermeiden war, entspannte er sich wieder.

„Entschuldige, Lorraine", sagte Marty.

Lorraine sah ihn einen Augenblick verwirrt an, doch als sie die Veränderungen in Martys Erscheinung erfaßt hatte, begann sie zu strahlen.

„Calvin!" Sie schrie fast. „Ich meine, Marty!"

Sie freute sich so, ihn zu sehen, daß sie ihre Bücher fallen ließ.

„Warte, ich heb sie auf", erbot sich Marty.

Er spürte eine Hand auf dem Ellbogen. Es war Doc Brown. „Laß *ihn* doch machen, du Trottel!" flüsterte Doc Brown.

Doch Marty war schon unterwegs, während George wie ein begossener Pudel stehenblieb. Er sah aus, als wünsche er sich weit, weit fort.

Marty sammelte die Bücher ein und gab sie Lorraine, deren Augen vor Dankbarkeit und Verliebtheit überliefen.

„Oh, danke", flötete sie.

Marty lächelte, räusperte sich und streckte einen Arm in die Richtung des armen George McFly aus.

„Ich möchte dir jemand vorstellen, Lorraine", sagte er. „Das ist mein bester Freund, George McFly. George, das ist Lorraine."

„Hallo, nett, dich kennenzulernen.“ Es klang ein wenig gequält.

Lorraine sah ihn kurz an, dann wanderten ihre Augen wieder zu Marty; sie hatte ihren zukünftigen Gatten kaum eines Blickes gewürdigt.

„Bau ihn auf“, wisperte Doc Brown.

„Wie denn?“ flüsterte Marty zurück.

„Keine Ahnung. Denk dir was aus.“

Da eine eindrucksvolle Vorstellung der Grund der ganzen Aktion war, drehte Marty voll auf. „George ist ein toller Hecht“, stammelte er. „Wirklich toll . . . er ist schlau . . und ein guter Sportler . . .“

„Nein –“, wollte George widersprechen.

„Und er hat einen umwerfenden Humor.“

„Nein –“, wiederholte George.

Marty hätte auch Sanskrit oder Chinesisch sprechen können, Lorraines Blick wich während der ganzen Lobeshymne keinen Augenblick von ihm.

„Marty“, sagte sie; ihre Stimme floß fast über vor Mitgefühl, „ich hab mir solche Sorgen gemacht, als du am Abend mit dieser Prellung einfach gegangen bist. Ist es denn besser geworden? Es hat ziemlich schlimm ausgesehen . . .“

Sie berührte seine Stirn.

„Ja, viel besser“, antwortete Marty.

„Aber man müßte etwas gegen die Schwellung tun“, schlug Lorraine vor. „Ich bin sicher, daß wir zu Hause im Medizinschrank was haben.“

„Äh . . . ich glaube, daß das schon von selbst wieder in Ordnung kommt“, sagte Marty. „Auf diese Weise kann der Körper auch sein Immunsystem richtig aufbauen . . .“

„Du bist so klug“, sagte sie strahlend.

„Ja, aber George hier . . .“ Es klingelte.

„George ist sogar noch klüger als –“, fuhr Marty fort.

„Vergiß es“, flüsterte Doc Brown.

Marty sah sich um. Kein George McFly weit und breit.

„Wo ist er denn?“ fragte Marty.

„Da lang.“

„Und warum hast du ihn nicht aufgehalten?“

„Was soll ich denn machen? Soll ich ihm ein Bein stellen, damit er liegenbleibt? Er hat sich so richtig dünngemacht, erst ein paar langsame Schritte zur Seite, dann wie der Blitz den Flur runter."

„Scheiße auch", murmelte Marty.

Lorraine lächelte ihn immer noch an; offensichtlich war sie während der kurzen Unterbrechung vollauf damit beschäftigt gewesen, ihn anzuhimmeln.

Die Klingel läutete noch einmal und riß sie aus ihrer romantischen Verzückung.

„Ich muß los", sagte sie. „Bis später."

„Ja . . .", antwortete Marty.

Sie drehte sich zu ihrer Freundin um, die geduldig neben ihr gewartet hatte.

„Ist er nicht einfach himmlisch?" schwärmte Lorraine. „Ich verrat dir ein Geheimnis. *Den* will ich heiraten."

IX

WÄHREND sie den beiden Mädchen nachsahen, die wieder in ihre Klasse gingen, seufzten Marty und Doc Brown wie aus einem Munde.

„Sie hat ihn nicht mal angesehen", sagte Marty.

„Stimmt."

„Andererseits", fuhr Marty fort, „warum sollte sie ihn auch ansehen? Er ist ein echter Blindgänger."

„Ich verstehe vollkommen, was du sagen willst, aber ist das eine Vokabel aus dem Jahre 1985?"

„Ja."

„Interessant, und wahrscheinlich hast du recht. Diese Sache ist noch viel ernster, als ich dachte. Anscheinend hegt deine Mutter zärtliche Gefühle für dich statt für deinen Vater."

„Willst du damit sagen, daß sie scharf auf mich ist?"

„Auf die Gefahr hin, grob zu erscheinen – ja. Wenn wir es einfach laufenlassen, könnte sich eine ödipale Situation entwickeln . . ."

„Ödipal?"

„Ja. Eine äußerst verhängnisvolle Beziehung zwischen Mutter und Sohn. Dies ist wahrscheinlich die bizarrste Situation, unter der es je geschehen ist, aber immerhin – die psychologischen Komplikationen . . ."

„Mann, Doc, das ist aber echt hart . . .", sagte Marty.

„Da ist das Wort schon wieder", sagte Doc kopfschüttelnd. „Echt. Warum ist es in der Zukunft wichtig, etwas als echt herauszustellen? Habt ihr so viele Probleme mit Fälschungen?"

„Hä?" machte Marty.

Doc lächelte. Er liebte es, seinen jungen Freund gelegentlich aus der Fassung zu bringen. Doch statt seine Bemerkung zu erklären oder Martys Verwirrung noch ein wenig auszukosten, brachte er einen anderen Aspekt der geplanten Liebesgeschichte zwischen Lorraine und George zur Sprache.

„Neue Theorie", verkündete er. „Die einzige Möglichkeit, die beiden erfolgreich zusammenzubringen, ist, sie allein zu lassen. Du mußt also deine Mutter und deinen Vater auf irgendeine Weise zu sozialer Interaktion bewegen, die zugleich für beide akzeptabel ist und genügend Möglichkeiten für die vor der Paarung erforderlichen Rituale bietet."

„Meinst du eine Verabredung?"

„Hervorragend, mein Junge. Ich glaube, du hast es erfaßt."

„Aber was für eine Verabredung?" fragte Marty. „Ich weiß nicht, was die Leute in den Fünfzigern so machen."

„Das bleibt doch immer dasselbe, oder? Nur der Hintergrund verändert sich."

Marty zuckte die Achseln. „Sie hat was über ihre Zeit erzählt – sie seien ins Essex gegangen und hätten auf dem Sperrsitz geknutscht. Wie klingt das?"

„Das klingt plausibel, aber vielleicht wäre es ein wenig zu drastisch. Ich denke, wir sollten sie mit etwas nicht so offensichtlich Erotischem beginnen lassen."

„Na gut, aber was?"

„Nun, sie sind deine Eltern. Du kennst sie. Welche gemeinsamen Interessen haben sie? Was tun sie gern zusammen?"

„Nur die beiden?"

„Ja."

„Nichts."

„Hmm."

Die Flure im Schulgebäude waren inzwischen fast menschenleer, denn für die meisten Schüler hatte die nächste Stunde begonnen. Doc Brown blieb vor einem großen Schwarzen Brett stehen und hoffte, etwas zu finden, das seine Phantasie auf Touren brächte.

„Aha!" sagte er schließlich.

„Was denn?"

„Da scheint eine stark rhythmisch geprägte Zeremonie stattzufinden. Laß ihn sie doch dazu einladen."

„Eine rhythmisch . . ."

„Du würdest wohl Tanzveranstaltung sagen", sagte Doc Brown lächelnd. Er deutete auf ein handgemaltes Plakat, auf dem zu lesen war: VERZAUBERT UNTER WASSER . . . SAMSTAG ABEND . . . EINTRITT $ 1.

Marty grinste und klatschte in die Hände. „Das ist gut!" rief er. „Da müssen sie hin – ‚Verzauberung unter Wasser'. Da werden sie sich den ersten Kuß geben. Perfekt."

„Also schön. Dann leg los."

Marty runzelte die Stirn. „Das ist das Problem", murmelte er. „Wie kriegen wir diesen Traumtänzer dazu, sie zu fragen?"

„Und wie kriegen wir sie dazu, daß sie nicht mehr auf dich scharf ist, damit sie mit *ihm* hingeht?" fragte Doc Brown düster.

„Ich glaube, das schaffen wir schon."

Eine Stunde später, als sie immer noch eifrig das Problem erörterten, betrat George McFly die Cafeteria. Er suchte sich einen Tisch in einer Ecke und begann mit seinem Mittagessen. Zuerst las er eine Weile; dann holte er einen Block hervor und begann zu schreiben, während er an seinem Sandwich kaute.

Marty und Doc schlenderten zu ihm hinüber. Sie zogen Stühle heran und setzten sich an seinen Tisch, doch er bemerkte sie kaum.

„Hallo, George", sagte Marty nach einer Weile. „Was schreibst du denn da?"

„Geschichten."

„Was Bestimmtes?"

„Ja."

„Was für welche denn?"

„Science-fiction."

„Das ist ja interessant. Ich wußte gar nicht, daß du so was machst. Worüber denn – Menschen, die fremde und weit entfernte Planeten besuchen?"

„Nein, genau das Gegenteil – Außerirdische, die auf die Erde kommen."

„Ich wußte gar nicht, daß du so kreativ bist."

„Was meinst du damit – du wußtest es gar nicht?" fragte George und zeigte ausnahmsweise eine Regung, die nicht Verzweiflung oder Resignation war. „Wir kennen uns doch erst seit ein paar Tagen."

„Ja, richtig, ich vergess' das immer. Ist ja auch egal. Darf ich denn mal eine lesen?"

„O nein", sagte George und schüttelte entschieden den Kopf.

„Mensch, du hast ja nein gesagt", sagte Marty lächelnd.

George starrte ihn verblüfft an. Doc Brown warf ihm einen mindestens ebenso erstaunten Blick zu.

„Das ist das erste Mal, daß ich George McFly habe ‚nein' sagen hören", erklärte Marty. „Aber ich glaube, das ist nur ein privater Witz von mir. Vergiß es."

George sah aus, als wollte er gleich türmen.

„Warte noch", sagte Marty freundlich. „Ich interessiere mich einfach für dich, das ist alles. Man trifft nicht oft einen so jungen Autor. Ich glaube, du solltest wirklich mal jemanden deine Geschichten lesen lassen."

„O nein", stammelte George. „Ich meine, wenn sie den Leuten nun nicht gefallen? Wenn sie mir sagen, daß sie nichts taugen und daß *ich* auch nichts tauge?"

Das kam Marty irgendwie bekannt vor – nach dem Vorspielen beim YMCA hatte er zu Jennifer etwas Ähnliches gesagt.

„Das ist schwer zu verstehen, was?" fragte George, der offensichtlich Martys leichtes Lächeln bemerkt hatte.

„Nein, George", antwortete Marty ernst. „Das fällt mir überhaupt nicht schwer."

Es war ein richtiger Durchbruch. Irgend etwas an der Verwundbarkeit und dem Drang, etwas zu schaffen, rührte Marty; zum erstenmal seit langer Zeit stellte er fest, daß er den Mann nicht nur mochte, sondern auch einige seiner Ängste verstehen konnte. Plötzlich wollte er George McFly nicht mehr nur helfen, weil es für ihn selbst wichtig war – er wollte es jetzt auch für George tun.

„Paß auf, George", sagte er. „Du weißt doch, das Mädchen, das ich dir vorgestellt habe –"

„Lorraine."

„Ja. Sie mag dich."

George schüttelte den Kopf.

„Es ist wahr", sagte Marty nachdrücklich. Doc Brown nickte bekräftigend.

„Ich glaub das nicht. Sie hat mich nicht mal angesehen. Ich kam mir vor, als wäre ich unsichtbar."

Während sie über sie sprachen, kam Lorraine mit einigen Freundinnen in die Cafeteria. Sie bemerkte die jungen Männer nicht.

George sah sie zuerst. Nach einem kurzen Strahlen ging in seinem Gesicht die Sonne unter, und es zeigte nackte Angst. Er hob seine Schreibunterlage halb vors Gesicht, als wollte er sich dahinter verstecken.

„Glaub mir, sie kann dich wirklich gut leiden", fuhr Marty fort. „Warum sollte ich es denn sagen, wenn's nicht die Wahrheit ist?"

„Du willst mich nur in Verlegenheit bringen", erwiderte George rasch. „Wie Biff, der mich immer reinlegt, oder diese Jungs, die mir Schilder auf den Rücken kleben."

„Nein", sagte Marty. „Ich bin nicht so. Immerhin hab ich dir das Leben gerettet, oder? Hätten Biff oder diese anderen Jungs auch nur einen Finger für dich gekrümmt?"

George schüttelte den Kopf; er war schon fast überzeugt, daß er Marty glauben konnte. Dennoch – in den langen Jahren, die er den Blitzableiter gespielt hatte, war er übervorsichtig geworden. Dieser Marty klang schon aufrichtig, aber er war auf jeden Fall ein komischer Typ. Er schien viel mehr zu wissen als die meisten Jungs in seinem Alter . . . er tauchte aus dem Nichts auf, trug komische Sachen – wie ein hinterhältiger Besucher aus dem All, der mit den Epochen durcheinandergekommen ist, dachte George. Und warum trieb er sich mit diesem Mann herum, den manche Leute als „Dorftrottel" verlachten? Nein, dachte er besorgt, es war bestimmt keine gute Idee, seinem neuen Freund vorbehaltlos zu vertrauen.

„Ich bin dir dankbar, daß du mir das Leben gerettet hast", sagte er schließlich. „Aber das heißt noch lange nicht, daß du bei Lorraine richtigliegst. Du hast doch selbst gesehen, daß sie mich wie Luft behandelt hat."

„Ja", sagte Marty nickend. Es hatte keinen Zweck, das Offensichtliche zu leugnen. „Aber sie ist schüchtern . . ."

„Sie tut nur so", warf Doc Brown ein.

„Sie ist sehr schüchtern", fuhr Marty fort. „Deshalb hat sie mich auch gebeten, dir zu sagen, daß sie mit dir zur ‚Verzauberung unter Wasser' gehen will."

„Ehrlich?"

„Ja, George. Du mußt nur noch rübergehen und sie fragen."

„Jetzt gleich? Hier in der Cafeteria?"

„Was du heute kannst besorgen . . ."

„Aber sie sitzt da mit ihren Freundinnen. Da sind doch jede Menge Leute in der Nähe! Wenn sie nun einfach lacht? Oder nein sagt? Ich fühl mich gar nicht gut, wenn ich daran denke, daß sie mich vor all den Leuten abweist . . ."

Dem Nervenbündel versagte die Stimme.

„George, ich sag dir, wenn du Lorraine jetzt nicht fragst, ob sie mitkommt, wirst du es dein Leben lang bedauern . . . ich übrigens auch."

„Warum denn du?" fragte George.

„Äh . . . sagen wir, daß ich sehr daran interessiert bin, daß du mit Lorraine zusammenkommst."

„Du meinst, so was wie 'ne Wette?"

„Etwas in der Art, ja, nur viel wichtiger."

„Also, ich weiß nicht", dehnte George. „Ich hab so das Gefühl, daß sie lieber mit jemand anders hingehen würde."

„Denkst du an einen bestimmten Jungen?"

George nickte.

„Wer ist es denn?"

„Biff", erwiderte er elend.

Marty erbleichte. War Georges Unterstellung ein Produkt seines Verfolgungswahns oder eine Tatsache? Der Gedanke, seine Mutter könnte sich mit diesem Halbaffen verabreden, jagte ihm kalte Schauer über den Rücken. Er hatte sie nie für eine Geistesakrobatin gehalten, aber sie besaß doch ein Mindestmaß an gesundem Menschenverstand und Geschmack. Selbst wenn man ihre jugendliche Unerfahrenheit berücksichtigte, konnte sich Marty einfach nicht vorstellen, daß Lorraine, egal, wie jung, sich zu einem Rüpel wie Biff hingezogen fühlte.

„Ich glaub das nicht", sagte er nur.

„Er ist jetzt aber bei ihr", antwortete George.

Marty sah zu Lorraines Tisch hinüber. Biff stand hinter ihr, die Hände auf ihre Schultern gelegt. Aber seine Mutter sah dabei nicht sehr glücklich aus. Sie drehte sich zur Seite, um ihn abzuschütteln, und schob seine Hände weg. Mit einem gemeinen Grinsen legte Biff die Hände wieder auf ihre Schultern.

„Er ist bei ihr, aber ich glaube nicht, daß sie sich darüber freut", sagte Marty.

Er stand auf und ging zu Lorraines Tisch.

„Faß mich nicht an, Biff!" hörte er Lorraine sagen. „Laß mich in Ruhe." Abermals schob sie seine Finger weg.

Sie sprach mit einem rauhen Flüstern, als wollte sie nicht die Aufmerksamkeit der anderen erregen. Biff allerdings gab sich keine Mühe, unauffällig zu bleiben. Er legte die Hände wieder auf ihre Schultern und sagte peinlich laut: „Stell dich nicht so an, Lorraine, du magst das doch, und du willst es von mir haben."

Immer noch dasselbe Schwein, dachte Marty.

„Halt den Mund", antwortete Lorraine. „Ich bin nicht so eine."

„Vielleicht doch – nur daß du's noch nicht weißt", höhnte Biff.

„Nimm die Flossen weg!"

„Komm schon, du liebst diese Flossen doch."

Marty machte noch einige Schritte, bis er direkt rechts neben Biff stand, nahe genug, um zu sehen, daß die schmierige Pomade nicht die Sorte war, die er selbst benutzte . . . nahe genug, um Biffs Akne zu sehen und seine Worte flüsternd, doch entschieden und verständlich sprechen zu können.

„Sie sagte, du sollst die Hände da wegnehmen."

Biff drehte sich wütend um.

„Was willst du denn hier, du Eierkopf?"

„Spielt keine Rolle. Verdrück dich einfach."

„Das sagst du und wer noch?"

„Nur ich."

„Ich glaub, du willst wohl –", setzte Biff an und spannte sich, als wollte er zuschlagen. Doch mitten im Satz hielt er inne, wich Martys Augen aus und blickte an ihm vorbei. Er hatte die dominierende Gestalt Gerald Stricklands bemerkt, der die Cafeteria betreten und mit untrüglichem Gespür eine Stelle ausgemacht hatte, an der es Schwierigkeiten gab. Er kam rasch näher. Biffs Gesichtsausdruck wechselte von Feindseligkeit zu Entsetzen.

„Weil du hier neu bist, du Pimpf", murmelte er, „will ich's noch gut sein lassen. Und jetzt verpiß dich."

Marty, der Strickland noch nicht bemerkt hatte, starrte Biff unverwandt an. Lorraine, die den Auftritt des Despoten ebenfalls übersehen hatte, strahlte ihren Helden liebevoll an.

Biff wandte sich um und ging.

„O Marty!" rief Lorraine. „Das war wirklich toll! Vielen Dank!"

Marty zuckte die Achseln.

„Was sagtest du, wie dein Name war?"

Die so vertraut knirschende Stimme gehörte Mr. Strickland, der jetzt neben Marty stand. Marty hustete und blickte in die Augen, die schmalen Schützengräben ähnelten.

„Marty", sagte er.

„Den *Nachnamen,* bitte."

„Äh, Brown."

„Ich gebe Ihnen einen guten Rat, Mr. Äh-Brown. Hängen Sie in meiner Schule nicht so rum."

„Rumhängen, Sir?" murmelte Marty fragend.

„In der Umgangssprache heißt das, kümmern Sie sich um Ihren eigenen Kram", sagte Strickland. „Kapiert?"

„Ja, Sir. Danke, Sir."

Strickland drehte sich um und marschierte hinaus. Die Klingel verkündete gerade das Ende der Pause. Lorraine sprang auf, sammelte ihre Bücher ein und rannte Marty hinterher.

„Noch einmal vielen Dank, Marty", sagte sie strahlend. „Sehen wir uns noch?"

Es klang eher nach einem Gebet als nach einem Vorschlag. Marty nickte und gab vor, zum Unterricht zu spät zu kommen.

Als er zu Doc Brown zurückkehrte, stellte Marty fest, daß George wieder einmal abgetaucht war.

„Er hat gesagt, er müßte in den Unterricht", erklärte Doc Brown. „Aber wenn du mich fragst, er sah aus, als hätte er beinahe geheult."

„So langsam wird's lächerlich", murmelte Marty.

„So ist das Leben, mein Junge. Versuch ein Held zu sein und die Leute zu beeindrucken, und alles geht in die Hose. Aber wenn du versuchst, es nicht zu sein, dann fällst du ins Klo und tauchst mit Gold wieder auf."

„Tja."

„Und was nun?"

„Ich glaub, ich muß einfach bei George am Ball bleiben. Er ist der Schlüssel, und solange wir ihn nicht dazu kriegen, sie um eine Verabredung zu bitten, wird gar nichts passieren."

„Vielleicht könnten wir deine Mutter rumkriegen, *ihn* zu fragen?" schlug Doc Brown vor.

„Nein. Das geht nicht."

„Woher weißt du das?"

„Weil die Mädchen im Jahr 1955 nie im Leben die Jungs fragen. Wenigstens hat Mama das gesagt. Sie haben sie unter keinen Umständen angerufen, sie um eine Verabredung gebeten oder sonst was getan, das Spaß macht, solange der Junge nicht die Initiative ergriff."

„Hmmm."

„Ich schnapp ihn mir nach der Schule", sagte Marty. „Das ist das einzige, was wir tun können."

Doc Brown nickte. „Weißt du, es ist vielleicht nicht schlecht, wenn du ihn dir mal allein vornimmst", schlug er vor. „Vielleicht ist er zu verkrampft, wenn wir beide in der Nähe sind, besonders, weil ich mit meinen fünfunddreißig schon ein alter Knacker bin."

„Vielleicht hast du recht." Marty zuckte die Achseln.

„Ich fahr nach Hause und seh mir die Aufnahmen an", sagte Doc. „Möglicherweise finde ich da noch einen Hinweis, wie die Zeitmaschine funktioniert. Wenn wir dich Samstag abend ins Jahr '85 zurückschießen wollen, muß ich alles über diesen Apparat wissen."

Er winkte Marty zum Abschied und ging mit leichten Schritten zur Tür. Marty wußte, daß Doc jetzt richtig in seinem Element war, denn er freute sich darauf, an der Maschine herumzubasteln, die er eines Tages erfinden würde.

Der Nachmittag zog sich hin. Marty wanderte in den Fluren herum, las ein wenig in der Bücherei und verbrachte die letzte Stunde damit, die Klassenräume nach George McFly abzusuchen. Als er ihn gefunden hatte, lehnte er sich draußen an die Wand und wartete auf seinen Vater.

Als sich ihre Blicke trafen, sah George schon wieder so aus, als wollte er gleich fortlaufen. Wer ist dieser Mensch, dachte er, und warum schleicht er hier rum und quält mich?

Er machte kehrt und versuchte, mit forschen Schritten durch die Tür zu entkommen, während er so tat, als hätte er Marty nicht bemerkt. Doch sein Schutzengel hatte ihn rasch eingeholt.

„Hallo", sagte Marty. „Tut mir leid, daß das in der Cafeteria so blöd gelaufen ist."

„Mir auch", sagte George. „Dieser Biff Tannen ist eine richtige

Landplage. Ich konnte gar nicht mit ansehen, wie er Lorraine so gemein betatscht hat. Wenn ich nur genug –"

Er hielt inne und seufzte.

Marty fragte sich, was er gerne hätte. Nerven? Mut? Mumm? Es spielte keine Rolle, weil es alles dasselbe bedeutete. George McFly hielt einfach Konflikte nicht aus, seien sie psychisch oder physisch. Er wollte eine weiche, warme Ecke am Ofen, wo er sich zusammenrollen und womöglich den Rest seines Lebens verschlafen konnte. Marty, der diese Haltung früher verachtet hatte, war jetzt fest entschlossen, George zu helfen, seine Ängste und Hemmungen abzulegen. Solange er nicht den Mut aufbrachte, Lorraine um eine Verabredung zu bitten, war er zu einem Leben voller Selbsthaß und Elend verdammt. Und wenn die beiden sich nicht ineinander verliebten, gab es für Marty keine Zukunft mehr.

Während sie gingen, suchte Marty krampfhaft nach einer Möglichkeit, die Dinge endlich richtig in Gang zu bringen, doch ihm wollte nichts einfallen. Die beste Idee war, daß er Lorraine für George fragen könnte, doch er wußte, daß das nicht ziehen würde. Selbst George McFly besaß einen gewissen Stolz.

„Das ist wirklich ein scheußlicher Tag für mich", sagte George schließlich.

„Warum denn?"

„Na, zuerst hab ich bei Lorraine gekniffen –"

„Ich würde nicht sagen, daß du gekniffen hast", beruhigte Marty ihn. „Es war eher –"

„Nein, ich hab gekniffen", versetzte George; seine Stimme verriet endlich einmal richtige Wut. „Ich wollte wirklich gerade rüber und sie fragen. Und dann hat Biff sie betatscht, und ich wollte rüberlaufen und es ihm besorgen. Aber da hab ich auch gekniffen. Ich konnte mich einfach nicht rühren."

Marty gab keine Antwort. Ihm fiel einfach keine tröstende Bemerkung mehr ein.

„Und jetzt werde ich mit Dad über das College reden", sagte George.

„Was ist daran so schlimm?"

„Er meint, es bringt nichts. Er zählt immer alle möglichen Gründe dafür auf, daß ich nach der High School nicht aufs College gehen soll. Und ich kauf's ihm ab und geh nicht."

„Hört sich an wie 'ne selbsterfüllende Prognose", sagte Marty.

„Was?"

„Du mußt für die Dinge einstehen, an die du glaubst. Was würdest du denn am College gern belegen?"

George begann zu strahlen, während er es sagte. „Ich würde gern was mit Schriftstellerei oder Journalismus machen. Diese Geschichten zu schreiben ist für mich das größte. Wenn ich es schaffen könnte, davon zu leben . . ."

„Dann sag das doch deinem Vater."

„O nein. Der würde nur lachen, wenn er davon erfährt. Das College allein ist schon schlimm genug."

„Ist auch egal", drängte Marty. „Du mußt jedenfalls kämpfen. Laß dir nicht alles von ihm gefallen."

„Das werde ich tun", sagte George. „Es ist wichtig für meine Zukunft, also werde ich es tun."

Sie hatten bald das Haus erreicht, auf dessen Verandageländer ein Schild verkündete, daß hier die McFlys wohnten. Für 1985 sah es etwas schäbig aus, aber für 1955 war es wohl in Ordnung, dachte Marty.

Arthur McFly polierte auf der Straße seinen Wagen. Als die Jungen näher kamen, winkte er ihnen mit seinem Putzlappen zu.

„Geh hin und sprich sofort mit ihm", drängte Marty.

„Worüber denn?"

„Über das College."

„Das mach ich schon noch. Ich muß dich erst mal vorstellen."

„Nein", sagte Marty und blieb stehen. „Ich mach keinen Schritt mehr, ehe du nicht mit ihm über das College gesprochen hast."

„Na gut . . .", sagte George lahm.

Er ging zu seinem Vater, sah sich noch einmal über die Schulter nach Marty um. Um ihm etwas mehr Sicherheit zu geben, schlenderte Marty langsam auf die Veranda zu, wo George ihn nicht mehr sehen konnte. Allerdings war er noch so nahe, daß er die Unterhaltung mithören konnte.

„Wer ist denn dein neuer Freund?" fragte Arthur McFly.

„Der ist neu auf die Schule gekommen", antwortete George. „Hör mal, Dad, ich muß eine wichtige Entscheidung treffen, und, nun ja, ich brauche deinen Rat."

Der Anfang war leider nur mit „befriedigend" zu werten, dachte Marty, obwohl die Sache mit dem Rat psychologisch nicht schlecht war.

„Mensch, Junge, ich hab aber zu tun", knurrte Georges Vater. „Kann das nicht noch ein paar Tage warten?"

„Leider nicht", sagte George. „Weißt du, ich hab eine Bewerbung fürs College ausgefüllt, und der Absendetermin ist schon morgen abend. Ich weiß einfach nicht, ob ich sie abschicken soll oder nicht."

Falsch, dachte Marty, das ist Wischiwaschi.

„Tja, wenn du meinen Rat willst", sagte Georges Vater, „dann würde ich nein sagen. Das College ist nicht leicht, Junge. Und man muß sich ganz schön ranhalten, um überhaupt reinzukommen. Du müßtest dich gegen die klügsten Kinder aus dem ganzen Staat durchsetzen. Warum willst du dir denn das alles zumuten?"

„Nun ja, ich könnte es immerhin schaffen", entgegnete George. Seine Stimme klang allerdings nicht sehr zuversichtlich.

„George, mein Junge, du bist ein Traumtänzer", sagte Arthur McFly zu seinem Sohn. „Und Traumtänzer haben's nicht leicht. Deine Chancen, im College aufgenommen zu werden, sind verdammt schlecht."

„Warum denn?"

Marty kochte. Warum läßt du dir alles gefallen? Sag ihm doch, daß du's schaffst.

„Warum, Junge? Weil du so was noch nie gemacht hast. Du bist eher Durchschnitt. Und wenn du jetzt diese Bewerbung losschickst und dich freust, was passiert denn dann, wenn du abgelehnt wirst? Ich sag's dir: Du wirst wie ein Häuflein Elend hier rumsitzen, du fühlst dich zurückgestoßen, und vielleicht leiden sogar deine Zensuren darunter. Wenn du wissen willst, was ich denke, dann schlage ich vor, daß du dich um deinen Kram kümmerst und die ganze Sache vergißt."

Statt sich zu wehren, wartete George noch eine Weile. Dann nickte er. „Ja, Dad, das klingt vernünftig", hörte Marty ihn sagen. „Danke."

Es war einfach zuviel für Marty. Er seufzte und legte den Kopf in die Hände.

Unterdessen löste Arthur McFly auch das letzte bißchen Ehrgeiz auf, das sein Sohn gezeigt hatte, indem er ihm eine selbstgebastelte Philosophie vortrug, die ihm selber nur dazu diente, sein eigenes Versagen zu rationalisieren. „Wenn du mal in meinem

Alter bist, mein Junge", sagte er, „dann wirst du erkennen, daß manche Dinge einfach nicht für einen bestimmt sind."

„Ja, du hast wohl recht", murmelte George.

Marty entfernte sich niedergeschlagen.

„Was hältst du von dem Wagen, Junge?" hörte er Arthur McFly noch sagen. „Sieht doch toll aus, was?"

„Wirklich toll, Dad . . ."

Im gleichen Augenblick durchbrach ein lautes Donnern die Nachmittagsstille, und es begann zu regnen. Marty lief schneller.

„Fein", sagte er. „Ich hoffe, der Blitz haut dein Auto in Stücke."

ALS MARTY Doc Browns Garagenlabor erreichte, war er äußerlich völlig durchnäßt, doch innerlich kochte er, weil George sich so schwach gezeigt hatte. Doc arbeitete gerade daran, den DeLorean etwas zu verändern, und betrachtete nebenbei den Film vom Parkplatz.

„Na, wie ist's gelaufen?" fragte er, ohne von seiner Arbeit aufzuschauen.

„Furchtbar", seufzte Marty. „Er ist genauso, wie ich ihn kenne. Hart wie Schlagsahne. Er entscheidet sich für etwas und läßt es sich gleich wieder ausreden. Aber wenigstens kriege ich so langsam raus, warum er so ist."

„Warum der Junge kein Selbstvertrauen hat, meinst du?"

„Ja. Kein Wunder, daß er sich nicht traut, meine Mutter anzumachen oder sonst ein Mädchen. Mein Großvater erklärt ihm dauernd, daß er eine Niete ist. Kein Mensch sagt ihm, daß er auch was schaffen kann . . ."

„Kommt mir bekannt vor", sagte Doc.

„Mein Gott", stöhnte Marty, „wenn Grandpa ihn so erzogen hat, brauch ich mich nicht zu wundern, wenn er mir so miese Ratschläge gibt."

Doc Brown sah zum erstenmal auf. „Ich habe es mir in meinem eigenen, langen und erfahrungsreichen Leben zur Gewohnheit gemacht, niemals den Rat eines anderen anzunehmen – besonders dann nicht, wenn dieser andere älter ist als ich."

„Mensch, Doc, das ist 'n Tip", sagte Marty lächelnd.

„Danke. Und nun beachte meinen Rat und nimm ihn nicht an", entgegnete er lachend.

„Nicht mal von dir?"

„Weißt du, ich bin in deinem Fall vielleicht eine Ausnahme. In der Zukunft oder in der Vergangenheit – wenn du jemals etwas brauchst oder mit jemandem reden willst –, ich werde für dich dasein."

„Danke, Doc, danke."

Plötzlich zuckte Marty zusammen. Er sah auf den Monitor und erkannte, daß der dramatische Höhepunkt der Episode am Twin Pines Mall unmittelbar bevorstand. Der schwarze Lieferwagen war schon im Bild.

„Sie sind es", sagte Doc gerade auf dem Band.

„Wer denn?" rief Marty aus dem Hintergrund.

„Sie haben mich gefunden", fuhr Doc Brown fort. „Ich weiß nicht, wie, aber sie haben mich gefunden."

Dann war das Band plötzlich zu Ende. Marty schauderte, denn er erinnerte sich mit schmerzlicher Schärfe an diese dunkle Nacht im Jahr 1985.

Er blickte zu Doc Brown 1955, der den Kopf tief in die Innereien des DeLorean gesteckt hatte. „Doc", sagte er zögernd, „da ist etwas, das ich dir noch nicht erzählt habe . . . in der Nacht, als wir die Aufnahmen machten –"

Doc Brown hob den Kopf. „Ein faszinierendes Ding, diese Kamera", sagte er beiläufig. „Ich kann gar nicht glauben, daß sie aus Japan kommt."

„Doc", fuhr Marty fort, „ich hab dir nicht gesagt, was da noch alles passiert . . . in der Nacht, als wir das Band aufgenommen haben . . ."

Er wußte nicht, warum, aber er fühlte sich verpflichtet, seinen Freund vor den Terroristen zu warnen. Vielleicht, weil er so gewaltsam zu Tode gekommen war; niemand sollte gezwungen sein, auf diese Weise zu sterben, wenn es sich verhindern ließ.

Doch Doc Brown hatte schon eine Hand gehoben.

„Bitte, Marty", sagte er. „Sag mir nichts mehr. Ich will kein Risiko mehr eingehen, dieses Raum-Zeit-Kontinuum zu zerstören. Niemand sollte zuviel über sein Schicksal wissen. Wenn ich zuviel über die Zukunft weiß, könnte ich meine eigene Existenz in Gefahr bringen, wie du die deine gefährdet hast."

„Ja", sagte Marty. „Du hast wohl recht."

Was der Mann sagte, war sicherlich logisch. Deshalb schwieg Marty, denn wenn er nichts mehr sagte, würde der Mann noch dreißig Jahre zu leben haben. Doch wenn er es ihm sagte, würde er vielleicht so sorglos, daß er sich in Gefahr bringen und womöglich früher sterben könnte. Docs Mahnung, das Raum-Zeit-Kontinuum nicht zu verändern, war wirklich berechtigt. Marty dachte darüber und über seine eigene Situation nach. Dann zog er noch einmal das Foto aus der Brieftasche.

„Großer Gott!" flüsterte er.

Sein Bruder Dave war fast vollständig verschwunden. Nur die Füße waren noch zu sehen.

Doc Brown beobachtete ihn. „Schlimm, was?" sagte er.

Marty nickte.

„Das ist die Stimme der Naturgesetze, die dir sagt, bring deinen Arsch auf Touren", sagte Doc. „Ich glaube, du mußt ganz schön Angst haben, wenn du deinen Bruder so nach und nach verschwinden siehst."

„Erzähl mir mehr davon", sagte Marty mit verkniffenem Mund. „Ich hab so ein Gefühl, als wäre ich in *Twilight Zone,* einem Horrormagazin aus meiner Zeit."

„Twilight Zone?" wiederholte Doc. „Das ist eine interessante Bezeichnung. Es ist eine zutreffende Beschreibung deiner Situation . . . in einer Zone des Zwielichts, weder hier noch dort . . . an der Grenzlinie zwischen Licht und Schatten, zwischen Dingen und Ideen . . ."

„Ja, ich weiß", meinte Marty. „Da vorn ist die Grenze . . . ich habe sie gerade überschritten . . ."

„Falls du zurückkommst, könntest du vielleicht sogar einen Film daraus machen", sagte Doc lächelnd.

„Nicht schlecht. Aber was meinst du mit ‚falls'?"

„Es kann eine Menge passieren. Ich könnte die Zeitmaschine beschädigen, so daß die Sache mit dem Blitz nicht funktioniert. Du könntest es bis zum Wochenende nicht schaffen, deine Eltern zusammenzubringen. Bis dahin wird auch dein Kopf von dem Foto verschwunden sein . . ."

„Mein Gott . . .", stöhnte Marty.

Er ließ sich schwer auf das alte Sofa fallen, das in einer Ecke der Garage stand. Auf einer Hälfte stapelten sich alte Zeitschriften, Briefe und Drucksachen. Oben auf dem Stapel lag eine Zeitung vom 7. November 1955. Als Marty sie flüchtig durchblätterte, fiel ihm ein Artikel auf der Rückseite ins Auge. FARMER BEHAUPTET,

„Weltraumzombie" hätte seine Scheune zerstört. Darunter stand in kleineren Buchstaben: „Otis Peabody im Landeskrankenhaus unter Beobachtung."

„Heureka!" schrie Marty plötzlich und schnippte mit den Fingern.

Doc Browns Kopf tauchte aus dem DeLorean auf.

„Ist dir was eingefallen?"

„Das kannst du wohl sagen! Ich weiß, wie ich meinen Alten dazu rumkriege, Mama einzuladen."

„Wie denn?"

„Ich werde ihm angst machen, daß ihm die Beine schlottern."

X

George McFly ging früh ins Bett, was einer ziemlich depressiven Stimmung zuzuschreiben war, die zum einen auf die Ereignisse in der Schule und zum anderen auf die mangelnde Begeisterung seines Vaters für seine College-Karriere zurückzuführen war. Obwohl der Begriff „positives Denken" im Jahre 1955 noch nicht populär war, hatte er einige Bücher gelesen, die in etwa diese Philosophie vertraten. Vor einem Jahr hatten alle seine Hoffnungen auf einem Bestseller aus der Vorkriegszeit beruht: *Wie man Freunde und Einfluß gewinnt;* er hatte ganze Kapitel auswendig gelernt und versucht, auf der Grundlage dieser lockeren Sicht der Dinge ein neues Leben zu beginnen. Die erste Begegnung mit Biff Tannen hatte alle seine Bemühungen zunichte gemacht. Dale Carnegie, dem Autor des Buches zufolge, konnte kein Mensch ständig feindselig sein, wenn man ihm zeigte, daß man aufrichtig an ihm interessiert war. Biff Tannen war nicht nur feindselig geblieben, sondern hatte George sogar ein dickes Sandwich ins Gesicht geknallt, kaum daß dieser eine Viertelstunde Zeit gehabt hatte, seine neue Philosophie in der Praxis zu erproben.

Mädchen erwiesen sich als gleichermaßen undankbare Forschungsobjekte. Wenn er sich ihnen mit seiner neuen Haltung näherte, hielten sie ihn nicht nur für einen Widerling, sondern sogar für einen unaufrichtigen Widerling. Selbst Georges Eltern gingen ihm in der Zeit, in der er unter Carnegies Einfluß stand, aus dem Weg; sie mißtrauten instinktiv seiner plötzlichen Zugänglichkeit.

So hatte George sich wieder in sich selbst verkrochen. „Zum Teufel damit“, hatte er gesagt. „Ich will, daß man mich um meiner selbst willen mag.“ Es klang gut, als er es sagte – das Problem war nur, daß er nicht wußte, wer ihn überhaupt mochte.

Nachdem er sich um neun Uhr in sein Zimmer verzogen hatte, hatte er noch einige Seiten seiner Invasionsgeschichte geschrieben, eine Stunde mit Hausaufgaben vertrödelt und dann das Licht gelöscht. Er konnte zuerst nicht einschlafen, doch gegen ein Uhr war er dann endlich in einen halbbewußten Zustand gesunken, der eine halbe Stunde später endlich in tiefem Schlaf mündete.

Er bemerkte nicht die große Gestalt, die sich neben sein Bett schob, und er merkte auch nicht, daß ihm behandschuhte Hände einen superleichten Kopfhörer über die Ohren streiften. Dann schoben dieselben Hände eine Kassette mit der Aufschrift VAN HALEN in den Walkman. Der Lautstärkeregler des Walkmans wurde auf „10“ geschoben, dann drückte ein Daumen auf den „Play“-Knopf.

George wachte in weniger als einer Sekunde aus tiefem, friedlichem Schlaf auf. Mit jagendem Puls versuchte er sich zu orientieren. Woher kam dieses Geräusch? Es war der schlimmste Krach, den er je gehört hatte – vielleicht wurden da Menschen gefoltert; im Hintergrund schienen Geräusche aus der Hölle zu dröhnen. Doch es besaß einen beängstigenden Takt, der es von reinem Krach unterschied; es schien eher wie eine halb unbewußte Schöpfung. Doch wenn es von Menschen stammte, dann war es das Werk Geistesgestörter – idiotisches Plappern, Kreischen aus voller Kehle. Was war los? War er gestorben und stand jetzt vor den Toren der Hölle?

Dann hörte das Geräusch unvermittelt auf.

„Schweig, Erdenmensch!“ sagte eine Stimme.

George, so eingeschüchtert, daß er ohnehin lieber den Mund hielt, erblickte das Wesen, das am Fußende seines Bettes stand. Es war gelb, ohne Gesicht und sprach durch eine quadratische Mundöffnung mit einer gespenstisch hallenden Stimme zu ihm.

Er war sich völlig sicher, daß er außerirdischen Besuch hatte.

„Wer . . .“, konnte George gerade noch krächzen.

„Mein Name ist Darth Vader“, sagte die Stimme. „Ich komme vom Planeten Vulkan.“

George schüttelte den Kopf. „Ich . . . glaub . . . ich . . . träume . . .", stammelte er.

„Dies ist kein Traum!" fuhr ihn der Außerirdische an. „Du hast eine unheimliche Begegnung der dritten Art. Du hast einen Schritt zu weit ins Zwielicht gemacht."

„Nein . . ."

„Schweig! Ich habe Befehle für dich."

„Ich . . . will . . . keine . . . Befehle . . .", stöhnte George. „Mama . . . Dad . . ."

Das Wesen holte ein Ding aus seinem Gürtel, das ausgesprochen tödlich aussah. Es bestand aus einem soliden Stück glänzenden Metalls mit einem runden Loch von ungefähr fünf Zentimeter Durchmesser an einem Ende. Selbst über die Entfernung von anderthalb Metern konnte George deutlich das Summen hören und die aus der Düse abgestrahlte Wärme spüren.

„Sprich nicht und bleib im Bett!" befahl der Außerirdische. „Ich werde dich mit meinem Hitzestrahler eliminieren, wenn du nicht gehorchst!"

George hob die Hände über den Kopf.

„Schon gut", wimmerte er. „Ich ergebe mich."

George hörte ein seltsames Piepsen, und der Alien senkte den Hitzestrahler und hob den rechten Arm, um auf die Geräusche zu hören, die aus einem uhrenähnlichen Gerät drangen, das er am Handgelenk trug.

„Was –", begann George.

„Schweig! Ich empfange eine Nachricht vom Kampfstern Galactica!"

Nach einigen weiteren Piepsern verstummte das Ding am Arm des Außerirdischen.

„Du, George McFly, hast einen Riß im Raum-Zeit-Kontinuum verursacht", flüsterte das Wesen.

„Das tut mir leid", flüsterte George. „Ich bring alles wieder in Ordnung, was ich kaputtgemacht habe –"

„Ich sagte, schweig! Der Supreme Klingon ordnet hiermit an, daß du das weibliche Erdenwesen mit dem Namen Baines, Lorraine zum –"

„Meinen Sie Lorraine Baines?"

„Natürlich, Erdenmensch! Dir wird hiermit befohlen, diese weibliche Person namens Baines zu einem Ort, der Hill Valley

High School genannt wird, zu begleiten, und zwar von jetzt an in exakt vier Erdzyklen –"

„Erdzyklen?"

„Tage, Dummkopf!"

„Das ist Sonnabend. Am Sonnabend ist die Schule geschlossen."

„Am Sonnabend wird in der Schule etwas geschehen."

„Oh, der Tanz?"

„Exakt."

„Und ich soll Lorraine dazu einladen?"

„Bestätigt."

„Weiß sie davon?"

„Das ist nicht erforderlich."

„Aber ich weiß nicht, ob ich –"

Das Wesen machte eine Geste und ließ wieder die Geräusche in Georges Kopf aufbranden. Er schrie.

„Bitte aufhören, aufhören!"

Die Geräusche verstummten.

„Wenn du dich unseren Entscheidungen widersetzt, wirst du dauerhaft diesen gehirnparalysierenden Geräuschen ausgesetzt werden", drohte der Außerirdische. „Dadurch wird dein Gehirn aufgelöst werden."

„Nein", stöhnte George. „Es tut mir leid. Ich weiß nur nicht, wie ich an Lorraine rankommen soll."

„Du wirst es wissen, wenn der Augenblick gekommen ist. Wir geben dir den nötigen Rückhalt."

„Wirklich?"

„Ja."

„Soll das heißen, daß ich dann zaubern kann?" fragte George, dem es bei diesem Gedanken sichtlich besserging.

„Nein. Unsere Macht wird hinter dir stehen, um dich zu führen. Das ist alles, aber du wirst den Unterschied spüren."

„Danke. Mit eurer Hilfe werde ich es bestimmt schaffen."

„Sehr gut, Erdenmensch", sagte das Wesen. „Du wirst jetzt die Augen schließen und schlafen. Wenn du aufwachst, wirst du über diesen Besuch Stillschweigen bewahren."

„In Ordnung", murmelte George.

Er schloß die Augen und lehnte sich in die Kissen zurück. Das Wesen trat näher an sein Bett heran und hielt ihm etwas unter die

Nase. Nach weniger als einer Minute schnarchte der junge George McFly wie ein Lastwagenfahrer. Nachdem es den leichten Kopfhörer vorsichtig von seinen Ohren gezogen hatte, ging das Wesen zum Fenster, sah sich noch einmal nach dem schlafenden George um und verschwand in der Nacht.

Doc Brown, der in seinem Packard-Cabrio in der Nähe des Hauses der McFlys wartete, öffnete Marty die Tür und half ihm hinein. Marty hatte inzwischen die Kopfhaube des Strahlenschutzanzuges zurückgeklappt. Er grinste.

„Dann ist's wohl gut gelaufen, was?" sagte Doc Brown. Er startete und fuhr los.

„Ja. Echt gut. Er hat allerdings geschluckt wie 'ne bleierne Ente."

„Hübsch, wie du die Redensarten durcheinanderbringst, Junge. Wie ist es mit dem Chloroform gegangen?"

„Sauber. War sofort weg."

„Gut. Ich hab's schon eine ganze Weile, und ich wußte nicht, ob Chloroform mit der Zeit schwächer oder stärker wird."

„Nun, es hat funktioniert", sagte Marty lächelnd. „Wir wollen hoffen, daß er sich an alles erinnert, wenn er aufwacht."

„Das ist unser Risiko", sagte Doc Brown nickend. „Manchmal verlieren Dinge, die nachts sehr lebendig und erschreckend sind, ihre Kraft, sobald die Sonne aufgeht. Ich fürchte, dein zukünftiger Vater ist ein Musterbeispiel für einen geistigen Wechselschalter."

„Mein Gott", sagte Marty. „Meinst du wirklich, daß er nach diesem Drama noch kneifen kann?"

„Selbst mit übernatürlicher Hilfe drehen manche Menschen durch. Meine Kenntnis der menschlichen Psyche sagt mir, daß wir bei George McFly nie völlig sicher sein können."

Marty seufzte.

Fast zwölf Stunden später seufzte er immer noch – und verfluchte George im gleichen Atemzug. Marty ging ziemlich früh und aufgeräumt zur Schule, obwohl er in der letzten Nacht nicht viel geschlafen hatte, doch George McFly war nirgends zu sehen. Unglücklicherweise kannte Marty seinen Stundenplan nicht, so daß er gezwungen war, ziemlich lange den Kopf in verschiedene Klassenzimmer zu stecken, bis er erfuhr, daß George überhaupt nicht erschienen war. Inzwischen war es schon Mittag, und Marty hoffte, daß er zum Nachmittagsunterricht doch noch kommen würde. Ein Teil in ihm – der optimistischere Teil – glaubte, George verbrächte den Morgen damit, sich einen Angriffsplan für Lorraine zurechtzulegen; ein anderer Teil aber wußte, daß George schlicht und ergreifend gekniffen hatte. Es dauerte nicht lange, bis er zu seiner Überraschung feststellen mußte, daß sich beide Teile geirrt hatten.

Die Schule war vorbei, und Marty hing auf dem Town Square herum; da sah er plötzlich George, der wie ein Verrückter auf ihn zulief. Er sah noch schlampiger aus als sonst, und seine Augen waren weit aufgerissen und etwas glasig.

„George!" rief Marty. „Geht's dir nicht gut?"

George blieb vor ihm stehen und schüttelte den Kopf.

„Bin grad erst aufgewacht, hab verschlafen."

Marty riß den Mund auf. War das Chloroform so stark gewesen? Hätte George dabei womöglich ums Leben kommen können? Der Gedanke jagte ihm einen kalten Schauer über den Rücken.

„Mann, wann bist du denn gestern ins Bett gegangen?" fragte er; er mußte sich zwingen, seiner Stimme einen gelassenen Klang zu geben.

„So um zehn oder elf", sagte George. „Ich weiß auch nicht, was passiert ist. Meine Eltern haben auch verschlafen, und als sie aufstanden, dachten sie, ich wäre schon weg. Ich hab was Komisches geträumt, vielleicht ist das der Grund."

„Was denn?"

„Ach, egal. Jede Menge verrückte Sachen."

Es kam natürlich nicht in Frage, daß George das sorgfältig aufgebaute Szenario als „verrückte Sachen" abtat. Der Knabe ist schon dabei, sich aus der Schlinge zu ziehen, dachte Marty, aber gerade als er verzweifeln wollte, fiel ihm ein neuer Schachzug ein.

„Übrigens", sagte er. „Hast du letzte Nacht die fliegende Untertasse gesehen?"

„Was!?" rief George mit aufgerissenen Augen.

„Das war so um eins", fuhr Marty fort. „Da waren natürlich schon alle im Bett. Ich denke, deshalb hat auch in der Schule kaum einer etwas darüber gesagt, aber ich glaube, ein paar Jungs haben sie gesehen. Sie meinten, es wäre ungefähr da gewesen, wo du wohnst."

„Ehrlich?"

Marty nickte. „Ist aber nicht viel passiert. Die fliegende Untertasse hat nur über einem Haus in der Luft geschwebt und ist dann wieder abgezischt. Vielleicht mußte ein Außerirdischer mal aufs Klo."

„Heiliger Strohsack . . .", flüsterte George.

„Zu schade, daß du nicht wach warst", sagte Marty. „Da hättest du tolles Material für deine Science-fiction-Stories bekommen können."

George nickte. In seinen Augen schien ein Energiefunke aufzublitzen.

„Hör mal, du mußt mir helfen", sagte er plötzlich. „Ich will Lorraine einladen, aber ich weiß nicht, wie man das macht."

„Na gut", sagte Marty und nickte. „Sie ist da drüben in der Eisdiele."

Als sie sich umwandten und zum Treffpunkt der Jugendlichen gingen, ratterten zwei Kinder auf verrückten Fahrzeugen an ihnen vorbei. Sie hatten auf ihren Rollschuhen Bretter und darauf den Deckel einer Orangenkiste befestigt. Marty lächelte über diese groben Prototypen der eleganteren und schnelleren Skateboards aus seiner Zeit.

„Da ist sie", sagte er einen Augenblick später.

Lorraine saß mit ihren Freundinnen Betty und Babs in einer Nische. Die drei Mädchen redeten und nuckelten an ihren eisgekühlten Limonaden.

Nun, da der Augenblick der Wahrheit gekommen war, rutschte George das Herz in die Hose. Wo blieb denn nun die Hilfe, die ihm die Außerirdischen versprochen hatten? Er hätte doch gedacht, daß es leichter sein würde. Genaugenommen fühlte er sich ebenso zungenlahm und nervös wie immer, obwohl ihm die Erscheinung in der letzten Nacht versprochen hatte, daß es klappen würde. Waren denn diese Leute aus dem Weltraum die gleichen Laberköpfe wie die normalen Erdenmenschen, die er kannte? Wenn nicht, wo war dann das magische Wort oder die Energieflut, die ihm durch diese Hölle helfen könnte?

Marty spürte Georges Unentschlossenheit. „Es ist ganz einfach", sagte er. „Du gehst einfach rein und lädst sie ein. Ich verspreche dir, sie wird nichts nach dir werfen. Das Schlimmste, was passieren kann, ist, daß sie nein sagt."

„Nein, ist es nicht. Das Schlimmste wäre, daß sie kotzt oder lacht, wenn ich sie frage."

„Wird sie nicht, glaub mir."

„Vielleicht sollte ich doch lieber warten, bis sie allein ist. Du weißt doch, wie Mädchen sind, wenn sie mit ihren Freundinnen zusammenhocken."

„George", sagte Marty sanft. „Bis zum Tanzabend sind es nur noch ein paar Tage. Morgen schnappt dir vielleicht ein anderer Lorraine vor der Nase weg. Dies ist vielleicht deine letzte Chance."

Die Drohung tat ihre Wirkung. George schluckte, nickte etwas lahm und machte einige zaghafte Schritte auf den Eingang zu. „Aber was soll ich sagen?" fragte er.

„Sag, was dir gerade einfällt, was du grad so im Kopf hast."

George holte tief Luft und schloß die Augen. „Mir fällt aber nichts ein", sagte er.

„Mein Gott, es ist ein Wunder, daß ich überhaupt geboren wurde", murmelte Marty bitter.

„Hä?"

„Nichts."

„Wenn mir nur was Gutes einfiele, das würde mir schon ganz schön helfen."

„Na gut", sagte Marty. „Sag ihr doch, die Vorsehung hätte dich gesandt, und du hältst sie für das hübscheste Mädchen, das du je gesehen hast. Mädchen hören so was gern – verdammt, was machst du denn da, willst du mich verarschen?"

George hatte einen Bleistift und einen Block aus der Hosentasche geholt und schrieb sorgfältig jedes Wort mit.

„Nein", sagte George. „Ich schreib's auf. Ich meine, das war gut gesagt."

„Um Himmels willen", warnte Marty ihn, „lies es ihr bloß nicht vor. Lern's wenigstens auswendig."

George nickte heftig, sah noch einmal auf den Block und bewegte leicht die Lippen. „Ich hab's", sagte er.

„Fein. Und jetzt entspann dich, geh einfach rein und frag sie. In einer Minute ist alles vorbei, es sei denn, sie lädt dich für heute abend zu sich nach Hause ein."

George errötete. „Glaub ich kaum", sagte er lächelnd.

Damit ging er ins Café. Er machte fast ein Dutzend Schritte in

Lorraines Richtung, dann schwenkte er plötzlich zur Theke ab. Der Verkäufer erschien und wartete auf seine Bestellung.

„Eine Milch“, sagte George. „Schokoladenmilch.“

Er hoffte, daß es eine Weile dauern würde, doch die Milch stand entnervend schnell vor ihm. Er nahm einen langen Schluck, um sich zu stärken, dann warf er sich regelrecht zu der Nische hinüber, in der die drei Mädchen saßen.

„Äh, Lorraine“, begann er hastig, mit schriller Stimme, „mein Versehen hat mich zu dir geschickt.“

Lorraine hob den Blick und wunderte sich, wer sie angesprochen hatte. Sie erkannte den Jungen, den Marty ihr vorgestellt hatte. Er sah fast genauso aus wie gestern, nur daß er jetzt einen braunen Schokoladenmilchbart trug. Sie bemühte sich krampfhaft, nicht zu kichern.

„Wie bitte?“ konnte sie gerade noch mit weiblicher Würde sagen.

„Oh“, stammelte George, „was ich sagen wollte –“

„Ja?“

„. . . war . . .“

George, der jetzt völlig von der Rolle war, suchte in der Hosentasche nach dem Block. Lorraine füllte die Gesprächspause. „Kennen wir uns nicht?“ fragte sie.

George lächelte breit. Bis jetzt hatte sie sich weder übergeben noch gelacht, und George war sehr optimistisch. Wenn er sich nur an die Worte erinnern könnte!

„Ja“, antwortete er. „Ich bin George. George McFly, und ich bin die Versehung, ich meine, deine Vorsehung.“

Jetzt mußte Lorraine doch kichern. Babs und Betty stimmten ein. Doch George fand es nicht so entmutigend, wie er gedacht hatte. Irgendwo tauchte auch flüchtig der Gedanke auf, daß sie sein linkisches Benehmen für einen Teil seines normalen Vorgehens halten könnten, daß er in Wirklichkeit nur einen Scherz machte. Schließlich konnte man ihr Lachen so oder so verstehen. Die Leute in den Nischen in der Nähe dachten vielleicht sogar, er hätte etwas sehr Witziges gesagt, für das ihn die Mädchen jetzt bewunderten. Zum erstenmal, seit er vor einer Stunde in kalten Schweiß gebadet aufgewacht war, glaubte George wirklich, daß er die Hilfe erhalten hatte, die ihm das Wesen versprochen hatte, das ihm letzte Nacht erschienen war – entweder im Traum oder in außerirdischem Fleisch und Blut. Er fühlte, wie ihn Zuversicht wie eine warme Welle überspülte. Sag es, drängte sein Verstand. Sag ihr einfach, daß du sie zum Tanzen einladen willst, und in einer Sekunde ist alles vorbei.

„Lorraine", begann er; die Worte tauchten mit einer Klangfülle aus ihm auf, die ihn selbst überraschte. „Ich möchte –"

„McFly, ich habe dir doch gesagt, daß du dich hier nicht mehr blicken lassen sollst", bellte eine vertraute Stimme, die Georges Rede so wirkungsvoll unterbrach, als hätte jemand „Feuer!" gerufen.

Biff Tannen und seine Knappen standen in der Tür und sahen höhnisch zu George hinüber. Sie stemmten die Hände in die Hüften und kamen langsam, wie Revolverhelden, die eine Kleinstadt im Wilden Westen übernehmen, mit gemessenen Schritten auf McFly zu.

Marty hatte bemerkt, daß sie im allerschlimmsten Augenblick angekommen waren – als George wirklich und endlich gerade die entscheidende Frage stellen wollte.

„So ein Mist!" murmelte er.

Dann tat er das einzige, was er noch tun konnte – er trat hinter ihnen ein, damit er, wenn nötig, helfen konnte.

George, dessen resoluter und glücklicher Ausdruck rasch dahinschmolz und dem normalen Elend wich, starrte niedergeschlagen den anrückenden Biff Tannen an.

„Tja, McFly, das wird dich was kosten, daß du hier auftauchst, nachdem ich gesagt habe, daß du dich hier nicht blicken lassen sollst", raunzte Biff ihn an; er gab sich keine Mühe, leise zu sprechen. „Wieviel Geld hast du dabei?"

Es war eine schreiende Ungerechtigkeit, sogar glatte Erpressung, doch keiner der Gäste der Eisdiele machte Anstalten, George zu Hilfe zu kommen. Nach einem endlos scheinenden Augenblick griff George in die Hosentasche und holte sein Portemonnaie heraus.

Biff streckte eine fette Hand aus und machte, ein böses, gieriges Lächeln auf den Lippen, mehrere große Schritte auf George zu.

Und dann tauchte er plötzlich weg.

Marty zog den Fuß zurück und gratulierte sich innerlich zu dem am besten berechneten Bein, das er je gestellt hatte.

Biff hob den Kopf vom Boden und sah zu ihm hoch.

„Du!" donnerte er und stand rasch auf, während ein leises, spöttisches Kichern durch das Café lief.

„Also gut, du hast es so gewollt", fauchte er und machte einen Schritt auf Marty zu. „Jetzt gibt's was auf die Nuß."

Marty machte sich bereit. Biff stürzte mit einem weit ausholenden Rundumschlag auf ihn zu, doch Marty konnte leicht ausweichen und konterte mit einer harten Linken in Biffs Bauch und einer Rechten an seine Schläfe. Biff taumelte wie betrunken zurück und landete auf einem Tisch.

Streichholz, 3D und Skinhead sahen, daß ihr Anführer in Gefahr war, und drangen auf Marty ein.

Oh, oh, dachte der, schlechte Karten, falls ich nicht zufällig Superman bin. Mitten in der Bewegung machte er kehrt und rannte hinaus. Die Lakaien zogen Biff auf die Füße und machten sich an die Verfolgung.

„Das ist Calvin Klein!" rief Lorraine ihren Freundinnen zu. „Ich meine, Marty! Mein Gott, ist der nicht toll?"

George McFly stand etwas abseits, gebannt vor Furcht und Schrecken angesichts der jüngsten Ereignisse. Glücklicherweise sah niemand in seine Richtung, sonst wäre es aufgefallen, daß seine Augen sich verschleierten, als kämpfte er mit den Tränen.

So ein Mist, dachte er, wieder nichts. Nicht einmal mit der Hilfe aus dem Weltraum. Ich bin eben doch eine Niete.

MARTY rannte aus der Eisdiele, zögerte einen Augenblick an der Ecke Second und Main Street, wandte sich nach links und rannte, so schnell er konnte. Biff folgte mit seinen drei Adjutanten. Biff war langsam, aber zwei waren schneller als Marty und holten rasch auf.

Diese verdammten neuen Schuhe, dachte Marty. Er zuckte bei jedem Schritt zusammen, denn sie scheuerten an der Ferse. Er bog rasch nach rechts ab und lief in die Richtung des Town Square zurück. Das Manöver gab ihm ein paar zusätzliche Schritte Vorsprung, doch er wußte, daß es nur noch eine Frage der Zeit war, bis ihn die beiden schnelleren Jungs erwischten. Als er wieder am Eiscafé vorbeikam, sah er, daß die meisten jugendlichen Gäste draußen standen und ihn mit Rufen aufmunterten. Er hätte mit Wonne diese moralische Unterstützung gegen ein paar zähe Freunde eingetauscht, doch hier war wohl nichts zu holen.

Er wollte schon fast aufgeben, als er eins der Kinder mit seinem Skateboard-Verschnitt sah, das von der Hill Street parallel zu ihm einbog.

„Heureka!" rief Marty.

Er riß dem kleinen Jungen das Brett praktisch unter den Füßen weg und trat hastig den Orangenkistendeckel ab, so daß ein echtes, wenn auch primitives Skateboard übrigblieb.

„Tut mir leid, Junge", rief er über die Schulter zurück, während er auf das Brett sprang. „Ich mach's wieder gut."

Gerade als ihn die Hände der Feinde packen wollten, holte er noch einmal richtig Schwung, und eine Sekunde später raste er doppelt so schnell wie seine Verfolger über den Bürgersteig davon.

„Mann! Guck mal, wie der abzischt!" schrie der Junge, dessen Skateboard soeben in ein kleineres und schnelleres Fahrzeug verwandelt worden war.

„Das ist ja 'n irres Ding!" rief der andere Junge, der Marty ebenfalls mit großen Augen nachblickte.

Nachdem sich nun ihre Beute rasch entfernte, zuckten Biffs Handlanger die Achseln, drehten sich zu ihrem Herrn und Meister um und warteten auf Befehle.

„Holt den Wagen!" befahl Biff.

Die vier rannten zu Biffs Cabrio hinüber, das in der Nähe abgestellt war. Nach ein paar Sekunden brausten sie hinter Marty her, jagten mit quietschenden Reifen um den Town Square und verschwanden in einer schwarzen Staubwolke.

Zwei Blocks weiter sah sich Marty über die Schulter um. Das Cabrio kam schnell näher. Es war sogar schon so nahe, daß er gleich angefahren werden würde! Im letzten Moment machte er plötzlich eine schnelle Wende und fuhr in die entgegengesetzte Richtung davon.

„Verflucht!" brüllte Biff, trat auf die Bremse und zog den Wagen herum.

„Sieh dir das an!" rief Skinhead. Marty hatte hinter ihnen schon das Heck eines vorbeifahrenden Wagens gepackt und entfernte sich jetzt mit mehr als sechzig Stundenkilometern. Der Fahrer des Wagens, der den kauernden Marty nicht sah, schüttelte verwundert den Kopf, als er an der Eisdiele vorbeikam. Dort standen mindestens zwanzig Jugendliche vor der Tür, die ihn applaudierend und laut jubelnd begrüßten.

„Man könnte meinen, ich hätte gerade ein Rennen gewonnen", murmelte der Fahrer.

Lorraine, die alles außer der Wende unten in der Straße verfolgt hatte, sprang auf und nieder, als Marty mit funkensprühenden Rollschuhen vorbeizischte.

„Wirklich, der ist ein Traum!" rief sie ihren beiden Freundinnen zu.

Zehn Sekunden später donnerte Biffs Cabrio vorbei. Die meisten Zuschauer buhten und pfiffen, als die vier Rüpel mit zusammengepreßten Lippen und starren Blicken vorbeifuhren.

Die Jagd schwenkte nach rechts, als der Fahrer des Zugwagens in Richtung Gerichtsgebäude abbog. Biff holte gegenüber dem Fahrer, der nicht wußte, was hier gespielt wurde, schnell auf, bis seine Stoßstange fast Martys Hintern berührte. Hinter dem Gericht, in Höhe der Studebaker-Vertretung, ließ Marty los und bog scharf nach rechts ab. Biff, der zu schnell war, schoß zuerst an ihm vorbei. Dann trat er auf die Bremse, setzte zurück und jagte über den Bürgersteig vor dem Gericht hinter Marty her. Überall sprangen erschrockene Fußgänger zur Seite, brachten sich auf den Treppen des Gebäudes oder hinter den Kanonen aus dem Ersten Weltkrieg in Sicherheit. Biff, der nur noch Augen für seine Beute hatte, raste weiter, bis sogar seine eigenen Fahrgäste ängstlich dreinschauten.

Marty stellte zu spät fest, daß er Biffs wahnwitzige Verbissenheit unterschätzt hatte. In Höhe der nächsten Kreuzung sah er, daß Biff direkt hinter ihm war. Er konnte nur noch rasch gegensteuern und – verlor das Gleichgewicht, wäre fast gestürzt, streckte suchend die Arme aus – und fand sich vor der Kühlerhaube von Biffs Wagen wieder.

„Jetzt haben wir den Hundesohn!" rief Biff. „Wenn er festhält, ist er tot, und wenn er losläßt, ist er auch tot!"

Mit einem sadistischen Lächeln schob er Marty die Hill Street hinunter, an „Gaynor's Hideaway" vorbei, wo Kunden mit Gläsern in der Hand auf die Straße getreten waren, um zuzuschauen. Direkt voraus lag die T-Kreuzung der Main Street mit dem großen Schaufenster von „Hal's Fahrradgeschäft". Biff entschloß sich, nicht mehr herumzuspielen, sondern Marty direkt durch die Scheibe zu jagen. Wenn es zum Schlimmsten kam, konnte er immer noch dem Richter sagen, daß seine Bremsen versagt hätten.

Als Marty durch die Windschutzscheibe Biffs wutverzerrtes Gesicht sah, konnte er nur noch schlucken. Sie fuhren jetzt so schnell, daß er nicht mehr ausweichen konnte, ohne von der Stoßstange getroffen zu werden. Er wand sich auf dem Skateboard hin und her und suchte verzweifelt nach einem Ausweg. Normalerweise war immer mindestens ein Cop auf dem Town Square, doch wie es der Zufall wollte, war gerade jetzt keiner der blauen Männer in der Nähe. Vor Martys innerem Auge entstand ein Bild seines Grabsteins: MARTIN MCFLY – GEBOREN 1968 – GESTORBEN 1955.

Als sie gerade einen großen offenen Mistwagen überholen wollten, bahnte sich neues Unheil an. Streichholz zielte mit einer Bierflasche auf Marty.

„Tut mir leid – hier muß ich raus!" schrie er. Damit sprang er hoch, schob das Skateboard unter den Wagen und landete auf Biffs Kühlerhaube. Ohne seine Bewegung zu bremsen, rollte er über die Köpfe der vier Jungen, die ihn mit offenem Mund anstarrten, bis er den Kofferraum erreichte – gerade rechtzeitig, um sein Skateboard wieder einzufangen.

„Heiliger –", keuchte Biff.

Die vier Verfolger waren so verblüfft, daß sie sich umdrehten und Marty anstarrten.

Einen Sekundenbruchteil später hörten sie einen Knall und wurden hochgeschleudert. Sie waren auf den Mistwagen aufgefahren. Für einen Augenblick hingen sie in der Luft, dann kam das Verdeck von hinten hoch und drückte Biff und seine Kumpane mit dem Gesicht in die eklige braune Masse.

Von der anderen Seite des Platzes, wo die Eisdiele lag, waren Hochrufe und Applaus zu hören. Von hinten ergänzten die neuen Zuschauer, die aus dem Gaynor's aufgetaucht waren, den Beifallssturm. Diese wilde Jagd hatte wie ein Umzug zum Unabhängigkeitstag alle Aktivitäten in Hill Valley total zum Erliegen gebracht.

„Er ist einfach Klasse!" rief Lorraine hysterisch. „Ist er nicht einfach das Tollste, was ihr je gesehen habt?"

Ihre Freundinnen nickten beeindruckt.

George McFly, der auch zugeschaut hatte, betrachtete die Vorgänge mit etwas gemischten Gefühlen. Er war froh, daß Biff und seine Kumpane im Mist gelandet waren, doch er hätte zehn Jahre seines Lebens gegeben, wenn er das selbst geschafft hätte.

Marty, der lächelnd seinen Sieg genoß, sah sich nach dem Kleinen um, dessen Brett er benutzt hatte.

„Vielen Dank, Kleiner", sagte er und gab ihm das Skateboard mit einer Verbeugung zurück. „Tut mir leid, daß ich es etwas verändern mußte."

„Machst du Witze?" lachte der kleine Junge. „Danke!"

Er sprang sofort auf sein neues Fahrzeug und probierte es aus. Als sich die Menge langsam wieder zerstreute, war auch der andere kleine Junge eifrig damit beschäftigt, die Orangenkiste zu entfernen, damit er ebenso ein Skateboard hatte wie sein Freund.

XI

LORRAINE sah Marty nach, der sich von der Main Street und der Unfallstelle entfernte. Sie hatte sich entschlossen.

Wenn er mich nicht fragt, dachte sie, dann muß ich eben *ihn* fragen.

Sie wandte sich an Babs. „Kann ich mal dein Auto haben?"

Babs zögerte. „Du weißt doch, daß es nicht meins ist", antwortete sie. „Es gehört meiner Schwester."

„Ist doch egal. Ich pass' schon auf."

„Was willst du denn damit?"

„Versprichst du, daß du's nicht weitersagst?"

Babs nickte.

„Ich will Marty verfolgen und rauskriegen, wo er wohnt. Er tut immer so geheimnisvoll."

Babs kicherte. Das war allerdings ein Verwendungszweck, den sie gut verstehen konnte. „Ich fahr dich", sagte sie.

„Prima. Dann laß uns fahren, ehe er verschwunden ist."

Als die beiden Mädchen zum Wagen gingen, sah Lorraine sich plötzlich wieder George McFly gegenüber.

„Hallo", stammelte er.

Der Schokoladenmilchart war immer noch da. Lorraine wich ihm aus und sagte abweisend: „Hallo. Tut mir leid, aber ich hab's eilig."

Er ging neben ihr her. „Es dauert nur einen Augenblick", begann er. „Ich hab mich gefragt, ob du wohl mit mir Sonnabend zum Ball gehen willst."

„Ball? Ja, klar –“

„Dann kommst du also?“ setzte George nach.

„Nein. Oder vielmehr, ich wollte sagen . . ., ja, das ist ja schon am Sonnabend. Ist doch komisch, wie schnell die Zeit vergeht, was?“

„Ja . . . und?“

„Es tut mir leid, ich hab sozusagen schon eine Einladung; ich weiß nur noch nicht, ob es klappt.“

„Und wie willst du das erfahren?“

„Das ist ziemlich kompliziert. Aber wenn ich diese Verabredung nicht hätte, dann würde ich vielleicht mit dir gehen.“

George nahm es trotz der verwickelten Zurückweisung als Zusage.

„Vielleicht wenn ich . . ., wenn wir noch einen oder zwei Tage abwarten würden –“

„O nein“, sagte Lorraine lächelnd. „Das wäre doch dir gegenüber nicht fair.“

„Naja, du bist aber die einzige, mit der ich hingehen würde“, sagte er; er haßte sich, weil er ihr so hinterherlief.

„Vielen Dank“, antwortete Lorraine. „Vielleicht beim nächsten Mal.“

„Aber der nächste Ball ist erst im Frühjahr.“

„Nun, nach jedem Winter kommt ein neuer Frühling“, sagte Lorraine die Zeile auf, die sie gerade im Französischunterricht gelernt hatte.

„Ja, aber es ist noch nicht mal Winter“, protestierte George schwach.

„Jedenfalls vielen Dank, daß du gefragt hast“, sagte Lorraine, während sie in Babs' Auto sprang. „Bis dann.“

„Ja . . .“

„Und wisch dir den Mund ab.“

Sie fuhren ab und ließen George zurück, der mit dem Finger seine Oberlippe erforschte.

ES WAR wirklich ein reizender Einfall gewesen, Kerzen als Laternenmasten zu verwenden, dachte Doc Brown, während er einige Schritte zurücktrat und sein Werk bewunderte.

„Wirklich hübsch“, murmelte er lächelnd. „Vielleicht behalte ich's sogar noch eine Weile.“

Er hatte den größten Teil des Nachmittags mit der Planung und Konstruktion eines maßstabgerechten Modells des Town Square verbracht. Es war auf einer großen Sperrholzplatte untergebracht und bestand vor allem aus einem Stück Holz, um das eine Armbanduhr gelegt war (der Uhrenturm des Gerichtsgebäudes); auf dem Turm repräsentierte ein Nagel den Blitzableiter, von dem ein Draht über den Platz zu den beiden Laternenmasten führte, die auf gleicher Höhe auf beiden Seiten der Straße standen. Zwischen den Masten war ein Spielzeugauto geparkt, von dessen Heck ein Draht hochstand. Das Ende des Drahtes war zu einem Haken gebogen.

Doc Brown konsultierte noch einmal seinen Arbeitsplan, der über und über mit Statistiken und Berechnungen beschrieben war, und nickte. Er war sicher, daß es funktionieren würde.

„Fein", sagte er, als Marty eintrat. „Jetzt kann ich dir alles erklären. Wie ist denn der Fortsetzungsroman zwischen George und Lorraine gelaufen?"

Marty seufzte. „So langsam kommen wir der Sache näher. Mehr kann ich noch nicht sagen. Außerdem hatte ich einen kleinen Zusammenstoß mit Biff Tannen und drei seiner Halbstarken. Ich bin gerade so davongekommen, ohne zu Tode gequetscht zu werden."

„Wenn weiter nichts war", sagte Doc lächelnd. „Und was war das Ergebnis dieses Zusammenstoßes?"

„Die vier sind in einem Misthaufen gelandet. Ich muß zugeben, daß mir die Sache ganz gut gelungen ist."

„Klar, du kannst ja auf eine dreißig Jahre weiter fortgeschrittene Technik zurückgreifen."

Marty schnaubte.

„Ich hab dich nur auf den Arm genommen", sagte Doc grinsend. „Komm her und sieh dir das mal an."

„Na schön. Und was, zum Teufel, soll das sein?"

„Das ist meine teuflisch schlaue Methode, dich ins Jahr 1985 zurückzubekommen."

„Fein. Erklärst du's mir?"

Doc Brown erläuterte Marty die Bestandteile seines Modells und vertiefte sich dann in eine Beschreibung der geplanten Wirkungsweise. „Paß auf, wir setzen einen Blitzableiter auf den Uhrenturm", sagte er. „Dann legen wir vom Blitzableiter ein Starkstromkabel über die Straße . . . bis dahin haben wir auch das Auto mit einem Haken ausgerüstet, der direkt mit dem Ladungsträger verbunden ist . . ."

Er zog das Spielzeugauto auf.

„Da sitzt du drin", sagte er. „Und auf mein Signal fährst du die Straße hinunter in Richtung des Kabels und beschleunigst bis zweihundertzwanzig Kilometer in der Stunde . . ."

Er gab das Spielzeugauto am Rand des Brettes frei, und es raste auf den straff gespannten Draht zu. Inzwischen hob Doc einen blanken Draht, der über eine Steckdose mit dem normalen Stromnetz verbunden war, und hielt ihn vor den „Blitzableiter" seines Modells.

„Dann", fuhr er fort, „schlägt der Blitz ein und setzt das Kabel unter Spannung, etwa so . . ."

Er drückte den stromführenden Draht vor den Nagel. Als die Antenne des Spielzeugautos das Kabel traf, sprühten Funken, das Auto fing Feuer und flog vom Tisch, prallte direkt dahinter in die Vorhänge und verschwand darunter. Die billigen Vorhänge fingen im Nu Feuer, und dichte schwarze Rauchwolken stiegen empor.

Doc Brown rannte zur anderen Seite des Raumes, schnappte den Feuerlöscher und hatte in weniger als einer Minute den Brand unter Kontrolle gebracht.

„Nun ja", sagte Marty, als alles vorbei war, „ich freue mich, daß du alles so genau berechnet hast. Aber warum zünden wir den Wagen nicht gleich an, statt vorher diesen ganzen Zirkus zu veranstalten?"

„Das ist eben nur ein Versuchsaufbau", erwiderte Doc Brown achselzuckend. „Mit einem Auto, das du steuern kannst, und einem Ladungsträger, der den Blitz in Strom verwandelt, statt ihn einfach abfließen zu lassen wie dieses Modell, sieht die Sache ganz anders aus. Zumindest hoffe ich das."

„Du machst mir richtig Mut, Doc", sagte Marty mit einem etwas verkniffenen Lächeln.

„Glaub mir, das müßte funktionieren."

„Das entscheidende Wort ist ‚müßte', was?"

„Nun, wie könnte ich garantieren, daß es funktionieren *wird?* Es ist ein wissenschaftliches Experiment, mein Junge – so etwas hat bisher noch niemand gemacht. Es gibt keine hundertprozentige Sicherheit. Nimm doch nur den einfachsten Teil dieses Plans – daß du genau im richtigen Augenblick mit zweihundertzwanzig

Stundenkilometern über den Town Square fährst. Nicht einmal das ist völlig gesichert. Was ist, wenn im falschen Augenblick eine alte Frau auf die Straße tritt? Oder wenn ein Streifenwagen auftaucht, der dich kontrollieren will? Wenn dieses wundervolle Auto beim Start eine Panne hat? Wenn dein Haken nicht greift oder der Blitz zu früh oder zu spät einschlägt? Wenn die Zeitung die Zeit falsch notiert hat? Wenn –"

„Schon gut, Doc", unterbrach Marty. „Ich hab's kapiert. Es ist ein gefährliches Spiel, egal, wie's kommt."

„Mach dir keine Sorgen. Ich kümmere mich um den Blitz. Und du nimmst dir deinen Alten vor."

Marty seufzte. Wieder einmal zog er das Foto aus der Brieftasche und sah es sich genau an. Sein Bruder Dave war inzwischen ganz verschwunden, und der Kopf seiner Schwester Linda war teilweise gelöscht.

„Gott", keuchte er. „Ich bin als nächster dran."

Es klopfte an der Tür. Doc Brown und Marty wechselten besorgte Blicke.

„Biff", rief Marty. „Der muß irgendwie aus dem Mist rausgekommen sein und mich verfolgt haben."

Er sah sich nach einer Brechstange oder einem schweren Gegenstand um, während Doc Brown ans Fenster stürzte und hinaussah. Marty hörte ihn grunzen.

„Viel schlimmer", sagte Doc Brown, während er zu ihm zurückkam. „Schnell, laß uns die Zeitmaschine abdecken."

Sie warfen eine schwere Plane über den DeLorean, und Doc erklärte: „Es ist deine Mutter. Hast du ihr gesagt, daß du bei mir wohnst?"

„Nein, ich bin doch nicht verrückt."

„Dann muß sie dir gefolgt sein. Junge, diese junge Dame ist wirklich scharf auf dich."

Es klopfte noch einmal.

„Wollen wir sie reinlassen?" fragte Doc Brown. „Ich glaube, sie hat mich bemerkt, als ich rausgesehen habe. Und wenn sie dir gefolgt ist, weiß sie wahrscheinlich sowieso, daß du hier bist."

Marty ging zur Tür und ließ Lorraine ein.

„Hallo", strahlte sie.

„Mama – ich meine, Lorraine, wie hast du mich denn gefunden?"

„Ich bin dir gefolgt."

„Warum?"

„Ich wollte wissen, wo du wohnst."

„Äh, ach so."

Lorraine sah mit einem selbstbewußten Lächeln an ihm vorbei.

„Oh", sagte Marty und trat zur Seite. „Das ist mein Onkel Brown."

„Onkel Brown?" wiederholte sie.

„Emmett", sagte Doc.

„Hallo."

Dann sah sie wieder Marty an, holte tief Luft und ließ eine kurze Rede vom Stapel, die sie offensichtlich vorher geprobt hatte.

„Marty", sagte sie, „vielleicht hast du jetzt das Gefühl, daß es etwas voreilig ist, aber ich hatte gehofft, daß du mich zur Verzauberung unter Wasser am Sonnabend einlädst."

Eigentlich hätte Marty wissen müssen, was da auf ihn zukam, aber es traf ihn völlig unvorbereitet. Er räusperte sich nervös und betrachtete voller Interesse seine Schuhspitzen. „Ich glaube nicht, daß ich kommen kann", sagte er. „Weißt du, diese Hetzjagd heute nachmittag – ich glaube, ich habe mir den Knöchel verstaucht, so daß ich –"

„Du bist aber ganz locker nach Hause marschiert", warf Lorraine ein.

„Ja, aber ich kenn das. Ich weiß, daß es morgen früh ziemlich böse aussehen wird, so daß ich wahrscheinlich eine ganze Woche im Bett bleiben muß."

„Das nehm ich dir nicht ab", murmelte Lorraine. Ihre Augen trübten sich etwas. „Ich denke, das ist nur ein Vorwand, weil du nicht mit mir hingehen willst."

„Nein!" rief Marty. „Das ist es nicht. Es ist nur so, daß . . . nun, ich bin kein guter Tänzer. Ich hab zwei linke Füße. Nein, drei linke Füße. Ich bin dann immer so verlegen . . ." Seine Stimme versagte, er versuchte unbeholfen zu wirken.

„Wir brauchen auch nicht zu tanzen", schlug Lorraine vor. „Wenn du nicht gerne tanzt, ist das schon in Ordnung, aber ich glaube, du bist nur bescheiden. Wer sich so auf Rollschuhen bewegen kann, wie du es heute nachmittag getan hast, kann auch tanzen."

Es war ein gutes Argument, aber Marty wollte nicht darauf

eingehen. Statt dessen sagte er: „Du weißt doch, wer wirklich mit dir hingehen will, und ich glaube, du kannst ihn auch ganz gut leiden – George McFly."

„Ich wußte, daß du das sagen würdest."

„Weil ich nun mal glaube, daß es wahr ist. Ich glaube, da ist was zwischen euch im Gange. Vielleicht fühlst du es noch nicht, aber es wird kommen."

„Vielleicht, aber warum sollte es kommen?" fragte Lorraine. „Ich hab das Gefühl, daß zwischen dir und mir mehr im Gange ist. Aber egal, George hat mich schon gefragt, und ich habe abgelehnt."

„*Was* hast du gemacht?" fragte Marty. „Hast du denn gar nicht gemerkt, wieviel Mut er brauchte, um dich überhaupt fragen zu können? Das war für ihn wie Fallschirmspringen oder als wäre er mit Muhammed Ali in den Ring gestiegen –"

„Mit wem?"

„Rocky Marciano", half Doc Brown aus.

„Oh, na gut, aber das interessiert mich nicht", sagte Lorraine. „George ist einfach nicht mein Typ. Er ist ganz nett und so, aber er ist . . . nun . . ." Sie kam näher zu Marty, bis ihr Haar fast sein Kinn berührte. „Ich will einen starken Mann . . . der sich wehren kann und die Frau, die er liebt, auch beschützt. Was meinst du?"

„Was ich meine?" fragte Marty nervös.

Lorraine, die spürte, daß er ihr auswich, warf ärgerlich den Kopf zurück. „Sag nur ja oder nein", verlangte sie. „Und es sollte besser ja sein, denn wenn *du* mich nicht zum Ball mitnimmst, dann wird es überhaupt niemand tun."

Marty seufzte. Etwas in ihren Augen sagte ihm, daß sie es ernst meinte. Er sah elend zu Doc Brown hinüber.

„Es hört sich so an, als wollte sie wirklich mit dir hingehen, Junge", sagte Doc. „Sag lieber ja."

„Ja", sagte Marty.

„Oh, danke", rief Lorraine und küßte ihn auf die Wange. „Es wird dir bestimmt nicht leid tun."

Dann wandte sie sich um und ging. An der Tür drehte sie sich noch einmal um und winkte ihm zu, dann war sie verschwunden.

„Schönes Durcheinander", meinte Marty.

„Das macht die Sache natürlich erheblich komplizierter", räumte Doc ein. „Aber wenn sie mit dir zum Ball geht, dann wird sie wenigstens dabeisein. Jetzt müssen wir uns ausdenken, wie wir George dort hinbekommen, damit sie ihre Liebe füreinander entdecken und unter dem Meer verzaubert werden, was auch immer das bedeuten soll."

„Mein Gott", seufzte Marty. „Das heißt, daß ich meinen Vater davon überzeugen muß, daß er allein hingehen soll."

„Entweder das oder mit einem anderen Mädchen."

„Doc, was Ladungsträger und Strom und Raum-Zeit-Kontinua angeht, bist du vielleicht ein Genie, aber wenn du sagst, daß ich jetzt noch ein anderes Mädchen für diese Flasche auftreiben soll, dann verlangst du etwas Unmögliches."

Er traf George am nächsten Tag kurz nach der Mittagspause.

„Hallo", sagte George, „und herzlichen Glückwunsch."

„Glückwunsch? Warum?"

„Weil du mit Lorraine ausgehst. Ich habe sie heute morgen gefragt, und sie meinte, daß du der Glückliche bist."

Marty schnaufte gequält. „Hör mal zu", erklärte er. „Sie hat mich nur gefragt, weil sie wußte, daß du auch dasein würdest."

„Warum denn das?" fragte George. „Sie hätte doch gleich mit mir gehen können."

„Ich glaube, sie ist etwas durcheinander", behauptete Marty. „Die checkt im Moment rein gar nichts. Du weißt doch, wie das ist, wenn jemand unbedingt was haben will, während er gleichzeitig versucht, den Preis zu drücken. Er versucht, lauter Sachen daran zu finden, die nicht in Ordnung sind, und sagt vielleicht sogar, daß er es gar nicht will – während er in Wirklichkeit ganz verrückt danach ist."

George nickte.

„Tja, so ist das bei Lorraine auch. Irgendwo weiß sie genau, daß sie dich will, aber sie will nicht, daß du es merkst. Und vielleicht gesteht sie es sich auch selbst noch nicht so ganz ein. Aber glaub mir – sie will, daß du auch kommst, damit ihr beiden endlich zusammenkommt."

„Zusammenkommen?" murmelte George. „Gerne. Aber warum hat sie nicht ja gesagt, als ich sie fragte?"

„Manche Frauen können so wundervolle Dinge nur annehmen, wenn sie wie ein Zufall aussehen", erwiderte Marty weise. „Das paßt genau zu dem, was ich gerade sagte. Sie können sich nicht eingestehen, daß sie etwas haben wollen. Deshalb hat sie mich gefragt. Sie will nicht wirklich mich. Sie will dich, George. Und jetzt müssen wir ihr nur noch klarmachen, was sie wirklich will."

„Und wie können wir das tun?"

„Ich glaube, wir sollten damit anfangen, daß sie merkt, daß du kein Hasenfuß bist."

„Aber . . . aber ich glaube, genau das bin ich."

„Nein, George", sagte Marty. „Jeder Mann hat etwas, für das er aufsteht und kämpft, und ich glaube, bei dir ist das Lorraine."

„Jaja . . . aber wenn Biff dazwischenkommt . . ."

„Du mußt einfach lernen, damit umzugehen", erklärte Marty. „Wir werden heute nachmittag direkt nach der Schule damit anfangen."

George holte tief Luft und nickte. In seinen Augen tauchte ein schwacher Hoffnungsschimmer auf.

Vier Stunden später trafen sich die beiden Jungen in Georges Hinterhof. Marty brachte ein selbstgebasteltes Trainingsgerät mit, einen großen Sack, den er mit alten Klamotten vollgestopft hatte, bis er aufrecht stand wie ein Felsblock. Nachdem er George einige Haken und Geraden gezeigt hatte, bot Marty sich selbst als Ziel an.

„Schlag mich in den Magen", sagte er. „Genau hier. Los." Er ließ beide Hände sinken.

„Aber ich will dich nicht schlagen", protestierte George.

„Du wirst mir schon nicht weh tun. Schlag einfach zu."

„Hör mal, ich bin kein Schläger."

„Wie oft soll ich's dir denn noch erklären?" fragte Marty. „Wir wissen, daß du kein Schläger bist. Du weißt es. Ich weiß es . . ."

„Und Biff weiß es auch."

„Vergiß ihn. Das Entscheidende ist, daß Lorraine es nicht weiß. Deshalb müssen wir dafür sorgen, daß du wenigstens so aussiehst wie jemand, der sich behaupten und sie beschützen kann."

„Aber ich hab mich in meinem ganzen Leben noch nicht geschlagen!" schrie George.

„Du schlägst dich auch nicht mit mir, Dad –", sagte Marty. „Ich meine, George. Du willst sie ja nur retten."

„Das hört sich so kitschig an . . ."

„Mädchen mögen Kitsch. Und jetzt laß uns noch mal den Plan durchgehen. Wo wirst du um fünf vor neun sein?"

George seufzte. „Beim Ball."

„Und wo werde ich dann sein?"

„Mit ihr auf dem Parkplatz."

„Gut. Ungefähr um neun wird sie sehr böse auf mich werden . . ."

„Warum denn?"

„Weil ich etwas drängeln werde. Und nette Mädchen mögen es gar nicht, wenn Jungs sie einfach überfallen."

„Du meinst, du willst –"

Marty nickte.

Ein seltsamer Ausdruck machte sich in Georges Gesicht breit. „Und wenn sie dich läßt?" fragte er.

„Wie kannst du das nur sagen?" fauchte Marty ihn an. „Sie ist nicht nur ein nettes Mädchen, sondern auch meine –"

„Ja?"

„Sie ist meine Freundin. Ich könnte gar nicht Hand an sie legen."

„Bist du da sicher?" fragte George mit schmalen Augen. „Ich meine, sie ist hübsch, und ein Junge müßte wirklich aus Stein sein, wenn er zu Lorraine nein sagen würde."

„Nicht dieser Junge", erwiderte Marty. „Und jetzt zurück zum Plan, ja? Das ist alles nur Show, also mach dir keine Sorgen. Merk dir einfach, daß du um neun über den Parkplatz schlenderst und uns siehst . . ." Er schluckte, dann fuhr er fort. „Du siehst, wie wir uns im Auto streiten. Und sobald du das gesehen hast, kommst du rübergerannt, reißt die Tür auf – und sagst *was?*"

George öffnete die Lippen, doch kein Ton kam heraus.

„Du wirst dich schon etwas mehr ins Zeug legen müssen, George", murmelte Marty.

„Mir fällt einfach nichts –"

„Verdammt, du sollst nicht nachdenken. Da stehst du, Auge in Auge mit dem Kerl, der dein Mädchen betatscht. Das sollte ganz automatisch gehen."

„Ja . . . ja, du hast wohl recht."

„Dann leg los, George."

Wild und mit übertrieben knirschenden Zähnen wie ein Filmbandit aus alten Zeiten spuckte George die Worte aus: „Äh . . . He, du! Nimm deine Dreckpfoten von ihr!" Dann nahm er wieder seinen normalen Gesichtsausdruck an und fragte schüchtern: „Meinst du wirklich, daß ich fluchen sollte?"

„Unbedingt", nickte Marty. „Und dann schlägst du mich in den Bauch, ich gehe k. o., und du lebst mit Lorraine glücklich und zufrieden, bis daß der Tod euch scheidet."

„Das klingt so einfach, wenn du das sagst", sagte George unsicher lächelnd. „Ich wünschte, ich hätte nicht soviel Angst."

„Wovor denn?"

„Ich weiß nicht. Vielleicht, daß ich dich so fest schlagen könnte, daß es weh tut. Und dann könntest du so wütend werden, daß du zurückschlägst."

Marty lachte. „Glaub mir, George, du kannst mich schlagen, so fest du willst, ich werde nicht zurückschlagen."

„Vielleicht merkt sie auch, daß wir nur so tun als ob."

„Deshalb sollst du ja dafür sorgen, daß es überzeugend wirkt. Du mußt mich wirklich schlagen. Und jetzt laß knacken."

„Gut."

Marty blieb reglos stehen, und George holte tief Luft und schlug Marty in den Bauch. Es sah aus, als hätte jemand eine Fliege erlegt.

„Nein, George", korrigierte Marty. „Etwas mehr Selbstvertrauen. Etwas mehr Druck und Wut. Komm schon. Du schaffst es."

George schlug noch einmal zu, eine Winzigkeit härter als beim erstenmal. Er schien damit zufrieden, besonders der satte Ton beim Einschlag gefiel ihm.

„Wie war das?" fragte er. „War doch schon ganz gut, was?"

„Na ja, ich denke, das wird wohl reichen", sagte Marty achselzuckend. „Paß auf – üb mal damit."

Er hängte den Sack an die Wäscheleine, trat einen Schritt zurück und schlug kräftig auf ihn ein. Der Sack beulte sich fast dreißig Zentimeter ein.

„Üb weiter", sagte er.

„Klar."

George schlug vor den Sack, einmal, zweimal. Es waren nicht gerade Weltmeisterschläge, doch Marty stellte befriedigt fest, daß er wenigstens so langsam Gefallen daran fand.

„Wut", drängte er. „Denk an deine Wut."

„Ja!" knurrte George. „Wut!"

George langte mit aller Kraft zu, schätzte aber die Pendelbewegung des Sackes falsch ein, verfehlte, stolperte an seinem Ziel vorbei und rammte die Faust mit einem dumpfen Geräusch in den Baum, der dahinter stand.

„Aah, au, verdammter Mist!“ brüllte er.

„Gut“, rief Marty, „jetzt wirst du richtig wütend!“ Er winkte ihm zum Abschied zu und ging.

George sah ihm nach; er kochte, weil er sich so dumm angestellt hatte. Seine rechte Hand pochte vor Schmerzen, doch sein Ärger war stärker. Er ballte die Linke zur Faust, machte zwei Schritte auf den Sack zu und schoß einen mächtigen Schlag auf den langsam pendelnden Gegner ab. Der Aufprall auf den fest gestopften Sack ließ einen scharfen Schmerz seinen Arm hinaufschießen, doch er wußte instinktiv, daß er endlich einmal etwas Richtiges getan hatte. Allerdings war er nicht darauf vorbereitet, daß sich der Sack von der Leine löste und in einem hohen Bogen zu seinem Heim hinüberflog, wo er ein Fenster zertrümmerte. George erkannte sofort die möglichen Folgen dieser Zerstörung und tat, was er bei solchen Gelegenheiten immer zu tun pflegte – er rannte fort.

„UND NUN der Wetterbericht für heute abend. Hill Valley und Umgebung: kräftige kalte Winde, überwiegend aus südwestlicher Richtung, kühl und klar . . . in der Umgebung des Flughafens möglicherweise Gewitter, die für diese Jahreszeit eigentlich nicht mehr zu erwarten wären . . . nach einem Bericht des United States Weather Service sollen die Temperaturen heute nacht auf etwa sieben Grad fallen . . . und damit wünsche ich allen Hörern noch einen guten Abend. Wir schalten jetzt zurück zu Bill Sharp, der uns in den nächsten fünfundzwanzig Minuten Eddie Fisher und Patti Page präsentieren wird . . .“

Das Radioprogramm, das aus Docs Autoradio ertönte, unterhielt im Augenblick nur die wenigen Einwohner Hill Valleys, die an diesem frühen Samstagabend an seinem Auto vorbeikamen. Doc Brown selbst stand an der Ecke Second und Main Street auf einer Leiter und verband den dicken Stecker eines Kabels mit einer Verlängerungsschnur, die an einem Laternenpfahl befestigt war.

Sein Packard war einige Schritte hinter der Laterne geparkt, und dahinter stand der unter einer Plane verborgene DeLorean.

Leise pfeifend stellte Doc Brown die Verbindung her und sah zum Gerichtsgebäude hinüber. Das Kabel, das er zuvor installiert hatte, schwang im leichten Abendwind hin und her – es war ein ziemlich teures dreiadriges Kabel, 150 Meter lang, das vom Blitzableiter auf dem Uhrenturm bis zu dem Anschluß reichte, den er gerade hergestellt hatte.

„Na also", sagte er und sah zu Marty hinab, der die Leiter hielt. „Alles bereit, es kann losgehen. Aber es sieht nicht sehr nach einem Gewitter aus, und der Wetterbericht hat eine kalte und klare Nacht vorausgesagt. Bist du sicher, daß ein Gewitter kommt?"

Marty nickte. „Doc", sagte er, „seit wann machen die Wetterfrösche denn richtige Vorhersagen? Das werden die bis 1985 nicht lernen."

„Da hast du auch wieder recht", entgegnete dieser. Er prüfte ein letztes Mal die Kabel, um sicherzugehen, daß alles richtig angeschlossen war, grunzte zufrieden und stieg von der Leiter herunter.

„Weißt du, Marty", sagte er, als er unten angekommen war. „Ich . . . nun ja . . . irgendwie tut es mir leid, daß du mich jetzt verläßt. Du hast mein Leben wirklich verändert. Du hast mir ein Ziel gegeben. Allein das Wissen, daß ich bis 1985 leben werde, um . . ., um dies hier zu schaffen . . ., daß ich eine Gelegenheit bekommen werde, selbst in der Zeit zu reisen . . ., weißt du, es wird mir, glaube ich, schwerfallen, dreißig Jahre zu warten, bevor wir wieder über alles reden können, was in den letzten paar Tagen passiert ist. Ich werde dich wirklich vermissen . . ."

„Ich dich auch, Doc", erwiderte Marty. „Aber vielleicht kannst du mich dann gar nicht mehr sehen. Wenn damit was nicht klappt . . .", er deutete auf die Kabel, „. . . dann gibt's mich vielleicht 1985 gar nicht, und vielleicht gibt's mich dann überhaupt nicht mehr."

Doc Brown nickte finster. „Du kannst es dir immer noch anders überlegen", sagte er. „Bleib doch einfach hier. Wir könnten zusammen an neuen Projekten arbeiten. . ."

„Nein, danke, Doc", sagte Marty. „Wenn ich das mit Mama und Dad nicht hinkriege und nicht ins Jahr 1985 zurückkomme, bringe ich zu viele Leute durcheinander. Ich muß mich einfach darauf verlassen, daß das Experiment klappt." Er grinste. „Schließlich hat ja sonst auch alles geklappt, was du dir vorgenommen hast. Bis auf den Gehirnwellenanalysator."

„Erinnere mich bloß nicht daran."

Wieder einmal schob sich das Bild in Martys Bewußtsein, wie Doc Brown von den Terroristen umgebracht wurde, und wieder einmal wollte er ihn unbedingt warnen. Konnte es denn wirklich so schlimme Folgen haben? Schließlich hatte Docs Maschine in dem Augenblick, als die Terroristen auftauchten, bereits gezeigt, daß sie funktionierte. Also würde die Geschichte nicht beeinflußt werden, wenn er ihrer Rache entkäme; er würde nur noch einige zusätzliche Jahre zu leben haben und die Früchte seines Schaffens genießen können, und vielleicht könnte er noch ein wenig in der Zeit herumreisen. War das denn so schlimm?

Er entschied, daß es nicht schlimm war. „Doc, was dein Leben in der Zukunft angeht . . ."

Wieder die erhobene Hand.

„Nein, Marty, mein Junge. Sag nichts mehr. Wir sind doch einer Meinung, daß das Wissen um die Zukunft äußerst gefährlich sein kann. Selbst wenn du die besten Absichten hast, könnte es die schlimmsten Rückwirkungen haben. Was auch immer du mir sagen wolltest, ich werde es im Laufe der Zeit schon selbst herausfinden."

Marty sah ein, daß es keinen Zweck hatte, ihm zu widersprechen. Dennoch, es drängte ihn immer noch, Doc zu warnen.

„Ja, Doc . . . ist gut", willigte er ein. „Hör mal, ich hol mir mal was zu naschen. Willst du auch was?"

„Nein, danke."

Marty ging zum Café hinüber, kaufte einen Schokoladenriegel mit Mandeln und bat den ewig mürrischen Verkäufer um ein Blatt Papier und einen Umschlag. Dann setzte er sich in eine Ecke und schrieb einen kurzen Brief an Doc. Er lautete:

> Doc Brown, am 26. Oktober 1985, etwa um 1.30 Uhr, wirst Du auf dem Parkplatz am Twin-Pines-Mall-Einkaufszentrum von Terroristen erschossen werden. Bitte triff alle möglichen Sicherheitsvorkehrungen, um diesem schrecklichen Ereignis zu entgehen.
> Dein Freund Marty, 12. November 1955

ER LAS den Brief noch ein paarmal durch, faltete dann das Blatt zusammen und steckte es in den Umschlag. Auf die Rückseite schrieb er: „Nicht vor dem 1. Oktober 1985 öffnen."

Doc hatte unterdessen schon damit begonnen, ein letztes Kabel zwischen den Laternenpfählen zu spannen. Während er munter an dem städtischen Eigentum herumbastelte, kam ein Polizist von der Bank of America herübergeschlendert und sah ihm zu.

„Auweia", flüsterte Marty, der gerade das Café verlassen hatte. „Das fehlt uns gerade noch, daß jetzt so ein Plattfußindianer hier rumschnüffelt."

Er ging auf die beiden Männer zu, doch dann überlegte er es sich anders. Doc Brown würde schon allein damit zurechtkommen. Und außerdem blieb Marty auf diese Weise etwas Zeit, den Brief zu verstecken.

Er ging zum verhüllten DeLorean hinüber, auf dessen Kühlerhaube Doc Brown seinen Mantel abgelegt hatte. Eine Innentasche wäre wohl am besten, dachte er; da wird er vielleicht die nächsten ein oder zwei Tage nicht nachsehen. Er steckte den Brief in die linke Tasche und warf den Mantel wieder über den Wagen. Doch als er es getan hatte, kam ihm ein neuer Gedanke. Was, wenn Doc die Nachricht *nie* finden würde? Wäre es nicht besser, den Brief im Handschuhfach seines Packard zu verstecken? Er machte einen Schritt zum DeLorean zurück.

„Nein", sagte er. „Es wird kommen, wie es kommen muß. Wenn er die Nachricht findet, gut. Und wenn er sie nicht entdecken soll, dann entdeckt er sie auch nicht, egal, was ich mir überlege."

Nachdem das Problem gelöst war, ging er zu den beiden Männern, damit er wenigstens ihre Worte verstehen konnte.

Der Polizist sah eine ganze Weile einfach nur zu. Dann sagte er: „Guten Abend, Doc Brown. Was hat denn das mit dem Draht dort zu bedeuten?"

„Oh, ich mach nur eines kleines meteorologisches Experiment. Wenn es funktioniert, wird es sehr nützlich für die Stadt sein."

„Ach, wirklich?"

„Ja, Sir. So ist es."

„Und was ist das da?" Der Polizist deutete auf den DeLorean.

Doc Brown zuckte mit keiner Wimper, als er gekonnt drauflos-log. „Das ist ein völlig neuartiges Wettervorhersagegerät", erwiderte er.

„Sieht aus wie ein Auto", sagte der Polizist.

„Nun, es hat schon Räder", antwortete Doc. „Ich hab Räder darunter montiert, damit es beweglich ist. Aber warum fragen Sie, Herr Wachtmeister? Spielt es denn eine Rolle, ob es ein Auto oder ein fahrbares Labor ist?"

„Wenn es ein Auto ist, steht es im Halteverbot", sagte der Polizist. „Sehen Sie die rote Linie da?"

„O ja. Ich werde in Zukunft besser aufpassen, obwohl es kein richtiges Auto ist. Aber wenn's Ihnen nichts ausmacht, ich würde es gern noch eine kleine Weile da stehenlassen." Er war fertig und stieg von der Leiter. Er lächelte den Polizisten freundlich an.

„Haben Sie eigentlich eine Genehmigung dafür?" fragte der Polizist, der das Lächeln nicht erwiderte.

„Aber sicher doch", sagte Doc. Er zückte seine Brieftasche und zog eine Fünfzigdollarnote heraus. „Sogar eine Genehmigung aus Washington", ergänzte er.

„Aber dieses Mal werden Sie doch wohl keinen Brand verursachen, Doc Brown?" fragte der Polizist, während er sich nervös umsah und verstohlen den Schein nahm.

„Aber nein", erwiderte Doc Brown. „Das ist wirklich ein völlig ungefährliches Experiment."

„In diesem Fall", sagte der Polizist, „wünsche ich Ihnen viel Erfolg."

„Danke, Herr Wachtmeister."

Der Polizist nickte, ging zur anderen Straßenseite hinüber und fuhr damit fort, an den Türen der Geschäfte auf der Second Street zu rütteln, ob sie verschlossen wären.

„Nicht schlecht", sagte Marty. „Ich dachte schon, das wäre eine dieser unvorhergesehenen Sachen, die uns in die Quere kommen könnten."

„Mir war auch nicht ganz wohl dabei", sagte Doc Brown. Er sah auf die Uhr. „Mensch, Junge, hol mal so langsam deine Mutter ab."

„Ja, es wird wohl Zeit", murmelte Marty.

„Du siehst etwas blaß aus. Wie geht's dir?"

Marty hatte wirklich ein etwas flaues Gefühl im Bauch. Es blieb noch soviel zu tun! Und fast alles konnte schiefgehen. Zuerst mußte er seine Mutter und seinen Vater zusammenbringen, dann mußte er seinen Anflug genau berechnen, mit der höchsten Geschwindigkeit fahren, die jemals jemand auf der Main Street vorgelegt hatte, und hoffen, daß Docs Berechnungen stimmten. Zum erstenmal hatte er wirklich das Gefühl, auf einem Drahtseil zwischen zwei Welten zu balancieren – zwischen 1985, 1955 und . . . dem Tod. Wenn der Blitz nicht ganz genauso wirkte wie das Plutonium, würde Marty sich in die Rückwand der Bank of America bohren. Oder vielleicht würde er zusammen mit dem DeLorean auf eine andere Raum-Zeit-Schiene geraten und in Kansas, Afghanistan oder Irkutsk landen. Aber seltsamerweise hatte er das Gefühl, daß er den Belastungen standhalten würde. Was ihm größere Sorgen bereitete, war, daß er mit seinen Eltern, besonders mit Mama, noch nicht weitergekommen war.

„Was ist?“ fragte Doc Brown, der seinen inneren Aufruhr spürte.

„Ich weiß nicht, Doc“, sagte Marty. „Ich glaube, es ist meine Mutter. Ich weiß nicht, ob ich das aushalte.“

„Warum nicht? Wo ist das Problem?“

„Das Problem ist, daß ich sie anmachen muß.“

„Anmachen?“ wiederholte Brown stirnrunzelnd. „Du hast gar nicht gesagt, daß du sie verprügeln wolltest. Ich dachte, George sollte dir was zukommen lassen.“

„Das ist nur so 'ne Redensart“, erklärte Marty. „Ein Mädchen anmachen heißt, sie zu . . . na ja, du weißt schon . . .“

„Ach so. Ihr an die Wäsche gehen. Na und? Was ist so schrecklich dabei?“

„Sie ist meine Mutter!“

„Noch nicht, noch nicht.“

„Für mich macht das keinen Unterschied.“

„Na schön. Ich verstehe, was du meinst. Aber wenn du's von einem rein praktischen Standpunkt aus betrachtest, dann wirst du ihr eines Tages noch viel näher sein, egal, was du heute abend anstellst.“

„Ja, aber als Baby. Verstehst du denn nicht, Doc? Das ist eine Sache, bei der ich für immer 'nen Klaps kriegen könnte.“

„Wie denn?“ fragte Doc. „Entschuldige, daß ich so bohre.“

„Wenn ich nun in die Zukunft zurückkomme und schwul werde? Das hört sich wie 'ne Kleinigkeit an, aber ein Techtelmechtel mit der eigenen Mutter kann ganz schön reinhauen.“

„Ja“, nickte Doc. „Aber da ist noch ein Unterschied. Ein Techtelmechtel mit der Mutter aus Spaß ist eine Sache. Aber es für einen ernsten und moralischen Zweck zu tun ist etwas anderes. Deshalb glaube ich nicht, daß du dir um deine psychische Entwicklung Sorgen machen mußt. Besonders nicht, wenn du's mit der gleichen Einstellung tust, mit der du ihr nach einem Verkehrsunfall das Bein schienen würdest.“

Marty taute etwas auf. „Oder Mund-zu-Mund-Beatmung", ergänzte er.

„Genau", sagte Doc. „Nenn's, wie du willst. Aber du solltest jetzt gehen."

Marty nickte, machte einen Schritt und blieb wieder stehen. Noch einmal, in einer Art morbider Faszination, holte er das Foto heraus.

Seine Schwester Linda war bis auf die Füße verschwunden.

„Doc", sagte Marty zögernd. „Mir ist grade noch ein Gedanke gekommen. Was passiert denn, wenn ich aus dem Bild verschwinde, bevor wir fertig sind? Meinst du, daß mein Gehirn zu funktionieren aufhört, sobald mein Kopf vom Bild gelöscht ist?"

Doc Brown sah Marty direkt in die Augen und antwortete, ohne zu zögern. „Bei dem Gedanken bleibt mir die Spucke weg."

XII

DIE „VERZAUBERUNG UNTER WASSER" war schon in vollem Gange. Die Turnhalle der Hill Valley High School sah zwar im Grunde immer noch wie eine Turnhalle aus, doch sie war ausreichend geschmückt, um eine recht ansehnliche Illusion zu schaffen. Die Beleuchtung funkelte silbern und blau, denn vor den Lampen hingen bunte Glasmobiles mit Fischmotiven. An den Wänden waren verschiedene Blickfänge aus Pappmaché aufgebaut – ein gesunkenes Schiff, untermeerische Höhlen, eine Schatzkiste, Unmengen von Tang, und von der Decke hing ein Taucher an einem langen Kabel herab. In einer Ecke stand ein Beispiel des zeitgenössischen Humors: ein Spind aus dem Schulinventar, der die Aufschrift „Davey Jones" trug.

Die Band auf der Bühne, Marvin Berry and the Starlighters, war schon gut in Fahrt. Die fünf schwarzen Musiker waren mit Schlagzeug, Klavier, Saxophon und Baß ausgerüstet, und Marvin selbst spielte Gitarre und sang. Er trug gerade ein bekanntes Lied aus einem aktuellen Film vor: *Three Coins in the Fountain.* Auf der Tanzfläche drängten sich ein paar hundert elegant gekleidete junge Männer und Frauen und bewegten sich apathisch zur Musik.

Mit gekünsteltem, amüsiertem Lächeln auf den Lippen beobachteten die drei Sittenwächter der Schule das Treiben: der unvermeidliche Gerald Strickland, ein rundlicher Mathematiklehrer namens Dexter Gore und Miss Deborah Chambers, die Büchereileiterin. Stricklands Hauptbeschäftigung bestand darin, nach Problemen Ausschau zu halten beziehungsweise nach Händen, die verdächtige Richtungen einschlugen. Gore schien sich vor allem für die Drinks zu interessieren, die er heimlich hinunterstürzte, und Miss Chambers hatte es sich zur Aufgabe gemacht, die Mauerblümchen in Umlauf zu bringen.

„Geht wenigstens ein bißchen herum und sprecht mit den anderen“, sagte sie immer wieder. „Denkt daran, ein Körper, der sich bewegt, ist viel aufregender und verführerischer als einer, der nur dasitzt.“

Es gab auch männliche Mauerblümchen, und eines von ihnen war George McFly, der sich mit seinem engen Kragen, dem weißen Smoking und der Fliege sichtlich unwohl fühlte. Die meiste Zeit stand George nur irgendwo herum und beobachtete die Tänzer, doch ab und zu hopste er – nicht ganz im Takt – etwas mit. Er versuchte, nicht allzu oft an Lorraine zu denken, die schöner aussah als je zuvor. Und er versuchte, nicht allzu oft an die Szene zu denken, die um neun Uhr stattfinden sollte.

„Teufel, wie bin ich da nur reingeraten?“ seufzte er. „Ich wünschte, ich wäre zu Hause.“

Natürlich hätte er gehen können, doch Marty hatte ihn schon bemerkt und vielsagend gewinkt. Danach noch zu gehen hätte mehr Mut erfordert, als zu bleiben, also hing George einfach herum, während er immer wieder dachte: Bald habe ich das alles hinter mir. Vielleicht klappt es, vielleicht auch nicht, aber das wäre auch nicht schlimmer als die Begegnung mit Biff.

Das Stück war zu Ende, und sofort folgte ein schnelleres Lied. Marty, der eifrig tanzte, sah rasch auf die Uhr. Viertel vor neun, Zeit, die Sache in Gang zu bringen.

„Ich möchte mal 'ne Runde aussetzen“, sagte er zu Lorraine.

Sie nickte, und ein verführerisches Lächeln spielte über ihre Züge. Sie wollte zu den Stuhlreihen zurück, die am Rand der Tanzfläche standen, doch Marty dirigierte sie nachdrücklich zur Tür.

„Laß uns lieber nach draußen gehen“, schlug er vor.

„Aber gern“, sagte sie.

Auf den Parkplatz zu gehen war nicht so einfach, wie es sich anhörte. Mr. Strickland überwachte genau, wer die Tanzfläche verließ und wie lange er fortblieb. Er schien einen Computer im Kopf zu haben, der ihm genau sagte, wer fehlte und wie lange er fort war. So mußten Marty und Lorraine sich eine ganze Weile am Eingang herumtreiben und darauf warten, daß Strickland nicht in ihre Richtung sah, ehe sie hinauskonnten. Als sie in Doc Browns Packard huschten, war es schon zehn vor neun.

„Äh, macht's dir was aus, wenn wir . . . äh, wenn wir uns 'ne Weile ins Auto setzen?"

„Warum sollte es mir was ausmachen?" erwiderte Lorraine.

„Tja, also, ich weiß nicht . . . manche Mädchen . . ., also, die mögen nicht . . . du weißt schon."

„Marty, ich bin fast achtzehn", sagte seine Mutter. „Du mußt nicht glauben, daß ich noch nie mit einem Jungen im Auto gesessen hätte."

Mit diesen Worten rutschte sie ganz nahe an ihn heran und legte eine Hand auf seinen Schenkel. Marty spürte, wie sein Gesicht rot anlief und ihm plötzlich sehr heiß wurde.

„Du bist so nervös, Marty", meinte Lorraine. „Ist etwas nicht in Ordnung."

„Äh, nein . . ."

„Du warst sonst immer so gelassen, zum Beispiel, als du dir Biff und seine Freunde vorgenommen hast. Aber ich hab gehört, daß das bei vielen starken, schweigsamen Männern so ist. Wenn sie mit einer Frau zusammen sind, werden sie nervös."

„Nein, schon gut."

„Nun ja, ich dachte nur", sagte Lorraine lächelnd. „Willst du auch einen Schluck? Das entspannt."

Sie öffnete ihre Handtasche und holte eine kleine Flasche Gin heraus.

Marty keuchte. Seine Mutter? Und zwar seine Mutter als Jugendliche, noch nicht einmal als erwachsene Frau! Das war ein bißchen zu starker Tobak.

„Was machst du da?" flüsterte er.

„Ich mach sie auf."

„Aber . . . wo hast du die her?"

Lorraine kicherte. „Oh, ich hab sie meiner Mutter aus der Hausbar geklaut."

Sie legte den Deckel aufs Armaturenbrett, warf den Kopf zurück und nahm einen Schluck.

„Lorraine", murmelte Marty, „machst du das zum erstenmal?"

„Was?" fragte sie. „Mit einem Jungen im Auto sitzen, trinken, oder mit einem Jungen im Auto sitzen und trinken?"

„Trinken", erwiderte er. „Machst du das nur . . ., um mir was zu beweisen?"

„Nein", sagte sie; sie wirkte etwas beleidigt. „Bestimmt nicht. Ich mach das, weil ich's mag."

„Aber du solltest nicht trinken, Lorraine", schalt Marty sie; doch als er es sagte, erkannte er, daß seine Worte sehr nach einem altmodischen Vater klangen.

„Warum denn nicht?"

„Na, das ist einfach nicht gesund."

„Nun sei doch nicht so langweilig, Marty", lachte sie. „Jeder, der was auf sich hält, tut es."

Marty seufzte. Er sah auf die Uhr; es wurde so langsam Zeit, zum Angriff zu blasen.

Lorraine gab ihm die Flasche. Er entschloß sich, ihr nachzugeben, und nahm einen Schluck.

Während er die Flasche ansetzte, holte seine Mutter eine Schachtel Zigaretten aus der Handtasche und steckte sich eine an; Marty erstickte fast an seinem Gin, so schockiert war er.

„Allmächtiger!" rief er, und seine Stimme klang gräßlich schrill. „Rauchst du etwa auch?"

Lorraine sah ihn an und verdrehte die Augen.

„Ich mein das ernst", sagte er. „Das solltest du nicht machen. Zigarettenrauchen ist gefährlich."

„Ach, komm", sagte sie. „Ich kann verstehen, daß eine Dame eigentlich keinen Schnaps trinken sollte, aber Rauchen ist doch was Nettes. Dabei ist doch nichts Falsches."

„Machst du Witze? Alles ist falsch dabei."

„Was denn zum Beispiel?" konterte sie.

„Es ist nicht gesund."

„Und warum machen dann Ärzte im Fernsehen Reklame dafür?"

„Weil die Zigarettenlobby zu mächtig ist –"

„Ach, Quark", sagte sie. „Jeder weiß doch, daß Rauchen den Kreislauf anregt. Es beruhigt die Nerven und das Herz."

„Das Herz! Mein Gott, davon bekommst du alle möglichen Probleme mit dem Herzen! Und Lungenkrebs. Sieh mal, hier auf der Packung steht doch –"

Er nahm ihr die Packung aus der Hand und suchte nach der Warnung der Gesundheitsbehörde. Sie war nicht da. Statt dessen fand er eine Zeile, die offensichtlich vom Hersteller angebracht worden war: „Dieser türkische Feinschnitt, angereichert mit heimischen Sorten, beruhigt die Nerven, regt den Kreislauf an und hebt Ihr Lebensgefühl."

„Großer Gott!" stöhnte Marty.

Er gab ihr die Packung zurück. Irgendwie hatte er es bisher geschafft, nicht mit dem Rauchen anzufangen, und er war auch im Augenblick nicht dazu bereit.

Lorraine starrte ihn gereizt an. „Weißt du, du klingst genauso wie meine Mutter", sagte sie. „Das ist wirklich gemein, wie Eltern ihre Kinder einfach nicht verstehen und versuchen, ihr Leben genau zu planen. Wenn ich mal Kinder habe, dann können sie tun und lassen, was sie wollen. Alles. Und ich werde ihnen keine Vorträge halten und ihnen sagen, wie schön doch früher alles war, als ich noch jung war. O nein, so einen Scheiß werden sie von mir nicht zu hören bekommen."

„Das möchte ich aber schriftlich haben", erklärte Marty lächelnd.

Lorraine konnte den Sinn dieser Bemerkung natürlich nicht verstehen.

Sie saßen eine Weile schweigend da; Lorraine nahm ab und zu einen Schluck Gin, und Marty sah immer wieder auf die Uhr und in den Rückspiegel. Die verabredete Zeit war schon fast vorbei. Wo, zum Teufel, blieb George?

„Wartest du auf jemand?" fragte Lorraine.

„Äh, ja. Strickland. Ich wollte nur sichergehen, daß er nicht hier draußen die Runde macht."

„Der hat drinnen genug zu tun", meinte Lorraine lächelnd. Sie steckte die Flasche wieder in ihre Handtasche und drängte sich noch etwas näher an ihn. „Erzähl mir doch mal, wie deine Eltern so sind. Sind sie genauso vernagelt wie meine?"

„Vor kurzem", sagte Marty leise, „bin ich zu der Überzeugung gekommen, daß ich überhaupt nichts über sie weiß."

„Das ist eine Affenschande."

GEORGE fühlte sich schwach, ihm war kalt, und er dachte, er würde bald ohnmächtig; alles in allem ein ähnliches Gefühl wie damals, als er den Finger ins Getriebe eines Zementmischers gesteckt hatte, den sein Vater gemietet hatte – dabei wäre ihm fast der Finger abgequetscht worden. Fünfzehn Minuten vor seinem geplanten Auftritt ging sein Magen unter schlimmen Bauchschmerzen fast in Stücke; er mußte zweimal zur Toilette. Jetzt, als sich der Uhrzeiger unaufhaltsam der Neun näherte, kam eine neue Welle von Krämpfen, die er einfach hätte ignorieren können. Er wußte, daß es nur die Nerven waren, daß sein feiger Körper und sein Bewußtsein zusammenarbeiteten, um ihn drinnen zu halten, weit entfernt von möglichen Peinlichkeiten oder Fehlschlägen. Doch sein Wissen darum ließ den Schmerz nicht verschwinden. Wenn überhaupt, dann wurde er dadurch stärker. Weit vornübergebeugt, stolperte George zum drittenmal zur Toilette.

Auf der Toilette lungerte der Klassenrowdy Max Dixon mit einigen anderen Jungs herum und rauchte heimlich. Plötzlich ging die Tür mit einem so lauten Knall auf, daß sie meinten, eine Kontrolle sei im Anmarsch.

„Mist!" rief Dixon und warf seine Zigarette in ein Becken.

Doch statt des erwarteten Gerald Strickland sahen sie nur einen käsebleichen George McFly. Er grinste verkrampft in ihre Richtung und verschwand in einer Kabine.

Die Angst in Dixons Augen verwandelte sich in Wut und Belustigung.

„Durch diesen Hundesohn hab ich meine letzte Kippe verloren", sagte er. „Seht euch nur die Sauerei an."

Er deutete auf die Zigarette, die langsam in der Rinne zum Abfluß trieb. „Dafür muß er büßen", sagte Dixon. „Hier wie 'ne Kontrolle reingerast zu kommen!"

Er nickte den anderen auffordernd zu und trat vor die Kabine, in der George saß.

MARTY, der sich völlig im klaren war, wie man ein Mädchen erfolgreich anmachte, saß nervös in Doc Browns Packard; Lorraines Hüfte preßte sich gegen seine. Sie war bereit, geküßt und angefaßt zu werden, und zwar hoffentlich gerade genug, um sie zu beleidigen, um Furcht und Ärger zu erzeugen, so daß sie von ihrem neuen Helden gerettet werden konnte. Martys Dilemma bestand darin, den richtigen Zeitpunkt zu finden. Wenn er zu früh über sie herfiel, würde er gezwungen sein weiterzumachen, bis George käme – und vielleicht wäre es allzu schnell vorbei. Wenn er auf der anderen Seite weiter wie ein Depp herumsaß, könnte Lorraine auf die Idee kommen, daß er entweder zurückgeblieben war oder daß er sie nicht mochte. Der nächste logische Schritt wäre in beiden Fällen, daß sie sein Auto verließe, zurück zum Tanz ginge und wahrscheinlich für immer aus seinem Leben verschwände.

Wo, zum Teufel, bleibt dieser Waschlappen, der mein Vater werden soll? dachte Marty.

Lorraine sah seine gespannten Halsmuskeln und seine mahlenden Kiefer. „Marty, warum bist du denn so nervös?" fragte sie.

Er holte tief Luft. „Tja, warst du schon mal in einer Situation", begann er, „wo . . . also, wo du dich in einer gewissen Weise verhalten mußtest, aber wenn's dann soweit ist, weißt du nicht mehr, ob du es bringst?"

„Meinst du so was in der Art, daß man bei seiner Verabredung nicht weiß, was man machen soll?"

„Äh . . . ja."

„So ganz höflich und lieb und so?"

Marty nickte.

„Mach dir darum keine Sorgen!" platzte Lorraine heraus.

Damit warf sie die Arme um Martys Hals und begann ihn leidenschaftlich zu küssen.

„JUNGS, laßt mich doch wieder hier raus."

George drückte, so fest er konnte, gegen die Tür seiner Kabine, aber gegen die drei Jungen, die sich auf der anderen Seite dagegenlehnten, konnte er einfach nicht ankommen.

„Du wirst da drinbleiben und an deinem eigenen Gestank ersticken", sagte Dixon.

„Warum denn? Was hab ich denn gemacht?"

„Durch dich hab ich meine kostbare Zigarette verloren."

„Ich kauf dir 'ne ganze Packung", versprach George. „Laß mich raus."

„Vielleicht", sagte Dixon lächelnd. „Wann krieg ich die Packung denn?"

„Morgen."

„Nein. Ich will sie heute abend haben."

„Aber hier in der Schule kann ich doch keine kaufen, und die Geschäfte haben auch schon fast alle zu."

„Dann hast du eben Pech gehabt", sagte Dixon. „Dann bleibst du den ganzen Abend da drin."

„Hört mal, es ist doch albern, wenn ihr mich hier festhaltet", bettelte George. „Ihr habt doch Verabredungen mit euren Mädchen. Die wundern sich bestimmt schon, wo ihr bleibt."

„Das stimmt", räumte Dixon ein. „Deshalb werden auch zwei von uns aufpassen, und einer holt Verstärkung. Wir werden ein Wachsystem einrichten und uns alle zehn Minuten ablösen, so daß wir tanzen können, während du drinbleibst, bis der Abend gelaufen ist."

„Warum macht ihr das mit mir?" heulte George. „Hört mal, Jungs . . ."

„Nein", erklärte Dixon. „Du bist ein Arsch, McFly, und ein Arsch ist auf dem Topf gut aufgehoben."

Seine Kumpel grölten. George seufzte, setzte sich und sah auf seine Uhr. Es war zehn nach neun.

LORRAINE setzte ihren leidenschaftlichen Angriff auf Marty noch eine Weile fort; dann bekam sie das Gefühl, daß etwas nicht stimmte. Sie rückte von ihm ab und musterte ihn.

„Das ist nicht richtig", sagte sie.

„Daß wir das tun?"

„Nein. Ich weiß nicht . . . aber wenn ich dich küsse, dann stimmt da etwas nicht . . ."

„Bei dir oder bei mir?"

„Ich bin nicht sicher. Da fehlt etwas. Es ist . . . es ist, als würde ich meinen Vater küssen."

Marty riß die Augen auf.

„Das hört sich ziemlich verrückt an, was?"

„O nein. Das hört sich absolut nicht verrückt an. Du siehst es nur nicht von der richtigen Seite, aber das Bild stimmt genau."

„Was meinst du denn, was es ist?"

„Äh . . . ich weiß nicht."

Sie legte die Hände in den Schoß. „Mist", murmelte sie. „Es war ja auch zu schön, um wahr zu sein."

„Jaja . . ."

Als sie plötzlich Schritte hörten, zuckten sie aus verschiedenen

Gründen zusammen. Lorraine hatte Angst, ein Lehrer hätte die Ginflasche bemerkt und könnte es ihren Eltern sagen; Marty hatte im Augenblick keine Ahnung, was er tun sollte, wenn es George wäre. Sollte er sich schnell noch einmal Lorraine schnappen, um George die Chance zu geben, sie zu retten? Irgendwie schien es nicht richtig zu sein. Und als Lorraine noch ein Stück von ihm abrückte, schien es auch nicht mehr möglich. Sie wollte dem Menschen ausweichen, der da näher kam, und war fast schon zur Beifahrertür hinaus.

Marty entschloß sich, noch einmal zum Angriff zu blasen. Er war gerade zu ihr unterwegs, als die Fahrertür aufgerissen und eine Hand auf seine Schulter gelegt wurde.

Marty drehte sich um und keuchte überrascht.

Das Gesicht, in das er sah, gehörte nicht George, sondern Biff Tannen. Hinter ihm standen 3D, Skinhead und Streichholz, und alle hatten die Gesichter zu einem bösen Grinsen verzogen.

„Du hast an meinem Wagen einen Schaden von 300 Dollar verursacht, du Hundesohn“, fauchte Biff. „Und das wirst du mir büßen . . . haltet ihn fest, Jungs.“

Biff zerrte Marty grob aus dem Wagen und wirbelte ihn herum, so daß Skinhead und 3D seine Arme packen konnten.

„Gut so, Jungs“, sagte Biff. „3D meinte, daß du dich auf den Parkplatz geschlichen hättest; sonst hätten wir dich wahrscheinlich nie allein erwischt.“

Er hob die Faust.

„Laßt ihn los!“ schrie Lorraine, die noch im Wagen saß. Sie rutschte zur Fahrerseite herüber. „Laß ihn in Ruhe, Biff! Du bist ja betrunken!“

Biff musterte sie mit einem Lächeln, das einem lüsternen Grinsen sehr nahe kam. „Ja, wen haben wir denn da?“ sagte er. „Dann wird's ja noch 'n netter Abend.“

Marty trat Skinhead kräftig auf die Zehen. Während der Rowdy aufschrie, beugte Marty sich schnell vor, riß den Ellbogen zurück und traf 3D am Kinn. Die beiden Jungen gaben ihn für einen kurzen Augenblick frei, doch obwohl Marty sich heftig wehrte, hatten sie ihn schnell wieder unter Kontrolle.

Biff war unterdessen in den Packard gesprungen und nahm sich Lorraine vor.

„Laß mich in Ruhe!“ kreischte sie.

„O nein, Baby, du bleibst hier bei mir!" rief Biff und lachte selbstgefällig.

Marty versuchte an Biff heranzukommen und schleifte seine beiden Quälgeister fast einen Fuß hinter sich her. „Nimm deine Dreckpfoten von ihr, du Schwein!" verlangte er.

Biff lächelte Marty kühl an; er war sicher, daß er ihm keine Schwierigkeiten machten konnte. „Du bist dran, wenn ich mit ihr fertig bin", sagte er.

„Sollen wir schon mal anfangen?" fragte Skinhead.

„Nein, noch nicht", antwortete Biff. „Die Party soll nicht ohne mich anfangen. Bringt ihn nach hinten, ich komm gleich nach."

Als 3D und Skinhead Marty hinter den Wagen zerrten, wirbelte Biff herum und brüllte sie an: „Das ist doch keine Shownummer hier! Verdrückt euch gefälligst, während ich . . ., während ich diese Dame hier beglücke."

Sie zerrten Marty weiter, und Biff knallte die Tür zu und beugte sich zu Lorraine hinüber, um sie zu küssen. Einen Augenblick später konnte Marty durch die Heckscheibe seine sich wehrende Mutter sehen und ihre gedämpften Schreie hören.

Innerlich verfluchte er gleichermaßen sich selbst und Biff und seine Kumpane. Wenn er, Marty, nicht gewesen wäre, dann hätte Lorraine den Ball genossen, statt sich jetzt gegen eine Vergewaltigung wehren zu müssen.

Für George fiel auch noch ein guter Teil seiner Wut ab. Wenn dieser elende Feigling nicht im letzten Moment noch gekniffen hätte –

Aber er hatte keine Zeit für Vorwürfe. Während sie Marty weiterzerrten, bemerkten 3D und Skinhead neben dem Schulgebäude einen Cadillac mit offenem Kofferraum.

„Mensch!" sagte Skinhead. „Der Bursche hier macht mehr Theater, als die Sache wert ist. Komm, wir stecken ihn in den Kofferraum."

„Gute Idee!" antwortete 3D.

Damit bückte er sich und packte Martys Beine. Die beiden Jungen brauchten fast eine Minute, um Marty in den Wagen zu hieven, doch schließlich konnten sie ihn in den Kofferraum drücken. Bevor Marty wieder herausklettern konnte, schlug Skinhead die Klappe zu.

Das Geräusch und der Ruck rissen Bob Jordan unvermittelt aus seinen Träumen. Der junge Schwarze hatte hinter dem Lenkrad des Cadillac einen Joint genossen und auf die anderen Gruppenmitglieder gewartet. Er war der Schlagzeuger, und er hatte seine Instrumente schon früh abgebaut, während Marvin Berry noch seine Schlußnummer, das übliche Gitarrensolo, spielte. Als er den Joint zur Hälfte geraucht hatte, war er schläfrig geworden, so daß er die Schritte und die Stimmen nicht gehört hatte, bis der Kofferraumdeckel zugefallen war.

Er sprang aus dem Wagen und ging rasch zu den beiden weißen Jungs hinüber.

„Hört mal, was habt ihr an meinem Auto rumzufummeln?" fragte er.

„Hau ab, Nigger", fauchte 3D. „Das geht dich nix an."

„Wenn ihr an meinem Kofferraum rumfummelt, dann geht mich das ganz bestimmt was an", sagte Jordan mit fester, leicht erhobener Stimme. „Und wer ist hier ein Nigger, du Grünschnabel?"

Obwohl er allein war, ging er drohend auf 3D und Skinhead zu, die einen Schritt zurückwichen. Einen Augenblick später tauchten Marvin Berry und die anderen drei Gruppenmitglieder im Hintereingang der Turnhalle auf.

„Was ist denn hier los?" fragte Berry.

Skinhead und 3D sahen die fünf Schwarzen ängstlich an.

„Die haben Nigger zu mir gesagt", sagte Jordan. „Und ich wollte sie gerade fragen, ob sie vielleicht ein paar neue Luftlöcher im Gesicht brauchen."

„He, ich will mit Marihuanasüchtigen nix zu tun haben", murmelte Skinhead.

„Marihuanasüchtige, ach was", sagte Berry und machte einen Schritt auf sie zu.

Skinhead und 3D, die sich ohnehin schon ein Stück zurückgezogen hatten, drehten sich plötzlich um und rannten weg.

„Laßt mich raus!"

Die Schwarzen wechselten verwunderte Blicke. Die gedämpfte Stimme und das Klopfen kamen eindeutig aus dem Kofferraum des Cadillac.

„Die müssen da jemanden eingesperrt haben", sagte Jordan.

„He, Reginald, wo sind deine Schlüssel?" fragte Marvin Berry und wandte sich an einen anderen Musiker.

Reginald suchte seine Taschen ab, runzelte die Stirn und schüttelte den Kopf.

„Kann sie nicht finden", sagte er.

Marvin Berry funkelte Reginald an. „Verflucht noch mal!" schrie er. „Du hast sie schon wieder vergessen! Das ist das dritte Mal, daß du die verdammten Dinger im Kofferraum liegengelassen hast!"

„WAS GEHT hier vor?"

Die schneidende Stimme des Tyrannen Gerald Strickland war George McFlys Fluch und Segen zugleich. Nachdem er inzwischen fast zwanzig Minuten auf der Toilette der Hill Valley High School gefangen gewesen war, spürte er nicht das geringste Bedürfnis, den augenblicklichen Stand der Dinge beizubehalten; andererseits lieferte ihm das gemeine Verhalten seiner Mitschüler eine unangreifbare Entschuldigung für sein Versagen bei Martys Plan. Und noch wichtiger war, daß George sogar vor sich selbst die Entschuldigung akzeptieren konnte. Als er die Toilette aufgesucht hatte, war noch genug Zeit gewesen, den Plan auszuführen; jetzt aber war es unwahrscheinlich, daß er noch antreten mußte.

„Nichts, Sir", sagte einer von Georges Gefängniswärtern ängstlich.

„Ich rieche aber Zigarettenrauch. Hat hier etwa jemand Zigaretten?"

„Nein . . . Sir."

„Ich gebe euch noch eine letzte Gelegenheit, mir die Zigaretten auszuhändigen. Wenn ich euch durchsuche und welche finde, wird die Strafe erheblich härter ausfallen."

George, der immer noch auf dem Topf hockte, hörte, wie etwas zerrissen und in den Mülleimer geworfen wurde.

„Das gefällt mir schon besser", sagte Strickland. „Und jetzt macht, daß ihr hier rauskommt."

George drückte vorsichtig die Tür der Kabine auf und trat hinaus. Strickland musterte ihn kalt.

„Was ist hier passiert, McFly?" fragte er.

„Nichts, Sir."

„Unfug. Ich hab dich hier vor zwanzig Minuten reingehen sehen. Warum warst du so lange hier drin?"

„Es war nichts Besonderes, Sir. Wir haben nur etwas Spaß gemacht. Wissen Sie . . ."

„Egal. Der Ball ist sowieso fast vorbei. Geh jetzt lieber zu deiner – ach, vergiß es. Ich glaube nicht, daß du eine Freundin hast."

Er deutete zur Tür, und George ergriff die Gelegenheit und schoß aus der Toilette. Während er durch die Pausenhalle vor der Turnhalle ging, sah er, daß die Tanzfläche total überfüllt war und die Lampen abgedunkelt waren, was bedeutete, daß jetzt die Schlußnummer beginnen sollte. Obwohl er daran zweifelte, daß Marty immer noch mit Lorraine zugange war, entschloß sich George, pflichtschuldigst auf dem Parkplatz zu erscheinen und wenigstens den Grund für seine Verspätung zu erklären.

Er ging rasch hinaus und steuerte die Stelle an, an der Marty den Packard abgestellt hatte. Zuerst konnte er nicht das geringste Anzeichen einer Unruhe bemerken, doch gerade als er erleichtert seufzte, fiel ihm auf, daß er in der falschen Reihe stand. Er kehrte um und ging zur richtigen Stelle hinüber. Er näherte sich dem Wagen von hinten.

„So ein Mist", flüsterte er.

Das Schauspiel war noch in vollem Gange, als wäre die Zeit für mehr als zwanzig Minuten stehengeblieben, so daß er seine Mission noch ausführen konnte.

Er holte tief Luft und rannte zum Wagen.

Durch die Scheiben konnte er Arme und, wie er glaubte, sogar wild ausschlagende Beine sehen. Lorraine schrie, während ein Mann sich auf sie drückte und brutal nach ihr griff.

„Heiliger Strohsack", murmelte George. „Das sieht bald so aus, als wäre Marty endgültig ausgeklinkt."

Dicht vor dem Wagen rückte er seine Hose zurecht und ging die letzten Schritte wie John Wayne vor einem Kampf. Dann riß er die Tür auf, so heftig er konnte, schob den Kopf in den Wagen und sagte mit lauter, männlicher Stimme: „He, du! Nimm deine verdammten Hände von –"

Der Angreifer drehte den Kopf in seine Richtung, und George erkannte ihn auf der Stelle.

„Ich glaube, du hast dich im Wagen geirrt, McFly", sagte Biff.

„George! Hilf mir!" schrie Lorraine.

George starrte die Szene einen Augenblick völlig verblüfft an, während ein Wirbelsturm halb ausgeformter Gedanken durch seinen Kopf raste. Steckte Marty dahinter? War es denn möglich, daß auch Biff eingeweiht war? Sollte er fortlaufen? Oder war es jetzt zu spät für einen Rückzug? Er starrte in Biffs wütende Augen, suchte nach einem Hinweis, doch er sah nur Wut. Und – ja! – da war auch ein Funken Angst. Biff war in einer möglicherweise verhängnisvollen Situation gefangen, die nach sofortigem Handeln verlangte. George McFly mußte verscheucht und später zum Schweigen gebracht werden. Wenn er fortlief und Hilfe holte –

„Mach die Tür zu und verdrück dich, McFly", sagte Biff ruhig.

George rührte sich nicht. Ein Teil in ihm stand bereits am Rande der Panik, doch ein anderer Teil erlaubte es seinen Füßen einfach nicht, sich zu bewegen. Er sah ein kurzes Bild von der Situation vor fünf Jahren, als er seinem Schulfreund Billy Stockhausen nicht hatte helfen können. Seit diesem Augenblick hatte er immer Angst vor Kämpfen gehabt, und er hatte gelernt, sie vorauszusehen und ihnen aus dem Weg zu gehen. Doch nun gab es kein Ausweichen mehr, es sei denn, er drehte sich einfach um und rannte fort. Doch Lorraines völlig verängstigte Blicke verhinderten es.

„Bist du taub, McFly?" fragte Biff, der jegliche Zurückhaltung aufgab. „Ich hab dir gesagt, du sollst die Tür zumachen und dich verpissen! Hau ab!"

George holte tief Luft.

„Nein!" sagte er. „Du läßt sie in Ruhe!"

Lorraine seufzte. Wenigstens einer kam ihr zu Hilfe. Es war nicht Marty, aber irgendwie war es sogar noch besser. Sie hauchte „Danke", während Biff die Hände von ihr nahm und aus dem Wagen stieg.

„Also schön, McFly", knurrte er. „Du hast deine Chance bekommen. Und jetzt werde ich dir zeigen, wo's langgeht."

Er baute sich vor George auf und packte den Störer mit einer seiner riesigen Pranken. Er riß ein großes Stück von Georges Ärmel ab und faßte ihn am Arm. Befriedigt drehte er George den Arm um, sah die Angst in den Augen des schwächeren Jungen und hörte ihn stöhnen. Als er weiterdrehte, bewegte sich eine schüchterne Faust langsam auf seinen Kopf zu. Sie traf seine Schulter, ohne daß er die geringsten Schmerzen spürte.

„Hilfe!" schrie Lorraine.

George wollte auch um Hilfe rufen, aber er schaffte es, die Zähne zusammenzubeißen. Er wand sich hin und her und versuchte vergebens, Biffs Griff zu entkommen. Der Rowdy hatte George inzwischen einen Arm so weit auf den Rücken gedreht, daß er das Gefühl bekam, jeden Augenblick könnten seine Knochen brechen.

„Hör auf, Biff!" rief Lorraine. „Du brichst ihm noch den Arm!"

„Ganz recht, Kleine", grölte Biff. „Genau das hab ich auch vor."

Er drückte noch etwas fester; dann hörte er ein Geräusch ... wie von einem weit entfernten Streit ..., oder waren das Menschen, die fortrannten? Er war etwas abgelenkt und lockerte seinen Griff ein wenig.

George reagierte in blinder Panik auf diese kurze Erlösung. Er riß sich aus Biffs Pranken, drehte sich um und schoß mit fest geschlossenen Augen den härtesten Schlag seines Lebens ab.

Zu seiner und Biffs Überraschung traf er genau das Kinn des Angreifers, dessen Kopf zurückflog, als hätte ihn ein Profiboxer erwischt. Dem scharfen Knacken von aufeinanderprallenden Knochen folgte Biffs Stöhnen.

Als Biff zu Boden ging, erinnerte er George erfreulich an den Kleidersack; Biff blieb bewußtlos liegen. Ein Schiedsrichter hätte mindestens bis hundert zählen können, ehe auch nur die Andeutung einer Bewegung zu sehen gewesen wäre.

„O George! Du warst wundervoll!"

Lorraine strahlte George mit einem Ausdruck absoluter Bewunderung an. George schüttelte den Kopf, betrachtete verwirrt seine Faust, dann die zusammengekrümmte Gestalt Biff Tannens, die vor seinen Füßen lag. Er konnte es nicht fassen.

Und Marty auch nicht, der gerade mit den fünf schwarzen Musikern auftauchte. Doch die Situation war klar, alles war gelaufen wie geplant – Lorraines zerrissenes Kleid, der bewußtlose Rüpel und das nervöse Grinsen des verwirrten Helden. Inzwischen erschienen auch andere Neugierige, die sofort die Bedeutung der Szene begriffen.

„Wer ist der Junge?" fragte eine männliche Stimme. „Ist er auf unserer Schule?"

„Das ist George McFly", sagte eine andere Stimme. „Er war zwei Jahre in unserem Förderkurs."

„Der ist mir noch nie aufgefallen ..."

„Dann paß aber gut auf ihn auf. Mein Gott, muß der kleine Bursche einen Schlag haben!"

„Nicht schlecht, Georgie!“

Marty gab seinem Vater die Hand und gratulierte ihm.

„Gute Arbeit, Dad“, sagte er. „Ich meine, George.“

„Danke.“

Dann kam Marty ein beunruhigender Gedanke – seine Arbeit war noch nicht beendet. Er mußte nicht nur rechtzeitig fortkommen; er mußte auch noch seinen Vater und seine Mutter dazu bringen, sich auf der Tanzfläche zu küssen. Doch die Schlußnummer war vorbei, und einige Paare waren schon gegangen, wenn auch die meisten jungen Leute in der Nähe herumstanden und über das Ereignis sprachen.

„Es ist noch nicht zu spät“, keuchte Marty. Dann sagte er etwas lauter: „He, hört mal alle her! Ich denke, wir sollten noch ein letztes Mal das Tanzbein schwingen, damit dieses nette junge Paar hier feiern kann!“

Die zustimmenden Rufe mischten sich mit einem noch weit entfernten Donnern.

Marty sah rasch zum Himmel und nahm Lorraine und George bei den Händen. „Kommt schon, Leute!“ rief er. „Wir gehen noch mal rein für eine richtige Schlußnummer!“

Auf dem Rückweg zur Turnhalle kamen sie an den Starlighters vorbei.

„Hört mal, könnt ihr noch eine Nummer für uns spielen?“

„Der Tanz ist aus“, sagte einer von ihnen.

„Vergiß es“, murmelte ein anderer.

Marty zückte seine Brieftasche. „Hier“, sagte er und nahm sein ganzes Geld heraus. „Das gehört euch, wenn ihr noch eine einzige Nummer spielt.“

Die Musiker wechselten unentschlossene Blicke.

„Also ich würde ja spielen“, sagte Reginald, „aber Marvin hat sich in die Hand geschnitten, als er den Kofferraum geknackt hat.“

„Ja“, nickte Jordan. „Mit *der* Hand kann er nicht spielen. Und wir können nicht ohne Marvin spielen. Er spielt Leadgitarre, Mann. Ohne Leadgitarre läuft gar nix.“

„Aber ihr müßt einfach spielen!“ drängte Marty. „Da auf der Tanzfläche werden sie sich zum erstenmal küssen! Und wenn's keine Musik gibt, werden sie sich nicht küssen, und dann verlieben sie sich nicht ineinander! Und wenn sie sich nicht verlieben, geh ich zum Teufel.“

Die Schwarzen sahen sich groß an. „Wovon redest du da eigentlich?“ wollte einer wissen.

„Mann“, sagte Reginald, während er ihm das Geld zurückgab. „Der Tanz ist vorbei . . . es sei denn, du kennst jemand, der Gitarre spielen kann.“

Marty grinste.

„Klar doch!“ sagte er. „Ich.“

„Ach was . . .“

„Vertraut mir nur“, erklärte Marty.

Reginald lächelte. „Warum nicht?“ schlug er vor. „Könnte ja ganz lustig werden.“

Sie nahmen ihre Instrumente und folgten Marty und seinen Freunden in die Turnhalle. Der Aufzug erregte rasch das Interesse der anderen Schüler, bis alle wieder in den Ballsaal strömten. Innerhalb von zwei Minuten war die Tanzfläche wieder voll.

„Was ist denn hier los?“ rief Gerald Strickland immer wieder. Er packte mehrere Schüler am Arm und wollte sie aus der Turnhalle drängen, doch seine Bemühungen fruchteten nicht.

Marty hatte sich inzwischen mit der Gruppe im hinteren Teil des Saals aufgebaut und schloß die Anlage an. Dann rief er ins Mikrofon: „Ein letzter Tanz! Eine ganz besondere Nummer für meine Eltern.“

Die Gruppe stimmte unter seiner Führung „Earth Angel“ an, und die Schüler fanden sich zu Paaren zusammen und tanzten. Lorraine schob sich eng an George und lehnte ihre Wange an seinen Kopf.

Zuerst folgte er der Gruppe nur, doch bald übernahm Marty selbstbewußt die Führung und sah sich um. Die Musiker warfen rasche Blicke in seine Richtung, Blicke, die ihm sagten, daß sie ihn gut fanden. Seine Eltern tanzten nur ein paar Schritte vor ihm, eng umschlungen. Jetzt war es nur noch eine Frage der Zeit . . . die Sache lief.

Während eines kurzen Saxophonsolos stellte Marty die Gitarre beiseite und betrachtete das Familienfoto. Seine Schwester Linda und Dave waren verschwunden, aber er selbst war noch da. Und dann . . . als Georges und Lorraines Lippen einander näher kamen, tauchte Linda wieder auf.

„Astrein . . .“, keuchte er.

Doch seine Freude dauerte nicht lange Die Veränderung war

kaum abgeschlossen, als Linda schon wieder verblaßte und Martys rechte Hand aus dem Bild verschwand.

„Was, zum Teufel –", begann er.

Als er zu seinen Eltern sah, erkannte er den Grund. Gerade als die beiden sich küssen wollten, legte sich eine grobe Hand auf Georges Schulter. Es war Dixon, der seinen üblichen gehässigen Gesichtsausdruck zeigte.

„Hau ab, McFly", sagte er. „Jetzt bin ich dran."

Das Solo war zu Ende, und die Gruppe sollte wieder voll einsetzen. Marty wollte loslegen, doch die rechte Hand schien ihm nicht zu gehorchen. Sie klimperte wie ein toter Fisch über die Saiten, als wäre sie betäubt.

„Mann", flüsterte Bob Jordan, „was ist denn los?"

„Ich kann nicht spielen", murmelte Marty. „Ich kann nicht Gitarre spielen."

Er hob die widerspenstige Hand vor die Augen und keuchte. Sie war durchsichtig!

Bob Jordan kam aus dem Takt, als er Martys aufgerissene Augen bemerkte. „Mein Gott, was hat der nur für 'n Zeug genommen?" flüsterte er.

Marty schloß die Augen, kämpfte ums Gleichgewicht. „Mir . . . mir ist nicht gut . . .", murmelte er.

Die jungen Leute auf der Tanzfläche waren so begeistert, daß sie gar nicht merkten, daß die Gruppe nicht mehr im Takt war. Vor allem George McFly bekam keinen Ton mit. Er wurde zur Seite geschoben und mußte zusehen, wie Dixon Lorraine um die Hüfte faßte und ihre Hand nehmen wollte.

Lorraine blickte hilflos zu George.

George zögerte nur einen kurzen Moment. Dann machte er einen langen Schritt zu Dixon und sagte nur: „Entschuldige."

Clint Eastwood hätte es nicht besser gekonnt – leise Worte mit einer selbstverständlichen, gefährlichen Drohung. Er schob mit einem Arm Dixon fort, nahm Lorraine in den anderen und zog sie an seine Brust. Dann hob er ihren Kopf und küßte sie sanft auf die Lippen.

Marty spürte eine neue Energie durch seinen Körper branden. Er fuhr auf, als hätte ihn ein elektrischer Schlag getroffen, und betrachtete seine rechte Hand und den rechten Arm. Sie waren nicht mehr durchsichtig! „Dem Himmel sei Dank!" lächelte er.

Er holte noch einmal das Foto aus der Hosentasche und lachte, drehte eine kleine Pirouette auf der Bühne und schnappte sich die Gitarre. Linda, Dave und er selbst waren in voller Pracht zu sehen, und das Gefühl in seiner Hand sagte ihm, daß seine musikalischen Fähigkeiten wieder erwacht waren.

„Los!" rief er. „Auf geht's!"

Er setzte wieder ein und führte die Gruppe noch einmal durch das ganze Stück. Die Tänzer applaudierten.

„Mann, du bist richtig gut", sagte Marvin Berry. „Spiel noch was."

Marty sah auf die Uhr. Durch die geöffnete Tür der Turnhalle konnte er draußen einen Blitz sehen.

„Nein, ich muß weg", sagte er.

Doch Bob Jordan packte ihn sanft und nachdrücklich am Arm. „Komm schon, noch 'ne richtig heiße Nummer", sagte er lächelnd.

Marty entschied, daß noch Zeit sei.

„Also gut", sagte er. „Bei dieser Nummer braucht ihr mir nur zu folgen . . ." Er trat vor das Mikrofon und sagte: „Eine Nummer spielen wir noch. Da, wo ich herkomme, nennt man das Rock 'n' Roll!"

Er schlug die Saiten an, gab den Rhythmus vor und wandte sich an Jordan. „Spiel mal 'ne Bluesbegleitung, ungefähr so." Jordan lächelte und fiel sofort ein.

„Gut!" sagte Marty. Dann summte er für den Bassisten eine Melodie, die er in zwei Tonarten übernehmen sollte. „Spiel das und paß auf, wenn ich wechsle", sagte er.

Der Bassist nickte und legte los.

„Klavier, du spielst das Baßmotiv drei Oktaven höher", fuhr Marty fort. „Saxophon – improvisier zu den drei Akkorden."

Zuerst klang es etwas zerfahren, aber es dauerte nur einen Moment, bis sie wirklich zusammenspielten – und die Musik klang tatsächlich wie erstklassiger Rock 'n' Roll. Die Jugendlichen auf der Tanzfläche drehten die Köpfe in ihre Richtung und begannen schneller zu tanzen. Ein paar Minuten später war der Teufel los – so eine Musik hatten sie noch nie gehört. Marty, den es jetzt voll gepackt hatte, zog seine Jacke aus und warf sie in die Menge. Er ähnelte immer mehr Mick Jagger . . ., dann Michael Jackson . . ., dann spielte er Heavy Metal und schob die Gitarre dicht vor den

Verstärker, um Rückkopplungen zu erzeugen. Die Bandmitglieder lachten und riefen begeistert, improvisierten wie wild, folgten jedem Wechsel, den Marty vorgab, zuerst erstaunt, dann mit professioneller Gewandtheit. Bald gab es in der Turnhalle nur noch einen Menschen, der trotz der ungewohnten Klänge kalt und unbeteiligt wirkte – Gerald Strickland.

„Immer wenn man glaubt, daß sie es einfach nicht schlimmer treiben können, finden sie noch was, und dann geht's erst richtig los", murmelte er.

George, der atemlos mit Lorraine tanzte, fühlte, wie ein neuer Geist von ihm Besitz ergriff. Endlich hatte er etwas Richtiges getan, und der Abend war wie verzaubert. Lorraine, die Musik, die Gratulationen der anderen, alles vermischte sich zu einem Satz: „Und sie lebten glücklich und zufrieden bis ans Ende ihrer Tage." Er wollte, daß die Nacht nie zu Ende ging.

Aber das war natürlich nicht möglich. Allzu bald schon beendete Marty das Stück mit einem letzten Akkord und trat lächelnd zurück, um den donnernden Applaus zu genießen.

Alle redeten durcheinander – über die Musik und über George McFlys Heldentat. Als er mit Lorraine zur Bühne ging, spürte George ein Dutzend anerkennende Hände auf der Schulter.

„Hallo, George", sagte eine Stimme. „Ich hab gehört, du hättest Biff aufs Kreuz gelegt! Sauber, wirklich sauber!"

„George, hast du schon mal darüber nachgedacht, dich zum Klassensprecher wählen zu lassen?" fragte ein attraktives Mädchen.

„Wir wollen dich unbedingt in der Mannschaft haben, George", sagte ein anderer Junge.

Da er nicht wußte, welche Mannschaft gemeint war, konnte George nur ausweichen und erfreut tun. „Oh, ich werde darüber nachdenken", sagte er lächelnd.

Lorraine, die sich in dieser Anerkennung und dem neuen Ruhm sonnte, nahm seinen Arm und sah lächelnd zu ihm auf.

Dann kam ein lächelnder, total verschwitzter Marty von der Bühne und schüttelte George die Hand.

„Herzlichen Glückwunsch", sagte er. „Und falls du dir darüber Gedanken gemacht hast: Biff hat es ernst gemeint."

„Gut", sagte George. Damit war seine letzte winzige Angst verpufft – daß Biff Tannen nämlich nur so getan hätte, als wäre er

k. o. gegangen. George war wunschlos glücklich. „Aber du warst gerade auch nicht schlecht", sagte er. „Super war das."

„Danke."

Sie standen noch eine Weile beieinander und schwatzten, bis Lorraine plötzlich Marty eine Hand auf den Arm legte.

„Marty", sagte sie, „ich hoffe, es macht dir nichts aus, aber George hat mich gefragt, ob er mich nach Hause bringen kann."

„Das ist prima, Lorraine", nickte Marty. „Das ist ganz große Klasse, denn weißt du, ich hatte gleich so ein Gefühl bei euch beiden."

„Ich weiß", sagte sie. „Ich hab dasselbe Gefühl gehabt. Ich glaube, George könnte mich wirklich glücklich machen."

„Ja. Hört mal, ich verlasse die Stadt."

„Oh, das ist aber schade. Wann denn? Nach dem Semester?"

„Nein – heute abend noch. Und ich wollte nur sagen, daß es . . . sehr lehrreich war."

„Werden wir dich denn einmal wiedersehen?" fragte Lorraine.

„Oh, ganz bestimmt, das könnt ihr mir glauben."

George nahm noch einmal Martys Hand.

„Gute Nacht dann, und bis bald", sagte er. „Und vielen Dank für deine Hilfe . . . und für deine guten Tips. Ich hoffe, ich kann mich mal revanchieren."

Marty lachte. „Du wirst mir wahrscheinlich mehr Ratschläge geben, als ich verdauen kann."

Er wandte sich ab, hielt noch einmal inne. „Äh, hört mal", sagte er. „Wenn ihr beiden jemals Kinder bekommt und eines von ihnen zündet, wenn es acht Jahre alt ist, aus Versehen den Teppich im Wohnzimmer an, dann seid nicht so streng mit ihm."

„Äh . . . klar", erwiderte George, während er die seltsamste Bitte bedachte, die jemals an ihn gerichtet worden war.

Einen Augenblick später war Marty verschwunden. George und Lorraine sahen einander an, die Hände fest ineinandergelegt.

„Marty", schnaufte sie. „So ein hübscher Name. Wenn ich Kinder habe, dann soll eins von ihnen Marty heißen."

„Hast du's da nicht etwas eilig?" sagte George lachend.

„Vielleicht ein bißchen. Ich hab mir übrigens überlegt, daß ich im nächsten Jahr zum College gehen will."

„Da geh ich auch hin", sagte George. „Und ich werde mich einfach nicht darum kümmern, was mein Vater dazu sagt."

XIII

UM VIERTEL vor zehn bekam Doc so langam ein komisches Gefühl. Fünf Minuten später war er bereits ausgesprochen nervös. Um fünf vor zehn rannte er wie ein Tiger hin und her.

„Verdammt!" knurrte er. „Wo bleibt der Junge?"

Sein Trenchcoat peitschte laut im Wind wie der Spinnaker eines Segelbootes, das unversehens in einen Sturm geraten ist. Der Donner grollte jetzt direkt über ihm, und die scharfen Blitze beleuchteten hin und wieder seine Verdrahtung vom Turm zu den Laternen. Bis auf ein paar Hunde war der Town Square völlig verlassen, und alles war bereit. Nur Marty fehlte noch.

Doc zog eine kleine Uhr aus der Tasche, Baujahr etwa 1890. Sie zeigte 9.56 Uhr, die gleiche Zeit, die auch von den Armbanduhren abzulesen war, die er an beiden Handgelenken trug. Es gab keinen Zweifel, daß nur noch acht Minuten blieben, bis der Blitz kam, der Marty ins Jahr 1985 zurückbringen sollte.

„Verdammt!" wiederholte er, diesmal ziemlich wütend und laut.

Er trat vom Rinnstein mitten auf die Straße und grunzte, als er einen Wagen sah, der mit erheblich überhöhter Geschwindigkeit auf ihn zuraste.

„Gut", knurrte er schließlich befriedigt, denn er hatte seinen Packard erkannt. „Aber warum fährt der so verrückt? Will er sich unbedingt im falschen Wagen zu Klump fahren?"

Einen Augenblick später konnte Marty ihm selbst die Antwort geben. Er zog den Wagen an den Straßenrand und sprang heraus. Er trug schon seine Kleidung aus dem Jahr 1985. Er holte tief Luft und lächelte etwas verlegen.

„Du kommst aber spät!" schimpfte Doc. „Hast du denn überhaupt kein Zeitgefühl?"

„Entschuldige, Doc."

„Und warum fährst du wie ein Verrückter?"

„Das war ein Test. Ich wollte sehen, wie weit ich auf diesem Stück beschleunigen kann. Und ich bin froh, daß ich es getan habe. Da unten an der Cherry Street ist ein Buckel auf der Straße; wenn ich da schnell drüberfahre, könnte ich in ein Schaufenster fliegen, aber wenn ich auf die linke Fahrbahn ausweiche, müßte es klappen."

„Ph!" machte Doc Brown. „Das klingt ja alles ganz gut, aber wenn dich nun ein Polizist erwischt hätte?"

„Und wenn mich ein Polizist erwischt, wenn ich in der Zeitmaschine sitze?" konterte Marty.

„Wenn das passiert, dann fährst du einfach weiter, du Dummkopf. Du landest entweder im Jahr 1985 oder im Eingang des Kinos da drüben."

„Ja." Marty schluckte. „Ich verstehe, was du meinst."

Doc brummelte noch etwas vor sich hin und zog die Plane vom DeLorean. Dann fuhr er den Fanghaken zu seiner vollen Länge aus.

„Schnell, schnell, schnell", murmelte er. „Es könnte kaum knapper sein."

„Hör mal, das tut mir leid", sagte Marty; er fühlte sich jetzt schuldig, weil er so lange mit den Starlighters gespielt hatte. „Ich mußte mich noch umziehen, und Mama und Dad zusammenbringen hat länger gedauert, als ich dachte."

Nachdem er die Gelegenheit bekommen hatte, etwas herumzumaulen, verflog Doc Browns Wut sehr rasch. Er sagte etwas freundlicher: „Schon gut, ich verstehe, ich hab George McFly ja kennengelernt. Also hat es geklappt?"

„Astrein", sagte Marty lächelnd. „Die turteln jetzt rum, und so wird's auch bleiben, bis daß der Tod sie scheidet. Und hier ist der Beweis."

Er holte seine Brieftasche heraus und zeigte Doc Brown das Familienfoto, auf dem alle wieder völlig intakt waren.

„Gut", sagte Doc.

„Ich glaube, Dad wird sogar zum College gehen", fügte Marty hinzu. „Er hat jetzt jede Menge Selbstbewußtsein."

Doc Brown, der schon mit den letzten Startvorbereitungen im DeLorean beschäftigt war, runzelte die Stirn. „Darüber kannst du dir jetzt noch ein bißchen Sorgen machen, bis du ins Jahr 1985 zurückkommst", sagte er.

„Warum?"

„Tja, wenn er dank deiner Hilfe zum College geht, wird das sein Leben verändern."

„Zum Besseren, hoffe ich", konterte Marty.

„Vielleicht. Aber nimm doch mal an, daß er auf dem College eine Studentin kennenlernt, die ihm besser gefällt als deine Mutter. Dadurch könntest du wie ein Blitz von der Bildfläche verschwinden. Oder nimm an, daß sich deine Eltern entschließen, erst viel später Kinder zu bekommen, weil die Collegezeit so teuer war. Wenn das passiert, könntest du feststellen, daß du 1985 erst zwölf oder dreizehn bist, statt siebzehn. Wie schmeckt dir das?"

Marty schüttelte erschrocken den Kopf. Was sein Freund und Mentor sagte, war bestimmt richtig. Er konnte nur hoffen, daß die zukünftige Existenz seiner Eltern im großen und ganzen dem Leben entsprach, das er kannte.

„Das ist zwar richtig, Doc", sagte er, „aber ich glaube, es ist jetzt zu spät, um sich darüber noch den Kopf zu zerbrechen. Ich freu mich einfach, daß Dad es endlich doch noch kapiert hat. Er hat Biff Tannen mit einem Schlag auf die Bretter geschickt . . ., hat ihn einfach aussteigen lassen. Ich hätte nie gedacht, daß er das Zeug dazu hat. Mann, mein Alter hat sich noch nie gegen Biff gewehrt. Daß ich wirklich dabei war, als es dann doch mal passiert ist!"

„Schön", sagte Doc nickend. „Und jetzt steig ein und stell deine Zielzeit ein. Wir haben es verdammt eilig."

Marty sprang in den DeLorean und sah Doc zu, der die Tasten drückte, bis *Startzeit* und *Zielzeit* auf den 26. Oktober 1985, 1.31 Uhr, eingestellt waren.

„Na bitte", sagte er. „Wenn's klappt, wird es so sein, als wärst du nie fort gewesen."

„Danke, Doc . . .", begann Marty. „Ich muß mich wirklich bei dir bedanken . . ."

Doc Brown hob eine Hand. „Keine Zeit", sagte er. „Paß auf – ich hab da vorn eine weiße Linie auf die Straße gemalt. Das ist dein Startpunkt. Ich hab ein bißchen gerechnet, damit deine Anfahrt so kurz und exakt wie möglich wird. Wenn du von diesem Punkt aus Vollgas gibst, erreichst du genau an der richtigen Stelle zweihundertzwanzig Stundenkilometer."

„Sauber."

„Ich hab die Entfernung berechnet, das Beschleunigungsvermögen des Wagens, den erhöhten Windwiderstand von dem Augenblick an, in dem der Blitz einschlägt . . ." Er gab Marty einen aufziehbaren Kurzzeitwecker, der, verglichen mit den Digitalanzeigen und den blinkenden Lichtern im DeLorean, seltsam altmodisch aussah. „Wenn er klingelt, gib von der weißen Linie an Vollgas. Weiter brauchst du nichts zu tun – du mußt dann nur noch die richtige Richtung beibehalten."

Marty nickte.

„Tja, ich glaube, das war's dann wohl", sagte Doc Brown. „Alles Gute."

Marty gab ihm die Hand. „Doc, ich möchte dir für alles danken. Auch wenn was schiefgeht . . ."

„Denk nicht dran", unterbrach Doc. „Es wird schon klappen. Und ich möchte dir auch danken. Es war mir ein Vergnügen."

Die beiden Männer schüttelten sich die Hände.

„Wir sehen uns dann in etwa dreißig Jahren", sagte Doc.

„Wollen wir's hoffen."

Marty mußte wieder an Docs Begegnung mit den Terroristen denken; er hoffte, daß der Brief, den er versteckt hatte, seinem Freund ein glücklicheres Ende verschaffen könnte.

„Mach dir keine Sorgen", fuhr Doc Brown fort, der Martys besorgtes Gesicht mit dem bevorstehenden Sprung in die Zukunft in Verbindung brachte. „Wenn du den Draht mit dem Fanghaken triffst, geht alles klar."

„Gut", nickte Marty.

Doc vergewisserte sich noch einmal, ob alles erledigt war, klopfte seine Taschen ab und sah Zettel und Notizblock durch, ob er nichts vergessen hatte. Dabei tat er genau das, was Marty unbedingt hatte vermeiden wollen – er entdeckte den Umschlag in der Innentasche, der offensichtlich nicht von ihm stammte. Er zog ihn heraus und sah ihn neugierig an.

„Was ist das denn?" fragte er.

„Das ist nur 'n schöner Gruß von mir", stammelte Marty.

„Das hat was mit der Zukunft zu tun, oder?" fragte Doc Brown.

„Nein, ich wollte mich nur bedanken", log Marty. „Aber vielleicht war das etwas pathetisch."

Doc schüttelte skeptisch den Kopf. „Man schreibt keine Dankesbriefe, die erst dreißig Jahre später geöffnet werden dürfen", sagte er. „Ich hab dich gewarnt, die Zukunft nicht zu verändern, mein Junge. Die Konsequenzen könnten wirklich gefährlich sein. Und ich nehme stark an, daß dies hier mit der Zukunft zu tun hat. Ich hab dir doch tausendmal gesagt, daß wir da nicht rumpfuschen dürfen."

„Das Risiko mußte ich einfach eingehen, Doc“, erwiderte Marty fest. „Dein Leben hängt davon ab.“

„Nein, ich werde diese Verantwortung nicht übernehmen“, murmelte Doc.

Damit riß er den Brief in kleine Stücke, die er in den Aschenbecher des Packard streute.

Marty wurde wütend. Warum wollte dieser Mensch eigentlich eine Warnung nicht annehmen, die ihm nur nützen konnte? „Also gut, Doc“, fauchte Marty. „In diesem Fall muß ich dir eben direkt sagen, was in dieser Nacht –“

Bevor er den Satz beendet hatte, erschütterte eine gewaltige Böe den Wagen; Doc Brown wäre fast fortgeweht worden. Im gleichen Augenblick hörten sie ein lautes Knacken, dem eine ganze Reihe von leiseren Geräuschen folgte.

„Guter Gott!“ schrie Doc Brown.

Marty sprang aus dem Wagen, und die beiden Männer rannten zu den Laternen. Auf dem Kabel zwischen den Laternen und dem Turm hing ein großer Ast, der von einer der riesigen Eichen heruntergebrochen war, die auf dem Platz standen. Der Stecker des Blitzableiters hatte sich gelöst, und das Ende des Kabels baumelte hoch droben frei in der Luft.

„Großer Gott!“ schrie Doc Brown, während sie hinüberrannten. „Junge, such das andere Ende des Kabels. Ich werf dir dann das Seil runter!“

Doc schnappte sich eine dicke Seilrolle und rannte ins Gerichtsgebäude.

Marty schluckte und machte sich an die Arbeit. Im Halbdunkel war es nicht leicht, das Ende des Kabels zwischen den Blättern und Seitenästen auszumachen, doch er sprang einfach in das Gewirr und begann zu suchen. Während er herumsuchte, spürte er, wie der Wind noch weiter auffrischte. Langgezogene Donner warnten ihn, daß seine Zeit bald abgelaufen sei; der Sturm wurde heftiger, und jetzt hatte er nur noch ein paar Minuten, bis ihn der Blitz ins Jahr 1985 befördern würde oder auch nicht . . .

„Verdammt!“ schrie er. „Wo, zum Teufel, bist du bloß?“

Er kümmerte sich nicht um die Äste, die ihm die Haut aufrissen, und wühlte weiter in dem Gewirr herum.

Doc Brown rannte unterdessen wie ein Verrückter die Treppen des Gerichtsgebäudes hinauf, und im Turm nahm er gleich drei

Stufen auf einmal. Als er den offenen Uhrwerksraum betrat, stoben Tauben auseinander, die sich hier ständig eingenistet hatten. Während der Wind stürmisch seine Haare zauste und Blitze seine Gestalt immer wieder für einen Augenblick beleuchteten, erinnerte Doc Brown wie nie zuvor an den verrückten Wissenschaftler, der gerade einen Plan ausführte, der die Welt erschüttern würde.

Er sah hinauf und entdeckte den Stecker, der über ihm zwischen der 1 und der 2 vor der großen Uhr baumelte. Das andere Ende war noch mit dem Blitzableiter auf der Turmspitze verbunden.

Fünf Stockwerke unter ihm hatte Marty gerade den anderen Stecker gefunden und winkte ihm zu.

„Gut!" rief Doc Brown.

Er warf das Seil hinunter, das sich im Fallen entrollte und ein paar Zentimeter vor Marty landete. Der junge Mann hob es auf, verknotete es mit dem Stecker und winkte zu Doc Brown hinauf.

Doc nickte und begann das Kabel mit dem Seil zu sich heraufzuziehen. Er sah, wie Marty den Mund bewegte, und er konnte einzelne Worte verstehen.

„Was?!" rief er hinunter.

Marty legte die Hände um den Mund und rief, so laut er konnte: „Ich muß dir noch was über die Zukunft sagen, Doc! Bitte hör zu!"

Die Worte verloren sich in einer Bö, die Doc beinahe das Seil aus den Händen gerissen hätte.

„Ich kann dich nicht verstehen!" rief Doc.

„Die Zukunft!" schrie Marty. „In der Nacht, in der ich die Zeitreise mache, kommen Terroristen und –"

„Terror? Was –"

„Terroristen! Sie –"

Dong! Dong! Die Turmuhr schlug die zehnte Stunde. Marty stampfte wütend mit dem Fuß auf und wartete; er wußte, daß er vorläufig überhaupt nicht mehr zu verstehen war.

Als die riesigen Glocken so nahe anschlugen, verlor Doc beinahe das Gleichgewicht, doch er fing sich rasch wieder und konnte das Seil ganz heraufziehen. Er nahm den Stecker in die Hand und winkte Marty, daß er sich in den Wagen setzen und losfahren sollte.

Marty zögerte. Er wußte, was Doc Brown ihm sagen wollte, und er war sich darüber im klaren, wie knapp die Zeit war. Trotzdem wollte er noch eine Gelegenheit haben, seinem Freund zu erzählen, was auf ihn wartete, wenn er nicht aufpaßte. Er sah hinauf. Doc Brown deutete mit wilden Gesten auf den DeLorean, dann auf seine Uhr.

Marty seufzte, drehte sich um und rannte zum Wagen.

„Lauf, Junge, lauf!" rief ihm Doc Brown vom Uhrenturm hinterher. Als Marty endlich losrannte, löste er das Seil vom Stecker und sah zu dem Gegenstück hinauf, das vor der Uhr baumelte. Es war ein ganzes Stück entfernt, und er würde sich weit auf den Sims vorwagen müssen, um die Verbindung herstellen zu können.

Während Doc Brown sich vorsichtig hinausschob, sah er, wie der DeLorean gestartet wurde und die Fahrbahn herunterkam.

„Gut", flüsterte er. „Jetzt muß ich nur noch dafür sorgen, daß er nicht umsonst die Straße runterrast."

Er tastete sich auf den Sims hinaus und preßte die Hände flach gegen die Wand. Doc Brown versuchte, nicht an den Wind und die Möglichkeit zu denken, daß er abstürzen könnte. Die Blitze warfen wilde Schatten und Umrisse auf den Turm, und jeder Donnerschlag ließ das ganze Gebäude erzittern.

„Ich werde im Jahre 1985 noch leben", sagte er, doch während er sprach, erkannte er, daß er bereits am Rande seines Grabes stand. „Ich werde 1985 leben, also kann mir jetzt nichts passieren."

Er sagte zwar die Worte, doch er wußte, daß sie eine Illusion waren. Die Tatsache, daß er 1985 noch lebte, beruhte darauf, daß er 1955 *nicht* auf einem Uhrenturm herumkletterte.

„Na gut", keuchte er. „Ich will's einfach hinter mich bringen."

Er stemmte sich gegen den Wind und langte nach dem baumelnden Kabel, fühlte es durch seine Finger gleiten, holte tief Luft und griff noch einmal zu.

Marty fuhr indessen zur „Startlinie", die Doc Brown für ihn vorbereitet hatte, wendete den Wagen und blieb, die Augen starr auf den Wecker vor ihm gerichtet, in dem im Leerlauf schnurrenden Wagen sitzen.

„Verdammt, Doc", murmelte er. „Warum mußtest du auch den Brief zerreißen? Wenn ich nur etwas mehr Zeit gehabt hätte, um zu erklären . . ."

Während er das Problem bedachte, überprüfte er noch einmal die Anzeigen für *Startzeit* und *Zielzeit*, die beide auf 1.31 Uhr standen.

„Das war's dann wohl", sagte er schließlich. „Ich hab auf dieser Seite keine Zeit mehr – aber warum kann ich nicht auf der anderen Seite was unternehmen?"

Er stellte die *Zielzeit* auf 1.30 Uhr, auf 1.29 Uhr und noch weiter zurück. „So", murmelte er. „Ich werde also im Jahr 1985 ein paar Minuten vor den Terroristen ankommen, so daß ich Doc noch warnen kann."

Er drückte noch einmal auf den Knopf, bis die *Zielzeit* 1.24 Uhr lautete, und fragte sich, ob sieben Minuten reichen würden.

Einen Augenblick später bockte der Motor des DeLorean zweimal und starb ab. Marty drehte den Zündschlüssel, doch der Wagen sprang nicht an.

„Komm schon, komm schon", flehte er. „Jetzt sag mir nicht, daß ich auf einmal keinen Sprit mehr haben soll, nachdem ich schon so weit gekommen bin!"

DOC BROWN, der das Ende des Kabels in der linken Hand hielt, schob sich noch einen Schritt auf dem Sims weiter; sein Fuß schwebte soeben für den nächsten Schritt in der Luft, als er das Geräusch hörte. Es war das Knirschen von zerbröckelndem Stein, und einen Augenblick später rutschte er ab. Er ließ das Kabel fahren und griff nach dem einzigen Halt, den er zwischen dem Turm und dem Abgrund finden konnte – es war der große Zeiger der Uhr.

„Verdammt!" schrie er.

Er spürte, wie etwas vor seinen linken Fuß schlug; es war das Kabel, das jetzt unsicher auf seinem Spann schwankte. Doc Brown blieb einen Augenblick bewegungslos hängen, während der Wind durch sein Haar fuhr und Blitze seine angsterfüllten Züge beleuchteten. Dann brachte er vorsichtig seinen rechten Fuß auf das intakt gebliebene Stück der Kante zurück, zog sich hoch und brachte sich in Sicherheit, während er versuchte, das Kabel auf dem linken Fuß zu balancieren. Als sein rechter Fuß sicher stand, holte er tief Luft, drehte sich mit einem Sprung um und trat zugleich das Kabel hoch in die Luft, so daß er es mit der linken Hand packen konnte.

Den nächsten Teil seiner Aufgabe hatte er für leichter gehalten – er brauchte nur noch die Kabel miteinander zu verbinden. Doch als er es versuchte, stellte er fest, daß etwa drei Zentimeter fehlten.

„Das darf doch wohl nicht wahr sein!" stöhnte er.

Er starrte kopfschüttelnd zu der abwechselnd dunklen und grell beleuchteten Szenerie unter sich hinunter. Er fand schnell heraus, warum das Kabel auf einmal zu kurz war. Es hatte sich in einem Ast verfangen, so daß es straff gespannt war und er es nicht weiter heraufziehen konnte. Er riß daran und wedelte damit hin und her, doch er bekam es nicht frei. Verzweifelt zerrte er noch einmal mit aller Kraft daran, und endlich konnte er es aus dem Geäst befreien.

„Gut!" rief er, und dann: „So ein Mist!"

Am anderen Ende, an den Laternen, hatte sich das Kabel aus dem Stecker gelöst, so daß Brown nun an seiner Seite einen nutzlosen Stecker in der Hand hielt.

Verglichen mit der Verzweiflung, die er fühlte, fiel seine Reaktion relativ harmlos aus. Er klammerte sich an den Turm, schloß die Augen und versuchte, einen Augenblick überhaupt nichts zu denken. Doch selbst mit geschlossenen Augen sah er noch die Blitze, die immer wilder um ihn zuckten, und er spürte, wie das Gerichtsgebäude heftig bebte. Dann zwang er sich, logisch zu denken, und fragte sich: Gibt es eine Möglichkeit, den Anschluß doch noch herzustellen?

„Ja", flüsterte er schließlich, „ich komme dabei wahrscheinlich ums Leben, aber was soll's?"

Er verband die beiden Stecker, verknotete die Kabelenden fest miteinander, prüfte noch einmal, ob die Verbindung hielt, holte tief Luft und sprang.

Während er am Kabel nach unten glitt, brannten seine Hände höllisch, doch er hielt fest, bis seine Füße sicher auf dem Boden standen. Dann rannte er mit dem Kabel zur Lampe hinüber.

„VERFLUCHT!"

Marty, der immer noch versuchte, den Wagen zu starten, zuckte zusammen, als der Kurzzeitwecker anschlug.

„Komm schon! Komm schon!" rief er.

Der Wagen spuckte, hustete, und dann – es war ein Wunder – sprang er endlich an.

Marty drückte das Gaspedal durch und wurde im Sitz zurückgeworfen, als der DeLorean losraste. Mit durchdrehenden Reifen hatte er den Wagen schon nach einem halben Block auf hundert Stundenkilometer gebracht, und als er den Town Square überblicken konnte, zeigte der Tachometer fast hundertachtzig. Marty blickte stur geradeaus und sah endlich den Draht, der die Straße überspannte. Er konzentrierte sich so stark auf sein Ziel, daß er Doc Brown übersah, der mit dem Kabel in der Hand zur Laterne rannte. Weniger als eine Sekunde bevor der gewaltige Blitz einschlug, verband Doc Brown das Kabel mit dem Stecker, wirbelte herum und ließ sich fallen. Marty warf noch einen raschen Blick auf den Tachometer und stellte fest, daß er die kritische Geschwindigkeit von zweihundertzwanzig Kilometern pro Stunde erreicht hatte.

Dann schlug ein gewaltiger Blitz ein, und gleichzeitig war ein ohrenbetäubender Donner zu hören. Die Gebäude, die ganze Umgebung, alles wurde fahlweiß wie die Häuser in dem Film über die Atombombentests. Mein Gott, dachte Marty, jetzt hat mich die Strahlung erwischt. Ein leichter Ruck sagte ihm, daß der Fanghaken hinten auf dem DeLorean das Kabel erwischt hatte. Auf dem Armaturenbrett blinkten Lichter, die anzeigten, daß der Ladungsträger gefüllt war und seine Ladung wieder abgab. Dann folgte ein gräßliches Rauschen, und der DeLorean schoß vorwärts, als wäre er auf eine Umlaufbahn geschossen worden. Dann wurde alles dunkel.

Von seinem Logenplatz neben der Laterne, wo er auf den Boden geplumpst war, konnte Doc Brown genau verfolgen, wie die Zeitmaschine sich mit dem stromführenden Draht verband. Der Regen war stärker geworden, aber er bemerkte es nicht. Statt dessen sah er eine Abfolge rasch wechselnder Bilder – das glühende Kabel, der Blitz, der den Blitzableiter auf dem Turm traf, der DeLorean, der plötzlich in einem gelben Nebel zu verschwinden schien – was Doc Brown auf die Füße springen und in einen indianischen Kriegstanz ausbrechen ließ.

„Wir haben's geschafft!" rief er. „Wir haben das Unmögliche geschafft!"

Es war wahr. Der DeLorean verschwand, als wäre er von der Erde verschluckt oder von der Hand eines Riesen aufgehoben worden. Nur der Fanghaken war noch da – als der Wagen den Kontakt mit dem Kabel hergestellt hatte, war er abgerissen. Er baumelte schwach, vom Regen und vom Wind leicht bewegt, am Kabel – die einzige Erinnerung an Marty McFlys Sechzigjahresfahrt – hin und zurück – durch die Zeit.

„Alles Gute", schnaufte Doc Brown. „Wir sehen uns bald wieder . . . hoffe ich."

XIV

Die Fahrt durch den schwarzen Tunnel verlangsamte sich und war schließlich beendet. Das Auto blieb stehen, doch immer noch war um Marty alles dunkel – das einzige Licht kam von den Kontrollampen und den Anzeigen im Wagen. Marty überprüfte die Geräte – die *Startzeit* lautete 12. 11. 1955, 10.04 Uhr. Dann stellte er befriedigt fest, daß *Jetztzeit* und *Zielzeit* genau übereinstimmten: 26. 10. 1985, 1.24 Uhr. Wenn das aber in Ordnung war, warum war es dann so dunkel? Marty dachte an einen Film über eine Zeitmaschine, bei dem das Gefährt in einem Berg eingeschlossen war. Sollte ihm dasselbe passiert sein?

Nach und nach gewöhnten sich seine Augen an die Dunkelheit, und er erkannte, daß er im Innern eines Gebäudes gelandet war. Hinter sich sah er einen trüben Lichtkreis.

„Tja", murmelte er, „sieht so aus, als käme ich nur rückwärts hier raus."

Er legte den Rückwärtsgang ein und fuhr auf die Lichtquelle zu. Als er das Gebäude verließ, stellte er fest, daß er im geschlossenen Town Theater gelandet war. Alles war, wie es 1985 hätte sein sollen – in der Studebaker-Filiale wurden jetzt Toyotas angeboten, die Eisdiele war verschwunden, das Gerichtsgebäude hatte eindeutig dreißig Jahre mehr auf dem Buckel.

„Na also!" rief Marty.

Er schaltete das Radio ein und hörte sofort Rockmusik, die zum Jahr 1985 paßte.

„Na also!" wiederholte er.

Dann fiel ihm Doc Brown ein. Später blieb noch genug Zeit zum Feiern, aber jetzt mußte er sich zunächst darauf konzentrieren, den Freund vor seinem blutigen und gewaltsamen Ende zu retten.

Er legte krachend den ersten Gang ein, doch die Maschine bockte und erstarb.

„Scheiße!" schrie er.

Diesmal war sie ganz tot. Er orgelte eine Minute, doch der Motor gab keinen Mucks von sich. Als er dann aufsah, fuhr gerade der schwarze Lieferwagen vor ihm über die Straße und verschwand um die Ecke.

Er sprang erschrocken aus dem DeLorean. „Die Terroristen!"

Dann rannte er über den Town Square und die ganze Second Street hinunter bis zum Einkaufszentrum. Als er den Eingang erreichte, sah er, daß es Lone Pine Mall hieß – sein Wahrzeichen waren nicht mehr zwei, sondern nur noch eine Kiefer. Sonst war alles wie früher.

Der verreckte DeLorean hatte ihn lange aufgehalten – die Terroristen kurvten schon auf dem Parkplatz herum und jagten Doc Brown, während ein zweiter Marty McFly verloren herumstand und verängstigt zusah.

Marty erschrak bis ins Mark und blieb wie angewurzelt stehen. „O nein!" keuchte er. „Ich komme zu spät!"

Er drehte fast durch, als er hilflos ein zweites Mal zusehen mußte, wie Doc Brown starb. Als Doc im Kugelhagel fiel, sah Marty sich selbst in den DeLorean springen und losrasen. Er hatte die Szene selbst erlebt, doch er beobachtete fasziniert diese Wiederholung aus einem anderen Blickwinkel.

Genau wie beim erstenmal wendete der Wagen der Terroristen und verfolgte den DeLorean, der auswich und zum anderen Ende des Parkplatzes raste. Obwohl die Terroristen auf ihn schossen, beschleunigte er weiter, bis er von einem blendendweißen Blitz verschluckt wurde.

Der Fahrer des dunklen Lieferwagens verlor die Kontrolle über sein Fahrzeug und schleuderte in einen Fotoladen in der Ecke des Parkplatzes. Der Wagen kippte um und landete auf der Türseite, so daß die Terroristen eingesperrt waren. Weit entfernt heulte eine Polizeisirene.

„Mein Gott", flüsterte Marty.

Plötzlich fiel ihm wieder Doc Brown ein. Er drehte sich um und rannte zu dem Körper hinüber, der immer noch reglos, mit dem Gesicht nach unten, auf dem Asphalt lag. Als er seinen Freund auf den Rücken drehte, schossen Marty Tränen in die Augen.

„Doc . . .", sagte er leise. „Doc . . . bitte, du darfst nicht tot sein, Doc . . ."

„Na gut, wenn du darauf bestehst", sagte der anscheinend tote Mann. Er schlug die Augen auf und lächelte Marty an.

„Du lebst ja noch!" rief Marty.

„Aber natürlich lebe ich noch."

„Aber die haben dich doch gerade erschossen – ich hab's doch selbst gesehen!" schrie Marty. „Ich hab's sogar zweimal gesehen!"

„Eine Wiederholung wie beim Football, was?" Doc lächelte immer noch.

Marty nickte.

„Die Erklärung ist recht einfach", sagte Brown.

Er zog seinen Strahlenschutzanzug auf, unter dem er eine kugelsichere Weste trug.

„Das ist der letzte Schrei bei persönlicher Schutzausrüstung", erklärte er. „Hält auf dreißig Meter garantiert einen Schuß aus einer Elefantenbüchse aus."

„Hast du das Ding die ganze Zeit getragen?" fragte Marty.

„Leider nicht", antwortete Doc Brown. „Beim erstenmal müssen die mich wirklich überrascht haben. Nein, mein Junge, es war deine Warnung, die mir das Leben gerettet hat."

Er holte den Brief aus der Tasche, den Marty ihm im Jahr 1955 geschrieben hatte. Der Zettel war vergilbt und brüchig, und das Klebeband, das die Schnitzel zusammenhielt, hatte sich fast aufgelöst.

Marty schüttelte lächelnd den Kopf. „Das ist der Gipfel der Scheinheiligkeit", sagte er. „Nach diesen Vorträgen über gefährliche Veränderungen des Raum-Zeit-Kontinuums . . ."

„Ja, aber ich hab mich einfach gefragt, was du . . ."

Die Polizisten waren inzwischen eingetroffen, verließen ihre Wagen und umzingelten die Terroristen.

„Laß uns verschwinden", sagte Doc Brown. „Was hier passiert ist, können wir unmöglich erklären."

„Ich bin dabei", sagte Marty.

Sie rannten zusammen zum Einkaufszentrum hinüber und verschwanden im Schatten, während weitere Streifenwagen auf den Parkplatz einbogen.

Während sie am Möbelwagen vorbeiliefen, diskutierten die beiden Männer über ihre Abenteuer. „Ich glaube, ich hab doch einiges durcheinandergebracht", sagte Marty, als sie die Einfahrt passierten.

„Was denn?"

„Nun, in dem Jahr 1985, das ich früher kannte, hieß das Einkaufszentrum noch Twin Pines Mall; auf der Farm habe ich versehentlich eine Kiefer umgelegt, und ich glaube, deshalb heißt es jetzt Lone Pine."

Doc Brown lächelte. „Du wirst wahrscheinlich noch eine ganze Menge solcher Kleinigkeiten bemerken", sagte er. „Das wird für dich für den Rest deines Lebens ein ganz privater Witz bleiben."

„Ja . . ."

Nach ein paar Minuten erreichten sie den DeLorean, und Doc Brown schwang sich sofort hinein.

„Springt nicht an, was?" fragte er.

Marty nickte.

Doc legte einen unter dem Zündschlüssel versteckten Schalter um, und die Maschine erwachte sofort mit lautem Getöse zum Leben.

„Und was hast du jetzt vor?" fragte Marty.

„Nun, zuerst werde ich mal abwarten, bis die Polizisten dieses Durcheinander aufgeräumt haben, und danach werde ich meinen Möbelwagen abholen. Ich hab noch ein paar Ladungen Plutonium, die ich zum Reisen benutzen kann, also werde ich wohl genau das tun."

„Wie weit willst du in die Zukunft?"

Doc zuckte die Achseln. „Ich werd's erst mal langsam angehen lassen", sagte er. „Vielleicht dreißig Jahre, um reinzuschnuppern, dann vielleicht das zweiundzwanzigste oder das dreiundzwanzigste Jahrhundert . . ."

„Tja, alles Gute dann", sagte Marty. „Und wenn du kannst, dann schau doch 2015 mal bei mir vorbei. Da bin ich . . ., warte . . ., siebenundvierzig Jahre alt. Mann, uralt bin ich da."

Doc Brown schnaubte. „Das ist immer noch ein sehr jugendliches Alter. Aber egal, ich komm dich bestimmt besuchen, mein Junge. Das ist doch lustig, was? Ich mußte dreißig Jahre warten, um dich einzuholen, und jetzt mußt du dreißig Jahre warten, bis du mich wiedersiehst. Das Leben ist schon komisch . . ."

Er zwinkerte. Marty schloß die Tür und sah ihm nach, als er davonfuhr.

MARTY wachte voll bekleidet auf. Die Morgensonne, die durch das Fenster in sein Zimmer fiel, hatte ihn aufgeweckt. Er schlug langsam die Augen auf und sah sich in dem Zimmer um, das er so gut kannte und das jetzt doch irgendwie fremd schien. Die Poster mit den Geländewagen und sein Tonbandgerät – alles war noch da. Der Kalender an der Wand, bei dem die ersten fünfundzwanzig Tage des Monats durchgestrichen waren, sagte ihm, daß heute der 26. Oktober war.

Hatte er alles nur geträumt?

Er stand auf und betrachtete sich im Spiegel, zwickte sich ein paarmal, um sich zu vergewissern, daß sein Gegenüber aus Fleisch und Blut war.

Neben dem großen Spiegel sah Marty einen Papierkorb mit einem vertrauten Gegenstand – dem Bewerbungsbogen für die Plattenfirma. Er hatte ihn gestern abend verzweifelt dort hineingeworfen – oder war es vor dreißig Jahren gewesen? Es kam ihm so unreif vor wie das Verhalten des jungen George McFly. Er nahm sein Demoband aus der Schublade und steckte es zusammen mit dem Formular in einen Umschlag.

„Warum eigentlich nicht?" sagte er sich. „Meine Musik hat die Leute schon vor dreißig Jahren aus dem Häuschen gebracht. Es muß einfach klappen."

Er wusch sich und ging kurz darauf zum Frühstück nach unten. Linda und Dave saßen schon im Eßzimmer. Ihre Gesichter schienen wie immer, doch sonst war alles stark verändert – ihre Kleidung, die Möbel. Dave trug einen teuren Anzug und las ein Managermagazin, und Linda war lässig, aber elegant gekleidet, und sie aß etwas, das aussah wie Eier à la Benedict. Das Eßzimmer war erheblich teurer eingerichtet, als es seiner Erinnerung entsprach, und der Tisch war mit teurem Leinen gedeckt.

Er blieb in der Tür stehen und schüttelte den Kopf.

„Sag mal, gehört uns neuerdings 'n Großkonzern oder so was?" fragte er.

Linda und Dave sahen ihn lächelnd an.

„Nicht, daß ich wüßte", sagte Linda.

„Warum sieht's dann hier aus wie bei Neureichs?" murmelte Marty. „Ist heute nicht Sonnabend?"

„Klar", erwiderte Dave. Marty bemerkte, daß er gerade den Wirtschaftsteil der Morgenzeitung las.

„Arbeitest du denn heute, Dave?"

„Sicher, ich arbeite doch jeden Samstag."

„Bei Burger King?"

Dave lachte.

„Sag mal, hast du 'nen Kater?" fragte er.

„Nein. Ich versteh nur nicht, warum du so 'nen teuren Anzug trägst."

Dave starrte ihn offensichtlich verwirrt an. „Geht's dir nicht gut, Marty?" fragte er.

„Doch. Aber wie geht's *euch?*"

„Gut. Könnte gar nicht besser sein." Dann bemerkte er den Umschlag, den Marty noch in der Hand hielt, und streckte eine Hand aus. „Komm", sagte er. „Ich kann ihn mitnehmen und vom Büro aus abschicken."

Marty gab ihm den Umschlag und setzte sich an den Tisch. An seinem Platz wartete eine Schale mit frischen Erdbeeren auf ihn.

„Ich raff's nicht", murmelte er. „Erdbeeren . . . Eier à la Benedict . . . so etwas hat's doch noch nie bei uns gegeben. Wir hatten immer nur Müsli und Toast und Papierservietten. Was ist denn hier los?"

Als er seine Erdbeeren zur Hälfte geschafft hatte, hörte er seine Eltern, die gerade den Flur betreten hatten. Ihre Stimmen klangen gelöst und glücklich.

„Wo waren die denn?" fragte Marty.

„Wie immer", sagte Dave. „Tennis spielen."

„Tennis? Dad und Mama spielen doch gar nicht Tennis."

„Und wie kommt es dann wohl, daß sie seit sechs Jahren ständig die Vereinsmeisterschaften im gemischten Doppel gewonnen haben?" sagte Linda ironisch.

„Ich kann's gar nicht glauben."

„Wo *warst* du denn eigentlich?" fragte Linda.

Marty dachte ernsthaft darüber nach, ihr die Wahrheit zu sagen, als seine Eltern das Eßzimmer betraten. Marty war schockiert. Sie waren beide gebräunt und sahen in ihrer Tenniskleidung kerngesund aus, doch die Veränderung lag noch tiefer. George McFly strahlte vor Zuversicht und Selbstvertrauen, während Lorraine schlank und dynamisch wirkte.

Marty riß den Mund auf.

„Was ist denn, Junge?" fragte George McFly.

„Mama! Dad!" sagte er. „Ihr seht – ihr seht einfach toll aus!"

„Oh, danke, Marty", sagte Lorraine lächelnd.

„Was kann er nur wollen?" sagte Linda. „Er hat doch schon alles."

Seine Eltern musterten ihn neugierig.

„Ich will überhaupt nichts", sagte Marty. „Es ist wie ein Geschenk, daß ihr so toll ausseht."

„Mann", sagte Dave lachend.

Seine Mutter legte Marty eine Hand auf die Schulter. „Nun", sagte sie, „heute ist der große Abend, was?"

Marty sah sie verblüfft an.

„Wolltest du nicht heute abend mit Jennifer Parker weg?" fragte Lorraine. „Sie ist so ein nettes Mädchen, ich kann sie wirklich gut leiden."

Marty konnte kaum glauben, was seine Mutter da sagte, selbst wenn er ihre physische Veränderung berücksichtigte. War das wirklich die Frau, die Jennifer ständig schlechtmachte? Offensichtlich nicht.

„Bitte, Mama?" murmelte er.

„Ihr wolltet doch heute abend zum See rauf – nur ihr zwei. Ihr redet doch schon seit ein paar Wochen von nichts anderem."

„Mama, darüber haben wir doch gestern schon gesprochen. Ich kann doch nicht fahren, wenn Dads Auto kaputt ist."

„Kaputt?" fragte George.

„So ist er schon den ganzen Morgen", sagte Dave. „Es ist, als wäre er gestern ins Bett gegangen und heute in einem fremden Haus mit fremden Menschen aufgewacht."

Marty hatte tatsächlich genau dieses Gefühl, aber er sagte nichts. Er murmelte nur: „Es tut mir leid. Ich dachte . . . ich dachte, das Auto wäre kaputt. Du hast es Biff Tannen geliehen, und der hatte einen Unfall damit."

Dad kicherte. „Nein, soweit ich weiß, ist das Auto völlig in Ordnung. Biff poliert es übrigens gerade."

Marty stand auf, ging ans Küchenfenster und sah hinaus. In der Einfahrt stand ein funkelnagelneuer BMW, und Biff Tannen war eifrig damit beschäftigt, ihn auf Hochglanz zu bringen. Auch seine Haltung schien etwas verändert; nicht mehr so arrogant und angriffslustig. Er pfiff beim Arbeiten eine flotte Melodie.

„Mein Gott", murmelte Marty. „Was doch ein Schlag in den Wanst alles ändern kann."

Sein Vater öffnete das Küchenfenster und rief mit fester, aber freundlicher Stimme: „He, Biff! Vergiß nicht – dieses Mal zwei Schichten Wachs. Du hast letzte Woche etwas schlampig gearbeitet."

„Ja, Sir", erwiderte Biff freundlich und etwas unterwürfig. „Wie Sie wünschen, Sir."

„Sei nicht so streng, George", beschwichtigte Lorraine ihren Mann, während sie ihn anstrahlte. Trotz der Warnung war ihre Bewunderung für ihren Gatten nicht zu übersehen.

George zuckte die Achseln. „Entschuldige", sagte er. „So sollte es eigentlich nicht klingen – es ist nur so, daß einem die Angestellten auf dem Kopf rumtanzen, wenn man nicht aufpaßt. Ich hab seit der High School meine liebe Not damit gehabt, Biff auf Vordermann zu bringen." Dann fügte er lächelnd hinzu: „Aber wenn Biff nicht gewesen wäre, hätte ich eure Mutter nie kennengelernt."

„Ja, Dad", unterbrach Linda. „Das hast du uns schon tausendmal erzählt. Du hast ihm eine gelangt, als er sich über Mama hermachen wollte, und deshalb habt ihr euch ineinander verliebt."

„Es war viel mehr als das", sagte Lorraine. „Euer Vater hat mich wirklich gerettet." Sie seufzte. „Es war so romantisch . . ."

„Immer die alte Leier." Linda verdrehte die Augen.

„Was ist denn aus dem anderen Jungen geworden?" fragte Marty.

„Aus welchem anderen Jungen?" fragte sein Vater.

„Der, nach dem ihr mich getauft habt."

„Oh", murmelte Lorraine. „Wir haben ihn nie wiedergesehen. Er hat sich einfach in Luft aufgelöst." Dann sah sie Marty scharf an und sagte: „Ich kann mich nicht erinnern, daß ich dir davon erzählt hätte."

„Tja, mußt du aber wohl, sonst wüßte ich es ja nicht, oder?"

„Nein . . ."

Biff kam herein und gab George ein Buch.

„Oh, Mr. McFly", sagte er, „das wurde gerade abgegeben."

„Gut", sagte George nickend.

Er hielt das Buch hoch, das den Titel trug: *Ein Spiel in Zeit und Raum.* Auf dem Einband war ein Außerirdischer vor einem Bett abgebildet. Marty stellte fest, daß der Alien große Ähnlichkeit mit Marty hatte, der als Darth Vader zu einem jungen Mann sprach, der sich ängstlich die Decke über den Kopf zog. Der Autor war, wie große Druckbuchstaben verrieten, ein gewisser George McFly.

„Heiliger Strohsack", sagte Marty. „Hast du das geschrieben, Dad?"

George nickte stolz. „Mein erster Roman“, sagte er. „Ich hoffe, daß er gut läuft.“

„Natürlich wird er gut laufen“, platzte Lorraine heraus. „Immerhin bist du ja schon ziemlich bekannt – du hast seit dem College immer wieder Kurzgeschichten veröffentlicht.“

„Genau, Dad“, sagte Dave. „Du sagst uns doch immer, daß wir die Dinge mit Selbstvertrauen und Zuversicht angehen sollen. Wo ist jetzt dein Mut?“

„Da hast du recht“, sagte George. „Ich bin sicher, daß das Buch ein Knüller wird.“

Dann wandte er sich an Marty, legte ihm eine kräftige Hand auf die Schulter und sagte: „Und dein Band wird bestimmt auch einschlagen.“

„Ich hoffe, du hast recht“, murmelte Marty, der sich plötzlich wieder mit den Alltagsängsten und Hoffnungen des Jahres 1985 konfrontiert sah.

„Marty“, sagte George, „hab ich dir nicht immer gesagt, daß man nur ein bißchen Selbstvertrauen braucht? Wenn du es richtig bedenkst, kannst du alles erreichen.“

Biff, der die Unterhaltung mit ehrerbietigem Lächeln verfolgt hatte, nutzte die Gesprächspause, um einen Arm auszustrecken. „O Marty“, sagte er. „Hier sind deine Schlüssel. Der Wagen ist fertig poliert und wartet nur noch auf den großen Abend.“

„Meine Schlüssel?“ stammelte Marty.

Biff nickte. „Ich hab ihn in die Garage gesetzt“, sagte er. „Falls es regnet.“

Marty drehte sich um und rannte in die Garage. Als er das Tor öffnete, keuchte er überrascht. Da stand ein Toyota-Geländewagen, blitzend und wunderschön wie der, den er im Schaufenster gesehen hatte. Nur, daß er jetzt ihm gehörte!

Er rannte weiter, stieg ein, streichelte die Polster, den Schalthebel, jeden Schalter und jede Kontrolle, die er erreichen konnte. Er wollte gerade die Garagentür ganz aufziehen und eine Runde drehen, als er eine vertraute Stimme hörte.

„Nehmen Sie auch Anhalter mit, Mister?“

Jennifer stand plötzlich hinter ihm, und sie sah super aus wie immer.

„Jen!“ schrie er. „Mein Gott, bin ich froh, dich zu sehen! Komm, laß dich anschauen!“

Jennifer wich vor diesem ungewohnten Gefühlsausbruch etwas zurück. Sie hatten sich ja schließlich nicht seit ewigen Zeiten nicht mehr gesehen; genaugenommen seit gestern abend.

„Geht's dir nicht gut?" fragte sie. „Du tust ja so, als hättest du mich ein ganzes Jahr nicht gesehen."

„Ich hab das Gefühl, ich hätte dich seit dreißig Jahren nicht gesehen", sagte Marty lächelnd.

„Mein Gott, mußt du Entzugserscheinungen haben", grinste Jennifer.

Er zog sie an sich und wollte sie gerade küssen, als er plötzlich einen Stromstoß durch seinen Körper fahren fühlte. Jennifer mußte es auch gespürt haben, denn ihre Haare standen für einige Sekunden buchstäblich zu Berge.

„Was –", begann Marty.

Ein Überschallknall übertönte den Rest seines Satzes.

Doc Browns DeLorean schoß wie von Furien gehetzt die Einfahrt herauf und blieb mit quietschenden Reifen vor dem Haus stehen.

Drinnen saß Doc Brown, einen Cowboyhut auf dem Kopf. Als er ausstieg, sah Marty, daß er eine bizarre Kleidung aus seltsamen Materialien trug – gestreifte Plastikhosen, ein Cape und eine seltsame Abwandlung einer römischen Tunika.

Er wirkte sehr aufgeregt, und er kam sofort zur Sache.

„Marty", sagte er. „Du mußt mitkommen – in die Zukunft."

„Warum denn?"

„Es ist sehr wichtig."

„Aber Jennifer ist hier", sagte Marty. „Ich wollte gerade meinen neuen Schlitten ausprobieren."

„Das kann warten", sagte Doc. „Aber sie kann ruhig mitkommen, diese Sache geht auch sie an."

Marty dämmerte etwas. „Was meinst du damit?" fragte er. „Passiert ihr was? Oder uns? Werden wir später die letzten Idioten oder so was?"

Doc Brown lächelte. „Nein, mit dir und Jennifer, das wird schon prima", sagte er. „Aber eure Kinder! Marty, wir müssen was für eure Kinder tun!"

„Unsere Kinder?" Jennifers Blicke irrten zwischen den beiden hin und her. „Welche Kinder? Wir sind noch nicht einmal verlobt . . ."

„Wir erklären dir's später", sagte Marty. „Willst du mitkommen?"

„Wohin denn?" fragte sie.

„In die Zukunft", sagte Marty. „Ins Jahr 2015 oder so. Ich glaube, Doc wollte dorthin –"

„Los, wir müssen uns beeilen", drängte Doc.

Die beiden Männer sahen Jennifer erwartungsvoll an.

„Na gut", sagte sie. „Warum nicht? Ich begreife zwar nicht –"

„Schön. Dann los", sagte Doc.

Er hob die Flügeltür, und Marty stieg ein. Jennifer setzte sich auf seinen Schoß. Als Doc Brown hinter das Lenkrad sprang, berührte Marty ihn am Arm.

„Setz lieber noch ein Stück zurück, Doc", warnte er. „Wir haben nicht genug Anlauf, um auf zweihundertzwanzig Stundenkilometer zu kommen."

„Wir brauchen jetzt keine Straßen mehr", sagte Doc Brown lächelnd. Er deutete auf einen neuen Schalter im Armaturenbrett, der die Aufschrift *Kernfusionsanlage* trug. Er legte den Schalter um und grinste zufrieden, als der DeLorean vielleicht hundert Meter die Straße hinunterrollte, um dann mit einem lauten Knall in einer dünnen Wolke aus silbernem Rauch zu verschwinden.

George Gipe

Anhand des Drehbuchs von Robert Zemeckis und Bob Gale schrieb George Gipe den Roman zu dem erfolgreichen Film von Steven Spielberg. Zwar ist George Gipe kein Originalautor, der sich eine Handlung und die dazugehörigen Personen ausdenkt, aber es gehört auch einige Fertigkeit dazu, aus den Dialogen und Szenenbeschreibungen, die allein auf das Verfilmen ausgerichtet sind, einen durchgängigen, flüssig zu lesenden Roman zu machen. Er schrieb übrigens auch den Roman zu dem Film „Explorers – ein phantastisches Abenteuer".

Was als Film Millionen Zuschauer – durchaus nicht alles Science-fiction-Fans – begeisterte, ist auch amüsant zu lesen. Die Drehbuchautoren haben die Handlung gut durchdacht und viele originelle Gags eingebaut, die sich vor allem daraus ergeben, daß Marty McFly in die Vergangenheit reist und seine Eltern als Jugendliche erlebt, deren Zukunft ja sowohl er als auch der Zuschauer bereits kennen, und natürlich aus all den Verwicklungen, die entstehen müssen, wenn es einen Teenager aus dem Jahr 1985 ins Jahr 1955 verschlägt.

Der Film mit Michael J. Fox als Marty McFly und Christopher Lloyd als Dr. Brown in den Hauptrollen war so erfolgreich, daß 1989 gleich zwei Fortsetzungen gedreht wurden, in denen die Zeitmaschine Marty einmal in die Zukunft und einmal noch weiter zurück in die Vergangenheit als im ersten Teil versetzt. Zwar halten auch diese beiden Filme noch lustige Einfälle parat und spinnen die Grundidee des ersten Teils fort, doch besonders der dritte Film reicht nicht mehr an die Originalität des Erstlings heran.

Durch Raum und Zeit
Abenteuerliche Reisen durch die vierte Dimension

Wer würde nicht gern einmal ein paar Jahre, Jahrzehnte oder gar Jahrhunderte zurückreisen, um zu erleben, wie es einstmals in seiner Heimatstadt oder an einem fernen Ort ausgesehen hat und wie die Menschen damals lebten? Und wen würde es nicht reizen, in die Zukunft zu reisen, um zu sehen, wie es ihm persönlich und der Menschheit allgemein später ergehen wird?

Den Traum von der Reise in der Zeit hegen die Menschen schon sehr lange – seine Verwirklichung liegt allerdings nach wie vor nicht im Bereich des Möglichen. Auf jeden Fall aber beflügelt er die Phantasie ungemein und ist ein häufig verwendetes Motiv in der Science-fiction, sowohl in der Literatur als auch im Film.

Schon allein wegen des Titels fällt dem Science-fiction-Fan sicherlich als erstes H. G. Wells' Die Zeitmaschine *(1895) ein. Dieser Roman ist zwar keineswegs die erste Zeitreisegeschichte überhaupt, aber er ist der erste, in dem eine Reise durch die Zeit freiwillig und mit scheinbar wissenschaftlichen Methoden stattfindet. In den Zeitreisegeschichten, die davor geschrieben wurden, verzichteten die Autoren auf große Erklärungen, von wissenschaftlichen ganz zu schweigen. Meist ließen sie den Protagonisten in einen langen Schlaf verfallen, aus dem er dann in einer anderen Zeit aufwacht, wie Rip van Winkle in Washington Irvings gleichnamiger Geschichte von 1819. Der Held lebt kurz vor dem amerikanischen Unabhängigkeitskrieg in einem von holländischen Siedlern gegründeten Dorf. Nach einem zwanzig Jahre währenden Schlaf wacht er im mittlerweile selbständig gewordenen Amerika wieder auf, seine Frau ist bereits tot, die Tochter erwachsen und verheiratet, und er versteht die Welt nicht mehr. Bei dieser Art von Geschichte handelt es sich nicht um eine „echte" Zeitreise, weil der Reisende nicht* durch *die Zeit, sondern einfach* mit *ihr reist.*

In der Zeitmaschine *hat sich Wells das einfachste Zeitmodell zunutze gemacht, indem er die Zeit als Fluß beschreibt. Der Zeitreisende begibt sich in diesem Roman sozusagen „flußabwärts" in die Zukunft und kehrt schließlich wieder in seine spätviktorianische Gegenwart zurück, in der währenddessen fast keine Zeit verflossen ist. Entscheidend in Wells' Roman ist, daß der Zeitfluß*

H. G. Wells' berühmter Roman *Die Zeitmaschine* wurde 1959 verfilmt.

einen ewig unveränderlichen Lauf nimmt. Nichts von dem, was der Reisende in der Zeitmaschine tut, verändert den Lauf der Zeit. An diesem Punkt wird es nämlich gerade bei Geschichten über Reisen in die Vergangenheit schwierig. Denn das, was der Zeitreisende in der Vergangenheit tut, in die er sich begeben hat, verändert den Lauf der Geschichte und damit die Gegenwart, aus der er kommt.

Würde also beispielsweise ein Zeitreisender versehentlich seinen Vater ermorden, bevor dieser ihn gezeugt hat, könnte es ihn selbst, logisch betrachtet, gar nicht geben – er würde mit der Tötung seines Vaters seine Existenz in der Gegenwart auslöschen, und es stellt sich unweigerlich die Frage, wie er dann seinen Vater hätte umbringen können, wenn es ihn selbst gar nicht gab.

Schon diese kleine Gedankenspielerei zeigt, daß Zeitreisegeschichten schnell paradox werden, wenn sie logisch sein sollen. Denn nach dem Kausalgesetz, das sowohl in der Physik als auch in der Philosophie gilt, müssen Ursachen den Wirkungen vorausgehen. Sofern Science-fiction-Autoren die paradoxen Probleme, die sich mit der Idee der Zeitreise ergeben, nicht gerade zum

Hauptthema ihrer Erzählung machen – wie zum Beispiel Wolfgang Jeschke in Der Riß im Berg *(1970), in dem ein Mann seinen Tod immer wieder neu erleben muß –, versuchen sie diese Probleme zu umgehen. Sie lassen durch die Handlungen des Zeitreisenden – ganz gleich, ob nun in der Vergangenheit oder in der Zukunft – ein abgezweigtes, neues Universum entstehen, oder sie lassen einfach auf der Erde unterschiedliche Epochen nebeneinander an verschiedenen Stellen existieren. Während sich diese Erklärung auf keinerlei wissenschaftliche Erkenntnisse stützt, benutzen manche Autoren die Wissenschaft zumindest als Inspirationsquelle und verleihen ihren Geschichten damit einen Hauch von Wissenschaft und Plausibilität.*

Und selbst nach der strengen Auffassung der Wissenschaft ist die Zeit wesentlich mehr als lediglich der meßbare Raum zwischen Ereignissen. Der wissenschaftliche Begriff Zeit läßt Schriftstellern viel Spielraum. Einstein stellte fest, daß das Universum aus einer vierdimensionalen Verschmelzung von Raum und Zeit besteht, die er als „Raum-Zeit-Kontinuum" bezeichnete. Er bewies sogar, daß sich Raum und Zeit fast wie eine Gummischeibe dehnen, krümmen und verbiegen können. Die Zeit ist nach Einsteins Theorie eine variable und keine absolute Größe und krümmt sich im Bereich großer Massen. Nach dieser Theorie ist die Existenz der Zeit sogar davon abhängig, ob Raum vorhanden ist; sie ist also nichts Selbständiges. In einem seiner letzten Briefe schrieb Einstein 1955, daß Leute, die wie er an die Physik glaubten, wüßten, daß die Unterscheidung zwischen

Mit Helm-Display und Datenhandschuh ist die Simulation von Zeitreisen vielleicht schon in naher Zukunft möglich.

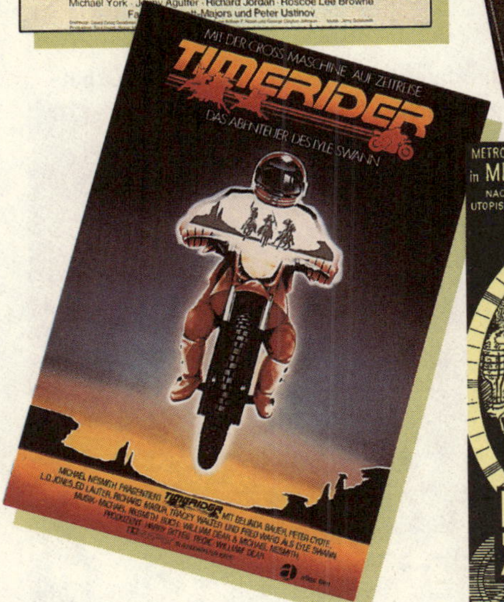

Auch in Filmen ist die Zeitreise ein überaus beliebtes und häufig verwendetes Motiv.

Vergangenheit, Gegenwart und Zukunft nur eine hartnäckig fortbestehende Illusion sei.

Obwohl uns offensichtlich scheint, daß die Zeit vorwärts läuft und daß die Ursachen den Wirkungen vorausgehen, haben seltsamerweise viele von der Wissenschaft beschriebene physikalische Gesetze unabhängig davon Gültigkeit, in welcher Richtung die Zeit verläuft. Der Kosmologe Thomas Gold geht deshalb sogar so weit zu behaupten, daß die gegenwärtige Richtung der Zeit nur ein vorübergehendes Phänomen sei und eine Folge davon, daß sich unser Universum im Augenblick ausdehne. Er glaubt an die unter Wissenschaftlern sehr umstrittene Theorie, daß das Universum sich wieder zusammenziehen wird, und folgert, daß dann die Zeit buchstäblich rückwärts laufen wird – eine Idee, mit der sich zum Beispiel Philip K. Dick in seinem 1967 erschienenen Roman Die Zeit läuft zurück beschäftigt hat.

In jüngster Zeit machen sich manche Autoren, um die Zeitreisen plausibel erscheinen zu lassen, auch gern die Lücken im Kau-

In *Flucht in die Zukunft* flieht Jack the Ripper mit Hilfe von Wells' Zeitmaschine.

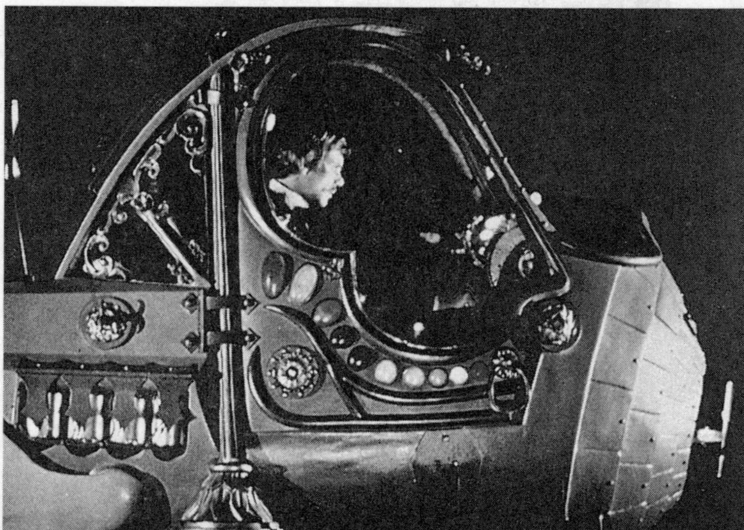

salitätsgesetz zunutze, die die moderne Physik gefunden hat: zum einen die Theorie von den Tachyonen, den Elementarteilchen, die schneller sind als das Licht, und zum anderen die theoretischen Eigenschaften von schwarzen Löchern.

Doch meistens halten sich die Autoren mit dem Problem gar nicht lange auf, da die Zeitreise selbst – vor allem wie sie stattfindet und wieweit die Erklärung dafür nun wissenschaftlich ist oder nicht – für sie gar nicht so wichtig ist. Denn die Reise ist ja meist nur Mittel und nicht Zweck der jeweiligen Geschichte. Sie bietet hauptsächlich den Vorwand für das Schildern ausgefallener Abenteuer mit überraschenden Gags und für interessante Gedankenspielereien, die nicht selten mit Kritik an der bestehenden Gesellschaft verknüpft sind.

Beim Ausdenken von Reisen aus der Gegenwart in die Vergangenheit haben Autoren, wie erläutert, schnell mit logischen Problemen zu kämpfen. Bei Reisen aus der Gegenwart in die Zukunft sind der Phantasie weniger enge Grenzen gesetzt, da eben einiges vorstellbar ist, ohne daß sich eindeutig sagen läßt, was davon tatsächlich eintreten wird. Neben diesen beiden wohl am häufigsten vorkommenden Möglichkeiten des Zeitreisens, bei dem jeweils die Gegenwart Ausgangspunkt ist, gibt es noch weitere Spielarten dieses Motivs. Wie in den ganz frühen Zeitreisegeschichten taucht gelegentlich ein Besucher aus der Vergangenheit in der Gegenwart, also einer bereits tatsächlich existierenden Zeit, auf, wie zum Beispiel in Karl Alexanders Flucht ins Heute, in dem der Autor geschickt mit H. G. Wells' Zeitmaschine spielt. Auch kommen manchmal Besucher aus der Zukunft in die Gegenwart „zurück", meist auf der Suche nach etwas. Eine ganze Reihe von Romanen geht sogar davon aus, daß die Zeitreise irgendwann in der Zukunft erfunden und als machtpolitisches Instrument eingesetzt wird. Zeitagenten oder Zeitpolizisten manipulieren dann entweder selbst die Vergangenheit, um positive Veränderungen in der Zukunft zu sichern, oder hindern Verbrecher und gegnerische Mächte daran, solche Manipulationen vorzunehmen. Eine der eindrucksvollsten Organisationen der Zeitkontrolle schildert Isaac Asimov in dem Roman Am Ende der Ewigkeit, in dem die Zeitkontrolle „zum Wohle der Menschheit" zu einer unerträglichen

Einengung jedes persönlichen Handlungsspielraums führt. Ziemlich selten sind Geschichten, in denen es nicht um den Ablauf der Zeit, sondern um deren Stillstand geht und in denen dann die Romanhelden meist völlig willkürlich handeln können.

Natürlich lassen sich Zeitreisegeschichten auch hervorragend verfilmen. So wurden nicht nur Wells' Die Zeitmaschine *und Alexanders Roman unter dem Titel* Flucht in die Zukunft *verfilmt. Ein deutsches Fernsehspiel aus dem Jahr 1984,* Die Rückkehr der Zeitmaschine, *spielt ebenfalls mit der Idee von Wells und läßt einen Werkmeister aus dem Jahr 1925 in Wells' Zeitmaschine in die Zukunft reisen. Zurück kommt dann nicht er, sondern ein Mensch aus der Zukunft, der sich im Paradies wähnt und nicht wieder in die Zukunft, seine Gegenwart also, zurückwill.*

Gerade im Film dient die Zeitreise häufig nur als Vorwand für viele Actionszenen, aufwendige technische Tricks und mehr oder weniger originelle Gags, wie etwa in dem sehr erfolgreich gelaufenen Terminator. *Einen wirklich interessanten und amüsanten Einfall hatten zwei tschechische Drehbuchautoren für den Film*

Eine Szene aus dem dritten Teil des populären Films *Zurück in die Zukunft*

In dem Film *Ich habe Einstein getötet* geht die Reise zurück ins Jahr 1911.

Ich habe Einstein getötet *(1970). In diesem Film wird die Zeitmaschine in einer Zeit in der Zukunft erfunden, in der die zunehmende Radioaktivität auf der Erde den Frauen die Gebärfähigkeit genommen hat. Mit ihr reisen ein paar Leute ins Jahr 1911, um Albert Einstein, der ihrer Meinung nach an der Misere schuld ist, aus dem Weg zu räumen. Doch das Vorhaben mißlingt, unter anderem deshalb, weil sich eine junge Wissenschaftlerin aus der Zukunft in den Entdecker der Relativitätstheorie verliebt, und schließlich erkennen alle, daß man wissenschaftliche Entdeckungen zwar nicht aufheben, aber zum Wohl der Menschheit anwenden kann.*

So reizvoll die Idee von der Zeitreise und die verschiedenen Möglichkeiten ihrer erzählerischen oder filmischen Ausgestaltung auch sind, so sollte man angesichts der großen Probleme, die ihre Durchführung mit sich bringen würde, vielleicht doch froh sein, daß man sich auf die Reise durch die Zeit vorerst nur in der Phantasie oder mit Hilfe der Vorstellungskraft einfallsreicher Autoren und Regisseure machen kann.